Über die Autorin:
Helma Marsall wurde 1958 geboren. Sie erlernte den Beruf einer Fotolaborantin. Die Autorin lebt heute mit ihrer Familie sowie ihrem Hund am Rande von Bremen. Die Reisen in den Westen der USA und ihr Kontakt zu den Navajo inspirierten sie dazu, nicht nur einen spannenden Roman zu schreiben, sondern auch etwas von der Philosophie dieses Volkes dem Leser zu vermitteln. Nebenbei schreibt sie Gedichte und Kurzgeschichten.

Helma Marsall

Im Banne des Coyoten

Ein Mann will Vergeltung

Persimplex Verlag Wismar

Besuchen Sie uns im Internet:
www.persimplex.de
Email: kontakt@persimplex.de

2. Auflage 2007
Persimplex Verlag, Wismar

Druck: Kunsthaus Schwanheide
http://atelier-keller.com

Autor: Helma Marsall
www.lettermix.dreipage.de

ISBN 978-3-940528-14-8

Vorwort

Die Handlung, sowie alle Personen in diesem Buch sind frei erfunden und orientiert sich lediglich an Sitten, Riten und Gebräuchen der Diné.

Die unheimlichen Geschichten von »Skinwalker« als verwandelbares Wesen basieren auf Erzählungen der Diné oder Navajo. Die Bedeutung der Wörter in Diné bizaad sind in einem Glossar nachzulesen.

Dies ist ein Roman und erhebt deshalb keinen Anspruch auf Authentizität! Es möchte auf eine Kultur hingewiesen werden und das Interesse an dieser wecken. Ich bedanke mich bei meinen lieben Freunden Marcella Krömer und Grit Toni Schulz, die mir in vieler Hinsicht geholfen haben, mir den Mut zur Veröffentlichung gaben und mir mit Rat und Tat zur Seite standen.

Helma Marsall

Dieser Roman taucht in die Problematik der heute lebenden Indianer in den USA ein.
Das Reservat der Navajo umfasst ein Gebiet, das mit ca. 64.000 km^2 fast so groß ist wie Irland, jedoch noch nicht einmal ein Zehntel der dortigen Bevölkerung hat. Es erstreckt sich bis in die Staaten Utah, New Mexico und Arizona und ist das Größte in den USA. Die Einwohner begrenzen sich auf ca. 170.000 und nennen sich selbst Diné, was einfach nur »das Volk« bedeutet.

Auch wenn die mystischen Erzählungen der Navajo hier zur Realität verschmelzen - sie gehen nicht vorbei an den Schwierigkeiten dieser Menschen auf der Suche nach ihrer Identität.
Dieser Roman vermittelt dem Leser einige Einblicke in die Philosophie der Navajo. Gleichzeitig wird die Story untermauert mit dem (langsamen) Erwachen eines Volkes, das bevormundet vom *BIA*[*] sich allmählich aufrappelt, um auf eigenen Füssen zu stehen. Das Streben nach Souveränität lichtet den Schleier der Lethargie, durch das ein leises Aufflackern des alten Geistes wiedererweckt wird.

[*] *BIA* = Bureau of Indian Affairs - Büro für indianische Angelegenheiten= US–Indianerbehörde - die heute fast ausschließlich mit indianischen Angestellten besetzt ist. Diese bürokratischen Entscheidungen sind jedoch nicht immer im Einvernehmen mit den Reservationsindianern, sodass es immer wieder zu Konflikten kommt.

Ich bin David Watkins und halte mich für einen nüchternen Menschen, der mit beiden Beinen im Leben steht. Mein Beruf als FBI-Agent verlangt ein gewisses Maß an Menschenkenntnis und eine gute Beobachtungsgabe. Ich habe gelernt, dummes Geschwätz von wahrheitsgetreuen Aussagen zu unterscheiden. Deshalb glaube ich an Geister. Neuerdings zwar, aber ich bin überzeugt, dass es gute sowie böse Geister gibt.

Und ich bin freiwillig durch giftige Schlangen gelaufen. Es waren so an die hundert, die ihre Giftköpfe zu mir emporreckten. Seitdem ist mir bewusst, dass ich zu der seltsamen Gattung gehöre, die das Böse abwendet. Als ich aus beruflichen Gründen in eine Welt abrutschte, die mich auf eine gewisse Weise in ihren Bann zog, mich faszinierte und gleichzeitig auf beklemmende Art ängstigte, raubte es mir nahezu den Verstand. Es war eine Welt jenseits von jeglicher Vorstellungskraft, magisch und mystisch.

In genau dieser Welt ist Ayatéh zu Hause. Er hat einen Bruder, den Wind. Ohne seine Hilfe wären wir von diesen Fesseln nicht befreit worden. Gemeinsam haben wir sie gesprengt, den Bann gebrochen.

Ayatéh ist ein Chanter, (so etwas wie ein Schamane glaube ich), obwohl er es nicht sein will, oder glaubt es nicht zu sein. Doch egal, was *er* dazu sagt, *ich* weiß es, denn *ich* habe das alles wahrhaftig erlebt. Ich muss gestehen, dass mich sein Animismus dahin führte, von meinem abstrakten Denken abzuweichen und mich zu völlig neuen Ansichten verleiten ließ. Vielleicht mag es etwas skurril klingen, aber meine anfängliche Begeisterung für diese mystische Welt entpuppte sich als mörderische Falle, die ich, geblendet durch meinen Enthusiasmus nicht wahrnehmen konnte.

Eigentlich bestand Ayatéhs Aufgabe darin, mich zu töten. Doch er dachte nicht daran, ignorierte es. Meine Aufgabe bestand darin, ihn zu überführen, zu verhaften, aber auch ich dachte nicht daran, es zu tun.

Natürlich eskalierte irgendwann alles, unsere noch junge Freundschaft wurde auf eine sehr harte Probe gestellt, die standhaft bleiben musste, damit wir gemeinsam dem tödlichen Sumpf entfliehen konnten. Doch um dies zu begreifen, mussten wir Hindernisse überwinden, Blockaden, die uns gestellt wurden aus einer anderen Welt. Eine Welt, dessen Vorhang Ayatéh geöffnet hatte.

David Watkins

Wie von Götterhand erschaffen, aus einer längst vergangenen Zeit, ragen bizarre Felsen in der Steinwüste hervor, um ein Bild majestätischen Ausmaßes preiszugeben. Allmählich schiebt sich hinter diese Kulisse der rötliche Schleier des Abends, der die Landschaft in ein gigantisches Naturschauspiel verwandelt. Die gewaltigen Felsformationen schaffen ein stilles Zauberreich aus rotem Stein.

Langsam sinkt die Sonne hinter den Bergen, die wie Wächter hervorragen, um ein Land zu verteidigen, das längst verloren scheint. Die Silhouette zeichnet das malerische Bild einer einzigartigen Schönheit in der unendlichen Weite.

Der Schrei eines Adlers ertönt. Anmutig zieht er seine Kreise über die erhabenen Monumente. Dann kehrt wieder Stille ein, in den Bergen von Arizona.

Der Adler ist dem Schöpfer näher als jedes andere lebende Wesen. Er ist ein Bote. Ein Bote, um den Menschen auf den richtigen Weg zu geleiten. Ein Überbringer von Liebe, Demut und Barmherzigkeit.

Eine leichte Brise durchströmt die kühle Luft und allmählich löst ein Luftzug nach dem anderen die Hitze des heißen Sommertages ab. Der aufkommende Wind wirbelt hier und dort Sand auf, der sich spiralförmig durch die Luft zieht, um sich hinter die roten Sandsteinfelsen treiben zu lassen. Der Wind kommt zurück, aber diesmal mit einer leisen Melodie. Es ist die Melodie des Todes.

In dieser bedrohlichen Atmosphäre zieht eine dunkle Macht wie ein Schleier über die Berge - auf einen Weg, der drei Menschen ins Verderben führt.

Ein *hataalii*[*] hat sie gerufen. Ein *hataalii*, der kein Recht dazu hat und seine Lehre missbraucht. Die Opfer sind gefangen in ihrer Welt und wissen es noch nicht, denn es gibt kein Entkommen.

[*] *hataalii* = Sänger, Heiler – kollektive Zeremonie. Sie projizieren in denen von ihnen veranstalteten Zeremonien den Kosmos, die Welt der Götter, die sich am Himmel abbildet, in Form von Sandmalereien, Gesängen und Erzählungen auf die Erde.

Larry fühlt sich unwohl. »Warum lasse ich mich immer wieder mit dir ein? Du hast gesagt, du kennst dich gut aus: Nun sitzen wir hier.« Er bricht ein paar dünne Zweige ab, die er sich mühsam mit seinem Freund Jim Anderson zusammengesucht hatte und wirft sie abrupt ins Feuer.

»Ach, geh mir jetzt nicht auf die Nerven. Wenn es morgen früh hell wird, kommen wir hier schnell raus. Wir haben genug Sprit und genug Wasser.« Dann zeigt Jim auf eines der beiden Motorräder, die neben ihm im Sand liegen. »Meine Kiste hat mich noch nie im Stich gelassen.«

Larry schüttelt langsam den Kopf. Seine fast schulterlangen Haare hängen fettsträhnig herunter. »Wie kann man sich nur auf eine Maschine verlassen«, sagt er, während er nervös auf dem harten, sandigen Boden herumrutscht.

Seit einiger Zeit spürt Jim einen merkwürdigen Geschmack im Mund. Diese trockene Wüste, denkt er, staubig und sandig. Aber das muss man eben in Kauf nehmen, wenn man Spaß haben will.

Den ganzen Tag hatten sie schon in der Wüste verbracht. Es war zwar heiß, aber sie waren die Hitze gewohnt. Hier konnte man Gas geben, losbrettern, ohne auf den Verkehr zu achten. Niemand würde sie hier aufhalten, wenn sie sich einen Spaß daraus machten, jauchzend die riesigen Saguaro-Kakteen zu umkreisen. Grölend waren sie über die Sandhügel gerast, laut und zerstörerisch. Jim glaubt, dass er so etwas braucht und es ist nicht das erste Mal.

Doch irgendwie ist es heute anders. Plötzlich kam ihm die Gegend fremd vor, und nach einiger Zeit musste er zugeben, dass er die Orientierung verloren hatte. Das war ihm noch nie passiert und er war überzeugt gewesen, bald wieder zu wissen, wo sie sich befanden. Doch er irrte sich, und als es dämmerte, hielt er es für das Beste, ein Nachtlager aufzuschlagen. Er war sicher, am nächsten Morgen problemlos den Rückweg zu finden. Darüber machte er sich jetzt keine Sorgen. Aber über dieses komische Gefühl im Hals. Es hatte sich verstärkt und irgendwie kommt es ihm vor, als hätte er einen Stein verschluckt, der auf halbem Wege stecken geblieben ist. Mit seinen schmutzigen, staubigen Händen reibt er seinen Hals. Dann spuckt er aus und legt sich neben das Feuer, mit dem Kopf auf den schon ziemlich verfilzten Hut.

»Hey«, knurrt Larry. »Wir haben ausgemacht, dass du zuerst auf das Feuer aufpasst.«

»Geh mir nicht auf den Wecker«, brummt Jim. Er winkelt die Beine an und legt seine Hände gefaltet hinter den Kopf. Als er die Augen schließt, nimmt er merkwürdige Töne wahr. Bildet er es sich nur ein? Er hatte diesmal keine Drogen genommen, aber ohne Zweifel hört er diese Klänge. Leise, aber eindringlich. Er öffnet die Augen und sieht sich um. Alles ist wie gewohnt und irgendwie doch anders. Es ist nicht zu erklären.

»Hörst du das?«, fragt er Larry, der ihm gegenüber sitzt und gerade dabei ist, sich eine Zigarette anzuzünden.

»Was?«

»Schon gut.« Jim zieht seinen Hut hervor und legt ihn auf sein Gesicht.

»Coyoten«, antwortet Larry. »Du hast sicher von weitem Coyoten gehört. Darum ist es wichtig, dass uns das Feuer nicht ausgeht.«

Kurze Zeit später wälzt Jim seinen Kopf hin und her und stöhnt.

»Was ist los mit dir?«

»Ich weiß nicht. Es ist ein Gefühl, als wenn mir jemand den Hals zudrückt. Aaah ... verdammt, so etwas gibt es doch nicht.«

»Das hat uns gerade noch gefehlt. Ich weiß nicht, warum ich mich immer wieder mit dir einlasse. Dabei hatte ich eigentlich eine Verabredung mit Hank.«

»Hank?«, stöhnt Jim. »Was will der denn noch von dir? Es ist alles längst erledigt, wir haben den Auftrag ausgeführt. Außerdem sollen wir uns nicht mit ihm blicken lassen.«

»Wir beide sollten uns auch nicht zusammen blicken lassen. Das war abgemacht, okay? Und was diesen Auftrag angeht: Er wurde nicht so ausgeführt wie abgesprochen.«

»Na und, was macht das schon?« Jim sieht es ziemlich gelassen.

»Was das macht? Was das macht?«, wiederholt Larry und springt erregt auf. »Wir standen vor Gericht, das macht es aus, verstehst du? Verstehst du das?« Larry schreit es hinaus. »Du, du hältst dich an keine Abmachung, du denkst nur an deinen Spaß. Von Vergewaltigung war keine Rede, aber das kümmert dich nicht. Wir sollten Dolores umlegen und darauf achten, dass keine Zeugen übrig bleiben. Aber du hast dich über die Kleine hergemacht, anstatt dafür zu sorgen, dass niemand überlebt. Dann wäre uns nämlich die Aufregung danach erspart geblieben.«

»Montorro hat zweimal auf den Jungen geschossen«, versucht sich Jim zu rechtfertigen, obwohl er zu dieser Unterhaltung keine Lust hat. »Zwei Kugeln aus der Nähe. Als du ihn umgedreht hast, hast du ihn auch für tot gehalten. Außerdem ist jetzt alles erledigt. Niemand kann uns etwas nachweisen und dieser Junge erst recht nicht. Es war dunkel und niemand glaubt ihm, dass er uns erkannt hat. Nach unseren Alibis sowieso nicht. Nichts, aber auch gar nichts kann man uns etwas beweisen. So, und jetzt lass mich in Ruhe.«

Jim hat jetzt endgültig genug. Langsam erhebt er sich, hockt sich ans Feuer und stochert mit einem verdorrten Zweig in der Glut herum. Für einen Moment lässt dieser schwere Druck im Hals etwas nach. Aber diese Töne! Jetzt sind sie wieder da. Oder waren sie die ganze Zeit da, nur dass er sie nicht richtig wahrgenommen hatte?

Doch Larry ist immer noch sehr aufgewühlt. »Du kannst das alles leicht sagen, denn dich haben sie nicht gefunden. Aber Montorro und mich haben sie ausgequetscht. Weißt du, wie man sich da fühlt, he? Wir können froh sein, dass wir davongekommen sind.«

Jim erhebt sich stöhnend. »Ich kann jetzt sowieso nicht schlafen. Leg du dich hin und halt endlich den Mund.«

Ohne etwas zu antworten, legt Larry sich auf den Boden nieder. Er glaubt nicht daran, einschlafen zu können, dazu ist er viel zu aufgewühlt und deshalb versucht er, an etwas anderes zu denken. Wie schön wäre es bei Elli im weichen Bett zu sein. Sie ist eine Hure, denkt er. Aber es stört ihn nicht im Geringsten. Sie ist unproblematisch und na ja, alles in allem, eine geile Braut. Morgen will er sie aufsuchen, denn er braucht Abwechslung.

Schließlich schlief er irgendwann ein. Doch schon kurze Zeit später wird er von Jim angestoßen. Mit beiden Händen umklammert der röchelnd seinen Hals. Sein Atem geht schwer.

»Mensch Jimmy, was ist los mit dir?« Erschrocken blickt er in das aschfahle, eingefallene Gesicht seines Freundes, das mit weit aufgerissenen Augen das blanke Entsetzen widerspiegelt.

Aber Jim zeigt nach vorne. »Da! Da, sieh mal ...«, stößt er mit letzter Kraft hervor. Dabei stöhnt und ächzt er, während er sich immer wieder an seinen Hals greift.

Entsetzt starrt Larry in die gezeigte Richtung. »Ein Coyote, er kommt verdammt dicht ans Feuer«, flüstert er.

»Ayatéh«, krächzt Jim. »Das hier ist kein Coyote.«

Eigentlich war Jim immer der Besonnene, doch dieses Mal versucht Larry einen klaren Gedanken zufassen.

»So ein Unsinn, jetzt hat's dich aber gepackt«, sagt er leise, doch so ganz wohl ist ihm auch nicht dabei. Funkelnde Augen starren ihn über das Feuer hinweg an. Das Tier fletscht die Zähne und das Fell im Nacken sträubt sich.

»Er kann sich in einen Wolf verwandeln«, stößt Jim hervor. Langsam führt Larry den rechten Arm zum Feuer. Deutlich ist ein Knurren zu hören.

»Wie kommst du nur auf so etwas? Außerdem ist das da kein Wolf, sondern ein Coyote.« Oder etwa doch nicht? Larry ist sich nicht sicher. Ganz, ganz langsam greift er zu einem brennenden Holzstück und wirft es blitzschnell dem Tier entgegen. Er sieht, wie es rückwärts nach hinten springt und außer Sichtweite läuft.

»Siehst du, so macht man das - Ayatéh, das ich nicht lache. Du fantasierst herum.«

»Nein, die Leute sagen das.«

»Die Leute!«, wiederholt Larry. »Welche Leute denn?«

»Na, die Leute eben, oben im Norden, bei ... aah - bei Woody im Laden und so«, stammelt er und ringt immer wieder nach Luft. »Hier stimmt was nicht, Larry. Hörst du die Töne? Das ist Skinwalker.«

Jetzt hört er sie auch. Er horcht, kann aber die Richtung nicht feststellen. Sie scheinen von überall zu kommen. Mal immer leiser werdend und dann wieder deutlicher, ähnlich wie Flötenklänge und manchmal ertönt ein Rasseln.

»Der Coyote ist weg«, sagt Larry, um sich und Jim zu beruhigen. Doch entsetzt sieht er, wie Jim sich auf dem Boden wälzt und immer wieder verzweifelt nach Luft ringt.

»Hilf mir«, stöhnt er so laut er kann und sein Atem wird immer schneller. »Larry! Larry, tu doch etwas. Ich will hier nicht krepieren.« Dann röchelt er nur noch.

Larry sieht sich um. Was passiert hier? Und diese Töne. Er hält sich die Ohren zu. Seine Angst verwandelt sich in Panik.

Plötzlich ist da ein starker, stechender Schmerz in der Magengegend. Gequält sinkt er mit gekrümmtem Körper auf die Knie.

Dann ist Stille. Er sieht zu Jim rüber, doch der bewegt sich nicht mehr. Panisch schleppt sich Larry zu seinem Motorrad und kramt in den Satteltaschen. Mit zitternden Händen zieht er hastig das Handy heraus und ist nur schwer in der Lage, die ihm bekannte Nummer zu wählen. Doch dann hat er es geschafft und wartet. Sekunden ziehen sich zur Ewigkeit hin und die Schmerzen lassen nicht nach. Während er wartet, werden sie stärker und schließlich spürt er Blut im Mund. Endlich antwortet eine Frauenstimme am Handy.

»Elli, hol mich hier weg. Schnell, hol jemanden her«, stammelt er hektisch ins Telefon.

»Wo bist du? Was ist los mit dir?«

Er hat Mühe zu sprechen. Blut rinnt ihm aus dem Mund. »In ... der Sonora-Wüste ... Wolf.« Das ist das Letzte, was er hervorbringt.

Sand wirbelt auf und bedeckt das Feuer. Es ist aus!

Unruhig wälzt sich Montorro in seinem Bett. Im Traum scheint er eine Melodie zu hören. Als er aufwacht, vernimmt er sie aber immer noch. Ihm wird warm und er schlägt die Decke zurück. Wieso ist es nachts noch so warm?, fragt er sich. Er steht auf, schlurft in die Küche, um sich ein Glas Wasser zu holen und leert es in einem Zug aus. Doch es reicht nicht, um seinen Durst zu stillen, und nachdem er es wieder aufgefüllt hat, geht er zurück, setzt sich aufs Bett und horcht.

Merkwürdig, irgendwie ist alles heiß. Die Bettkante fühlt sich an, wie von der Sonne aufgewärmter Asphalt und auch am Türrahmen hatte er es bemerkt. Für ihn ist es nicht zu verstehen. Er greift nach der leeren Chipstüte, die auf dem schmutzigen Boden liegt und nach der leeren Bierdose daneben. Alles ist heiß. An der Bierdose verbrennt er sich und wirft sie im hohen Bogen weg, sodass sie gegen die Wand scheppert. Verdutzt sieht er zu, wie sie sich auf dem Boden rollt, doch in der Dunkelheit erkennt er nur die äußeren Umrisse und bemerkt nicht, dass sie qualmt.

Plötzlich steht der Coyote im Türrahmen. Obwohl es dunkel ist, kann Montorro seinen niedrigen Körper erkennen. Nervös tastet der Mann zum Lichtschalter der kleinen Nachtischlampe neben ihm. Doch auch am Schalter verbrennt er sich, bevor er ihn betätigen kann, sodass er die Lampe vor Schreck umstößt.

Das Tier hat ein Stück Holz in der Schnauze. Während es langsam näher kommt, weicht Montorro auf seinem Bett zurück. Auf der Stirn zeigen sich Schweißperlen und das T-Shirt scheint am Körper zu kleben. In seinem bulligen Gesicht, von Narben gezeichnet, entsteht ein Ausdruck des Entsetzens.

Der Coyote legt das Holzstück auf den Boden und weicht ebenfalls zurück. Jetzt kann Montorro ihn nicht mehr sehen. Vorsichtig nimmt er das Holz in die Hand, vielleicht aus dem Grunde, weil er wissen will, ob es real ist, doch auch daran verbrennt er sich.

»Verdammt«, flucht er und reibt seine schmerzende Hand. Es ist also Wirklichkeit. Sein Blick schweift im dunklen Zimmer umher. Er sah dieses Tier zwar nur schemenhaft, aber es war da, denn die funkelnden Augen hatten ihn angestarrt. Ein Gefühl von überwältigender Angst breitet sich plötzlich in seinem Körper aus.

Doch als er das Tier mit seinen Blicken sucht, kann er nur die Umrisse seiner eigenen Kleidung erkennen, die verstreut zum Teil auf dem Stuhl in der Ecke liegen und daneben auf dem Boden.

Plötzlich sprüht ein Funke auf der Stuhllehne. Da - wieder! Doch dieses Mal ist es eine richtige kleine Flamme. Schnell reißt er das Kopfkissen an sich, rennt zum Stuhl und erstickt das Feuer. Seine Füße werden trotz der Socken, die er noch trägt, heiß und auch das Kissen fasst er ständig von einer Hand in die andere, um es dann im hohen Bogen von sich zu werfen. Jetzt sieht er eine Flamme mitten auf seinem Bett. Aber seltsam, denn rundherum ist kein Feuer. Plötzlich, wie aus dem Nichts taucht es auf, genau, wie es beim Stuhl war. Auch darauf wirft er das Kissen, hebt es wieder hoch und sieht nach. Die Flamme ist aus und ein dunkler Brandfleck wird sichtbar. Ihm bleibt nicht mehr viel Zeit zum Nachdenken, denn jetzt schießt eine noch größere Stichflamme aus dem Boden in der hinteren Ecke des Zimmers.

Er will fliehen und stürzt zur Tür. Doch schlagartig versperrt ihm eine riesige Feuerwand den Weg. Die ganze Tür brennt lichterloh und er schreckt zurück. Hier gibt es kein Entkommen. Das Fenster scheint die einzige Rettung zu sein, die letzte Hoffnung. Es gibt keine höhere Etage, also könnte er schnell aus dem Fenster springen. Doch auch hier spielt sich anschließend das Gleiche ab. Die Flammen sind zu hoch, um darüber zu springen. Er weiß keinen Ausweg mehr und dreht sich wie wild im Kreis. Ich muss raus, denkt er, egal wie. Zögernd geht er ein paar Schritte zurück, um Anlauf zu nehmen. Dann stürzt er sich mit voller Kraft gegen das brennende Fenster, in der Hoffnung durch die geschlossenen Scheiben zu kommen. Doch er spürt eine Wucht, als wenn er gegen eine Wand läuft. Jetzt hat ihn das Feuer ergriffen und lodert überall an seiner Kleidung, sodass er sich schreiend vor Schmerzen und Panik auf den Boden wälzt. Hastig steht er auf, greift zur Bettdecke, um sich damit zu bedecken und schreit um Hilfe.

Er schafft es schließlich, die Flammen mit der Decke zu ersticken, aber die Schmerzen auf seiner Haut sind kaum zu ertragen. Voller Entsetzen muss er feststellen, dass an anderen Stellen im Zimmer weiterhin die Flammen emporschießen.

Plötzlich Klänge, Flötentöne, dann ein Trommeln, das immer schneller wird. Schemenhaft glaubt er, im Feuer wieder den Wolf zu erkennen. Doch er rührt sich nicht. Als er ihn weiter anstarrt, hebt das Tier den Kopf und gibt ein Heulen von sich, das Montorro Lenardo das Blut in den Adern gefrieren lässt. Vor Schreck und Entsetzen wie gelähmt, dem Wahnsinn nahe, schreit er noch einmal verzweifelt um Hilfe.

Dann gibt ihm der Gedanke an das Telefon neue Hoffnung. Warum hatte er denn nicht schon früher daran gedacht? Der nächste Nachbar ist nur etwa drei Minuten zu Fuß entfernt - vielleicht ist ihm das Feuer aufgefallen und es ist schon jemand unterwegs, um ihn zu retten.

Fieberhaft sucht er nach diesem Ding und findet es schließlich unter dem Bett. Er muss es wohl beim hektischen Umherlaufen versehentlich runter geworfen haben.

Auch das Telefon ist heiß, aber jetzt nimmt er das schon fast nicht mehr wahr. Wichtig ist, dass es funktioniert. Hastig wählt er die Nummer seines Nachbarn. Es meldet sich eine Männerstimme.

»Mr. Handerson, kommen Sie schnell. Hier passiert etwas Merkwürdiges. Überall tauchen aus dem Nichts Flammen auf. Und ein Wolf war hier - hören Sie diese Trommeln?« Montorro spricht so schnell, dass sich seine Worte fast überschlagen. Dann wird er vom Feuer eingeschlossen und es gibt kein Entrinnen mehr für ihn.

Langsam löscht Ayatéh das Feuer in seiner Felsspalte.
Doch das Lied des Todes ist noch nicht zu Ende. Es trägt eine Forderung mit sich und Ayatéh weiß, dass auch er darin gefangen ist.

Der alte Tacheenie Shimasani doo Shicheii, kurz Tacheenie genannt, ist nicht zu Hause, doch sein Hund liegt auf der kleinen Veranda. Neben ihm steht ein Topf mit Wasser, den er versehendlich umwirft, als er den jungen Mann kommen sieht. Freudig und mit wedelndem Schwanz begrüßt er Ayatéh.

Der Hund ist eine Promenadenmischung, der irgendwann einmal Tacheenie hinterherlief und seitdem nicht mehr fortging. In seinen noch jungen und verspielten Jahren hält er den alten Mann auf Trab.

Als Ayatéh feststellt, dass niemand zu Hause ist, lässt er sich auf den alten, weißen Schaukelstuhl nieder, an dem hier und dort schon die Farbe abblättert.

Langsam streckt er die Beine aus, reibt seine müden Augen und faltet schließlich die Hände im Nacken zusammen.

Die Luft flimmert unter der erbarmungslos brennenden Sonne und scheint alles auszutrocknen. Überall liegt feiner roter Sand. Auf dem Geländer, den Stiefeln und in seinen schwarzen Haaren, die ihm bis zur Hüfte reichen.

So warten sie nun beide, und als er eine kleine Spinne sieht, die sich gerade ein Netz am Geländer gebaut hatte, erinnert sie ihn an eine Geschichte:

Sie handelt von einer Spinne, die gewarnt wurde, als Geschöpf der Erde und des Himmels, das sie war, niemals in die Nähe des Wassers zu gehen. Aber sie war neugierig und sie suchte einen Teich auf. Als sie ihr Spiegelbild auf der Oberfläche des Wassers sah, erschrak sie, denn sie empfand sich als große, hässliche Kreatur, mit dickem, schwarzen Körper und dünnen Beinen. Wie schön waren dagegen die anderen Tiere. Ein bunter Fisch schwamm vorüber und selbst das Quaken eines Frosches empfand sie als schön und eine Ente landete anmutig aus der Luft.

Sie wurde furchtbar traurig und weinte sehr, sehr lange, sodass sie vergaß, sich um Nahrung zu kümmern. Alle anderen Spinnen waren eifrig dabei, sich ihre Netze zu weben, doch sie dachte nur daran, anders zu sein. Sie wollte schön und bunt sein wie dieser Fisch und schön singen können, aber ihre Stimme war dünn und hörte sich wie das Rascheln zweier Blätter im Wind an. Das gefiel ihr nicht und sie übte und übte, aber ihre Stimme änderte sich nicht. Sie drückte den schwarzen Körper gegen einige rote Beeren, um schöner auszusehen, aber davon wurde er nur klebrig. Auch das Fliegen übte sie ständig ohne Erfolg und so verging die Zeit. Sie dachte nur noch daran, anders zu sein und so war sie mit sich selbst nie zufrieden. Auch, dass sie vorher glücklich gewesen war, vergaß sie. Sie wurde immer deprimierter, weil ihr nichts gelang. Nach langer Zeit bekam sie Hunger, doch das, was sie vorher gut konnte, hatte sie inzwischen verlernt. Sie wusste nicht mehr, wie man ein Netz webt und es war ihr peinlich, es vor den anderen Spinnen zuzugeben. Sicher hätten sie ihr geholfen, aber sie suchte immer nach Ausreden. Alle anderen Tiere gaben ihr Ratschläge, mit denen sie nichts anfangen konnte. Sie hungerte sehr und wusste nicht, was sie tun sollte.

Schließlich blieb ihr nichts anderes übrig, als es vor ihren Artgenossen zuzugeben. Sie schluckte ihren Stolz hinunter und sagte: »Ich habe es vergessen!« Und das war die Wahrheit. »Was soll ich tun? Wie geht es weiter? Bitte, helft mir.« Das zu sagen, fiel der Spinne schwer, aber dann zeigten ihr alle anderen, wie es gemacht wird. Bald konnte sie wieder selbst weben und hatte nun Freunde. Sie war zufrieden mit dem, was sie tat und sie hatte gelernt, sich selbst anzunehmen, so wie sie ist.

Ayatéh nimmt das Singen der Vögel wahr. Auch sie scheinen zufrieden zu sein und selbst der Hund strahlt eine innere Ruhe und Gelassenheit aus.

Als Tacheenie kommt, ist es soweit. »Ich habe dich lange nicht gesehen, was führt dich zu mir?« Er lächelt nicht wie sonst, wenn er Ayatéh begrüßt, sondern nimmt seinen alten modrigen Hut ab und streicht mit leicht zittriger Hand über sein schütteres langes graues Haar.

Weil er immer noch größere Wanderungen unternimmt, merkt man ihm sein stolzes Alter von sechsundachtzig Jahren nicht an, trotz der vielen Furchen in seinem Gesicht.

»Ich möchte dir etwas Wichtiges sagen«, kommt Ayatéh gleich auf den Punkt.

»So? Gut«, sagt der ältere Mann, geht ins Haus und holt noch einen Stuhl herbei. Doch der Besucher bleibt stehen und sucht nach Worten.

»Ich kann nicht mehr dein Schüler sein.« Er wirkt bedrückt.

»Warum nicht?«, fragt der alte Mann, obwohl er die Antwort zu wissen glaubt.

»Ich bin es nicht würdig. Ich habe etwas Schlimmes getan«, gesteht Ayatéh. »Ich bin zu jung, um deine Weisheit zu besitzen.« Er hat Respekt vor diesem Mann, der in seinem Alter noch so rege ist. Aber wie nur bringt er ihm bei, was geschehen ist? Dass er die heiligen Lehren missbraucht hatte und sich über jedes Tabu hinweg setzte.

Tacheenie will ihm seine Verlegenheit nehmen. »Ich weiß, was du getan hast und ich hatte gehofft, du würdest es nicht tun. Ich habe für dich gebetet, damit dir Einsicht gegeben wird. Ich habe Boten zu dir gesandt, damit sie dir Frieden bringen und ich habe *hasteyalti** gebeten auf dich aufzupassen, denn was du getan hast, war sehr gefährlich. Ich habe darum gebeten, dass dir nichts zustößt, dass er dich segnet, damit das Gute in dir wiedererweckt wird, das dir gegeben wurde.« Doch seine Gedanken sind von Sorge erfüllt.

Fast ein Tag ist seitdem vergangen, die glutrote Mittagssonne steht hoch am Himmel, doch hier auf der kleinen, hölzernen Veranda spendet ihnen die alte Wellblechüberdachung etwas Schatten.

»Es ist so, wie es ist und es ist *deine* Entscheidung. Es ist *dein* Leben und es ist *dein* Weg. Ich kann dir helfen, aber Entscheidungen musst du selbst treffen und dazu gehört die Verantwortung. Wenn du die Verantwortung auf dich nehmen willst, musst du auch damit leben und zurechtkommen. Ich weiß, was du durchgemacht hast, aber ist es ein Grund, Gott die Entscheidung zu nehmen? Sich über ihn hinwegzusetzen und an seiner statt zu richten? Irgendwann wird sich jeder stellen müssen und nur Gott weiß, wann die Zeit gekommen ist. Irgendwann wird Gerechtigkeit geschehen, aber das zu entscheiden, liegt nicht in unserem Ermessen. Doch du hast es getan und ich hoffe, du kannst damit leben. Überlege dir jetzt gut, was du tun willst, damit du den Halt nicht völlig verlierst. Ich werde dich als Schüler nicht abweisen, denn

* *hasteyalti* = Talking God - der Sprechende Gott

ich weiß, dass du ein guter Mensch bist. Du kannst mit Anderen weinen und lachen und du respektierst jeden so, wie er ist. Du bietest bereitwillig deine Hilfe an, auch wenn du dafür Opfer bringen musst. Keine Arbeit ist dir zu viel und du hast Augen für die schönen Dinge im Leben. Du achtest alles Lebendige und hast Ehrfurcht vor den Geschöpfen Gottes. Es ist nicht alles verloren und ich hoffe, dass du Zufriedenheit findest. Wenn du weiter zu mir kommst, werde ich dir helfen.«

Ayatéh streicht über den Kopf des Hundes, der die ganze Zeit neben ihm steht und seine Aufmerksamkeit fordert. Seine Gedanken drehen sich im Kreis. Wie wird es weitergehen?

»Ich muss erst Ordnung in mein Leben bringen.« Lächelnd fügt er hinzu: »Und ich glaube, ich fange in meiner Wohnung an.«

»Ich werde für deinen Frieden beten«, sagt Tacheenie mit seiner rauen, brüchigen Stimme. Dabei lässt er sich langsam auf dem Schaukelstuhl nieder.

Ayatéh öffnet das kleine Fenster, sodass der Käfer endlich den Weg in die Freiheit findet. Dann nimmt er sich ein Glas Wasser und trinkt es in kleinen Schlucken aus. Das frische Wasser tut ihm gut, nach diesem heißen Sommertag, denn es erfrischt und kühlt seinen trockenen Mund. Noch mit dem leeren Glas in der Hand lehnt er sich gegen die Wand und sieht sich um. Er hat einen Sinn für Ordnung und alles liegt auf seinen Platz. Bei den wenigen Habseligkeiten ist das auch kein Problem, denkt er. Aber er mag kein Chaos, weder in seiner Wohnung noch woanders. Am wenigsten in seinem Leben.

Mit dem Rücken an die Wand gelehnt, rutscht er in die Hocke. Sein Leben zu ordnen, ist schon weitaus schwieriger. Er denkt an die Spinne in seiner Geschichte. Er wollte zwar nie anders sein, aber er hat sich um viele andere Dinge, vielleicht auch unwichtige, gekümmert, sodass das Wesentliche unbemerkt an ihm vorbeigegangen ist. Was ist wichtig? Was ist unnütz? Gibt es etwas Unnützes? Vielleicht kann man ja auch davon lernen. Dann verwandelt sich das Unnütze in Nützliches. Etwas, was auf den ersten Blick keinen Sinn ergibt, kann sich irgendwann einmal als sinnvoll erweisen. Diese Erfahrung hatte er schon oft gemacht, denn sein Feingefühl für alles, was ihm in seinem Leben begegnete, brachte ihm neue Erkenntnisse, gute wie schlechte. Das Leben ist ein Lernprozess, ein Rhythmus. Wie ist es jetzt in meinem Leben, fragt er sich. Er hat das Gefühl, dass etwas stehen geblieben ist, so, als ob ihm jemand ein Stoppschild hinhält: bis hierhin und nicht weiter. Während der Fahrt hatte jemand anders für ihn die Bremse gezogen. Die Spinne war am Ende der Geschichte so weit, dass sie sagen konnte: Ich weiß nicht mehr weiter. Wie webt man ein Netz? Bitte, helft mir. Ayatéh fühlt sich wie am Ende seines Lebens. Sollte er sagen: Ich weiß nicht mehr weiter. Ich weiß nicht mehr, wie man lebt. Wollt ihr mir helfen?

Er steht auf und nimmt die beiden Läufer vom Bretterfußboden. Nachdem er sie ausgeklopft hat, fegt und wischt er die zwei kleinen Zimmer in dem Haus.

Er hatte lange nichts gegessen. Fasten ist wichtig vor einem bedeutsamen Ritual, aber das liegt hinter ihm. Das Wasser hatte ihn gestärkt, aber Hunger verspürt er immer noch nicht. Trotzdem will er heute Abend seinen Freund Nick besuchen. Seine Frau würde ihm wie immer etwas zu Essen hinstellen und bei ihrer Kochkunst konnte er meistens nicht widerstehen.

Nach seiner Arbeit geht er ums Haus und sieht nach, ob irgendwo etwas ausgebessert werden muss. Tatsächlich bemerkt er unten im Holz ein Loch. Es sieht aus, als ob sich ein Nagetier hindurch gefressen hatte.

Da ruft jemand seinen Namen. Ayatéh blickt sich um und sieht Dusty auf einem Fahrrad. Nachdem er es ins Gras gelegt hat, geht er auf seinen Freund zu.

»Gut, dass du zu Hause bist«, sagt er etwas außer Atem. »Denn ich brauche deine Hilfe.«

»Ah, ja? Dann gehen wir rein.«

Kaum hat Dusty sich gesetzt, trägt er auch schon sein Anliegen vor: »Laura ist krank, vielleicht kannst du ihr helfen.«

»Nein, es geht nicht.« Ayatéh wirkt bedrückt, als er das sagt, denn er ist trotzdem besorgt. »Ich werde es nicht mehr tun, Dusty.«

Dusty denkt über seinen Freund nach, der sich in letzter Zeit sehr verändert hat. Trotz des Altersunterschiedes von zehn Jahren zählt Ayatéh zu seinen besten Freunden. Dusty selbst konnte mit seiner ruhigen, gutmütigen Art schon oft Ayatéh zügeln, wenn sein Temperament überhand nahm, denn Ayatéhs ausgeprägtes Gefühl für Gerechtigkeit veranlasste ihn oft zu spontanen und unüberlegten Handlungen. Dusty war immer der ruhende Pol, der versuchte, aufkommende Probleme mit ihm sachlich zu lösen. Doch stets war sein Freund hilfsbereit. Deshalb ist er erstaunt über diese Reaktion. Er weiß nicht, was er von der Antwort halten soll, denn diese Art kennt er von Ayatéh nicht und eine Zeit lang schweigen sie. Irgendetwas scheint vorgefallen zu sein, das sagt ihm sein Gefühl. Vielleicht hat es damit zu tun, was damals seiner Familie widerfahren ist. Warum hatte er sich ihm nicht anvertraut?

Schon lange ist der Glanz aus Ayatéhs Augen verschwunden und auch nach diesem schelmenhaften Blick sucht er vergebens. Oft hatte er dieses verschmitzte Lächeln, das ihn verriet, dass sein Freund etwas im Schilde führte. Was ist von Ayatéhs Temperament noch geblieben? Sein merkwürdig ruhiges Verhalten lässt auf eine gewisse Gleichgültigkeit schließen. Dabei war er es immer gewesen, der versucht hatte, diese Menschen im Reservat aus ihrem monotonen Trott herauszubringen, sie aufzuwecken, zu motivieren.

Dusty denkt an seine Tochter. »Aber du weißt doch noch nicht einmal, was Laura fehlt.«

»Ich nehme an, sie hat starken Hautausschlag, denn ich habe es schon vor ein paar Tagen bemerkt. Wahrscheinlich ist es schlimmer geworden, wie bei Mandy. In letzter Zeit kommt so etwas hier öfter vor. Am besten, du bringst sie ins *Health Service Hospitla**.«

»Du weißt, wie weit es entfernt ist«, antwortet Dusty halb verzweifelt, halb enttäuscht. »Sie braucht *jetzt* Hilfe. Sie hat sich heute Nacht blutig gekratzt. Laura hat mich gebeten, dich zu holen, denn sie hat Vertrauen zu dir und kennt dich. Was soll so ein kleines, sechsjähriges Kind im Krankenhaus? Abby und ich wissen nicht mehr, was wir tun sollen. Jetzt hat sie auch noch starke Kopfschmerzen bekommen.«

Von Ayatéh kommt keine Reaktion. Sein Schweigen vermittelt Dusty das Gefühl, unerreichbar zu sein. Noch immer auf eine Erklärung wartend, starrt er seinen Freund verständnislos an.

---

* *Indian Health Service = regierungsamtlicher* Indianer - Gesundheitsdienst (kostenlos)

»Bitte, gib mir wenigstens eine Antwort. *Willst* du, oder *kannst* du ihr nicht helfen? Warum sagst du nichts? Ich möchte wissen, was du jetzt gerade denkst.«

»Ich denke, vielleicht kannst du ihr erst mal Aspirin geben.«

Dusty kneift die Lippen zusammen und schüttelt kaum merklich den Kopf. »Okay, alles klar - entschuldige, dass ich dich aufgesucht habe. Ich weiß zwar nicht, warum du dich weigerst, aber ich akzeptiere es.«

Hastig steht er auf und verlässt das Haus. Als er sich aufs Fahrrad schwingt, kommt Ayatéh ihm hinterher gelaufen, denn so will er seinen Freund nicht gehen lassen.

»Warte«, ruft er, doch Dusty fährt los.

»Dusty, bitte!«, versucht er ihn noch einmal aufzuhalten.

Schließlich hält er an und dreht sich um. Ayatéh läuft ihm mit schnellen Schritten nach. »Es gibt eine Pflanze, die die Kraft besitzt, Lauras Leiden zu lindern. Mehr kann ich nicht tun und ich fürchte, dass auch Tacheenie gegen diese Krankheit nichts ausrichten kann.«

»Ist es wirklich das? Ich glaube, da ist noch etwas anderes, weshalb du so zurückweisend warst. Du sagtest, du wirst es nicht mehr tun.«

»Das ist eine andere Sache. Ich werde diese Pflanze besorgen und mache mich sofort auf den Weg, aber die Krankheit selbst wird sie nicht heilen können. In etwa einer Stunde bin ich bei euch.«

Dusty nickt etwas beruhigter und fährt davon.

Die Sonne brennt erbarmungslos herab und hinterlässt ein Licht, das die roten Felsen in einen leuchtenden Schimmer taucht. Zügig läuft Ayatéh zum Hügel, denn von dort ist es nicht mehr weit bis zur Pferdekoppel. Daneben stehen etwas verstreut einige kleine Häuser, aus einfachen Brettern gebaut. Hier lebt Joe Lancer, der nichts dagegen hat, wenn sich jemand aus dieser Gegend ein Pferd schnappt, denn schließlich fühlen sich auch diese Menschen hier für die Tiere mitverantwortlich. Vor allem die Kinder kommen oft, um sie zu versorgen. Natürlich wollen sie auch ihr Vergnügen und üben einige Kunststücke auf den Rücken der Pferde, was nicht gerade ungefährlich ist. Irgendwann im Jahr denken sie sich dann *ihren besonderen Tag* aus, an dem sie allen Erwachsenen ihr Können präsentieren wollen. Schließlich träumt fast jeder Junge davon, einmal auf einem Rodeofest mitzumachen.

Der Zusammenhalt in dieser Gemeinschaft ist gut, denn hier kennt man sich. Vielen sind die Begriffe *dein* und *mein* fremd und großzügig wird geschenkt und geteilt.

Ein junger, gescheckter Appaloosa kommt sofort auf ihn zu getrabt. »Diesmal möchte ich zu Lucy«, gibt er dem Pferd zu verstehen, klopft ihm sanft an den Hals und geht zu einem anderen, bindet ihm ein einfaches Halfter um und führt es aus der Koppel. Mit einem Schwung sitzt er auf dem Rücken und galoppiert davon.

Je länger er reitet, umso mehr verändert sich die Landschaft. Jetzt überwiegt das Grasland und ein verschlungener Pfad führt ihn schließlich zum Ziel. Hier ist seine Heimat, hier kennt er sich aus und fühlt sich wohl. Ein verdorrtes, fast vergessenes Land, doch er liebt es.

Langsam lässt er sich vom Pferd gleiten, tätschelt es kurz und läuft zu Fuß weiter zwischen großen und kleinen steinigen Hügeln, bis er sein eigentliches Ziel erreicht hat. Er braucht nicht lange zu suchen, dann hat er die richtige Pflanze gefunden.

»Ich komme zu dir, weil ich dich brauche. Ich werde vorsichtig sein und deine Wurzeln nicht beschädigen«, entschuldigt er sich auf Diné, der Sprache seines Volkes.

Ayatéh hatte viel über Heilpflanzen gelernt. Für ihn sind sie lebendige Mitgeschöpfe und er hat Ehrfurcht vor ihnen. Durch ihre besondere Gabe konnten sie schon vielen Menschen helfen. Sich dieses Wissen anzueignen, war eine große Aufgabe und er ist dankbar dafür, auserwählt worden zu sein.

Es waren inzwischen schon vier Jahre vergangen, als Tacheenie, einer der Ältesten und ein angesehener *hataalii*, zu ihm kam und ihn fragte, ob er sein Schüler werden wollte. Er kannte Ayatéh gut und hatte ihn oft beobachtet. Es war ihm aufgefallen, dass er stets hilfsbereit war, wie sehr er sich um alte und kranke Menschen kümmerte. Er hielt immer sein Wort und hatte ein starkes Gefühl für Gerechtigkeit. Tacheenie kannte schon lange seine Familie und ihre Clans. Sie waren aufrechte Menschen, ehrlich und zuverlässig.

Doch eines Tages kam auch die Zeit, wo er etwas über die bösen Mächte lernen sollte. Wozu? Ayatéh wissen wollen, denn er wollte nur Gutes vollbringen.

»Zum Guten gehört auch das Böse. Vielleicht wirst du einmal damit konfrontiert und dann solltest du nicht machtlos sein, sondern dich auskennen, damit du gegen sie vorgehen kannst, dann können sie niemandem etwas anhaben. Das ist sehr wichtig.« Diese Worte sind ihm in Erinnerung geblieben.

So lernte Ayatéh alles von ihm, was nötig war, um anderen Menschen zu helfen. Niemals hätte er damals geglaubt, dass er diese bösen Mächte einmal selbst rufen würde. Er hatte sie gerufen, damit sie ihm helfen, und sie waren gekommen. Er hatte keine Angst gehabt, denn dieses Gefühl war ihm fremd geworden. Doch die Melodie des Todes trug eine Forderung mit sich: Es wird ein *bilagaana*[*] sein, ein Weißer, dessen Tod *Atse'ma'ii* fordert. Ayatéh soll ihn ausliefern, ihn töten und er wird ihm schon bald begegnen.

Manchmal fühlt er sich wie ein Stein, hart und kalt. Es gibt Tage, da will er alleine sein und dann wieder kann er das Alleinsein nicht ertragen und sucht die Gesellschaft seiner Freunde.

Er weiß nicht, wie es weitergehen soll, vielleicht wird er die guten Geister des Windes fragen.

»Mr. Nelson, darf ich Sie mit Mr. Watkins vom FBI bekannt machen, er ist beauftragt ...«, weiter kommt Mrs. Dale nicht.

»Ich weiß Bescheid, danke«, unterbricht Nelson sie. Er steht auf und reicht dem jungen Mann die Hand. »Bitte nehmen Sie Platz, ich habe auf Sie gewartet.«

Die Frau, die ihn begleitet hatte, wendet sich zum Gehen, doch sie wird von ihrem Chef zurückgerufen.

»Ach, Mrs. Dale, sind Sie bitte so nett und kochen uns eine Tasse Kaffee?«

»Ist schon aufgesetzt«, lächelt sie und geht wieder auf ihren Platz.

»Was wären wir ohne diese gute Fee«, lächelt auch Mr. Nelson und setzt gleich fort: »Hatten Sie eine gute Fahrt?«

»Danke, ja, eine einsame Gegend«, antwortet David Watkins, ein junger Beamter, den man aus Denver geschickt hatte.

»Ich möchte gleich zur Sache kommen«, gibt sein Gegenüber zu verstehen, nimmt sich eine Zigarette und bietet auch seinem Kollegen eine an.

---

[*] *bilagaana* = Bezeichnung für Weiße

»Nein, danke«, lehnt David Watkins ab, denn er hatte es schon vor zwei Jahren aufgegeben, nachdem sein Vater an Lungenkrebs gestorben war. Seitdem achtet er genau auf alles, was er zu sich nimmt. Aber es spielte sich in seinem Inneren noch mehr ab. Fast schleichend entwickelte sich ihm ein anderes Bewusstsein seiner Umwelt gegenüber. Jetzt interessiert er sich mehr für die psychologischen Hintergründe einer Tat.

Mr. Nelson ist ein schmächtiger Mann älteren Jahrgangs, dem der harte Job stets zu schaffen machte. Dies zeichnete tiefe Furchen in sein Gesicht. Er inhaliert den Rauch seiner Zigarette und stößt ihn langsam zur Seite aus. Dann lehnt er sich zurück und schlägt die Beine übereinander. Nun kann er seinen Auftrag abgeben. »Sie haben die Unterlagen gelesen. Es ist ein schwieriger Fall. Sie bekommen unsere volle Unterstützung. Ich werde versuchen, Ihnen weiter zu helfen.« Als er merkt, dass sein Kollege etwas zögert, setzt er fort: »Sie haben sicher eine Menge Fragen.«

Trotz seiner bisher kurzen Beamtenlaufbahn hatte Mr. Watkins genug Erfahrung gesammelt, um selbst nahezu aussichtslose Fälle zu lösen. Doch dieses Mal wird er aus der ganzen Sache nicht schlau. »Ja, denn wenn man die Autopsieberichte liest, ist es merkwürdig. Es klingt nicht nach Gewaltanwendung.«

»Da haben Sie recht, doch wenn man diese Männer durchleuchtet, haben sie etwas gemeinsam. Gemeinsame Feinde zum Beispiel. Und was auch interessant ist, ist der Brand im Haus von Montorro Lenardo. Er kam dabei um Leben.« In seinem schmalen Gesicht spiegelt sich eine gewisse Ratlosigkeit wider.

»Der Name sagt mir nichts.«

Mr. Nelson zieht die obere Schublade seines Schreibtisches heraus und reicht dem Kollegen eine Mappe.

»Ein Unfall, so scheint es jedenfalls. Aber er starb in derselben Nacht wie die anderen. Doch betrachten wir mal alle drei Männer genau. Montorro Lenardo und Larry Carson - einer von den Toten in der Wüste, Sie wissen ...« Als Mr. Watkins nickt, fährt er fort: »Die beiden also standen etwa zwei Wochen vor ihrem Tod vor Gericht, des fünffachen Mordes angeklagt und dazu Mordversuch mit schwerer Körperverletzung. Ein dritter Mann fehlte, wir hatten zu wenig Hinweise und konnten ihn nicht ermitteln. Wir wussten noch nicht einmal seinen Namen und hatten kaum Anhaltspunkte. Gegen ihn lief zusätzlich noch eine Fahndung wegen Vergewaltigung mit Todesfolge. Eine ziemlich brutale Sache.«

»Das hört sich ja schlimm an, was ist daraus geworden?«, will David Watkins wissen, der froh ist, jetzt mehr darüber zu erfahren.

»Die beiden anderen Täter konnte man fassen, weil sie schon registriert waren, aber sie sind aus Mangel an Beweisen freigesprochen worden. Einer von denen ist das Brandopfer. Sie hatten stichfeste Alibis, und obwohl der Zeuge sie wiedererkannte - jedenfalls war er sich ganz sicher - kamen sie frei. Die Beweise reichten nicht aus. Es war schon ziemlich dunkel und er könnte sie verwechselt haben, hieß es. Am Tatort fand man Motorradspuren, aber keiner von denen besaß ein Motorrad, doch das sagt natürlich nichts. Die Analyse einer Probe von Erbrochenem konnte man keiner Person zuordnen. Ich werde Ihnen auch die Akte über diesen Fall heraussuchen lassen.«

Mr. Nelson gibt eine Anweisung über seine Sprechanlage an Mrs. Dale weiter, die kurze Zeit später mit der verlangten Akte und zwei Tassen dampfenden Kaffees zu ihnen kommt. Der Officer drückt seine halb aufgerauchte Zigarette aus und fährt fort: »Jetzt passen Sie gut auf. Der andere Tote in der Wüste ist Jim Anderson. Nun haben wir herausbekommen, dass dieser Mann das Mädchen vergewaltigt hat. Das haben die Laboruntersuchungen jetzt ergeben. Also, er ist eindeutig die fehlende Person, die sich rechtzeitig aus dem Staub gemacht hat, da gibt es keinen Zweifel. Es liegt deshalb auch nahe, dass der andere Tote Larry Carson tatsächlich schuldig war. Ich bin davon überzeugt, dass Montorro Lenardo auch dabei war. Ich unterstelle jetzt einfach mal, dass sie sich falsche Zeugen erkauft haben.«

»Stammt das Erbrochene von diesem Anderson?«, fragt Watkins.

»Das dachten wir zuerst, aber seltsamerweise ist es auch nicht von ihm. Weder von den Opfern noch den Tätern oder dem Mann, der sie gefunden hatte.«

»»Wer hat sie gefunden?«

»Santo Dolores, der Bruder von Chaka, eines der Opfer.« Nach einer kurzen Pause fährt er fort. »Aber dieser Fall ist noch nicht abgeschlossen und ich vermute stark, dass es zwischen diesem und Ihren Auftrag einen Zusammenhang gibt und dem müssen wir auf den Grund gehen. Das ist unsere Aufgabe, doch die Navajo haben ihre eigenen Cops und lassen nicht gerne Leute aus anderen Gebieten bei sich herumschnüffeln. Nur die Bundespolizei hat die Befugnis, in besonderen Fällen dort noch einzugreifen, aber hier ist das FBI zurzeit überlastet, darum haben wir Sie geholt. Das Ganze spielt sich also weiter im Norden ab.« Mr. Nelson nimmt einen kräftigen Schluck von seinem Kaffee und wartet auf eine Reaktion des FBI-Beamten.

»Wer ist der Zeuge?«, will David Watkins wissen. Er hatte interessiert zugehört und ist gespannt darauf, was ihm der Kollege noch berichtet.

»Der einzig Überlebende. Er wurde schwer verletzt.«

»Da liegt der Verdacht nahe, dass er sich an den Tätern rächen wollte«, vermutet Watkins und glaubt hier einen Ansatz zu finden.

»Ja, aber der Verdacht besteht bei vielen anderen auch. Da gibt es duzende Leute, die gerne Rache geübt hätten.«

Watkins spürt Schweißperlen auf seiner Stirn und er fragt sich, ob es von der äußeren Hitze oder aus seinem Inneren kommt, denn anscheinend hat er es mit verdammt skrupellosen Mördern zu tun.

»Wo haben die Mörder zugeschlagen? Im Norden sagten Sie?«

»Richtig, in der Nähe von Chilchinbito. Das ist das Problem. Wenn sich jemand an ihnen rächen wollte, wären zwei Tage mit dem Auto nötig gewesen, um in die Wüste zu kommen. Zurück nochmals zwei Tage, ergeben vier fehlende Tage, doch jeder von ihnen kann diese Zeit genau belegen. Die Hauptverdächtigen können alle nachweisen, dass sie in den entsprechenden Tagen ganz bestimmt nicht Richtung Süden unterwegs waren. Ich habe sogar noch die Helikopterflüge überprüft.«

»Dann könnte man vermuten, dass jemand den Tod der drei Männer in Auftrag gegeben hat«, ergänzt David Watkins.

»Ja, aber das ist sehr schwierig zu beweisen. Am besten, Sie lesen sich einmal in Ruhe alles durch. Denn, wie Sie schon sagten, es sieht nicht nach Gewaltanwendung aus, aber da ist etwas faul.«

»Haben Sie auch die Bilder vom Tatort in Chilchinbito?«

Der Beamte öffnet erneut die Schublade und kramt eine Zeit lang darin herum. »Eigentlich gehören sie in die Akte«, murmelt er. »Aber ich habe sie mir vorhin schon einmal hervorgeholt und … ah, da sind sie ja!« Aus einer durchsichtigen Plastikhülle sucht er ein bestimmtes Foto heraus und reicht es David Watkins, der sich mit Entsetzen die Aufnahme vom Tatort ansieht.

»Das ist ja furchtbar, wer sind diese Leute? Wo genau ist es passiert?«

»In ihrem Hogen«, bekommt er zur Antwort.

»Was ist das?«

»Ein Hogen? Ach ja, sie kommen aus Denver. Also, es waren Indianer, *Navajo*[*]. Einige leben noch in diesen traditionellen Behausungen, sie sind klein und rund.« Er reicht Watkins ein anderes Bild.

»Das ist Chaka Dolores, 48 Jahre alt. Das Opfer wurde von zwei verschiedenen Kugeln niedergestreckt.«

»Was war er für ein Mann?«

Mr. Nelson überlegt einen Moment. »Nun, er war sehr beliebt, er war Mitglied der Stammesregierung.«

»Aha, wissen Sie, wovon er gelebt hat?« Der FBI-Beamte möchte alles genau wissen, umso mehr Chancen hat er, Zusammenhänge zu finden, um den Tod der beiden Männer in der Wüste zu klären. Denn für diesen Auftrag war er eingeteilt worden.

»Er hatte so eine Art Handelsstation, ein Geschäft oder so ähnlich.« Mr. Nelson überlegt eine Weile, trinkt einen Schluck Kaffee und fährt fort: »Dolores führte es mit einem Freund zusammen. Es gibt dort alles Mögliche, meistens gebrauchte Sachen. Es liegt im Reservat, dort kaufen, tauschen und handeln die Indianer untereinander und was weiß ich. Aber es gibt dort auch Neuwaren und er hatte Kontakte zu guten, seriösen Geschäften für die Touristikbranche.«

Er macht eine kurze Pause, schlürft seinen Kaffee und erzählt weiter: »Unter den Navajo und Hopi sind viele künstlerisch begabt. Dolores hat ihnen Schmuck aus Türkise, gewebte Teppiche, Kachinas und so weiter abgekauft, um es wieder zu verkaufen. In Durango zum Beispiel ist das Mesa Verde und viele Touristen sind interessiert an indianischer Geschichte. Sie kommen, um sich die Ruinen der Anasazi-Indianer anzusehen und geben sehr viel Geld für Kunsthandwerk aus. Das ist für viele von den Navajo die einzige Einnahmequelle. So ergab sich ein Einkommen, mit dem Dolores zurechtkam.«

Jetzt sucht Mr. Nelson nach einem weiteren Bild, reicht es Watkins und erklärt: »Das ist Leona, seine Frau.«

---

[*] Die Bezeichnung *Navajo* ist ein abgewandeltes Tewa-Pueblo Wort und bedeutet *kultivierte Felder*. Da sie mit den Apachen verwandt sind, wurden sie von den Spaniern *Apaches de Navajó* genannt. Sie selbst nennen sich Naabeehó Diné, abgekürzt: Diné = das Volk.

Sein Gegenüber sieht sich das Bild genau an. Eine schlanke Frau steht vor einem Hogen und umringt mit den Armen ein kleines Mädchen, das dicht vor ihr steht. »Ist das ihre Tochter?«

»Ja, aber das Bild ist schon älter, das Mädchen war zwölf Jahre alt, als es passierte.«

Mr. Watkins trinkt seinen inzwischen kalt gewordenen Kaffee aus und fragt sich, weshalb jemand solch ein unschuldiges Kind töten konnte.

»Wann ist es passiert?«

»Am 12. Januar, also vor ca. fünf Monaten«, gibt ihm Mr. Nelsen Auskunft.

»Weiß man etwas über ein Motiv?«

»Motiv, tja, da tappen wir leider völlig im Dunkeln. Die drei Männer kamen am Abend in den Hogen gestürmt und haben um sich geschossen.«

Dann folgen weiter Bilder. »Pablo, der jüngere Sohn Dolores, er war sechzehn Jahre. Mit zwei Kugeln niedergestreckt.«

Auf diesem Bild zeigt sich Watkins einen Jugendlichen, der auf einer Autohaube sitzt und lachend beide Arme hoch streckt.

»Jetzt habe ich hier ein Bild von Gavin Dolores. Er musste alles mit ansehen, wurde schwer verletzt und überlebte. Er war der ältere Sohn, zweiundzwanzig Jahre alt. Er hatte damals die drei toten Männer schwer belastet, doch sie kamen bekanntlich trotzdem frei.«

»Hat er einen indianischen Namen?«

Mr. Nelson überlegt kurz. »Kann sein, aber sie halten sich uns Weißen gegenüber damit zurück. Den Namen rauszukriegen wird aussichtslos sein.« Jetzt lenkt er das Thema zurück auf Mr. Watkens Auftrag, denn sicher wird er seinen Fall mit diesem verknüpfen, dann wird er das Reservat aufsuchen wollen. »Die Navajo haben ihre eigene Nation und verwalten ihr Land selbst. Natürlich hat die US-Regierung in besonderen Fällen die Oberhand. Jetzt ist dieser besondere Fall eingetroffen. Aber wenn Sie dort sind, hüten Sie sich, denn sie lassen sich nicht gerne ins Handwerk pfuschen. Und sie reden nicht über ihre Verstorbenen. Am besten, Sie gehen behutsam vor und sprechen erst mal mit dem Sheriff dort. Bei weiteren Fragen stehen meine Kollegen und ich Ihnen gerne zur Verfügung. Alles andere steht in den Unterlagen.«

»Okay«, sagt David Watkins und legt die Papiere zusammen. »Ich danke Ihnen für alles. Sie werden dann von mir hören.«

»Bleiben Sie bitte noch sitzen«, bittet ihn Mr. Nelson. »Ich möchte Ihnen sagen - es wird nicht leicht werden. Sie müssen vorsichtig sein und taktvoll vorgehen, denn um an Gavin heranzukommen, ist nicht so einfach.«

Noch bevor Watkins nachfragen kann, kommt Mrs. Dale, um die Tassen abzuräumen. Dabei erblickt sie das obere Bild auf dem Schreibtisch. »Oh, ist das Ayatéh?« Sie hält mit einer Tasse in der Hand den Kopf etwas verdreht, um das Bild besser zu betrachten. Es ist eine Nahaufnahme, die aussieht, wie die Vergrößerung eines Passbildes. Unter dem Bild ist ein Aufkleber mit dem Namen *Gavin Dolores* und eine Registriernummer.

»Er sieht gut aus«, stellt sie fest.

»Was?« Verblüfft wirft Mr. Nelson einen Blick auf seine Sekretärin, die neugierig auf dieses Bild starrt. »Wie heißt er?« Ungläubig über das Wissen von Mrs. Dale zieht er zweifelnd seine Stirn in Falten.

»Ayatéh nah-kay-yah Dolores«, kommt die perfekte Aussprache mit der Freude, ihren Chef zu belehren, gekonnt über die Lippen. Um dem Ganzen noch die Krone aufzusetzen, ergänzt sie stolz: *»Der dem Pfad folgt.«* Dabei ist ihr etwas hochmütiges Lächeln nicht zu übersehen.

»Das hört sich ja fast so an, als ob Sie ihn kennen«, schmunzelt Mr. Nelson.

»Oh, nein, nein ... nicht direkt natürlich. Man hört nur so einiges.«

»Nanu, was denn?« Mr. Nelson horcht neugierig auf.

Sie stellt die Tasse ab, legt die Arme angewinkelt nach vorne, krallt ihre Finger und sagt mit verstellter Stimme: »Das er sich in einen Wolf verwandeln kann.« Dabei fletscht sie ihre Zähne.

»Wie kommen Sie denn an solche Gerüchte?«, lacht Mr. Watkins.

»Man spricht auch hier über die mysteriösen Fälle und man hört so einiges. Alle haben vor ihren Tod einen Wolf gesehen, ist das nicht merkwürdig? Die Männer haben vorher telefoniert und etwas von einem Wolf gefaselt und komischen Tönen und so.«

»Und so ...«, wiederholt Mr. Nelson. »Nun machen Sie mal einen Punkt. Wir sind hier nicht in einem Gruselkabinett.«

»Okay, sie haben telefoniert, sonst hätte man sie ja nicht so schnell gefunden«, bestätigt jetzt auch Mr. Watkins. »Und Gerüchte entstehen schnell. Wer erzählt solche Sachen?«

»Naja, die Leute, die die Anrufe bekommen haben. Die erzählen das überall herum. Das reicht bis zu meinen Ohren.«

»In der Wüste gibt es Coyoten«, stellt Mr. Nelson jetzt klar.

»Und in einem brennenden Haus auch?«, fragt Mrs. Dale.

»Mrs. Dale, jetzt reicht es aber.« Kopfschüttelnd warnt er sie, doch die junge Frau zuckt mit den Achseln und geht.

»Unsere Angestellten lassen wir lieber nicht recherchieren, wer weiß, was dabei herauskommt«, scherzt Mr. Nelson, der sich jetzt Watkins zuwendet und sich erneut eine Zigarette anzündet. »Die haben wohl zu viel Fantasie. Vielleicht macht ihr auch die schwierige und vor allem ernste Arbeit hier nach fünf Jahren zu schaffen.« Dann schaut er auf seine Uhr. »Ich habe gleich noch einen Termin, vielleicht kann ich vorher noch eine Mittagspause einlegen, in unserem Beruf darf man nicht allzu hungrig sein.« Er grinst, rückt sich auf den Stuhl zurecht und räuspert sich kurz. »Was ich Ihnen noch sagen möchte - ohne gleich an das Thema von meiner Sekretärin anzuschließen - ich habe auch schon merkwürdige Dinge gehört, denn ich war dort im Reservat, um etwas herauszubekommen. Es liegt nicht in meiner Befugnis, aber ich wollte mehr erfahren, vor allem über Gavin. Es war nicht einfach, denn sie sind alle sehr verschlossen. Schließlich fragte ich eine alte Indianerin, die ihn kennt, ob sie mir etwas über ihn erzählen will. Sie sagte: *Hüten Sie sich davor, in seiner Seele zu wühlen, dann wecken Sie die Geister auf und das könnte für Sie gefährlich werden.* Als ich sie fragte, wie sie das meint, hauchte sie mir mit großen Augen ins Ohr: *Er hat es schon mal getan. Nur der Wind war Zeuge. Wenn Sie eine Antwort suchen, dann fragen Sie den Wind. Niemand anders kennt ihn ... niemand!* Ja, das hat sie mir gesagt, jetzt fragen Sie mich nicht, wie man den Wind fragt.«

David Watkins lächelt und denkt, dass dies jetzt wohl seine Aufgabe sei.

»Ich bekam Warnungen von allen Seiten«, fährt Mr. Nelson fort. »Meine Fantasie spielte schon verrückt und ich sah alles Mögliche in Gavin: Schamane, Zauberer, Geisterbeschwörer, Wolf, Skinwalker. Jemanden, an dem man nicht herankommt. Vielleicht habe ich mich von dem ganzen Gerede anstecken lassen. Jedenfalls war ich auf alles gefasst, aber als ich ihn dann traf, war er ein ganz normaler Mensch.« Nelson lässt ein mattes Grinsen erkennen. »Warum auch nicht«, ergänzt er. »Na ja, das nur so am Rande, aber Sie sind dort am Ende der Welt und Sie sind alleine. Aber für einen nüchternen Menschen, der den Tatsachen ins Auge sieht, der realistisch vorgeht, dürfte es sicher kein

Hindernis darstellen. Ich nehme an, Sie kommen zurecht. Ich wünsche Ihnen viel Erfolg.« Dabei reicht er seinem Kollegen die Hand.

Immer auf dem Teppich bleiben, denkt David Watkins. An was für einen Fall ist er nur geraten? Er nimmt sich vor, ganz normal und sachlich heranzugehen. Was soll dieser Hokuspokus?

In seinem Hotelzimmer liest er die Berichte aus den Akten, die ihm der Officer gegeben hat, mehr oder weniger flüchtig durch. Dann nimmt er sich noch einmal die Autopsieberichte aus seinem eigentlichen Fall vor, um den Tod der zwei Männer aufzuklären, die man in der Sonora-Wüste gefunden hatte. Seltsam waren die Todesursachen schon. Der eine ist an Herzstillstand durch Sauerstoffmangel gestorben. Er bekam also keine Luft mehr, doch Würgemale am Hals waren nicht festgestellt worden. Ein Herzfehler wurde ausgeschlossen. Etwa zur selben Zeit bekam der andere plötzlich schwere, innere Magenblutungen, ohne äußerliche Einwirkungen. Keine Verletzung wies darauf hin. Es muss bei beiden sehr plötzlich gekommen sein, denn wenn man krank ist, macht man keine Motorradtour in die Wüste. Beide sind also zur selben Zeit plötzlich an einer Krankheit mitten in der Wüste gestorben! Man könnte an Vergiftung denken, schmutziges Wasser, giftige Schlangen, verdorbenes Essen. Aber warum waren dann die Todesursachen so unterschiedlich? Und bei der Autopsie war von dieser Art nichts feststellbar. Tatsächlich hatte einer von ihnen mit einer Miss Eleonore Richman telefoniert, das konnte man an der Wahlwiederholung feststellen. Doch was hatte er wirklich gesagt? David überlegt, ob er mit dieser Frau selbst einmal darüber sprechen solle. Zudem nimmt er sich vor, noch einmal genau den Fundort der Leichen zu inspizieren. Irgendeine Spur oder einen Hinweis musste es doch geben. Er beschließt, das Leben der beiden und auch des Brandopfers zu durchleuchten. Was machten sie beruflich, was war die letzte Tätigkeit? Wie viel Geld hatten sie? Nahmen sie Drogen? Wie war es mit Frauen und so weiter? Er braucht mehr Hinweise und sogleich macht er sich an die Arbeit.

Doch je weiter er im Laufe der Zeit kam, desto sicherer war er: Es führt kein Weg daran vorbei, ins Navajo Reservat zu fahren. Er besorgt sich Informationen über die dort lebenden Indianer, um nicht völlig unwissend dazustehen.

Der Weg von Tucson aus dorthin ist weit und er macht öfter eine Rast. Langsam wechselt die Landschaft. Die riesigen Kakteen verschwinden und er fährt auf einer kurvenreichen Straße durch Waldgebiete. Ständig geht es bergauf und wieder bergab. Je weiter er nach Norden vordringt, umso grandioser werden die gewaltigen Schluchten. Es öffnet sich eine Landschaft, wie im Bilderbuch und doch, David Watkins kann sich in diesem Moment nicht so recht auf die Natur konzentrieren, obwohl er eigentlich zu den Menschen zählt, die einen Sinn für die Schönheiten der Wildnis entwickelt haben. Er hatte sich erst vor ein paar Wochen eine CD gekauft, um Vogelstimmen zu identifizieren. Dazu besitzt er viele Sachbücher, über die amerikanischen Bäume, Tiere und Naturparks.

Doch jetzt denkt er an Gavin. Wie war sein Navajoname? Er hatte es sich notiert - *Ayatéh.* Sprach es die Sekretärin richtig aus? Leise murmelt er den Namen vor sich hin - *nah kay yah* murmelt er dann weiter. Was muss er gefühlt haben, als er das alles mit ansehen musste? Und wie war ihm zumute, als die Männer vor Gericht freikamen? Wie wird er damit fertig, wie kann er es verarbeiten? So etwas geht an niemandem spurlos vorüber. Und auch die für ihn wichtige Frage: Warum?

Der dem Pfad folgt.

»Welchem Pfad folgst du?«, flüstert er vor sich hin. »Dem deines Volkes oder dem der Rache?«

Um *seinen* Fall zu lösen, wird er an diese Mordsache anknüpfen müssen, Zusammenhänge finden, Beweise aufspüren und so weiter.

Er legt eine Zwischenübernachtung ein und versucht, durch eine interessante Fernsehsendung zeitweilig von der Sache abgelenkt zu werden. Doch dann wandern seine Gedanken wieder zurück zu seinem Mordfall und zu den unheimlichen Geschichten, die man sich erzählt.

Nachdem er vor zwei Wochen das Präsidium in Tucson verlassen hatte, traf er dort auf dem Parkplatz zufällig Mrs. Dale, die Sekretärin von Mr. Nelson wieder und lud sie ins Café ein. In ihrer Unterhaltung tauchte immer wieder der Begriff Skinwalker auf. Wer oder was ist das? Ein Geist? Ein Zauberer? Ein Fabelwesen, das sich verwandeln kann, Scherze treibt und mal gut, mal böse ist. Als verwandelbares Wesen - mal Coyote, mal in Menschengestalt - schleicht es umher und treibt sein Unwesen. Mrs. Dale erzählte von deutlichen Coyotespuren, die plötzlich einfach nicht weiterführten. Von Gestalten, die sich in nichts auflösen. Und - dass Ayatéh sich mit ihm verbündet hat.

Offenbar glaubt sie selbst an all diese Stories, die die Navajo so erzählen.

Mit so etwas kann David Watkins nichts anfangen, auch wenn es für ihn amüsant war, Mrs. Dale zuzuhören.

Langsam glättet Ayatéh die rote Erde vor sich und entfernt von ihr die kleinen Steine, bis er zufrieden ist. Er verteilt pulverisierte Holzkohle, zermahlenden Türkis, Gips, Maismehl und Blütenstaub auf dem gesäuberten Boden und fügt sie zu geometrischen Mustern zusammen. Die farbigen Motive formen sich zu religiösen Bildern.

»Hallo Ayatéh, ich dachte schon, du bist nicht zu Hause. Schön, dass ich dich antreffe«, sagt eine ihm bekannte, sympathische Stimme. Schräg hinter ihm steht Sheena, eine junge Frau, die an Schönheit nicht zu übertreffen ist. So jedenfalls empfindet es Ayatéh. In ihrem zarten Gesicht wirken die großen dunklen Augen etwas kindlich, doch ihre schmale Figur zeigt einen schwungvollen Körper.

Sie kennen sich schon lange und mochten sich von Anfang an sehr gerne. In letzter Zeit hatten sie sich jedoch kaum gesehen.

Sheena legt ihr langes Haar hinters Ohr und hockt sich zu ihm nieder. Dann mustert sie sein angefangenes Werk.

»Du machst ein Sandbild?«

»Ja.« Lächelnd sieht er sie an und setzt seine Arbeit fort. Ihre Nähe ist ihm angenehm und sicher wird bald wieder alles so sein wie früher.

»Was wird es für eins?«, will sie wissen, während sie es genauer betrachtet.

»Wenn du noch etwas bleibst, wirst du es sehen.«

Sie legt eine Hand auf seine Schulter und sagt schmunzelnd: »Ich glaube, du suchst einen Grund, damit ich länger hier bleibe.«

»Natürlich Sheena, ich freue mich, dass du da bist.«

Er mag sie also immer noch. Sie hatte den Eindruck gehabt, dass er ihr aus dem Weg geht und jetzt ist sie froh darüber, doch zu ihm gegangen zu sein. Eine Zeit lang sieht sie schweigend zu, wie er sein Kunstwerk weiterführt. Sie liebt alles an ihm. Seine Hände, wie sie geschickt die farbigen Figuren formen, seinen schlanken Körper, sein sanftes Lächeln und seine braunen, funkelnden Augen. Die langen, schwarzen Haare sind mit einem Stirnband gebändigt, damit sie ihm nicht im Weg sind.

»Wozu machst du es Ayatéh?«

»Ich weiß es nicht«, gibt er leise zur Antwort.

»Für welchen Zweck?«, stellt sie ihre Frage noch einmal deutlicher. »Ich meine, du machst ein Sandbild und weißt nicht warum?«

»Ich weiß es wirklich nicht, Sheena. Es ist einfach nur so. Ich fertige es nicht mehr für einen Zweck an. Das ist vorbei.«

»Ja ...«, sie überlegt eine Weile und fährt fort: »Es geht das Gerücht um, dass du es getan hast - und wenn es so ist, hältst du dich wohl nicht mehr für würdig, es weiter anzuwenden.«

»Bist du gekommen, um mir das zu sagen?« Ayatéh blickt fragend zu ihr auf.

Sheena mustert seinen Ausdruck. Sie weiß, dass sie ihn verärgert hat. Aber es ist so, er hat selbst an seiner Würde gekratzt, warum gibt er es nicht zu? »Nein, ich möchte dir etwas anderes sagen, aber ich koche erst mal einen Kaffee.«

Sie geht um das Haus nach vorne in den offenen Eingang und setzt in einem alten, ausgebeulten Blechkessel Wasser auf. Kurz darauf folgt ihr Ayatéh. Er lässt sich neben Sheena auf die kleine, alte Couch sinken und lehnt sich zurück.

»Ich möchte die *iikáah** noch machen. Klein und in einem Rahmen werde ich sie an Touristen verkaufen«, sagt er und es klingt fast so, als ob es eine gute Idee wäre.

»An Touristen!«, wiederholt sie etwas spöttisch, schenkt zwei Becher Kaffee ein und meint dann: »»Wie kommst du nur auf so etwas? Weißt du Ayatéh, du bist intelligent und hast es nicht nötig, auch nur ein Sandbild zu verkaufen. Für dich hat es eine große Bedeutung, aber die Touristen sagen: Oh, wie nett, was die Ureinwohner sich so einfallen

---

* *iikáah* = Sandbild; charakteristischer Bestandteil der Zeremonien, die einen Ort bezeichnen, an dem das Übernatürliche ein- und austritt. Eine Sandmalerei unterstützt auf vielfältige Weise einen Heilungsvorgang. Je nachdem für welchen Zweck sie gedacht sind, spielen die Farben, das Material und die Symbole eine große Rolle.

lassen. Und hängen es sich an die Wand. Unsere Sandbilder gehen sie nichts an.«

»Na und!«, entgegnet er. »Ich finde das in Ordnung. Wenn sie sich daran erfreuen, ist es o.k. Was ist dagegen einzuwenden, wenn sie es an die Wand hängen? Vielleicht werde ich es auch machen.«

Doch Sheena möchte jetzt lieber das Thema wechseln. »Ich verstehe dich nicht mehr. In letzter Zeit habe ich oft über uns nachgedacht. Ich komme nicht mehr an dich heran, obwohl du da bist, bist du weit weg. Ich weiß, dass du Abstand brauchst und du hast es ja auch gesagt. Ich verstehe es auch, aber du hast dich verändert, irgendwie kann ich nicht mehr zu dir durchdringen.«

Mit Tränen in den Augen erinnert sie sich an die frühere Zeit. »Weißt du noch? Wir wollten immer zusammenbleiben. Wir liebten uns, aber jetzt weiß ich nicht mehr, was ich von all dem halten soll?« Zögernd fügt sie leise hinzu: »Und ich liebe dich immer noch.«

Ayatéh hat Schwierigkeiten, seine gemischten Gefühle zu analysieren. Sie sind ziemlich turbulent. Im Grunde genommen will er nichts anderes, als mit Sheena zusammen sein. Aber irgendwie kriegt er es nicht auf die Reihe. Wie kann er ihr verständlich machen, dass er sie liebt und braucht - gerade jetzt, aber trotzdem abweisend ist? Es ist schon paradox. Er überlegt, wie er ihr diesen Widerspruch erklären kann.

»Ich weiß Sheena, meine Gefühle sind mir selbst fremd. Ich bin nicht so stark, wie du glaubst. Und ich bin kein Held. Deshalb bin ich es wirklich nicht mehr würdig, das eine oder andere zu machen. Das zu verstehen, ist nicht einfach. Ich denke manchmal, ich fühle nichts mehr. Wenn ich einmal schlafen kann, habe ich Albträume und komme nicht davon los. Oft denke ich an das, was passiert ist und ich sehe es immer und immer wieder vor mir.«

Auch für Sheena ist es nicht leicht. Sie fragt sich, was von seiner Stärke, seiner Kraft übrig geblieben ist. Seiner Fröhlichkeit, seinem Lächeln. Wird es jemals wieder so sein wie früher? »Ja, aber inzwischen ist schon ein halbes Jahr vergangen, und *du* bist da und *ich* und irgendwie ist alles anders, als es einmal war. Weißt du noch, wie wir gelacht haben und so viel Spaß hatten? Ich denke oft an deine Schwester, vor allem, weil sie immer so fröhlich war und vor Lebensfreude sprühte. Ich werde sie alle immer in guter Erinnerung behalten.« Während sie das sagt, laufen Tränen über ihr zartes Gesicht und mitfühlend legt Ayatéh einen Arm um ihre Schulter, um sie an sich zu ziehen. Mit dem Finger streicht er sanft eine Träne ab und haucht ihr einen zarten Kuss auf die Wange.

Doch Sheena löst sich von ihm. »Ich habe lange überlegt und bin zu einem Entschluss gekommen. Ich bin ganz sicher und werde mich von niemand abbringen lassen. Ich möchte hier fort und gehe nach Tucson. Dort habe ich eine Wohnung gefunden und die Möglichkeit, eine Ausbildung als Erzieherin in einem indianischen Kindergarten zu machen. Du weißt, ich bin gerne mit Kindern zusammen und das ist eine Chance, die ich nutzen will.« Ihre großen Mandelaugen blicken ihn fest entschlossen an.

Ayatéh kennt sie lange genug, um zu wissen, dass er sie nicht umstimmen kann, wenn sie sich etwas in den Kopf gesetzt hat. Sie ist eine junge Frau, die weiß, was sie will und ihren eigenen Weg geht. Und wenn der Ihrige sich nicht mit seinem kreuzt? Wenn das Schicksal es anders will? Sicher liegt es auch daran, dass er ihr keinen Halt und Geborgenheit geben kann. So hatte er es sich nicht vorgestellt.

Verwirrt blicken seine Augen ins Leere. Er spürt plötzlich, wie sein Herz pocht und zu rasen beginnt. Es kommt so unerwartet, dass es ihn für einen Moment völlig aus der Bahn bringt.

Sheena, die ihn schon vor sechs Jahren in ihren Bann gezogen hatte, war für ihn von Anfang an eine faszinierende Persönlichkeit. Sie waren beide erst sechzehn gewesen und sofort entdeckten sie eine große Sympathie füreinander, die sich etwas später zu einer leidenschaftlichen Liebe steigerte.

»Vielleicht kommst du mit.« Ihr Vorschlag klingt etwas zögernd, denn sie glaubt nicht so recht daran. »Du bist intelligent und kannst etwas aus dir machen. In der Stadt kommst du auf andere Gedanken. Es soll ja auch nur für die Zeit meiner Ausbildung sein. Und danach werde ich zurückkommen, um hier etwas auf die Beine zu stellen. Doch im Reservat komme ich nicht weiter, das weißt du selbst.« Etwas verlegen versucht sie seinen starren Blicken auszuweichen, doch es gelingt ihr nicht. In seinen Augen spiegelt sich eine Verlorenheit, die sie kaum aushalten kann.

Er sieht sie lange und mit so glühender Intensität an, dass sie wie benommen davon ist. Jetzt ist da dieser Blick wieder in seinen Augen, nachdem sie sich so sehr gesehnt hatte, dem keine Feinheit entgeht -

dieser aufrichtige, liebende Blick, der bis in ihr Herz dringt und alles verzaubert.

»Ich komme nicht mit, Sheena, und du weißt warum. Ich liebe dieses Land - und dich!«

Nachdem David Watkins sich mit dem Officer in Kayenta unterhalten hatte, sucht er jetzt das Geschäft von Chaka Dolores auf. Vor dem Eingang ist ein dickes Geländer aus Holzbalken, auf dem sich einige Navajo niedergelassen haben. Es sind Jugendliche, die sich angeregt unterhalten.

Das Haus ist in einem Blockhausstil hergerichtet und sieht neu und einladend aus. Sein Auto parkt er auf einen Platz mit einigen kleinen Schottersteinen rechts neben dem Haus, der wohl als Parkplatz dienen soll. Als er die drei Holzstufen hinaufsteigt, liest er den Namen *Butterfly* handgeschrieben über der Eingangstür. Die Inneneinrichtung besteht aus viel Holz und auch die Stützbalken sind sichtbar. Es sieht sehr einladend aus und gleich links neben dem Eingang stehen einige Tische und Stühle, was darauf schließen lässt, dass es sich um ein kleines Café handelt. Ein älterer Mann sitzt dort und liest eine Zeitung.

Daneben befinden sich Tische und einige Tresen, auf denen unterschiedliche Ware zum Verkauf angeboten wird. Von Büchern über Kleidung, Spielzeug, Musik und so weiter. Alles ist ordentlich ausgelegt und mit vernünftigen, günstigen Preisen versehen. Weit und breit ist jedoch kein Kunde zu sehen und so geht er direkt auf den Inhaber zu, um ihm einige Fragen zu stellen. Er lässt sich Unterlagen zeigen und führt ein ausgiebiges Gespräch mit dem stämmigen Mann, der sich mit Charly Barrow vorgestellt hatte. Doch als David nach Gavin Dolores fragt, bekommt er zur Antwort, der wohne meist bei Freunden, mal hier mal dort. Wo er sich jetzt gerade befindet, weiß wohl niemand so genau.

David Watkins macht sich auf den Weg nach Chilchinbito, um ihn aufzusuchen. Doch als er dort ankommt und einige Leute am Straßenrand fragt, sagen sie ihm, dass sie Gavin nicht kennen. Ein anderer sagt ihm später, er wüsste nicht, wo er wohnt. So beschließt er, sich noch einmal auf dem Weg zum *Butterfly* zu machen, um den Betreiber noch etwas zu fragen. Unterwegs dorthin in Richtung Rough Rock rollen ihm einige Tumbleweeds über die Straße, die berüchtigten, vertrockneten Grasbüschel, die er schon so oft in den Westernfilmen gesehen hat und die ihm irgendwie ein Gefühl von Einsamkeit und endloser Weite vermitteln.

An einer Tankstelle macht er Halt, um aufzutanken. Dabei fragt er an der Kasse noch einmal nach Gavin. Etwas abseits hinter der Kasse steht Sheena und noch bevor der Mann hinter dem Tresen antworten kann, sagt sie schnell: »Gavin ist nicht zu sprechen.«

»Ah, ja? Das bestimmen Sie?«

»Ja!«

»Soll ich erst um eine Audienz ersuchen? Wann lässt der große Häuptling denn bitten?«

»Da ist die Tür!« Mit ausgestrecktem Arm weist sie in die Richtung der Tür. »Und schließen Sie sie von außen.«

Überrumpelt von dieser unerwarteten, schroffen Abfuhr tut er, was sie sagt.

Als er sich wieder ins Auto setzt, fährt ein Wagen an die Zapfsäule heran, ein Mann steigt aus und tankt. Watkins erblickt auf dem Nebensitz einen kleinen Jungen, der aus dem offenen Fenster sieht. Er scheint alleine im Auto zu sitzen, und als der Mann ins Kassenhaus geht, läuft Watkins schnell zu dem Jungen hin. Ein Kind! Ein kleines Kind ist naiv und ehrlich.

»Hallo!« David Watkins lächelt und bückt sich zu dem Jungen hinunter.

»Hallo«, sagt auch der Junge und sieht ihn fragend mit seinen großen, brauen Augen an. Watkins wirft kurz einen Blick ins Kassenhaus, kann aber die junge Frau nicht sehen.

Vielleicht weckt er mehr vertrauen, wenn er nach *Ayatéh* fragt. »Sag mal, du kennst doch sicher Ayatéh?«

»Ja, den kenne ich.«

»Kannst du mir sagen, wo er wohnt?«

»Ja ...«

Stille. Watkins wartet gespannt.

»Wo wohnt er denn?«, will er nun endlich wissen. Er glaubt sich am Ziel.

»Mein Daddy sagt, er wohnt da, wo der Wind am stärksten weht. Er ist sein Bruder!«

»Vielen Dank, mein Junge, du hast mir sehr geholfen.«

Ratlos steigt er ins Auto und macht sich auf den Weg.

Dieses Mal sind einige Leute im Geschäft, aber da sie sich noch umschauen, wendet sich Watkins gleich wieder an den Betreiber, der dabei ist, das Innenleben einer Uhr zu durchleuchten.

»Ich möchte Sie noch etwas fragen«, beginnt Watkins, als er dem Mann im *Butterfly* gegenübersteht. »Sie sagten vorhin, Chaka Dolores war für ein paar Wochen nicht da, hat ihn damals jemand vertreten?«

»Ja, manchmal kam jemand vorbei - wollen Sie ihn sprechen?« Der Mann deutet mit dem Kopf in eine bestimmte Richtung und nickt leicht.

In einer Ecke am Fenster sitzt ein junger Mann und schnitzt eine Figur aus den Wurzeln einer Pappelart.

Erstaunt geht Watkins langsam auf ihn zu. Er hat ihn sofort vom Bild her erkannt. Es ist das gleiche ausdrucksvolle Gesicht, schmal mit hohen Wangenknochen, typisch für einen Navajo. Trotzdem fragt er noch einmal nach. »Sie sind Ayatéh nakay-yah Dolores?«

»Ja.« Der Navajo bemerkt, dass der Mann bei der Aussprache seines Namens ziemlich unbeholfen wirkt, sich aber Mühe gibt. Trotzdem imponiert es ihm, denn sicherlich ist er nur unter dem Namen Gavin Dolores registriert.

»Ich bin David Watkins vom FBI und möchte Sie gerne sprechen«. Dabei hält er ihm seinen FBI-Ausweis entgegen.

Ayatéh wirft einen kurzen Blick darauf und bietet ihm einen Platz auf dem Stuhl gegenüber an. Zwischen ihnen ist ein Tisch mit einer leeren benutzten Tasse auf Watkins Seite.

»Es ist schwer, Sie zu finden, kaum jemand gibt Auskunft, können Sie mir das erklären?«, beginnt Watkins ziemlich direkt und schaut dabei zu, wie der Indianer vor ihm sein Messer geschickt an dem Holz entlang gleiten lässt, wobei die Späne auf den Boden fallen.

»Sie sind normalerweise nicht so«, lächelt Ayatéh etwas verlegen. »Jeder kennt mich hier gut und vielleicht wollen sie mich schützen.«

»Schützen? Wovor?«

»Erst kommt ein Sheriff und ein Officer, dann wieder der Sheriff, ein anderer Cop und jetzt ein FBI-Guy und alle graben in meiner Vergangenheit herum. Meine Freunde wollen, dass ich in Ruhe gelassen werde, das ist alles. Eigentlich sind sie sonst auch Fremden gegenüber zuvorkommend.« Als Ayatéh das sagt, schaut er von seiner Arbeit auf und sieht den Beamten direkt an, denn dieser Mann ist der *bilagaana*, den er töten soll. Seine hellblauen Augen wirken klar, aber unsicher.

Watkins ist etwas erstaunt, denn er stellte sich die Begegnung mit ihm anders vor, irgendwie schwieriger. Er hatte sich zuvor über die Navajo und ihr Leben informiert, um gewappnet zu sein und keinen Fehler zu machen. Deshalb ist er etwas überrascht, dass Ayatéh ihm so direkt in die Augen sieht, denn das sei bei den Navajo nicht üblich, hieß es. So wollte er eigentlich aus Respekt den Blickkontakt meiden, doch der Indianer ihm gegenüber sieht ihm offen in die Augen. Seine Stimme ist angenehm ruhig und wirkt gelassen. Irgendwie strahlt er eine innere Ruhe aus. Jedenfalls kommt er ihm nicht vor wie ein Schamane, der sich in einen Wolf verwandeln kann. Hier in dieser Einöde tauchen wohl schnell solche merkwürdigen Gerüchte auf. Ob es hier Leute gibt, die tatsächlich an so etwas glauben?, fragt er sich und kann sich dabei gut vorstellen, dass dies hier ein Land ist, was man irgendwann vergessen hat. Vielleicht brauchen die Leute deshalb solche Geschichten, um in dieser Einsamkeit Abwechslung zu bringen, aber Watkins kann sich nicht vorstellen, dass wirklich jemand ernsthaft an so etwas glauben würde. Es sind einfach nur Geschichten, die man sich erzählt.

Ayatéh schnitzt an seiner Figur weiter und wartet, was der Beamte zu sagen hat. Geschickt bewegt er immer wieder das kleine Messer in der Hand an dem Holzstück entlang, sodass Watkins sieht, wie es langsam Form annimmt. Die Figur weist einen Schnabel auf, sieht aber bis auf den Kopf menschlich aus. Hinter dem Kopf sind Federn mit fein eingeschnitzten Zeichnungen angebracht und auch hinter den ausgebreiteten Armen sind einige Federn zu erkennen. Zum Teil ist die Figur schon mit Farben versehen worden.

»Darf ich fragen, was Sie da anfertigen?«, fragt David Watkins interessiert, nachdem er Ayatéh eine Weile zugesehen hat.

»Sicher, das wird eine Kachina-Puppe, ein Adler-Tänzer.«

»Was bedeutet sie?«

»Es ist eine Puppe der Hopi. Diese hier soll die bösen Geister vertreiben. Sie ist eine Beschützer-Kachina.

Sie verkörpern übernatürliche Wesen und werden für religiöse Zeremonien benutzt. Sie sollen den Kindern des Volkes die verschiedenen Erscheinungsformen dieser Geister, die zwischen Menschen und Göttern vermitteln, nahe bringen.« Ayatéh hält die Puppe etwas höher, damit Watkins sie besser sehen kann. »Blau, rot und schwarz stehen für das männliche, gelb und weiß für das weibliche Geschlecht. Rot ist zudem die Farbe des Krieges. Aber die Hopi waren nie ein kriegerisches Volk. Sie haben sich noch nicht einmal gegen das Eindringen der Weißen gewehrt.« Dann setzt er seine Arbeit fort.

»Im ersten Moment wirkt sie etwas unheimlich«, stellt Watkins fest. »Aber wenn man um ihre Bedeutung weiß, ist sie nicht mehr so bedrohlich.«

»Genau, unheimlich ist etwas nur, wenn man es nicht versteht oder nicht verstehen will. Man sollte sich mit der Materie auseinandersetzen, dann sieht man es plötzlich von einer ganz anderen Seite und begreift die Zusammenhänge«, erklärt ihm Ayatéh, der es bemerkenswert findet, dass sich ein FBI-Beamter dafür interessiert.

»Das finde ich persönlich sehr interessant, aber leider muss ich aus beruflichen Gründen etwas anderes interessant finden.«

»Ja, ich weiß, ich habe mir schon gedacht, dass Sie es sind, der kommt, obwohl Sie gar nicht nach einem Beamten aussehen.« Ayatéh spielt auf die Kleidung von Watkins an, der statt Krawatte mit verwaschenen, einfachen Jeans und ärmellosen T-Shirt aufgetaucht ist. »Ich fühle mich in diesen Sachen wohler, aber wie meinten Sie das eben - Sie können sich denken, dass ich es bin?«

»Ich habe Sie gesehen, in Chinle. Ich saß in einem Café gegenüber Ihrem Motel und konnte beobachten, wie Sie Ihr Auto eingewachst haben. Dadurch kenne ich Sie.«

»Aber Sie haben mich dort nicht kennengelernt, nur gesehen«, klärt Watkins ihn auf.

»Schon, aber man kann jemanden kennenlernen, wenn man ihn beobachtet. Man kann es lernen. Allein die Art und Weise, *wie* jemand etwas macht, kann viel aussagen. Es ist ein Unterschied, ob jemand mit Gedanken bei der Sache ist und es also voll bewusst tut, oder ob er unkonzentriert ist und an etwas anderes denkt. Wenn man etwas vollbringt, egal, was es ist, sollte man auch auf Kleinigkeiten achten, auf alles eben. Damit es gut wird, müssen die kleinen Unebenheiten beseitigt werden. Wenn man sich ablenken lässt, durch Gedanken, die in dem Moment dort nicht hingehören, kann es passieren, dass man hinterher mit der Arbeit nicht zufrieden ist. Deshalb glaube ich, dass ich Sie ein wenig kenne.«

Watkins ist etwas irritiert und erstaunt zugleich, denn eigentlich möchte *er* etwas über Ayatéh erfahren.

»Und wie habe ich abgeschnitten?«, fragt er neugierig und zugleich etwas belustigt.

»Sie sind okay.«

»Wie beruhigend. Und wie kann man das lernen?«

»Was? Das Beobachten?«

»Ja, ich will ja schließlich beruflich weiterkommen«, scherzt Watkins.

Ayatéh überlegt kurz, während er seine Schnitzerei fortsetzt. »Na ja, gehen Sie doch mal in die Natur hinaus, lehnen sich gegen einen Baum und beobachten. Ich meine richtig beobachten, nicht nur so in der Gegend herum träumen. Und möglichst ohne sich zu bewegen. Einfach nur dasitzen und auf alles achten, was sich regt und bewegt und was Sie hören. Sie werden staunen, was da alles los ist und es ist interessant. Viele Leute fangen irgendwann an, abzuschweifen. Sie denken an Vergangenes oder an die Zukunft oder an jemand anderen, doch die augenblickliche Gegenwart wahrzunehmen ist oftmals nicht einfach, aber man kann es lernen. Dann spürt man das Lebendige in dem Baum, an den man sich lehnt.« Ayatéh sieht von seiner Tätigkeit auf. »Versuchen Sie es doch mal.«

»Das werde ich auch tun. Jedenfalls nehme ich es mir vor, wenn es meine Zeit erlaubt, aber nun bin ich leider beauftragt worden, herauszufinden, wie die Männer, die Sie damals des Mordes beschuldigt haben, ums Leben gekommen sind. Aus diesem Grund bin ich hier und muss Sie jetzt noch einmal mit der Vergangenheit konfrontieren.«

Watkins streicht sich mit der Hand die widerspenstigen Haare aus der Stirn und zieht sich einen Notizblock aus der hinteren Hosentasche.

Die Kachina-Puppe ist noch nicht ganz fertig, als Ayatéh sie auf den Tisch legt. »Wenn ich jetzt weitermache, bin ich nicht ganz bei der Sache«, erklärt er.

»Dann wird sie nicht so gut«, meint Watkins, während er noch mal einen flüchtigen Blick darauf wirft.

»Nein.«

Der Beamte überlegt kurz, wie er am besten anfängt. »Ich möchte mit Ihnen über das sprechen, was vor einem halben Jahr Ihrer Familie zugestoßen ist. Aber, was ich nicht ganz verstehe, warum von fünffachem Mord gesprochen wird. Vielleicht habe ich es im Bericht übersehen, aber ich weiß nur von vier Personen.« Watkins zählt daraufhin die ihm bekannten Personen auf. Dabei fallen ihm die Worte von Mr. Nelson ein: Die Navajo sprechen nicht über ihre Verstorbenen.

»Es war noch ein Baby dabei. Das acht Monate alte Mädchen war die Tochter von Kathrin. Sie war eine Lakota und mit Santo, einem Bruder meines Vaters verheiratet. Meine Familie hat eine Zeit lang aufgepasst, das machten sie öfter mal und ich war gekommen, um das Baby wieder zurückzubringen. So kam es, dass ich dabei war, als es passierte.«

»Mein Gott«, murmelt Watkins leise und er braucht eine Zeit, um sich zu fassen, denn für ihn ist es unverständlich, wie jemand es fertigbringt, ein kleines unschuldiges Baby zu töten. Fassungslos schüttelt er den Kopf und wendet sich dann wieder Ayatéh zu, um etwas mehr zu erfahren.

»Finden Sie es nicht merkwürdig, dass alle drei Männer, die Sie beschuldigt haben, plötzlich gestorben sind?«

»Wahrscheinlich waren die Geister der Rache unterwegs«, kommentiert Ayatéh, denn natürlich ist ihm klar, dass der Verdacht auf ihn fällt.

»Wurden sie von Ihnen geschickt?«

»Finden Sie es heraus.« Ayatéh ist ziemlich angespannt, lässt es sich aber nicht anmerken. Obwohl es scheint, dass dieser Mr. Watkins gegen ihn ermittelt, hat er das Gefühl, dass ihm jemand begegnet ist, der versucht, ihn zu verstehen.

»Warum ist Ihre Familie getötet worden, was glauben Sie?« Watkins ist sicher, dass es einen Grund dafür gibt.

»Warum?«, wiederholt Ayatéh. »Die Täter standen unter Drogen und Alkoholeinfluss, vielleicht braucht man dann keinen Grund, ich weiß es nicht. Einen Indianer zu töten, gilt vielerorts noch als Kavaliersdelikt. Für einen Indianer ist es schon ein Verbrechen, geboren zu sein. Wenn Sie ein Motiv suchen - ich weiß es nicht, hier braucht man keines. Egal, wo Sie herkommen, hier ist es jedenfalls anders. Vor Gericht werden die Mörder freigesprochen.«

David Watkins besitzt zwar die Sensibilität ihn zu verstehen, aber er glaubt an einen Grund.

»Ja, aber ich möchte trotzdem nach einem Motiv suchen und bitte Sie um Ihre Mithilfe. Es ist mein Job, diesen Fall aufzuklären und ich glaube, dass ich hier ansetzen muss.«

»Vergessen Sie es, es führt zu nichts, Sie werden nicht weiterkommen. Ich weiß nicht, wie ich Ihnen helfen kann.« Für Ayatéh ist das Thema erledigt.

»Also«, beginnt Watkins, ohne zu berücksichtigen, was Ayatéh gerade gesagt hat. »Sie haben nicht vollständig vor Gericht ausgesagt. Warum nicht?«

»Weil man von mir verlangt hat, wirklich alles zu erzählen. Sie wollten ganz genau in jeder Einzelheit alles wissen, wie es sich abgespielt hat. Jemand hat meine kleine Schwester vergewaltigt und ich konnte ihr nicht helfen. Ich höre sie jede Nacht schreien. Wie kann man verlangen, dass ich so etwas genau beschreiben soll? Wie und wann genau wurde das Baby getötet? Wie oft haben sie zugeschlagen? Fünfmal oder zehnmal? Wie kann man so etwas fragen? Glauben Sie etwa, dass ich es zählte? Sie wollten wissen, wo und wie Chaka niedergestreckt wurde und wie sie mit mir vorgegangen sind. Ich war Zeuge, doch ich konnte nichts sagen. Das ist auch nicht der Grund, warum die Mörder freigekommen sind. Sie haben mir nicht geglaubt. Die Leute, die über Recht und Unrecht entschieden, waren *bilagaana*, also Weiße, wie diese Mörder. Ich bin Indianer, wohl eine andere Sorte.«

David Watkins merkt, wie verbittert Ayatéh über dieses Urteil ist und er fragt sich, wie es dazu kommen konnte, dass man diese Männer laufen ließ.

»Aber Sie waren sich ganz sicher, dass die beiden es waren?«

»Natürlich, da gibt es überhaupt keinen Zweifel. Ich habe vieles an ihnen wieder erkannt.«

»Obwohl es dunkel war?« Dies war sicher schon eine oft gestellte Frage.

»Es war nicht richtig dunkel. Es dämmerte und wir hatten ein kleines Licht an. Außerdem sind meine Augen darin geschult, im Dunkeln zu sehen. Ich bin es gewohnt und habe die Stimmen und andere Details wieder erkannt und auch den anderen, bei dem sie sich gar nicht erst bemühten, ihn zu finden.«

Der Beamte macht sich Notizen und wechselt dann das Thema.

»Chaka Dolores war in der Stammesregierung. Korrekt?«

Als er sieht, dass Ayatéh nickt, fährt er fort: »Er hatte viele Freunde, aber vielleicht auch Feinde?«

»Das weiß ich nicht. Wir haben nicht viel über solche Sachen geredet.«

David Watkins versucht, irgendwelche Zusammenhänge zu finden. Er tippt ein paar Mal gedankenverloren mit dem Kugelschreiber gegen die Tischkante, während er sich seine Notizen ansieht.

»Ich habe Papiere gefunden. Unterlagen über eine Fabrik, die Farben und Lacke herstellt, nördlich von hier, bei Tes Nez Iah. Sie ist relativ klein, eine Tochtergesellschaft, aber vor kurzem erst auf Reservatsgebiet gebaut worden, weil es dort zusätzliche Subventionen gab. Was sagte Chaka Dolores dazu? Als Mitglied der Stammesregierung hatte er doch sicher ein Mitspracherecht. Es hatten einige unterschrieben, aber Dolores' Unterschrift konnte ich nirgends finden. Warum fehlte sie? War sie nicht so wichtig? Trotzdem wurde die Fabrik gebaut.«

Vielleicht kann Ayatéh ihm auf diesem Gebiet weiterhelfen, denn irgendwie hat er unerklärlicherweise bei dieser Fabrik kein gutes Gefühl. Er lehnt sich zurück und verschränkt die Arme vor der Brust.

»Sie ist illegal«, erwidert Ayatéh, doch als er merkt, dass der Beamte ihn weiterhin fragend ansieht, sagt er: »Als diese Fabrik geplant war, wurde zunächst darüber diskutiert und Chaka äußerte Bedenken. Er brachte das Thema Schadstoffe auf den Tisch, doch es wurde verharmlost. Als Chaka dagegen war, hatte es angeblich noch Zeit und so fuhr er für ein paar Wochen mit meinem Bruder nach Phoenix.«

»Was wollte er dort?«

»Nichts Wichtiges. Er hatte dort einen Freund und mein Bruder ist ein guter Skater, doch hier gibt es kaum Möglichkeiten, sich damit auszutoben. Sie haben zwar hin und wieder kleine Rampen gebastelt, aber das bringt es auch nicht richtig. In Phoenix gibt es gute Anlagen und Halfpipes und so weiter. Pablo war ganz wild darauf und so hat Chaka ihn hingefahren. Sie wohnten dort bei seinem Freund, den er schon lange kennt. Das taten sie öfter in den Ferien. So kam es, dass während seiner Abwesenheit schnellstens der Papierkram über diese Fabrik abgewickelt wurde. Die Unternehmer haben alle Bedenken vom Tisch gewischt. Es gibt Filteranlagen, außerdem werden die anfallenden Stoffe wieder regeneriert und die Restchemikalien werden von einer Entsorgungsfirma abgeholt. So haben sie Argumente vorgebracht, anschließend einfach gebaut und völlig ignoriert, das Chakas Unterschrift fehlte.«

»Wie war Chakas Reaktion, als er wiederkam?«

»Das weiß ich nicht. Ehrlich, er hat nicht viel darüber geredet. Als er kam, war alles schon gelaufen, der Wisch abgeschickt und das Fundament stand schon. Dann hat es auch nicht mehr lange gedauert, bis die Fabrik fertig war und in Betrieb ging. Na ja, es hieß, es gibt Arbeitsplätze.«

»Ist es nicht so? Wovon leben die meisten Menschen hier?«

»Vom Staat - und das ist das Mindeste, was man uns schuldig ist.«

»Wie meinen Sie das?« David Watkins merkt, dass er ein heißes Eisen angerührt hat.

»Wie ich das meine?« Ayatéh sieht Watkins etwas verdutzt an, dann setzt er seine Schnitzerei fort und überlegt, wie er es einem unwissenden *bilagaana* am besten erklären kann.

»Gehen Sie mal nach Gallup oder Kayenta und sehen Sie sich mal um. Die Diné leben nicht mehr lange, sie kippen sich Haarspray in den Alkohol, bis ihre Organe daran verkleben. Sie haben nicht das Geld, um sich vernünftiges *Todilhil** zu kaufen, außerdem ist im Reservat offiziell Alkohol verboten, niemand kann ihn hier besorgen. Sie können oft den weiten Weg nicht in Kauf nehmen, um daran zu kommen. Also wird gepanscht. Das ist die Wirklichkeit! Viele von uns haben keine Perspektive mehr. Man hat uns alles genommen. Wir werden nur noch geduldet. Wissen Sie, die Menschen meines Volkes haben ihre Identität verloren. Sie haben weder in der Vergangenheit noch in der Gegenwart einen eigenen Platz!«

»Viele sagen, die Indianer haben keine Perspektive mehr, weil sie nicht arbeiten *wollen*«, kommentiert Watkins, der es jetzt aus einer anderen Sicht darstellen will. Er wird von Hundegebell aufgeschreckt und sieht aus dem Fenster. Dort spielen einige Kinder mit einem braunen Mischlingshund, indem sie ihm einen Stock hinhalten. Doch als er zupackt, zerren sie daran, um ihn wiederzubekommen. Sie lachen und spielen vergnügt und ausgelassen. Als sie den Stock wegwerfen, läuft der Hund hinterher.

---

* *Todilhil* = Alkohol

»Ich glaube, wir reden aneinander vorbei. Mal sehen, ob ich ein Beispiel finde«, überlegt Ayatéh kurz und erklärt ihm: »Wenn ein traditionsbewusster Diné morgens aus seinem Hogen kommt, dann begrüßt er den Tag mit einem Gebet und zwar Richtung Osten, wo auch der Eingang ist, denn dort geht die Sonne auf. Er segnet ihn und dabei nimmt er Blütenpollen aus seinem *jish*[*], die er über die heilige Erde verstreut. Jeder geht dann seinen Weg. Der eine macht dies, der andere macht das und noch ein anderer geht dann vielleicht in die Fabrik. Wenn er dort ankommt, ist er entweder zu früh oder zu spät da, aber er kommt, wenn der Tag beginnt und er kann nicht verstehen, dass er auf eine Uhr sehen muss. Und wenn er denkt, heute ist ein guter Tag zum Leben, kommt er gar nicht. So ist es und die Kluft zwischen uns ist groß. Es fehlt an Toleranz beider Seiten. Mir ist natürlich auch bewusst, dass ein Geschäftsmann so nicht kalkulieren kann, aber niemand von den *Kolonisten* macht sich die Mühe nach Kompromissen zu suchen - eine Lösung zu finden. Nach dem Motto der *Weißen* heißt es: Lebt so wie wir und werdet glücklich. Sie wollten uns unsere Kultur, unsere Sprache, unseren Glauben, unser Leben und unsere Würde nehmen. Deshalb wollen viele von uns nicht für sie arbeiten und deshalb glauben sie, dass der Staat ihnen etwas schuldet.«

Ayatéh legt die Kachina-Puppe ab, lehnt sich gelassen zurück und verschränkt die Arme vor der Brust. »Ich frage mich«, setzt er fort, »ob ich glücklicher wäre, wenn ich die vielen materiellen Dinge besitzen würde, die die Weißen so brauchen. Ich denke nicht, dass es Zufriedenheit und harmonische Ausgeglichenheit bringt. Gut, unser Weg scheint momentan auch nicht ideal zu sein, aber wir *hatten* ihn und dies wurde uns ziemlich brutal genommen.

Ich glaube, dass die indianischen Schulen wie zum Beispiel in Chinle sehr wichtig sind. Dort unterrichten indianische Lehrer in unserer Sprache und nach unseren Wertvorstellungen. Wichtig ist es, eine Brücke zu bauen, zwischen unserer schwindenden Kultur und der modernen Zukunft. Beides zu verbinden ist möglich, aber nicht einfach, doch unsere Kinder können sich nur so in dieser Welt zurechtfinden.«

---

[*] *jish* = Medizinbeutel - ein lebendiger, heiliger Gegenstand. Es muss benutzt werden, sonst verliert es seine Lebendigkeit.

Ayatéh betrachtet sein mühsam geschnitztes Werk in Ruhe und genau von allen Seiten. Dann fährt er fort: »Das ist der einzige Weg, damit wir als Volk überleben. Die Kinder dort gehen nicht nur in die Natur hinaus und lernen praktisch, sondern wir brauchen auch gebildete Leute, die auf der Seite unseres Volkes stehen. So ist die Schule ein guter Anfang. Sie ist wichtig, denn die Kinder sind unsere Zukunft - wenn wir eine haben. Sehen Sie, Mr. Watkins, so etwas brauchen wir, aber keine Fabrik. Sie macht die Menschen hier physisch und psychisch krank.«

»Wie darf ich das verstehen?«

»Die Leute bekommen Hautausschlag. Manchmal ist es so dramatisch, da hilft nur Cortison, aber das ist natürlich nur eine Symptombehandlung. Es ist wichtig, nach der Ursache zu forschen, erst dann kann man die Krankheit behandeln.«

David Watkins beginnt wieder, sich Notizen zu machen und fragt sich, was es wohl damit auf sich hat. »Und was glauben Sie ist die Ursache?«

»Die Symptome tauchten fast zeitgleich nach der Inbetriebnahme der Fabrik auf. Sie steht direkt neben dem Chinle Wash. Viele von uns leben von dem Fluss. Auch wenn die Fabrik sich nicht unmittelbar neben uns befindet, können wir davon betroffen sein. Wir haben nicht die finanziellen Mittel, um Proben analysieren zu lassen. Sie sehen, hier leben nur ein paar Indianer, da scheut man die Kosten, offiziell vorzugehen. Ein Verdacht reicht da nicht aus, gegen die Fabrik etwas zu unternehmen. Die Behörden haben lediglich die Papiere untersucht und angeblich ist alles legal. Wir müssen anscheinend damit leben.«

Watkins hatte ihm aufmerksam zugehört und begreift, dass die Problematik der jetzigen Situation in der die Indianer leben, zu wenig Beachtung findet.

Ayatéh zieht den kleinen, dunklen Vorhang an seiner Fensterseite etwas vor, denn er wird von der Sonne geblendet. Er fragt sich, wie die Ermittlungen des Beamten wohl weiter verlaufen werden. Wird er irgendwann aufgeben? Wird jemand verhaftet? Wie wird er in Zukunft vorgehen und was kann er mit seinen Aussagen anfangen? Nichts!

»Aber ich glaube, Sie sind aus einem anderen Grund hier und es ist nicht das, was Sie hören wollen. Sie wollen wissen, ob ich etwas mit diesen drei toten Männern zu tun habe«, lenkt Ayatéh das Thema wieder auf den Mord.

David Watkins lässt sich alles schnell durch den Kopf gehen. »Ja, das ist leider meine Aufgabe, ob ich will oder nicht. Ich muss diese Sache auf den Grund gehen, aber das Gespräch mit Ihnen war für mich nicht ohne Bedeutung. Ich habe Sachen erfahren, die ich vorher in meinem Buch über die Indianer nicht erfahren habe.«

»Sie haben ein Buch über die Indianer gelesen? Auch über das Volk der Diné?«, fragt Ayatéh schmunzelnd.

»Ja, aber es wurde aus einer anderen Sicht dargestellt und wies nicht auf die Problematik hin. Die Navajo weben Teppiche, stellen Schmuck her, hüten Schafe und so weiter. Und das mitten in einer *Marlboro Kulisse*, die ich noch nicht einmal kennengelernt habe.«

»Na ja, es schreiben Weiße, *bilagaana* eben und ich glaube, dass viele schon die Problematik kennen, aber sie verdrängen oder nicht wahr haben wollen. Entweder wird zu wenig oder Falsches wiedergegeben. Solche Bücher sind allenfalls gut, um im Winter unsere Hogen damit zu beheizen. Aber was die Kulisse anbelangt, Sie können sich in Chinle informieren. Es werden viele Touren und Führungen in den Canyon de Chelly angeboten, am besten ist es mit dem Pferd. Es ist auch sehr interessant, sich die alten Ruinen des früheren Anasazi-Volkes anzusehen.«

»Das werde ich sicher einmal machen, aber zuerst sehe ich mir die Fabrik Heddington genauer an.« Dann denkt Watkins daran, dass er keine Lust hat, Ayatéh noch einmal so lange suchen zu müssen. »Sagen Sie, als ich mich hier nach Ihnen erkundigte, sagte mir ein Junge: Ayatéh wohnt dort, wo der Wind am stärksten weht. Ich frage mich jetzt, wo weht der Wind am stärksten?«

Ayatéh stellt sein geschnitztes Werk ab und sieht ihn lächelnd an. »Wenn Sie hier rausgehen, fahren Sie links bis nach etwa zwei Meilen rechts eine ungeteerte Schotterstraße kommt, die man leicht übersehen kann. Dort biegen Sie ab und nach ein paar weiteren Meilen tauchen weit ab von der Straße in Abständen einige Häuser auf. Es ist das siebte Haus auf der linken Seite.«

»Ich werde es schon finden.« Dann steht er auf, steckt seine Notizen ein und reicht Ayatéh die Hand. »Vielen Dank.«

»T'áá'ákódí ahéhee' - Ich danke *Ihnen*.«

»Wofür?«, fragt David Watkins etwas erstaunt, denn schließlich hatte er Ayatéh die Zeit geraubt und ihm Fragen gestellt.

»Weil Sie mir zugehört haben.« Dann stellt er ihm die Kachina-Puppe hin und sagt: »Ich habe sie noch nicht ganz fertig, aber vielleicht können Sie es weitermachen. Dann hat sie eine besondere Bedeutung für Sie persönlich und Sie können sich damit besser identifizieren. Ich schenke sie Ihnen.«

Watkins ist überrascht und nimmt sie dankend entgegen. Identifizieren mit einer Geisterpuppe, denkt er, mal sehen, was dabei herauskommt.

»Wie war noch mal Ihr Name?«, fragt David noch einmal nach.

»Gavin Dolores.«

»Ich meine Ihren Navajoname. Darf ich Sie damit anreden?«

Ein FBI-Guy, der Sympathie für sein Volk aufbringt. Seinen Diné Namen hat im Grunde genommen keinen *bilagaana* zu interessieren. Aber okay.

»Ayatéh«, gibt er ihm kurz zur Antwort.

Als Watkins im Auto Richtung Chinle fährt, um in sein Motel zurückzukehren, denkt er noch einmal über das Gespräch nach. Und je mehr er sich mit dem Fall beschäftigt, umso unbehaglicher fühlt er sich. Will er wirklich diesen Fall lösen? Doch es ist sein Job. Wenn die verstorbenen Männer in der Wüste die Täter waren, wie Ayatéh es behauptet, hatten die beiden den Tod allemal verdient. Und sogar Mr. Nelson ist davon überzeugt, dass sie schuldig sind. Wenn er beweisen kann, dass Ayatéh etwas damit zu tun hat, muss er ihn verhaften, wegen Mordes. Diesen Gedanken findet er jedoch abschreckend und er hofft, auf andere Ergebnisse zu stoßen.

Für die nächsten Tage ist David voll mit den Recherchen beschäftigt. Er findet heraus, dass Chakas jüngerer Bruder Santo Dolores, der Stiefvater des getöteten Babys war. Weil in seiner Ehe der Kinderwunsch unerfüllt blieb, haben sie das neugeborene Mädchen von der Schwester seiner Frau adoptiert. Diese Familie mit ihren acht Kindern war froh, entlastet zu werden. Santos Frau hieß Kathrin und konnte den Verlust des geliebten Babys nicht lange verkraften. Drei Monate nach der Tat beging sie Selbstmord. Für Santo muss es ein schwerer Schlag gewesen sein. Zuerst wurden sein Bruder und seine acht Monate alte Tochter ermordet und danach bringt sich seine Frau um.

Watkins findet heraus, dass sich Santo zu der Zeit, als man die toten Männer in der Wüste fand, in Tucson aufhielt. Diese Stadt liegt nur etwa hundertfünfzig Meilen vom Tatort entfernt. Vielleicht sollte er dort ansetzen und nach weiteren Hinweisen suchen.

So macht er sich auf den Weg in den Süden Arizonas und verfolgt jede Spur und jeden Hinweis, den er über Santo Dolores bekommen kann.

Dann spricht er mit dem Arzt, der die Autopsie durchgenommen hat, in der Hoffnung, dass es nicht nach Gewaltanwendung aussieht. Vielleicht kann er ihm Anhaltspunkte geben. David zieht zudem in Erwägung, dass das Wasser, welches die Zwei tranken, entweder stark verunreinigt war oder direkt vergiftet wurde. Oder sie könnten von einem giftigen Skorpion oder einer Klapperschlange gebissen worden sein.

Doch der Arzt konnte ihm das leider nicht bestätigen. Im Fall des Brandopfers Lenardo sieht alles nach einem Unfall aus und wurde auch als solches abgeschlossen. Auch wenn es nicht so war - so einen Zufall kann er sich nicht vorstellen. Für David Watkins ist damit jedenfalls diese Sache erledigt, denn Lenardo war ein Mörder wie die anderen.

Die Hinweise sind sehr dürftig und widersprüchlich. Schließlich fährt er ohne konkrete Indizien gegen Santo wieder nach Chinle zurück. Jetzt weiß er nicht mehr so recht weiter und glaubt auch nicht daran, dass er hier im Indianerreservat vorankommt. Er muss systematisch herangehen. Dieser Auftrag ist sein erster Alleingang und er kommt sich ziemlich verloren vor. In seinem Bezirk in Denver hatte jeder seine verschiedenen Aufgaben in ein und demselben Fall, von der Spurensicherung über Verhöre, Recherche, Verfolgungen, Berichte bis zur Verhaftung. Alles wurde aufgeteilt auf verschiedene Personen und man ging gemeinsam vor, teilte und verknüpfte die Ergebnisse untereinander und kam somit auf erfolgreiche Resultate.

Und jetzt? Jetzt liegt er erschöpft auf seinem Bett, in einem Nest am Ende der Welt und freut sich auf jeden Windhauch, der hereinweht. Allein auf sich gestellt, wird von ihm ein Resultat erwartet, über den erledigten Fall zweier Männer, die man tot in der Wüste fand.

Um sich abzulenken, schaltet er schließlich den Fernseher ein, doch er kann sich nicht konzentrieren. Während das Gerät läuft, schweifen seine Gedanken ab - hin zu den Menschen in dieser Gegend. Er denkt über ihr Leben nach - ein ruhiges, eintöniges Leben, ohne Ansprüche und Komfort. Fast jeder kennt jeden. Was machen sie, wovon leben sie?

Ihm fällt das von den Navajo geführte Unternehmen *Tribal Industrial Park* in Farmington ein, wo die Zucht von Shiitake Pilzen für den japanischen Markt betrieben wird. Dann gibt es hier einige Obstplantagen und kleine Schaf- und Rinderzüchter.

Viele Menschen bekommen hier staatliche Unterstützung und er fragt sich, was Ayatéh jetzt für ein Leben führt. Manchmal wirkte er verbittert. Doch wie würde er selbst denn sein, wenn ihm so etwas Schreckliches passieren würde? Dann packt er seine Kachina-Puppe aus und sieht sie sich genau an. Es steckt viel Arbeit darin und sie werden sehr teuer verkauft, doch Ayatéh hatte sie ihm einfach so geschenkt.

Als David die Augen aufschlägt, ist es noch dunkel. Er drückt das Licht der Uhr und sieht, dass es erst fünf Uhr dreißig morgens ist. Heute ist sein Geburtstag. Mal sehen, ob jemand an ihn denkt. Er fühlt sich schon die ganzen letzten Tage über irgendwie einsam und hofft, dass Cindy ihn anrufen wird. Sie hatten sich in Freundschaft getrennt, als er damals von New Jersey in den Westen nach Denver zog. Aber wahrscheinlich würde sich außer seiner Verwandtschaft niemand melden. Gilbert vielleicht, sein früherer Kollege, der ihm auch ein guter Freund war, oder Carol, seine Halbschwester, zu der er leider schon lange nur noch flüchtigen Kontakt hat, weil sie nach Florida gezogen ist. Er hatte schon seit langer Zeit mit niemandem mehr ein privates Wort gewechselt und vermisst es gerade heute an seinem Geburtstag ganz besonders. Schlafen kann er nicht mehr, also steht er auf und schaut in den Kühlschrank seines Motelzimmers nach etwas Essbarem. Doch eigentlich verspürt er keinen Hunger. Ihm fällt die Flasche Sekt ein, die schon seit Tagen im Kofferraum liegt. Nach dem Duschen schlüpft er in seine Kleidung und stellt fest, dass er das letzte, saubere T-Shirt überzieht. Na ja, dann kann er seinen Geburtstag damit verbringen, sich auf die Suche nach einem Waschsaloon zu machen, um seine ganze Wäsche zu waschen. Noch mit nassen Haaren stapft er nach draußen und holt sich die Flasche Sekt aus dem Auto, das vor seiner Tür steht. Als er sich daran macht, sie zu öffnen, fällt ihm ein, dass er noch nie alleine Sekt getrunken hat und erst recht nicht am frühen Morgen. Irgendwie kommt er sich ziemlich verlassen vor. In Denver hatte er immer jemanden, mit dem er anstoßen konnte. Aber hier ist er in einem winzigen Nest einsam und verlassen. Wen kennt er hier denn schon? Ayatéh fällt ihm ein und er war bisher der Einzige, mit dem er ein intensives Gespräch geführt hatte, obwohl vieles nicht mit seinem Fall zu tun hatte. Er wies ihn auf die Problematik der Indianer hin. David hatte sich viel Zeit gelassen und irgendwie sind dabei seine *wichtigen* Fragen in den Hintergrund gerückt. Es war nicht das übliche Frage-und-Antwort-Verhör gewesen, wie es sonst praktiziert wurde. David fragt sich, was der Navajo für ein Mensch ist. Er wirkt selbstsicher und intelligent, so scheint es ihm jedenfalls. Bemerkenswert ist seine innere Ruhe, die er ausstrahlt und die sich zu übertragen scheint. Was weiß Ayatéh über den Tod der drei Männer? Es sind noch viele Fragen offen und David nimmt sich vor, jetzt gleich zu ihm zu fahren.

Irgendwie hatte sich jeder eine eigene Art angeeignet, an seine Tür zu klopfen, sodass Ayatéh oft schon vorher weiß, wer zu ihm kommt. Mal ist es kurz und dumpf, mal mit einem doppelten Schlag oder wie bei Nick, der ziemlich weit oben anklopft. Doch diesmal ist es sehr zaghaft und so früh am Morgen, ungewöhnlich.

»*Woshdéé*!«, ruft Ayatéh, und als er die Tür öffnet, ist er überrascht, David Watkins zu sehen. Er bietet ihm einen Platz an und macht sich daran, Kaffee zu kochen.

David sieht sich in dem kleinen Raum um. An der Wand steht eine alte durchgesessene Couch mit verblassender marineblauer Farbe. Daneben ein ebenso alter Schrank, eher eine Kommode und der Herd, an dem Ayatéh steht, scheint noch älter zu sein, denn es führt ein altes Rohr direkt durch die Holzwand nach draußen. Der Indianer weckt in ihm eine gewisse Neugier. Sein Leinenhemd trägt er locker über der weißen Jeanshose und die langen, offenen Haare reichen ihm fast bis zur Hüfte. Er macht einen gepflegten Eindruck und trotz seiner sehr schlanken Figur wirkt er nicht dürr, sondern kräftig mit muskulösem Oberkörper. Das liegt sicher daran, dass er wie viele Navajo etwas kleiner ist als ein Durchschnittsamerikaner.

»Ich hoffe, ich habe Sie nicht geweckt.« David fühlt sich einen Moment unsicher. Er schaut auf seine Uhr, die kurz nach acht anzeigt.

»Mich kann niemand wecken, weil ich sowieso nicht richtig schlafe. Das Wort Schlafen ist für mich zu einem Fremdwort geworden.« Er setzt sich David gegenüber und fragt ihn nach dem Grund seines Besuches.

»Es ist nichts Besonderes, ich wollte Sie nur fragen, wie es mit dem Geschäft lief, dem *Butterfly*. Gab es da irgendwelche Schwierigkeiten?«

»Da fragen Sie am besten Charly Barrow, den Betreiber, mit ihm hat Chaka es zusammen geführt. Ich habe wohl ab und zu ausgeholfen, aber nichts mit dem Papierkram zu tun gehabt. Davon halte ich mich möglichst fern.«

»Das habe ich schon getan, aber ich wollte es noch einmal von Ihnen hören. Vielleicht hat Ihr Vater etwas erwähnt, über negative Entwicklungen oder über schwierige Geschäfte, die er mit anderen Partnern, mit denen er in Verbindung stand, hatte.«

»Das glaube ich nicht, es lief alles ganz gut, normal eben. Aber Chaka war ein Mensch, der nicht gerne über Probleme sprach. Vor allem wollte er seine Familie nicht damit belasten. Aber so richtige Sorgen hatte er, glaube ich, nicht.«

»Tja, eigentlich war es schon alles, es hätte ja sein können, dass sich irgendwelche Anhaltspunkte für ein Motiv ergeben, Chaka umzubringen.« Er steht auf und kramt in seiner Jeans nach dem Autoschlüssel. »Entschuldigen Sie bitte, dass ich so früh aufgetaucht bin, aber ich habe gedacht, wenn ich später komme, treffe ich Sie vielleicht nicht mehr an.«

»Da haben Sie richtig gedacht, eine halbe Stunde später wäre ich weg gewesen.« Auch Ayatéh steht auf, denn auf seinem kleinen, alten Ofen kocht das aufgesetzte Wasser in einem Topf. Er gießt es in den bereitgestellten Kaffeefilter, der auf einer Kanne steht. »Um mir für drei Minuten diese Frage zu stellen, war ihr Weg sehr weit. Haben Sie schon gefrühstückt?«

David freut sich sehr über dieses Angebot, zumal er sich vorstellt, an seinem Geburtstag etwas Gesellschaft zu genießen.

»Wenn ich Ihre Zeit nicht zu sehr in Anspruch nehme, bleibe ich gerne noch einen Moment.« David lässt sich wieder auf dem Stuhl nieder und beobachtet, wie Ayatéh alles für das Frühstück vorbereitet.

»Ich weiß nicht, was Sie für einen Komfort gewohnt sind, aber bei mir ist es eher bescheiden.« Dabei stellt er das Brot, Auflagen und

Kaffee auf den Tisch. Er greift zwei Messer aus einer Schublade und öffnet über sich den Hängeschrank. Als er dabei ist, zwei Teller herauszuholen, kommt ihm ein Schwall Wasser entgegen, das ihm aufs Hemd und ins Gesicht spritzt.

»Aahhh, verdammt ...«, flucht er, stellt die Teller ab und streicht sich über die nassen Haare. Dann wischt er sich mit einem Handtuch das Gesicht trocken.

Lachend sieht David ihm zu. »Es dauert wohl noch eine Weile, bis ich eure Sitten und Bräuche verstehe, davon habe ich jedenfalls auch nichts in meinem Buch gelesen. Aber wie Sie schon sagten, es ist ziemlich unvollständig.«

Schmunzelnd setzt sich Ayatéh mit seinen feuchten Haaren wieder an den Tisch und reicht David einen Teller und ein Messer.

»Das sind meine lieben Freunde. Die lassen sich immer etwas in dieser Art einfallen. Dieses Mal zahlt es mir jemand heim, mit dem ich hier vor zwei Tagen gefrühstückt habe. Ich stellte ihm ein aufgewärmtes, aber rohes Ei hin, das er auch gleich essen wollte, denn er dachte natürlich, dass ich es gekocht hätte. Na ja, da hatte er den Eiersalat, den er wollte und ich nicht machen kann. Damit hatte er mich nämlich aufgezogen.«

David setzt schnell die Kaffeetasse ab, denn bei der Vorstellung, den ganzen rohen Eierschleim abzubekommen, muss er lachen. »Nette Freunde«, kommentiert er, während er sich die Butter aufs Brot streicht. Die Marmelade schmeckt fruchtig und süß, das Brot ist frisch und der Kaffee ein Genuss. Er ist froh, dass er heute Ayatéh aufgesucht hat, denn so schmeckt ihm das Frühstück doch besser. Auf einmal bekommt er großen Appetit und freut sich über die Gesellschaft, die seinen Geburtstag doch noch angenehmer macht.

Als sie fertig sind, schenkt Ayatéh ihnen noch einmal Kaffee nach, dabei wirft er David einen verwunderten Blick zu. »Sie stellen ja gar keine Fragen mehr.«

»Ich habe im Moment keinen Anlass dafür.«

»Sie wollen nichts mehr von mir? Und ich muss Ihnen nichts erzählen? Sie wollen nicht an meiner Seele kratzen und keine schlimmen Sachen hören?«

David Watkins schüttelt den Kopf und nimmt einen kräftigen Schluck Kaffee, an dem er sich aber leicht verbrennt, weil er noch sehr heiß ist.

»Übrigens, ich habe es getan und Sie hatten recht«, sagt er, während er schnell die Tasse absetzt.

»Was haben Sie getan?«

»Ich habe mich an einen Punkt gesetzt und bewegungslos in eine Richtung gesehen.«

»Und, sind Sie zu einer Erkenntnis gekommen?«

»Ja, der Krimi war spannend«, scherzt David. »Ich saß gestern in meinem Motelzimmer und habe ferngesehen.«

»Jedem das Seine«, bringt Ayatéh hervor und fängt an, den kleinen Holztisch abzuräumen.

»Ich war wirklich draußen in der Natur. Gestern - ich habe mir einen Platz ausgesucht, mich an einem Baum gelehnt und beobachtet. Sie haben recht, wenn man es lange macht, bekommt man eine bessere Wahrnehmung und erlebt alles intensiver. Man wird allem gegenüber offener und sensibler für seine Umwelt.« David hat jetzt wieder vor Augen, wie er sich gestern Abend, als die Sommerhitze etwas abgekühlt war, an einem stillen Ort niederließ. Es hatte ihm tatsächlich gut getan und allmählich wurden auch seine Gedanken frei von Dingen, die ihm tagsüber beschäftigten und belasteten.

»Das ist gut«, bekommt er zur Antwort. »Machen Sie es öfter.«

Als Ayatéh den Tisch abwischt, steht David auf. »Ich danke Ihnen für das Frühstück, es war nett, mich einzuladen.«

»Was haben Sie jetzt vor?«

»Mit meinen Ermittlungen meinen Sie? Heute nicht mehr viel, ich lege mal einen freien Tag ein. Vielleicht folge ich Ihren Vorschlag und sehe mir den Canyon de Chelly an.«

»Okay, kommen Sie, ich hole uns zwei Pferde.« Ayatéh denkt daran, dass Charly sicher auch alleine zurechtkommt. Er hatte ihm zwar seine Hilfe angeboten, aber nicht fest für heute zugesagt.

»Ich denke, dass Sie sicher etwas Wichtigeres vorhaben, als einen Gringo herumzuführen.«

»Nicht unbedingt. Wenn Sie möchten, zeige ich Ihnen indianische Kultur vor Ort. Das ist interessanter als in einem Buch.«

»Das möchte ich sehr gerne, ich freue mich über Ihr Angebot.«

»Waren Sie schon einmal auf einem Pferd?«

»Drauf war ich schon mal, aber das heißt nicht, dass ich reiten kann«, gibt ihm David unsicher zur Antwort.

»Sie sind nicht von hier, das merkt man nicht nur am Dialekt, ich schätze aus dem Osten. Okay, ich werde Ihnen ein entsprechendes Pferd besorgen und hoffe, dass ich für Sie einen Sattel auftreiben kann. Sie können hier warten, es dauert nicht lange.«

Etwa eine halbe Stunde später hatte Ayatéh ihnen Pferde besorgt. David holt seinen Stetson aus dem Auto, um sich so vor der Sonne zu schützen. Den Hut hatte er sich eigens für seinen Aufenthalt hier im Südwesten in einem Souvenirladen gekauft und eine Menge Geld dafür bezahlt. Hier gehört so etwas einfach dazu, denkt er und kramt im Handschuhfach, um seine Kamera zu holen, die er für alle Fälle immer dabei hat.

Inzwischen macht Ayatéh ihm den Sattel und das Zaumzeug zurecht und befestigt zwei Wasserbehälter daran. »Dieses Pferd hier wird Ihr Freund sein. Sie können ihm vertrauen, es läuft meinem hinterher und Sie brauchen absolut nichts zu machen. Das ist Touristenservice.«

David bedankt sich lächelnd und ist froh, dass er es schafft, ziemlich locker aufzusteigen. Wieso macht Ayatéh diese Tour mit mir?, überlegt er sich und fragt ihn auch gleich danach.

»Ich bin immer wieder gerne dort und es überwältigt mich jedes Mal. Oft reite ich alleine dorthin, aber vielleicht ist es in Gesellschaft auch ganz angenehm.«

Auf Ayatéhs Pferd liegt nur eine bunt gewebte Decke und mit einem Schwung sitzt er auf dem Schecken.

Unterwegs wird David die Geschichte des Canyons, der sich in drei Gebiete spaltet, ausführlich erklärt.

»Der Name *De Chelly* stammt aus dem Spanischen. Es heißt in unserer Sprache *Tsegi* und bedeutet Fels-Canyon. Hier lebten vor langer Zeit einmal Pueblo Völker, die ihre Häuser in Felsen bauten, wahrscheinlich, um sich so vor Feinden zu schützen.«

David ist sichtbar von dem riesigen Canyon beeindruckt. Mit seinen steilen Wänden und den vielen Ruinen prähistorischer Behausungen, die wie Nester in hohe Felsspalten und unter Felswände von den Anasazi Indianern gebaut wurden - lange bevor die kriegerischen Navajo kamen - ist dieser schöne Canyon ein typisches Denkmal für das farbenfreudige Land des indianischen Südwestens.

Die Hogen auf dem Grund des Canyons tragen ebenfalls zu dieser Atmosphäre bei und rahmen die Landschaft ein.

Die Felswände bestehen aus Sandstein, der vor über 200 Millionen Jahren abgelagert wurde. Der rötliche Farbton variiert in seiner Intensität der Tageszeit entsprechend und bietet dem Betrachter ein malerisches Bild.

Nachdem David die ersten Fotos gemacht hat, reiten sie durch einen flachen, schmalen Fluss, entlang der Felswände. Das hellbraune Pferd, auf dem David sitzt, trabt zwar brav hinter dem Schecken her, doch hier im Wasser bleibt es ab und zu kurz stehen, um mit den Hufen im Schlamm zu schaben. Mal mit dem einen, dann mit dem anderen Bein, wobei es schnaufend den Kopf hin und her wirft. David ist das nicht ganz geheuer, doch als es weiterläuft, legt sich seine Unruhe. Eine Zeit lang geht auch alles gut, aber dann wiederholt sich das merkwürdige Verhalten seines Pferdes.

»Nein, nein«, ruft David verzweifelt. »Helfen Sie mir, was hat dieses Pferd vor?«

Als Ayatéh auf die Rufe aufmerksam wird, schaut er sich um und schmunzelt. Eine Weile sieht er es sich an. »Sie müssen ihr Pferd weiter in den Fluss führen, nicht am Rand in den Schlamm.«

»Wie mache ich denn das? Es will nicht«, ruft David und fuchtelt unbeholfen mit den Zügeln. Er scheint dem Tier hilflos ausgeliefert zu sein.

Jetzt neigt es den Kopf nach unten, schabt mit den Hufen und schnauft.

»Beeilen Sie sich, sonst ist es zu spät!«, ruft Ayatéh zurück, der ihm weiter voraus ist.

»Zu spät für was?« Doch diese Frage erübrigt sich, denn unmittelbar danach legt sich das Pferd langsam nieder.

»Hilfe!«, schreit David und rutscht nervös auf dem Sattel herum, dem er dann unausweichlich entgleitet, denn nun wälzt sich das Pferd genüsslich im schlammigen Untergrund.

Verzweifelt steht David am Ufer und betrachtet jetzt voller Entsetzen seine schmutzige, vom Schlamm bedeckte Kleidung. Kopfschüttelnd sieht er zu, wie sich das Tier samt Sattel auf dem Rücken, die Beine nach oben, voller Vergnügen herumwälzt.

Ayatéh kann sich bei diesem Anblick ein Lachen nicht verkneifen. Er steigt ab und geht langsam auf das Geschehen zu.

»Ich kann darüber nicht lachen, schauen Sie, wie ich aussehe. Was ist das für ein Pferd? So etwas gibt es doch gar nicht.« Dann beobachtet er, wie das Pferd sich wieder aufrappelt und davon trabt.

Ayatéh hat gerade die Hälfte des Rückweges hinter sich und kann es deshalb nicht festhalten. Schnell läuft er zu seinen Schecken zurück, schwingt sich hinauf, ruft dem davonlaufenden Tier auf Diné zu, dass es stehen bleiben soll, und reitet hinterher.

»Boomer!«„ ruft er, doch auf seinen Namen reagiert es auch nicht. Im Gegenteil, denn jetzt stürmt es davon.

Fassungslos beobachtet David, wie sie aus seiner Sichtweite verschwinden. Dann geht er ans trockene Ufer und lässt sich auf einen Findling nieder. Er kann seine Situation kaum begreifen.

Wenige Minuten später kommt Ayatéh zurückgeritten, das schlammverschmierte Pferd hinter sich herführend. Als er sich zu David niederbeugt und ihm die schmutzigen Zügel reicht, sagt er: »Kommen Sie, nehmen Sie es ihm nicht übel, Boomer braucht so etwas manchmal.«

»Sie haben gewusst, dass dieses Pferd so etwas machen würde!« David ist entrüstet. Er nimmt die verschmutzten Zügel und steigt mit einem verzerrten Gesicht auf. »Ekelhaft, ekelhaft«, dabei ziert er sich, die Zügel fest zu umklammern.

»Wenn man einigermaßen mit Pferden zurechtkommt, passiert so etwas nicht. Sehen Sie es nicht so tragisch, das Zeug da trocknet schnell und dann können Sie es einfach abstreifen.« Dabei deutet er auf die schmutzige Kleidung.

Sie setzen ihren Weg am Flussufer fort und David lässt sich grießgrimmig von seinem Pferd lenken, welches wieder brav seinem Vordermann folgt. Doch schon nach kurzer Zeit muss er selbst über das Geschehen lachen. Ayatéh verlangsamt seinen Schritt, damit ihn David einholen kann. Als sie nebeneinander herreiten, entschuldigt sich Ayatéh für sein Verhalten. »Ich wollte Sie nicht auslachen, es tut mir Leid.«

»Es war doch ein schöner Spaß«, lächelt David. »Jetzt sehe ich es auch nicht mehr so dramatisch.« Ayatéh betrachtet ihn von oben bis unten und schließlich lachen sie beide über die Situation.

Als sie an Buschwerk vorbeikommen, machen sie ihre erste Rast und setzen sich ans Ufer. Das Wasser, das die Canyonwände durchfließt, wirkt trüb.

Ayatéh hockt sich nieder und wedelt mit der Hand darin. »Der Rio de Chelly entspringt in der Nähe von den Chuska Bergen und windet sich in westlicher Richtung bis zum Einfluss in den Chinle Wash«, erklärt er und schmunzelt, als er sieht, wie David versucht, den Kopf seines Pferdes, das ihn ständig beschnuppert, abzuwehren.

Sie setzen ihren Weg fort und gelangen zu weiteren Felsruinen. Für David ist es sehr interessant zu sehen, wie die Menschen vor noch ca. 400 Jahren hier gelebt haben, denn um diese Zeit etwa wurden die Behausungen aus noch ungeklärten Gründen verlassen. Vielleicht haben damals die Navajo sie vertrieben, vermutet David.

Immer wieder tauchen Felszeichnungen auf, von den Anasazi und den späteren Navajo. Sie stellen Tiere dar, aber auch Menschen und Hände. Jäger, die mit Pfeilen Antilopen jagen. Auch Darstellungen offensichtlich religiöser Art gibt es dort. Fasziniert davon macht David weitere Fotos.

Nachdem sie das alles eine Weile betrachtet haben, reiten sie weiter. David ist so beeindruckt, dass er kaum bemerkt, wie sie immer höher bergauf reiten. Doch schließlich beschleicht ihn ein merkwürdiges, unbehagliches Gefühl. Die ganze Zeit hatten sie geschwiegen, denn nur so können sie den gigantischen Anblick in sich aufnehmen. Doch plötzlich steigen furchtbare Gedanken in ihm auf und er macht sich seine Situation bewusst. Wie kommt er dazu, einem Mann, gegen den er wegen Mordes ermittelt und der ihm völlig fremd und unbekannt ist, hier in diese verlassene Gegend zu folgen? Plötzlich wird ihm klar, dass er ihm völlig unterlegen und ausgeliefert wäre.

Er sieht, wie Ayatéh immer höher reitet und sein Pferd ihm unweigerlich folgt. David begreift, dass er noch nicht einmal in der Lage wäre, sein Pferd unter Kontrolle zu bekommen, geschweige denn überhaupt von hier zu fliehen. Auch hatte er keine Waffe bei sich, für einen FBI-Beamten sehr ungewöhnlich. Doch er ist hier schließlich nicht im Dienst. Dumm, naiv und ohne nachzudenken, hat er sich von seinem Tatverdächtigen ans Ende der Welt führen lassen. In eine Gegend, die der Indianer wahrscheinlich wie seine Westentasche kennt und deren endlose Weite - die David so bewundert - ihm völlig unbekannt ist. Hier wäre er absolut verloren und Ayatéh hilflos ausgeliefert, wie ein Kaninchen einem Adler. Er fragt sich, was Ayatéh für ein Mensch ist. Auf jeden Fall weiß er, dass er unter Mordverdacht steht und dass er, David Watkins, ihn überführen muss. Ist er der Gefahr ausgesetzt, hier in dem Canyon ermordet zu werden, damit er Ayatéh nicht überführen kann? Wie Schuppen fällt es ihm von den Augen und je mehr sie bergauf reiten, desto sicherer ist er, dass es einen Aufstieg in den Tod bedeutet. Eine Heidenangst kriecht in ihm hoch und verzweifelt sucht er nach einem Ausweg. Während er sich Hilfe suchend umsieht, rutscht ihm sein Hut herunter. Mein Gott, wie viele peinliche Sachen werden ihm hier noch passieren? Er bekommt ja noch nicht einmal sein Pferd zum Stehen.

Gelegentlich blickt Ayatéh sich um und David fragt sich jetzt, ob er es aus Besorgnis macht, oder um zu sehen, ob sein dummes Opfer ihm noch folgt, damit er ihn oben vom Berg hinabstürzen kann.

»Wo haben Sie Ihren Hut?«

»Er ist mir vorhin runtergefallen.«

»Holen Sie ihn, ich warte hier.«

Als Ayatéh erkennt, dass David mit seinem Pferd nicht zurechtkommt, reitet er zurück, hält die Zügel von Boomer und fordert ihn auf, seinen verschmutzten Hut, der einmal weiß aussah, wiederzuholen. Anschließend setzen sie ihren Weg fort, wobei David ständig nach einer Möglichkeit sucht, im Notfall flüchten zu können. Die einzige Hoffnung liegt in seinen Karatekünsten, die er aber auch nur zum Teil beherrscht.

Schließlich stehen sie auf einem gewaltigen Felsen und sehen hinunter. Ihnen bietet sich ein atemberaubender Anblick. Gigantisch öffnet sich unter ihnen ein Tal von unbeschreiblicher Schönheit.

»Wow!«, stößt David hervor.

»Das wollte ich Ihnen gerne zeigen«, sagt Ayatéh und steigt vom Pferd. Auch David lässt sich herab und gemeinsam betrachten sie das unten liegende Tal, durch das sich malerisch der Chinle Wash windet.

»Es ist wie der Beginn der Welt«, sagt David, der überwältigt ist von der Erhabenheit der Schlucht. »Können wir dort hinunter?«

»Wenn wir vorsichtig sind, schon, es gibt hier einen kleinen Pfad, aber wir müssen auf Treibsand achten.« Ayatéh steigt wieder auf, doch als er sieht, dass David unsicher ist, beruhigt er ihn. »Sie brauchen nichts zu befürchten, Boomer hat es schon öfter geschafft, Sie müssen einfach nur versuchen, drauf zu bleiben.«

David zuckt noch schnell seine Kamera, drückt zweimal ab und steigt aufs Pferd.

Während sie hinunterreiten, langsam und vorsichtig, wird David wieder die Aussichtslosigkeit bewusst und ihm wird klar, dass er vollkommen von Ayatéh abhängig ist. Viele Gerüchte werden über ihn verbreitet. Unheimlich und von mystischer Art. Er hatte so etwas sogar von *Weißen* gehört, die hier in der Nähe der kleinen Orte leben. Aber jetzt muss er sich so sehr darauf konzentrieren, oben auf seinem Pferd zu bleiben, dass diese Gedanken momentan in den Hintergrund treten.

Den Rest des Weges müssen sie absteigen, um die Pferde zu führen und David ist froh, als er unten problemlos angekommen ist. Schließlich reiten sie weiter, bis sie einen bewohnten Hogen erreichen. David glaubt, dass hier und jetzt sein Schicksal besiegelt ist. Dort beim Hogen würde der Navajo Verstärkung bekommen und Davids Chancen wären gleich null.

Er ist bemüht, sich seine Furcht und Unbehaglichkeit nicht anmerken zu lassen. Wenn er versuchen würde zu fliehen, wäre Ayatéh hundert Mal schneller und gleich würden auch noch diese Rebellen dort herauskommen.

»Ich möchte nur kurz jemanden begrüßen«, erklärt ihm Ayatéh, wobei er bemerkt, dass sein Begleiter zögert. »Kommen Sie«, fordert er auf und für David klingt es plötzlich wie ein Befehl. Doch der Navajo lächelt ihn an und eigentlich wirkt seine Stimme alles andere als bedrohlich. Misstrauisch folgt David ihm schließlich und sieht, wie ein kleiner, etwa vierjähriger Junge heraus stürmt, der voller Freude Ayatéh entgegenläuft.

Jetzt kommt es David ziemlich absurd vor, hier Rebellen zu vermuten.

Zum ersten Mal sieht David einen Hogen aus der Nähe. Wie eine Ausbuchtung scheint er sich aus der Erde erhoben zu haben. In der Mitte der Kuppel ragt ein kleiner Rauchfang empor. Er fragt sich, ob diese Behausung wohl von innen abgestützt ist. Gerne möchte er hineingehen, um es sich anzusehen.

Er hört, wie sie in der Sprache der Diné einige Worte wechseln, dann folgt eine junge Frau, die in einem Tuch, um die Hüfte gebunden, ein Baby trägt.

Bei der Unterhaltung versteht David kein Wort, wird aber von der Frau freundlich hereingebeten. Doch Ayatéh winkt ab. »Wir wollen sofort weiter«, erklärt er auf Englisch und stellt seinen Begleiter vor. »Das ist Mr. Watkins vom FBI, er ermittelt gegen mich.«

Das musste ja nun wirklich nicht sein. Außerdem, wie sieht er aus? Verdreckt steht er vor der Frau und versucht sich zu rechtfertigen. »Im Moment bin ich nur Tourist«, stammelt er verlegen. »Und ich finde, das Thema sollte hier und heute Tabu sein, es gehört nicht hier her«, äußert sich David verärgert über den Kommentar.

»Ja, Sie haben recht«, gibt Ayatéh zu, schnappt sich den Jungen und spielt eine Weile mit ihm herum. Während er ihn über seinem Kopf dreht, lacht der Kleine aus vollen Herzen. David sieht ihnen amüsiert zu, bis sein Pferd plötzlich hinter ihm steht und ihn mit dem Kopf anstupst. Immer wieder stößt es dann kräftig in seinen Rücken, sodass er ungewollt nach vorne stolpert. Er kommt sich ziemlich tölpelhaft vor, doch als alle lachen, muss auch er lachen.

Als sie weiter reiten, sehen sie einen Adler kreisen. Es ist eine Idylle, wie in der Urzeit. Die roten Felsen werden vom Sonnenlicht durchflutet - die geheimnisvollen Hieroglyphen, der schimmernde Fluss und die karge Vegetation mit ein paar wenigen Baumwollbäumen vermitteln ein Gefühl von Unendlichkeit.

Dann erreichen sie den Canyon del Muerto. »Hier wurden damals über hundert Navajo von den Spaniern umgebracht. Darunter waren auch viele Frauen und Kinder. Sie waren eingekesselt und hatten keine Chance«, erklärt Ayatéh ihm. »Aber wir reiten am besten gleich weiter zu den *Spinnenfelsen*.«

Unterwegs dorthin erzählt er David die Geschichte, wie der Navajo Ashiih der Spinnenfrau begegnete. »Sie war sehr schön, er war von ihr fasziniert und fragte sie nach ihrem *Clan**: *Ha' át' íísh dóome' é nílí?* und *Hooghangóósh díníyá ?,* also, ob sie nach Hause wolle, denn er wollte sie ein Stück begleiten. Doch sie antwortete ihm, dass sie nicht von dieser Welt sei.« Ayatéh erzählt ihm weiter, wie es dazu kam, dass *Na'ashje'ii Asdzau,* die Spinnenfrau, den Frauen das Weben beibrachte.

---

* Ein *Clan* bezeichnet die komplizierten Verwandtschaftsbeziehungen, die ein Teil der spirituellen Kultur sind. Sie erstrecken sich auf die Natur und die Gottheiten. Jeder Navajo gehört vier verschiedenen, miteinander nicht verwandten Clans an. Innerhalb des Mutter- und Vater-Clans besteht ein Eheverbot. Wenn sich z. B. zwei Navajo aus weit entfernten Teilen der Reservation treffen, machen sie sich bekannt, indem sie ihre Clanzugehörigkeit nennen, um rauszufinden, ob sie miteinander verwandt sind.

Es dauert noch eine Weile, bis sie den heiligen Ort erreichen, doch dann sehen sie den riesigen, steinernen Turm, der sich in zwei Spitzen teilt und wie ein Wächter aufragt. Es ist ein Ort der Besinnung, und als sie absteigen, sitzen sie für eine lange Zeit schweigend auf einem Felsvorsprung.

»Hier ist also der Sitz der *Spinnenfrau*[**]«, sagt David ehrfürchtig.

»*Kéyah Hózhóni*[***]«, murmelt Ayatéh und sie genießen den spektakulären Panoramablick auf die Canyonlandschaft. Die Sonne hat schon an Intensität nachgelassen und jetzt ist die Hitze erträglicher geworden.

»Es ist wunderschön hier«, stellt David fest.

»Ja, das bringt einem das Gefühl des *hózón* näher, der inneren Harmonie und mit sich selbst im Einklang zu sein, aber trotzdem bin ich davon wohl noch weit entfernt.« Dann nimmt Ayatéh einen Stein, der von der Sonne angewärmt ist. »Das alles ist für uns ein Teil des Lebendigen Geistes. Er ist nicht einfach nur ein Stein, sondern er steht in Wechselwirkung zur beseelten Natur wie in einem Mosaik, wodurch viele Teile ein Ganzes ergeben und eins ohne das andere keinen Sinn ergibt.« Ein Augenblick der Stille entsteht, dann versucht er David zu erklären, dass er etwas anderes sieht als eine romantische Landschaft. »Es gibt eine Einheit zwischen sichtbarer und unsichtbarer Welt, zwischen Menschen und heiligen Wesen, die hier wohnen. In allem, was wir tun, sind sie präsent und sie kommen in verschieden Formen zum Ausdruck. Wir müssen das Gleichgewicht wahren, dann werden wir in Harmonie mit den Heiligen Wesen sein, die wir erkennen in einem bestimmten Berg, im Himmel, den Pflanzen und in den Farben.«

»Kommt dies auch in den Sandmalereien zum Ausdruck?«

[**] *Spinnenfrau* = Sie war es, die die Arterien der Menschen schuf und deswegen wird sie als Medizinfrau betrachtet. Ihre spirituelle Kraft, wie sie sich in ihrem seidenen Gewebe darstellt, verbindet Himmel und Erde. In den meisten Zeremonien ist sie eine weibliche Kraft, die Gutes bewirkt, eine Muttergestalt, die die Sterblichen leitet und der man vertrauen kann.

[***] *Kéyah Hózhóni",* = in etwa: das Land ist schön.

»Ja, diese Wesen werden in menschlicher Form dargestellt. Das macht sie lebendig und erinnert uns daran, dass wir mit ihnen verwandt sind. So ist es auch beim Donner, Wind und Regen. Und die Schutzgeistersymbole bewachen die Fläche bzw. den Raum des Sandbildes und bringen ihn unter Kontrolle. Sie sind für den Austausch von Böse gegen Gut zwischen den Symbolen in der Sandmalerei und der Außenwelt zuständig.«

»Ayatéh, ich bin froh, heute hierher gekommen zu sein.« Ein Gefühl der Ehrfurcht überkommt David. Wie konnte er nur glauben, dass sein heutiger Geburtstag auch sein Todestag werden würde. Dieser Gedanke erscheint ihm jetzt völlig absurd.

Sie reiten weiter und begegnen einigen Kindern, die vergnügt im Wasser spielen.

»*Yá' át ééh kwá'asini*«, begrüßt Ayatéh sie, steigt ab und planscht vergnügt und lachend mit ihnen herum.

Beeindruckend, wie gut er mit Kindern zurechtkommt, sieht David ihnen zu. Als sie ihren Weg fortsetzen, erblicken sie Reiter oben am Felsrand, die ihnen zuwinken. Sie winken zurück und Ayatéh schaut in den Himmel. »Ich denke, wir sollten uns jetzt auf den Heimweg machen, damit wir in Chilchinbito ankommen, bevor es dunkel wird«, schlägt er vor.

David sieht auf seine Uhr. Tatsächlich, sie waren ja schon über sechs Stunden unterwegs. Die Tour hatte ihn angestrengt und er spürt Anzeichen von Erschöpfung. Außerdem war ihr Wasservorrat zur Neige gegangen. Ihm wird bewusst, dass es ja da draußen noch eine andere Welt gibt, die er manchmal verflucht, aber auch braucht. Dieser Ritt heute in die Vergangenheit hatte ihn bereichert und er war von der Schönheit des Canyons überwältigt worden.

Als David Watkins wieder im Auto sitzt, kommt Ayatéh noch einmal zur offenen Fahrertür und lehnt sich mit dem Arm darauf.

David lässt den Motor an und verabschiedet sich. »Ich danke Ihnen für alles, es war ein schöner Tag und ich habe mehr bekommen, als ich erwartet hätte. Auch wenn ich jetzt völlig verdreckt bin.«

»Sehen Sie, David, meine Hose ist auch nicht mehr weiß. Wer ständig auf so etwas achtet, wird nie den Wert der Dinge erkennen.«

»Da haben Sie recht.« Die Dämmerung war angebrochen und er ist müde. Er freut sich auf seine Dusche und sein Bett, doch Ayatéh hält ihn auf.

»Ich möchte gerne mit Ihnen sprechen - nicht jetzt, ein anderes Mal, aber so schnell wie möglich, vielleicht morgen? Es ist mir sehr wichtig und ich habe lange überlegt, ob ich es Ihnen anvertrauen kann. Ich brauche Ihre Hilfe.«

»Sie machen mich neugierig. Worum geht es?«, will David wissen.

»Jemand will mir etwas anhängen, aber ich möchte es mit Ihnen in Ruhe besprechen. Wann haben Sie Zeit?«

Sie machen einen Termin für den nächsten Nachmittag aus, dann verabschieden sie sich.

Im Motelzimmer angekommen, hat ihn die Zivilisation wieder. Erschöpft lässt er sich sofort aufs Bett fallen. Er wird wohl nie vergessen, wie er diesen 26. Geburtstag erlebt hatte. Wie konnte er nur auf den Gedanken kommen, Ayatéh würde ihn dort brutal in eine Falle locken und ihn umbringen wollen? So ein Unsinn. Der Navajo hatte ihn in die geheimsten und heiligsten Winkel geführt. Aber warum? Und noch während er darüber nachdenkt, schläft er ein.

Am nächsten Morgen spürt David immer noch sein schmerzendes Hinterteil. Mehr denn je. Er hat Mühe, ins Bad zu laufen und ist froh, dass niemand sieht, wie er sich breitbeinig abmüht.

Beim Duschen denkt er an das Pferd und muss unwillkürlich lächeln. Am Schluss hatte er sich so an das Tier gewöhnt, dass er sich ungern von ihm trennte. Es war eigensinnig und hatte Charakter, das gefiel ihm.

Dann wäscht er zwei seiner T-Shirts im Waschbecken aus und legt sie zum Trocknen über die Stuhllehnen. So muss es erstmal reichen, denn um die restliche Kleidung zu reinigen, würde er sich später kümmern. Jetzt fehlt ihm die Zeit dafür.

Er fährt zur Navajo Tribal Police und spricht mit dem Lieutenant das allgemeine Vorstrafenregister durch. Anschließend versucht er, etwas mehr über Santo Dolores herauszubekommen.

Als er zur verabredeten Zeit bei Ayatéh ankommt, hat dieser jedoch Besuch. David setzt sich zu ihnen und bekommt mit, dass der fremde Indianer ein Problem mit seinem Auto hat. Mit den Worten, am Abend noch einmal vorbei zu kommen, verabschiedet er sich und David ist mit Ayatéh alleine.

Nachdenklich zieht er seine Jacke aus und hängt sie über eine Stuhllehne. David ist neugierig, denn in diesem Fall ist alles irgendwie anders. Es zählt nicht zu seiner Gewohnheit, einem Tatverdächtigen Hilfe anzubieten. Aber dieser Navajo braucht seine Hilfe. So hatte er es jedenfalls bei der letzten Begegnung dargestellt. Und überhaupt, seit er in Arizona angekommen ist, scheint alles einen anderen Rhythmus zu haben. Nur, interessanterweise muss er sich eingestehen, dass ihn diese verdrehte Welt neugierig macht.

»Wie kommen Sie mit Ihren Ermittlungen voran?« Ayatéh setzt sich schwungvoll mit gegrätschten Beinen verkehrt herum auf einen alten Holzstuhl, die Arme lässig über die Lehne hängend. Doch beim Blick in die Augen des FBI-Mannes erschaudert er. Ein Frösteln durchdringt seinen Körper und trotz der Hitze wird ihm kalt. Er soll ihn töten. Ihn also, einen Mann, der sich für Recht und Ordnung einsetzt. Ein Mensch, jung und voller Tatendrang. Vielleicht hat er Frau und Kinder? David Watkins soll das unschuldige Opfer sein, sterben für etwas, was Ayatéh selbst herausgefordert hat. Ayatéh glaubt, dass von nun an alles in gelenkten Bahnen verläuft. Plötzlich fühlt er sich für das Leben dieses Mannes verantwortlich. Er möchte ihn kennenlernen. »Hatten Sie Erfolg?«

»Es ist nicht einfach. Chakas Bruder Santo hielt sich zu der Zeit, als die zwei Männer in der Sonara-Wüste starben, in Tucson auf, also nicht sehr weit entfernt. Aber im Protokoll habe ich gelesen, dass er sich in Kayenta befand. Dann stimmt da etwas nicht. Das habe ich jetzt herausbekommen und deshalb will ich mehr über ihn erfahren.«

»Er sagte mir damals, dass er nach Kayenta wolle, um sich ein Auto zu kaufen. In der Zeitung hatte er über ein privates, günstiges Angebot erfahren und wollte sich dort mit dem Besitzer treffen. Ob er nun wirklich in Kayenta war, weiß ich nicht, jedenfalls hat er seitdem ein anderes Auto. Mehr kann ich Ihnen nicht sagen.« Ayatéh berichtet es so, wie er es weiß, denn hätte er geahnt, dass sich Santo in Tucson aufhält, wäre seine Entscheidung, sich an den Männern zu rächen, anders ausgefallen, um ihn nicht in Verdacht zu bringen.

»Sie sollten Ihr Augenmerk lieber anderen Dingen zuwenden«, versucht Ayatéh ihm klarzumachen.

»Und worauf sollte das Ihrer Meinung nach sein?«

»Es gibt genug Verbrechen, die wichtiger sind. Was Sie hier machen, ist reine Zeitverschwendung.«

»Ich bin hier herbeordert worden.«

»Um rauszukriegen, ob die toten Männer wirklich die Mörder waren? Sie kamen gegen Abend mit Motorrädern zum Hogen, der sehr abgelegen war. Doch allein die Tatsache, dass sie keine Motorräder besaßen, genügte schon, um die Ermittlungen einzuschränken. Wollen Sie das alles jetzt aufklären?«

»Nein, ich bin hier, um rauszukriegen, wie es zu dem Tod in der Wüste gekommen ist. Für alles andere bin ich nicht zuständig.« David legt eine kleine Denkpause ein. Wie weit kann er ihm seine Ermittlungen anvertrauen? Schließlich fährt er fort: »Die Sache von damals mit den Motorrädern hat sich inzwischen aufgeklärt. Außerdem ist jetzt sicher, dass alle drei verstorbenen Männer wirklich die Täter waren, denen Ihre Familie zum Opfer gefallen ist. Das hat sich jetzt bestätigt, es gibt keinen Zweifel mehr. Sie waren brutale Mörder.« David knetet nervös seine Hände.

»Das weiß ich«, entgegnet Ayatéh. »Um mir das zu sagen, hätten Sie nicht kommen brauchen!« Immer noch kann er nicht verstehen, warum damals seine Aussage nichts bewirkt hatte. »Ich glaube eher, dass Sie versuchen wollen, mich als Täter zu überführen. Angenommen, Sie schaffen es, fahren Sie dann mit einem guten Gefühl nach Hause? Sie haben dann Ihren Auftrag mit Erfolg abgeschlossen. Ich sitze lebenslänglich im Knast oder im Straflager oder warte auf mein Todesurteil. Und Sie können mit Genugtuung von allen Kollegen ein Lob für Ihre hervorragende Arbeit einheimsen.«

»Wenn Sie es getan haben, wäre es Selbstjustiz. Mord kann man nicht mit Mord begleichen«, antwortet David trocken.

»Als es passierte, war ich hier und nicht im Süden.«

David weiß es. Der älteste Sohn von Chaka Dolores, der einzig Überlebende, war erst vier Wochen zuvor aus dem Krankenhaus entlassen worden und an diesem Tag gab es sehr viele Zeugen, die bestätigten, dass Ayatéh zu einer Nachuntersuchung dort erschienen war. Etwa zwei Stunden später war der Todeszeitpunkt der Männer festgelegt worden. Er hätte es in dieser Zeit niemals bis in die Wüste geschafft. Irgendwie lässt David das Gefühl nicht los, dass der Navajo etwas weiß oder damit zu tun hat.

Während Ayatéh aufsteht, um zwei Gläser mit Wasser zu füllen, überlegt David, wie er am besten weiter vorgeht. Er denkt an die Gespräche der Personen, die zuletzt mit den Männern telefoniert hatten. Es waren die letzten Minuten ihres Lebens gewesen und sie faselten verwirrtes Zeug über unheimliche Töne und sagten unabhängig voneinander - der eine in der Wüste, der andere in seinem Haus, etwas von einem Wolf, der plötzlich vor ihnen stand - Minuten vor ihrem Tod und alle drei starben etwa zur selben Zeit, kannten sich und waren die Mörder von Ayatéhs Familie. Er hatte sich in der Umgebung umgehört und Gerüchte erfahren, die ihm das Ganze wie eine Horrorstory erscheinen lassen. Und ausgerechnet er hatte die Aufgabe, diesen Fall zu klären. Sogar der Obduktionsbericht kommt ihm unheimlich vor.

Als Ayatéh sich wieder mit den Gläsern in den Händen zu ihm setzt, streicht David sich über die Stirn. Es ist heiß und er freut sich über die Erfrischung, obwohl das Wasser etwas warm ist, denn es gibt hier keine Möglichkeit, es zu kühlen.

»Meine Frage ist die - *wie* sind die beiden in der Wüste zu Tode gekommen?«

»Was glauben Sie? Haben Sie eine Theorie?«

David streicht sich nachdenklich mit der Hand über den Mund und wird etwas nervös. Nein, er hat keine Theorie. Aber auch Ayatéh macht einen unsicheren Eindruck. Er steht auf und setzt sich auf den Bretterfußboden neben ihn. David fällt auf, dass er wieder barfuß ist, wie gestern beim Frühstück und im *Butterfly*. Die Beine hatte er angewinkelt und seine Arme darauf gelegt. Mit dem Kopf an die Wand gelehnt, die Augen geschlossen, wartet Ayatéh darauf, was David ihm erzählt.

»Was soll ich sagen«, beginnt David, wobei er wieder seine Hände knetet, was eine gewisse Nervosität erkennen lässt. »*Sie* haben die Männer erkannt, *Sie* haben sie beschuldigt, haben *Sie* sie auch getötet? Dann frage ich mich - wie? Als FBI-Beamter muss ich jedem Hinweis, das heißt, sogar Gerüchten nachgehen, denn daraus könnte sich vielleicht eine winzige Spur ergeben, irgendein Anhaltspunkt, der mir weiter hilft. So war es bei mir schon öfter, aber dieses Mal ist es offensichtlich völlig anders - absurd eben!«

»Was ist absurd?«, fragt Ayatéh noch immer mit geschlossenen Augen.

»Na ja, normalerweise müsste ich auch diesem Gerücht nachgehen. Da komme ich aber zu keinem Ergebnis. Da bin ich am Ende.«

»Oder am Anfang.«

David horcht auf. Was hatte Ayatéh da gerade gesagt? Hatte er richtig gehört? Er ist am Anfang - aber was will er ihm damit andeuten?

»Wie meinen Sie das?«

»Welches Gerücht ist denn so absurd?«

David weiß nicht so recht, wie er es sagen soll. Wohin wird dieses Gespräch führen? Die Situation ist irgendwie grotesk. Und plötzlich fühlt er sich sehr unbehaglich. »Was ich so über Sie gehört habe, ist erstaunlich. Sie haben schon vielen Menschen hier sehr geholfen und man hat Respekt vor Ihnen. Aber auch, dass Sie ein Schamane sind und mit der Geisterwelt kommunizieren. Das sei für Sie ganz normal und angeblich können Sie sich auch in andere Wesen verwandeln. Wie soll ich denn solchen Gerüchten glauben schenken? Ich muss die Wahrheit rausbekommen und kann mich nicht an irgendwelchen Geistergeschichten orientieren. Denn dann müsste ich Ihnen und mir die absurdeste aller Fragen stellen.«

»Und die wäre?«

»Dann müsste ich Sie normalerweise fragen, ob Sie sich in einen Wolf verwandeln können.« David kommt sich dabei jetzt ziemlich lächerlich vor.

»Nein, natürlich kann ich es nicht.«

»Warum reden die Leute so etwas?«

Gut, soll er es erfahren, denkt Ayatéh und überlegt kurz, wie er es einem *bilagaana* - einem Weißen, dem sämtliche Kenntnisse in Bezug der traditionellen Lebensweise der Diné fehlen, irgendwie verständlich machen kann. Dann versucht er, es so einfach und direkt wie möglich darzustellen: »*Atse'ma'íí* ist Skinwalker. Ein Wesen aus der Unterwelt und taucht in der Gestalt eines Coyoten auf. Er kennt kein Tabu und ist eine zwiespältige Figur, mal gut, mal böse. *Atse'ma'íí* wendet seine Zauberkraft im Dunkeln an und ist unberechenbar. Er hat die Geister begleitet, auf ihrem Weg in eine Welt voller Mystik, in eine Dimension jenseits unserer Vorstellungskraft und nur, wenn man unter bestimmten Voraussetzungen eine Verbindung mit ihnen herstellen kann, kann man mit ihnen Kontakt aufnehmen und geistig kommunizieren. *Atse 'ma'íí* ist Coyote und ich habe ihn dazu veranlasst, diese Männer ins Verderben zu bringen - sie zu töten.«

Ayatéh schweigt, ohne zu erwarten, dass David ihn auch nur in geringster Weise versteht, oder ihm Glauben schenkt.

Am liebsten würde David jetzt sagen: Das Ganze erzählen Sie mir bitte noch einmal, ich konnte nicht so recht folgen. Aber er schweigt und wieder breitet sich dieses unangenehme Gefühl in ihm aus, denn er weiß nicht, wen er da vor sich hat.

»Demnach haben Sie es in meinem Fall getan?!« Es ist eine Frage und Feststellung zugleich, denn dies würde einem Geständnis gleichkommen, aber eines, mit dem er absolut nichts anfangen kann.

»Ja«, antwortet Ayatéh trocken. »Und es ist auch *mein* Fall!« Er wünscht sich, dass alles endlich einmal vorbei ist, bevor dieser Beamte noch einen gravierenden Fehler macht, nur um *seinen* Fall bald abschließen zu können. Diese Papiermenschen wissen doch überhaupt nichts, wollen schnell zu einem Ergebnis kommen und rühmen sich dann damit. Obwohl - bei diesem Mr. Watkins scheint es nicht so zu sein. Ayatéh atmet einmal tief durch und versucht es ihm zu erklären.

»Sie sind ein *bilagaana* und ich berichte Ihnen als *hataalii,* als Chanter die Wahrheit, so wie sie ist, aber ich erwarte nicht, dass Sie mich verstehen, denn dann müssen Sie sich erstmal von Ihrem gradlinigen Denken entfernen. Dann gibt es auch keine Schwierigkeiten mehr, den Fall zu lösen. Ich habe es getan! So ist es - okay? Ich habe mein Leben dafür riskiert und das alles ist meine Sache.«

David spürt, wie in ihm eine Hitze emporsteigt. Ihn beschleicht ein Gefühl, das man schwer definieren kann. Ähnlich, als ob man in einer gewaltigen Achterbahn sitzt, weiß, dass es gleich steil bergab geht und man dem nicht entrinnen kann. Es ist das gleiche prickelnde Gefühl und er kann sich an keinen seiner Fälle erinnern, bei dem es ihm ähnlich ergangen war. Das ganze Gespräch ist irgendwie merkwürdig - ja grotesk und eine gewisse Aufregung überkommt ihn. Worauf führt das Ganze hinaus? Es ist keines der üblichen Frage und Antworten - Verhöre, eher ein Gespräch, welches seine Gedanken und Gefühle durcheinanderwirbelt. Ayatéh sieht ihn schweigend an. Eine angespannte Situation breitet sich aus.

Dann steht David auf und geht zur Tür, denn er will hinaus, um einen klaren Kopf zu bekommen. Die Bretter des Fußbodens knarren bei jedem Schritt und selbst dieses Geräusch ist ihm jetzt unheimlich. Während er die quietschende Tür öffnet, folgt ihm Ayatéh und bittet ihn, noch eine Weile zu bleiben, denn bevor der Beamte zurückfährt, möchte er noch mit ihm reden. Er weist ihn auf die alte Couch und setzt sich selbst auf den Stuhl gegenüber. Selbstsicher sieht er ihn an, faltet die Hände auf dem kleinen Tisch vor ihnen zusammen und versucht, die richtigen Worte zu finden.

»Mr. Watkins, ich sage es Ihnen so, wie es ist und nur, damit Sie den Fall abschließen können, denn es führt zu nichts. Ich habe die Wahrheit gesagt und bitte Sie deshalb nicht weiter, in der Sache zu ermitteln. Halten Sie Santo da raus, denn er hat nichts damit zu tun. Sie werden zu keinem anderen wahren Ergebnis kommen.« Ayatéh sieht ihn dabei eindringlich und fordernd an, wobei er auf eine Antwort wartet, doch David ist ziemlich verwirrt, denn er weiß nicht so recht, wie er es deuten soll. Es klingt fast wie eine Drohung, doch was soll er tun? Ayatéhs Augen blicken fest in die seinen. Der starre, energische Blick verunsichert David.

»Es waren Mörder, die man laufen gelassen hatte, weil man mir nicht glaubte«, betont Ayatéh deutlich, um David die Entscheidung leichter zu machen. Dabei sieht er noch einmal ihre furchtbaren Gesichter vor sich, wie sie widerlich lachten und kaltblütig über seine Familie herfielen. Dazu kam, dass sie in den Hogen sterben mussten und somit war der *chindi** gefangen. Ayatéh war froh gewesen, dass Tacheenie ihn mit einer Zeremonie davon befreien konnte. Sie waren alle gute Menschen gewesen, doch jeder besitzt in irgendeiner Form etwas Negatives, was vier Tage zurückbleibt und sich auf ihn überträgt, sofern er sich in den Totenhogen befindet.

»Ich kann es mir nicht leisten«, macht David ihm klar. »In meinem Beruf muss ich nüchtern denken. Was soll ich denn in den Bericht schreiben? Etwa so: ‚*Es tauchte ein Coyote der Unterwelt auf, bevor die bösen Geister und Dämonen die zwei Männer in der Wüste töteten.*' Soll ich es so schreiben? Da muss ich mir etwas Besseres einfallen lassen.«

Was soll er nur mit diesem mysteriösen Fall machen? »Vielleicht wundert Sie das, aber inzwischen glaube ich Ihnen sogar, obwohl es

---

* *chindi* = das Negative vom Geist eines Verstorbenen, das, falls er im Hogan starb, dort verweilt und den Menschen, die sich dort noch befinden, negativ beeinflussen kann. Deshalb versuchen die Navajos, sterbende Menschen vorher dazu zu bewegen, den Hogen zu verlassen. Ein Navajo, der weiß, dass in einem Hogen ein Mensch gestorben ist, würde ihn nicht ohne weiteres betreten.

nicht ganz in meine Vorstellung passt. Doch ich muss etwas hinschreiben - sagen Sie mir bitte, was! Niemand will von einem FBI-Beamten eine Geisterstory lesen. Absolut niemand.«

»Ihnen wird schon etwas einfallen«, ermutigt ihn Ayatéh.

»Der eine erlitt einen Erstickungstod, der andere starb durch schwere innere Blutungen. Vom Dritten im Bunde ganz zu schweigen.«

»Dann schreiben Sie es doch so.«

»Was meinen Sie, warum man mich geschickt hat? Weil das alles auf natürlichem Wege nicht sein kann. Jedenfalls nicht gleichzeitig. Jeder geht von Mord aus.« David, der sich seine Verwirrung nicht anmerken lassen will, ballt die rechte Faust zusammen und tippt damit nachdenklich an seine Lippen. Irgendwie wird er dieses unbehagliche Gefühl nicht los. Er hatte eben gerade die Wahrheit erfahren, wenn es denn so ist. Wieso wurde ausgerechnet er in diesen abgeschiedenen Teil der Welt geschickt? Er kommt sich wie in einer Sackgasse vor.

»Sie haben eben gerade ein Geständnis gemacht, Ayatéh! Zugegeben, es ist ziemlich unbrauchbar, aber sagen Sie mir jetzt, was ich damit anfangen soll?«

Ayatéh geht jedoch nicht auf die Frage ein. Er hat diesem Unwissenden dargestellt, wie die Sache ist und jetzt soll er selber sehen, was er daraus macht. David ist der erste *bilagaana,* den er näher kennengelernt hat, und wundert sich über die Unsicherheit, die er ausstrahlt. Dabei glauben sie doch immer die Herren zu sein, die das Sagen haben. Irgendwie geht eine gewisse Sympathie von ihm aus und er hat das Gefühl, dass er aufrichtig ist und ehrliches Interesse hat, an allem, was sein Volk betrifft. Vielleicht würde er ihm sogar weiterhelfen. Er geht zu einem kleinen Schrank, der in der Ecke steht, öffnet die Tür und holt etwas heraus. Es ist ein Beutel, gefüllt mit weißem Pulver.

»Dieses hier ist im Moment für mich ein echtes Problem.« Dabei reicht er es David, der es verwundert entgegennimmt.

»Was ist das?«, will David wissen, sieht es sich genau an, öffnet den Beutel, nimmt es auf seine Finger und riecht daran.

Ayatéh setzt sich wieder an den Tisch und beobachtet seine Reaktion. Lange hatte er überlegt, ob er es David erzählen kann, deshalb wollte er ihn auf dieser Reittour näher kennenlernen.

»Ich nehme an, Kokain«, bestätigt er auch Davids Vermutung. »Ich habe es vor einer Woche bei mir im Haus gefunden. Und noch rechtzeitig! Denn zwei Tage später gab es bei mir eine Durchsuchung. Ich hatte es vergraben, so konnte niemand etwas finden. Aber es ist nicht von mir«, beteuert Ayatéh. »Das bedeutet, dass es jemand in meiner Abwesenheit hineingelegt hat. Aber warum? Das habe ich mich die ganzen Tage über gefragt.« Er sieht David erwartungsvoll an.

»Haben Sie eine Erklärung dafür gefunden?«

»Ja, kann sein«, antwortet Ayatéh. »Ich habe recherchiert, Wasserproben genommen und von der Fabrik Bilder gemacht, nachdem immer mehr Menschen hier krank wurden. Sie haben mich dort erwischt und jetzt ist die Sache mit dem Rauschgift da. Ich denke, sie wollen mich loswerden, aber warum? Weil sie etwas zu verbergen haben. Wenn ich eine Anzeige bekomme, wegen Drogenhandel - denn darum ging es offensichtlich, dann bin ich im Knast und sie haben ihre Ruhe.«

David denkt daran, dass er bei der Navajo Tribal Police war, aber ihm nichts davon berichtet wurde. Das liegt wohl daran, dass sie annehmen, dass es nichts mit seinem Fall zu tun hat und sie ihre Sachen allein erledigen wollen.

»Und Sie sind sicher, dass diese Leute es waren?«, überlegt David, wobei er sich fragt, ob es wirklich einen Zusammenhang gibt.

»Von wem sollte es sonst sein? Aber ich habe nicht die Mittel, um Näheres herauszubekommen. Das ist es, was für mich im Moment wichtig ist. Ich brauche jemanden, der mir hilft«, erklärt Ayatéh ihm und geht zum Fenster. Er sieht kurz hinaus und lehnt sich mit dem Rücken daran. »Zum Beispiel jemanden, mit einem FBI-Ausweis.«

»Ich habe nicht die Befugnis, dort einzugreifen. Mein Auftrag lautet anders und Sie wissen das.«

»Auf so eine Antwort war ich gefasst, aber Ihr Auftrag ist abgeschlossen.«

»Sie bestimmen also, wann mein Auftrag abgeschlossen ist. Ich denke, das sollten Sie mir überlassen.« David sagt es, obwohl er ahnt, dass Ayatéh recht hat, nur wie soll er in dieser Sache weiter vorgehen?

»Da gibt es nichts mehr, was Sie machen können, außer vielleicht diesen Bericht, den ihr Papiermenschen für so wichtig haltet.«

David weiß, worauf Ayatéh hinaus will. Ihm ist das Wohl dieser Menschen wichtig, die hier leben und die Fabrik ist ihm schon lange ein Dorn im Auge. Aber vielleicht sollte er doch endlich einmal diese Firma unter die Lupe nehmen, denn Chaka Dolores hatte auch ein Problem damit und auf der Suche nach einem Mordmotiv ist er immer noch. Doch er denkt auch daran, dass er sich vor etwa einem Jahr in einem Fall selbstständig gemacht hatte und anderen Sachen nachging, die er für wichtig hielt. Er ermittelte weitläufiger, als es dem Vorgesetzten recht war und das hatte ihm großen Ärger eingebracht. Jetzt weiß er, dass sich auch hier mehr als das Übliche abspielt, und er grübelt eine Weile nach.

»Wenn wir zusammen vorgehen, können wir vielleicht dafür sorgen, dass der Mann, der wahrscheinlich meine Familie auf dem Gewissen hat, verschwindet.« Ayatéh spielt darauf an, dass es eventuell ein Auftragsmord gewesen sein könnte und der Drahtzieher mit der Fabrik im Zusammenhang steht.

»Das ist eine Anschuldigung«, ermahnt ihn David, doch auch er zieht in Erwägung, dass vielleicht etwas dran sein könnte. »Okay, ich weiß gar nichts, aber wenn hier etwas nicht stimmt, brauche ich Ihre Hilfe, und wenn einer von denen etwas damit zu tun hat, will ich, dass er bestraft wird.«

»Auf Ihre Weise oder auf meine Weise?«

»Es kommt darauf an.«

»Worauf?«

»Ob Sie mir helfen, zum Beispiel. Wie soll ich denn an Informationen herankommen? Das geht doch nur illegal.« Ayatéh meint es ernst. Er braucht so etwas wie einen Freund, der auf seiner Seite steht. Ausgerechnet von dem Mann, dessen Tod gefordert wird - durch ihn!

David ist im Zwiespalt. Soll er sich jetzt seinem Auftrag entziehen und sich Ayatéhs Wünschen beugen? Was für Konsequenzen wird es haben? Er steht auf, geht wieder zur Tür und sagt: »Ich muss erstmal darüber nachdenken. Das Ganze ist mir für heute alles zu viel. Aber Sie hören von mir.« Als er hinausgeht, kommt ihm ein leichter, frischer Wind entgegen, der ihm sehr angenehm ist. Doch sein Auto ist von der Wärme stark aufgeheizt, denn alle Fenster waren geschlossen, sodass sich die Hitze darin staut.

In der folgenden Nacht hat David Albträume. Er wacht zweimal auf und glaubt, Geräusche in seinem Zimmer zu hören. Nachdem er sich vergewissert, dass niemand da ist, schläft er wieder ein. Dann steht da der Wolf! Schweißgebadet richtet er sich auf, schaltet das Licht an und … sieht nichts. Ein Traum, nur ein Traum, sagt er sich und legt sich wieder hin. Oder doch nicht? Er steht auf und sieht überall nach. Schließlich öffnet er sogar die Tür nach draußen. Nichts! Mein Gott, wie konnte er nur so viel Angst haben. Der Wolf als Todesbote! Ich verliere noch den Verstand, denkt er und versucht wieder zu schlafen. Schließlich ist es erst ein Uhr nachts. Doch er ist jetzt viel zu aufgeregt und muss ununterbrochen an Ayatéh denken. Plötzlich ist er ihm unheimlich und er bekommt Angst vor ihm. Wie ist so etwas nur möglich? Auf der Canyontour hatten sie Spaß gehabt, doch anscheinend besitzt der Indianer Fähigkeiten, von denen er niemals gedacht hätte, dass sie real sein könnten. Wer oder was ist Skinwalker?

Was hatte Mr. Nelson gesagt? Sachlich herangehen und auf dem Boden der Tatsachen bleiben.

David denkt lange über Ayatéh nach. Er ist jung, stark und selbstbewusst. Seine Stimme ist ruhig, aber ausdrucksstark. Ein Mann mit charismatischer Ausstrahlung. Sicher hat er bei den Frauen gute Karten und David fragt sich, wie es im Moment damit aussieht. Was ist daran so mystisch?

Dann denkt er an sich selbst und dass er Schwierigkeiten hat, eine Partnerin zu finden. Doch das liegt wohl zum größten Teil daran, dass er ständig beschäftigt ist. Sein Beruf bringt es mit sich und nimmt ihn oft voll in Anspruch. Und wenn er mal Zeit hat, nimmt er sich ein Buch, um zu entspannen, oder geht ins Fitness Center. Doch um weibliche Kontakte zu knüpfen, müsste er schon seine freien Abende anders verbringen. Er ist der Ansicht, dass er gut aussieht und auch einen gewissen Charme hat. Schlank, blaue Augen und zudem einen gut bezahlten Job, der ihn allerdings mehr einnimmt, als ihm recht ist und ihm oft schwer zu schaffen macht. Bei seiner Arbeit muss man hart im Nehmen sein und er hat es oft mit den übelsten Kerlen zu tun, da ist die Sensibilität, die er besitzt, fehl am Platz und genau das bringt ihn von Zeit zu Zeit an seine persönlichen Grenzen.

Im Grunde genommen möchte er Ayatéh helfen. Aber wie? Die Sache fängt an, ihn zu interessieren. Normalerweise, also rechtlich gesehen, müsste das Rauschgift beschlagnahmt werden, doch dann hätte er Ayatéhs Vertrauen missbraucht und würde ihn wahrscheinlich unschuldig ins Gefängnis bringen. Dass er es ihm anvertraut hat, beweist, wie wichtig ihm die Sache ist.

An diesem Morgen begibt er sich wieder auf den Weg zur Polizeistation, in der Hoffnung, etwas mehr über den Verdacht des Drogenhandels gegen Ayatéh zu erfahren, ohne natürlich zu erzählen, dass sich dieses Zeug tatsächlich bei ihm befindet. Im Büro sitzt Sanchez

Moreno. Der indianische Sheriff wirkt etwas zurückhaltend, denn schließlich ist es sein Revier. Doch langsam, versucht sich David an Informationen heranzutasten. Und er erfährt mehr, als er erhofft hatte. Aber eine Anzeige wegen Hausfriedensbruch gegen Ayatéh liegt nicht vor. Immerhin hatte er sich doch illegal auf dem Betriebsgelände aufgehalten und herumgeschnüffelt. David interessiert, wie die Leute dort reagiert haben, als sie Ayatéh erwischten. Dann überlegt er, wie er etwas über die Fabrik und die Geschäftsleitung erfahren kann. Die Namen sind ihm inzwischen bekannt, aber geht dort wirklich alles mit rechten Dingen zu? Er muss Akteneinsicht bekommen, mit Mitarbeitern, der Sekretärin und auch mit der Geschäftsführung reden. Doch bevor er dort auftauchen will, betrachtet er erst einmal intensiv die Website der Firma. Diesen Fall kann er wahrscheinlich mit seinem Auftrag in Verbindung bringen. Mr. Tanner ist der Leiter des Betriebes und vielleicht kann man irgendwie herausbekommen, ob er die drei Toten kannte und wenn ja, in welcher Beziehung er zu ihnen stand. Wenn man bedenkt, dass alle drei Männer ein beachtliches Konto besaßen, wäre ein Auftragsmord nicht auszuschließen. Das viele Geld konnten sie kaum durch eine normale, regelmäßige Arbeit erworben haben. Nach ihrem Tod war auch nicht mehr so viel übrig, aber vor einem halben Jahr, kurz nach dem Attentat, sah es sehr beachtlich aus. Danach hatten sie es mehr oder weniger verplempert. Man fand in ihren Wohnungen Hinweise, dass der eine im Spielerparadies Las Vegas gewesen war und auf ziemlich großem Fuß lebte. Larry Carson verbrachte eine Zeit lang in der Karibik und hatte dort ein luxuriöses Hotel gebucht. Montorro Lenardo hatte mit seinem neuen Luxusauto angegeben. Und keiner ging einer regelmäßigen Arbeit nach.

Aber was auch wichtig ist: Wie war es mit Chaka? In wie fern hatte er sich in dieser Fabrik eingemischt und sich eventuell Feinde geschaffen? War es ihm und seiner Familie zum Verhängnis geworden? Als David noch in seinem Motelzimmer darüber nachdenkt, klopft es an der Tür.

Ayatéh steht vor ihm, und als er hereingebeten wird, zeigt er David ein fest verschlossenes Glas mit einer Flüssigkeit.

»Ich weiß nicht, was Sie tun werden, aber ich habe vergessen, Ihnen etwas zu geben. Dies ist eine Wasserprobe aus einem der Abflussrohre. Als sie mich erwischten, konnte ich es rechtzeitig im Gebüsch verstecken. Vielleicht können Sie ...« Ayatéh wirkt jetzt unsicher.

So kannte ihn David bisher nicht. Er nimmt das Glas entgegen und sieht es sich an, kann aber natürlich auf den ersten Blick an dem Wasser im Marmeladenglas nichts feststellen.

»Es ist besser, wenn Sie jetzt nichts mehr unternehmen«, gibt ihm David deutlich zu verstehen und stellt das Glas ab.

»Nur, wenn Sie mir versichern, wenigstens ein Auge darauf zu werfen.«

David denkt daran, dass auch Chaka versucht hat, etwas gegen diese Fabrik zu unternehmen und deshalb ist ihm nicht besonders wohl bei dem Gedanken an die möglichen Folgen.

»Hören Sie mir bitte zu, wenn dort nicht mit legalen Mitteln gearbeitet wird, bekomme ich es raus. Aber es kann für Sie gefährlich werden. Außerdem machen Sie sich strafbar und das ist doch für diese Leute ideal. Vielleicht warten sie nur darauf. Sie wissen, jemand versucht Ihnen Drogenhandel unterzuschieben. Übrigens, was haben Sie mit dem Zeug gemacht?«

David scheint beschäftigt zu sein, denn auf dem Tisch neben dem Laptop sieht Ayatéh einige Unterlagen herumliegen.

»Ich habe es gut versteckt.«

»Es ist eine Menge Geld wert, jemand hat es sich etwas kosten lassen.«

»Okay, jetzt habe ich eine Wertanlage, aber ich brauche und will das Zeug nicht. Ich habe mit so etwas noch nie zu tun gehabt. Das Einzige, was ich zu mir genommen habe, ist Peyote.« Ayatéh geht zur Tür. »Ich möchte nicht stören, ich bin einfach nur kurz vorbeigekommen.«

»Nein, Sie stören nicht, setzen Sie sich, ich hole uns aus dem Automaten da draußen etwas zu trinken.« David kramt in seiner Hosentasche nach Kleingeld und geht hinaus.

»Was ist Peyote?«, will er wissen, als er wieder kommt, und reicht Ayatéh, der am Fenster gelehnt sein Zimmer betrachtet, eine kalte Coladose.

»Das ist eine kleine, stachellose Kaktusart mit weißer Blüte. Sie wächst in den Niederungen des Rio Grande, in Texas und vor allem in Mexico. Sie enthält sehr viele Alkaloide, die den Geruchssinn und das Gehör schärfen und den Körper aufs Höchste sensibilisieren. Es macht nicht süchtig und wird von vielen Stämmen, außer den Pueblos, schon seit ewigen Zeiten genommen. Fast ausschließlich für religiöse Zeremonien und zum Zwecke der Heilung. Die Wirkung dieser essbaren Frucht hält über viele Stunden an, es schärft die Sinne und hat für einige von uns darüber hinaus eine große Bedeutung. Trotzdem verbot man es 1990 per Gesetz und es hat fünf Jahre gedauert, bis wir glaubhaft darstellen konnten, dass es nicht gefährlich ist. So wurde 1995 das Gesetz wieder aufgehoben.«

Ayatéh geht ein wenig im Zimmer umher. »Gut haben Sie es hier.« Er wippt mit den Händen auf das gemachte Bett. »So groß und so weich.«

»Machen Sie es sich darauf ruhig bequem«, bietet David ihm lächelnd an und sucht etwas in seinen Unterlagen, kann es aber nicht finden.

»Haben Sie eine Frau, die auf Sie wartet?«, fragt Ayatéh, der sich, nachdem er seine Schuhe ausgezogen hat, aufs Bett legt. Die Arme hinter den Kopf gelegt, sieht er zu, wie David seine Papiere ordnet.

Der dreht sich zu ihm um und sagt: »Sie hat mich verlassen. Die Liebe war wohl nicht so groß, dass sie mir auf allen Wegen folgen wollte.«

»Und Sie kamen nicht auf die Idee, *ihr* zu folgen?« Ayatéh denkt dabei an Sheena. Seit zwei Wochen ist sie fort und er vermisst sie mehr denn je. Kein Tag vergeht, an dem er nicht an sie denkt. Er kann nicht zu ihr und hätte sie doch gerne bei sich. Warum sehnt er sich jetzt so sehr nach ihr? Lange Zeit war er zurückhaltend gewesen, aber er hatte Sheena versucht zu erklären, dass es nichts mit ihr zu tun hat. Ihre Nähe war ihm angenehm, aber irgendwie war er oft ihren Zärtlichkeiten ausgewichen. Doch etwa drei Wochen vor ihrer Abreise schlugen alle aufgestauten Gefühle wie ein Vulkan heraus. Ihre körperlichen Reize zogen ihn an wie ein Magnet. Die ganze Nacht waren sie im Taumel der Leidenschaft und auch Sheena erlebte die Erfüllung, nach der sie sich lange gesehnt hatte. Die Tage danach waren fast wie früher, doch ihr Entschluss stand fest.

Jetzt wünscht er sich, sie wäre hier, ganz dicht, ganz nah bei ihm. Ayatéh hat Sehnsucht danach, ihren zarten Körper zu spüren. Er nimmt sich vor, Sheena bald zu besuchen.

David reißt ihn aus seinen Gedanken. Auch er hatte eine Zeit lang seine Erinnerungen schweifen lassen. »Irgendwann muss jeder seinen eigenen Weg gehen. Wenn jemand seinem Partner zuliebe alles aufgibt, kann er unglücklich werden. Kurz bevor ich nach Denver gezogen bin, lief es bei uns nicht mehr so gut. Ihr passte es nicht, dass ich unregelmäßige Dienstzeiten hatte. Wir konnten selten im Voraus planen und oft war mein Kopf mit anderen Dingen voll.«

Wenn man dem Partner zuliebe alles aufgibt. Ayatéh denkt an Davids Worte. Wenn Sheena ihm zuliebe geblieben wäre, dann hätte sie es vielleicht irgendwann bereut. Sie hatte die Chance, sich zu verwirklichen, genutzt. Es war gut so. Aber sicher würde sie zurückkommen. Schon viele Navajo waren gegangen, doch die meisten kamen zurück und blieben. Sheenas Ausbildung würde irgendwann zu Ende sein, er will warten und sie ab und zu besuchen.

In einer großen Stadt wie Tucson - auf der Indian Country Karte ist sie nicht vermerkt, weil dort nur der Norden Arizonas aufgezeichnet ist. Aber er hatte gehört, dass es dort etwa 600.000 Einwohner gibt, für ihn eine unvorstellbar große Menschenmenge. Und irgendwo unter ihnen ist die Frau, die er liebt.

»Sie kommen ursprünglich aus dem Osten?«, fragt Ayatéh.

David nickt und trinkt einen kräftigen Schluck aus seiner Coladose. »Ich bin vor circa einem Jahr von New Jersey nach Denver gezogen, weil ich dort beruflich ein gutes Angebot bekam. Eigentlich bin ich für dieses Gebiet hier nicht zuständig, aber sie scheinen hier überlastet zu sein. Ein FBI-Agent aus Arizona hatte jemanden von uns angefordert.«

»Wie ist es in so einer großen Stadt? Dort sind doch die Rocky Mountains. Haben Sie sie schon gesehen?«

»Leider hatte ich noch nicht die Gelegenheit. Im Urlaub bin ich wieder an die Ostküste nach New Jersey gefahren und habe alte Freunde, Bekannte und Verwandte besucht. Aber Denver ist ziemlich groß, eine Millionenstadt. Viele Autos und Leute wuseln herum, laut, stinkig und so. Wenn ich einmal die richtige Frau gefunden habe, werde ich mir ein Haus am Rande der Stadt kaufen. Aber vorerst lebe ich ziemlich zentral mit einer relativ günstigen Miete, damit ich dafür sparen kann. Wenn man dreißig ist, sollte man seinen Lebensweg gefunden haben.«

Die Cola ist nicht nach Ayatéhs Geschmack, denn sie ist ihm zu süß, deshalb nimmt er sie nur in kleinen Schlucken zu sich. Er ist gewohnt, Wasser zu trinken, möglichst Mineralwasser, denn damit wird sein Durst am besten gestillt.

»Ich war noch nie in einem größeren Ort wie Chinle oder Kayenta. Als ich das erste Mal hier herkam, habe ich über die vielen Autos gestaunt und dem Supermarkt, wo es alles Mögliche zu kaufen gab. Dabei ist diese Stadt hier im Verhältnis sehr klein und sicher staunen Sie über die wenigen Autos hier. Ich bin noch nicht viel rumgekommen und war hier immer ganz zufrieden.« Ayatéh setzt sich auf und lehnt sich an die Rückwand des Bettes.

»Wissen Sie«, erzählt er weiter, als er merkt, dass David ihm interessiert zuhört. »Ich habe mit achtzehn Jahren zum ersten Mal einen Weißen gesehen. Mein Bruder ging in Chinle zur Schule und einmal war ich mit ihm dort, um mir alles anzusehen. Dann saßen wir in einem Fast Food Imbiss draußen an einem Tisch. Nebenan setzte sich ein Mann - den ersten Weißen, den ich sah und ich habe ihn fast die ganze Zeit angestarrt. Dann setzte sich eine Frau zu ihm, mit Haaren, so blond wie Ihre. Vielleicht waren sie Touristen, aber es wohnen ja auch einige Weiße hier in dieser Stadt. Die Frau war sehr ausgelassen und fröhlich und auch der ältere Mann scherzte mit ihr herum. Ich hätte gerne gewusst, worüber sie sprachen, denn irgendwie war ich immer neugierig, wie sie denn so sind, die *bilagaana,* obwohl mein Großvater nie gut über sie geredet hat. Ich habe mich immer gefragt, warum diese zwei verschiedenen Völker sich so schwer tun, miteinander gut auszukommen.«

»Ich nehme an, das reicht zurück bis in die Kolonialzeit. Unsere Völker haben sich bekriegt und so ist ein Hass entstanden. Doch wir als Nachfahren haben nichts mehr damit zu tun, und trotzdem ist es so, dass in der stark unterschiedlichen Kultur die Toleranz fehlt.«

Ayatéh nickt nachdenklich und denkt an seinen Großvater, der oft bittere Erfahrungen gemacht hatte. »Als kleiner Junge habe ich meinen Großvater gefragt, was die Diné denn getan haben, dass die *bilagaana* sie hassen. Er sagte mir, dass wir in ihren Augen in allem rückständig gewesen sind.

Die Eingeborenen hielten den Fortschritt auf, sie waren im Weg auf der Suche nach Gold und anderen Bodenschätzen, die die Weißen unbedingt haben wollten. Die Indianer waren im Weg, weil sie es auf ihrem Land nicht zulassen wollten. Auf brutalste Weise versuchte man, dieses ‚Problem' zu lösen. Man bemühte sich, sie zu missionieren, zu kolonisieren, abzuschieben, zu demütigen, zu enteignen, zu vernichten und als die militärische Lösung des Problems scheiterte, zu domestizieren und schließlich in ihrem Sinne zu amerikanisieren. Ich jedenfalls bin stolz auf meine Herkunft und Kultur. Wir Native American sind die wahren Amerikaner. Wir waren schon immer - und sind es auch heute noch - einen ungeheuren Druck seitens der Weißen Zivilisation ausgesetzt, der tief greifende Veränderungen mit sich zog.«

»Ich habe gehört, dass es heute sogar eine menge Gesetze zum Schutz der Indianer gibt.«

»Schon, aber heute lesen sie sich eher wie die Richtlinien für gefährdete Reptilien«, sagt Ayatéh mit einem feinen Lächeln in seinen Mundwinkeln.

David denkt daran, dass die Navajo es geschafft haben, unabhängig zu sein.

»Sie sagten einmal«, erinnert sich David, »dass den Indianern im Reservat vorgegeben wird, wie sie zu leben haben. Aber es ist doch so, dass ihr dieses Land selbst verwaltet. Wie funktioniert das und seit wann ist es so?«

»Es ist eigentlich kein Reservat, aber in jedem Kopf als solches verankert. Wir leben auf unserem ursprünglichen Land. Seit 1969 nennen wir dieses Land ‚Navajo Nation', worin der Wunsch nach Souveränität und Unabhängigkeit zum Ausdruck kommt. Doch um eine Selbstverwaltung im Sinne der USA zu ermöglichen, haben sie uns vordiktiert, wie es zu funktionieren hat. Grundsätzlich aber erhielten wir Native American im Jahre 1975 weitgehende Autonomie unter Beibehaltung bundesstaatlicher Subventionen, über die wir in der Regel selbst verfügen können. Unser Volk wird von einem Stammesrat regiert, mit Sitz in Window Rock. Durch die Selbstverwaltung, auch wenn sie vordiktiert wird, ermöglicht es uns, ein traditionelles Leben auf unserem Land zu führen.«

»So geht es den Navajo im Vergleich zu anderen Stämmen verhältnismäßig gut«, folgert David daraus.

»Vielleicht, einige Stämme versuchen, Stück für Stück ihr Land zurückzukaufen. Wohlgemerkt: Es ist schon immer ihre Heimat gewesen. Ihr Land, auf dem sie mit ihrem Volk schon immer gelebt haben, kaufen sie zurück! Und die Apachen im Süden haben Casinos. Der Gewinn geht in die Stammeskasse. Bei uns Naabeehó Diné wird auch immer wieder abgestimmt, ob wir solche Casinos wollen. Da gibt es ein Für und Wider. Einerseits würde es uns etwas besser gehen, andererseits werden noch mehr fremde Leute ins Reservat strömen. Aber einen Weg zurück gibt es nicht mehr. Und in diesem System zwischen Selbstverwirklichung und modernem Fortschritt mitzuhalten, ist schwierig. Wir müssen nach vorne sehen und nicht in der Vergangenheit verharren. Ich meine damit natürlich nicht, dass wir unser Wertsystem aufgeben sollten. Im Gegenteil, es ist wichtig, unsere Kultur, Traditionen und inneren Werte zu erhalten und weiter fortzuführen, aber dieses mit den heutigen fortschreitenden - ich sage mal Weißen System zu verbinden, ist nicht einfach. Unser Land, das auch Diné Bikéyah genannt wird, besitzt eine Größe von rund 6 Millionen Hektar. Die Navajo können - wenn sie es denn wollen - ihr ganzes Leben ausschließlich unter Navajo verbringen, zusammen in der Muttersprache reden und an allen traditionellen Festen teilnehmen. Eben deshalb finde ich die indianischen Schulen so wichtig. Mein Bruder hat dort viel von seinem Volk gelernt. Und in Tsaile ist das erste gegründete Navajo Community College. Es ermöglicht unter anderem zweijährige Kurse mit anerkanntem Abschluss. Dort findet auch zweimal im Jahr ein Powwow statt.«

David schweigt und denkt einen Augenblick über Ayatéhs Lebensweg nach. »Wo sind Sie zur Schule gegangen?«, fragt er.

»Ich?« Ayatéh schmunzelt und antwortet etwas verlegen: »Ich bin gar nicht zur Schule gegangen. Wir hatten ein paar Schafe, Ziegen und Pferde, mit denen sind wir umhergezogen. Ich habe oft aufgepasst, dass kein Coyote über die Lämmer herfällt. Doch ich dachte auch daran, dass die Tiere es aus Hunger tun, und so fing ich an, einen jungen Coyoten zu füttern, bis er mir aus der Hand fraß. Natürlich kam er immer wieder und irgendwann war er zahm und ich brachte ihn mit nach Hause. Meine Mutter ist fast in Ohnmacht gefallen und mein Vater machte mir deutlich, dass so ein Tier, das bei den Diné sowieso im schlechten Ruf steht, schnellstens aus seinem Blickfeld zu verschwinden hat. Aber er war mein Freund geworden und ich traf ihn heimlich. Doch als wir weiterzogen, blieb er zurück und das war wohl auch besser so.

Nein, damals hielt es niemand für nötig, mich zur Schule zu schicken und ich am allerwenigsten. Ich wusste noch nicht einmal, dass es so etwas gibt. Bei meinem jüngeren Bruder war das anders. Pablo war sehr neugierig und wollte immer alles wissen. Er konnte es kaum erwarten, zur Schule zu gehen. Aber erst zwei Jahre später, als er acht war, hatte Pablo die Gelegenheit. Er wohnte dann bei Santo, dem Bruder meines Vaters und bis zur Schule nach Chinle waren es ca. 35 Meilen. Als meine Eltern sich dann nach zwei weiteren Jahren in der Gegend zwischen Chilchinbito und Rough Rock niederließen, kam er wieder zu uns. Dann standen die Kinder da am staubigen Straßenrand verstreut und ein Schulbus hat sie nacheinander aufgegabelt.

Einige Fächer wurden in unserer Muttersprache unterrichtet. Ich bin mit meinen Geschwistern zweisprachig aufgewachsen, aber Pablo sagte mir, dass es viele Navajo gibt, die vorher noch nie ein Wort Diné gesprochen haben und somit fällt es ihnen schwer. Das finde ich schade, denn die Sprache ist ein Teil von uns und gehört zur Kultur. Doch sie ist sehr schwierig zu lernen und so finden die Kinder es ziemlich mühselig und nervig und nicht wenige geben auf. Sie fragen sich aber auch, was es ihnen bringt. Einzig im Zweiten Weltkrieg war sie von großem Nutzen. Da wurde unsere Muttersprache benutzt, um die Japaner zu verwirren. Sie konnten uns zwar abhören, aber nicht verstehen. Das hat den Amerikanern große Vorteile gebracht.

»Die Sprache hört sich sehr kompliziert an«, sagt David.

»Ja, sie ist sehr vielschichtig. Diné hat ungewöhnlich viele Verben aber kaum Substantive. Die enorm komplexen Verben sind das zentrale Element unserer Sprache. Einige in anderen Sprachen durch Substantive ausgedrückte Bedeutungen werden in Diné durch Verben wiedergeben.« Ayatéh überlegt kurz. »Zum Beispiel *ch'é'étiin*. Wörtlich wiedergegeben heißt es ‚etwas hat einen ebenen Pfad nach draußen' - in Ihrer Sprache: ‚Eingang'. Oder *chidí naa'na'í bee'eldpphtsoh bikáá' dah naaznilígíí* bedeutet wörtlich ‚ein Wagen, auf dem sie über dem, das sich kriechend umher bewegt, sitzen mit einem großen Ding, das eine Explosion verursacht'.«

David grinst. »Soll ich jetzt raten, was es ist? Da komme ich nicht drauf.«

»Ich werde Sie noch eine Weile zappeln lassen.« Dann setzt Ayatéh fort: »Wenn ich sagen will, dass ich mir eine Uhr wünsche, dann sage ich ‚eines, das sich langsam im Kreis bewegt': *ná'oolkiłí*.«

David lässt nicht locker. »Und dieses Ding, auf dem Sie sitzen und das sich kriechend umher bewegt und auch noch explosiv ist?«

»Na ja, das ist ein Panzer, was sonst.«

David schmunzelt. »Interessant.«

»Aber es ist weit aus komplexer als es scheint. Heute spricht die Mehrheit von uns Englisch. Aber viele besinnen sich und pauken sich mühsam Diné ein. Ich gehöre da eher zu den Seltenen, die unsere Sprache beherrschen. Bei mir war es umgekehrt. Pablo war der

Meinung, dass mein Englisch noch nicht gut genug ist und so sprachen wir beide immer Englisch.

Ich stöberte auch in seinen Heften und Büchern herum. Irgendwann steckte er mich mit seiner Begeisterung über das Lernen an. Ich hätte nie gedacht, dass es so interessant ist und so machte ich mich daran, von ihm so viel wie möglich zu lernen. Er brachte Bücher aus der Bibliothek mit und später saß ich dann nur noch neben einem Lexikon, um nachzuschlagen, was zum Beispiel das Wort *Lizenz* bedeutet. Ich war fünfzehn Jahre alt, als ich anfing, lesen und schreiben zu lernen und lerne immer noch. Okay, ich bin vielleicht eine Ausnahme, aber es gibt hier immer noch einige Kinder, die nicht zur Schule gehen.« Ayatéh trinkt den Rest aus seiner Coladose, stellt sie auf den Boden und fügt leise hinzu: »Mein Bruder Pablo hat gerne gebastelt, nicht nur in der Schule. Ayatéh hält seinen rechten Arm etwas hoch, sodass David die zwei verschiedenen Lederarmbänder, die in sich verschlungene Muster aufweisen, sehen kann. »Das ist das Einzige, was ich von ihm besitze. Ich habe sonst nichts mehr, keine Bücher und keine materiellen Erinnerungen. Denn nachdem es passiert ist, habe ich den Hogen verbrannt, mit allem, was sich darin befand.«

»Doch, es gibt noch etwas.« Als David dies sagt, huscht ein Lächeln über sein Gesicht, denn er ist froh, es doch noch gefunden zu haben. Er nimmt einen Briefumschlag in die Hand und reicht es Ayatéh, der noch immer auf dem Bett sitzt.

»Für mich?«, wundert er sich und sieht sich das Kuvert genau an. Es steht eine kleine handgeschriebene Nummer auf dem bereits geöffneten Umschlag. David steht neben ihm und etwas verlegen steckt er seine Hände in die Hosentaschen. Ayatéh wirft ihm einen kurzen fragenden Blick zu, bevor er zögernd hineingreift. Langsam zieht er einige Bilder heraus und zuckt merklich zusammen, als er eine Fotografie von seiner kleinen Schwester vor sich sieht. Und wie so oft lachte sie auch diesmal. Er kann sich sogar noch daran erinnern, als er vor ein paar Jahren selbst diese Aufnahme gemacht hatte. Mandy hatte Temperament und war immer zu Späßen aufgelegt.

Sein Herz fängt an zu rasen und die Hände zittern plötzlich. Er will die aufkommenden Emotionen verdrängen, die sein Inneres nach außen kehren, doch er kann es nicht unter Kontrolle bringen. Jetzt füllen sich seine Augen mit Tränen und er sieht die anderen Bilder nur flüchtig an, denn im Moment kann er es nicht ertragen. Ihm wird heiß und alles pocht in ihm. Mit zitternden Händen will Ayatéh sie wieder in den Umschlag legen, doch es gelingt ihm nicht. Das Ganze kommt so plötzlich und unvorbereitet. Wortlos nimmt David sie ihm aus den Händen und legt die Bilder hinein.

»Ich hätte es Ihnen vorher sagen sollen, es tut mir Leid, das war wohl nicht sehr taktvoll von mir«, entschuldigt er sich, legt den Umschlag mit den Bildern ans Fußende des Bettes und setzt sich wieder an den Tisch, worauf sich seine Unterlagen befinden.

Betroffen lehnt Ayatéh den Kopf zurück, schließt die Augen und spürt Tränen. Es ist das erste Mal, nachdem es passiert war und jetzt wäre er gerne alleine, um seinen Tränen freien Lauf zu lassen. Doch er kann sich beherrschen und einen klaren Gedanken fassen. Dann blickt er David verzweifelt an. »Woher haben Sie diese Bilder?«, fragt er.

»Ein Beamter aus Tucson hat sie mir gegeben. Er bekam sie mit einigen Unterlagen vom Officer hier«, erklärt er und dabei sieht er, wie Ayatéh eine Träne mit der Hand abwischt. Er hat in ihm einen wunden Punkt getroffen, der bisher alle zurückgehaltenen Gefühle wie eine Explosion entlädt. Wahrscheinlich ist es das erste Mal, dass diese Emotionen herauskommen, die ihm zuvor auf eine beklemmende Art gefangen hielten. Doch die Worte von gestern schwirren David noch immer im Kopf herum. Diesem Navajo verbindet etwas Mystisches, was sich nicht bis in seine Bewusstseinsebene greifen lässt. Etwas, was David nicht mit einfachen Worten erfassen kann. Bis jetzt war er noch nicht in der Lage gewesen, einen vernünftigen Gedanken auf die Reihe zu bekommen. Etwas kroch aus den Nischen der Realität heraus und verlieh Ayatéhs Geständnis eine Wahrhaftigkeit, mit der er nur schwer zurechtkommt. Seitdem scheint in seinem Kopf eine Wand zu sein, die jeden aufkommenden Gedanken, welcher ihn zu einer logischen Erklärung verhelfen könnte, erdrückt, damit es sich nicht in seinem Bewusstsein verankern kann. Seiner Vernunft nach konnte das alles nicht sein. Aber auf irgendwie unheimliche Weise spürt er ständig, wie sich eine Blockade einsetzt, wenn er auch nur ansatzweise versucht, eine realistische - eine verdammt noch mal - normale Erklärung zu finden. Warum schließt er das Ganze nicht damit ab, dass er sich sagt, Ayatéh hat diese Story einfach erfunden? Erfunden, um ihn an den weiteren Ermittlungen zu hindern und - oder? - ihn einzuschüchtern. Doch der Indianer hatte gestern dieses Geständnis mit einer völlig ruhigen Selbstverständlichkeit erzählt, dass David daran jeden Zweifel abwarf. Ayatéh musste doch damit gerechnet haben, dass ein FBI-Beamter solch eine Story als völlig absurd dahinstellt.

Und dieser junge Mann, der sich jetzt mit ihm in diesem Zimmer befindet und auf seinem Bett sitzt, hat etwas Furchtbares erlebt, etwas, was niemand mal eben so abhaken kann. War es jetzt für ihn an der Zeit, Vergeltung zu üben? Wenn er bedenkt, auf welche Weise diese Mörder gestorben sind, fällt es ihm sogar leicht, Ayatéhs Geständnis tatsächlich zu glauben. Ein Bericht aus der Welt jenseits seiner Vorstellungskraft. David spürt einfach, so unglaublich es ihm auch vorkommt, dass Ayatéh ihm die Wahrheit gesagt hat.

Immer noch aufgewühlt vom Anblick der Bilder, die in ihm starke Emotionen aufkommen ließen, blickt Ayatéh auf den Umschlag an seinem Fußende. Sie hatten beide für eine längere Zeit geschwiegen, sodass jeder seinen Gedanken nachgehen konnte.

David hat großes Mitgefühl und will ihn auf andere Gedanken bringen. »Kommen Sie, wir gehen irgendwo Essen«, schlägt er vor. »Ich habe Hunger und lade Sie ein, denn schließlich bin ich Ihnen nach unserem eindrucksvollen Ritt durch den Canyon de Chelly noch etwas schuldig.«

»Okay«, beschließt auch Ayatéh, steht langsam auf und zieht seine Schuhe wieder an. »Einen Salat möchte ich schon, denn so etwas bekomme ich hier nicht alle Tage.«

David wechselt noch schnell das Hemd und dann steigen sie in sein Auto. Die Stadt ist ruhig und es gibt wenig Verkehr auf den Straßen. Ein paar Hunde scheinen herrenlos herumzulaufen und die Leute unterhalten sich am Straßenrand.

Nachdem sie einen Fensterplatz gefunden haben, lässt David sich seinen Hamburger schmecken. Es ist für ihn zwar nicht das ideale Essen, aber er ist zufrieden. Das Gespräch verläuft zunächst belanglos und Ayatéh hat noch Schwierigkeiten, einen klaren Gedanken zu fassen. In ihm scheint es immer noch zu beben und er hat Mühe, die Gabel ruhig zu halten. Seine Familie hatte ihm immer viel bedeutet. Wie oft saßen sie - vor allem abends - alle zusammen und diese Zeit vermisst er um jeden Tag mehr, denn für ihn ist es immer noch schwer, das alles zu begreifen. Immer und immer wieder hatte er seitdem diese schrecklichen Albträume und auch am Tage ließ die Erinnerung daran ihn kaum zur Ruhe kommen. Doch als sie nur noch die Getränke vor sich haben, macht Ayatéh sich Gedanken darüber, wie weit David mit seinen Recherchen ist, und fragt sich, ob dieser FBI-Mann ihm wirklich helfen kann oder will.

»Was wissen Sie über die Fabrik? Haben Sie neue Erkenntnisse?«, erkundigt er sich schließlich.

»Nicht viel, nur, dass Chaka im Recht war und als er kam und die Fabrik halb fertig gebaut war, hätte er dafür sorgen können, dass alles wieder abgerissen wird. Vielleicht hatte er damit gedroht und wäre wohl auch durchgekommen. Die Fabrik Heddington wurde jedoch fertiggestellt. Sie haben sich dann mit dem Bau wohl auch sehr beeilt. Es ging zügig voran, denn sie ist nicht sehr groß, wie gesagt, eine Tochtergesellschaft. Aber ich muss erst einmal den Unternehmer unter die Lupe nehmen und mir die Papiere ansehen«, berichtet David.

»Wenn sie keine Genehmigung bekamen, um zu bauen, warum stellten sie ihre Fabrik denn nicht woanders auf?«, fragt Ayatéh, der sich immer noch über ihre Existenz ärgert und sich zu machtlos vorkommt, sich dagegen zu wehren.

»Weil es hier günstige Subventionen gab, denn es sollten Arbeitsplätze geschaffen werden.«

»Ja, aber das bestimmen hier nicht die hohen Herren.«

»Wem sagen Sie das? Es geht nicht so einfach, wie die es sich gedacht haben. Aber sie taten es mit dem Argument, dass sie eine schriftliche Erlaubnis vom Stammesrat hatten und es wurde ignoriert, dass eine wichtige Unterschrift fehlt. Das schien niemandem zu interessieren. Ich kann mir allerdings nicht vorstellen, dass Heddington jetzt noch abgerissen werden kann.«

»Nein«, bestätigt Ayatéh, lehnt sich zurück, verschränkt die Arme vor der Brust und sieht ihn ernst an. »Das hätte man vorher tun sollen.«

David fängt seinen Blick auf. »Wie? Etwa, wenn man wie die ‚Wilden' mit einem Überfall auf Pferden und in Kriegsbemalung die Arbeiter mit Waffen attackiert, sie an ihren Fahrzeugen fesselt und diese anschließend zerstört?«

»Ah, Sie wissen ja schon viel über mich und meine achtzehn ‚Wilden'. Können Sie das einmal definieren? Was bedeutet das Wort ‚Wild' für Sie?«

Ayatéh weiß, dass es von David nur eine Vermutung sein kann, dass er mit daran beteiligt war, aber er gibt es dennoch zu.

»Das bedeutet unberechenbar«, erklärt David nach einer kurzen Bedenkzeit.

»Was wir gemacht haben, war aber nicht unberechenbar, sondern im Gegenteil, sehr berechenbar«, protestiert Ayatéh. »Es wurde lange und viel demonstriert, wir waren bei zig Behörden und haben versucht, mit Argumenten etwas zu erreichen. Dabei mussten wir uns abwimmeln, beschimpfen, demütigen und beleidigen lassen. Doch wenn Worte nicht fruchten, müssen Taten folgen.«

»Aber wir sind hier nicht mehr im Wilden Westen.«

»Wie Sie darüber denken, ist mir egal. Bei euch Weißen werden protestierende Indianer nicht ernst genommen - gehen nur auf die Nerven und rauben Zeit. Hier ist und war immer der Wilde Westen, hier ist die Zeit stehen geblieben.«

»Nun ja, Sie sagten aber doch selbst, man muss mit der Zeit gehen. Zusammenfassend habe ich es so verstanden. Wir sind im Zeitalter des Computers«, gibt David ihm zu verstehen.

»Was meinen Sie, was sich hier noch so abspielt. Da draußen in der Steinwüste sieht und hört niemand etwas. Außerdem sind hier ja noch viele Navajo in euren Augen rückständig. In materiellen Dingen reicht ein Großteil noch lange nicht an den Standard der Weißen heran. Aber darum geht es jetzt auch nicht. In unserer Sache kommt man mit gutem Willen nicht weiter und mit reden erst recht nicht. Übrigens, der Überfall war nicht das einzige Mal.«

»Was habt ihr damit erreicht?«, will David wissen.

Über Ayatéhs Gesicht huscht ein Lächeln. Er schweigt, trinkt einen Schluck von seinem Mineralwasser und sieht David an. »Viele Arbeiter haben gekündigt, die meisten sind gar nicht erst wiedergekommen, obwohl niemand zu Schaden kam. Im Endeffekt hat es das gebracht, dass wir deutlich gemacht haben, auf welcher Seite wir stehen und dass sie hier nichts zu suchen haben. Wenn man wütend ist und gibt es nicht zum Ausdruck, weiß es niemand. Jeder denkt, es ist alles in Ordnung. Diese Abschreckung war nötig. Wenn es noch mal sein muss, schnappe ich mir gleich den Richtigen.«

David holt tief Luft. Dabei kann er sich ein leichtes Grinsen nicht verkneifen. Natürlich ist das Ganze eine ernste Sache, doch die Art und Weise, wie Ayatéh aufkommende Probleme angeht, ist schon von besonderer Art. In seinen Augen liegt etwas, was er selten bei anderen Menschen bemerkt: eine Festigkeit, die von unglaublicher Härte zeugt. Sein Blick lässt David für den Bruchteil einer Sekunde erschauern. Der Navajo scheint aus vollkommener Überzeugung gehandelt zu haben.

Doch David kann ihn auch verstehen, denn Ayatéh setzt etwas in die Tat um, was er selbst so manches Mal tun möchte, wenn er eine Wahnsinnswut auf jemanden verspürt. Natürlich kann man es in keiner Weise billigen.

David möchte noch weiter gehen. Wenn er Ayatéh helfen will, möchte er alles über ihn wissen. Dazu gehört auch, es aus seiner Sicht zu betrachten. »Und wie war es auf der Einweihungsfeier der Firma, die draußen auf dem Gelände stattfand? Ihr seid doch auch dabei gewesen?«

»Dabei - ja«, betont Ayatéh mit ernster Miene. »Wie man es so nennt. Woher wissen Sie das?«

»Ich weiß, was stattgefunden hat und denke mir jetzt einfach mal, dass Sie dabei waren.«

Als Ayatéh darauf keine weitere Reaktion zeigt, setzt David fort: »Die Leute waren sowieso schon verängstigt und aufgebracht, weil der Überfall auf die Bauarbeiter passierte. Können Sie sich vorstellen, wie vor allem die Damen der Gesellschaft in panische Angst gerieten, als plötzlich berittene Indianer in Kriegsbemalung aufs Tanzbankett stürmten, um ein Chaos anzurichten?«

Ayatéh nickt nur, ohne eine Miene zu verziehen.

»Haben Sie überhaupt nichts dazu zu sagen?« David sieht ihm in die Augen und hat Mühe, ernst zu bleiben.

»Na ja, was soll ich sagen«, antwortet Ayatéh. »Die Ladys waren sogar am mutigsten. Während die männlichen Beschützer unter die Tische krabbelten, griffen die Frauen zur Bewaffnung mit Messer und Gabel über.«

»Und da haben Sie Angst bekommen?«

»Mächtig viel«, scherzt Ayatéh schmunzelnd.

Jetzt kann sich David ein Lachen nicht mehr verkneifen, obwohl er versuchte, sich die ganze Zeit zu beherrschen. Eigentlich wollte er Ayatéh zur Rechenschaft ziehen. »Und dann? Dann habt ihr mit dem Schreckensruf der Navajo die Büfetttische umgeworfen und so weiter.«

Als von seinem Gegenüber keine Reaktion kommt, bohrt David weiter. »Sie wissen, dass meine Frage von vorhin eigentlich anders gemeint war. Wie äußern Sie sich zu alldem?«

»Ich werde mich dafür nicht rechtfertigen!« Ayatéhs Antwort ist kurz und knapp.

»Okay, weil die Fabrik von Chaka und Ihnen abgelehnt und trotzdem gebaut wurde.«

»Ich will hier nicht so eine Chemiebombe und viele andere von uns auch nicht.«

»Auch wenn dort alles legal abläuft?«, fragt David.

»Es ist schon illegal, wenn ein Arbeiter auf unseren Boden rotzt oder pinkelt.«

David Watkins seufzt ratlos. »Ich bewundere Ihren - ja, ist es Mut oder Leichtsinn. Aber Sie riskieren viel und ich bitte Sie, sich da rauszuhalten. In der kurzen Zeit, wo wir uns kennen, haben Sie einem FBI-Agenten haufenweise Geständnisse gemacht. Dass Sie tatsächlich dabei waren, weiß ich ja jetzt. Erzählen Sie es mal den richtigen Leuten, dann können Sie hier nicht mehr sitzen. Es ist Sachbeschädigung, Körperverletzung und was weiß ich. Und dass niemand zu Schaden kam, stimmt nicht, denn einige von denen sind verletzt worden. Wenn auch nicht schwer, aber sie mussten behandelt werden.« Er seufzt noch einmal und setzt fort: »Die Fabrik ist trotzdem fertiggestellt worden. Okay, jetzt wissen alle, dass ihr nicht damit einverstanden ward. Wen aber interessiert das jetzt noch?«

»Den Boss Mr. Tanner wird es bald interessieren«, erwidert Ayatéh.

»Wollen Sie im Gefängnis landen?«

»Das ist mir absolut egal. Ich habe nichts mehr zu verlieren. Wenn sich herausstellt, dass er irgendetwas mit dem Massaker zu tun hat, werde ich ihn fertig machen. Es ist mir verdammt egal, was dann mit mir geschieht.«

Als Ayatéh sieht, dass David ihn entsetzt anstarrt, will er ihm erklären, warum es ihm so wichtig ist, Klarheit zu schaffen. »Das hat nichts mit Skrupellosigkeit zu tun, sondern ich will nicht, dass er so einfach davon kommt, das dicke Geld scheffelt, ohne Rücksicht auf Verluste. Denn auch wenn niemand wieder lebendig wird - jemand hat es zu verantworten. Dazu gehört auch, dass die Menschen, die von dem Fluss leben, zum Teil schwere Allergien bekommen und sehr darunter leiden. Viele haben Ausschlag, rote Flecken. Auch ich, sehen Sie ...«, dabei zeigt er David seine Handinnenflächen und den rechten Unterarm, der Ekzeme aufweist. »Das hier ist harmlos, aber viele haben eitrige Bläschen, die sich entzünden. Zum Teil auch im Mund. Nach Möglichkeit holen wir uns jetzt das Wasser von den Campingplätzen. Aber so darf und soll es nicht sein. Das Wasser ist uns als reines lebenswichtiges Naturprodukt gegeben. Darin besteht normalerweise ein biologisches Gleichgewicht, das inzwischen auch nicht mehr im Fluss vorhanden ist. Wieso kann man dagegen nichts unternehmen, das verstehe ich nicht?« Etwas verzweifelt sieht er David an.

»Natürlich kann man etwas dagegen unternehmen. Wenn ein Verdacht da ist, wird die Wasserqualität untersucht und geprüft, wie, wann und wo wie viel eingeleitet wird, wie es mit der Regenerierung läuft und welche Firmen wie oft kommen, um Restchemie zu entsorgen.«

»Mein Verdacht reicht wohl nicht.«

»Ich werde mich darum kümmern«, versichert ihm David.

Ayatéh kann in der nächsten Zeit nicht alleine sein. Die Tage erscheinen ihm unglaublich lang. Er versucht öfter, sich eine Aufgabe zu suchen. Mal hilft er Charly im *Butterfly* oder unterstützt Sheenas Eltern, die im Reservat eine kleine Tankstelle mit Reparatur betreiben. Manchmal fährt er mit einem Freund nach *Tsè Bii' Ndzisgii*[*], um an einem einfachen Stand einige Sachen an die Touristen zu verkaufen. Das lenkt ihn ab, von seinem schrecklichen Erlebnis und seiner Sehnsucht nach Sheena. Er will etwas Geld sparen, damit er mit ihr in Tucson genug unternehmen kann. Oft ist er bei Freunden oder sie treffen sich bei ihm. So hört er, dass ein Rancher im Süden von Arizona ab und zu Hilfe benötigt und auch gut bezahlt. Er meldet sich bei ihm. Es wird ihm erklärt, dass zwar im Moment kein Bedarf ist, er aber in etwa drei Monaten dort arbeiten kann.

Dann bekommt er einen Brief von Sheena. Sie schreibt ihm viel über das Leben in der Stadt und welche Freunde sie gefunden hat. Vor allem macht ihr die Arbeit mit Kindern viel Spaß. Doch mit keinem Wort schreibt sie, dass sie ihn vermisst. Auch hat sie nicht erwähnt, dass sie sich auf einen Besuch von ihm freut. Es ist kein Liebesbrief. Der Inhalt ist eher sachlich, doch trotzdem freut er sich über ihre Zeilen. Er nimmt

[*] *Tsè Bii' Ndzisgii = Monument Valley*, heiliges Gebiet der Navajo, das oft von Touristen besucht wird.

sich vor, sie kurz zu besuchen, wenn er sich auf dem Weg zur Ranch macht.

Ayatéh denkt daran, wie gefährlich es dort für sie als Frau sein kann und macht sich Sorgen. Aber aus den Zeilen geht hervor, dass sie gut zurechtkommt. Vielleicht so gut, dass sie nicht einmal mehr zurück will? Sie kennen sich schon lange, seitdem er sich mit seiner Familie in der Nähe von Chilchinbito niederließ. Vielleicht war die Beziehung auch Gewohnheit und sie musste die Gelegenheit haben, ein neues, eigenes Leben aufzubauen, wenn es sein musste, auch ohne ihn. Doch er will sie nicht so einfach aufgeben, auch nicht, wenn sie einen ‚Anderen' hat. Für Ayatéh ist sie die einzige Frau in seinem Leben.

Seit fast sechs Wochen ist sie fort und ihm kommt es vor wie sechs Jahre. Er erinnert sich noch genau an ihre Worte: Wenn ich mit der Ausbildung fertig bin, komme ich zurück und werde hier etwas auf die Beine stellen, das ist mir wichtig.

»Ayatéh, da ist Besuch für dich«, ruft ihm Dusty zu. Er denkt gleich an Sheena und dreht sich vorsichtig um. Doch unten steht David Watkins und sieht nach oben auf das Dach, wo Ayatéh mit einem Freund zusammen Reparaturen vornimmt.

»Sie zu finden, wird immer schwieriger«, ruft David ihm zu. »Haben Sie einen Moment Zeit?«

Ayatéh klettert herunter. »Hallo«, begrüßt er ihn lächelnd und reicht ihm die Hand.

»Jetzt ist es das zehnte Haus auf der linken Seite und die Abstände werden immer größer auf dieser ewig langen Schotterstraße«, beschwert sich David schmunzelnd.

»Hier wohnt ein guter Freund von mir, aber wir gehen am besten rein.«

Im Haus sind sie alleine, doch es lärmt und scheppert vom Dach. Als sie sich an einen Tisch setzen, sieht Ayatéh ihn neugierig an. »Na, wo haben Sie sich herumgetrieben?«

»Überall und nirgends«, scherzt David und sieht sich um. Alles scheint baufällig zu sein.

Ayatéh zeigt auf einen alten Propanherd, der aus dem letzten Jahrhundert zu stammen scheint, worauf sich ein ebenso alter Topf befindet. »Möchten Sie etwas Suppe essen? Sie ist noch warm«, bietet er ihm an und steht fast gleichzeitig auf, um einen Teller zu holen.

»Nur, wenn die Suppe nicht mit dem Wasser aus dem Fluss gekocht wurde.«

»Aha, man horche auf.« Voller Erwartung blickt er zu David hinüber, füllt dann die Suppe auf und stellt sie ihm auf den Tisch. »Sie können es beruhigt essen.«

»Ich habe Analysen, Ergebnisse, Vergleiche und kann es Ihnen gleich schriftlich zeigen. Ich habe alles dabei.« Dann lässt er sich erst einmal die Suppe schmecken, während Ayatéh nach seinem Freund sieht. Das dröhnende Hämmern stört sehr und gerade jetzt, wo es interessant wird. Also fragt er, ob Dusty vielleicht eine Pause einlegen möchte.

Als David fertig ist, wird es leiser und er zeigt ihm einen Beleg mit Zahlen und Ergebnissen, die sie anschließend ausdiskutieren.

»Sie sehen, es sind Schwermetalle im Wasser, die nicht mal eben so schnell abbaubar sind«, schließt David, wobei er die Unterlagen wieder zusammenlegt.

»Warum dauert alles immer so lange? Ich meine, es kommt etwas spät. Vor zwei Tagen ist ein achtjähriges Mädchen an einem Allergieschock gestorben.« Ayatéh schweigt einen Moment und wird wütend darüber. »Es wird ja nicht erst seit gestern eingeleitet, sondern schon seit fast einem Jahr.«

»Das dauert eben so seine Zeit. Die Behörden haben die Ruhe weg. Also, Sie sehen, es wird wesentlich mehr eingeleitet, als zugelassen ist. Aber wenn man den Wissenschaftlern zuhört, sagen sie, dass es sogar noch im Rahmen der Zumutbarkeit liegt, denn die zu Anfang konzentrierte Menge des Abwassers verteilt sich schnell mit der Fließgeschwindigkeit. Sie gehen davon aus, dass es in einem Fluss - wobei sie sich vermutlich einen großen, reißenden Fluss vorstellen - schnell verschwindet.« Bevor Ayatéh protestieren kann, fügt er noch schnell hinzu: »Ich weiß, es ist kein großer, reißender Fluss - vielleicht nach der Schneeschmelze - jetzt ist er meist klein, ruhig und die Fließgeschwindigkeit ist gleich null. Ich habe es mir ja angesehen.«

Ayatéh schüttelt ungläubig den Kopf. »Wissenschaftler, die ihr Wissen aus Büchern haben, sollte man ins Regal stellen.«

David schmunzelt über die Bemerkung, obwohl es bitterernst ist.

»In den Unterlagen der Fabrik Heddington stehen die Werte, die offiziell zugelassen sind und zum Teil sogar noch darunter. Jetzt ist allerdings erwiesen, dass mehr eingeleitet wird, als sie angeben und zwar eindeutig zu viel.«

»Was passiert jetzt?«

»Erst einmal wird die Produktion für eine Zeit gestoppt. Natürlich hat sich das Unternehmen strafbar gemacht. Die Verantwortlichen bekommen ein Bußgeld, das sie mal eben so vom Taschengeld bezahlen können, auch wenn es sich für uns viel anhört. Die lachen doch darüber.«

Ayatéh kann das Ganze nicht fassen. »Es ist unglaublich. Diese Papiermenschen, die nur am Schreibtisch sitzen, wissen nicht, was sich hier abspielt. Aber ich denke eher, dass es ihnen egal ist. In letzter Zeit gab es hier zwei Fehlgeburten. Ich könnte mir vorstellen, dass es für Schwangere und vor allem für Ungeborene noch gefährlicher ist. Die Gleichgültigkeit und Profitgier dieser Menschen geht auf Kosten Unschuldiger. Was wird am Ende dabei herauskommen? Okay, die Einleitungen werden nach Vorschrift reduziert, sie zahlen ein Bußgeld und setzen sich wieder an den Schreibtisch. Aber ich will, dass hier nichts mehr eingeleitet wird, verstehen Sie? Die Verantwortlichen kümmert unser Schicksal nicht, das durch die Folgen ihrer Raffgier entstanden ist. Chaka wollte es von Anfang an nicht und er wusste warum, denn er hatte seine Gründe.«

»Wie lange war die Fabrik schon in Betrieb, als der Überfall auf Ihre Familie stattfand?«

»Ungefähr wohl so zwei oder drei Monate, glaube ich«, sagt er wie beiläufig, geht aus der offenen Tür nach draußen und lässt sich auf der kleinen Holztreppe nieder. Kurze Zeit später folgt ihm David und setzt sich neben ihn.

»Soll ich mich jetzt über diese Nachricht freuen?«, sagt Ayatéh etwas ironisch. Aufrecht sitzt er auf der wackeligen Stufe und starrt ins Leere.

David gibt ihm keine Antwort, sondern denkt darüber nach, wie diese Menschen hier leben. Die Häuser kann man Baracken nennen, ohne Strom und sanitäre Anlagen. Viele Menschen fristen hier ein ziemlich trostloses Dasein, mit einem monatlichen Einkommen, welches er einmal für eine Tankfüllung ausgibt, um in der Gegend herumzufahren.

»Wovon leben Sie, ernähren Sie sich?«, will er ziemlich direkt von Ayatéh wissen.

»Ich schlage mich so durch und helfe mal hier mal dort aus. Die Eltern meiner Freundin brauchen mich ab und zu mal an ihrer Tankstelle. Manchmal springe ich ein, wenn Charly im *Butterfly* Hilfe braucht. Gelegentlich begleite ich einen Freund, der seine Kunsthandwerke an einem Stand für Touristen verkaufen will. Manchmal biete ich dort auch etwas an. Ich brauche nicht viel zum Leben und hin und wieder gehe ich auch auf Kleintierjagd. Ich benutze nicht gerne das Gewehr, das ballert mir zu laut. Außerdem erschreckt der Knall alle anderen Tiere und das finde ich nicht gut. Ich benutze meinen Köcher mit den Pfeilen, die ich anfertige. Ich weiß, ich bin wohl etwas konservativ.«

David ist mit den Gedanken nicht ganz bei der Sache und spielt nervös mit seinem Schlüsselanhänger. Ayatéh nimmt es ihm aus der Hand. Es ist eine kleine, weiße Taube daran geheftet und er sieht sie sich genau an. Sie hat ausgebreitete Flügel und einen kleinen, grünen Zweig im Schnabel.

»Als ich noch in New Jersey lebte, habe ich dort zu meiner Freundin gesagt, dass ich zu sensibel für meinen Beruf bin. Oft bekommt man es mit Gewalt und Leid zu tun und die Menschheit ist noch weit vom Frieden entfernt. Die Kriege werden hier geführt, vor unserer Haustür und für mich ist es oft nicht leicht, damit umzugehen. Zum Abschied hat sie mir dann diese kleine Friedenstaube ans Schlüsselbund geheftet. Sie hatte sie damals als kleines Kind bekommen.«

»Eine Taube macht noch keinen Frieden«, sagt Ayatéh leise. »Wir tragen den Frieden wie ein Gewand, an dem wir vorn flicken, während es hinten reißt. Ich lese manchmal die Zeitung, also nicht nur unsere, sondern auch die anderen, die weltoffener sind, und verstehe nicht, warum es so viele Kriege auf der Welt gibt. Überall gibt es große und kleine Bürgerkriege. Manchmal verstehe ich nicht, worum es geht, aber oft ist es wohl auch die Politik, die das Chaos in der Bevölkerung auslöst, wofür niemand etwas kann.«

»Ja, es ist manchmal schwer zu verstehen«, gibt ihm David recht. »Es geht um Macht, dem Glauben, um Öl oder was weiß ich.«

Sie schweigen eine Weile, dann fragt Ayatéh, ob Mr. Tanner, der Geschäftsführer dieser Fabrik, etwas mit dem Mord an seiner Familie zu tun hat oder ob zumindest der Verdacht besteht.

Obwohl ihm David keine Auskunft geben darf, erzählt er Ayatéh dennoch, was er herausbekommen hat. Er glaubt es, ihm irgendwie schuldig zu sein, denn morgen wird er abreisen und diesen Fall auf sich beruhen lassen, da es keine Beweismöglichkeiten gibt, dass der Tod der Männer in der Wüste etwas mit dieser Sache zu tun hat.

Das Einzige, was er erreichen konnte, war, die illegalen Einleitungen zu stoppen. Für alle weiteren Beschuldigungen, die Tanner betrafen, hatte er keine Beweise.

»Er kannte zwei von ihnen schon lange: Larry Carson und Montorro Lenardo. Beide vorbestraft. Gegen Mr. Tanner lag vor vielen Jahren einmal Urkundenfälschung vor. Wenn ich eine richterliche Genehmigung für eine Hausdurchsuchung bekomme, könnte ich vielleicht mehr erfahren.«

»Vielleicht finden Sie Unterlagen, die auf die Tat hinweisen.«

»Das ist absurd. Glauben Sie, die haben einen Vertrag über einen Auftragsmord abgeschlossen? Jedenfalls reichen die Indizien für eine Hausdurchsuchung nicht aus.« Dann fügt David hoffnungslos hinzu: »Ich kann nichts machen, denn dass sie sich kannten, ist kein Beweis und kein Verbrechen.«

Ayatéh gibt ihm den Schlüsselbund zurück. »Aber Sie glauben es?! Es deutet vieles darauf hin, das müssen Sie zugeben.«

»Das reicht nicht. Man kann ihm nichts anhängen. Leider ist es so und ich fürchte, das er sich, falls er etwas damit zu tun hat, gut abgesichert hat.«

»Wollen Sie damit sagen, dass Sie diesen Fall abschließen?«

»Diesen Fall habe ich offiziell gar nicht übernommen. Ich habe versucht, es mit meinem eigentlichen Auftrag zu kombinieren, denn nach dem Tod der drei Männer kam heraus, dass sie tatsächlich den Mord an Ihrer Familie begangen haben. Man kann sie jetzt nicht mehr verurteilen, denn sie leben nicht mehr. Also ist der Fall ‚Akte Nr. 746' erledigt. Finito, fertig! Zu den erledigten Akten gelegt. Da habe ich nichts mehr mit zu tun, verstehen Sie? Ich bin nur beauftragt, den Tod dieser Männer, die man in der Wüste fand, aufzuklären, also zu untersuchen, ob eine gewaltsame Einwirkung ausgeschlossen werden kann, mehr nicht. Ich habe alles, was ich über Chaka und die Fabrik erfuhr, in meine Berichte geschrieben und werde versuchen, dass dieser Fall neu aufgerollt wird. Mehr kann ich nicht tun.«

Ayatéh schweigt, denn er muss seine Gedanken erst einmal ordnen. Allmählich steigt Wut über die Machtlosigkeit auf. David scheint es zu merken.

»Ich hätte Ihnen das alles eigentlich nicht sagen dürfen, doch ich finde, Sie sollten es wissen. Ayatéh, Sie können Gewalt nicht mit Gegengewalt beantworten, das ist Selbstjustiz und führt zu nichts.«

Ayatéh steht auf und stellt sich ihm gegenüber. Er ist enttäuscht und wütend zugleich. »Wenn Unrecht zu Recht wird, wird Widerstand zur Pflicht!«

»Das ist nicht der richtige Weg«, versucht David ihm verständlich zu machen. »Ich kann Sie durchaus verstehen, aber bitte halten Sie sich zurück. Ich habe Sie kennengelernt, als intelligenten, aufrichtigen Mann. Verwirken Sie Ihr Leben nicht. Ich bin Ihr Freund geworden und möchte Sie nicht hinter Gittern sehen. Sie sind jung und können etwas mit Ihrem Leben anfangen. Doch machen Sie jetzt keinen Fehler.«

»Sie sagten, Ihnen sind Grenzen gesetzt«, ignoriert Ayatéh seine Worte. »Aber Grenzen sind auch da, um sie zu übertreten.«

»Für Sie vielleicht, aber für mich nicht. Ich riskiere nicht nur meinen Job. Aber vielleicht verstehen Sie es nicht. Was erwarten Sie denn? Dass wir illegal in sein Haus einbrechen?«

»Zum Beispiel!«

»Ich werde die Anhaltspunkte, die ich habe, weitergeben. Mehr kann ich nicht tun.« David sieht im Gesicht des Navajo Verzweiflung und er kommt sich ziemlich machtlos vor.

»Nein!«, ruft Ayatéh hinaus. »Sie verstehen nicht. Sie wissen gar nichts.« Dann geht er zu seinem Freund, der sich verwundert umsieht und klettert mit ihm aufs Dach.

David kommt sich wie ein feiger Hund vor, der den Schwanz einzieht, wenn es brenzlig wird, doch er ist sicher, dass man dieser Sache nachgehen wird. Aber er weiß auch, wie schwierig es ist, solchen Verbrechen auf den Grund zu gehen.

Er steigt ins Auto, sieht noch einmal den beiden Männern auf dem Dach nach und fährt los. Er ist froh, Ayatéh kennengelernt zu haben und kann ihn verstehen. Doch jetzt ist es an der Zeit, nach Hause zu fahren.

Für Ayatéh ist es jetzt an der Zeit, seine Gerechtigkeit selbst in die Hand zu nehmen.

Blitzschnell zischt ein Pfeil an Marc Tanner vorbei und bleibt etwa einen Meter neben seinem Kopf im Holz stecken. Der Pfeil, dessen

Spitze einen Zettel durchbohrt, kam wie aus dem Nichts. Nachdem er ihn aus der Wand seines Holzhauses gezogen hat, liest er die Nachricht mit zitternden Händen. *Du kannst nicht entkommen. Jetzt bist du dran.* Ihm ist ziemlich flau im Magen, denn um ein Haar wäre er getroffen worden, schließlich war er in Bewegung gewesen. Zögernd blickt er sich um. Doch alles scheint normal zu sein. Der dicht bewachsene Wald wirkt jetzt bedrohlich. Er sieht rechts davon den klaren See, dessen seichte Wellen von der Sonne glitzern. Als er sich auf dem Holzsteg befindet, dreht er sich um und seine Blicke suchen die Umgebung des Ferienhauses ab. Es ist jedoch nichts Verdächtiges zu entdecken.

Eine junge Frau kommt aus der Tür. Sie trägt kurze Shorts und ein knappes, rotes Bikini-Oberteil. Ihre Figur ist eher dürr als schlank, und während sie aufreizend auf Marc Tanner zugeht, trocknet sie sich mit einem Handtuch lässig die Haare. Unauffällig knüllt er den Zettel zusammen und steckt ihn in die Hosentasche seiner halblangen Freizeithose. Dann geht er in die Hocke und lässt den Pfeil langsam unter den Steg gleiten, wobei er so tut, als ob er mit der Hand im Wasser planscht. Die dünnen Arme der jungen Frau umschlingen liebevoll seinen Hals. Nach einem Kuss gehen die beiden eng umschlungen ins Haus.

Die Sonnenstrahlen lassen hier und da das Wasser aufblitzen. Durch den seichten Wind gleitet der Pfeil auf den Wellen dahin.

Es ist warm und Kate nimmt einen großen Schluck aus ihrer Wasserflasche. Dann erhebt sie sich aus dem Liegestuhl und steigt in den Swimmingpool hinab. Das kühle Nass ist erfrischend. Sie schwimmt langsam durch den Pool, um ein paar Runden zu drehen. Doch als sie das Ende erreicht und sich dreht, um zurückzuschwimmen, sieht sie etwas im Wasser. Könnte ein Stock sein. Nein, es bewegt sich. Sie starrt auf dieses Ding und stellt mit Entsetzen fest, dass es schwimmt und es sich um eine Schlange handelt. Mit verzerrtem Gesicht unterdrückt sie einen Schrei und ihr wird klar, dass sich die Ausstiegsstufen am anderen Ende befinden. Die Schlange bewegt sich ziellos umher. Ängstlich schleicht sich Kate an die Wand des Pools entlang in Richtung Ausstieg, denn der Beckenrand ist für sie zu hoch, um sich hinauszuschwingen. Dafür ist sie zu füllig und unsportlich. Die Todesangst nimmt ihr fast den Atem, denn sie weiß nicht, dass es die harmloseste Schlange ist, die es weit und breit in dieser Gegend gibt. Von ihr geht keine Gefahr aus, doch als Kate sieht, wie sie kurz vor den Stufen auf sie zu schwimmt, stürmt sie kreischend aus dem Pool.

Noch völlig unter Schock will sie durch die Tür ins Haus, doch hinter dem Pendelvorhang sieht sie plötzlich eine Gestalt stehen. Blitzartig dreht sie sich um, um wegzulaufen, doch vor ihr steht jetzt plötzlich ein Indianer. Wortlos packt er sie an den Armen und wird jetzt unterstützt von dem Mann, der hinter dem Vorhang in dem Haus stand.

Kate Tanner zappelt wild um sich und will schreien, doch ihr wird der Mund zugehalten, sodass sie nur ein Grunzen hervorbringt. Gegen die Kraft der beiden Männer ist sie machtlos. Ihr bleibt nichts anderes übrig, als sich von ihnen in den Keller schleppen zu lassen. Während der eine sie noch festhält, prüft der andere, ob die Gitter, die von außen vor dem Fenster angebracht sind, keinen Fluchtweg zulassen. Als er sicher ist, dass ein Entkommen unmöglich erscheint, verlassen sie den Raum und schließen ihn von außen ab.

Mit einem Kescher greift Ayatéh nach der Schlange im Pool und legt sie in einen luftdurchlässigen Jutesack. Dann bringt er das Tier zum Auto, welches fast eine halbe Meile entfernt in einer abgelegenen Gegend unbemerkt abgestellt ist. Dort liegt ein Korb bereit, in dem er die Schlange sanft aus seiner Hand hinein gleiten lässt.

Als er zurück durch den Hintereingang ins Haus kommt, warten er und Nick Corner auf Marc Tanner, dem Geschäftsführer der Fabrik Heddington und Hausbesitzer des großen, vornehmen Bungalows. Es kann nicht mehr lange dauern und sie vertreiben sich die Zeit, um sich im Haus umzusehen. Nick begutachtet alle möglichen Dinge, öffnet den Kühlschrank und schaut sich alles an. Während er nichts verändert und vorsichtig jedes Teil wieder ordentlich zurückstellt, ist Ayatéh damit beschäftigt, das reine Chaos zu veranstalten. Er ist nur daran interessiert, irgendeinen brauchbaren Hinweis oder eine Waffe zu finden. Auf der Suche danach öffnet er alle möglichen Schubfächer und Schränke. Dabei wirft er beim Herumwühlen viele Gegenstände rücksichtslos auf den Boden und auch die herausgezogenen Schubfächer landen mit einem Satz dort. Doch er kann nichts finden, was darauf hinweist, dass dieser Mr. Tanner einen Mord in Auftrag gegeben hat. Schließlich muss er seine Aktivität aufgeben, weil Nick ihm signalisiert, dass der Mann, auf dem sie warten, gerade in die Garage eingefahren ist.

Sofort, als Tanner das Haus betritt, wird er angegriffen und schnell überwältigt. Sie zerren ihn auf einen Stuhl und fesseln ihn.

»Warum macht ihr das? Was soll das?«, brüllt er wütend los.

Ayatéh stellt sich vor ihm hin und sagt: »Wir haben gedacht, vielleicht hast du Durst und möchtest etwas trinken.«

»Danke, sehr aufmerksam, aber ich bin durchaus in der Lage, es selbst zu tun, wenn ich es möchte.«

»Schon, aber wir haben dir etwas Besonderes mitgebracht. Unsere Spezialität des Hauses«, erklärt Ayatéh und reicht ihm eine große Flasche abgefülltes Wasser. Nur zögernd nimmt Mr. Tanner mit der rechten Hand, die absichtlich von den Fesseln verschont wurde, die Flasche entgegen.

»Was soll ich damit?«, fragt er, sieht sie sich kurz an und wirft sie mit einem Schwung in die Ecke, wobei fast die Hälfte herausläuft.

Nick hebt die Flasche auf und reicht sie ihm nochmals, während Ayatéh plötzlich ein Gewehr auf Tanner richtet.

»Trinken«, befiehlt er energisch mit einem drohenden Unterton.

Der gefesselte Mann auf dem Stuhl wird sichtlich nervös. Für einen kurzen Moment denkt er daran, wo sich wohl seine Frau befindet und wie gefährlich dieser Überfall werden kann. Ihm bleibt nichts anderes übrig, als den Befehlen folge zu leisten. »Okay, wenn es weiter nichts ist«, will er die dramatische Situation herunterspielen. Sein künstliches Lächeln wirkt verzerrt. Zögernd trinkt er einen kleinen Schluck davon, um die Flasche gleich wieder abzusetzen. Als er sie Nick reichen will, drängt er ihn, weiter zu trinken.

»Was soll das? Es reicht! Schluss jetzt!«, ruft Marc Tanner und weigert sich. Auf keinen Fall will er seine Angst zeigen.

»Nein«, erwidert Ayatéh tonlos. »Jetzt fängt es erst an, denn das ist unser Flusswasser, von dem wir leben und sterben. Du wirst es austrinken, denn es ist angereichert mit Giften aus deiner Fabrik.«

»Da irrt ihr euch, das Wasser ist nicht davon verunreinigt«, will Mr. Tanner aufklären.

»Um so besser für dich. Wenn das stimmt, kannst du ja auch beruhigt daraus trinken.«

Krampfhaft und widerwillig trinkt Tanner langsam Schluck für Schluck.

»Schneller, wir haben noch mehr vor«, befiehlt Ayatéh und richtet weiterhin das Gewehr auf ihn.

Jetzt reicht es Nick. Er hebt die Flasche an und trichtert ihm den restlichen Inhalt mit Gewalt in den Mund, wobei die Hälfte daneben läuft. Dann löst er die Fesseln und Ayatéh zwingt ihn hinauszugehen, während Nick sich den Telefonhörer schnappt, es in die Spüle legt, Wasser hineinlaufen lässt und anschließend die Kellertür öffnet. Dann rennt er den beiden nach, bis sie das Auto erreichen. Während Nick fährt, hält Ayatéh drohend den Lauf des Gewehres unter das Kinn von Marc Tanner. Der bekommt große Angst, in der Abgeschiedenheit umgebracht zu werden.

»Ihr wisst nicht, was ihr da macht, das geht zu weit«, stammelt er. Doch es antwortet ihm niemand und wortlos fahren sie Meile für Meile in den immer dunkler werdenden Abend.

Nach über einer Stunde halten sie an dem Fluss, bei einem Platz, der ihnen in der Sommerzeit als tiefe Stelle bekannt ist. Ein Reiter, der am Ufer steht, wartet schon auf sie. Es ist Tubaan-de-jaa-de, der jetzt absteigt und sich sein Gewehr schnappt, um die beiden zu unterstützen.

Inzwischen ist es dunkel. Als sie den Motor abstellen, lassen sie deshalb noch die Scheinwerfer an. Sie reden kein Wort und Ayatéh deutet Mr. Tanner mit dem Gewehr an, in den Fluss zu gehen. Als dieser sich weigert, drängt er ihn mit dem Lauf vor der Brust, sich rückwärts dem Ufer zu nähern.

Jetzt steht er mit den schwarzen Lackschuhen im Wasser. »Ich kann nicht schwimmen! So etwas könnt ihr nicht verlangen. Wir können das doch alles in Ruhe klären«, wagt er einen Versuch, seine Unterlegenheit zu überspielen.

»Er will nicht, schieß ihn erst mal in den linken Arm und dann sehen wir weiter«, fordert Nick seinen Freund Ayatéh auf.

Ayatéh geht wortlos ein paar Schritte zurück und lädt das Gewehr durch, um gleich danach den Lauf auf Tanner zu richten. Panikartig stolpert dieser rückwärts ins Wasser. »Ich gehe, ich gehe ... nicht schießen.«

»Gehst du immer in voller Montur baden?«, fragt ihn Nick.

»Nein … nein, ich zieh … zieh ... aus«, stottert der verzweifelte Mann im Wasser und macht sich schnell daran, sich sein Sakko und die Hose auszuziehen. Als er die vornehme, teure Kleidung ans Ufer wirft, steht er nur noch mit den Boxershorts da und zittert vor Kälte und Angst.

»Du gehst jetzt in die Mitte des Flusses«, zwingt ihn Ayatéh und sieht, wie sein Befehl befolgt wird. Das Wasser reicht dem Mann fast bis zur Hüfte. Dann ruft er Tanner etwas auf Diné zu.

»Ich verstehe dich nicht, was soll ich machen?«

Ayatéh hebt das Gewehr an und wiederholt mit energischem Ton den Befehl in der Sprache der Diné.

»Sag mir, was ich machen soll. Ich kann dich nicht verstehen«, ruft Tanner verwirrt und ängstlich zurück. Für einen erfolgreichen Unternehmer, der gewohnt ist, in vornehmen Kreisen zu verkehren und im Begriff ist, die Erfolgsleiter hinaufzuklettern, ist es eine äußerst peinliche und deprimierende Situation. Er ist froh, dass ihn niemand von seinem Bekanntenkreis sieht.

Die drei Navajo reden ein paar Worte zusammen in ihrer Muttersprache. Wieder wird das Gewehr auf Tanner gerichtet. Ayatéh fordert ihn erneut auf Diné zu etwas auf, was der jedoch nicht versteht.

»Ich verstehe dich nicht«, wiederholt er und große Angst steigt in ihm auf, denn die drohenden Männer in der Dunkelheit mit ihrer ihm fremden Sprache führen Tanner immer mehr seine eigene Hilflosigkeit vor Augen. »Ihr müsst schon Englisch sprechen, damit ich euch verstehe«, sagt er ohne sich seine Verzweiflung anmerken zu lassen.

»Hast du gehört«, sagt Ayatéh an Nick gerichtet und so laut auf Englisch, dass der Mann im Wasser es gut hören kann. »Er versteht uns nicht!« Dann ruft er Tanner zu: »Du lebst in unserem Land und erwartest, dass *wir* deine Sprache sprechen, damit du dir keine Mühe geben musst. Das scheint für dich wohl selbstverständlich zu sein, so etwas von uns zu erwarten.« Er macht eine kurze Pause, doch Tanner fehlen im Moment jegliche Worte.

»Aber so geht es nicht!«, setzt Ayatéh schließlich fort. »Jeder muss sich dem Land anpassen, in dem er lebt, oder gerne leben möchte. So ist es jetzt an der Zeit, dass du unsere Sprache lernst und am besten, wir fangen gleich an. Danach darfst du bei uns leben und wohnen wie wir und essen wie wir und unsere Religion ausüben. Wenn du Durst hast, kannst du dieses Wasser hier holen und trinken Wenn du hungrig bist, wirst du diesen Fisch hier essen.« Dabei wirft er dem *bilagaana* im Wasser stehend einen toten Fisch zu, der ihn an seinen Kopf trifft. Angeekelt betrachtet Tanner den halb verfaulten Fisch.

»Wenn ihr ihn tötet, könnt ihr ihn auch essen«, ruft Tanner zurück.

»Den haben Kinder, die hier gebadet haben, tot aus dem Wasser geholt und dieser Fisch hier ist nicht der Einzige.« Danach wirft er ihm einen zweiten zu. »So, und jetzt wollen wir anfangen«, entscheidet Ayatéh.

»Du lebst hier und interessierst dich weder für unsere Bräuche noch für unser Leben und unsere Sprache. So kann das nicht weitergehen. Weißt du, ich habe mir gedacht, wir helfen dir, damit du lernst, zu leben, wie wir leben. Das ist gar nicht so schwer, wenn man sich Mühe gibt und einen Willen zeigt.«

»Man wird mich morgen schon vermissen und suchen!«, protestiert Tanner und zittert immer noch am ganzen Körper vom kalten Wasser.

»Um so früher müssen wir anfangen«, beschließt Ayatéh, nimmt sich den Pfeil und Bogen, den Tubaan-de-jaa-de ihm reicht und heftet eine Zeitung an die Pfeilspitze. Geschickt spannt er den Bogen, zielt und schießt in Richtung des schreienden Mannes, der Angst hat, getroffen zu werden. Doch der Pfeil mit der durchgespießten Zeitung landet neben seinem Opfer.

»Was ist das? Was soll ich damit?« Er nimmt die nasse Zeitung von der Spitze und sieht sie sich an. Jetzt glaubt er zu erkennen, dass es in der Sprache der Navajo geschrieben ist.

»Das sind die Neuigkeiten, die uns Indianer betreffen und ab jetzt auch dich. Ließ vor!«

»Es ist zu dunkel, ich kann es nicht lesen.«

»Du kannst es nicht lesen, weil es zu dunkel ist? Wenn es nur den Grund hat, dann können wir es ändern.« Er gibt Nick ein Zeichen, setzt sich auf einen größeren Stein am Ufer und legt das Gewehr über seine Beine ab.

Nick steigt ins Auto und fährt so nah ans Wasser, dass die Scheinwerfer Tanner anstrahlen. Seine Haut wirkt jetzt weiß wie Kreide und er zittert wie Espenlaub.

»Fang endlich an«, schreit Ayatéh laut.

Tanner hält sich die Zeitung vors Gesicht und starrt auf diese merkwürdig geschriebenen Worte: *béésh bee ak'e'elchíhí t'áá bí nitsékeesígíí.* Jetzt versucht er, leise und stotternd irgendetwas hervorzubringen.

»Lauter«, brüllt Ayatéh. »Und noch mal, so, dass wir alles gut verstehen.«

Tanner kommt sich in dieser beschämenden Situation äußerst hilflos vor und so bleibt ihm nichts anderes übrig, als den Befehlen Folge zu leisten, in der Hoffnung, am Leben zu bleiben.

Marc Tanner steht mitten im Fluss, nur mit seinen Boxer-Shorts bekleidet, des Nachts, von Scheinwerfern beleuchtet und liest immer wieder mühsam diese für ihn merkwürdigen Wörter aus der Zeitung, die er hoch vor seinem Gesicht hält. Sie ist etwas zerfetzt und zum Teil aufgeweicht. Er hat Mühe, sie aufrecht zu halten. Ununterbrochen zittert er am ganzen Körper. Immer wieder muss er diese Wörter laut und deutlich wiederholen, weil er sie falsch ausgesprochen hat. Er hofft, dass die peinliche Qual bald ein Ende hat, doch er ist bereit, alles zu tun, was die Indianer von ihm verlangen. Diese Demütigung ertragen zu müssen, ist schlimm, aber getötet zu werden, ist noch schlimmer.

Nach etwa einer halben Stunde steht Ayatéh auf. »Jetzt wird es allmählich langweilig. Pass auf, du elendige Kröte. In spätestens vier Wochen wirst du nicht mehr die Fabrik betreten, sonst kommen wir zum zweiten Teil und der wird nicht mehr so langweilig und gemütlich sein.«

»Und außerdem«, fügt Nick hinzu, »falls deine Frau eine Anzeige gemacht hat, ziehst du sie zurück.« Dann nimmt er die Kleidung von Tanner, geht zum Pick Up, wirft sie auf die Ladefläche und steigt ein. Ayatéh folgt ihm und Tubaan-de-jaa-de schwingt sich aufs Pferd. Dann verschwinden sie in der Dunkelheit.

Der Mann im Fluss ist erleichtert, obwohl er nicht weiß, wo er sich befindet und wie er wieder zurückkommen soll. In völliger Dunkelheit irrt er umher, ängstlich und verwirrt, bis er irgendwann merkt, dass es keinen Sinn hat, und setzt sich nieder. Mit dem nackten Rücken an einen kleinen Felsen gelehnt, wartet er zitternd auf den Sonnenaufgang, der noch lange auf sich warten lässt.

Als es nach unendlich langer Zeit hell wird, läuft er weiter, bis er plötzlich zwei junge Navajo-Frauen sieht, die schwatzend auf ihn zu gehen. Ausgerechnet Frauen, denkt er, wie kommt er sich jetzt vor?

»Eine schöne Hose, mit Blümchen«, stellt die eine fest und grinst dabei belustigt. »Laufen Sie immer so rum?«

»Ich habe gebadet und finde mein Zeug nicht mehr«, erklärt Tanner.

»Wo haben Sie denn gebadet? Der Fluss liegt doch ein paar Meilen da hinten«, wundert sich die andere, dreht sich um und zeigt mit ausgestrecktem Arm in die Richtung, wo der Fluss liegt.

»Bitte, bitte … haben Sie etwas zum Anziehen für mich? Ich kann so nicht in die Stadt laufen - falls ich sie überhaupt erreiche«, fleht er die beiden Frauen an.

»Wenn es Ihnen nichts ausmacht, Frauenkleidung zu tragen, nehmen wir Sie gerne mit.«

In der nächsten Zeit ist Tanner weiterhin in seinem Unternehmen tätig, denn er hätte sonst viel zu verlieren. Als er die Anzeige zurückzieht, die seine Frau tatsächlich gemacht hatte, erntet er völliges Unverständnis, zudem er ihr keine Erklärung abgibt. Das Ganze spitzt sich zu, als sie ein Paket bekommt, adressiert nur auf dem Namen Tanner. Weil kein Vorname angegeben ist, fühlt sie sich berechtigt, das Paket zu öffnen. Überrascht bringt sie ein Jackett hervor, gefolgt von einer Hose, Krawatte, Hemd, Unterhemd, Socken und Schuhe. Sie findet keinen Kommentar dabei und so liegt die Vermutung nahe, dass ihr Mann eine Geliebte hat, die vielleicht die Beziehung beenden will. Dann wundert sie sich darüber, dass er sich ein nagelneues Auto kauft, aber immer öfter mit einem Mietwagen herumfährt. Zu alledem ist er kaum ansprechbar.

Für Marc Tanner wird die Auseinandersetzung mit seiner Frau zu einem weiteren Problem, die sich sein merkwürdiges Verhalten nicht erklären kann. Zudem hat er es mit einer Menge unerledigten Papierkram und Behördenkontrollen zu tun. Er muss zusätzlich die Verantwortung dafür tragen, dass in seiner Firma illegale Einleitungen durchgeführt wurden und nach den Kontrollen folgt eine Anzeige. Die Arbeit nimmt ihn in der nächsten Zeit voll in Anspruch. So vergehen die Tage und die Frist, die ihm gesetzt wurde, die Firma innerhalb der nächsten vier Wochen zu verlassen, verstreicht ohne besondere Ereignisse. Wenn man davon absieht, dass der Ärger nicht von seiner Seite weicht, ob privat oder geschäftlich. Was soll er machen? Sich einschüchtern lassen, damit diese Indianer sich in ihrer Genugtuung amüsieren? Doch er wird von Tag zu Tag zusehends nervöser, sodass er dafür sorgt, möglichst nicht alleine zu sein. Auch hat er stets eine Waffe in seiner Nähe versteckt, die ihn jedoch keineswegs beruhigt.

Natürlich hat er niemandem von dieser Sache am Fluss erzählt, es wäre ihm allzu peinlich gewesen. Wahrscheinlich war es nach diesem Schauspiel erledigt, aber so ganz sicher ist er sich nicht. Schließlich war es nicht die erste Attacke, die er erleben musste. Der Überfall während der Einweihungsparty zeigte ihm, dass man diese Leute nicht unterschätzen sollte.

Der Berg, auf dem Ayatéh steht, hatte ihm schon immer viel bedeutet. Der feine Regen kühlt die heiße Luft etwas ab, doch nimmt er es kaum wahr. Auch merkt er nicht, dass er während seiner Gebete immer mehr der Verzweiflung freien Lauf lässt. In seinem Herzen ist nur noch Traurigkeit. Manchmal fragt er sich, wann er von diesen Qualen erlöst wird. Nur die Hoffnung auf die Liebe zu Sheena gibt ihm Kraft. Doch auch dies ist ihm nicht sicher, aber er klammert sich daran. Er hat nur noch dieses eine und er will mit aller Kraft darum kämpfen und nicht aufgeben. Die Liebe zu ihr wird ihn wieder aufrichten. Aber da ist noch etwas. Dieses *Etwas* hatte die Beziehung zu ihr in Gefahr gebracht, denn wie ein schwerer Stein saß es in seinem Körper und nahm ihn immer mehr ein, bis es seine Seele erreichte und alles zu erdrücken schien. Es ist das Gefühl der ohnmächtigen Hilflosigkeit.

Ayatéh ist davon überzeugt, dass Tanner mehr auf dem Gewissen hat als die illegalen Einleitungen in den Fluss. Er wird es herausbekommen und *Tanner wird sich ihm stellen müssen.*

Der Gesang seiner Gebete ist laut und eindringlich. Zum Schluss bittet er um Hilfe. »Bitte hilf mir, in dieser Welt von Hass weiter zu leben. Ich werde einen Weg gehen, den ich nicht überschauen kann und vielleicht auch meinen Tod bedeutet, damit ich neu beginnen kann. Doch es liegt in deinem Ermessen, eine Entscheidung zu fällen.«

Nachdem sechs Wochen vergangen waren, glaubt Tanner an eine leere Drohung. Doch er sollte sich täuschen.

Schließlich wagt er sich wieder hinaus ins Zion Reservoir, wo sich im menschenleeren Gebiet, an einem See gelegen, sein Ferienhaus befindet. Hier, weit weg von allem Stress, kann er seine Angelleidenschaft nachgehen. Er sehnt sich danach, alleine und in aller Ruhe auszuspannen.

Er kam mit einem billigen Mietwagen, denn er glaubt, dass er nicht so leicht ausfindig zu machen ist, wenn er öfter ein anderes Fahrzeug benutzt. Doch vielleicht ist seine Sorge auch überflüssig und alles stellt sich als ein Bluff heraus.

Als er sich zunächst daran macht, an seinem Schreibtisch noch einige Formalitäten zu erledigen, wird plötzlich die Holztür von außen aufgestoßen und Ayatéh steht mit einem Gewehr in der Hand vor ihm.

»Jetzt kommen wir zum zweiten Teil. Du hattest die Chance bekommen, dich zu verkrümeln und sie nicht genutzt«, erklärt er ihm und bleibt drohend vor dem Tisch stehen.

Tanner fühlt sich überrumpelt. Er hätte damit rechnen müssen. Jetzt kommt er sich ziemlich hilflos vor.

»Was willst du denn noch immer von mir? Du hast deinen Spaß gehabt. Wir sind fertig.«

»Nein, wir fangen jetzt an«, bestimmt Ayatéh und hält die Waffe etwas höher.

»Ich verstehe nicht ...«, stottert Tanner voller Angst und ärgert sich darüber, dass er so nachlässig war und seine Pistole im Auto liegen ließ, die jetzt für ihn unerreichbar ist.

Ayatéh legt das Gewehr quer auf den Schreibtisch und stützt seine Hände darauf. »Ich fordere zwei Dinge von dir.« Seine Stimme ist ruhig, denn er weiß, worauf er sich einlässt. »Erstens, wirst du die Fabrik für immer verlassen, und zwar schnellstmöglich. Zweitens, wirst du eine Entscheidung fällen. Du hast die Wahl zwischen dir und mir.« Er stellt sich wieder aufrecht hin, lässt aber noch locker die Hände auf dem Gewehr liegen.

Tanner wird immer nervöser und weiß sich nicht zu helfen. Was will dieser Indianer von ihm und was für eine Entscheidung soll er fällen?

»Deine Killer haben einen Fehler begangen, in dem sie versehentlich mich am Leben gelassen haben. Das war nicht gut für sie und ist nicht gut für dich«, erklärt Ayatéh, der sich bedrohlich vor ihm aufbaut.

»Wovon sprichst du? Das muss ein Irrtum sein«, versucht Tanner jetzt klarzustellen.

Doch Ayatéh lässt sich nicht beirren. »Ich weiß alles über dich und Larry Carson, Montorro Lenardo und Jim Anderson. Und wenn du leugnest, sie jemals gekannt zu haben, bringe ich dich sofort um. Wenn du leugnest, ihnen einen Mordauftrag gegeben zu haben, bringe ich dich langsam um.«

Tanner gibt sich geschlagen, denn er hat keine andere Wahl. So bleibt ihm nur noch der Versuch, es abzuwiegeln. »Es war die Idee von Brian Hank. Er sagte mir, dass wir bedroht werden und unsere Existenz auf dem Spiel steht. Wir mussten uns wehren.«

»Wehren!«, wiederholt Ayatéh und schüttelt langsam unfassbar mit dem Kopf. »Es gab Menschen, die hatten nicht die kleinste Chance, sich zu wehren.«

»Das war nicht von mir gewollt. Ganz bestimmt nicht. Wir wollten nur, dass Chaka sich da raushält.«

»Indem du ihn tötest!«

»Ich habe ihn nicht getötet, ich bin kein Mörder«, versucht sich Tanner zu rechtfertigen. Außerdem konnte er nicht ahnen, dass es ein Massaker wird, als er den angeheuerten Männern sagte, darauf zu achten, dass es keine Zeugen gibt.

»Du lässt töten. Das ist das Gleiche. Machst du immer, was andere dir sagen? Wo ist dieser Hank jetzt?«

»Er ist im Krankenhaus. Er hat Krebs im Endstadium und wird wohl nicht mehr rauskommen. Vor ein paar Monaten wurde es ganz dramatisch und seitdem ist er hier nicht mehr wiedergekommen.«

»Endlich mal eine erfreuliche Nachricht«, kommentiert Ayatéh.

Tanner spürt, wie die Angst regelrecht seinen ganzen Körper einnimmt, denn ihm wird seine Aussichtslosigkeit bewusst. Er weiß, dass es hier und jetzt um mehr geht. Es ist eine andere Situation wie damals am Chinle Wash und dem Indianer ist es verdammt ernst. Hier geht es jetzt ums nackte Leben.

»Glaub mir, es sollte nicht so sein, sie haben Drogen genommen und Alkohol und hatten sich außer Kontrolle«, redet Tanner sich heraus.

»Und du glaubst, das entschuldigt alles? Du hast sie angeheuert und bezahlt für etwas, was sie anschließend ausgeführt haben.«

»Okay, ja, das willst du doch hören, aber ich wusste doch nicht, dass sie soweit gehen.« Die aufkommende Panik spiegelt sich in seiner Stimme wider.

»Pass auf, du elendige Kröte, in diesem Gewehr ist nur eine Patrone drin. Ich lege es dir hier hin.« Ayatéh lädt einmal durch und lässt es auf dem Schreibtisch liegen. Dann geht er langsam drei Schritte zurück. »Du hast die Wahl. Du kannst tun, was deine Kumpels versäumt haben und mich nun endgültig erledigen, oder dir die Kugel geben. Es wäre aber unklug, nichts zu tun. Dann wirst du so enden wie diese Mörder, denn du bist nicht viel besser als sie.«

Tanner ist völlig irritiert. Was verlangt der Indianer von ihm? Ihn zu töten?

»Meinst du, ich glaube diesen Humbug! Selbst wenn du ein Schamane bist, bist du menschlich.«

»Erstens, bin und war ich nie ein Schamane in deinem Sinne und werde es auch nicht sein. Und zweitens kannst du es ausprobieren. Wie gesagt, du hast die Wahl. Überlege es dir gut, denn es bleibt dir überlassen. Und denke daran, es ist deine einzige Chance zu entkommen, denn wenn du nicht auf mich schießt, bist du bald dran. Dann mache ich dich endgültig fertig und du wirst das gleiche Schicksal erleiden wie deine toten Komplizen.« Ayatéh weiß genau, was er sagt. Es ist sogar eine Aufforderung, ihn zu töten.

Ihm ist sein eigenes Leben nicht mehr wichtig. Die Vergangenheit frisst an ihm, zerrt ihn täglich tiefer in den Abgrund der Gleichgültigkeit. Doch diesen Feind will er in die Augen sehen und ihm sagen, was er wirklich auf dem Gewissen hat. Er soll zerbrechen an seiner Schuld. Auch er soll von Träumen zermartert nicht mehr schlafen können. Wenn Tanner ihn feige tötet, ist nichts mehr da von seiner Selbstachtung.

Für Ayatéh ist es der entscheidende Augenblick und er ist auf alles gefasst. Wie damals, als jemand eine Waffe auf ihn gerichtet hatte und auch abdrückte. Doch jetzt hat er keine Angst mehr und hofft, dass alles schnell vorbei ist und er mit wenig Schmerzen stirbt. Er ist bereit, sich seinem Schicksal zu ergeben. Plötzlich spürt er, wie sein Herz pocht und immer schneller wird und sein Blut durch die Adern jagt. Sein Atem geht schwer. Er versucht, seine Anspannung nicht zu zeigen. Ayatéh schließt aus, dass Tanner noch eine dritte Möglichkeit nutzen könnte, nämlich ein offenes Geständnis abzulegen. Doch dazu würde ihm sicher die Courage fehlen. Ayatéh rechnet eher damit, dass dieser Feigling jetzt sein Leben beenden wird.

Tanner glaubt fasst den Verstand zu verlieren. Die Angst treibt ihm Schweißperlen auf die Stirn. Er weiß nicht, was er tun soll.

Das Gewehr auf seinem Tisch liegt greifbar nah, doch was der Indianer von ihm verlangt, ist unmöglich. Was für eine Entscheidung!

Ayatéh steht da und sieht ihm in die Augen. Eine unglaubliche Stille macht sich breit - Sekunden der Entscheidung. Dann dreht er sich um und geht zur Tür hinaus.

Tanner versucht vergeblich, einen klaren Gedanken zu fassen. Doch stattdessen wird er von Panik ergriffen. Plötzlich weiß er, dass dieser Mann zu allem bereit ist und seine Drohung wahr machen wird. Er würde ihn erledigen, wie diese Männer in der Wüste, wovon er gehört hatte, da ist er sich jetzt ganz sicher. Sein Verstand scheint auszusetzen, denn für ihn gibt es nur noch zwei Möglichkeiten: Er oder ich, murmelt er, wobei er das Gefühl hat, dass es eine andere Stimme ist, eine Fremde, nicht seine. Er will es nicht, doch trotzdem nimmt er zögernd das Gewehr in die Hände.

Er folgt Ayatéh und sieht, wie er auf den Wald zugeht. Bald wird er außer Sichtweite sein. Dies ist die letzte Chance, die er hat. Jetzt geht alles sehr schnell. Er zielt und drückt ab. Dann beobachtet er entsetzt, wie Ayatéh noch drei Schritte macht und schließlich zusammenbricht. Mein Gott, ich habe ihn in den Rücken geschossen, denkt Tanner. Obwohl er eigentlich kein guter Schütze ist, hatte er ihn getroffen.

Tanner ist völlig verwirrt und weiß nicht, was er jetzt tun soll. Er hatte ihn einfach so von hinten und völlig wehrlos niedergestreckt. Benommen lässt er das Gewehr aus der Hand gleiten und geht langsam auf sein Opfer zu. Noch nie hatte er auf einen Menschen gezielt. Ihn fröstelt plötzlich. Wie konnte er nur so etwas tun?

Ein plötzliches Rascheln neben ihm im Gebüsch lässt Tanner zusammenzucken. Erleichtert sieht er, wie ein Erdhörnchen aufgeschreckt einen Baum hinaufläuft. Hier ist er jetzt alleine und den Schuss hatte hoffentlich niemand gehört. Diese Gegend ist sehr einsam. Er ist sich sicher, dass das eben Geschehene unbemerkt geblieben ist. Er sieht auf Ayatéh hinab, der reglos mit dem Gesicht nach unten im Gras liegt. Blut rinnt ihm aus der Wunde unterhalb der rechten Schulter und vorsichtig dreht Tanner ihn auf den Rücken. Die langen, schwarzen Haare liegen ihm im Gesicht und er streicht sie zur Seite. Als er die geschlossenen Augen sieht, kriecht eine Angst in ihm hoch. Wahrscheinlich hatte er ihn getötet, doch was soll er jetzt machen?

Er geht zum Hauseingang zurück und holt das Gewehr. Sicherlich ist der Navajo mit einem Auto gekommen, das irgendwo abgestellt ist. Das muss verschwinden. Als er wieder bei seinem Opfer angekommen ist, kniet er sich nieder, um in seinen Jeanstaschen und seiner Jacke nach einem Schlüssel zu suchen. Während er überall herumwühlt, wacht Ayatéh von seiner Bewusstlosigkeit auf. Tanner ist jedoch zu beschäftigt, um es gleich zu bemerken. Ayatéh braucht nur einige Sekunden, um die Situation zu begreifen. Blitzschnell schnappt er sich den Gegner, indem er seine Arme greift, um ihn dann mit aller Kraft unter sich zu bringen. Schnell konnte er ihn überwältigen, denn Tanner hatte nicht damit gerechnet, angegriffen zu werden. Nachdem Ayatéh ein paar Mal zugeschlagen hatte, merkt er, dass Tanner nicht mehr so schnell aufstehen wird, und richtet den Gewehrlauf auf seine Brust. Bevor dieser auch nur merkt, was geschieht, fühlt er sich besiegt.

»Du hast Glück, denn du hast eine Entscheidung getroffen. Leider nicht die, die ich erhofft habe, aber dafür bist du doch zu feige.«

»Wieso?«, stöhnt Tanner und reibt sich mit der Hand sein Kinn.

»Hast du schon einmal daran gedacht, dich der Polizei zu stellen? Ich kann dir die Nummer von einem FBI-Agenten nennen, der schon lange auf dich wartet. Für mich ist die Sache erledigt. Jetzt bleibt nur noch meine erste Bedingung, nämlich die Fabrik zu verlassen«, erklärt er ihm und spürt seltsamerweise keine Schmerzen. »Du bist doch ein Erfolgsmensch, du wirst dich woanders niederlassen. Und wenn du es wirklich bereust, suchst du dir das Gefängnis aus.« Jetzt spürt Ayatéh eine Schwäche, versucht es aber nicht zu zeigen und setzt sich neben ihn auf den Boden, die Beine über Kreuz, aber das Gewehr immer noch auf Tanner gerichtet, der nicht wagt, sich zu bewegen. Dann spürt Ayatéh Blut im Mund und schluckt es hinunter. Blut läuft ihm auch oberhalb der rechten Brust hinab, doch seltsamerweise hat er immer noch keine Schmerzen, wie damals, als die Schmerzen erst später einsetzten und schließlich unerträglich wurden. Er hofft noch eine Weile durchzuhalten, denn erst möchte er diesen feigen Hund bearbeiten, für den er nur noch Hass empfindet.

Es ist eine dramatische Situation und verängstigt bleibt Marc Tanner liegen.

»Weißt du, wer Mandy war?«, fragt Ayatéh. »Sie war jung, erst zwölf Jahre alt und sie hat gerne gelacht. Im Gegensatz zu dir hat sie jedes Leben geachtet. Sie war voller Lebensfreude und hat jede Blume geliebt und jedes Tier. Sie hätte niemals einen Schmetterling eingefangen, denn sie wollte seine Freiheit. Und sie hätte niemals einen Käfer getötet, denn sie wollte, dass er lebt.« Er stützt das Gewehr auf seine Oberschenkel, wobei er Tanner weiter im Visier hat, der nicht wagt, sich zu bewegen.

Ayatéh erinnert sich an damals. »Als ich zehn Jahre alt war, hatte ich dieses kleine Geschöpf das erste Mal auf dem Arm. Ich liebte sie von dieser Minute an und fühlte mich für sie verantwortlich. Von da an wollte ich ihr Freund und Beschützer sein.« Er macht eine kurze Pause, denn jetzt spürt er starke Schmerzen. »Sie starb in meinen Armen und ich konnte nichts mehr für sie tun. Sie starb, weil du es wolltest - Mandy, die das Leben so liebte. Sie war unschuldig und voller Neugierde, was das Leben ihr noch bietet. Ein Kind, das unbefangen im Sommerwind spielte. Ihr Herz hatte Platz für die Liebe. Jetzt ist sie tot, ausgelöscht, ermordet.« Ayatéh empfindet eine tiefe Abneigung gegen diesen Mann am Boden, doch er will ihn nicht töten. »Und du, du elendige Kröte, hast es so gewollt, du hast ihr Schicksal besiegelt. Sie hatte keine Chance.« Ayatéh sieht Mandy vor sich, wie sie verzweifelt versucht hatte, sich zu wehren. »Ich musste mit ansehen, wie sie vergewaltigt wurde. Jede Nacht höre ich ihre Schreie und sie hat noch fast eine halbe Stunde gelebt und gekämpft, weil sie überleben wollte.« Jetzt spürt er immer wieder warmes Blut im Mund, sein Atem wird schwerer und die Schmerzen stärker. Doch er will vor diesem Mann keine Schwäche zeigen. »Aber wem erzähle ich das alles?«

Wie kann er sich nur seinem Feind gegenüber diese innigen Gefühle offenbaren? Ist er noch bei klarem Verstand? Ist es Wirklichkeit oder Fiktion?

Jedem Navajo wird von Kindheit an mit auf dem Weg gegeben, den *bilagaana* weder seine Gedanken noch Gefühle preiszugeben. Diese Schwäche könnte irgendwann einmal gegen ihn eingesetzt werden.

Doch da liegt dieser Mann elendig am Boden, bewacht von einem Gewehr, das noch nicht einmal mit einer Patrone bestückt ist. Wollte er töten oder getötet werden? Und was will er überhaupt von Tanner, für den er nur noch Verachtung übrig hat? Vielleicht will er auch nur die dunkle Seele dieses korrupten Mannes brechen, denn irgendwie spürt er, dass Tanner nicht die Seele eines skrupellosen Mörders besitzt.

»Ich habe es nicht gewollt, mein Gott, ich wusste es nicht«, beteuert Tanner und meint es auch so. Je mehr Ayatéh merkt, wie verzweifelt der Mann ist, umso mehr verstärkt sich sein Gefühl der Überlegenheit. Aus der Brusttasche seines Hemdes holt er eine weitere Patrone und steckt sie ins Gewehr, um anschließend durchzuladen. Als er Tanners entsetztes Gesicht sieht, grinst er über seine Dummheit. »Du hast doch gewusst, dass sich nur eine Kugel in dem Gewehr befand und die hast du durch meinen Körper gejagt. Wovor hattest du denn Angst? Aber warum sollte ich dich abknallen? Denn dann bin ich nicht besser als du.«

Doch diese Worte beruhigen Tanner keineswegs. »Gib mir eine Chance.«

»Niemand hatte eine Chance. Auf meinen Bruder haben sie mehrmals geschossen und auch auf mich. Sie hatten keine Skrupel.« Doch dann wechselt Ayatéh das Thema, denn er sollte seine Chance bekommen. »Was wolltest du in meiner Jeansjacke, he? Etwa das hier?« Mit der linken Hand greift er in seine Innentasche und holt einen kleinen Beleg heraus, der schon etwas zerknüllt ist. »Dies ist eine Überweisung an ein Kinderhilfswerk in Mexiko. Sie haben mich gefragt, ob ich jemanden kenne, der spenden möchte, viel Geld hat und es nicht unbedingt braucht. Ich habe sofort an dich gedacht und schon alles ausgefüllt.« Er reicht es Tanner entgegen und beobachtet seine Reaktion, denn sein Gesicht sieht aus wie ein großes Fragezeichen.

»Du musst es nicht unterschreiben«, sagt Ayatéh dann. »Ich zwinge dich zu nichts und für mich ist es auch kein Grund, dich sonst zu erschießen. Auch nicht, nachdem du unterschrieben hast.« Schließlich wirft er das Gewehr einige Meter von sich entfernt auf den Boden. »Aber ich denke, du hast ein Herz für Kinder. Sieh es doch mal positiv und denke an dein Image. Außerdem habe ich den Betrag bewusst gering gehalten, weil ich denke, dass du noch Geld brauchst, um dir ein neues Auto zu kaufen.«

Tanner versteht jetzt gar nichts mehr. Ist die Sache damit erledigt, wenn er spendet? Dieses Wort war bisher wie ein Fremdwort, denn er hatte noch niemals daran einen Gedanken verschwendet. Und was hat das mit seinem Auto zu tun? Wieder befindet sich Tanner in eine höchst merkwürdige Lage. Dieser Indianer ist für ihn unberechenbar.

»Wieso, mein Auto *ist* neu.« Tanner sieht seinen Gegner verwundert an.

»*War* neu«, verbessert ihn Ayatéh, zeigt ihm die Faust und öffnet sie abrupt. »Puff!«, sagt er ziemlich gelassen. »Es existiert nicht mehr. Glaubst du, ich werde sterben, ohne vorher Schaden anzurichten?«

Tanner schüttelt den Kopf, denn er kann es nicht fassen. Vor drei Wochen hatte er sich für 35.000 Dollar ein neues Cabrio gekauft. Doch was ist dieser Sachwert gegen sein Leben.

»Aber sieh mal«, ergänzt Ayatéh, »ich bin sehr rücksichtsvoll und du hast sicher noch Geld übrig für ein neues Auto. Ein erfolgreicher, kluger Mann wie du, der zieht es doch locker aus der Hosentasche.«

Tanner ist sprachlos über diesen Mann, der selbstbewusst vor ihm sitzt. Er gibt sich geschlagen und erhebt sich allmählich. Dabei schmerzen ihm noch die Rippen und er stöhnt auf. »Okay, ich unterschreibe.« Er sucht nach einer geeigneten Unterlage und findet schließlich einen größeren, glatten Stein, worauf er den Schein legt und seine Unterschrift setzt. Obwohl er weiß, dass er nicht dazu gezwungen wird und es freiwillig macht, fühlt er sich irgendwie bedrängt. Dann reicht er es wortlos Ayatéh zurück, der inzwischen aufgestanden ist und ihm gefolgt war. Stumm steht der Navajo ihm gegenüber und nickt.

Aus Ayatéhs Mundwinkel rinnt Blut. Vor ihm scheint sich alles zu drehen. Ihm wird schwindelig, doch dieser Mann, sein Gegner, soll nichts davon merken. Ayatéh weiß, dass er nicht mehr viel Zeit hat, denn inzwischen hatte er sehr viel Blut verloren und auf dem weißen Hemd ist schon nichts anderes mehr zu sehen. Zufrieden steckt er den Beleg in die Innentasche zurück und wischt sich mit der Hand das Blut an dem Mundwinkel ab. Bis hierhin hatte er es geschafft, aber wie es weitergeht, weiß er noch nicht. Wahrscheinlich würde er es nicht mehr bis zurück ins Reservat schaffen, aber er reißt sich zusammen, denn er will nicht vor Tanner zusammenbrechen. Als Ayatéh sich umdreht, um sich auf den Weg zu machen, scheinen seine Beine schwer wie Blei zu sein. Doch er kommt vorwärts und hofft, dass er lange genug durchhält, um aus der Sichtweite von diesem Tanner zu gelangen, denn das Letzte, was er jetzt will, ist, vor diesem Typ Schwäche zu zeigen. Bei jedem Schritt scheinen die Schmerzen ihn zu zerreißen, doch. Er geht weiter und weiter durch das Gestrüpp und seine Beine bewegen sich plötzlich wie automatisch vorwärts.

Der aufkommende Regen scheint ihm im ersten Moment neue Kraft zu geben. Bald ist seine Kleidung durchtränkt von Wasser und Blut und das Hemd klebt an seinem Körper. Durch den Regen, der jetzt immer stärker auf ihn niederprasselt, spürt Ayatéh, wie in ihm eine neue Hoffnung aufsteigt und er glaubt, sein Ziel bald zu erreichen. Das Auto kann nicht mehr weit sein, er hatte es etwa eine Meile entfernt abgestellt. Doch dann schwinden seine Sinne, alles dreht sich um ihn herum und er läuft gegen einen Baum. Benommen fällt er zu Boden, rappelt sich jedoch mit letzter Kraft und voller Schmerzen wieder auf und stolpert weiter, obwohl er nur noch alles schemenhaft wahrnimmt. Jetzt merkt er, dass er keine Orientierung mehr hat und auf einmal ist es ihm auch egal. Ayatéh fasst sich an seine rechte, schmerzende Schulter. Die Hand ist voller Blut. Dann spürt er nichts mehr und merkt auch nicht, wie er auf den nassen Boden sinkt und liegen bleibt.

Tanner knallt die Tür in seinem Holzhaus mit einem kräftigen Schlag zu und wirft dann alles, was er sieht, wütend auf den Boden. Fluchend lässt er sich schließlich auf einen Stuhl nieder und hält die Hände vors Gesicht. Seine ganze, eben durchlebte Spannung löst sich in einem hemmungslosen, verzweifelten Weinen. Er fühlt sich elendig und schwach. Ein aufkommender Hass richtet sich plötzlich gegen ihn selbst. In seinem ganzen Leben war er noch nie so verzweifelt gewesen. Zudem fühlt er sich gedemütigt. Warum wurde Chakas ganze Familie getötet? Chaka sollte nur außer Gefecht gesetzt werden, aber es wurde ein grausames Massaker veranstaltet. Als er damals die Nachricht bekam, dass sein Auftrag erledigt war, wusste er zuerst noch nicht, was wirklich angerichtet wurde. Von dem Töten der Zeugen hatte er erst später erfahren und sich gefragt, warum diese Kerle nicht einen Zeitpunkt wählten, indem sie Chaka alleine antrafen. Außerdem hätte es wohl gereicht, ihn krankenhausreif zu schlagen, um ihn zu warnen. Dann erinnert er sich daran, dass sein Geschäftspartner Hank die bezahlten Männer vor der Tat noch einmal aufgesucht hatte, ohne dass er es wissen sollte. Doch seine Sekretärin, mit der er ein gutes Vertrauensverhältnis pflegte, erzählte es ihm. Was nur wollte sein Partner von ihnen? Das hatte er sich schon oft gefragt. Bald musste er feststellen, dass Hank eine Nummer zu groß für ihn war.

Tanner hat Schwierigkeiten, das eben Geschehene zu erfassen. Kein Gedanke lässt sich ordnen, alles scheint sinnlos durcheinanderzuwirbeln. Ihm wird deutlich, dass Ayatéh hier drinnen mit der Waffe vor ihm stand - voller Hass. Er hätte ihn abknallen können, um sich zu rächen. Doch dieser Indianer besaß die Courage, ihm die Waffe zu geben, um ihn herauszufordern. Für Tanner kam es einer Demütigung gleich, denn obwohl Ayatéh die Karten in der Hand hatte, überließ er ihm die Wahl, auch mit dem Risiko, getötet zu werden. Ihm wird klar, dass er die falsche Wahl getroffen hatte. Ayatéh hatte von ihm erwartet, dass er sich der Polizei stellt - ein offizielles Geständnis macht. Doch so weit ist er nicht. Er würde dann für alles, was geschehen ist, schuldig gesprochen werden, obwohl er diesen Typen keinen Mordauftrag gegeben hatte. Wer würde es ihm glauben? Okay, er hatte ihnen Geld gegeben, aber weitaus weniger, als sie tatsächlich bekommen haben und er hatte ihnen gesagt: Kümmert euch um Dolores. Tanner ist schon seit Langem klar geworden, dass er als Prellball benutzt wurde. Genau wie Ayatéh würde ihm niemand anders glauben. Er steckt bis zum Hals mit drin, doch jetzt braucht er vor Ayatéh nichts mehr zu befürchten. Er liegt irgendwo da draußen im Wald und stirbt. Nach seinem Tod kann er beruhigt seine Arbeit in der Firma fortsetzen, ohne Angst vor einer neuen Bedrohung seines Lebens zu haben. Doch wie wird er als Mörder weiterleben können?

Bald wird es dunkel sein. Was für eine Chance hat der junge Mann? Eigentlich keine. Tanner wird bewusst, dass Ayatéhs Leben in seinen Händen liegt. Doch hatte Ayatéh nicht auch gesagt, dass das Thema mit ihm jetzt erledigt ist, weil er eine Wahl getroffen hatte? Auch wenn es die Wahl war, ihn zu töten? Der Navajo darf auf keinen Fall auf seinem Pachtgrundstück bleiben und auch sein Auto muss verschwinden. Plötzlich begreift er die Situation, steht auf, schnappt sich eine große batteriebetriebene Lampe und macht sich auf den Weg.

Trotz der hereinbrechenden Dunkelheit versucht er sich, so gut wie möglich mit Hilfe der Lampe zurechtzufinden. Hier im Buschweg ist es schon dunkel. Mit schnellen Schritten tastet er sich hindurch.

Er sucht lange ohne Erfolg. Seine Gedanken kreisen zum Auto des Navajo. Wo wird er es abgestellt haben? Wahrscheinlich am Ende der eingefahrenen, ungeteerten Straße. Als er sie erreicht, sieht er tatsächlich einen roten, alten, Pick Up stehen. Im Inneren ist nichts zu erkennen. Vielleicht liegt Ayatéh nicht mehr weit entfernt und so durchstreift Tanner weiter das Gebüsch. Der immer noch starke Regen durchtränkt seine Schuhe und mit nassen Füssen stapft er weiter. Die Lampe in der rechten Hand haltend, leuchtet er unterhalb des Gestrüpps alles genau ab. Ohne Erfolg! Durch den Regen, der in Strömen auf ihn niederprasselt, scheint er immer mehr zur Besinnung zu kommen. Er ist der Einzige, der von dem Geschehen weiß und er kann Ayatéh verbluten lassen oder ihm helfen. Doch erstmal muss er ihn finden. Vielleicht sollte er in anderen Richtungen suchen, denn es kann ja sein, dass er sich verirrt hatte. Und tatsächlich findet er ihn nicht weniger als eine halbe Meile vom Auto entfernt unter dem Blätterdach eines Baumes liegend. Ayatéh scheint nicht völlig bewusstlos zu sein, denn Tanner sieht, wie er immer wieder seine Finger in den nassen und aufgeweichten Boden krallt. Er bewegt langsam seinen Kopf und scheint irgendetwas zu murmeln, was er nicht versteht. Auch sein Atem geht schwer und durch den hohen Blutverlust, ist er sehr geschwächt. Wahrscheinlich hat der Verletzte seine Anwesenheit nicht bemerkt, und als Tanner ihn so blutend liegen sieht, weiß er, was er zu tun hat. Er versucht, ihn auf den Armen zum Auto zu tragen. Mit großen, schnellen Schritten hat er bald den Pick Up erreicht und legt den inzwischen Bewusstlosen auf die Ladefläche. Dann durchsucht er noch einmal seine Taschen nach den Autoschlüsseln und hat plötzlich den von ihm unterschrieben Einzahlungsschein mit der Summe von 10.000 Dollar in der Hand. In der linken Innentasche der Jeansjacke war er einigermaßen verschont geblieben und noch brauchbar. Einen Moment zögert Tanner und sucht dann weiter nach den Schlüsseln, die er endlich in der Hosentasche findet. Anschließend stellt er die großen Wasserbehälter davor und bindet sie fest, damit sie nicht herumschleudern. So wird niemand sehen, dass sich eine Person auf der Ladefläche befindet, außerdem ist es dunkel. Danach setzt er sich ins Führerhaus und fährt ab.

Als Ayatéh erwacht, wundert er sich, dass er sich in einem großen Bett befindet. Seine letzte Erinnerung ist, als er durch den Wald streifte, auf der Suche nach seinem Auto.

Nick ist an seiner Seite und dann merkt er, dass er sich in einem Krankenhaus befindet.

»Wie bin ich hierher gekommen?«, will er wissen und wendet sich an seinen Freund, der auf einem Stuhl nahe seinem Bett sitzt.

Doch dieser geht auf seine Frage nicht ein. »Gut, dass es dir besser geht. Du hast viel Blut verloren und wir hatten alle Angst um dich.«

»Wie bin ich hierher gekommen?«, wiederholt Ayatéh noch einmal deutlicher, denn die Antwort ist ihm sehr wichtig.

»Ein unbekannter Mann hat hier angerufen und erzählt, dass in einem Pick Up vor der Stadt ein Verletzter liegt und sofort Hilfe braucht.« Nick macht eine kurze Pause, dann sagt er: »Was ist passiert? Weißt du, dass du verdammtes Glück gehabt hast? Das hat doch sicher mit diesem Tanner zu tun. Er ist ein Killer. Wir sind damals viel zu gutmütig mit ihm umgegangen. Ich hoffe, dass er an dem Flusswasser krepiert.«

Ayatéh gibt ihm keine Antwort. Er schließt die Augen und denkt noch einmal daran, was sich an dem Ferienhaus abgespielt hatte. Nur Tanner selbst konnte dafür gesorgt haben, dass er hier im Indian Health Service Hospital gelandet ist.

»Ja«, sagt er leise. »Aber jetzt ist alles erledigt.«

»Hast du ihn ...?« Nick spricht den Satz nicht zu Ende.

»Nein«, sagt er und weiß, was Nick damit meint. »Aber er ist jetzt zum Wohltäter geworden. Wenn du meine Jacke findest, dann sieh bitte nach, ob sich dort noch ein Einzahlungsschein von 10.000 Dollar befindet.«

Daraufhin steht Nick auf und durchsucht seine Jacke, bis er verwundert mit einem Beleg zurückkommt. »Für ein Kinderhilfswerk in Mexiko«, liest er vor. »Wie kommt er denn darauf? Hast du ihn gezwungen?«

»Nein, aber ich habe ihn darum gebeten, von seinem großen Kuchen etwas abzugeben.« Ayatéh wundert sich ein wenig darüber, dass der Schein sich noch in seinem Besitz befindet, denn Tanner hatte die Gelegenheit, ihn zu vernichten.

Nick kann sich ein Grinsen nicht verkneifen. »Soll ich ihn gleich mitnehmen und zur Bank bringen?«

Doch als von Ayatéh keine Antwort kommt, ergänzt er: »Ich werde dir auch die Quittung geben - sag mal, wie bist du an seine Kontonummer gekommen?«

»Als wir in seinem Haus waren, habe ich sie vom Kontoauszug abgeschrieben. Es wäre gut, wenn du es einzahlst.«

»Was ist jetzt mit ihm? Wo ist er?«, fragt Nick, während er den Schein einsteckt.

»Ich weiß nicht«, antwortet Ayatéh müde. »Woher weißt du eigentlich, dass ich hier bin?«

»Dusty war heute Morgen da und hat den kleinen Mickey besucht. Er hat eine Blindarmentzündung. Na ja, eine Krankenschwester hatte ihm erzählt, dass du hier bist. Sie konnte sich noch gut an dich erinnern.«

Er sieht, wie Ayatéh die Augen schließt. »Du warst damals lange auf der Intensivstation und niemand glaubte mehr daran, dass du durchkommst. Und jetzt können sie dich noch einmal zusammenflicken. Dusty hat es uns heute Mittag erzählt und so habe ich mich gleich auf den Weg zu dir gemacht.«

Jetzt merkt Nick, dass Ayatéh erschöpft ist und will ihn nicht weiter stören. »Am besten, ich lass dich erst mal in Ruhe. Aber ich habe dir etwas mitgebracht.« Er zieht ein selbst gemaltes Bild aus der Tasche und legt es auf seine Bettdecke. Ayatéh ist neugierig und nimmt es entgegen. In bunten Farben kann er Häuser erkennen, darüber sind weiße Wolken. Eine gelbe, lachende Sonne wirft ihre Strahlen auf die dunkelroten Berge hinab. Zwischen den Häusern sind fünf Menschen, drei Erwachsene und zwei Kinder, ein Pferd und ein kleiner Hund mit Ohren wie von einem Hasen zu erkennen.

»Von Laura?«, fragt er und lächelt.

»Ja, sie wollte sogar mitkommen, aber ich denke, ein anderes Mal ist es besser, dann kannst du mehr mit ihr anfangen. Jetzt hat sie ständig den Teddybären im Arm, den du ihr einmal geschenkt hast.« Dann beugt er sich zu dem Bild herunter, welches Ayatéh immer noch betrachtet. »Das da sind ihre Eltern, das kleine Mädchen dort ist sie selbst, der Junge soll ihr Freund Billy Joe sein und der Mann neben dem Pferd bist du«, erklärt Nick ihm, während er mit den Fingern auf die Figuren zeigt. »Sie sagte mir: Aber das weiß er selbst, du brauchst es ihm nicht zu erklären.« Nick schmunzelt und nimmt seine Jacke von der Stuhllehne.

»Übrigens, es wird sicher bald auch der Sheriff kommen. Das Mindeste, was du tun musst, ist, Tanner anzuzeigen. Er hat dir in den Rücken geschossen, dieser feige Hund. Ein glatter Durchschuss. Das ist schließlich ein Mordversuch. Ayatéh, er wollte dich umbringen! Er darf nicht davonkommen.«

»Ich bin müde«, sagt er leise und schließt seine Augen. »Bleibst du noch etwas da? Es ist ein weiter Weg. Du kannst im Café sitzen und Mickey besuchen und danach noch einmal bei mir vorbeikommen, okay?«

»Wenn du es möchtest, gern. Ich habe ja sonst nichts vor.« Dann drückt er kurz seine Hand und geht hinaus.

Ayatéh ist froh, in einem Bett zu liegen und unter ärztlicher Betreuung zu sein. Obwohl er immer noch Schmerzen hat, fühlt er sich gut. Lange brannte etwas auf seiner Seele, doch jetzt ist er froh, am Leben zu sein und bekommt das Gefühl, etwas Großes beendet zu haben. Er spürt Frieden und schläft erleichtert ein.

In den nächsten Tagen denkt er nur noch an Sheena. Er schreibt ihr viele Briefe, die er aber nicht abschicken will. Er nimmt sich fest vor, zu ihr zu fahren, wenn es ihm wieder besser geht und er das Krankenhaus verlassen kann. Die Sehnsucht nach ihr drückt er in liebevollen Zeilen aus. Er möchte ihre Hand halten, ihre Haut fühlen, ihre Wärme spüren und ihren Herzschlag hören. Aber sie ist so weit fort und er vermisst ihr Lächeln, ihre Stimme, ihre Liebe. Er denkt daran, dass sie gut aussieht und hofft, sie wird dem Begehren anderer Männer widerstehen. Ayatéh weiß, dass sich auch viele junge Frauen für ihn interessieren, aber nur Sheena konnte sein Herz erreichen, denn für ihn ist sie etwas Besonderes. Sie fehlt ihm sehr. Er kann es kaum erwarten, sie in die Arme zu nehmen. Er nimmt sich vor, für ein paar Tage bei ihr zu bleiben, um sich zu erholen und dann auf dieser Ranch zu arbeiten. Sie liegt nicht weit von Tucson entfernt und so könnte er sie an jedem Wochenende besuchen.

Nachdem er sich mit dem Sheriff auseinandergesetzt hatte, indem er keine Anzeige gegen Tanner machte, drängte er danach, das Krankenhaus zu verlassen und sein erster Weg führt ihn zu einer kleinen Tankstelle.

Es ist noch früh am Mittag, als er den rostigen Pick Up, den er von seinem Vater übernommen hatte, an der Zapfsäule abstellt. Während das Benzin in den Tank läuft, schaut er einmal kurz in das gläserne Kassenhäuschen und sieht einen Mann vor der Kühltruhe stehen, der seine neue Ware dort einsortiert. Ayatéh erkennt sofort an der schlanken Figur und dem roten Cappi, dass es sich um den Besitzer Tom Murray handelt. Dann wandern seine Gedanken zurück zu dem Gespräch mit der Krankenschwester, die ihm erzählt hatte, dass sich eine junge, blonde Frau nach seinem Befinden erkundigte. Für ihn ist es immer noch ein Rätsel, wer diese Frau gewesen ist. David war der einzige *bilagaana,* den er etwas näher kennenlernte, aber mit einer blonden Frau hatte er ganz bestimmt noch nichts zu tun gehabt. Wenn ihr sein Befinden so wichtig war, warum ist sie dann nicht zu ihm gekommen?

Nachdem er den Zapfhahn eingehängt hatte, geht er ins Haus, schreitet zur Kasse, hinter der Tom Murray steht und begrüßt ihn freundlich. Dann reicht er ihm das Geld fürs Benzin, wobei ihm auffällt, dass dieser Mann sehr betrübt wirkt.

»Was ist los Tom?"

Nachdem er eine Weile vergeblich auf eine Antwort gewartet hat, versucht Ayatéh ihn aufzumuntern. »Heute ist ein schöner Tag. Mir geht es besser, ich packe meine Sachen und fahre zu Sheena«, verkündet er.

Doch Tom bleibt ernst. Ayatéh kennt ihn und hat ein ungutes Gefühl. Irgendetwas scheint nicht zu stimmen.

»Du weißt es noch nicht, aber Sheena - unsere einzige Tochter - sie ist vor vier Tagen gestorben«, sagt Tom leise und wagt nicht, ihm in die Augen zu sehen.

Ayatéh glaubt nicht richtig gehört zu haben. »Wie ist das möglich?«, murmelt er, während sein Blick nicht von Tom abweicht.

»Sie war schwanger und hatte eine Fehlgeburt. Sie war allein, als es Komplikationen gab und ist verblutet. Ich weiß nicht, ich kann es immer noch nicht fassen. Meine Frau will hier im Moment nicht mehr arbeiten, aber es muss doch weitergehen, ich kann nicht einfach schließen, das können wir uns nicht leisten.«

Ayatéh tastet nach einer Sitzgelegenheit und findet einen Stuhl, der hinter ihm rechts an der Wand steht. Er setzt sich darauf, weil er glaubt, den Boden unter den Füssen zu verlieren.

»Sie war alleine«, betont Tom noch einmal, wobei Ayatéh den leichten vorwurfsvollen Blick an ihn gerichtet wahrnimmt. »Sie konnte wohl noch irgendwie einen Krankenwagen rufen, aber als die kamen, war es fast schon zu spät. Sie wurde zwar noch eingeliefert, aber man konnte sie nicht mehr retten.« Tom wird unterbrochen, weil ein Kunde hineinkommt. Dieser schnappt sich eine Zeitung, wechselt ein paar belanglose Worte mit ihm, bezahlt und verlässt den Laden.

»Schwanger! Wieso war sie schwanger?«, will Ayatéh wissen.

»Von dir! Sie wollte nicht, dass wir es dir sagen, denn sie dachte, dass du dann nur wegen des Kindes bei ihr bleiben würdest. Sheena sagte uns, dass du in letzter Zeit ihr gegenüber zurückhaltend warst und sie wollte dich nicht bedrängen. Sie meinte, du würdest sicher irgendwann kommen, aber das braucht seine Zeit. Sie hat auf dich gewartet, Ayatéh. Und wir haben ihr versprochen, dir von all dem nichts zu sagen. Jetzt glauben wir, dass es ein Fehler war, sie alleine zu lassen.«

Ayatéh muss seine Gedanken ordnen. Wollte sie vielleicht deshalb weg? Warum hatte sie ihm denn nichts gesagt? Die ganze Sache geht ihn doch auch etwas an. Wieso konnte sie ihn so übergehen?

»Aber Sheena sagte mir, sie will dort eine Ausbildung machen und sie freute sich darauf - glaubte ich jedenfalls.«

»Sie hat dich nicht belogen. Dass sie schwanger war, hat sie erst einige Wochen später erfahren, als sie schon dort war. Sie wollte die Ausbildung beenden und hätte sogar die Möglichkeit gehabt, ihr Kind nach der Geburt mitzunehmen. Zudem glaubte sie fest daran, dass du bald kommen würdest.«

»*Unser* Kind«, verbessert Ayatéh.

»Wie?«

»Du hast *ihr* Kind gesagt.«

Tom nickt stumm und zündet sich eine Zigarette an. Die ersten zwei Tage danach hatten sie die Tankstelle geschlossen, doch jetzt konnten sie es sich nicht mehr leisten. Das Leben geht weiter und er musste sich noch um seinen dreizehnjährigen Sohn kümmern, der seit einiger Zeit immer größere Schwierigkeiten in der Schule bekam.

Die nächsten Tage verbringt Ayatéh zu Hause. Gleichgültig lebt er in den Tag hinein und jede Tätigkeit erscheint ihm sinnlos.

Er schreibt weiter Briefe an Sheena, dessen Inhalt von Sehnsucht und Liebe zeugen. Dabei werden starke Emotionen in ihm hervorgerufen, sodass er die Tränen nicht mehr zurückhalten kann. Ihm wird bewusst, dass er niemals wieder ihre Nähe spüren wird und diese Zeilen sie nicht erreichen können. Sie war die Einzige gewesen, die ihm Halt gab. Nur die Hoffnung auf die Liebe hatte ihn aufrecht gehalten. Doch jetzt ist sie einfach gegangen. Gegangen in eine Welt, in der er keinen Zutritt hat.

Aber vielleicht brauchte auch sie Halt. Sie war schwanger und in einer fremden Stadt. Warum nur hat sie in ihrem Brief nichts erwähnt? Sie hatte auf ihn gewartet und er war auf dem Weg zu ihr - aber viel zu spät.

Alles andere schien ihm wichtiger gewesen zu sein. Diese Beziehung war schon seit längerer Zeit schwierig gewesen und er wusste, dass es an *ihm* lag. Oft zog er sich zurück, anstatt sie in die Arme zu nehmen. Er war blind vor Hass und Vergeltung gewesen. Seine Einsicht kommt spät und er macht sich große Vorwürfe.

Viele Erinnerungen tauchen auf, die so durcheinander gewürfelt sind, dass sie ein Chaos verursachen. Zu viel Sehnsucht steckt in ihnen, zu viel Leid.

Gedanken, die er nicht ordnen kann, Gefühle, die er nicht zeigen kann, Liebe, die er nicht geben kann, Empfindungen, die er nicht ausdrücken kann.

Oft liegt er auf seinem Bett und denkt an die Vergangenheit. Seine Freunde glauben, sich um ihn kümmern zu müssen, weil sie merken, dass er nichts mehr isst und sich nirgends blicken lässt. Doch er schickt sie immer schnell wieder fort. Dann taucht er hin und wieder bei dem einen oder anderen auf, aber niemand kann ein vernünftiges Gespräch mit ihm anfangen und schließlich ist er nicht mehr aufzufinden. Vor allem die Kinder sind oft auf der Suche nach ihm.

Er holt sich das Geld, welches sein Vater für ein neues Auto gespart hatte und fährt nach Kayenta, um einige Tage bei Freunden zu verbringen. Doch bald zieht es ihn weiter und er kommt nach Window Rock, nach Gallup, Shiprock und anderen Orten im Reservat. Überall bleibt er einige Tage und Wochen, obwohl er nicht weiß, was er dort will. Ayatéh lernt Navajo, Zuni und Hopi kennen, die alle ihre eigenen Probleme zu haben scheinen, und teilt mit ihnen Alkohol und manchmal auch Drogen. Obwohl es im Reservat verboten ist, Alkohol zu trinken und es dort nirgendwo zu kaufen gibt, finden er oder die anderen immer eine Möglichkeit, an diese Dinge heranzukommen. Oft schläft er im Auto, meistens auf der Ladefläche. Erst als er in der Ortschaft Yah-Ta-Hay ankommt, besorgt er sich einen dicken Schlafsack, denn der Winter naht und die Nächte werden immer kälter. Es fällt ihm schwer, das Geld seines Vaters auszugeben, welches dieser jahrelang mühsam gespart hatte. Obwohl er noch etwa viertausend Dollar bei sich hat, sucht er sich selten ein Motel zur Übernachtung. Manchmal ergibt es sich auch, dass er bei jemandem übernachten kann, den er kennengelernt hatte. Doch nirgendwo bleibt er lange. Als er ein Powwow besucht, an dem mehrere Stämme teilnehmen, lernt er zwei junge Männer der Lakota kennen. Er versteht sich mit ihnen gut und fahren zusammen in deren Reservat zurück. Doch auch dort bleibt er ruhelos und lässt sich mit einigen Sioux ein, die in South Dakota betrunken am Straßenrand herumhängen. Die Nächte sind hier schon wesentlich kälter. Oft reichen sein Schlafsack und die Wolldecke nicht mehr zum Schutz aus. Immer wieder ergreifen ihn starke, kalte Stürme. Manchmal kommt ein Eisregen herunter. Schließlich quält er sich tagelang mit Ohrenschmerzen herum. Als er anschließend noch Fieber bekommt und einige Drogen intus hat, erreicht er seinen Pick Up nicht mehr und bleibt am Straßenrand liegen.

Er sieht den Schnee nicht, der leise in der dunklen, kalten Nacht auf ihn herab rieselt und spürt die Kälte und Nässe nicht, die seine dürftige Kleidung durchdringt.

Der Schnee, die Winde, das Heulen - all das waren für ihn Wesenheiten, mit denen er in Verbindung stand. Die Natur hat ihre eigene Sprache, die sich ihm mit all ihren Geistwesen nach und nach erschloss. Ayatéh lernte schon früh diese Sprache kennen. Vor nichts fürchtete er sich, denn alles hatte für ihn eine Bedeutung. Nichts war unnütz, nicht einmal das, was die *bilagaana* Unkraut nennen. Ob es die Kräuter oder die Schafe seines Vaters waren, deren Gesundheit lebenswichtig war, der wolkenlose Himmel des Sommers, der keinen Regen mit sich brachte oder die dunklen, kalten Nächte des Winters - mit all dem fühlte er sich von Kindheit an verbunden. Er war vertraut mit allem, was er wahrnehmen konnte und öffnete sich ihnen mit all seinen Sinnen.

Doch nach dem schrecklichen Erlebnis entfernte er sich unbewusst von seinen Gefühlen, die ihm plötzlich fremd wurden und von seinen Visionen, aus denen er Kraft und Halt schöpfte. Irgendwann wurde alles bedeutungslos.

Seine Haare werden umhüllt von einer weißen, kristallenen Eisschicht. Der Wind, der dieses Eis mit sich trägt, streift sein Gesicht, um tief in seine Seele zu dringen.

Die Landschaft seiner Seele ist nicht sanft, sie besteht aus atemberaubenden Gipfeln und tiefen dunklen Tälern, die ihn mit den Gefühlen eines Adlers im Flug vertraut gemacht hatten, der unter sich die Weite und Freiheit spürt.

Doch es ist die Ohnmacht dieses Vogels, die Ayatéh empfindet, als er mit gebrochenen Flügeln den Himmel nicht mehr erreichen konnte, und ihn resignieren lässt.

Langsam sickert die Nässe vom Schnee durch die Jacke, bis sie seinen Körper erreicht. Doch er spürt es nicht mehr. Er spürt nicht mehr die kalten Hände, die im Schmutz des Straßenrandes liegen, von der Kälte steif gefroren. Sein Gesicht, auf dem harten Boden liegend, zeigt keine Regung. Während der Schnee in dicken Flocken auf ihn niederrieselt, um ihn ganz einzuhüllen, steht der Vollmond hoch am Himmel, umgeben von einer sternenklaren Nacht.

Doch irgendwann in dieser Zeit zwischen Leben und Tod hält ein Auto an. Zwei Männer steigen aus und nehmen ihn mit. In der Nähe von Porcupine bringen sie ihn in das Haus von Steve Graham, der sich seiner annimmt.

»Ich bin Steve, ein Oglala Sioux und kümmere mich um die sogenannten Sozialfälle«, erklärt er Ayatéh am nächsten Tag.

»Offiziell oder inoffiziell?«

»Beides.«

Ayatéh setzt sich an den Tisch und genießt den heißen Kaffee, den Steve ihn gerade aus einer Thermoskanne eingegossen hatte. Es ist inzwischen schon Mittagszeit. Sein Bett war so gemütlich warm gewesen, wie er es lange nicht mehr hatte. Am liebsten wäre er gar nicht aufgestanden.

»Wie geht es dir?«, fragt Steve und gießt sich selbst auch einen Kaffee ein.

»Ich bin okay.«

»Das glaube ich nicht. Obwohl ich kein Arzt bin, würde ich folgende Diagnose stellen: Fieber, Bronchitis, Unterernährung, Unterkühlung, Mittelohrentzündung. Du hast dir ständig die Hände an die Ohren gehalten und gehustet. Es ist besser, wenn du wieder ins Bett gehst, besser noch zum Arzt.«

»Nein!«

Steve stützt seinen Ellenbogen auf den Tisch und reibt nachdenklich die Hand an seinem Kinn. »Du bist nicht von hier. Wo kommst du her?«, fragt er schließlich, wobei er ihm einen kurzen Blick zuwirft.

»Weiß ich nicht.« Ayatéh rückt seinen Stuhl zur Seite, sodass die Lehne sich an der Wand befindet. Er lehnt sich zurück und schließt die Augen. Ein Gefühl der Hitze steigt in ihm auf und er fühlt sich elendig.

Seine Ohren schmerzen ihm nach wie vor. Auch in seinem Kopf hämmert es unaufhörlich.

»Schätze Navajo.«

Ayatéh gibt ihm keine Antwort. Er hört aus einem anderen Raum Geschirr klappern. Ein angenehmer Duft steigt ihm in die Nase. Es muss sich noch jemand in dem Haus befinden.

»Wie alt bist du?«, versucht Steve weiter aus ihm heraus zu bekommen.

»Weiß ich nicht, ist egal.«

»Dann weißt du sicher auch nicht, von welchem Volk du bist und welchem Clan du angehörst. Es ist schon sehr traurig, dass es dir egal ist.«

Ayatéh öffnet die Augen. Nein, das ist ihm nicht egal. Er war schon immer stolz auf seine Herkunft gewesen. Aber was geht es diesem Mann hier an.

»Woher hast du das viele Geld?«, fragt Steve.

»Was hast du in meinen Sachen zu suchen?«

»Ich will einfach nur wissen, mit wem ich es zu tun habe. Wenn ich schon jemanden aufnehme, dann will ich etwas über ihn erfahren.« Steve macht eine kurze Pause und fängt an, sich eine Zigarette zu drehen. Als er fertig ist, zündet er sie an, inhaliert den Rauch und schiebt Ayatéh den Beutel zu, der jedoch keine Notiz davon nimmt. »Bei Albert Mitchell ist eingebrochen worden und da kommt ein Fremder schnell in Verdacht.«

»Ja«, sagt Ayatéh nur und nickt. »Ist klar.« Es ist eine angenehme Wärme in diesem Raum. Im Hintergrund hört er Musik aus einem Radio. Doch es dringt auch das Heulen des Windes herein. Schließlich steht er auf und sieht aus dem Fenster. Ein Schneegestöber bahnt sich an, der Himmel ist dunkelblau und wolkenlos.

»Es wäre diese Nacht nicht sehr angenehm für dich gewesen, wenn wir dich nicht aufgegabelt hätten. Übrigens, ich werde mich nach dem Essen auf den Weg nach Rapid City machen, vielleicht ist es für die nächsten Tage die letzte Gelegenheit, rauszukommen. Wir brauchen eine Menge Lebensmittel, die ich hier zum größten Teil nicht bekommen kann. Außerdem habe ich in der Stadt noch so einiges zu erledigen. Vielleicht kommst du mit, damit ich dich zu einem Arzt bringen kann. Wer weiß, wann du wieder die Chance hast. Der Winter bricht hier oft ungewöhnlich früh und hart rein, dann sollte man gerüstet sein.«

Doch Ayatéh sieht sich nach seiner Jacke um, zieht sie über und geht zur Tür.

»Wo willst du hin?« Steve steht auf, drückt schnell seine Zigarette aus und kommt ihm nach. Er schließt die Tür wieder, die Ayatéh bereits geöffnet hatte.

»Du hast einen falschen Stolz und der wird dich umbringen.« Steve packt ihn an den Schultern. »Leg dich wieder ins Bett. Ich werde dir Medikamente mitbringen und dann sehen wir weiter.«

Eine Frau, etwa Mitte vierzig, kommt hinzu und Steve stellt sie ihm vor. »Das ist Celina, meine Frau. Sie gibt dir jetzt erstmal etwas zu essen, und wenn du Kleidung brauchst, kannst du es von mir bekommen. Ich bin zwar etwas dicker, aber lieber so als umgekehrt.« Steve lächelt und weist ihn wieder ins Zimmer zurück.

»Pass auf - ich weiß zwar immer noch nicht, wie du heißt, aber wir haben hier Telefon und eine Dusche. Du kannst hier alles benutzen, okay? Ich bin heute Abend wieder zurück.«

Ayatéh nickt, setzt sich wieder an den Tisch und lässt sich das Essen schmecken, welches Celina ihn aufgetischt hatte.

»Was ist das?«

»Die Cheyenne oben im Norden züchten Büffel. Das Fleisch schmeckt gut mit Gemüse und Reis.«

Auch Steve und seine Frau setzen sich mit einem gut gefüllten Teller zu ihm. Schweigend genießen sie das würzige Mittagessen.

»Früher waren wir noch zu viert. Aber inzwischen haben unsere beiden Kinder selbst Familien. Doch sie wohnen hier in der Nähe und kommen oft vorbei«, erzählt Steve, als er fertig ist und sich mit einem Küchentuch den Mund abwischt. In seinen langen Haaren, die nach hinten zusammengebunden sind, lassen sich hier und da schon ein paar graue Strähnen sehen.

»Woher kommst du?«, fragt jetzt seine Frau Celina, die bisher die ganze Zeit geschwiegen hat.

»Aus dem Ghetto.«

»So kann man es wohl auch nennen«, entgegnet Steve, steht auf und macht sich auf den Weg in die Stadt.

Im Laufe der nächsten Tage hatte Ayatéh sich allmählich erholt und sich mit Steve angefreundet. Auch mit Celina kam er gut zurecht. Ihr gab er etwas Geld für die Lebensmittel.

Nach drei Wochen verabschiedet er sich.

»Was hast du vor?«, fragt Steve.

»Ich mache mich auf den Weg in den Süden.«

»Das ist gut. Du hast noch Geld. Nehme dir ein Motelzimmer und kaufe dir etwas Gutes zu essen. Ich verstehe nicht, warum du es nicht vorher schon getan hast.« Dann geht Steve mit ihm zum Auto. »Du hast meine Tochter und ihre Freundin Jessica kennengelernt. Jessica ist ein hübsches Mädchen und noch allein. Ich glaube, sie mag dich. Vielleicht solltest du nicht so lange alleine bleiben. Das ist für keinen Mann gut. Überleg es dir, noch ist es nicht zu spät.«

Ayatéh lächelt, reicht ihm die Hand, steigt ein und fährt los. Die Straße ist nur leicht mit Schnee bedeckt, doch er fährt langsam und vorsichtig. Es dauert eine Weile, bis sich das Auto aufgeheizt hat und er ist froh, dass es überhaupt noch funktioniert, denn allmählich tauchen immer mehr Defekte auf, die daraus schließen lassen, dass diese Kiste bald auseinander fällt.

Hier im Pine Ridge Reservat ist es genauso trostlos wie in Arizona. Die Holzhäuser sehen erbärmlich und heruntergekommen aus. Aber immerhin scheint es überall eine Stromversorgung zu geben. Trotzdem gleicht es eher der Dritten Welt als dem modernen Amerika.

Die Straße führt ihn nach acht Meilen an Wounded Knee vorbei. Gleich hinter dieser kleinen Ortschaft liegt der historische Friedhof, von dem Steve ihm erzählt hatte. Er hält an und steigt den Hügel empor. Als er durch einen halbverfallenen, steinernen Torbogen geht, sieht er in der Mitte ein großes eingezäuntes Mahnmal. Hier sind die Menschen begraben, die im Jahre 1890 von der US-Armee niedergemetzelt wurden. Die Soldaten hatten die toten Indianer anschließend einfach in eine Grube geworfen. Jetzt steht ein Denkmal darauf und einige bunte Stofffetzen, die am Zaun befestigt sind, wehen im Wind.

Ayatéh steht allein auf dem Hügel des Friedhofes und sieht sich die Gräber genauer an. Hier werden auch all die Menschen beerdigt, die hier lebten. Nah bei denen, die damals für ihr Volk gekämpft haben. Gekämpft haben für ihre Freiheit und die gestorben sind für die Freiheit all derer, die nach ihnen geboren wurden. So wie er und all die anderen, die auf der Suche nach einigen verlorenen Spuren - Reste einer alten

Kultur - langsam den Halt verlieren. Einige Gräber sind noch nicht lange hier und ihm fällt auf, dass viele von ihnen noch Kinder waren. Auf einem Grab sitzt ein brauner Teddybär in einem schneeumhüllten Mantel. Ayatéh sieht an dem Datum, dass das Kind nur ein Jahr alt wurde.

Ein kalter Wind peitscht herüber und Ayatéh zieht den Kragen seiner Winterjacke hoch. Von hier oben kann er Wounded Knee sehen, ein Ort, der in die Geschichte einging, damals wie heute. 1973 hatten die Dakota und andere Stämme dieses Dorf besetzt, um für mehr Rechte zu demonstrieren. Nach einigen Monaten bereitete das FBI dem Geschehen ein Ende. Es war nicht viel dabei herausgekommen und die Dakota konnten nur mit einem Teilerfolg wieder abziehen.

Ayatéh sieht sich um. Ein Trampelpfad, der links und rechts mit Steinen versehen ist, führt nach unten zu einem runden Gebäude. Es ist ein Besucher-Zentrum, worin sich jetzt wahrscheinlich niemand befindet. Trotzdem geht er zur Tür, die aber, wie vermutet, abgeschlossen ist. An einer Tafel wird noch einmal dargestellt, was sich damals hier ereignet hatte. Plötzlich überkommt ihn eine große Müdigkeit, doch anstatt sich in das noch halbwegs angewärmte Auto zu setzen, lässt er sich an der Wand des Gebäudes nieder. Er sitzt auf dem Boden, mit dem Rücken an der Wand gelehnt und sieht zum Friedhof hinüber. Ein paar Fichtenbäume stehen dort, eine kleine Holzkirche und in der Mitte das Mahnmal. Links davon der Torbogen mit einem kleinen Kreuz oben auf der Rundung. Dieser steht links und rechts auf roten Steinen, von denen einige heraus gefallen sind. Zur anderen Seite hin befinden sich zwei verrostete Autos auf der Grasfläche, aus denen haufenweise alte Kleidung quillt. Müll und Abfall und niemand weiß wohin damit. Rechts neben dem runden Besucherzentrum steht ein kleines hölzernes Plumpsklosett.

Während Ayatéh seine Blicke schweifen lässt, schläft er ein. Erst als es schon dunkel wird, wacht er zitternd vor Kälte auf und stellt entsetzt fest, dass sein Körper fast vollständig mit Schnee bedeckt ist.

Früher wäre ihm so etwas nie passiert, aber die Gleichgültigkeit, die ihn immer mehr einnimmt, verleitet ihn oft zu unüberlegten Taten, die manchmal dramatische Folgen nach sich ziehen.

Mühsam steht er auf und reckt seine steifen Glieder. Mit staksigen Schritten bewegt er sich aufs Auto zu, steigt ein und fährt los.

Nach ein paar Meilen biegt er rechts ab und kommt wenig später nach Pine Ridge. An einer Kreuzung steht die einzige Tankstelle mit einem Shop, in dem sich auch zwei Kaffeezubereiter zur Selbstbedienung befinden. Ayatéh nimmt sich mit seinen noch eisig kalten Händen einen dampfenden Becher Cappuccino und holt sich zwei Kuchenstücke aus dem Regal. An der Kasse liegen noch Lokalzeitungen, von denen er sich zwar auch eine mitnimmt, aber jedoch kein Interesse daran hat, sie zu lesen. Es sitzen einige wenige Leute an den Tischen. Ayatéh sucht sich einen freien Platz am Fenster aus. Draußen lungern zwei hellbraune, herrenlose Hunde herum, die darauf warten, ein paar Abfallbrocken zu erwischen.

Er hat eine Tasche mit sauberer Kleidung dabei, die er auf der Toilette wechselt. In den trockenen Sachen fühlt er sich jetzt schon wohler. Es dauert jedoch noch fast eine Stunde, bis ihm warm wird.

Sein Körper hat sich zwar nach einer gewissen Zeit aufgewärmt, aber in seiner Seele fühlt er immer noch Kälte und Einsamkeit. Früher war er immer der große, starke Bruder gewesen, der Freund, der anderen Mut machte und immer die richtigen Worte fand.

Damals wäre er nie auf den Gedanken gekommen, Drogen anzurühren. Doch jetzt gibt es für ihn keine Zukunft mehr. Sein Leben ist so kalt geworden wie dieser Schnee.

In Gedanken versunken sieht er durchs Fenster auf die fallenden Schneeflocken. Wenn es so weiter geht, würden bald alle Straßen gesperrt werden. Es ist jetzt schon schwer, mit dem Auto voranzukommen.

Pine Ridge, die vielleicht größte Ortschaft hier im Reservat, besteht - abgesehen von den alten Wohnbaracken - aus dieser Tankstelle, einem kleinen Geschäft und einer Pizzeria. Das ist alles.

Plötzlich verspürt er nur noch einen Wunsch. Er möchte zurück in seine Heimat, Richtung Süden durch Nebraska.

Immer wieder denkt er an Sheena und er glaubt jetzt auch zu wissen, dass es einen Grund für ihren Tod gab. Ayatéh hat sich bis jetzt der Forderung *Atse'ma'ii* widersetzt und als Zeichen der Ernsthaftigkeit wurde ihm das »Liebste« genommen. Manchmal zweifelt er daran, dann wieder ist er sich ganz sicher, dass das Schicksal bestimmter Personen bewusst gelenkt wird. War Sheena das erste Opfer? Wird es noch mehr geben? Manchmal will er es als absurd dahinstellen, doch dann spürt er deutlich diesen Druck, dem er sich zu entziehen versucht.

Was wird sein, wenn er selbst nicht mehr lebt? Dann ist auch das Problem mit David gelöst!

Ayatéh begreift, dass er einen Fehler, einen sehr großen Fehler begangen hat. Er selbst hat den Vorhang geöffnet und soll sich jetzt den Forderungen beugen. Er weiß, dass Davids Tod verlangt wird, da gibt es keinen Zweifel. Doch was sind jetzt die Konsequenzen? Wenn Sheena tatsächlich ein Opfer wurde, wird es bald noch mehr geben.

Wenn es so ist, würde sein eigener Tod vielleicht anderen Menschen davor bewahren, ins Unglück zu stürzen. Er selbst hat nichts mehr zu verlieren.

Ayatéh denkt an David, zu dem er ein fast freundschaftliches Verhältnis entwickelt hat. Doch da ist etwas zwischen ihnen, wie ein unsichtbares Band, das verbindet und zerstört. Und dieses Band will er zerschneiden. Er will frei sein und sich lösen von dem inneren Druck, ihn zu töten. Vielleicht kann er ihm noch einmal seine wahren Gefühle vermitteln, bevor er seinem eigenen Leben ein Ende setzt, um dem Ganzen zu entfliehen.

Er hat Sehnsucht nach seiner Heimat und möchte zurück. Doch bevor er sich auf den langen Weg begibt, macht er einen Abstecher nach Rapid City, um einen Freund aufzusuchen, den er vor ein paar Wochen kennengelernt hatte. Danach muss er sich beeilen, um den Schneestürmen zu entkommen, bevor alle Straßen gesperrt werden.

Langsam tuckert er voran, in dem Wagen seines Vaters, indem er oft mit seinem Bruder auf der Ladefläche mitfuhr.

ich möchte frei sein
doch frei sein kann ich nicht
ich möchte fliehen
doch fliehen kann ich nicht
ich möchte lieben
doch lieben kann ich nicht
ich möchte leben
doch leben kann ich nicht
ich bin eins mit dem Feuer

ich bin eins mit der Nacht
ich bin eins mit der Trommel
ich bin eins mit mir
und ich tanze ...
ich gehöre dem Feuer
ich gehöre der Nacht
ich gehöre der Trommel
ich gehöre mir

Weiter ... immer weiter führt mich der Weg
ich will nicht wissen, was morgen ist
ich will nicht wissen, was die Zukunft bringt
ich werde nicht alleine sein
die Geister des Windes gesellen sich zu mir
sie erzählen mir Geschichten
aus längst vergangener Zeit
ich werde ihnen zuhören
und sie werden mich bewachen
dann wird mich niemand stören
außerdem -
kennst du mein Ziel?
ha - niemand kennt es
und keiner kann den Weg weisen ...

Als David Watkins am frühen Morgen diese Zeilen auf seinem Computer liest, weiß er sofort, was er zu tun hat. Er lässt den heißen Kaffee stehen, reißt sich die Jacke vom Haken, steckt Geld und Papiere ein, schnappt sich sein Handy und setzt sich ins Auto.

Er hat das Gefühl, noch nie so lange durch Denver gefahren zu sein. Fast jede Ampel ist rot und der Verkehr scheint zu kriechen. Viele Gedanken schießen ihn durch den Kopf. Er denkt nicht eine Minute daran, dass er mitten in einem brisanten Fall steckt. Eine Erpressungsgeschichte, deren Ermittlungen jetzt zwangsläufig an seinen Kollegen hängen bleiben.

Er denkt an die Visitenkarte, die er für Ayatéh auf dem Tisch liegen gelassen hatte, damit er ihn erreichen kann, falls sich etwas Neues ergeben sollte. Es war damals in dem Haus des Freundes, bei dem Ayatéh die Dachreparaturen durchgeführt hatte. Stimmt, auf dieser Karte war neben der Telefonnummer und Anschrift auch seine E-Mail-Adresse notiert. Für ihn gibt es jetzt keinen Zweifel.

Als er endlich die Stadt hinter sich gelassen hat, geht es schon viel schneller. Es würde noch verdammt lange dauern, von Nord Colorado bis Arizona. Er hofft, noch rechtzeitig anzukommen. Gut, dass die Strecke fast ausschließlich auf dem Highway liegt und gut, dass er schon um 5:30 Uhr aufgestanden ist, um seine E-Mails abzurufen. David weiß, dass er wesentlich zu schnell fährt und nimmt in Kauf, von der Polizeipatrouille gestoppt zu werden. Wenn dieser Fall eintritt, könnte er immer noch langsamer fahren, aber bis dahin wollte er es riskieren. Außerdem hofft er, als FBI-Agent besser davon zu kommen.

Unterwegs denkt er daran, dass es mit einem Flug vielleicht schneller gegangen wäre. Von seinem Wohnort ist es nicht weit zum Flughafen und er hätte sich dann ein Auto mieten können. Doch jetzt hat er schon die halbe Strecke hinter sich und fährt weiter. An einer Tankstelle holt er sich ein Stück trockenen Kuchen und stopft ihn während der Fahrt gierig in den Mund. Er versucht, ihn mit einem Schluck Cola hinunterzuwürgen. Er war schon lange nicht mehr so nervös und angespannt. Wenn er doch nur die Telefonnummer vom *Butterfly* hätte. Aber nützt es etwas? Dort weiß sicher auch niemand, wo Ayatéh steckt. Seine Gedanken scheinen sich zu überschlagen.

David hat Glück und kann ohne Stopp bis kurz hinter Gallup durchfahren. An der Ausfahrt bei Chambers verlässt er den Highway und rast weiter auf der 191 nach Norden über Ganado bis Chinle. Von hier aus ist es nur noch ein Katzensprung. David sieht auf seine Armbanduhr, die ihm 12:10 Uhr Mittag anzeigt. Er ist also noch nicht einmal sieben Stunden unterwegs, eine unglaublich gute Zeit. In Rough Rock drosselt er seine Geschwindigkeit und hofft, bald am Ziel zu sein.

Ayatéh hat einen langen Fußmarsch hinter sich, doch hier in diesem Gebiet der Black Mesa scheint der Winter sich noch etwas Zeit zu lassen. Der Boden ist selbst in den Bergen nicht gefroren und er ist sicher, dass es auch heute keinen Schnee geben wird. Es verspricht, ein milder, angenehmer Tag zu werden. Eine Zeit lang geht er einen Flusslauf entlang. Wo der Schatten der Uferböschung endet, flirrt das Sonnenlicht über den rot leuchtenden Boden der Auswaschung. Alles scheint in einen schimmernden Glanz zu leuchten. Unter einen Wacholderbusch lässt er sich nieder, um den Anblick tiefer in sich aufzunehmen.

Er seufzt, als will er seinen Schmerz aus tiefer Seele befreien. Ayatéh will der Erinnerung ausweichen, die wie ein dunkler Abgrund vor ihm liegt und jeden Lebensmut mit sich in die Tiefe zieht. Doch die aufkommenden Bilder sind stärker. Sie haben sich tief in seinem Herzen verankert.

Er blickt in den Himmel, als sucht er in seinen Weiten nach einer Antwort. Dann geht er weiter, denn er hat ein Ziel. Je mehr er sich seinem Ziel nähert, desto mehr bekommt er das Gefühl, zu Hause zu sein. Sein zu Hause ist dort, wo er sich wohlfühlt.

Nun steht er vermutlich zum letzten Mal auf diesen heiligen Berg, der den Göttern gehört. Es ist *sein* Platz, der für ihn seit langer Zeit eine besondere Bedeutung hat und der ihn ein Gefühl von Ehrfurcht und Unendlichkeit erfahren lässt.

Lange hatte Ayatéh sich auf diesen Moment vorbereitet und die Gebete gesungen, um die Geister zu bitten, ihn zu begleiten. Er ist von Frieden erfüllt.

Wie in Trance setzt er die Spritze mit dem Schlangengift an und drückt es in seine Ader. Er will die Schmerzen spüren, damit sie die seelischen Qualen verdrängen. Sie sollen stärker werden und ihn erlösen, damit er fortgeführt wird von Hass, Not und Hilflosigkeit.

Mit jedem Herzschlag, den er spürt, geben seine Beine mehr und mehr nach. Er sinkt nieder und lehnt sich an einen Granitfindling. Er zieht seine dicke Winterjacke aus und schaut in den Himmel. Weiße Wolken ziehen langsam durch den hellblauen, klaren Horizont. Der kühle Wind streicht durch seine Haare. Er ist sein Freund und hat ihn schon oft begleitet.

Ayatéh denkt daran, dass er am Fuße des Berges schon mehrmals Kräuter für Heilungszeremonien gesammelt hat. Für ihn ist alles vom

Schöpfer Erschaffene beseelt und steht miteinander in Verbindung, deshalb sind sie ihm heilig. *Alk' idáá' jini* - Er denkt an die Schöpfungsgeschichte der Diné, an *Begochiddy,* der die vier Welten schuf. Jetzt leben die Menschen in der Vierten Welt. Auch hier spielte *Coyote*, ein *Trickster*, eine Rolle, der die Menschen durch eine Öffnung in die jetzige Welt leitete. Er erinnert sich daran, dass er einmal ein großes Sandbild der Schöpfungsgeschichte hergestellt hatte. Er sieht jetzt die Symbole genau vor sich.

Langsam nimmt er den *Jish*-Beutel, den er aus gegerbtem Leder angefertigt hatte und in dem er die wichtigsten Dinge verwahrt, die ihm auf den Visionssuchen eine Bedeutung darbrachten.

Jetzt spürt er, wie sein Atem schwerer wird. Er hat Mühe, seine Arme zu bewegen, die ihm das Gefühl geben, als ob schwere Steine daran hängen. Den *Jish* -Beutel noch fest umklammert, lässt er sich auf den Boden gleiten. Er will die heilige Erde spüren, mit der er sich verbunden fühlt.

Ein Adler hat hier sein Revier. Ayatéh kennt ihn. Er ist ihm schon oft begegnet. Er steht bei den *bilagaana* unter Naturschutz und gilt bei den Diné und Hopi als heilig. Für ihn ist er der Bote, der die Verbindung herstellt, zwischen dem diesseitigen Leben und dem Göttlichen.

Ayatéh bewundert seine Flugkunst und seine Freiheit. Dann schließt er die Augen und spürt, wie das Gift immer mehr seine Wirkung zeigt. Er ist bereit und will nicht kämpfen. Sein Herzschlag wird stärker und er ringt instinktiv nach Luft. Die Gedanken führen ihn zu *hasteyalti,* dem sprechenden Gott.

Wenige Meilen hinter Rough Rock verlässt David die Straße 59 und biegt in einen sandigen Seitenweg ab. Eine riesige Staubfahne hinter sich herziehend holpert er über eingefahrene Schlaglöcher. Endlich hat er das Haus von Ayatéh erreicht, doch dieser ist dort nicht anzutreffen. David fährt weiter zum Haus seines Freundes, dessen Dach er damals half zu reparieren. Aber auch dort ist niemand zu erreichen. Wieso ist gerade jetzt niemand zu Hause? Er überlegt, was er jetzt tun soll. Während er langsam ziellos weiterfährt, sieht er jemanden an einer alten Wellblechhütte entlang laufen. David steigt aus und läuft auf den älteren Mann zu, der gerade im Begriff ist, ins Haus zu gehen.

»Entschuldigung, ich suche Ayatéh. Kennen Sie ihn? Es ist sehr wichtig.«

»Den hat hier schon lange niemand mehr gesehen«, gibt der Mann ihm zur Antwort und will durch die Tür gehen.

»Bitte warten Sie, kennen Sie jemanden, bei dem er sein könnte?« Doch der Alte schüttelt den Kopf und geht schweigend hinein.

Vielleicht kann er im *Butterfly* etwas erfahren. Dort wird ihm auch gesagt, dass Ayatéh schon über längere Zeit verschwunden ist. Sie sagten ihm, wie besorgt sie seien und ihm gerne bei der Suche helfen möchten. Doch wo?

Dann fällt ihm die Tankstelle ein, aber auch hier schütteln alle nur mit dem Kopf.

David beschließt, zum Haus von Ayatéhs Freund zurückzufahren. Dort angekommen bleibt er im Auto sitzen und wartet. Für einen kurzen Moment denkt er daran, überall herumzufahren und an jeder Tür zu hämmern, tut es dann aber als völlig hysterisch ab. Er holt eine detaillierte Landkarte heraus und überlegt, wie er weiter vorgehen kann. Je mehr Zeit vergeht, umso nervöser wird er. Immer wieder sieht er auf die Uhr und merkt, dass er noch nicht einmal zehn Minuten hier ist. Er steigt aus und lehnt sich gegen die Motorhaube. Seine Hände werden kalt, er reibt sie aneinander und steckt sie in die Jackentasche.

Endlich kommt ein Auto angefahren. Als dieses vor ihm und dem Haus hält, springen als Erstes zwei kleine Kinder heraus. Dann folgen eine junge Frau und der Mann, den er damals mit Ayatéh auf dem Dach gesehen hatte.

Für David ist es unverständlich, wie eine vierköpfige Familie in so einem kleinen Haus von vielleicht dreißig Quadratmetern leben kann, ohne Strom und sanitäre Anlagen. Doch sie machen einen zufriedenen Eindruck und die Kinder laufen lachend umher.

»Kann ich etwas für Sie tun?«, fragt Dusty und kommt auf ihn zu. Die Frau sieht David kurz und etwas scheu an, nickt leicht zum Gruß und geht mit dem kleineren Kind ins Haus. Das ältere, vielleicht sechsjährige Mädchen stellt sich neben ihren Vater und wartet neugierig, was geschieht und besprochen wird. Mit ihren großen, braunen Augen sieht sie David an. Doch ihr Vater schickt sie ins Haus und sie gehorcht.

»Sie kennen doch Ayatéh. Er ist in Gefahr!«, versucht David ihm klar zu machen, obwohl er selbst nicht weiß, wie er sich ausdrücken soll. Er holt ein bedrucktes Blatt Papier hervor und reicht es dem Mann. Dieser blickt verwundert auf die Zeilen mit den winzigen Symbolen an der Seite.

»Woher haben Sie das?«, verwundert sieht er David an und ließt weiter.

»Es stand in meiner Computerpost. Ich habe diese E-Mail bekommen«, erklärt David und hofft, dass dieser Mann ihm helfen kann und will.

»Sagt denn der Absender nichts aus? Ich würde da zurück schreiben. Ayatéh hat keinen Computer, so etwas gibt es hier nicht, das ist nicht von ihm«, macht der Navajo ihm klar und reicht David das Blatt zurück.

»Und wenn doch? Dann würden wir jetzt die Chance verpassen, ihm zu helfen. Er will sich umbringen! Diese Zeilen sagen es deutlich und er hat es mir damit angekündigt.«

Dusty zeigt jetzt mit dem Finger auf ein Symbol, welches sich auf dem Blatt befindet. »Da ist ein Zeichen«, dabei sieht er in Davids fragenden Blick. »Hier, das ist das Zeichen des Giftes!«

»Und die anderen Symbole?«

»Das weiß ich auch nicht. Aber Ayatéh ist sehr in unserer traditionellen Lebensweise verwurzelt. Es könnte tatsächlich von ihm sein. Ich denke, Tacheenie weiß sicher mehr darüber. Vielleicht sollten wir zu ihm fahren. Wenn jemand etwas weiß und helfen kann, dann ist er es. Ayatéh war lange Zeit sein Schüler und er lehrte ihm unsere alten Bräuche und brachte ihm Wissen über die Heilkunde bei. Er kennt viele rituelle Gesänge und ist ein angesehener Mann.«

»Dann fahren wir los«, sagt David.

Der Mann geht kurz ins Haus, kommt aber schon nach zwei Minuten wieder und hält die Autoschlüssel bereit. Er winkt David zu sich herüber. Noch während er einsteigt, startet der Motor.

»Ist es weit?«

»Nein, wir sind schon gleich da. Ich hoffe nur, dass er zu Hause ist. Oft streift er in der Gegend herum.«

Tacheenie sitzt auf der kleinen Holzterrasse, als die beiden Männer auf ihn zukommen. Dann erklären sie ihm, warum sie gekommen sind.

Doch er nickt nur. »Wenn Ayatéh diesen Weg gewählt hat, ist es so. Dann müssen wir es so akzeptieren. Wir können ihm nichts aufzwingen, erst recht nicht das Leben, wenn er nicht will. Ayatéh weiß was er macht und so ist es.«

»Wenn er mir diese Zeilen schreibt, dann ist es nicht endgültig. Er will, dass ich weiß, was er vorhat, doch warum soll ich es wissen? Weil er Hilfe braucht und weil er so wie jetzt nicht mehr weiterleben will.«

Tacheenie scheint ins Leere zu blicken. »Es ist so, wie es ist. Das Böse hat ihn ergriffen, weil er einen Fehler begangen hat. Er hat sich ihnen geöffnet und es geschehen lassen. Danach hat er sich nicht gereinigt, denn das wäre das Mindeste gewesen. So haben sie Macht über ihn ergriffen. Wenn er kämpft, werden sie vielleicht von ihm lassen. Er hat damals gewusst, worauf er sich einlässt. Jetzt ist die Zeit gekommen, wo sie immer mehr an seinen Kräften zerren, bis er willenlos und schwach ist.«

David weiß nicht so recht, ob er Tacheenie richtig verstanden hat. Aber er weiß, dass er selbst nichts geschehen lassen will und dass ihnen nicht mehr viel Zeit bleibt.

»Wenn er allein ist, Tacheenie, wenn Ayatéh allein ist, können sie ihm vielleicht Schaden zufügen. Aber da gibt es die Kraft der Freundschaft, und die kann stark sein. Er braucht Hilfe von Freunden, die bedingungslos zu ihm stehen und diese Freunde müssen ihm jetzt helfen. Das sind wir. Wir sind seine einzige Chance. Ich meine, nicht nur jetzt, bei dem, was er jetzt vorhat. Wichtiger ist, dass wir für ihn da sind und ihm helfen, damit er eine Perspektive sieht. Dann wächst auch seine seelische Stärke und das Böse kann ihm nichts mehr anhaben und ihn nicht mehr verleiten.« Gut gesprochen, denkt David und hofft, dass seine Worte Wirkung haben. Doch Tacheenie zeigt keine Regung und David weiß nicht, ob er darüber nachdenkt oder ob ihm das alles jetzt nichts mehr angeht. Deshalb betont er noch einmal: »Sonst hätte er mir die Mitteilung nicht gemacht. Ich bin mir ziemlich sicher, dass es von Ayatéh kommt. Sonst kenne ich niemanden, der es geschrieben haben könnte. Ich bitte Sie, wir müssen ihm helfen, wir dürfen es nicht geschehen lassen.«

Als jetzt auch Dusty, der David begleitet hat, erklärt, dass sie es nicht einfach hinnehmen sollten, wenn ein Freund einsam geht, zeigt sich eine Regung im Gesicht des alten Mannes. Seine langen Haare sind fast alle schon grau. Als er aufsteht, geht er etwas gebeugt.

»Da ist ein Berg, der für ihn viel bedeutet, vielleicht ist er dort«, überlegt Tacheenie, doch dann scheint er sich fast sicher zu sein. »Es ist nicht weit, aber wir können nur von der hinteren Seite mit dem Auto dicht heranfahren, müssen aber einen Rest zu Fuß bewältigen.«

Sofort machen sich die drei Männer auf den Weg. Ein Blick auf die Uhr zeigt David die Mittagszeit an. Er weiß, dass es in dieser Jahreszeit früh dunkel wird und bis dahin müssen sie es geschafft haben. Gott sei Dank hat es hier in den Bergen noch nicht die üblichen Schneestürme gegeben.

Tacheenie bittet darum, am Fuße des Berges zu warten. In seinem Alter kann er mit den jungen Männern nicht mehr mithalten und so laufen David und Dusty zusammen hinauf. Der Berg ist nicht sehr steil, stark mit Gebüsch bewachsen, was ihnen beim Emporsteigen Halt gibt und so können sie den Weg hinauf schnell bewältigen. Dann finden sie Ayatéh reglos auf dem Boden liegen und sie wollen zu ihm eilen. Doch er wird bewacht!

Dusty ist zuerst dort und David hechelt hinterher.

Der Navajo sieht, dass nach einer bestimmten Distanz plötzlich ein starker Wind aufkommt. Und je mehr er sich Ayatéh nähert, desto stärker wird der Wind, der schließlich so stürmisch ist, dass er nicht vorwärts kommt.

Als David das sieht, glaubt er seinen Augen nicht zu trauen. Es war doch bis jetzt überall windstill. Wie kann das sein? Und hier, wo er sich jetzt befindet, spürt er keinen Hauch. Doch nur ein paar Schritte weiter, wütet ein Sturm und der Mann vor ihm kämpft dagegen an. Ohne noch länger darüber nachzudenken, läuft auch er los und spürt einen Gegenwind, der ihn nach hinten zu drängen scheint. Der rote Sand wirbelt auf und nimmt ihm die Sicht. Er will mit aller Kraft dagegen anlaufen, doch der Wind ist stärker. Schließlich geben die beiden Männer resigniert auf.

Als sie einige Schritte zurücktreten, merken sie, dass der Wind nachlässt und schließlich zu einer sanften Brise wird.

»Was ist da los?«, fragt David fassungslos.

Auch im Gesicht des Navajo zeigt sich Verwirrung. Sie starren auf den reglosen Körper, der da vorne auf dem Boden liegt und ihn nicht erreichen können.

Noch einmal versucht es David. Er scheitert abermals, denn das Gleiche wie vorhin spielt sich ab und er ist völlig ratlos.

»Wir müssen Tacheenie holen«, beschließt Dusty. »Bleiben Sie hier, ich werde ihm helfen, hier rauf zu kommen.« Dann macht er sich auch schon an den Abstieg.

David steht da und kann nicht begreifen, was da vor sich geht. Er wird immer nervöser und läuft ständig hin und her. Manchmal kommt er auf den Gedanken, es noch einmal zu versuchen. Er hat jedoch Angst. Das Ganze ist ihm unheimlich. Dort existiert etwas, was er nicht kennt. Er wartet und wartet. Es scheint, ewig zu dauern, bis er die beiden Männer heraufkommen sieht.

David erkennt, dass Tacheenie Mühe hat, die Felsen zu erklimmen, die sich hier am Gipfel immer höher auftürmen. Als er endlich oben ankommt und neben David steht, braucht er eine Zeit, um sich zu erholen.

Sie sehen Ayatéh in zehn bis zwölf Schritten Entfernung liegen und beobachten, wie sanft der rote, feine Sand um ihn herum gleitet. Nur ganz locker und unscheinbar dreht er sich um seinen Körper, so, als ob er ihn beschützen will.

»Sie sind hier«, stellt der alte Mann fest. »Es sind gute Geister, und solange sie hier sind, lebt Ayatéh.«

»Was wollen sie von ihm?«, fragt David, der inzwischen angefangen hat, das Geschehene zu begreifen und zu akzeptieren.

»Ayatéh wird sie gerufen haben, sonst wären sie nicht da. Sie wollen deshalb nicht, dass wir ihm helfen, weil er sie gebeten hat, ihn zu begleiten. Sie wollen ihn, sozusagen vor uns beschützen. Es war sein freier Wille und wir wollen ihn davon abbringen.«

»Nein, das können wir doch nicht zulassen«, sagt David und rennt los. Sogleich sieht auch Tacheenie, wie der Wind sich zu einem starken Sturm wandelt und David jetzt bedrohlich nahe an den Abgrund drängt. Dieser gerät in Panik und schreit um Hilfe. Schließlich fällt er und wird rückwärts immer näher zum Abgrund gedrückt.

»Du musst etwas tun«, ruft Dusty dem Alten zu. »Er wird sonst abstürzen.«

Entschlossen stellt sich Tacheenie dem Wind entgegen. Mit ausgebreiteten Armen ruft er die Geister und versucht, sie milde zu stimmen. Seine laute Stimme ertönt immer und immer wieder. Er schreit gegen den starken Sturm an, bis sich alles allmählich zu beruhigen scheint.

David ist sehr nah am Abgrund. Am ganzen Körper zitternd steht er auf und starrt ungläubig die beiden an. Der Sturm hat sich besänftigt, oder besser, die Geister, denkt er. Mit wackeligen Knien versucht er sich Ayatéh zu nähern, wie auch die anderen. Diesmal verspüren sie nur noch einen leichten Widerstand und sind froh, ihn endlich zu erreichen, um ihm zu helfen.

Sein Hemd, das locker über der Hose liegt, ist überall zerrissen. Aus der rechten Hand ist ihm sein Jish-Beutel gefallen. David versucht den Puls zu fühlen, kann aber nichts feststellen.

»Er lebt noch«, weiß Tacheenie und hebt Ayatéhs Oberkörper an, um ihm aus seiner Trinkflasche etwas Wasser auf die Lippen zu tropfen. Doch Ayatéh spürt nichts mehr.

»Warum ist sein Hemd zerrissen?«, fragt David und glaubt an den Angriff wilder Tiere.

Er bekommt keine Antwort und sieht, wie Dusty sich suchend umschaut, sich dann bückt und etwas aufhebt. Es ist eine Spritze. Er untersucht sie, riecht daran und versucht zu analysieren, was dort wohl drin enthalten war. Er reicht sie Tacheenie, der dieses ebenfalls begutachtet. Sie wechseln ein paar Worte und schließlich zeigt Dusty auf das zerrissene Hemd von Ayatéh, um David die Antwort zu geben. »Mein Freund hat eine sehr grausame Art gewählt.« Fassungslos schüttelt er den Kopf.

»Was war denn da drin?«

»Er hat sich das Gift einer Klapperschlange gespritzt. Ich weiß nicht, wie jemand etwas so Furchtbares tun kann«, gibt ihm Dusty zur Antwort, während Tacheenie noch immer versucht, Ayatéh mit Wasser zum Bewusstsein zu bringen.

»Mein Gott«, murmelt David und sieht auf Ayatéh herab. Wird er noch eine Chance haben? Er fragt sich, wie viel Zeit wohl inzwischen vergangen ist und wie viel Zeit noch bleibt. Dann holt er sein Handy heraus, um Hilfe herbei zu rufen, damit ein Helikopter kommt, um ihn ins Krankenhaus zu bringen.

»Wahrscheinlich haben Sie kein Glück«, vermutet der junge Mann neben ihm und er behält recht, denn David bekommt keinen Empfang.

»Aber das ist auch nicht so wichtig«, ergänzt er. »Sie haben selber gesagt, dass er Freunde braucht und Tacheenie heilt immer den ganzen

Menschen, nicht nur die Krankheit, wie die Weißen es tun, sondern seine Ganzheit. Wenn *er* ihm nicht mehr helfen kann, dann können es die Ärzte im Krankenhaus auch nicht. Wir können ihm Tacheenie beruhigt anvertrauen. Er wird bei ihm sein und besser auf ihn eingehen können. Das braucht er jetzt und nichts anderes.« Dann hebt er den am Boden liegenden Freund auf und trägt ihn zum Abstieg. Genau dort, von wo sie gekommen waren, denn hier ist es nicht sehr steil.

David läuft neben ihm her. »Aber die Ärzte haben wahrscheinlich gleich ein Gegenmittel bereit.«

»Das hat Tacheenie auch. Niemand anders aus dieser Gegend kennt sich hier besser aus.«

David hilft dem jungen Mann, Ayatéh nach unten zu tragen. Die Sonne versinkt schon hinter den Gipfeln und lässt den Himmel in einem purpurnen Licht erscheinen, durchtränkt von gelbrötlichen Streifen, die die herannahende Dunkelheit wie Nebelschwaden durchziehen. Ihnen bleibt nicht mehr viel Zeit, schon gar nicht, um den Sonnenuntergang anzusehen. Doch sie erreichen das Auto, bevor die Dunkelheit sie einhüllt.

David wird angeboten, im Haus von Ayatéh zu übernachten. Dort angekommen, versucht er etwas zu finden, was ihm den Raum erhellt. Schließlich ertastet er eine alte Petroleumlampe. Nachdem er blindlings in einer Schublade wühlt, findet er Streichhölzer, womit er es nach mehreren Versuchen schafft, die Lampe anzuzünden. Es ist bitterkalt. Als Nächstes macht David sich daran, den alten Ofen, der ihn an die Zeiten seiner Großeltern erinnert, in Gang zu bringen. Nachdem er ein paar Holzstücke gefunden hat, öffnet er weiter unten eine quietschende Klappe und schiebt sie unbeholfen hinein, um sie gleich darauf zu entzünden.

Dann fällt ihm eine Gitarre auf, die ziemlich verlassen in einer Ecke an der Wand lehnt. Er denkt an die Zeit der High School und mit einem unsicheren Gefühl nimmt er sie an sich. Sogleich bemerkt er, dass sie etwas verstimmt ist, doch schon nach wenigen Handgriffen hören die Klänge sich schon besser an. Die Stimmung bringt es mit sich, dass ihm nur traurige Lieder einfallen, die er noch lange spielt.

Schnell hat sich eine angenehme Wärme in diesem kleinen Haus aus dünnen Brettern ausgebreitet. Sie ist anders als von einer Zentralheizung. Ein wohliges Gefühl überkommt ihm, doch fast gleichzeitig spürt er Angst. Er merkt, dass er Ayatéh gegenüber freundschaftliche Gefühle empfindet und sein Schicksal ist ihm nicht gleichgültig.

Trotz allem kann David in dieser Nacht gut schlafen. Am nächsten Morgen ist das Feuer aus. David fröstelt und trotz der Socken, die er noch trägt, muss er sich fester in die Decke einrollen. Am liebsten möchte er gar nicht aufstehen. Wer weiß, was dieser Tag ihm bringen wird. Ist Ayatéh überhaupt noch am Leben? Was würde ihn erwarten, wenn er wieder in Denver ist? Er hatte sich für seinen Chef eine Ausrede einfallen lassen und noch gestern, als er am Highway auftanken musste, kurz mit ihm telefoniert. David steht schließlich gegen Mittag auf, findet aber nirgendwo frisches Wasser, um sich zu waschen und zu rasieren. Außerdem hatte er vergessen, sich die dafür nötigen Utensilien einzustecken. Woher sollte das frische Wasser auch kommen, wenn dieses Haus seit Monaten nicht mehr bewohnt ist. David fragt sich, während er sich anzieht, wo Ayatéh wohl in der letzten Zeit geblieben ist. Vielleicht wissen es seine Freunde.

Er geht ums Haus und entdeckt einige große Kübel mit halb vertrockneten Pflanzen. In der Ecke liegt ein auseinander gebautes, verrostetes Fahrrad und unter der kleinen Überdachung fristet ein kleiner Generator sein Dasein.

Schließlich geht David wieder hinein, wagt es, sich auf diese alte Couch zu setzen, aus deren Polsterung ihm eine defekte Feder entgegen springt und macht sich Gedanken über Ayatéh. Warum hat er es getan? Wie weit muss das Schicksal zuschlagen, bis jemand soweit ist? Vielleicht hatte Tacheenie recht. Es war sein freier Wille.

Nach Essbarem braucht er sicherlich auch nicht zu suchen und einen frischen Kaffee erwartet er erst recht nicht. Trotzdem sieht er in den Schränken nach. Ein paar Töpfe, Geschirr, das ist alles. Nebenan, in dem winzigen Raum, indem nur das Bett und ein größeres Regal stehen, findet er sorgfältig zusammengelegte Handtücher und Bettwäsche. Kleidung ist nicht dabei, wahrscheinlich hatte Ayatéh alles mitgenommen und es liegt noch im Auto.

Plötzlich klopft es an der Tür und unweigerlich zuckt David zusammen, so als ob er etwas Verbotenes getan hat und dabei ertappt wird. Er befürchtet, dass ihm jetzt jemand die Nachricht bringt, Ayatéh habe die Nacht nicht überlebt.

Als David die Tür öffnet, steht der junge Mann vor ihm, mit dem er gestern auf dem Berg war.

»Hallo, wie geht es Ihnen?«, fragt er und reicht David die Hand. »Ich bin übrigens Dusty.«

Dusty macht einen ziemlich elendigen Eindruck, wie jemand, der die ganze Nacht durchgemacht hat. Doch auf seinem breiten, runden Gesicht zeigt sich ein schmales Lächeln, welches David signalisiert, dass Ayatéh noch am Leben ist. »Hallo, ich bin David. Kommen Sie doch bitte rein.«

Doch Dusty bleibt am Türrahmen stehen und lehnt seinen Ellenbogen daran. »Ich weiß«, sagt er lächelnd, »der Mann vom FBI, der immer aussieht, als ob er auf einer Farm oder so arbeitet.« Dabei spielt er auf die verwaschenen Jeans an und die zerzausten, ungekämmten Haare, die sowieso schlecht zu bändigen sind. David muss schmunzeln. In der Tat trägt er äußerst ungern seinen Anzug und die Krawatte, aber der Beruf bringt es nun mal mit sich und sein Chef meinte einmal, dass es ihm mehr Respekt einbringt. Na ja, hier schert sich niemand drum.

»Ich wollte Sie fragen, ob Sie mit zum Essen rüber kommen. Meine Frau macht Enchiladas, das sind gefüllte Pfannkuchen. Vielleicht haben Sie Hunger darauf.«

David nimmt die Einladung gerne an. Als er dort ankommt, wundert er sich, dass der kleine Junge nicht mehr dabei ist.

»Wir haben nur eine Tochter, Laura. Der kleine Billy Joe ist gerne bei uns, die Kinder verstehen sich gut. Und so haben seine Eltern ein bisschen Zeit für sich.«

Ständig brennt David eine Frage auf den Lippen, aber er wagt nicht, sie zu stellen.

Laura schlingt mit großem Appetit das Essen hinunter und steht gleich auf. Doch sie wird ermahnt, noch sitzen zu bleiben.

»Ich möchte nur meinen Teddy holen.« Dann kommt sie mit einem braunen Plüschtier wieder und drückt ihn fest in den Arm. »Warum darf ich Ayatéh nicht besuchen, wenn er krank ist? Er freut sich doch bestimmt, wenn ich komme. Außerdem möchte ich ihm etwas schenken.« Dann steht sie wieder auf und geht um die Ecke in einen anderen Raum. Die Frau folgt ihrer Tochter, um mit ihr zu reden.

Jetzt hatten sie dieses Thema und inzwischen ist David auch mit dem Essen fertig.

»Glauben Sie, dass Ayatéh noch eine Chance hat? Waren Sie heute Morgen schon dort?«

Dusty lässt den Rest auf seinen Teller liegen, denn irgendwie kommt der Appetit nicht auf. Er legt das Besteck zur Seite und reicht David eine Zigarette, die er dankend ablehnt. Dann gehen sie hinüber zu einer Couch, auf der David ein Platz angeboten wird. Dusty zieht sich den kleinen Hocker heran und steckt sich eine Zigarette in den Mund. In seinen Hosentaschen sucht er nach einem Feuerzeug, welches er schließlich in seiner Brusttasche findet. Nachdem er genüsslich den Rauch inhaliert hat, legt er die Zigarette ab. »Es sieht nicht gut aus. Wir haben ihn spät gefunden und es ist ein Wunder, dass er es überhaupt überlebt hat. Falls er durchkommt, muss er damit rechnen, eventuell Folgen davon zu tragen. In welcher Weise und Form weiß ich auch nicht, aber ich war heute schon bei Tacheenie, der mich aber nicht zu ihm lassen wollte. Er bittet darum, dass wir uns in den nächsten Tagen von Ayatéh fernhalten und das sollten wir akzeptieren.« Als er Davids besorgtes Gesicht sieht, fügt er hinzu: »Im Krankenhaus hätten sie auch nicht mehr tun können, denn das Gift war schon zu lange in seinem Körper und hat schwere Schäden angerichtet. Ich hoffe nur, dass er sein weiteres Leben meistert, denn er hat viel durchgemacht. Auch wenn jemand nicht sensibel ist, macht es einem schwer zu schaffen, die Frau zu verlieren, die man heiraten möchte, besonders nach so einem Schicksalsschlag, wie Ayatéh es erlebt hat.«

»Oh, davon habe ich nichts gewusst«, sagt David überrascht. Dusty erzählt ihm, wie es sich ereignet hatte. Schließlich sagt er: »Ayatéh brauchte Zeit und Abstand und das hat an der Beziehung genagt, denn er ist nicht so hart, wie es vielleicht manchmal scheint. Er ist sehr sensibel und man muss oft vorsichtig sein, mit dem, was man sagt. Aber er ist okay, ich kenne ihn schon lange. Was ich nicht gut finde, ist, dass Sheena ausgerechnet in dieser schweren Zeit gegangen ist, wo er ihre Hilfe brauchte. Sie hätte bedingungslos zu ihm halten müssen, aber das war ihr wohl alles zu anstrengend.«

»Sie mochten sie nicht besonders?«

Dusty wiegt mit dem Kopf etwas hin und her. »Doch schon, sie war nett. Aber eine Frau, die weiß, was sie will, auch wenn sie jemanden, der sich eng mit ihr verbunden fühlt, verletzt. Ich glaube schon, dass sie Ayatéh geliebt hat, doch sie war nicht bereit, Opfer zu bringen, um diese Liebe zu retten. Überhaupt fand ich sie in ihrer Art manchmal etwas überheblich. Ayatéh ist anders, vielleicht sogar das krasse Gegenteil. Wenn es darum geht, jemandem zu helfen, setzt manchmal sogar sein Verstand aus. Dann riskiert er alles, ohne es zu merken, selbst, wenn er in eine Katastrophe rennt. Ich weiß, dass er sich Vorwürfe macht. Dabei war es Sheena, die ihn verlassen hat, doch das darf man ihm nicht sagen.«

Sie schweigen eine Weile und jeder hängt seinen Gedanken nach. Von hinten, aus dem anderen Raum, hört David ein Stimmengemurmel, dass immer mehr zu einer Auseinandersetzung zwischen Dustys Frau und Laura führt.

»Ayatéh gehört wie wir dem Clan Coyote Pass People-Jemiz an, das heißt, wir sind, wenn auch im entferntesten Sinne, miteinander verwandt. Wenn ein Mann heiratet, geht er in die Clanfamilie seiner Frau über, denn sie spielt eine sehr bedeutende Rolle bei uns. Sie symbolisiert Fruchtbarkeit und Macht. Auch eine Frau nimmt für den Stamm eine wichtige Position ein. Bei uns wird eine Frau geschätzt und ihre Worte haben Autorität.« Dusty zieht intensiv den Rauch seiner Zigarette in die Lungen und klopft nachdenklich die Asche in einem alten Aludeckel aus.

Jetzt können sie das leise Weinen des kleinen Mädchens hören. »Ayatéh kommt gut mit Kindern zurecht«, erzählt Dusty. »Und meiner Tochter Laura gegenüber hat er ein brüderliches Verhältnis. Sie verstehen sich gut und jetzt will sie unbedingt zu ihm, aber das geht nicht. Tacheenie möchte es nicht.«

»Ist er ein richtiger Schamane? Ich dachte, so etwas gibt es nicht mehr, allenfalls aus alten Geschichten«, sagt David stirnrunzelnd.

Dusty zögert mit seiner Antwort. In wie weit sollte er es einem Weißen erklären? »Schamanen gibt es bei den Präriestämmen. Er ist ein Chanter. Viele von uns vertrauen ihm. Er kennt sich gut mit den Heilkräutern aus. Zu einer Zeremonie gehören die verschiedenen Sandbilder, worauf der Kranke gelegt wird. Noch vor Sonnenuntergang wird es wieder zerstört. Die vielen Gesänge zu lernen erfordert Geduld. Nicht jeder fühlt sich in der Lage, sie zu beherrschen. Aber das ist nur ein Teil der Heilungszeremonie. Natürlich werden nicht alle Krankheiten geheilt. Bei einigen kann man nur die Symptome lindern. Zum Beispiel Krebs oder Aids zu heilen, ist aussichtslos. Es ist ja auch nicht so, dass wir die Allgemeinmedizin generell ablehnen, auch Tacheenie nicht. Manchmal kombiniert er die Medikamente mit seinen Methoden. Für einen Chanter ist es aber vor allem wichtig, die Zusammenhänge zu verstehen. Das ist nicht einfach zu erklären. Er ist ein Vermittler und

Hüter zwischen der diesseitigen und jenseitigen Welt. Es gibt viele Dinge zu teilen mit den *Vier Farben der Menschlichkeit* in unserer gemeinsamen Bestimmung, da wir *eins* sind mit unserer Mutter, der Erde, die alles hervorbringt, um uns zu ernähren.« Dusty drückt seine Zigarette, die nur noch ein allerkleinster Stummel ist, langsam und kräftig aus. Dann fährt er fort: »Es ist dieses Teilen, das von den Medizinleuten, die die heiligen Pfänder bei sich tragen, mit großer Umsicht betrachtet werden muss, damit kein Schaden aufgrund von Unwissenheit und Missbrauch dieser machtvollen Kräfte die Menschen trifft.« Dusty wirkt etwas nervös, als er weiter spricht. »Ayatéh hat diese Lehren missbraucht. Doch er wird es sich gut überlegt haben, bevor er diesen Schritt wagte. Was er dabei aufs Spiel gesetzt hat, kann sich wohl niemand richtig vorstellen. Selbst für mich ist es zu weit hergeholt.«

David, der ihm bis jetzt aufmerksam zugehört hat, weiß nicht, wie es gemeint ist. »Das verstehe ich nicht.«

»Tacheenie sagt, dass er sich mit übernatürlichen Mächten eingelassen hat, was nicht überschaubar ist. Es ist nicht nur so, dass er sein Leben dabei riskiert hat, auch nicht, dass er sich nicht mehr würdig fühlt, weiter Tacheenies Schüler zu sein. Es ist so, dass sie ihren Tribut fordern, sie nehmen ihn ein, sie führen ihn, lenken ihn und können ihn zerstören, wenn er sich ihnen widersetzt.«

»Sie glauben das alles?«

»Inzwischen ja und sie fordern ein Opfer, zu welchem Ayatéh nicht bereit ist.«

»Was für ein Opfer?«

»Ich weiß es nicht, aber Ayatéh weiß es. Nur spricht er nicht darüber.«

»Wollen sie seinen Tod?« David erschrickt vor seinen eigenen Worten.

»Nein, nicht unbedingt, ich glaube nicht. Aber ich weiß es nicht wirklich.« Dann setzt Dusty fort: »Aber Ayatéh ist jung und intelligent. Jetzt kommt es in erster Linie darauf an, ob er noch einen Lebenswillen hat und wie stark dieser ausgeprägt ist. Dann hat er vielleicht eine Chance, durchzukommen.«

»Was denken Sie? Sie kennen ihn doch gut«, fragt ihn David.

»Er hat einen stabilen, inneren Kern und weiß es vielleicht selbst nicht. Ich denke mal, es bröckelt nur die äußere Schale. Ayatéh hatte eine schöne Kindheit und Jugend und das hat ihn geprägt, ihm Halt und Festigkeit gegeben. Und so etwas ist verdammt wichtig. Ich denke, er wird sich wieder aufrappeln - ich hoffe es. An was anderes möchte ich auch nicht denken.«

Dusty steckt sich die nächste Zigarette an und dann reden sie über die Fabrik. David ist mit seinen Äußerungen vorsichtig, denn er ahnt, dass hinter all dem mehr steckt, als die bloße Vertuschung von eingeleiteten Chemikalien. Aber es ist nicht sein Job und seine Aufgabe, in dieser Sache weiter nach zu gehen und das FBI in Arizona hat den Fall zu den Akten gelegt. Anscheinend gibt es wohl Wichtigeres, als den Mord eines Indianers aufzuklären. Doch David ist machtlos und ihm sind die Hände gebunden. Ihm bleibt nichts anderes übrig, als so schnell wie möglich nach Denver zurück zu fahren. Schließlich sind er und seine Kollegen einer Erpresserbande auf der Spur, die ohne Rücksicht auf Verluste zuschlägt. Und dieser Fall wird sicher nicht so schnell zu den Akten gelegt. Manchmal machen es sich diese Beamten einfach, denkt David. So wie hier in Arizona. Wenn sie nicht mehr weiter kommen, stellen sie die Sache ein oder geben den Fall ab.

David steht auf, um sich zu verabschieden. »Sagen Sie, können Sie mich anrufen, wenn Sie etwas Neues über Ayatéh wissen? Ich muss heute noch nach Denver zurück. Eigentlich dürfte ich gar nicht hier sein.«

»Ich verstehe, wenn ich eine Möglichkeit habe, werde ich mich natürlich bei Ihnen melden.« Daraufhin notiert sich Dusty die Telefonnummer.

David lässt sich auf dem Rückweg etwas mehr Zeit und so erreicht er die große Stadt mitten in der Nacht. Sie ist hell erleuchtet. Als er an einer Ampel hält, sieht er, wie der fallende Schnee unter dem Laternenlicht tanzt und der Schein ihn in leuchtende Kristalle verwandelt. Für einen kurzen Moment begreift er ansatzweise die Welt, aus der er gerade gekommen ist. Es liegt mehr dazwischen, als die paar hundert Meilen, die er zurückgelegt hat. Eine für ihn unüberwindbare Distanz.

Sie liegt jenseits seiner Vorstellungskraft, jenseits von Waschmaschinen, Klimaanlagen und Handys. Sie steckt fest im Mythos der Vergangenheit. Zu weit entfernt von der Oberflächlichkeit der Welt, aus der er stammt. Einige Menschen dort leben in einer großen geistigen Freiheit. Sie sind nicht gefangen in ihrer Armut.

Das Hupen eines Fahrzeuges hinter ihm schreckt ihn aus seinen Gedanken, denn er hatte die inzwischen grün gewordene Ampel nicht wahrgenommen.

Ayatéh braucht lange, um sich zu erholen. Doch Tacheenie schafft es, nach langen Heilungszeremonien ihm zu helfen. Aber um eine seelische Stabilität aufzubauen, fehlt seinem Schüler noch die Kraft. Doch er kennt Ayatéh und weiß um seine innere Stärke, die nach und nach sein Gleichgewicht wieder herstellen wird, selbst, wenn es Jahre dauert. Die enge Verbindung mit seinem Volk wird ihm helfen, diese schwere Zeit zu überwinden.

Hin und wieder nimmt Ayatéh Drogen, um zumindest zeitweise seinen depressiven Stimmungen zu entfliehen, zudem leidet er immer noch unter den Nachwirkungen des Schlangengiftes.

Aber er bleibt in Chilichinbito und Rough Rock, die beiden Orte, die nur etwa zwanzig Meilen auseinander liegen. Sein Leben hat sich, im Gegensatz zu früher, stark verändert. Damals hatten sich viele seiner Clan-Mitglieder abends bei Chaka getroffen und der Hogen war ständig erfüllt von Leben und Kinderlachen. Dies vermisst er jeden Tag mehr, dennoch versucht er seinem jetzigen Leben etwas Positives abzugewinnen.

Schließlich taucht er eines Abends bei David in Denver auf. Zu seiner Überraschung ist David angetrunken und fordert ihn gleich auf, mit zu trinken. Ayatéh geht darauf ein, denn er hat das Bedürfnis, einmal einen richtig guten, vernünftigen Whisky zu sich zu nehmen. Das ist schon etwas anderes, als dieses gepantschte Zeug, das die ‚Weißen' im Reservat illegal verkaufen.

»Ich bin froh, dass es dir wieder gut geht«, sagt David und sieht in den Schränken nach, ob er noch ein paar Chips auftreiben kann.

»Mir geht es noch nicht so gut. Ich möchte auf einer Ranch im Süden arbeiten, doch im Moment packe ich es noch nicht. Vielleicht später - wenn überhaupt.«

»Hey, sei nicht so pessimistisch, du kannst froh sein, dass du es überhaupt geschafft hast!«

»Das musst du nicht verstehen.« Ayatéh nimmt einen kräftigen Schluck von dem Bourbon. »Ich wollte nicht, dass ihr mich zurückholt und jetzt muss ich damit klar kommen.«

»Ich hoffe, du wirst es nicht wieder tun!?«

»Was für eine Antwort willst du hören? Mein Zustand gleicht einer zerbrochenen Vase, die jemand mutwillig zerstört hat. Auch wenn gute Absichten dahinter stecken, sie zu kitten, einige Teile werden für immer fehlen - trotz allem will ich versuchen, mein Leben neu zu ordnen. Ob ich es schaffe, weiß ich nicht, aber ich will es versuchen. Ich lese und lerne viel, übe manchmal auf der Gitarre oder spiele auf der traditionellen Flöte, das hilft mir etwas. Auf jeden Fall werde ich mir auch eine Arbeit suchen, egal, was und wo. Aber, wie sieht es mit dir aus, David? Warst du dabei, eine Einmannparty zu feiern? Gibt es einen besonderen Anlass?«

»Einen Anlass gibt es«, erklärt er schon ziemlich angetrunken. »Aber keinen Besonderen, jedenfalls kein erfreuliches Ereignis.«

»Ich verstehe gar nichts«, sagt Ayatéh und nimmt ihm die Tüte Chips aus der Hand, die David vergeblich versucht zu öffnen, macht sie auf und greift hinein.

»Weißt du«, beginnt David und lehnt sich in seinen Sessel zurück. »Da ist diese Frau, Samantha - eine schöne Frau, mit allem, was dazugehört. Sie war eine falsche Schlange! Sie hat mich nicht nur ausgenommen, sie hat mich ruiniert. Belogen und betrogen hat sie mich. Ich sage dir, Ayatéh, diese Frau ist durch und durch schlecht. Sie ist mit einem anderen Kerl abgehauen, nachdem sie mein Konto und mein Sparbuch geplündert hat. Vorher habe ich für sie gebürgt, weil sie einen Kredit brauchte, den sie sonst nicht bekommen hätte. Ich habe unterschrieben und muss jetzt jahrelang dafür bezahlen. Mit dem Geld ist sie jetzt auf Hawaii, mit ihrem Geliebten - von meinem Geld, diese Sumpfschnecke diese … ach«, er macht eine abwertende Handbewegung und trinkt sein x-tes Glas aus. »Jetzt habe ich Schulden. Dabei will ich nur ein kleines Häuschen im Grünen, eine liebe Frau und vielleicht Kinder. Ist das zu viel verlangt? Warum geht es nicht? Liebe! - Pah!« Diesmal geht seine Handbewegung kraftlos nach unten.

So sitzen sie noch die ganze Nacht zusammen. Zuerst hört Ayatéh sich geduldig die Leidensgeschichte von David an, dann reden sie über die Menschen allgemein. Während Ayatéh es bei einem zweiten Glas belässt, trinkt David ständig weiter. Er ist froh, nicht alleine zu sein und schimpft über die schlechte Menschheit. Über die Überheblichkeit vieler Leute, die Arroganz, den Egoismus, über den übermäßigen Reichtum des Landes, während woanders Menschen verhungern. Ayatéh hört sich das alles an und denkt nach.

»Weißt du, David«, erklärt er ihm seine Ansicht. »Du darfst sie nicht alle so sehen, nur weil du schlechte Erfahrungen gemacht hast. Vielleicht bringt es auch dein Beruf mit sich. Jeder Mensch ist ein Individuum und hat auch auf seine Weise etwas Besonderes.« Er überlegt, knabbert an einigen Chips und denkt daran, dass jeder die gleichen Grundbedürfnisse hat, egal, von wo jemand stammt. Doch manchmal, und da muss er David recht geben, artet so etwas auch aus.

»Alles Egoisten, auch wenn sie nur scheinheilig tun. Die ganze Menschheit ist ein Verbrechen. Alle gieren nach Geld. Ausbeuter, Halsabschneider ...« David steigert sich immer mehr in seine Wut hinein.

Ayatéh zieht seine Schuhe aus und stellt die Füße auf die Ledercouch. Sie ist hart und angenehmer, als die Durchgesessene in seinem Haus, die er vor zwei Tagen verbrannt hat, weil er sie einfach furchtbar fand. Damals hatte er sie von Charly bekommen, damit seine Freunde, die oft über Nacht blieben, darauf schlafen konnten.

»Ich denke«, greift Ayatéh Davids letzten Gedanken auf, »dass irgendwie jeder ein Stück Egoismus in sich hat und das ist auch bis zu einem bestimmten Grad gut so. Einen gesunden Egoismus halte ich sogar für wichtig, solange man sich nicht auf Kosten anderer bereichert. Aber leider sieht es in Wirklichkeit oft anders aus. Die Menschen geben sich mit nichts zufrieden und können nie genug bekommen. Wenn sie wenig haben, wollen sie mehr, wenn sie mehr haben, wollen sie alles. Die meisten Leute sind sehr oberflächlich, klopfen nur große Sprüche. Und - wie soll ich sagen, ich halte viele Leute, trotz des Fortschrittes für primitiv, weil sie nur auf Äußerlichkeiten Wert legen. Aber ich kann mir eigentlich kein Urteil bilden, weil ich nur wenige Leute aus deiner Welt hier kenne. Wenn du denkst, dass es bei den Navajo anders ist, irrst du dich. Sicher, es gibt auch bei uns Verbrechen und Gewalt, jedoch sind die Ursachen existenzieller Art. Die Lebensverhältnisse sind grundlegend anders, dafür gibt es bei uns einen besseren Zusammenhalt. Wenn jemand - sozusagen aus der Art schlägt, dann werten wir diese Person nicht ab, sondern eher im Gegenteil. Wir versuchen, sie wieder ins Gleichgewicht zu bringen. Aber in deiner Welt sehe und höre ich manchmal so einiges, was mir zu denken gibt. Da habe ich hier auf einer Tankstelle angehalten und mitbekommen, wie eine Frau ihr Kind angeschrien hat, weil es Süßigkeiten wollte. Ich beobachte viel und denke manchmal, die Leute betrachten ihre Kinder als persönliches Eigentum. Ihr sagt ja auch *mein* Kind. Oft werden sie kritisiert und herumkommandiert wie Hunde, die auf einen Befehl gehorchen müssen. Navajo würden so niemals mit den Kindern umgehen. Aber es gibt sicher auch genug Leute, die anders sind. Und es gibt auch andere Frauen, David. Vielleicht solltest du kritischer sein und nicht so naiv. Gerade in deinem Beruf musst du das doch gelernt haben.«

David sieht seinen Freund mit glasigen Augen an und lallt: »Meinen Job will ich auch nicht mehr ... macht keinen Spaß. Immer Gewalt ...« Schwankend schaukelt er im Sessel herum. »Das ist nichts für mich ... weißt du, weißt du was? Ich wollte Rechtsanwalt werden, aber ich bin wohl zu blöd ... hab ich - hick - nicht geschafft. Außerdem ...« Dabei starrt er Ayatéh an »Warum sind deine Haare ab?«

»Nur so«, gibt er David zur Antwort und lächelt, weil dieser jetzt erst festgestellt hat, dass seine Haare nur noch schulterlang sind. Ayatéh schleppt ihn dann ins Bett und legt sich selbst auf die Couch. Die Geräusche der vielen Autos ist er nicht gewohnt und auch dunkel wird es nicht richtig. Die Straßenbeleuchtung scheint selbst durch die geschlossenen Innenjalousien herein und schwache Lichtreflexe stammen von einer weiter entfernten Reklame. Aber er ist sehr müde und schläft schließlich doch ein.

Gegen Mittag hat David Mühe ihn zu wecken. »Dir geht es nicht besonders gut, oder?«

Nur langsam rappelt sich Ayatéh auf. »Geht so«, murmelt er.

»War wohl gestern ein bisschen viel mit dem Alkohol. Ich hab gelesen, Indianern fehlt ein bestimmtes Enzym im Blut, deshalb werden sie leichter betrunken.«

»Ah, die wissenschaftlichen Studien eines Anthropologen. Gut, dass es sie gibt, sonst wüssten wir Navajo gar nichts über uns«, antwortet Ayatéh ironisch. »Außerdem war ich nicht betrunken, aber du.« Mit einem skeptischen Blick sieht er David an. »Ich finde auch, dass du erbärmlicher aussiehst.«

»Ich habe ziemlich starke Kopfschmerzen, da hilft auch kein Aspirin mehr. Na ja, stimmt, ich habe wesentlich mehr getrunken.«

Es ist Sonntag und David ist froh, dienstfrei zu haben. Also machen sie sich daran, in der Mittagszeit zu frühstücken. Sie freuen sich auf einen duftenden, starken Kaffee, doch David merkt, dass die Hand, mit der Ayatéh den Kaffeebecher festhält, leicht zittert. Sie reden in der nächsten Zeit wenig und jeder hängt seinen Gedanken nach. Ayatéh fängt an, ruhelos zu werden und als sie das Geschirr weggeräumt haben, geht er schließlich im Wohnzimmer auf und ab. Dann klingelt neben ihm das Faxgerät und er zuckt erschreckt zusammen. Jetzt sieht er neugierig zu, wie ein Papierstück herauskommt.

»Ah, was kommt denn da aus der Zaubermaschine des Weißen Mannes?«, sagt er staunend und beugt sich hinüber. Jetzt stellt sich David neben ihn und reißt das Blatt ab, um es besser zu lesen. »Siehst du«, sagt er genervt. »Das ist mein Job. Nicht mal zu Hause lassen sie mich in Ruhe. Aber dies hier ist nicht so wichtig, das hat Zeit. Es sind nur ein paar ...«, dabei ließt er weiter und murmelt: »Informationen.« Anschließend setzt er sich eine Zeit lang an den Computer, während Ayatéh sich einige Illustrierte ansieht.

Am Nachmittag lassen Davids Kopfschmerzen nach und sie sehen sich die Stadt an. Ayatéh ist beeindruckt von den vielen Angeboten, die die Stadtmenschen hier in ihren Bann ziehen.

»Es ist faszinierend«, sagt er, als sie am Abend in einem großen, gemütlichen Restaurant sitzen. »Aber ich glaube nicht, dass ich hier auf Dauer leben möchte.«

»Vielleicht können wir uns die Rocky Mountains ansehen, aber wahrscheinlich sind die Zufahrtsstraßen noch gesperrt. Es kommt auf das Wetter in den nächsten Tagen an. Weißt du, ich lebe hier neben einer grandiosen Landschaft und habe davon noch nichts mitbekommen. Außerdem bin ich dir noch etwas schuldig. Also abgemacht?«

»Okay«, antwortet Ayatéh kurz und sieht sich die Speisekarte an. Jetzt fällt David auf, dass die Hand mit der Karte wieder zittert. Er erwähnt jedoch nichts, doch als sie mit dem Essen fertig sind und Ayatéh das Besteck zur Seite legt, stellt er ihm die Frage, die ihm schon lange auf den Lippen brennt.

»Nimmst du Drogen?«

Ayatéh streicht verlegen seine schwarzen Haare aus der Stirn, und sieht David an. Er weiß nicht so recht, wie er reagieren soll.

»Du bist sehr direkt.«

»Und?«, fragt David weiter.

»Nicht mehr, ich habe ab und zu etwas genommen, aber ich komme schon klar.«

»Sicher?«

»Okay, es ist nicht so einfach, aber ich habe schon Schlimmeres mitgemacht. Ich werde auch ohne dieses Zeug zurechtkommen. Es wird nicht leicht sein, aber ich kriege das hin. Das hier ist für mich kein Problem.«

»Das sagen sie alle.« David weiß nicht, wie er Ayatéh einschätzen soll.

»Dann glaub, was du willst.«

»Ist es von dem, was du mir damals gezeigt hast?«

Ayatéh wirft ihm einen flüchtigen Blick zu und ein kleines Lächeln spielt fast unmerklich um seine Mundwinkel. Dabei schüttelt er langsam den Kopf. Es wirkt so, als ob er nicht begreifen kann, was David von ihm will. Manchmal kommt er ihm wie ein kleines naives Kind vor, das es sich alles ziemlich einfach macht. Kann er von David, einem *bilagaana* überhaupt Verständnis erwarten? Er ist ein anderes Leben gewohnt. Ein materielles Leben, in dem er sich beruflich mit der übelsten Sorte herumschlagen muss. Da dürfen psychologische Gründe keine Rolle spielen, da zählen nur Fakten, die sein Leben prägen.

»Du meinst, ich habe mir das Rauschgift unter den Nagel gerissen, das ich damals gefunden habe. Den Stoff, den sie mir anhaften wollten, um mich einzulochen. David, was denkst du über mich? Was glaubst du, wer ich bin? Dass ich mich wie ein Besessener über dieses Zeug hergemacht habe? Ich besitze auch so etwas wie einen Stolz. Du denkst, dieses Zeug hat mich blind gemacht. Doch meine Probleme liegen woanders - glaub es mir. Aber es dauert wohl noch lange, bis du mich ein wenig kennst.« Dann schüttelt er wieder voller Unverständnis den Kopf.

David ärgert sich darüber, dass er sich Ayatéh gegenüber plump und taktlos benommen hatte und entschuldigt sich dafür. »Es tut mir Leid. Ich möchte dir helfen, verstehst du? Ich glaube, wir haben etwas gemeinsam, wir sind beide zu sensibel für diese Welt.«

Ayatéh sagt nichts dazu und David denkt jetzt plötzlich an Dustys Worte, die sich immer noch weigern, in sein Bewusstsein zu treten: *Die Geister fordern ihren Tribut.* Doch was war das? Er hatte es nicht gedacht, sondern ausgesprochen. Es kam zwar leise über seine Lippen, aber sein Freund hat es gehört.

»Unsinn«, wiegelt Ayatéh ab. »Wir reden jetzt lieber übers Wetter.«
»Dann lieber darüber, was aus dem Zeug von damals geworden ist.«
»Das Rauschgift - es war Kokain - hat Santo später diesem Tanner in den Pool verstreut, denn ich bin mir sicher, es war von ihm. Dann soll er es wiederhaben. Ich brauche sein dreckiges Zeug nicht. Darauf bin ich nicht angewiesen und auf alles andere auch nicht, falls du darauf anspielen willst.«

Bei der Vorstellung, dass das Rauschgift im Pool oben auf dem Wasser treibt, wofür Tanner viel Geld springen ließ, um Ayatéh hinter Gitter zu bringen, kann David sich ein Grinsen nicht verkneifen.

Er nimmt sich vor, seine Worte vorsichtiger zu wählen und Ayatéh von einem anderen Licht zu betrachten. Ayatéh gehört nicht zu denen, die sich mitreißen lassen. Und plötzlich glaubt David sicher zu sein, dass sein Freund stark genug ist, alle Hindernisse zu überwinden. Wahrscheinlich bringt es sein Beruf mit sich, dass er sich im Laufe der Zeit einen groben Ton angewöhnt hatte und eine direkte Art vorzugehen, wenn er etwas erfahren will. Doch Ayatéh gehört nicht zu den Schwerverbrechern, die er oft verhört, sondern er ist sein Freund geworden. Also sollte er sich ihm gegenüber taktvoller verhalten.

»Weißt du, dass Tanner nicht mehr dort in der Fabrik ist? Der Sheriff hat mich vor einem Monat angerufen und es mir erzählt. Ich hatte ihn damals darum gebeten, mir Auskunft zu geben, falls er etwas mehr über diese Firma erfährt. Aber ich denke, ich erzähle dir nichts Neues.«
»Nein, das wusste ich nicht. Nach unserer letzten Begegnung habe ich mich nicht mehr darum gekümmert«, erwidert Ayatéh. »Manchmal ist mir das alles egal. Dadurch wird keiner wieder lebendig.«

David macht ein erstauntes Gesicht. »Was heißt das? Nach der Begegnung - du hast dich da nicht rausgehalten?«

Als die Kellnerin in Davids Sichtweite gerät, bestellt er noch zwei Orangensaft. Dann brennt er auf eine Antwort.

»Er ist für mich ein Mörder, David!«

»Das behauptest du einfach, doch es ist nur eine Vermutung. Niemand kann es beweisen.«

»Er hat mir gesagt, in wie weit er daran beteiligt war. Tanner hat die Killer angeheuert und bezahlt - und hat es zugegeben. Gut, er sagte es nur mir. Auch kein Beweis, denn ich kann es mir ja ausgedacht haben. Er ist ein feiger Hund, aber keine Angst, ich habe ihm, wie du mir damals gesagt hast, nichts zuleide getan.«

Die Bedienung bringt den Saft und dann erzählt Ayatéh ihm, wie sich alles abgespielt hatte. Von der nächtlichen Entführung zum Fluss, die mit der Schlange im Pool begann, bis hin zu seiner persönlichen Abrechnung bei Tanners Ferienhaus, wobei der Schuss fiel.

Plötzlich kann David ihn verstehen. Es war keine Rache, keine Vergeltung, auch wenn es so scheint. Nein, es war nur ähnlich einem Kapitel in einem Buch. Es sollte einfach nur beendet werden.

Vielleicht reagiert er deshalb mit einem verwirrten Stirnrunzeln, als Ayatéh ihm sagt, dass es keine gute Idee war, Tanner in den Fluss zu schicken. »Es hätte gereicht, ihm das Wasser einzutrichtern, für dessen Verseuchung er verantwortlich ist. Aber was sich am Fluss ereignet hat - ihm also noch zusätzlich die Blöße zu geben, kam aus meinem grenzenlosen Hass heraus. Jetzt denke ich, es sollte keine Genugtuung sein, wenn man einen wehrlosen Menschen solch einer Demütigung aussetzt.« Sogar im Ton seiner Stimme scheint eine gewisse Reue mitzuklingen.

»Wenn es stimmt, dass er daran beteiligt war, deine Familie ermordet zu haben, sollte man alles daran setzen, es zu beweisen, damit er eingelocht wird.«

»Eben«, bekräftigt Ayatéh. »Das sollte man tun, anstatt sich ins Unrecht zu setzen.

»Oh, wir kommen uns näher! Woher dieser plötzliche Sinneswandel?«, wundert sich David.

»Es ist kein Sinneswandel. Uns hört man nicht zu. Es ist einfach ungerecht, wenn man uns zurückweist, abschiebt oder nicht glaubt. Wir müssen ständig damit leben, in jeder Situation und immer, wenn wir unser Recht einfordern. Wenn wir etwas vortragen wollen, was uns nicht passt, werden wir auf später vertröstet, um dann völlig ignoriert zu werden. So steigert sich eine Wut, die sich dann zum Beispiel durch solche spektakuläre Taten entlädt. Das BIA regiert wie ein Vormund über uns und wir werden behandelt wie unmündige Bürger. Und die meisten von uns leben gleichgültig in den Tag hinein, in einer dumpfen Lethargie. Ich habe es einmal als meine Aufgabe betrachtet, sie aufzuwecken.«

Am nächsten Tag ist Ayatéh alleine. Er geht einkaufen und genießt es, in der modernen Küche das Essen zu kochen.

Als David nach diesem anstrengenden Tag nach Hause kommt, ist der Tisch gedeckt und es gibt leckeren Taco.

»Hey«, grinst David, als er daran vorbeigeht. »Du bist mein Gast und nicht mein Haushälter. Eigentlich sollte ich dir etwas vorsetzen.« Dann zieht er sein Jackett aus. »Aber ehrlich gesagt, ich genieße es auch.«

»Wenn ich auf dich warte, hättest du erst nach Dienstschluss damit angefangen und bis dahin bin ich verhungert.« Ayatéh legt noch Servietten auf den Tisch und stellt etwas zu Trinken hin.

»Dass du Hunger hast, ist ungewöhnlich, so wenig, wie du isst. Hast du schon gemerkt, dass du immer dünner wirst?«

»Ja, ja, ich weiß. Ich bin so dünn, dass ich unter deiner Dusche hin und her springen muss, um einen Wasserstrahl abzubekommen«, scherzt Ayatéh.

Lachend geht David ins Schlafzimmer, um seinen Anzug gegen eine Jeanshose und T-Shirt einzutauschen. Dann setzen sie sich an den gemütlich aussehenden Tisch und genießen den Taco, die Ayatéh mit verschiedenem Gemüse gefüllt hat. Sie sind gut gewürzt und David kann nicht genug davon bekommen.

»Du kochst sehr gut, es schmeckt lecker«, lobt ihn David.

»Ich habe es von meiner Schwester gelernt. Wir haben immer viel gemeinsam gemacht. Ihr machte es Spaß, sich um alles zu kümmern. Sie war sehr selbstständig.«

»Ging sie auch zur Schule, wie dein Bruder?«

»Ja, sie war sehr gut und ehrgeizig. Sie wollte wie Pablo zum College. Einige Fächer wurden in Diné unterrichtet und unsere Art von Schule macht den Kindern Spaß.«

»Wie sieht denn so ein Ablauf aus?«, fragt David, der inzwischen mit dem Essen fertig ist und die Serviette zur Seite legt.

»Nun ja, ich war selbst nie dort, aber ich kann dir sagen, dass sie sich alle jeden Morgen treffen, sich in einen Kreis setzen und den neuen Tag begrüßen, indem sie ihn zum Beispiel mit Blütenstaub segnen. Sie lernen etwas über die Trommel, denn ihr Schlag ist der Herzschlag der Erde. Ein Rhythmus von symbolischer Bedeutung. In einigen anderen Schulen wird der Tag mit Tabak gepriesen, denn er bedeutet mehr, als nur rauchen. Ich habe mir eine Schule der Dakota angesehen, dort wird es so praktiziert. Dann beten sie und singen. Erst danach sprechen sie in ihrer Muttersprache über aktuelle Dinge und auch Probleme, die die ganze Schülerschaft betreffen. Wenn sie in ihre Klassen gehen, bekommen sie ein gutes Gefühl. Außer Mathe und die üblichen Sachen haben sie zwei Pflichtfächer: indianische Kultur, womit die Kultur des eigenen Volkes gemeint ist und Kunst. Die Schüler unternehmen viele Exkursionen in die Natur, denn sie glauben nicht, dass man in einem Gebäude nur theoretisch lernen kann. Zudem stellen sie viele Dinge für den täglichen Gebrauch selbst her. Vielleicht sind es auch Überlebensschulen, damit unser Volk als Volk überlebt und nicht verkümmert.«

»Aber hauptsächlich wird in englischer Sprache gesprochen?«, fragt David, der darüber nachdenkt, dass es viele moderne Wörter in Diné eigentlich gar nicht geben kann.

»Ja, in unserer Muttersprache wird leider nur so am Rande unterrichtet. Englisch ist die Weltsprache und die beherrschen die Kinder auch besser, weil sie so aufgewachsen sind. Außerdem ist sie für die Bewältigung der Alltagsprobleme wichtig.«

»Was diese Schulen machen, hört sich gut an«, antwortet ihm David. Dabei kann er sich solch einen Unterricht wesentlich interessanter vorstellen, als den trockenen Stoff, den er sich damals reinziehen musste.

Ayatéh sieht aus dem Küchenfester die hohen Häuser und den ständig fließenden Straßenverkehr. Nirgendwo kann er eine Grünfläche entdecken.

»Damit nicht so viele in die Städte gehen und dort scheitern, weil die Kluft zwischen diesen beiden Kulturen einfach zu groß ist. Obwohl ich denke, dass die Amerikaner nur eine ‚Mac Donald'- oder ‚Burger King'-Kultur haben. In Tsaile steht das Navajo Community College. Dort ist ein großes Tipi und ein Hogen, wo die Zeremonien abgehalten werden.«

»Ich verstehe«, sagt David, während er den Tisch abwischt. »Es geht den Indianern nicht um die Anpassung, sondern um die Erhaltung ihrer Werte und das schafft Probleme.«

»Richtig! Es geht nicht um Integration. Das wollen wir nicht. Es ist völlig anders als bei den Afroamerikanern. Wir wollen nicht integriert werden, sondern die Anerkennung als eigenes Volk. Aber unser Streben nach Souveränität ist vielen ein Dorn im Auge.« Ayatéh setzt sich an den Küchentisch. »Natürlich wollen auch bei uns die Jugendlichen in die Discos, sich amüsieren und so weiter, ist ganz klar. So etwas gibt es auch in Chinle oder Kayenta, doch ich hatte jedenfalls nie das Bedürfnis danach.« Dann reckt er sich und sagt: »Aber jetzt habe ich das Bedürfnis, etwas Luxus zu genießen und ein schönes Bad zu nehmen.« Er steht auf und lässt Wasser in die Wanne laufen.

Als er die Temperatur fühlt, kommt David ihm nach. Der denkt an die Armut, die er im Reservat mitbekommen hat und trotzdem scheinen die Menschen dort zufrieden zu sein. So scheint es … aber wahrscheinlich ist es so, dass sie sich mit der Situation abgefunden haben. Es gibt kaum Arbeitsplätze. In den winzigen Städten haben einige Navajo vielleicht Glück. Aber im Grunde genommen sind sie auf den Tourismus angewiesen und haben sich davon abhängig gemacht.

David bleibt im Türrahmen stehen und sieht zu, wie Ayatéh Badeschaum im Wasser verteilt. »Weißt du, was ich nicht verstehe? Soviel ich weiß, besitzt ihr auf eurem Land viele Bodenschätze und ich habe mitbekommen, dass ihr in riesigen Kraftwerken Kohle fördert, die dann in Elektrizität umgewandelt wird. Ihr sitzt doch sozusagen an der Quelle. Wieso habt ihr keinen Strom?«

Ayatéh setzt sich auf den Rand der Badewanne und versucht es David zu erklären: »Natürlich gibt es bei uns auch Häuser mit Strom. So am Rande der Reservation und auch in Chinle, Kayenta, Tuba City und Umgebung. Doch wenn man so weit abseits lebt, können wir nicht davon profitieren. Außerdem wird das meiste an die US- Regierung verkauft, die es an die großen Städte weiterleitet und wir bekommen nur sozusagen Cents-Beträge davon. Weißt du, wir fördern es nicht für uns, wir verkaufen es. Für uns bleibt da nichts übrig, weil wir es uns trotzdem nicht leisten können. Wir fördern alles Mögliche. Uns bleiben nur die radioaktiven Abfälle vom Uran-Abbau zum Beispiel. Und Uran tötet …« Ayatéh überlegt einen Moment, um von vorne anzufangen. »Nach dem Zweitem Weltkrieg gab es bei uns eine Hungersnot. Man hat uns immer wieder klar gemacht, dass wir uns doch von den Bodenschätzen ernähren können. Sie würden uns reich machen, denn die Regierung wollte uns alles abkaufen und natürlich bringt es viele Arbeitsplätze. Uns widerstrebt es, die Erde aufzureißen. Doch nach langen Verhandlungen sah man wohl keine andere Möglichkeit. Also, es ist so, dass wir laut Regierungsangaben viele kostbare Bodenschätze besitzen, also Kohle, Uran, Öl. Die jährlich von den Navajo geförderte Energiemenge entspricht etwa dem 32fachen Jahresbedarf New Mexicos, was etwas dichter besiedelt ist. So habe ich es einmal erfahren. Also, zum Beispiel erfordert der Uranabbau häufig das Abpumpen von Trinkwasser. Aus den Uran-Minen bei Gallup werden - ich glaube - an die vier Millionen Gallonen Wasser gepumpt und das täglich. Das muss man sich mal vorstellen! Und das bedeutet, dass die Konzentration von Radium und anderen toxischen Stoffen in diesem Wasser überaus hoch ist. Etwa das vier oder fünffache der festgesetzten Höchstwerte für einwandfreies Trinkwasser. Dazu kommt, dass die Kohlevergasungsanlagen noch zusätzlich riesige Mengen tödliche toxische Substanzen ausstoßen. Das sind Blei, Quecksilber, Kadmium, Arsen und Bor. Das alles verpestet die Luft, die wir einatmen. Viele sterben an Lungenkrebs, vor allem Leute, die dort arbeiten, in der Black Mesa. Der Name sagt es! - Ich lebe zwar in der Gegend, bekomme aber davon nichts mit. Es ist sonst fast menschenleer. So sieht es aus David. Wir machen es für dein Volk. Damit dein Trockner funktioniert, eine Klimaanlage in dieser Tiefgarage ist und du im Sommer in ein gekühltes Auto steigen kannst und damit ich hier in Denver jetzt zum Beispiel in eine Wanne steigen kann, wo heißes Wasser hineinläuft. Weißt du, so wie ich aufgewachsen bin, kenne ich es nicht anders und ich brauche das alles hier auch nicht. Obwohl ich zugebe, es schon zu genießen. Aber ich muss es nicht haben. Nur, was ich nicht will, ist ein verseuchtes Land. Und das für euch, die uns alles genommen haben.«

»Aber der Staudamm in Page erzeugt auch Strom«, weiß David, der einiges darüber erfahren hat.

»Wenn ich darüber nachdenke, wird mir schlecht. Die ziehen dem Colorado das Wasser ab, stauen es in Page zu einem gigantischen künstlichen See und lassen somit den Rest des Landes vertrocknen. Damit die feine Gesellschaft in Phoenix noch Golf spielen kann, wird alles wieder künstlich bewässert. Ein Schwachsinn ohne Ende. Dass es innerhalb des Landes Menschen gibt, die von dem Colorado abhängig sind, wird ignoriert. Es ist sowieso schon eine Wüstenregion, die eigentlich nicht für eine Schafzucht geeignet ist. Aber jetzt lassen sie auch noch den Rest verdorren.«

Ayatéh dreht den Wasserhahn zu, zieht sich aus und steigt in das duftende Schaumbad. David macht es sich inzwischen im Wohnzimmer gemütlich. Er denkt an Samantha, die ihn so sehr betrogen hat. Wie schon öfter versucht er dann seinen Kummer an Ayatéh loszuwerden. Doch der reagiert sehr empfindlich darauf.

»David, jeden Tag erzählst du mir von deinen Schulden und wie man dich gelinkt hat. Jeden Tag höre ich es mir an. Du bist enttäuscht von der Liebe und so weiter. Wie du jetzt dastehst, du ertrinkst in Selbstmitleid, ich kann es nicht mehr hören! Weißt du eigentlich, wie ich mich fühle?«

David, der sich vom Leben betrogen fühlt, merkt, dass er seinem Freund damit allmählich auf die Nerven geht. »Okay, du hast ja recht, aber es ist eben deprimierend, wenn man lange spart, Träume hat und dann alles zerplatzt.«

Ayatéh sitzt auf der Couch neben ihm, rubbelt noch einmal seine nassen Haare ab und legt sich das Handtuch über die Schulter.

»Ja, der Bau von Luftschlössern kostet nichts, aber die Zerstörung ist teuer«, sagt er. »Aber wenn man nichts erwartet, kann man auch nicht enttäuscht werden. Vielleicht stellst du zu hohe Erwartungen. Und du hast große Ansprüche, das kann man jetzt nicht mit mir vergleichen. Aber sieh mal, du hast eine Arbeit, bei der du viel Geld verdienst. David, du bist gesund und musst dich nicht körperlich kaputt schuften für ein paar Kröten. Du hast einen anspruchsvollen Job, bist darin in allen Bereichen qualifiziert und hast deine Schulden bei dem Gehalt sicher schnell beglichen.« Für einen kurzen Moment denkt Ayatéh darüber nach, was seinen Freund mehr belastet: der finanzielle Verlust oder der verletzte Stolz. »Weißt du«, setzt er fort. »Wie unwichtig mir Geld und diese Sachen sind, die für dich zum Lebensstandard gehören? Viele haben Angst, es zu verlieren und sie klammern sich an diese materiellen Dinge, die für sie einen großen Wert bedeuten. Aber ich bin nicht so aufgewachsen. Meine Eltern haben mir Liebe und Geborgenheit gegeben und gleichzeitig versucht, mich zur Selbstständigkeit zu erziehen. Sie waren immer für mich da. Das war für mich wichtig. Auch ohne das Streben nach materiellen Dingen. Ich brauche das nicht, ich kann in einem Hogen leben und glücklich sein, verstehst du? Klar, dass dieser normale, sogenannte Luxus - was für einen amerikanischen Bürger selbstverständlich ist - das Leben leichter macht und ich profitiere auch davon, aber ist das alles? Ist es das Ziel im Leben? Um das Geld wäre es mir nicht schade. Irgendwann wirst du auch die Frau deines Lebens finden und für dich geht das Leben weiter. Du hast nur Wut, weil sie dich reingelegt hat, das ist alles und bitte, bitte David, ich möchte nicht mehr hören, was für ein armer Kerl du bist.«

David wird plötzlich bewusst, was Ayatéh widerfahren ist und jetzt kommen ihm seine Sorgen tatsächlich bedeutungslos vor. Für eine Zeit schweigt er betroffen. Ihm wird nicht nur der Statusunterschied klar, sondern auch, dass für Ayatéh andere Werte zählen. Er fragt sich, was

»Glück« bedeutet. Ist es Liebe oder Wohlstand? Oder beides? Ayatéh würde es sicher mit Freiheit verbinden. Jeder hat andere Vorstellungen vom Leben und will dabei gut abschneiden.

Er steht auf, um sich in der Küche einen Kaffee aufzusetzen.

Ayatéh findet noch ein paar Kuchenstücke im Kühlschrank, holt sie raus und stellt sie auf den Tresen, der die hochmoderne Küche vom Esszimmer trennt. Schließlich lassen sie sich auf die Barhocker nieder.

Ayatéh ist erleichtert, denn er suchte schon länger nach einem Anlass, um es David zu sagen. Bisher hatte er täglich seine Sorgen angehört und sich nur wenig dazu geäußert. »Ich habe mein letztes Geld für Sprit ausgegeben, um hierher zu kommen, meinst du, das belastet mich? Über so etwas denke ich noch nicht einmal ansatzweise nach. Ich sehe einen Freund wieder, das zählt. Du hast doch hier alles: Lichtschalter, Klospülung, ständig frisches Wasser und all das, was für mich in die Abteilung ‚Fremdwort' gehört. Und du jammerst und jammerst, bist nicht zufrieden, weil du kein Geld hast und bezahlst mir hier ständig alles. Lädst mich zum Essen ein und so weiter. Wie komme ich mir dann vor, he? Weißt du, was meine Probleme sind? Willst du sie hören?«

David weiß, wovon sein Freund spricht. Betroffen schweigt er.

»Du kennst sie«, setzt Ayatéh fort. »Ich labere dich nicht damit jeden Tag voll, ich möchte mein Leben leben, wie es jetzt kommt. Ich erwarte nichts und ich hoffe, dass ich irgendwie klarkomme.«

Doch die weitere Unterhaltung führt wieder zum Thema Frauen und Liebe.

»Die Liebe hat auch ihre Schattenseite und im Moment zerfrisst es mich«, sagt David. »Das Schlimmste ist, dass ich mich in Samantha verliebt habe. So richtig, verstehst du? Und das tut auch hier weh …« David legt die Hand ans Herz. »Ich will das nicht, ich will dieses Gefühl wieder loswerden. Was macht man dagegen?«

»Ich kann dich verstehen«, beginnt Ayatéh und schiebt seinen leeren Kuchenteller zur Seite. »Ich habe gedacht, mein Kopf explodiert, als Sheena in die Stadt zog. Ich hatte Wut und Trauer zugleich. Ich fühlte mich so hilflos und leer. Ich war so verdammt verliebt und wusste auf einmal nicht mehr, wie ich die nächsten Tage überstehen kann.« Ayatéh lächelt ihm zu. »Ich gebe dir einen Rat, vielleicht hilft es dir: Alles was du fest hältst, hält in Wirklichkeit dich. Nimm dich und deinen Anspruch nicht so wichtig. Konzentriere dich auf Dinge, die für dein unmittelbares Dasein von Belang sind: Arbeit, Gesundheit und dein soziales Umfeld. Dann kannst du auch beginnen, deine freie Zeit zu planen und zu füllen. Versuche die Dinge bewusst zu tun, vor allem was du schon länger betreibst. Das schärft den Blick und das Empfinden für andere Sachen, die dich interessieren könnten. Nebeneffekt: Du lernst dich selbst besser kennen. Das kann nie etwas schaden, denn wir Menschen sind ja gerne Verdrängungskünstler, was das Aushalten mit uns selbst angeht. So etwas braucht seine Zeit. Gönne sie dir, denn es wird dir gut tun. Mach kleine Schritte, dann wird es dir bald besser gehen.«

David nickt. »Ja, da ist was dran, aber es ist leicht gesagt.«

Im weiteren Gesprächsverlauf unterhalten sie sich auch über Ayatéh und die Beziehung zu Sheena. Zum ersten Mal spricht Ayatéh ein kleines bisschen über seine Gefühle und langsam spürt er, dass er Erleichterung empfindet. Auch dieses Gespräch hatte einmal nötig getan, zumal er sich oft mit Schuldgefühlen belastet, weil er nicht bei ihr war, als sie dringend Hilfe brauchte. David befreit ihn von dieser Last, indem er ihm verständlich macht, dass er von all dem nichts gewusst hat und sie diese vorläufige Trennung selbst wollte.

In der nächsten Zeit versucht sich Ayatéh durch Fernsehen abzulenken. Auch David möchte auf andere Gedanken kommen und reicht für ein paar Tage Urlaub ein, um die Zeit zu nutzen, mit seinem Freund etwas zu unternehmen. Schließlich fahren sie hinaus in die Berge. Einige Straßen sind schon wieder freigegeben und so mieten sie sich eine kleine Holzhütte am See. Sie nehmen sich vor, nicht mehr über irgendwelche Probleme zu diskutieren und verbringen eine schöne, aber auch lustige Zeit in diesen vier Tagen. Die Schneeballschlacht wurde bald zu einem morgendlichen Ritual und so lassen sie für eine Zeit ihre Sorgen hinter sich.

Einen Tag vor ihrer Abreise greift jedoch das Schicksal ein, dessen Wende von Ayatéhs Handeln abhängt, denn ab jetzt wird dieser Weg in vorgeschriebenen Bahnen gelenkt.

Beide stehen sie auf einer von Menschenhand gebauten Aussicht, lehnen sich an das gut gesicherte Holzgeländer und betrachten die noch schneebedeckten, riesigen Berge der Rocky Mountains. Gewaltig und übermächtig geben sie dem Betrachter das Gefühl der Ehrfurcht. Die Dämmerung hat noch nicht ganz eingesetzt, schickt aber bereits ihre

Vorboten. Um diese Zeit kommen wenige Leute vorbei. Auf der anderen Seite der Berge tummeln sich die Skitouristen, aber hier hat sich schon der eine oder andere Besucher in seine Unterkunft begeben. Als auch David und Ayatéh daran denken, aufzubrechen, klingelt Davids Handy.

»So wichtig kann das Ding nicht sein, dass man es ständig mitschleppen muss und wichtiger wie unser Ausflug erst recht nicht«, entrüstet sich Ayatéh über den störenden Klingelton, der das Geschnatter einiger Enten imitiert.

Doch kurz nachdem David das Gespräch entgegengenommen hat, reicht er es seinem Freund. »Für dich.«

»Kann nicht sein, niemand von meinen Leuten kennt deine Handynummer, weiß ich doch selbst nicht.«

»Ich habe sie auf meinem Anrufbeantworter angegeben. Wenn du meine Privatnummer an deinen Stamm verteilst, weiß jeder, wie er mich belästigen kann«, grinst David.

Während Ayatéh verwundert das Mobiltelefon an sich nimmt, greift David noch einmal zur Kamera, um den grandiosen Anblick der Berge festzuhalten.

»Hier ist Nick«, gibt sich die Stimme am anderen Ende zu erkennen.

»Alles in Ordnung?«, fragt Ayatéh etwas besorgt.

»Ja und nein. Chris ist etwas passiert, er liegt im Krankenhaus und möchte, dass ich dich anrufe.«

»Chris?« Ayatéh überlegt einen Moment.

»Kennst du deinen Freund nicht mehr?«

»Du meinst Tubaan-de-jaa-de, aus dem San Carlos Reservat, der bei unserer Tanner-Aktion am Fluss dabei war.« Als Traditionalist hatte Ayatéh sich noch nie die Mühe gemacht, sich die amerikanischen Namen eines Indianers zu merken, die für ihn nichtssagend und ohne Bedeutung sind.

»Ja, als ich erfahren habe, was passiert ist, habe ich ihn besucht. Er ist ziemlich mitgenommen, redet merkwürdiges Zeug und sagt immer wieder, dass ich dich informieren soll.«

»Was ist ihm passiert?« Ayatéh ist besorgt um seinen Freund, mit dem er kurz vor seiner Reise nach Denver viel Zeit verbracht hat.

»Er hatte letzte Nacht einen Autounfall. Schnittwunden, Prellungen und ich weiß nicht was noch. Aber inzwischen geht es ihm schon besser. Wahrscheinlich hat er einen Schock und leidet an Albträumen.

Jedenfalls sagt er, er war während der Fahrt plötzlich gelähmt und konnte das Fahrzeug nicht mehr lenken. Angeblich hat er ein Dröhnen und Rauschen wahrgenommen. Dann tauchten Schattengestalten vor seinem Fahrzeug auf, die sich verflüchtigten, als er drauf zufuhr. Er faselte etwas von Trommelschlägen und so. Ich nehme an, dass er mit Drogen voll gedröhnt war. Jedenfalls ist er über einen kleinen Abhang gestürzt. Sein Auto hat sich einmal überschlagen, aber zum Glück kam kurze Zeit später ein Truck vorbei. Der Fahrer hat ihn rausgezogen und einen Krankenwagen gerufen.«

Nicks Worte lassen Ayatéh erschauern. »Er hat noch nie Drogen genommen, das hätte ich sicher gemerkt. Inzwischen kenne ich mich damit aus.«

»Vielleicht hast du ihn dazu verleitet. Du hast hier einen hohen Rang und wirst als Respektperson hoch angesehen. Bei Tacheenie ausgebildet zu werden, bedeutet, erhaben über irdische und überirdische Dinge zu sein. Das gebührt nicht jedem. Wo du gehst und stehst, werden dir die Türen geöffnet, wird dir alles vorgesetzt und niemand widerspricht dir, erst recht nicht Chris. Du bist eine bedeutende Persönlichkeit und hast eine Position für dein Volk eingenommen ...«

»Was willst du?«, fragt Ayatéh etwas genervt.

»Ich will damit sagen, dass ich mir gut vorstellen kann, wenn Chris oder - wie heißt er? - sich leicht von dir verleiten lässt. In letzter Zeit warst du alles andere als ein Vorbild für dein Volk.«

»Ich war am Abgrund, Nick, und stehe immer noch an der Kippe. Das Letzte was ich will, ist, dass es einem Freund genauso ergeht. Zudem sind meine Probleme etwas komplexer.«

»Ja, ich weiß«, antwortet ihm Nick.

»Nein, das weißt du nicht, denn ich habe mit niemandem darüber ausführlich gesprochen.« Ayatéh weiß, dass sein Freund recht hat, mit dem was er ihm vorwirft. Doch es so knallhart zu hören, verletzt ihn in seinem Selbstwertgefühl. »Du kannst mir ja Bescheid sagen, wenn ich für mein Volk nicht mehr tragbar bin.«

»Ich möchte mich nicht mit dir streiten. Ich weiß, dass du in dieser Hinsicht sehr empfindsam bist. Aber Probleme kann man nicht einfach verdrängen oder vor sich herschieben. Man muss sie lösen. Damit zitiere ich nur deine eigenen Worte. Ich glaube dir, dass du Chris nicht absichtlich zum Drogenkonsum getrieben hast. Aber er ist erst neunzehn Jahre alt und ich könnte mir vorstellen, dass er alles gut findet, was du sagst oder tust.«

»Du redest Blödsinn«, entgegnet Ayatéh kurz und knapp.

»Okay, ich habe das Versprechen gehalten und mit dir über den Autounfall geredet. Vielleicht wartet er auf einen Besuch von dir.«

»Dann richte ihm aus, dass ich in den nächsten Tagen zu ihm komme.« Damit ist für Ayatéh das Gespräch beendet.

David drängt zum Aufbruch. »Lass uns denselben Weg nehmen, den wir gekommen sind, der ist kürzer«, schlägt er vor.

»Aber das ist nur ein kleiner Pfad und wenn es dunkler wird, können wir uns verirren. Der Hauptweg ist sicherer.«

»Aber auch länger. Auf dem Pfad sind wir schon in zwanzig Minuten beim Auto.« Nach einem skeptischen Blick seines Freundes fügt er hinzu: »Naja, jedenfalls wenn wir uns beeilen. Auf dem Hauptweg laufen wir noch, wenn es stockdunkel ist, dann können wir auch vom Weg abkommen. So oder so ist es schon ziemlich spät. Aber der kleinere Weg ist doch wesentlich kürzer, wir kennen ihn schon vom Hinweg und kommen beim Auto an, bevor es völlig dunkel ist.«

Obwohl es Ayatéh nicht passt, gibt er sich geschlagen: »Okay, du hast gewonnen, aber auf deine Verantwortung.«

Unterwegs erzählt er David kurz und knapp von dem Autounfall seines Freundes. Dann folgen sie wortlos und mit schnellen Schritten dem schmalen Pfad. Der Schnee knirscht unter ihren Füssen. Ein leichter Wind peitscht durch die kälter werdende Luft. Ayatéh lässt sich nicht anmerken, wie aufgewühlt er seit dem Telefonat ist. In ihm tauchen Worte auf, die ihn nachdenklich stimmen: Du verdrängst die Probleme, schiebst sie hinaus. Ayatéh ist verzweifelt. Was soll ich denn tun?, fragt er sich. Doch er ahnt, dass sich ein Unglück anbahnt. Ein Unglück, dessen Schuld auf ihm lasten wird. Er ist überzeugt, dass bestimmte Wege, das Tun und Handeln einiger Personen beeinflusst werden. Ohne es zu merken, zappeln sie an den Fäden wie eine Marionettenpuppe. Nur er selbst nicht. Statt ein Zuschauer zu sein, sollte er lieber den Regisseur spielen, mit der Aufgabe, im richtigen Moment die Fäden zu trennen. Was ist mit Tubaan-de-jaa-de wirklich passiert? Sollte der Anruf eine Warnung an ihn sein? Dann tauchen die Worte »eine Lösung finden« auf. Wie denn? Plötzlich überschlagen sich die auftauchenden Worte einer imaginären Stimme: *Tribut - David - Gerechtigkeit - Lösung finden - Tod - Forderung - ein Ende machen -*

Frieden finden - Angst - David - zu Ende bringen - schuldig - David - zu Ende bringen - David - David. All diese Worte wiederholen und überschlagen sich, tauchen auf und drängen sich in sein Bewusstsein.

Lass uns spielen, großer Krieger - Ayatéh glaubt fast seinen Verstand zu verlieren. Noch während diese Worte wie eine Eingebung hervorsprudeln, beschleunigt er unbewusst seine Schritte. David hastet hinter ihm her. Er ist nicht gewohnt, lange Wege in der Natur zurückzulegen. Die eineinhalb Meilen, die inzwischen hinter ihnen liegen, haben ihn fast überfordert. Seine Energie beginnt nun ebenso rasch und unaufhaltsam zu verschwinden wie das Tageslicht an dem wolkenlosen Himmel über ihm.

Plötzlich ein Schrei, gefolgt von einem dumpfen Geräusch. Ayatéh blickt sich um, sieht David hinter ihm liegen und verfolgt mit seinen Blicken die Kamera, die blitzschnell in einem großen Bogen über einen Abhang verschwindet.

Ayatéh hilft seinem Freund dabei, sich aufzurichten, doch dieser flucht über die abhanden gekommene Kamera. »Die war digital, verdammt teuer.«

Mit vorsichtigen Schritten stapft Ayatéh zwischen den Bäumen zum Abgrund, gefolgt von David. Trotz der einsetzenden Dämmerung ist sie weiter unten auf einer Tanne zu erkennen. Doch sie befindet sich neben einem Felsvorsprung im tieferen Abgrund.

Enttäuscht blickt David nach unten. »Da liegt sie. Zum Glück ist sie nicht ganz heruntergefallen. Vielleicht funktioniert sie noch.« Mit diesen Worten macht er sich daran, den Abhang hinunter zu klettern.

»David, lass es. Es lohnt sich nicht dafür, hinunter zu steigen. Vergiss das Ding und lass uns weiter laufen.«

Doch David begibt sich immer weiter abwärts. Anfangs geben ihm noch die kleinen Tannen eine Möglichkeit, sich abzustützen. Doch je weiter er sich nach unten begibt, umso weniger Halt bietet sich ihm. Mehrmals hat er die Gelegenheit, auf eine größere Erhebung zu springen, um jedoch gleich darauf Schritt für Schritt sich dieser gewissen Tanne mit dem kostbaren Besitz zu nähern.

Noch einmal versucht Ayatéh, ihn davon abzuhalten. »Eeeya'hhhh! Komm zurück, es ist viel zu gefährlich. Wenn du jetzt abrutscht, liegst du da unten und vielleicht noch tiefer als deine wertvolle Kamera.«

»Ich habe schon über die Hälfte zurückgelegt«, ruft ihm David zu und springt weiter hinunter auf die nächste Erhebung.

Für Ayatéh ist es nach wie vor unbegreiflich, dass sich die *bilagaana* so sehr für ihr materielles Hab und Gut einsetzen. Eine Spezies besonderer Art scheint jetzt sogar begeistert sein Leben dafür zu opfern.

Jetzt hat David die Tanne mit dem überaus lebenswichtigen Ding erreicht, klettert hinauf und schwingt sie begeistert hin und her.

Während er wieder vom Baum hinunterklettert, wirft Ayatéh einen besorgten Blick zum Himmel, der ihm jetzt signalisiert, dass es allerhöchste Zeit zum Aufbruch ist. Trotzdem ermahnt er seinen Freund, sich langsam und behutsam fort zu bewegen.

Ayatéh hat eine böse Vorahnung und die sollte sich auch sogleich bestätigen. Ein morscher Ast kann das Gewicht nicht halten, bricht und lässt David hinabstürzen. Von seiner Höhe aus ist es nicht tief zur Felserhebung und dank seiner Karateübungen kann er den Fall dämmen, indem er sich abrollt. Doch durch den Schwung stürzt er jetzt tiefer, dabei fällt ihm die Kamera aus der Hand.

Mit Entsetzen verfolgt Ayatéh das Geschehen, welches sich in Sekunden abspielt. Dann kann er seinen Freund weder sehen noch hören.

Kurz entschlossen eilt er hinterher. So schnell es ihm möglich ist, schreitet er mit festen, sicheren Schritten abwärts. Auch er bekommt schließlich immer weniger Halt, sodass er sich behutsamer weitertasten muss. Er hört David um Hilfe schreien, doch diese Töne mischen sich mit anderen Worten, die sich wieder in seinem Bewusstsein drängen. Worte, die er nicht hören will:

- Komm spiel mit mir - ein Ende machen - Tod - so einfach - vorbei -

Ayatéh weiß, was es bedeutet. Ihm wird alles ganz leicht gemacht. David soll das Opfer sein. Er braucht jetzt nur wieder hochklettern, weggehen und alles zu vergessen. Dann hätte der Spuk ein Ende. Hier und jetzt wird ihm die Chance gegeben, David ganz leicht los zu werden.

»Keine Angst David, bewege dich nicht - ich komme«, ruft er seinem Freund ermutigend zu. Schon nach wenigen Minuten hat er den Felsvorsprung mit der Tanne erreicht.

Als er sich vorbeugt, sieht er, wie David sich verzweifelt an den Ast eines winzigen Baumes klammert, der aus dem Felsgestein herausragt. Unter ihm tut sich ein bis ins unendlich reichender Abgrund auf. Doch aufgestockt mit rettenden Felsnasen, die immer wieder mehr oder weniger groß hervorragen.

»Der Ast bricht - er bricht ...« Davids Gesicht ist von Todesangst gezeichnet.

»Er bricht nicht so schnell, außerdem ziehe ich dich jetzt hoch«, versucht ihn Ayatéh zu beruhigen.

Die dicken unteren Zweige der Tanne reichen bis zum Abgrund. Mit der linken Hand versucht er den längsten Ast zu ergreifen, ohne von den stechenden Nadeln behindert zu werden. Dann legt er sich an den Rand nieder, beugt sich so weit wie möglich hinab und reicht David den lang ausgestreckten rechten Arm. Trotzdem muss er gut aufpassen, den Halt nicht zu verlieren.

»Es reicht nicht ... Ich kann mich nicht mehr halten. Ayatéh hilf mir - schnell!« David ist am Ende seiner Kraft. »Was ist, wenn ich es nicht schaffe? Wie tief ist der Abgrund?«

Ayatéh antwortet nicht, sondern ergreift seine rechte Hand. Besser wäre es gewesen, sein Handgelenk zu fassen, aber er kann nicht weiter vorrücken.

Mit größter Anstrengung versucht Ayatéh seinen Freund nach oben zu ziehen, doch Davids ganzes Körpergewicht zerrt an seinen Arm.

»Ich kann nicht ...«, stammelt David. Mit diesen letzten Worten muss Ayatéh ohnmächtig miterleben, wie Davids Hand aus seiner gleitet und sein Freund schreiend hinunterstürzt.

»Nein ...«, ruft Ayatéh entsetzt, doch es ist zu spät. David liegt mit dem Rücken auf den unteren Felsvorsprung. Zum Glück ist er nicht darüber weg in den tiefen Abgrund gefallen. Dann hätte es keine Hoffnung mehr gegeben.

Ohne zu zögern, versucht er ihn zu erreichen. Eine gefährliche Entscheidung, denn immer wieder lösen sich kleine und auch größere Steine unter seinen Füßen. Nicht nur für ihn ist es riskant, sondern auch für David, der reglos unter den fallenden Steinen liegt. - *Deine zweite Chance* - schießen die bösen Worte durch seinen Kopf, doch er denkt nicht daran, David seinem Schicksal zu überlassen.

Als er ihn endlich erreicht hat, sucht er den Bewusstlosen nach Verletzungen ab. Doch außer eine Platzwunde am Kopf, die vermutlich von den fallenden Steinen verursacht wurde, ist äußerlich nichts festzustellen. Hauptsache, er hat überlebt. In der Jackentasche findet er das Handy, doch es ist vom Sturz zerbrochen und nützt ihm jetzt nichts.

Ayatéh beugt sich über ihn, ergreift seine Schulter und flüstert: »Halt durch, ich hole Hilfe.«

Er will keine Zeit verlieren. Vielleicht hat David so schwere innere Verletzungen, dass es auf jede Minute ankommt. Entschlossen macht er sich wieder daran, hinauf zu klettern.

»Ayatéh, bitte hilf mir.« Die Stimme ist laut und deutlich. Erleichtert kehrt er zu seinem Freund zurück.

»Man bin ich froh, dass dir nicht viel passiert ist. Ich wollte los, um Hilfe zu holen.«

David stöhnt auf. »Mein Kopf.«

Anschließend stellen sie fest, dass nicht nur sein Kopf verletzt ist, sondern auch sein rechter Arm gebrochen wurde. Zudem wird er schwere Prellungen erlitten haben.

Obwohl David es mit viel Mühe und Ayatéhs Unterstützung geschafft hat, auf die Beine zu kommen, erscheint es ihm unmöglich, in irgendeiner Weise den Aufstieg zu schaffen.

»Außerdem sind meine Beine wie Gummi.«

»Und jetzt?«

Mit der linken Hand greift David umständlich in die rechte Hosentasche, bis er seine Autoschlüssel in der Hand hat. »Im Kofferraum liegt ein Seil. Vielleicht kannst du mich damit irgendwie nach oben befördern.«

Ayatéh nimmt die Schlüssel entgegen, doch sein skeptischer Blick verrät, dass er an dem Vorschlag zweifelt.

»Ich weiß was du denkst. Dass ich ein Idiot bin«, glaubt David zu wissen.

»Das hast *du* gesagt. Ich denke, du bist sehr leichtsinnig gewesen. Du hast dein Leben für die Kamera riskiert und ich meines dazu. Wir hätten hier beide umkommen können, und wer weiß, ob wir es überhaupt schaffen.«

»Das mit dem Seil ist wohl keine gute Lösung.«

»Nein.«

»Hab ich mal im Fernsehen gesehen.«

Wieder schüttelt Ayatéh mit dem Kopf. »Ihr *bilagaana* seid unverbesserlich. Und wir primitive Eingeborenen sollen von euch lernen, ja?«

»Das hast *du* gesagt«, äußert sich David mit einem schmerzverzerrten Grinsen und versucht, sich mühselig zu setzen.

»Wir haben noch eine andere Möglichkeit. Vielleicht ist es besser, wenn ich zurückfahre und Hilfe hole. Dann kann es zwei bis drei

Stunden dauern. Es wird verdammt kalt für dich werden. Ich gebe dir meine Jacke.«

»Ich merke schon, du hast es beschlossen.«

Ayatéh sagt nichts weiter, sondern zieht seine Jacke aus, legt sie David über die Schultern und schließt sie vorne mit einem Knopf.

»So, jetzt habe ich zwei dicke Winterjacken und du keine.« »In einer halben Stunde wirst du dafür dankbar sein.« Dann fügt Ayatéh hinzu: »Egal wie lange es dauert, du wirst es nicht alleine wagen, hinauf zu klettern, verstanden?!« Es klingt wie ein Befehl. »Ich werde mich beeilen.« Mit diesen Worten begibt er sich auf den Rückweg.

Oben angelangt, ist es schon sehr dunkel und er befürchtet, vom Pfad abzukommen. Seine Schritte sind deshalb langsam und kontrolliert, begleitet mit - Trommelschlägen! Doch nach etwa fünfzehn Minuten stößt er auf das weiße Fahrzeug. Fast hatte er damit gerechnet, dass die Türen sich nicht öffnen lassen. Er ist noch nicht einmal überrascht. Warum sollte er es auch so einfach haben? Aber die Schlösser sind nicht zugefroren. Er weiß, dass es einen anderen Grund dafür gibt.

»Du kriegst ihn nicht. Ihn nicht und niemand anderen sonst. Wie weit reicht deine Macht? Du verdammter Hurensohn ... du bekommst ihn nicht ... niemals!« Ayatéh schreit es hinaus und stößt verzweifelt gegen das Dach.

Die Trommelschläge dröhnen in seinen Ohren. Entschlossen dreht er sich um. Mit ausgebreiteten Armen schreit er in die Nacht hinaus: »Warum nimmst du nicht *mich?* Ich weiß es. Weil du zu feige bist, es mit einem angehenden *hataalii* aufzunehmen! David weiß von nichts, er ist unschuldig. Und er spielt nicht mit. *Ich* übrigens auch nicht. Dein Spiel ... dein Spiel wirst du alleine spielen. Niemand ist am Zug, niemand wird gewinnen oder verlieren. Es gibt kein Spiel.«

Mit der Faust will er die Fensterscheibe einschlagen, doch es gelingt ihm nicht. Erst als er einen schweren Stein zu Hilfe nimmt, zerspringt das Glas. Ohne daran zu denken, sich zu verletzen, greift er hindurch, um den Stöpsel zu ziehen, damit sich die Tür öffnen lässt. Dabei streift er mit seinen Arm über das Glas, sodass es in die Haut schneidet. Schließlich gelingt es ihm, auf diese Weise die Tür zu öffnen. Doch das alles nützt nichts, das Auto lässt sich nicht starten.

»Ich weiß«, murmelt er. »Du willst es mir einfach machen, aber ich lehne ab. Ich lehne alles ab, was du mir anbietest.« Das Trommeln nimmt einen anderen Takt, Flötentöne erklingen dazwischen und um das Auto herum bilden sich dunkle Schattengestalten. Doch Ayatéh hat in seinem Leben schon zu viel mitgemacht, um noch Angst zu empfinden. Noch nicht einmal die Schnittwunde an seinem Arm spürt er. Er begreift, dass es zwecklos ist, einen Versuch zu starten, irgendwie hier weg zu kommen. Sollte er zu David zurückkehren? Er wird sonst vergeblich auf ihn warten. Wahrscheinlich lässt sich auch der Kofferraum nicht öffnen, worin sich das Seil befindet. Während er fieberhaft nachdenkt, wie er an dieses Seil gelangen könnte, wird er plötzlich von starker Müdigkeit ergriffen. Kraftlos, erschöpft und wie benommen, ja völlig geistesabwesend krabbelt er mit einem schlechten Gewissen zum Rücksitz, kauert sich hinein und ist binnen Sekunden eingeschlafen.

Als ihn jedoch das frühe Licht der aufgehenden Sonne weckt, trifft ihn die Erinnerung wie ein Blitz. Nur ein einziger Gedanke quält ihn: Er hat David im Stich gelassen! Wie konnte er nur so etwas tun?

Die Türen lassen sich ohne Probleme öffnen und auch das Auto startet mühelos. Nur die Kälte ist unerträglich. Wie hatte er es nur fertiggebracht, in solch einer Kälte zu schlafen? Und überhaupt - wie konnte er es wagen, in solch einer Situation einzuschlafen? Ein Freund ist schwer verletzt in einer einsamen Wildnis und *er* schläft. Es ist nicht zu fassen.

Das zerschlagene Fenster und der verletzte Arm sind die manifesten Beweise dafür, dass seine Erinnerungen keine Träume waren. Was ist mit David? Sollte er zurücklaufen? Nein! So schnell wie möglich braucht er Hilfe.

Problemlos startet das Auto und vorsichtig manövriert er es aus dem Seitenweg heraus. Danach gibt er Gas so schnell es die Straßenverhältnisse zulassen. Ohne einem Fahrzeug zu begegnen, erreicht er schließlich das Ferienhaus, das David gemietet hatte. Kurzerhand stoppt er, um sich eine wärmende Jacke herauszuholen. Dann fährt er weiter, bis er ein Hotel erreicht. Über der Rezeption zeigt eine große Uhr 8:15 Uhr an. Sofort bittet er den Angestellten, einen Notruf zu melden und schon kurze Zeit später treffen ein Krankenwagen und ein Rettungsteam zur Bergung ein.

Ayatéh begleitet sie und ist erleichtert, als er David zwar schwach aber bei Bewusstsein vorfindet. Ein professionelles Team kann die nötigen Rettungsmaßnahmen einleiten und ihn auf einer Trage mit speziellen Seilen nach oben befördern. Anscheinend haben sie es schon öfter gemacht. Routinemäßig ist das Team aufeinander abgespielt und alles geht Hand in Hand.

»Ich hab schon mit meinem Leben abgeschlossen«, murmelt David, als Ayatéh besorgt neben ihm steht. »Hast du dich verlaufen?«

Ayatéh hat ein schlechtes Gewissen. Was soll er ihm antworten? Ich habe mich lieber schlafen gelegt? oder sollte er sagen: Die Geister haben mich aufgehalten? Schuldbewusst versucht er seinen Blicken auszuweichen. »Ja, ich habe mich verlaufen und dann konnte ich das Auto nicht mehr starten.«

Die Zeit, während David im Krankenhaus ist, verbringt Ayatéh in Denver. Er will nicht abreisen, solange sein Freund Hilfe braucht. Während der ganzen Woche nimmt er kein einziges Telefongespräch entgegen. Der Anrufbeantworter ist eingeschaltet, sodass jeder, der ein dringendes Anliegen hat, eine Nachricht hinterlassen kann. Auch tauchen Faxe auf, die er ungelesen zur Seite legt. Die Mail-Nachrichten auf dem Computer öffnet er gar nicht erst, obwohl David ihn darum gebeten hatte.

Ayatéh ist nervös wie noch nie zuvor. Ständig denkt er an seinen Freund Tubaan-de-jaa-de, um den er sich sorgt. Doch die Angst, dass etwas Schreckliches passiert sein könnte, hält ihn davon ab, sich telefonisch nach dem Befinden seines Freundes zu erkundigen.

Stattdessen stöbert er im Internet die »Navajo Times« durch, um eventuell etwas über den Unfall zu lesen. Doch wie erwartet, findet er darüber keine Nachricht.

David ist mit einer Gehirnerschütterung und einem leichten, unkomplizierten Armbruch davongekommen, wenn man von den Prellungen absieht. Doch Ayatéh ist sicher, dass er sich nicht alleine aus dieser hilflosen Lage hätte befreien können. Um diese Jahreszeit kommen nur wenige Leute vorbei und erst recht nicht abends auf den abgelegenen Seitenwegen. David war schon viel zu schwach gewesen, um nach Hilfe zu rufen. Er hätte wahrscheinlich nicht lange überlebt. Es grenzt schon an ein Wunder, dass er in der Nacht nicht erfroren ist. Ayatéh macht sich große Vorwürfe. Wie konnte er nur so verantwortungslos gewesen sein?

Als er David nach sechs Tagen im Krankenhaus wieder in die Wohnung zurückbringt, macht dieser bereits wieder einen vitalen Eindruck. Seine Arbeit möchte er in zwei Tagen wieder aufnehmen, trotz seines Gipsarmes. Natürlich kritzelt auch Ayatéh sein Autogramm darauf, wie vor ihm viele seiner Kollegen, die ihn besucht hatten.

Doch noch am selben Abend nimmt David neugierig die angestauten Nachrichten sämtlicher Apparate entgegen.

Eine Nachricht ist an Ayatéh gerichtet, mit der Bitte zurückzurufen. Ayatéh ahnt, was ihn erwartet, meldet sich aber dennoch. Anschließend möchte er alleine sein. Doch als er selbst nach Stunden nicht ansprechbar ist, kommt David in das Gästezimmer, indem sich sein Freund häuslich niedergelassen hatte.

»Was ist nur mit dir los? Ich denke, dass es mit dem Telefongespräch zu tun hat.«

»Ja«, antwortet ihm Ayatéh. »Ein guter Freund von mir ist gestorben.«

»Jetzt sag nicht, dass es der war mit dem Autounfall.«

»Ja.«

»Aber du hattest gesagt, dass er nicht schwer verletzt war.«

»Er ist vor sechs Tagen im Krankenhaus gestorben. Sie wissen angeblich noch nicht woran. In solchen Fällen sagen sie immer Herzversagen.«

»Es tut mir sehr Leid. Vielleicht hatte er schwere innere Verletzungen.«

Ayatéh liegt auf dem Bett, die Arme hinter dem Kopf verschränkt und grübelt. Soll er David sagen, dass er in dem Hotel, von dem aus er den Rettungsdienst melden ließ, auf der Uhr 8:15 gelesen hat und die Todeszeit seines Freundes die Gleiche war? Wenn David doch nur wüsste, dass er die Wahl gehabt hatte. Tubaan-de-jaa-de oder David!! Er ist gestorben, weil er David gerettet hat. Ayatéh hatte die Chance bekommen. Sogar zweimal. *Atse'ma'ii* hatte sie ihm geboten und er hat sie ignoriert. Das Schicksal seines Freundes war besiegelt, als der Rettungsdienst benachrichtigt wurde. Ayatéh ahnt, dass es so weiter geht. Wer ist als Nächstes dran? Wer wird noch sterben, weil er ihm David nicht ausliefert?

»Ich möchte morgen abreisen«, erklärt ihm Ayatéh. Seine Sachen hatte er schon gepackt und die Reisetasche steht bereit. Vielleicht würde David mit seinem Gipsarm schlecht zurechtkommen. Er könnte ihn noch ein paar Tage unterstützen, aber zurzeit kann er ihn nicht mehr um sich haben. Er möchte nur noch weg.

»Tja, jetzt muss ich mich wohl wieder selbst um meine Wohnung kümmern.« David schätzt Ayatéhs Ordentlichkeit, womit er selbst so seine Schwierigkeiten hat. »Aber ich habe ja auch keinen Butler bestellt. Es war schön, dass du da warst. Und das Abenteuer in den Rockys war meine eigene Schuld.«

So, Abenteuer nennt dieser *bilagaana* das Drama. Das Wort klingt eher nach etwas, wonach jemand strebt oder was jemand erleben möchte. Ayatéh hat genug davon.

»Ich musste mich beschäftigen, um abgelenkt zu werden. Wenn ich den Haushalt mache, gibt es noch einen Sinn«, antwortet ihm Ayatéh, steht auf und steckt noch eine Jeanshose in die Reisetasche.

»Was hast du jetzt vor?«, will David wissen.

»Ich fahre in den Süden von Arizona. In der Nähe von Tucson ist eine Ranch. Vielleicht können sie mich für ein paar Wochen oder Monate gebrauchen. Dann fahre ich zurück ins Reservat und baue mir einen kleinen Hogen.« Ayatéh nimmt seine Tasche und trägt sie ins Wohnzimmer, stellt sie auf den Tisch und lässt sich in den Sessel fallen.

David, der ihm gefolgt ist, lehnt sich an den alten Schrank, den er einmal in einem Antikladen gekauft hatte. »Ach ja, stimmt. Du sagtest, dass du zu einer Ranch willst. Aber es ist ein weiter Weg, du wirst lange unterwegs sein. Ich schlage dir vor, erstmal dort anzurufen.«

»Ja, ich habe die Nummer dabei.« Ayatéh hält seine Hände im Nacken gefaltet, den Blick auf David gerichtet.

Dieser macht sich Sorgen um seinen Freund. »Bist du o.k.?«

»Ich denke schon, ich werde es versuchen. Ich möchte mich ablenken und brauche etwas Abstand von allem.«

»Und dann baust du dir einen Hogen?«

»Ja!«

Ayatéh beugt sich rechts über die Lehne und sieht sich in den Zeitungsständer um. »Hast du noch ein paar Bücher oder Hefte, die du so über die Indianer liest? Dann kann ich die mitnehmen, um den Hogen zu beheizen.«

David schmunzelt und denkt daran, dass er auch ein Buch von anderen Völkern und Ländern besitzt. Aber wahrscheinlich gehen sie alle an der Wirklichkeit vorbei.

»Ich weiß«, sagt er. »Die Realität sieht anders aus. Aber ich denke, dass die meisten Menschen der amerikanischen Bevölkerung von den Indianern fasziniert sind. Sie verkörpern Mut, Tugendhaftigkeit, Freiheit und so weiter. Doch die Leute machen keinen Unterschied zwischen den verschieden Stämmen und wissen nichts über die soziokulturelle Bedeutung, die den Indianern in der Geschichte der Vereinigten Staaten zukommt. Faszination auf der einen, Unwissenheit auf der anderen Seite.«

»Wir brauchen weder Mitgefühl noch Faszination. Was wir brauchen ist Respekt! Entweder sind wir für einige Leute faszinierend, bei den anderen aber nicht mehr wert als der Dreck unter ihren Stiefeln. Toleranz ist das Schlüsselwort. Die Menschen so zu akzeptieren, wie sie sind, auch wenn man selbst anders denkt und sich anders verhält. Ich meine, dies fehlt auf beiden Seiten und so entstehen immer wieder neue Missverständnisse.«

»Ja, so ist es wohl, die Menschen tun sich schwer miteinander.«

Ayatéh denkt daran, dass oft ein falsches Bild geschaffen wird. »Diese sogenannte Faszination, die du meinst, drücken viele Leute in Symbolen aus, die sie als Maskottchen mit sich herumschleppen oder irgendwelche Sportvereine so benennen. Und wenn auf einem Rucksack *Tomahawk* steht, verkauft es sich wohl besser. Die Leute schaffen sich so ein eigenes, unwirkliches Bild.«

»Wie ist das wirkliche Bild?«

»Ich habe dir meinen Zustand mit einer zerbrochenen Vase verglichen. Man kann es auf das gesamte indianische Volk interpretieren. Eine Person steht stellvertretend für das weiße Volk. Die Vase symbolisiert uns Indianer. Diese Person zerstört die Vase mit Absicht, sie zerspringt in viele Teile. Das beschreibt die Situation, als sie unser Land, unsere Kultur und Sprache berauben wollten. Und später, vielleicht ein Enkelkind, welches die letzte und die heutige Generation darstellt, versucht die Vase zu kleben. Versinnbildlicht meine ich damit, dass der Staat uns Häuser hinstellt und ein Krankenhaus. Alles gratis. Viele unserer Völker bekamen ihr Land zurück. Sie dürfen wieder in ihrer Muttersprache reden und ihre Traditionen fortführen. Jeder registrierte Navajo bekommt eine Nummer und somit das Recht auf diese Wohnbaracken und Lebensmittelmarken. Was für Privilegien für unser Volk! Trotzdem ist es wie eine Ironie des Schicksals.

Denn die Risse in der Vase sind da. Das Wasser läuft aus allen Ritzen, welches man oben hineingoss: Viele können ihre eigene Sprache nicht mehr verstehen. Sie wurde ihnen ja damals mit Gewalt ausgetrieben. Man hat ihnen im wahrsten Sinne des Wortes den Mund mit Seife gestopft …

Jeder Riss in der Vase zeigt ein anderes Problem auf: Man hat uns unser Land zurückgegeben, doch wie sollen Menschen, die ihrer Identität beraubt wurden, solch ein Land führen? Dies hat man uns nicht gesagt.

Man hat ihre heile Welt zerstört, ihnen die Scherben hingeworfen und gesagt: *Macht was draus.*

Was ist bis heute daraus geworden? Aus Hilflosigkeit entsteht irgendwann Resignation. Aus Resignation Apathie.

Wie ist das wirkliche Bild?, war deine Frage. Du hast es gesehen: Die großzügig gestellten Häuser vom Staat sind Verschläge, im Krankenhaus fehlt es an Medikamenten und guten Ärzten. Es kommen meist nur vorübergehend diese Helfer, um noch ein fehlendes Jahr für einen bestimmten Abschluss zu absolvieren.

Dann gibt es die üblichen Auswirkungen der Armut: Alkoholismus, Drogen, Arbeitslosigkeit. Dies erzeugt oft Aggressionen und Wut.

Familien, die betrunken ihre Kinder erziehen, Jugendbanden, die sich gegenseitig terrorisieren. Zurück bleiben Kinder ohne Selbstwertgefühl. Auf der Suche nach Halt und Geborgenheit irren sie orientierungslos umher, denn: Die fehlenden Teile, die man nie mehr an diese Vase setzen kann, hinterlassen Lücken. Lücken, die nicht mehr gefüllt werden können.

Wenn jetzt ein Besucher kommt, den ich mal mit einem Touristen vergleiche, dann betrachtet dieser Besucher die mit Rissen und Lücken zusammengeflickte Vase vielleicht ein wenig melancholisch, fragt sich, wie sie einmal ausgesehen hat und stellt sie sich vor, dass sie einmal bunt und schön war, worin man Wasser füllen konnte und sie mit Blumen bestückte. Doch dies sind nur seine Vorstellungen, er kann sie nur ansehen, die kaputte Vase, und sie fotografieren. Am liebsten möchte er sie ins Museum stellen.«

David hatte ihm aufmerksam zugehört. Ihm wirft sich die Frage auf, welche Perspektive es gibt. »Wie kann traditionelles Wissen in einer nativen Gesellschaft geschützt und aufgewertet werden, wenn es dieser Gesellschaft, gefangen im Labyrinth zwischen Konsumterror und nacktem Überleben, kaum greifbaren Nutzen bringt?«

»Schlecht. Aber ich sehe einen Lichtblick am Horizont. Meiner Meinung nach gibt es einen hohen Nutzen traditioneller Werte für unsere Gesellschaft. Es gibt den so genannten *Roten Weg*. Es wird eine Basis geschaffen, um mit traditionellen Werten ein stabiles Leben aufzubauen. Sich der eigenen Spiritualität zu besinnen und sie als Chance zu nutzen, gibt ihnen eine zuversichtliche Aussicht, selbstbestimmt zu leben.

Es wurden verschiedene Programme entwickelt, um die sozialen Probleme in den Griff zu bekommen. Viele sind von unserem Pfad abgekommen, irren orientierungslos zwischen den Ebenen von Tradition und Fortschritt umher und bekommen es nicht im Einklang. Unsere Zeremonien geben ihnen Halt und so werden sie mit einem starken Gefühl verbunden, zu unserem Volk zu gehören.

Ein Beispiel ist die Musik. Unsere Musik ist nicht einfach ein primitives Bumbum, sondern drückt viel tiefere Gefühle aus. Von meinem Großvater habe ich gelernt, auf der traditionellen Flöte zu spielen. Später habe ich es für mich ausgebaut. Es gibt Sozialstationen, die mit dem *Roten Weg* gekoppelt sind, damit es eine Anlaufstelle für Menschen gibt, die Hilfe brauchen. Viele bekommen dann eine positivere Einstellung zu ihrem Leben.

Denn in Kajenta oder Tuba City gibt es Gebiete, die man lieber meiden sollte und das muss sich ändern.«

»Der rote Weg …«, überlegt David. »Ich glaube, ich habe schon davon gehört. Von irgendwelchen weißen Esoterikern oder so.«

»Leider tummeln sich da immer wieder einige *Wannabees**, die mit coolen Sprüchen in anmaßender Weise zeigen wollen, wo's lang geht.«

Die Diskussion geht noch einige Zeit weiter, dann steht Ayatéh auf, geht ins Bad und holt sich sein Zahnputzzeug. Er will es ins Seitenfach seiner Tasche stecken, doch die ist mit einer DVD-Hülle bestückt. Er nimmt sie raus, um sie in die große Taschenöffnung zu legen.

»Was ist das?«, fragt David verwundert.

»Das sind Privataufnahmen von Pablo. Ich habe dir mal erzählt, dass Chaka mit ihm in Phoenix gewesen ist, um einen Freund zu besuchen.

---

* *Wannabees* = So werden von vielen Natives Möchtegernindianer bezeichnet, die aber in keiner Form indianischen Ursprungs sind. Durch ihre entheiligende Imitation ziehen sie oft den Zorn einiger Natives auf sich. Sie sehen sich in ihren heiligen Traditionen und spirituellen Praktiken, die oft falsch ausgelegt werden, missbraucht.

Pablo fuhr mit, weil es dort in der Nähe gute Skateranlagen gibt. Das war oft so in den Ferien. Er hat sich dort mit Kevin angefreundet, der ihn dabei gefilmt hat. Kevin hatte sich gewundert, warum sein Freund letzten Sommer nicht gekommen war und hatte Pablo einen Brief geschrieben. Ich habe ihm zurück geschrieben und versucht zu erklären, was passiert ist. Zwei Wochen später bekam ich ein kleines Päckchen mit dieser DVD und einem Brief dabei. Ich habe es mitgenommen, weil ich dachte, dass du vielleicht ein DVD-Gerät hast.«

David macht eine flüchtige Handbewegung in Richtung Fernseher. »Habe ich, wie du weißt, aber hast du es dir angesehen?«

Ayatéh schüttelt den Kopf. »Manchmal war ich kurz davor, aber dann konnte ich es nicht.« Als er das sagt, wird ihm ganz flau im Magen und er hat Angst vor den Gefühlen, wenn er seinen verstorbenen Bruder jetzt so sehen wird.

David kann das verstehen. Er hat außer seiner Schwester auch einen älteren Bruder, der in New Jersey als Arzt lebt. Obwohl sie sehr verschieden sind, verstehen sie sich immer noch gut. Dann nimmt er die DVD und wirft einen Blick darauf. Sie ist mit Datum versehen und dem Namen des Stadtteils. »Jetzt hast du vorerst die letzte Gelegenheit.«

Doch Ayatéh steckt es wortlos in die Tasche.

»Du musst doch sicher nicht auf der Stelle los«, sagt David. »Vielleicht darf ich es mir ansehen?«

Daraufhin reicht Ayatéh ihm wortlos die DVD zurück. Anschließend geht er in die Küche, studiert den Stadtplan von Denver, macht sich nebenbei Notizen und fragt anschließend telefonisch nach, ob er immer noch auf der Ranch gebraucht wird. Er bekommt die Antwort, dass sie dringend noch einige Leute benötigen. Anschließend wird ihm eine Wegbeschreibung durchgegeben.

Nach etwa zwanzig Minuten kommt David zurück, der sich inzwischen die Filmaufnahmen angesehen hatte. Er legt die DVD auf den ausgebreiteten Plan und setzt sich.

»Pablo hatte gut was drauf«, schwärmt er dann. »Wie ein Profi. Sicher hat er viel geübt, denn es waren ja auch ziemlich schwierige und gefährliche Sachen dabei. Es ist sehr interessant, was die Jugendlichen so alles drauf haben. Sie springen über Treppen und kommen unten wieder aufs Skateboard, jedes Mal – unglaublich.«

»Ja, aber sie werden sicher die misslungenen Tricks geschnitten haben«, sagt Ayatéh nur, faltet den Plan zusammen und packt die Aufnahme ein.

Am nächsten Tag begleitet David ihn noch zum Auto. Es ist früh am Morgen, die Luft ist kühl und trocken.

»Ich habe mich gefreut, dass du gekommen bist. Lass wieder etwas von dir hören«, verabschiedet sich David.

Ayatéh setzt sich ans Lenkrad, steckt die Schlüssel ins Zündschloss und wendet sich noch einmal David zu. »Aber klar, ich habe deine Nummer und deine E-Mail-Adresse, wie du weißt.«

Genau, denkt David, die E-Mail Nachricht! Er zieht die Stirn in Falten und zögert einen Moment.

»Darf ich dich noch etwas fragen?«

Als Ayatéh nickt, setzt er fort: »Warum hast du mir damals diese Nachricht geschickt?«

»Ich wollte nur, dass du davon weißt, nicht, damit du mir hilfst. Ich hätte auch nicht gedacht, dass du mich irgendwie auftreibst.« Ayatéh möchte nicht mehr darüber reden; für ihn ist das Gespräch beendet. Er lässt den Motor an und stellt die Heizung hoch.

David reicht ihm die Hand. »Ich glaube trotzdem, dass es richtig war.« Doch er bekommt keine Antwort.

»Hágoónee - Mach's gut, David.« Mit einem Schwung schlägt Ayatéh die Tür zu und fährt los. Er hofft, dass seine alte Rostkarre es noch zurück schafft und denkt daran, dass es Zeit wird, ein paar Dollar zu verdienen. Das restliche Geld von seinem Vater hatte er Charly geborgt, damit er das Butterfly renovieren kann.

Der Winter geht langsam zu Ende und dieser Tag gehört zu den ersten Frühlingstagen, die sich manchmal zeigen. An diesem Morgen ist der Straßenverkehr noch ruhig, als er durch die Stadt fährt. Schon kurze Zeit später hat die Sonne soviel Kraft, dass Ayatéh die Heizung abstellt. Bald hat er Colorado Springs hinter sich gelassen. Je weiter er in Richtung Süden fährt, umso mehr verspricht es, ein schöner Tag zu werden. Sogleich breitet sich eine angenehme Stimmung in ihm aus. Er öffnet das Seitenfenster. Er mag den frischen Fahrtwind, wenn er an ihm vorbeizieht. Im Radio ertönt Country-Musik, die einzige Alternative zu den anderen Sendern, in denen zurzeit nur diskutiert wird. Auf diesem Highway 25 braucht er nur geradeaus bis Las Cruces zu fahren, doch es liegen noch viele endlos scheinende Stunden vor ihm, die er auf der monotonen Strecke zurücklegen muss.

Irgendwann stellt er sein Fahrzeug am Straßenrand ab, steigt aus und setzt sich nieder an den Rand eines Abhanges. Es ist Anfang Mai. Die sich allmählich erwärmende Erde verströmt einen intensiven, würzigen Duft, der den kommenden Sommer erahnen lässt. Er sieht hinab in eine Schlucht, umgeben von Bergen und Baumgruppen, durch die sich ein kleiner Nebenfluss des Rio Grande schlängelt. Er verweilt an dieser Stelle, bis die Mittagssonne diese Ebene in ein schillerndes Licht taucht.

Voller Erwartung auf das, was ihm die nächsten Tage bringen werden, steigt er wieder ins Auto.

Langsam tuckert sein Pick Up dahin und er denkt daran, in Santa Fé die Nacht zu verbringen. Möglichst billig, denn er hat nicht mehr viel Geld zur Verfügung. Seine zurückgelegten Scheine sind abgezählt und eingeteilt für Sprit und Übernachtung. Dann hat er noch ein bisschen Kleingeld in der Tasche, das wohl reichen wird, um eine Kleinigkeit zu essen.

Für diese Jahreszeit ist es ungewöhnlich warm und er genießt den vorbeirauschenden Wind. Am Nachmittag erreicht er Santa Fé. Nachdem er sich an einer Tankstelle nach einem günstigen Motel erkundigt hatte, ist er froh, eine größere Rast einlegen zu können.

Ayatéh wirft seine Tasche auf das große Bett, lockert er seine steifen Schultern, die sich von der langen Fahrt ziemlich verspannt anfühlen. Dann macht er sich auf den Weg, zu Fuß die Stadt zu erkunden, wobei ihn die Adobe-Bauwerke beeindrucken, die dieser Umgebung ein gewisses Flair verleihen. Er ist fasziniert von den kleinen Galerien und Gassen, den Cafés und der Plaza. Um diese Jahreszeit sind noch nicht so viele Touristen unterwegs und es ist schön, die Ruhe zu genießen, die diese Stadt verbreitet.

Am Abend fahren viele Oldtimer rund um die Plaza vor. Die stolzen Besitzer öffnen ihre Motorhauben, damit sie den ankommenden Besuchern das Innere ihrer besonderen Karosserie präsentieren können. Alle Fahrzeuge sind blank poliert und stehen in Reih und Glied zusammen. Es spielt eine Band Oldies. Immer mehr Menschen erscheinen, bis die Grünfläche der Plaza ausgefüllt ist. Die Stimmung ist ausgelassen und einige Leute tanzen freizügig, lachen und sind gut gelaunt.

Auch Ayatéh fühlt sich wohl und setzt sich auf eine Bank. Er beobachtet viele Kinder, die fröhlich tanzend herum hopsen, und lässt die gute Stimmung auf sich wirken.

Am nächsten Morgen zieht er sich noch schnell einige Dosen Wasser aus den Automaten der Motelanlage und macht sich auf den Weg in Richtung Tucson. Von Las Cruces aus biegt er ab auf den Highway 10. Von dort sind es nur noch dreieinhalb Stunden, bis er die Dos Cabezas Mountains erreicht. Er stoppt am Straßenrand, um sich seine Notizen anzusehen. Kurze Zeit später ist sein Ziel erreicht und er ist froh, als er dem Rancher, einen kräftigen Mann älteren Jahrgangs, die Hand schüttelt. »Hallo, ich bin Antonio Despados. Kommen Sie, ruhen Sie sich erst mal aus. Die Ranch zeige ich Ihnen später«, begrüßt er Ayatéh freundlich und macht sich daran, ihm die Unterkunft sowie alles Wichtige zu zeigen.

Es sind einige Monate vergangen, als Ayatéh jetzt im frühen Morgengrauen auf der weiten Hochebene des Coloradoplateau neben einigen kargen Beifußsträuchern steht und hinunter auf das halb vertrocknete Flussbett des Polacca Wash sieht, einem kleinen Nebenfluss des Little Colorado, der hier im Nichts und Niemandsland sein Ende findet. Es hatte geregnet und er atmet tief die frische, klare Luft ein. Dabei genießt er den herrlich würzig, frischen Duft der Beifußsträucher.

Der Himmel ist wieder hell und klar. Es zeigen sich weiße Wolken am Horizont, die langsam nach Westen ziehen. Diese Canyon-Landschaft ist sehr dürftig bewachsen, nur am Ufer der Flussniederung stehen ein paar Baumwollbäume. Es ist eine karge, von großen, roten Sandsteinfelsen umgebene sanfte, ruhige Landschaft - einsam und verlassen. Mit diesem gigantischen Anblick, der ihm Unendlichkeit und Freiheit vermittelt, fühlt Ayatéh sich verbunden und als Teil dieser heiligen Welt, die ihm so sehr vertraut ist.

Das Krächzen einiger Krähen durchdringt die Luft und ab und zu kann er sie sehen. Er prägt sich diese Landschaft gut ein, die bedeckt ist vom

Morgentau und ein unbeschreiblich starkes Gefühl breitet sich in ihm aus, um ihn schließlich ganz einzunehmen. Dieses wunderbare Gefühl bekommt er oft hier in den Bergen und er setzt sich nieder auf die heilige Erde, um sie zu spüren, um mit den Händen den Sand zu fühlen, damit er sich ganz diesem Gefühl hingeben kann. Für einen Moment ist er in völliger innerer Harmonie, verbunden mit der Unendlichkeit der Götter, die dieses Plateau bewachen.

»Hózón«, murmelt Ayatéh leise und beschreibt mit diesem Wort das innere Gleichgewicht, welches ihm Frieden vermittelt, dass er bei diesem Anblick spürt. Die Morgensonne dringt allmählich durch und wirft leichte Schatten.

Es ist kein Gefühl der Einsamkeit, wie es vielleicht die *bilagaana* bezeichnen würden, sondern er fühlt sich umgeben von Lebendigkeit und Schönheit, von Harmonie und eben hózón.

Er denkt daran, als er zuletzt im Winter hier war, fast an der gleichen Stelle. Damals war der Wind eisig und bittere Kälte hatte sich ausgebreitet. Der Schnee hatte das unten liegende Tal bedeckt und stürmische Windböen peitschten den Boden. Er erinnert sich daran, dass er durch den knöcheltiefen Schnee stapfte, der ihm die Sicht nahm.

Diese Landschaft liegt etwa zweitausend Meter über den Meeresspiegel und er weiß nur zu gut, dass der Winter hier oft stark und unerbittlich sein kann. Doch trotzdem, genau hier will er seinen Hogen bauen, unten im Tal, an der Flussmündung, wo der Adler seine Kreise zieht. Dies ist der richtige Platz. Er will ihn so bauen, dass er dem Winter trotzen kann. Auch spendet der Fluss nicht immer Wasser, denn an langen, heißen Sommertagen, wenn die Regenfälle ausbleiben, ist oft nur noch ein Rinnsal vorhanden und manchmal ist er völlig ausgetrocknet. Aber es gibt auch Tage, wo das Wasser nur so sprudelt.

Ayatéh nimmt sich vor, seinen Hogen getreu nach den Lehren von Changing Woman zu bauen, mit einem Eingang, der nach Osten zeigt, wo die Sonne aufgeht, damit er jeden Morgen den neuen Tag mit einer Zeremonie und Blütenstaub weihen kann. Der Eingang wird klein sein, damit er sich bücken muss, um voller Demut in den Hogen aus heiliger Erde zu treten. Die Nordseite ist dagegen das Übel und die Finsternis, doch im Osten wird man immer den neuen Tag begrüßen können. Ja, dort unten im Tal am Ufer ist der richtige Platz.

Die Arbeit auf der Ranch hatte ihm gut getan. Obwohl er sehr ruhig war, bekam er schnell Kontakt zu den anderen und so entwickelte sich eine gute Kameradschaft. Ayatéh nahm sich vor, öfter dort zu arbeiten, vielleicht zweimal im Jahr für ein paar Wochen oder Monate. Vor allem hatte es ihm das Essen angetan. Es wurde von einer korpulenten Köchin zubereitet, die vor vier Jahren aus Mexico eingewandert war. Dementsprechend scharf und würzig waren die Mahlzeiten. Aber auf jeden Fall schmeckten sie wesentlich besser, als die faden, geschmacklosen Fertiggerichte, die er sich vorher ab und zu geholt hatte.

Sein schwer verdientes Geld will er zur Hälfte auf dem neu angelegten Konto lassen. Von der anderen Hälfte kaufte er sich statt eines besseren Autos ein Pferd. Es war eine hübsche Stute, jung, braun mit schwarzer Mähne und etwas eigenwillig, aber er mochte sie auf Anhieb.

Ayatéh gab ihr den Namen eines Hopi: Nuvakwewtaqa. Es bedeutet so viel wie »wohnt auf dem Berg, der mit Schnee bedeckt ist«. Er hatte extra einen Hopi-Namen gewählt, weil er sich wünschte, dass das Volk der Diné in einem besseren Verhältnis zum Volk der Hopi leben würde. Aber davon waren sie leider noch weit entfernt. Die Navajo waren Krieger, die Hopi dagegen hatten nie gegen die *bilagaana* gekämpft. Sie waren und sind friedfertige Menschen, stolz auf ihre traditionelle Lebensweise. Die Heirat zwischen Anicho, Chakas älterem Bruder, also seinem Onkel, und einer Hopifrau war wohl eher eine Ausnahme. Dieses Pueblo-Volk lebt mit seinen Kivas inmitten des Navajo Reservats und es bekümmert ihn, dass die beiden Völker - so verschieden sie auch sind, nie richtig zueinandergefunden haben. Das Reservat der Hopi ist wesentlich kleiner. Es gab oft Ärger wegen Landansprüche, wobei schließlich viele Navajo Familien den Hopi weichen mussten. Dadurch flammte dieses Spannungsverhältnis wieder auf, was auch Ayatéh zu spüren bekam. Doch sie wohnen in ihren Pueblos in einer märchenhaften Landschaft, umgeben von großen, schneebedeckten Bergen, aus denen jedes Jahr die Kachina -Tänzer, als Boten der Götter, mit ihren Masken kommen.

An all das denkt Ayatéh, während er seinen Hogen baut und ihm die warme Sonne ins Gesicht scheint. Er denkt daran, dass letztes Jahr die Kachina kamen und seiner Cousine Poliitikiwa, was »Schmetterling« bedeutet, die Zeremonie der Einweihung darboten, um sie als vollwertige Frau in den Stamm aufzunehmen. Er hatte sich darauf gefreut, an dieser Zeremonie teilzunehmen, doch sie wollten ihn nicht dabei haben, weil er ein Navajo ist. Das hatte ihn damals sehr gekränkt. Es war in der schweren Zeit, als er nach einem Halt suchte, nachdem das Schreckliche damals passiert war. Ayatéh hätte gerne den Anschluss an die Familie gehabt, die er eigentlich auch als seine betrachtet. Doch sie trauten ihm nicht, sie wollten ihn nicht in ihre Kultur einweihen. Er durfte nicht die Kachina sehen, die dem Volk ihre Botschaften vermitteln. Dies war damals auch der Grund gewesen, warum er David die selbst geschnitzte, halbfertige Puppe schenkte. Es war ein innerer, missglückter Versuch, sich dem Volk zu nähern, das ihn ablehnte. Damals war er sehr betroffen und enttäuscht gewesen, aber er ist nicht zornig.

Kein Lufthauch regt sich, es ist eine trockene Hitze. Bald jedoch würde der Sommer zu Ende gehen und während Ayatéh eifrig weiter an seinem Hogen baut, denkt er an das *Kinaalda* Fest seiner Schwester. Wie schnell sie rannte, ohne sich einmal umzusehen und wie seine Mutter immer wieder voller Stolz davon erzählte. Das Kleid, das sie dabei trug, wurde schon seit Generationen weitergegeben. Während Ayatéh weiter an diese Zeremonie denkt, muss er unwillkürlich lächeln.

Ja, sie haben ihre eigenen Feste, genauso wie die *bilagaana*. Doch immer wieder hatte er gehört, dass Navajo von ihrer Arbeit dafür nicht freigestellt wurden.

Als die Sonne langsam hinter den Bergen versinkt, färbt sich der Himmel purpurrot und verleiht dieser Landschaft einen besonderen Reiz. Eine leichte, frische Brise weht zum Hogen herüber, die Ayatéh als sehr angenehm empfindet. Sie kühlt sein Gesicht. In ihrem zarten Duft liegt Vertrautes, das eine lang vergangene Geschichte erzählt. Ayatéh atmet tief die frische Luft ein. Er will den Augenblick festhalten, der diesen Geruch in sich trägt. Dann entfernt er das rote Tuch, das er sich um die Stirn gebunden hatte, damit seine inzwischen wieder länger gewordenen Haare ihm bei seiner Arbeit nicht im Weg sind. Durch die Anstrengung ist es schweißnass geworden. Er nimmt sich vor, für den heutigen Tag seine Arbeit zu beenden, denn er fühlt sich kraftlos und müde. Während er jetzt dasitzt und einige knusprige *piki* isst, sieht er hinüber zu seinem Pferd. Es steht am Ufer neben einigen Tamarisken und Kräuterbüschen und scharrt von Zeit zu Zeit im schlammigen Grund. Jetzt bemerkt er, dass immer noch die bunt gewebte Decke über dem Rücken der Stute liegt. Er geht hinüber, um sie abzunehmen. Dann legt er sich selbst darauf, damit er ein wenig ausruhen kann. Stundenlang möchte er in den Himmel sehen, der jetzt ein schwarzrotes Licht aufweist. Es fällt ihm schwer, nicht so viel an Sheena zu denken. Noch vor gar nicht langer Zeit hatte er versucht, diese Gedanken durch *todilhil*, dem Alkohol und Drogen zu verdrängen, aber jetzt weiß er, dass es keine Lösung ist und ihn weiter in den Ruin stürzen würde. Er wird Halt finden in der Geborgenheit seines Stammes, seiner Clan-Mitglieder, mit denen er sich gut versteht. Er nimmt sich vor, weiter nach traditioneller Art und Weise seines Volkes zu leben, um dem richtigen Pfad, wie auch sein Name sagt, zu folgen. Leider gibt es immer weniger Navajo, die sich darauf besinnen, nach den alten Bräuchen zu leben. Er denkt an die Ausbildung bei Tacheenie und daran, dass er noch längst nicht alle Heilungszeremonien und Sandbilder beherrscht, in der die übernatürlichen Wesen dargestellt werden.

Der Wind streift Ayatéhs Gesicht und spielt sanft mit seinen Haaren. Sie sind sandig und trocken und er hat das Bedürfnis, sie zu waschen.

Er zieht seine Kleidung aus und geht in das noch von der Sonne aufgewärmte Wasser. Das Flussbett ist flach und steinig und in der Mitte zum Teil ausgetrocknet. Er genießt das kühle Nass, das ihm gerade bis zu den Waden reicht und sucht eine sandige Stelle, um sich hinein zu legen. Eine Wachtel läuft aufgeschreckt aus dem Gebüsch, denn sie spürt eine Bedrohung.

Als er wieder aus dem Wasser kommt, fühlt er sich nicht mehr so müde, sondern frisch und sauber. Dann macht er sich daran, seine Kleidung vom Vortag zu waschen und legt sie zum Trocknen auf einen größeren Gesteinsbrocken. Damit sie in der Nacht nicht davon wehen, sucht er einige Steine zusammen, um seine Kleidung damit zu beschweren.

Der Mond ist langsam aufgegangen und steht majestätisch über dem Abendrot. Es ist Zeit, sich ein Lager zu bereiten. Danach wickelt er sich in die Decke ein und genießt den Augenblick. Mit Einbruch der Dunkelheit herrscht die Nacht in all ihrem geheimnisvollen Zauber. Für eine Zeit nimmt er die Geräusche auf: das Zirpen der Grillen und das Sprudeln des Wassers, wenn es spielerisch über die Steine plätschert. Es dauert nicht mehr lange, bis Ayatéh einschläft.

Das rhythmische Trommeln wird lauter und lauter. Schatten wandern umher und scheinen sich im Dunkeln der Nacht wieder aufzulösen. Doch aus der Dunkelheit tritt eine Gestalt hervor, die näher kommt. Es ist David. Lächelnd blickt er nach oben in den Himmel, der sich zu öffnen scheint und ein helles Licht freigibt. Durch dieses Licht fliegt der Adler hinab - größer und größer werdend kommt er auf David zu, der nach einem Wink von Ayatéh bereit ist, sich auf ihn zu setzen, um sich fort tragen zu lassen aus dieser Welt - aus der Welt der Lebenden.

»Nein …!« Ayatéh wacht schreiend auf und hat lange Zeit Mühe zu erkennen, ob es Traum oder Realität war. Das absolut Fatale daran war, dass er selbst David dazu aufgefordert hatte.

Er schwitzt, deckt sich auf und versucht, trotz der Verwirrung noch einmal einzuschlafen, was ihm schließlich auch gelingt.

Am nächsten Morgen trifft er eine Entscheidung: Wenn der Hogen fertiggestellt ist, möchte er bald darauf Chakas Bruder und seine Familie im Pueblo Dorf aufsuchen. Schon lange hatte er seinen Onkel nicht gesehen, obwohl er nicht weit entfernt wohnte. Mit dem Pferd kann er das Dorf schnell erreichen. Und vielleicht - vielleicht irgendwann in der Zukunft, ist er soweit, doch noch wieder seine Ausbildung bei Tacheenie fortzusetzen, damit er ein *hataalii* wird, um anderen Menschen zu helfen.

Mit einem Gesang segnet er den Hogen und nimmt den größten und schönsten Türkisstein hervor, um ihn darin zu verarbeiten, so wie es der Brauch vorsieht.

Dann hatte diese Wachtel irgendwann doch nicht genug aufgepasst und Ayatéh erlegt sie mit einem tödlichen Pfeilschuss.

Er dankt dem Tier, welches ihm sein Fleisch geopfert hatte, um ihn zu ernähren und segnet es, bevor er es über einem Feuer brät und isst. Dabei denkt er an einige der vielen Geschichten, die sein Großvater oft erzählte. Alle saßen sie beisammen und lauschten. Er hatte eine besondere Gabe, die alten Überlieferungen in Form von Geschichten darzustellen. Es war eine Kunst, die geachtet wurde. Sie trug die Zuhörenden hinaus aus dieser Welt und ließ sie die unendliche Freiheit der Seele spüren, der keine Grenzen gesetzt waren. Sie nahmen die Welten ernst, in die man sie entführte, denn sie wurden für sie alle Wirklichkeit. Dann spürten sie die Kraft dieser Geschichten in ihren Herzen. Damals war Ayatéh noch ein Kind. Er erinnert sich genau daran, wie traurig er war, als sein Vater ihm sagte, dass sie nun alle seine Geschichten nicht mehr hören würden, weil er gestorben war. Aber sie würden in jedem von ihnen lebendig bleiben. Sein Großvater war zwar alt und blind gewesen, doch sein Geist war rege. Manchmal sprach er auch nur in Andeutungen, damit sie selbst nach Lösungen suchen können. Jeder hatte seine eigene, persönliche Antwort darauf gefunden und jeder hatte für sich recht.

An diesem Morgen sucht er Tacheenie auf, um ihm eine Menge zu erzählen.

Nach einer angeregten Unterhaltung zeigt er Ayatéh ein paar Bilder von seinen Kindern und Enkelkindern. Einige von ihnen haben das Reservat verlassen, weil sie hier keine Perspektive sahen. Aber die jüngere Tochter und einen Sohn von ihm, kennt Ayatéh gut. Trotzdem, unser Volk bricht auseinander, denkt er wehmütig und überlegt, wie man die Menschen hier halten kann. Einige von denen, die fort gingen, kamen zurück, denn die Bindung an ihr Volk schien ausschlaggebend gewesen zu sein. Er kennt aber auch Navajo, die in der Stadt arbeiten und am Wochenende zu ihren Familien ins Reservat zurückkommen.

Tacheenie macht ihm deutlich, dass es gerade deshalb so wichtig ist, ein *hataalii* zu werden.

Zwei Stunden später begibt Ayatéh sich wieder auf den Heimweg und muss sich beeilen, um rechtzeitig vor der Dunkelheit den Hogen zu erreichen. Trotzdem macht er eine Pause, um seinem Pferd die Gelegenheit zu geben, sich auszuruhen. Als sie ankommen, befreit er es zunächst von dem Strick, den er als Zügel benutzt hatte, tätschelt Nuvakwewtaqa liebevoll und redet ihm gut zu.

Am frühen Morgen wacht er ziemlich verstört auf, denn da waren wieder diese furchtbaren Albträume, die ihn nicht loslassen. Selbst David hatte damals fast jede Nacht etwas davon mitbekommen. Er braucht ein paar Minuten, um sich zu beruhigen, dann steht er auf, denn es wird schon hell und schlafen kann er jetzt nicht mehr. Für heute nimmt er sich vor, nach Sipaulovi zu reiten, um Anicho zu besuchen. Mal sehen, wie die Hopi so drauf sind.

Aber zunächst segnet er den neuen Tag. Mit lauter Stimme beginnt er den Gesang der Morgenröte, um Frieden und Harmonie zu erbitten.

Wie selbstverständlich schließt er bei jedem Gebet David mit ein. Um seinen Oberkörper hängt der *Jish*, aus dem er jetzt Blütenstaub entnimmt, um ihn auf die heilige Erde zu streuen, die alles Leben hervorbringt und aus der alles Leben wieder entsteht.

Dann nimmt er sich einen Wasservorrat mit und macht sich auf den Weg. Doch als er das Dorf erreicht, findet er nur die Frau seines Onkels vor.

»Anicho ist mit den Jungs in Tuba City, doch er bleibt nicht lange und kommt gleich zurück«, erklärt sie ihm freundlich. »Komm setz dich und iss etwas.« Joanne ist schlank und modern gekleidet. Ihre Jeans sind eng und die weiße Bluse mit den fein gestickten, eingearbeiteten Mustern reicht ihr nur bis zur Hüfte. Die schwarzen Haare hat sie nach hinten zu einem dicken Zopf geflochten.

Sie muss über vierzig sein, denkt Ayatéh, aber sie sieht wesentlich jünger aus - ja, sie hat sogar eine jugendliche Figur. Er schaut ihren Handbewegungen zu, wie sie aus einem Topf Maissuppe schöpft, die sie schon für das Mittagessen zubereitet hatte. Sie reicht ihm den Teller und macht sich daran, das Geschirr einzuräumen, das sie zuvor abgewaschen hatte. Ayatéh sieht ihr dabei zu. Ihre Bewegungen gleichen denen einer geschmeidigen Katze, graziös und anmutig. Leise summt sie ein Lied vor sich hin. Dann setzt sie sich zu ihm gegenüber an den Tisch, stützt den Kopf auf die rechte Hand und lächelt ihn an, während er seine Suppe löffelt.

»Schön, dass du mal vorbeikommst, Gavin. Du warst lange nicht mehr hier.«

Vielleicht freut sie sich ja wirklich und sagt es nicht nur so, denkt er. Ihre sanftmütigen Augen strahlen eine gewisse Herzlichkeit aus. Sie macht einen zufriedenen Eindruck. Wahrscheinlich führt sie eine intakte Ehe und mit den vier Kindern ist es sicher ein harmonisches Zusammenleben; auch, wenn die zwei älteren schon erwachsen sind.

Seitdem seine Familie plötzlich auf so tragische Weise zerstört wurde, fühlt er immer eine große Leere in sich. Er hatte sich für die Zukunft gewünscht, an der Seite von Sheena eine neue, intakte Familie - so wie es jetzt bei Anicho und Joanne ist - zu bekommen. Wenn Anicho kommt, wartet schon seine geliebte Frau auf ihn. Und jetzt auch er, sein Neffe Ayatéh, der an seinem Familienleben nicht so richtig teilnehmen konnte oder durfte. Er fühlt sich immer noch unendlich einsam und allein.

»Wo wohnst du jetzt?«, fragt sie ihn, während sie ein Stück Brot abschneidet und es ihm zusätzlich reicht.

»In einem Hogen, den ich gebaut habe, nicht weit von hier, in den Bergen der First Mesa, wo der Polacca Wash mündet«, beschreibt er stolz seinen neuen Wohnsitz.

»Oh, das finde ich gut.« Joanne nickt. »Aber du solltest dort nicht so viel die Zeit allein verbringen.«

»Darum bin ich ja hier«, schmunzelt Ayatéh.

Jetzt denkt er komischerweise an David. Wie hätte er wohl auf diese Antwort reagiert? Wie ein *bilagaana* eben: So ein intelligenter, junger Mann wie du sollte etwas aus sich machen, anstatt in der Einöde am Ende der Welt dahinzuvegetieren. Man kann sich zwar die schöne Landschaft ansehen, aber das wirkliche Leben spielt sich doch woanders ab. Wahrscheinlich wie bei ihm in Denver, wo er unzufrieden mit seinem Beruf und seinem Leben ist. Nein, auf so eine Art würde Ayatéh nicht lange leben wollen. Wenn er erst einmal ein *hataalii* ist, hätte er etwas aus sich gemacht und würde weiterhin in diesem Land leben. Das ist für ihn wichtig, um ein stabiles Leben aufzubauen.

»Wie fühlst du dich?«, fragt Joanne Dolores, während sie seinen leeren Teller wegräumt.

»Gut«, gibt er ihr zur Antwort, auch wenn es nicht ganz stimmt, denn um seine Gefühle zu beschreiben, ist es nicht einfach, vielleicht *etwas besser als schlecht*, um eine korrekte Definierung zu wählen. Doch obwohl sie Anichos Frau ist, spürt er eine gewisse Distanz und möchte mit ihr nicht über seine Gefühle sprechen. Oft hat er das Bedürfnis, alles hinauszuschreien. Seine Wut, Verzweiflung und Hilflosigkeit und vielleicht sollte er es in seinem Hogen auch machen, einfach um seinem inneren Frieden ein Stück näher zu kommen.

Plötzlich spürt er Tränen in den Augen und versucht, sie zu unterdrücken. Warum kamen sie in letzter Zeit so oft? Lange konnte er nicht weinen. Jetzt kommt es häufig unkontrolliert und in den falschen Momenten. Vielleicht ist es Selbstmitleid. Er hatte nie den Anschluss an diese Familie bekommen. Aus allen wichtigen Angelegenheiten wurde er herausgehalten und es war nur eine oberflächliche Beziehung. Ob es nur daran liegt, dass er ein Navajo ist? Stets war immer eine gewisse Distanz da. Vielleicht hatte er deshalb so eine depressive Stimmung.

Doch dann plötzlich trifft er die Erkenntnis - diese Einsicht, dass niemand ihm seine Familie ersetzen kann. Sie ist unwiederbringlich zerstört und der Traum, mit Sheena eine eigene Familie zu gründen, ist zerplatzt wie eine Seifenblase. Das alles ist nicht ersetzbar und unwiderruflich verloren. Nichts und niemand und erst recht nicht Anichos Familie könnte das Verlorene ersetzen.

Jetzt begreift Ayatéh, dass all das Erlebte - Gutes wie Schlechtes - zu ihm und seinem Leben gehört. Es gehört zu ihm, wie die Wolken zum Himmel und der Regen zur Erde. In der Verdrängung seiner Vergangenheit hatte er nicht leben können. Aber auch die Erinnerungen daran geben ihm seine Zuversicht nicht zurück. Er denkt an Tacheenies Worte: Es ist so wie es ist. Nur so muss er es akzeptieren.

Dann denkt er an Joanne, von der er weiß, dass sie auch einen Hopi-Namen hat. Niemand hat ihm jemals diesen Namen gesagt und dies gibt ihm das Gefühl, ausgeschlossen zu sein. Ayatéh begreift, dass er es so annehmen muss, wie vieles andere in seinem Leben auch. Ändern kann er nichts, er kann nur seine eigene Zukunft steuern.

Als Anicho kommt, hilft er mit, die eingekauften Lebensmittel ins Haus zu tragen. Sein Onkel ist sichtlich erfreut, ihn wieder zu sehen. Er klopft ihm auf die Schulter und sie setzen sich nach draußen auf eine Bank, damit sie sich in Ruhe unterhalten können. Joanne kommt ihnen nach, um kalten Eistee zu servieren.

»Wieso habt ihr in Tuba gegessen? Ihr wusstet doch, dass ich etwas kochen wollte. Schmeckt es euch bei mir nicht?« Joanne sieht ihren Mann mit einem ziemlich beleidigten Blick an.

»Ich werde es heute Abend genießen«, sagt er und gießt ihnen frischen Eistee in die Gläser. Joanne geht wieder ins Haus und Ayatéh blickt auf die bewohnten Pueblos. Wie können die Menschen hier nur auf engstem Raum zusammenleben? Es ist schon erstaunlich, dass sie sich so dicht gedrängt wohl zu fühlen scheinen.

Sie sitzen an einem schattigen Platz und Anicho streckt seine Beine aus. »Du warst lange nicht mehr hier«, stellt er fest. »Ich war schon ein paar Mal in Rough Rock und Chilchinbito. Dort habe ich alle anderen angetroffen, nur dich nicht. Keiner wusste, wo du dich rum treibst.«

Ayatéh schließt daraus, dass er wohl doch nicht so ganz in Vergessenheit geraten ist.

»Ich wollte mit dir reden, weil ich glaube, dass du von mir ziemlich enttäuscht bist ...«

»Nein, ist o.k.«, unterbricht ihn Ayatéh, was eigentlich nicht die Art eines Navajo ist und er sonst immer respektvoll seinen Gesprächspartner ausreden lässt. Aber jetzt will er davon nichts mehr hören.

»Ich habe die Sache mit Sheena erfahren. Es war sicher sehr schwer für dich.«

»Ich komme schon zurecht«, wechselt er das Thema, weil er das Gefühl hat, nicht den richtigen Gesprächspartner dafür vor sich zu haben. »Ich habe mir ein Pferd gekauft.« Stolz zeigt er zu seiner Stute hinüber, die unter einen schattigen Baum steht. Anschließend erheben sie sich und sehen sich das Pferd genau an. Anicho scheint sehr zufrieden zu sein und lobt ihn für den guten Kauf.

Ayatéh erzählt ihm von der Arbeit auf der Ranch und beschreibt ihm die riesigen Saguaro-Kakteen, die über zehn Meter groß werden.

Dann gesellt sich Joanne zu ihnen und lenkt das Thema auf die neue Fabrik. Eigentlich will Ayatéh nicht mehr viel darüber hören, denn er glaubt, dass er dieses Thema hinter sich hat. Was weiß sie denn schon davon? Sie erzählt darüber auch nichts Neues. Doch dann schreckt er auf.

»Zu einer miesen Fabrik gehört wohl auch ein mieser Chef, das ist wohl so. Jedenfalls behandelt dieser Hank seine Angestellten sehr schlecht«, sagt sie. Als Ayatéh das hört, verschluckt er sich an dem Eistee, den er gerade trinken will. Er hustet und braucht eine Zeit, um sich zu erholen. Hank? Hatte er richtig gehört? Den Namen kennt er noch zu gut. Die Erinnerung ruft ihn zurück, als er damals mit dem Gewehr vor Tanner stand. Was hatte er ihm über Hank erzählt? Er würde schwer krank im Krankenhaus liegen und nicht herauskommen. Sicher meint Joanne die Zeit, als er noch in der Firma tätig war, bevor ihn die Krankheit umgehauen hat.

»Ich weiß, dass zuletzt ein Mr. Tanner der Geschäftsführer war. Doch der soll inzwischen nicht mehr dort sein. Wer da jetzt tätig ist, weiß ich nicht«, erzählt Ayatéh und wagt einen neuen Versuch, einen Schluck zu trinken.

»Genau, Tanner ist gegangen und dann kam der Neue, dieser Hank. Er kommandiert ständig herum.«

»Hank?!«, wiederholt er ungläubig. »Der ist *jetzt* dort? Woher kennst du ihn?« Ayatéh kann es immer noch nicht fassen. Ungläubig starrt er Joanne an.

»Ich kenne solche Menschen nicht, aber ich habe eine frühere Freundin getroffen. Als wir kurz über diese Fabrik gesprochen haben, sagte sie mir, dass sie eine Arbeitskollegin hat, die dort als Sekretärin tätig war. Hank hat sie gefeuert.« Als Ayatéh sie weiter anstarrt, sagt sie nur: »Sonst weiß ich nichts, der Name war mir vorher kein Begriff.«

Diese Nachricht haut ihn fast um! Jetzt musste er erst hierher kommen, um so etwas zu erfahren. Wie hängt denn das alles zusammen? Es kann auch sein, dass bei dem ganzen Gerede etwas verwechselt wird und jemand hat es falsch wiedergegeben.

»Bist du sicher Joanne, dass jetzt in diesem Moment ein Mr. Hank am Werke ist?«, fragt er noch einmal genau nach.

»Ich kann nur sagen, was ich gehört habe.«

»Wann ist diese Frau, die Sekretärin, denn rausgeflogen?«

»Ich weiß nicht. Ich weiß nur, dass Hank sie gefeuert hat. Frage mich nicht, wann und warum.«

Anichos Blicke wandern ständig hin und her. »Was ist mit ihm? Kennst du den Mann?« Fragend bleiben jetzt die Augen auf seinen Neffen gerichtet.

Wie abwesend schüttelt Ayatéh den Kopf, dann sieht er Anicho an und nickt. Dieser wird aus solch einer widersprüchlichen Reaktion nicht schlau und wartet ab, denn Ayatéh braucht etwas Zeit zum Nachdenken. Er ist mit seinen Gedanken weit weg: Also, dieser Tanner hatte das Weite gesucht, dann kommt Hank, sein Kumpane wieder und kündigt der Sekretärin, die vorher mit Tanner gearbeitet hatte. Warum? Und Hank soll alles angezettelt haben, wollte Chaka ermorden lassen. Vorausgesetzt es stimmt, was Tanner ihm gesagt hat. Vielleicht wollte dieser sich in seiner Angst und Not nur herausreden und jemand anderem die Schuld zuweisen. Irgendwie ist das alles merkwürdig.

»Wo arbeitet deine Freundin jetzt?«, fragt er, in der Hoffnung, mehr zu erfahren.

Joanne gibt ihm nur zögernd Auskunft, weil sie nicht weiß, worauf er hinaus will. Außerdem plaudert sie nicht gerne über andere Leute etwas aus. »In Winslow. Dort ist sie im Büro einer Autofirma tätig«, rückt sie dann vorsichtig heraus. Anschließend steht sie auf und geht ins Haus, um frische Melonen zu schneiden.

»In welcher Autofirma arbeitet sie?« Ayatéh lässt nicht locker, als Joanne mit drei gefüllten Schalen zurückkommt.

»Ich weiß nicht, irgendeine Firma, die Autos verkauft«, gibt sie ihm zur Antwort und fragt ihn, warum er dafür so großes Interesse zeigt.

Doch Ayatéh wiegelt das Ganze als belanglos ab, denn er möchte mit ihnen nicht über diese Sache reden. Irgendwie fehlt ihm das nötige Vertrauen und er antwortet ihr, dass er von Hank schon viel Negatives gehört habe.

Bei den folgenden Gesprächen hat Ayatéh Schwierigkeiten, sich zu konzentrieren. Als zwei ihrer Kinder dazukommen, spielen sie gemeinsam auf einer freien Fläche Basketball. Zehn Minuten später erscheint der ältere Sohn Bobby und mit sechs Personen macht es mehr Spaß. Ayatéh wird auf diese Weise für eine Stunde abgelenkt. Obwohl die Sommerhitze auf der Haut brennt, ist er froh, sich einmal richtig austoben zu können.

Schließlich sind alle erschöpft und fröhlich lachend beenden sie das Spiel. Die Kinder toben herum und die Erwachsenen setzen sich noch eine Weile zusammen. Bobby ist frisch verheiratet und erzählt, wie sie zurechtkommen. Seine Pläne und Ziele sind groß, er ist jung, motiviert und arbeitet als Webdesigner. Bobby ist der Meinung, dass seine Frau an ihn Erwartungen hat, die er erfüllen möchte. Ayatéh weiß nicht so recht, was er von dieser Einstellung halten soll. Doch als er erfährt, dass seine Frau eine *bilagaana* ist, wird ihm einiges klar.

Er hatte sie auf dem College kennengelernt und anscheinend passten sie gut zusammen. Ayatéh glaubt jedoch, dass Bobby sich nicht im Klaren darüber ist, dass ihm ganz gewiss viele Barrieren ein großes Hindernis darstellen werden und kann sich nach seinen Erzählungen nicht vorstellen, dass die Beziehung von Dauer sein wird. Was ist, wenn er einmal arbeitslos wird und den Lebensstandard, den sie gewohnt ist, nicht mehr halten kann? Die *bilagaana* wollen nichts entbehren. Sie sind seiner Meinung nach viel zu oberflächlich und legen viel Wert auf materielle Dinge. Zudem messen sie den Wert eines Menschen an dessen Besitz, was ihnen bei Ayatéh nicht gerade Achtung einbringt. Aber kann er sich überhaupt ein Urteil erlauben? David zum Beispiel ist ganz anders, glaubt er. David beschäftigt sich mit dem *wie* und *warum* der Dinge - vielleicht ein bisschen zu viel - aber es imponiert ihm.

Der Rückweg ist sehr steinig und er kommt nur langsam voran. Über einer Bergkuppe sieht er einen Adler kreisen, auf der Suche nach Beute. Fast ohne einen Flügelschlag gleitet er anmutig durch den wolkenbehangenen Himmel. Sein Schrei ist laut und rau und wird von den Bergen als Echo zurückgeworfen. Dann schwenkt er langsam in südlicher Richtung ab.

In den nächsten Tagen bleibt Ayatéh in der Nähe seines Hogen. Er ernährt sich von Kaninchen und anderen kleineren Tieren. Oft sitzt er am Flussufer und beobachtet seine Umgebung oder wandert zum Tah Chee Wash, der etwas weiter nördlich in den Bergen entspringt. Er fühlt sich im Einklang mit der Natur und lässt dieses Gefühl auf sich einwirken. Bald würde der Sommer zu Ende gehen und er macht sich Gedanken darüber, sich auf den Winter vorzubereiten. Die ersten Anzeichen dafür hatte es schon vor ein paar Tagen gegeben. Vom Norden her kam eine stürmische Kaltfront mit kräftigen Regenschauern, die den Polacca Wash füllten. Es würde nicht mehr lange dauern, bis die Tage kürzer und die Nächte länger werden.

Ayatéh versucht oft durch die traditionellen Gebete sein seelisches Gleichgewicht wieder zu finden und will sich nicht durch negative Gedanken ablenken lassen. So fühlt er sich jetzt gestärkt und bekommt das Gefühl, seinem Ziel näher zu sein, um ein ausgeglichenes Leben zu führen.

S'ah naaghéi Bik'eh hózh.
Hózhóogo naasháa doo
Shitsiji' hózhóogo naasháa doo
Shikéédéé' hózhóogo naasháa doo
Shideigi hózhóogo naasháa doo
T'áá atso shinaagó hózhóogo naasháa doo
Hózhó náhásdlíí
Hózhó náhásdlíí
Hózhó náhásdlíí
Hózhó náhásdlíí

Ich lebe in der Harmonie.
Harmonie ist vor mir.
Harmonie ist hinter mir.
Harmonie ist über mir.
Harmonie ist ganz um mich.
Harmonie ist wieder hergestellt worden.
Harmonie ist wieder hergestellt worden.
Harmonie ist wieder hergestellt worden.
Harmonie ist wieder hergestellt worden.

Und doch: In diesen Tagen taucht immer wieder der Name Hank in seinen Gedanken auf. Er fragt sich, was der Geschäftsführer für ein Mann ist und welche Position er einnimmt. Dieser Tanner hatte ihm damals erzählt, dass der Mordanschlag Hanks Idee war und dieser auch für alles verantwortlich sei. Vielleicht war es auch nur eine Abwälzung auf den Mann, weil Tanner Angst um sein Leben hatte. Und wenn es nun doch anders war und dieser Hank mit drin steckte? Ayatéh denkt jedoch nicht an Rache. Doch bald lassen ihm seine Gedanken keine Ruhe mehr. Er will herausfinden, ob Hank etwas mit dieser Sache zu tun hat. Dann soll er - falls etwas dran ist - nach dem Gesetz der *bilagaana* bestraft werden.

Wie ist das mit dieser Frau, der ehemaligen Sekretärin, die Hank gefeuert hat? Warum wurde sie entlassen? Sie arbeitete zuvor also mit Tanner zusammen.

Dann denkt er an die schlanke Frau, die er mit kurzen Shorts und einem roten Bikini-Oberteil am Ferienhaus gesehen hatte. Sie war Tanners Geliebte, das war klar, denn seine Gattin sah anders aus, rundlicher, älter und hatte dunklere, kurze Haare mit so einer Art Dauerwelle. Damals hatte sie gerade ihre Runden im Pool gedreht und dann die Schlange entdeckt. Ayatéh kann sich gut an alles erinnern. Er weiß genau, wie die Frau aussah und vor Angst schrie, als sie ihn sah.

Was dieser Tanner jetzt macht, interessiert ihn nicht, vielmehr lässt ihn der Gedanke an Hank nicht zur Ruhe kommen. In Betracht auf seine Position könnte er Existenzangst bekommen haben. Aber gleich Mord?

Die Sekretärin kennt also Hank und weil sie aus irgendeinem Grund von ihm gefeuert wurde, hat sie wahrscheinlich eine Abneigung gegen ihn. Was ist, wenn sie sogar die Geliebte von Tanner ist? Sie hatte ja vorher mit ihm eng zusammengearbeitet. Dann liegt es doch nahe, dass die beiden vielleicht eine Liaison hatten oder noch haben. Ayatéh versucht, sich die Erinnerung zurückzuholen, wie die Frau aussah, die er am See bei Tanners Ferienhaus gesehen hatte. Er schoss Tanner einen Pfeil mit einem Zettel zu, auf dem er ihn warnte und dann beobachtete er, wie diese dünne, junge Frau kam. Sie rubbelte sich mit einem Handtuch die langen Haare trocken. Waren sie blond? Das wusste er nicht mehr so genau, er hatte es in seinem Versteck schlecht sehen können. Aber als sie mit Tanner zurück zum Haus ging, erhaschte er einen flüchtigen Blick auf ihr Gesicht. Wie alt mochte sie sein? Jung, vielleicht Mitte zwanzig. Tanner könnte etwa vierzig sein. Aber das kann er bei den *bilagaana* schwer einschätzen.

Ayatéhs alter, klappriger Pick Up steht noch neben dem Haus am Rande von Rough Rock. Man sieht ihm deutlich die vierzehn Jahre an. Die Ladefläche ist ziemlich verrostet und das hintere Fenster hatte er notdürftig mit durchsichtiger Folie zugeklebt, die aber allmählich abblättert. Während der Fahrt klappert es ständig, doch daran hat er sich gewöhnt. Nur, dass die Bremsen nicht mehr so gut funktionieren, ist nicht nur lästig, sondern auch sehr gefährlich.

Er besucht seine Freunde Dusty und Nick, weiht sie aber nicht in sein Vorhaben ein, sondern fährt danach zurück zum Haus, wo er seine Sachen noch unverändert vorfindet. Die Kreditkarte ist noch in dem Versteck unter dem Schrank. Er nimmt sie an sich und sucht aus dem Briefumschlag, den David ihm damals gab, ein bestimmtes Bild heraus.

Anschließend kramt er seinen kleinen braunen Rucksack hervor, worin er eine Jeans, zwei T-Shirts, Unterwäsche und Zahnputzzeug steckt. Ayatéh legt ihn auf den Nebensitz dieser Rostlaube und holt sich vorsichtshalber noch eine dickere Jacke. Dann macht er sich auf den Weg, um Nuvakwewtaqa in treue Hände zu geben, bis er wieder zurück ist. Sicher ist sein Pferd froh, wenn es Gesellschaft bekommt.

Es ist ein ungewohntes und auch etwas unsicheres Gefühl, nach längerer Zeit wieder mit so einem Auto zu fahren. Alles ist beim Alten:

der erste Gang musste schon immer mit einem kräftigen Ruck nach vorne gedrückt werden und unten hängen schon ewig einige Kabel locker herum. Er überlegt noch kurz, ob er nicht irgendetwas vergessen hat, denkt an Papiere und Werkzeug, falls er stecken bleibt. Dann tuckert er los, vorbei an den aasfressenden Geiern, die sich von den überfahrenen Kleintieren am Straßenrand ernähren und nicht daran denken, sich stören zu lassen und weiter fährt er über Hügel und vorbeirollenden Tumbleweeds. Noch im Gebiet von Carson Mesa biegt er an der Kreuzung rechts ab, um an Chinle vorbei über Holbrook nach Winslow zu fahren. Nach etwa dreieinhalb Stunden hat er die kleine Stadt, außerhalb des Reservats erreicht.

Dort hebt er so viel Geld ab, wie er meint, in nächster Zeit zu benötigen und sucht sich ein Motelzimmer. Während das Auto zur Reparatur ist, um die Bremsbeläge zu erneuern, macht er sich zu Fuß auf den Weg, um ein Warenhaus aufzusuchen. Er denkt an Laura und an andere Mitglieder seines Clan, von denen einige viele Kinder haben. Steven und Mary zum Beispiel, sie wissen oft nicht, wie sie ihre acht Kinder durchbringen sollen. Er kauft ihnen neue Kleidung und Malutensilien. Für die kleine Melanie findet er eine Stoffpuppe mit großen Augen und für Steven legt er vernünftiges Werkzeug in den Einkaufswagen. Auf dem Weg zur Kasse stößt er auf Inline-Skater für Kinder und er überlegt, welche Größe Laura hat, denn schon seit Monaten wünscht sie sich solche Inliner. Er entscheidet sich für ein bestimmtes Paar und hofft, mit der Größe Glück zu haben. An der Kasse zahlt er 210 Dollar. Als er dann einen Blick in den Einkaufswagen wirft, wird ihm auf einmal bewusst, dass er ohne Auto gekommen war. Daran hatte er überhaupt nicht gedacht. In eine große Einkaufstasche packt er die Inliner und das Werkzeug. Die Kleidung quetscht er in die andere Tasche und damit ist auch diese voll. Wo soll er das Malzeug und die Puppe lassen? Schließlich lässt er sich noch eine dritte Tüte geben und so schleppt er die vollgepackten Taschen irgendwie zum Motel. Dort angekommen, stellt er alles auf den Boden und schaut auf seine Armbanduhr. 19:10 Uhr, die Zeit ist wie im Flug vergangen und für sein eigentliches Vorhaben ist es jetzt zu spät. Aber das macht nichts, er hat Zeit und würde sich morgen Nachmittag darauf konzentrieren. Dann steckt er sich zehn Dollar in die Hosentasche und geht auf die Suche nach einem Fast Food Restaurant.

Die Temperatur war um diese Zeit schon stark zurückgegangen und deshalb halten sich die meisten Leute drinnen auf. Doch Ayatéh möchte sich lieber an einen der Tische setzen, die auf der Terrasse stehen. Er schaut dem Straßenverkehr zu und denkt plötzlich wieder an Sheena. Niemals wird er sie vergessen können und niemals möchte er eine andere Frau, seien sie noch so attraktiv. Es gab zu der Zeit, als Sheena wegzog, viele Probleme mit Schwangeren, die sich mit dem Wasser aus den Seitenarmen des Chinle Wash ernährten, worin die Chemikalien aus der Fabrik flossen. Da war der T-Amp-Led Wash, Black Mountain Wash und bei Chilchinbito der Tyende Creek und Long Flat Wash.

Ein Säugling kam blind zur Welt, ein anderes Baby hatte Missbildungen an den Händen und Zehen. Von einer Frau weiß er, dass sie eine Fehlgeburt im fünften Monat erlitt. Doch Sheena hatte die meiste Zeit in der Stadt verbracht. Aber sie war schon schwanger, bevor sie wegzog, wusste es aber nicht. Ohne sich Gedanken zu machen, kochte auch sie ihren Kaffee mit dem Dreckwasser und benutzte es für alle Gelegenheiten im täglichen Leben wie alle anderen auch. Ayatéh ist fest davon überzeugt, dass sie und das Kind noch leben würden, wenn Tanner keine illegalen Einleitungen vorgenommen hätte. Warum hatte sich die Lage erst so dramatisch zuspitzen müssen, damit sich etwas änderte?

Es war ein Mädchen, denkt er, und sie wäre jetzt fast ein Jahr alt geworden. Ob Sheena sich wohl schon einen Namen ausgesucht hatte? Er wusste, dass sie sich von dem bisschen Geld, das sie in der Ausbildung verdiente, Babykleidung besorgt hatte. Sie war allein in der Stadt und er soweit weg. Warum war ihm alles andere wichtiger gewesen? Sheena hatte ihn gebraucht und auf ihn gewartet. Doch er ließ sie allein, obwohl er sie liebte. Wenn er wenigstens einmal sein Kind hätte sehen können. Er macht sich große Vorwürfe, doch für das alles ist es jetzt zu spät.

Was bringt es, jemanden dafür verantwortlich zu machen. Er verdrängt auch die Frage, ob sie wie Tubaan-de-jaa-de sterben musste, weil er David nicht an *Atse'ma'ii* ausgeliefert hat, oder *noch* nicht.

Ayatéh wird aus seinen Gedanken gerissen, als eine Gruppe Jugendlicher lärmend auftaucht. Plötzlich schlägt einer von ihnen mit der Faust auf seinen Tisch und sieht ihn drohend an: »Hast du dich verlaufen? Das Reservat liegt woanders.« Dann balgen sie weiter randalierend herum und gehen schließlich hinein. Ayatéh nimmt keine große Notiz davon, so etwas ist er von den *bilagaana* gewohnt. Er ist nur froh, dass sein Trinkbecher von dem Schlag nicht umgefallen ist. Irgendwie fühlt er sich hier jetzt nicht mehr wohl und so macht er sich auf den Rückweg.

Jetzt ist er auch in so einem Motelzimmer mit einem großen, breiten Bett und genießt es, die warme Dusche auf sich herab rieseln zu lassen. Die Handtücher sind dick und weich. Während Ayatéh sich abtrocknet, denkt er daran, wie er heute Nachmittag am besten vorgeht.

Er holt sein Auto aus der Werkstatt und sucht im Telefonbuch die Adressen aller umliegenden Autohändler heraus. In Winslow gibt es nicht all zu viele und so wartet er jeden Tag neben einem anderen Verkaufsgelände, um die Frau zu finden, von der er sich mehr Aufklärung erhofft. Doch wo er sich auch immer am späten Nachmittag hinstellt und darauf wartet, dass die Angestellten das Büro verlassen, er findet keine junge Frau, die seiner Beschreibung nach Tanners Geliebte sein könnte. Wenn er nur wüsste, wie sie heißt, dann hätte er die Möglichkeit, nach ihr zu fragen. Doch bald sieht er ein, dass es vergeblich ist. Immer wieder versucht er sich daran zu erinnern, wie sie damals aussah. Sicher ist sie blond und lange Haare hat sie auf jeden Fall, schlank wie … ja, wie diese Frau, bei der er die Reparaturrechnung bezahlte. Aber wie viele Frauen sehen so aus? Viele eben. Sie hatte diese dünne Figur, lange blonde Haare, die hochgesteckt waren und das Gesicht wie die Frau, auf die er damals kurz einen Blick werfen konnte. Natürlich ist er sich nicht sicher, aber er will es jetzt genau wissen. Vielleicht hatte Joanne sich auch geirrt und die Frau arbeitet nicht im Autoverkauf, sondern in einer Reparaturwerkstatt. Also geht er am nächsten Tag noch einmal hin, um sie wieder zu sehen. Als er vor ihr steht, gibt er an, dass er eine Quittung für die Reparatur benötigt, die er wohl hier liegen gelassen hätte. Ayatéh mustert sie unauffällig. Sie steht hinter einem Tresen und ist sehr freundlich. Dann stellt sie eine neue Quittung aus, reicht sie ihm lächelnd entgegen und blinzelt ihn mit ihren hellen Augen an. Eigentlich möchte er fragen, ob er mit ihr reden kann, aber so, wie sie ihn jetzt mit Blicken anhimmelt, findet er diesen Moment unpassend. Verlegen steckt er die Quittung in seine Tasche und will noch einmal einen Anlauf nehmen. Doch dann öffnet sich hinter ihr die Tür zur Werkstatt und ein Mann im blauen Overall kommt herein, gefolgt von einer korpulenten Frau, die einen Beleg in der Hand hält und es der Blonden zeigt. Diese lächelt Ayatéh an und fragt, ob jetzt alles in Ordnung ist. Er nickt, bedankt sich und geht hinaus.

Jetzt ist er fast davon überzeugt, dass er an die richtige Person geraten ist. Am Straßenrand wartet er geduldig, bis sie Feierabend hat. Ununterbrochen behält er die Ein- und Ausfahrt im Auge. Etwa zwei Stunden später sieht er, wie sie aus einem Seitenausgang tritt und in ein Auto steigt. Die Größe kommt auch hin, denkt er und folgt ihr. Er hält großen Abstand und lässt auch ab und zu ein anderes Auto dazwischen, um nicht aufzufallen. Alles scheint gut zu klappen. Schließlich hält der Wagen, der gerade um die Ecke bog, an einer kleinen Nebenstraße an. Ayatéh sieht es rechtzeitig und stoppt vor der Kurve, um ebenfalls zwischen einigen Autos, die am Straßenrand stehen, zu parken.

Plötzlich kommt ihm ein Gedanke: So weit war er dieser Frau nun gefolgt. Doch was sollte er tun, wenn an ihrer Stelle Tanner die Tür öffnen würde?

Ayatéh grübelt einen Moment. Dann fällt ihm jedoch ein, dass der einige hundert Meilen entfernt in Blanding wohnt. Es ist nicht möglich, mal eben auf einen Sprung vorbeizukommen. Vielleicht haben die beiden inzwischen keinen Kontakt mehr, warum würde sie sonst soweit wegziehen? Doch Moment, Tanners Ferienhaus liegt nicht so weit entfernt, vielleicht eineinhalb Autostunden, schätzt er, zwischen St. Jones und dem Zuni Reservat. Er muss also doch damit rechnen, dass sich dieser Typ in der Wohnung der Frau befindet. Hätte er nur vorher über diese Möglichkeit nachgedacht. Also bleibt ihm wohl nichts anderes übrig, als wieder lange im Auto zu warten und zu beobachten, ob sie alleine ist. Anderen Leuten hinterher zu spionieren gefällt ihm überhaupt nicht. Lieber macht er etwas auf direkte Art, aber jetzt muss er aufpassen, dass er keinen Fehler begeht, um sein Vorhaben nicht zu gefährden.

Schon nach wenigen Minuten sieht er diese Frau heraus eilen. Sie trägt rosafarbene Shorts und eine farblich passende Bluse dazu. Zügig läuft sie zum Auto, steigt ein und fährt los. Als der Wagen an ihm vorbeirauscht, folgt er ihr wieder, in der Hoffnung unentdeckt zu bleiben. Aber so ganz glaubt er es nicht mehr. Sein alter Pick Up ist ihr sicher schon an der Autowerkstatt aufgefallen und jetzt fährt sie wieder daran vorbei. Aber egal, Hauptsache, er würde sie überhaupt noch erwischen, ob sie es vorher merkt oder nicht. Schon bald lenkt sie ihr

Fahrzeug auf den Parkplatz eines Supermarktes. Er stellt sich mit seinem Auto direkt daneben und als sie aussteigt, spricht er sie an.

»Entschuldigen Sie Miss, ich möchte Sie gerne noch etwas Wichtiges fragen, vielleicht haben Sie einen Moment Zeit.«

Erstaunt sieht die junge Frau ihn an, dann huscht ein Lächeln über ihr Gesicht. »Haben Sie wieder Ihre Quittung verloren?«

Ayatéh bleibt ernst. Mit regloser Mine steht er vor ihr. Dann scheint sie misstrauisch zu werden und etwas verängstigt geht sie weiter. Als er ihr folgt, dreht sie sich um.

»Lassen Sie mich in Ruhe, ich kenne Sie nicht.«

»Ich möchte Sie wirklich nicht belästigen, aber vielleicht können Sie mir helfen.«

Jetzt bleibt sie stehen, sieht ihn an und sagt mit einem flüchtigen Lächeln: »Okay.« Dabei wartet sie gespannt, was jetzt kommt.

Ayatéh sucht verlegen nach den richtigen Worten, obwohl er sich vorher genau überlegt hatte, wie er vorgehen wollte. Er sieht in ein geschminktes Gesicht, mit fragendem Blick. Sie macht einen selbstbewussten Eindruck und plötzlich ist er sich nicht mehr so sicher, ob er überhaupt die Person vor sich hat, die er sucht.

»Ich möchte etwas über Mr. Hank wissen«, sagt er dann sehr direkt und wartet gespannt auf eine Antwort.

Jetzt ist ihr sicherer Blick verschwunden, ihre Augen zeigen Verwirrung, denn damit schien sie wohl nicht gerechnet zu haben. Als Ayatéh dies bemerkt, ist er doch überzeugt davon, dass es dieselbe Frau ist, die damals am Ferienhaus diesen Tanner umarmte.

»Kenn ich nicht, das muss ein Irrtum sein«, sagt sie nervös und geht weiter. Ayatéh lässt sie gehen, wartet aber geduldig in der Nähe ihres Autos, bis sie mit zwei kleinen, gefüllten Tüten zurückkommt.

»Sie gehen mir auf die Nerven«, sagt sie, während sie hastig nach ihren Schlüssel sucht.

»Das weiß ich, aber es ist mir egal«, dabei bringt er ihr ein zaghaftes Lächeln entgegen.

Die Frau öffnet die Beifahrertür, stellt die Tüten auf den Sitz und baut sich mit den Händen in den Jackentaschen vor ihm auf.

»Es ist mir auch einiges wert«, sagt er dann, um ihr die Entscheidung leichter zu machen.

»Er ist ein Schwein«, sagt sie und will einsteigen, wobei sie damit signalisiert, dass sie nicht darüber reden will.

Ayatéh hält seine Hand oben an die Wagentür, um sie am zuschlagen zu hindern. »Ich kann Sie nicht zwingen, aber ich kann Ihnen 200 Dollar anbieten.« Mit der anderen Hand zieht er die Scheine aus der Jeansjacke, um sie ihr zu zeigen.

Die Frau zögert einen kurzen Moment, doch das Geld scheint zu verlockend zu sein. Schließlich nickt sie und nimmt es entgegen.

»Vielleicht können wir da drinnen einen Kaffee trinken«, schlägt Ayatéh vor und damit ist sie einverstanden.

Sie suchen sich in dem kleinen Café, das sich gegenüber den Kassen befindet, einen freien Platz. Er achtet darauf, dass die angrenzenden Tische nicht besetzt sind.

»Schießen Sie los, was wollen Sie?«

Gerade haben sie Platz genommen, da kommt auch schon die Bedienung und er fragt, ob ihr ein Kaffee recht ist. Sie nickt und er gibt die Bestellung auf.

Die junge Frau schlägt die Beine übereinander und holt sich eine Zigarette aus der Schachtel, zündet sie an und pafft. Während sie den Rauch zur Seite ausstößt, sieht sie Ayatéh fragend an.

Sie duftet nach süßlichem Jasmin und in ihrem schmalen Gesicht bemerkt er kleine, feine Sommersprossen, die sich nur leicht von ihrer hellen Haut abheben.

»Sie waren die Sekretärin von Mr. Tanner und Mr. Hank, vielleicht haben Sie beobachtet, was sich da so alles abgespielt hat.«

Sie verzieht kaum merklich die Mundwinkel und überlegt. »Zum Beispiel?«

Ayatéh zieht das leicht zerknüllte Bild aus seiner Innentasche, auf dem deutlich Chaka zu erkennen ist und reicht es ihr. »Haben Sie diesen Mann dort in der Firma gesehen?«

Sie wirft nur kurz einen Blick darauf und nickt. »Ja, und es hat ziemlich gekracht.« Dabei sieht sie ihn eindringlich in die Augen.

»Wie meinen Sie denn das?«

»Nun, er kam rein, ging gleich zu Hank und ich konnte draußen in meinem Büro hören, dass sie sich gestritten haben.«

Es macht ihn nervös, dass sie ihn ständig anstarrt. Jetzt nippt sie an ihren Kaffee und hält den Blickkontakt dabei aufrecht, dann lächelt sie ihm zu.

Ayatéh bleibt jedoch davon unbeeindruckt. »Wissen Sie, worum es dabei ging?«

»Der Indianer war Zeuge einer schlimmen Sache und er hat wohl Hank gedroht oder erpresst oder was weiß ich. Ich konnte nicht alles verstehen.«

Viele Gedanken schießen Ayatéh durch den Kopf. Aber eins nach dem anderen. Hauptsache, sie hört irgendwann auf, ihn anzustarren.

»Zeuge von was?«

Die Frau überlegt eine Weile, streicht sich mit der Hand übers Haar und sieht jetzt endlich einmal nach unten.

»Das kann ich nicht sagen, ich riskiere viel. Mann, das geht nicht.« Sie schüttelt mit dem Kopf und starrt ihn wieder an.

»Doch, es geht, und ich erwarte es jetzt von Ihnen«, fordert er energisch. Wozu hatte er ihr so viel Geld gegeben? Dafür konnte er schon etwas mehr erwarten. »Sie brauchen nichts zu befürchten. Ich kenne Ihren Namen nicht und werde niemandem von dieser Begegnung erzählen - niemandem, aber ich will es jetzt wissen.« Nun ist er es, der sie anstarrt, doch sie schweigt. Er versucht es jetzt anders. »Ich denke, Mr. Tanner hat den Betrieb geführt. Was hatte Hank damit zu tun?«

»Es waren beide. Hank war sozusagen der Manager, aber er ist in den Geschäftsunterlagen kaum aufgetaucht, weil er mehr in den Hintergrund bleiben wollte. Dann verschwand er für längere Zeit.«

»Warum und wo war er?« Der stechende Blickkontakt dieser Frau macht ihn völlig nervös, doch er lässt es sich nicht anmerken.

»Er war in Phoenix. Offiziell hieß es, er sei schwer krank, aber ich weiß, dass es nicht stimmte.«

Immer wieder ertönt dieser Werberuf durch die Lautsprecher und Ayatéh ist froh, wenn er hier fertig ist. Die Stimmung ist etwas angespannt und er fühlt sich hier nicht wohl. Doch jetzt hat er die Chance, etwas mehr zu erfahren. Er trinkt seinen Kaffee und fragt weiter: »Wissen Sie, was er in Phoenix wollte?«

Sie zögert, klopft die Asche von der Zigarette in den Aschenbecher und sieht kurz zur Seite. Am Nebentisch sitzt niemand, doch sie schweigt weiter.

»Vorhin sagten Sie, er ist ein Schwein. Wieso? Wollen Sie ihn jetzt schützen? Ihre Aussagen erscheinen mir widersprüchlich.«

»Das hat damit nichts zu tun«, antwortet sie schnell. »Ich nehme an, er ist nach Phoenix gefahren, um seine Drogengeschäfte zu erledigen. Der Indianer wusste davon. Er hatte es wohl irgendwann mitbekommen. Jedenfalls war er Zeuge von einer brenzligen Sache.«

»Ah, so war das also«, murmelt Ayatéh. Dann gab es auch ein Mordmotiv. »Und wie war das mit Tanner?«

»Tanner? Ja, äh ... er hatte oft mit Hank Streit.«

»Worüber haben sie sich gestritten? Wegen der Drogensache?«, will er von ihr wissen.

»Nicht nur, wissen Sie, das Ganze ist ja über eineinhalb Jahre her, da weiß ich nicht mehr alles, aber ...« Sie schaut ihn verstohlen von der Seite an und lächelt. »Vielleicht könnte mir doch noch das Eine oder Andere einfallen.«

Ayatéh zieht noch einmal hundert Dollar heraus und reicht es ihr. Mit ihren dünnen Fingern schleicht sie sich zum Schein und zieht ihn langsam zu sich hinüber. Ihre langen Fingernägel haben das gleiche Rot wie ihr Lippenstift. Zweifellos hat sie ein hübsches Gesicht, eingerahmt von blonden Locken, die ihr an der Seite locker herunterhängen.

»Also, ich habe so einige Wortfetzen mitbekommen, denn manchmal war es nicht zu überhören.«

Mein Gott, wann endlich erzählt sie mal etwas mehr, ohne dass er tausend Fragen stellen muss. »Was waren das für Wortfetzen?«

Nervös holt sie ein kleines Band aus der Hosentasche ihrer Shorts und bindet sich die Haare auf dem Rücken zusammen.

»Hank war wütend und sagte zu Mr. Tanner: *Man kann sich auf dich nicht verlassen, da musste ich erst noch mal hinfahren und den Rest erledigen.* So war es.«

»Warum ...?« Mehr kann Ayatéh nicht sagen. Er spürt, wie sein Herz anfängt zu rasen. Sein ganzer Körper vibriert im Rhythmus dieses Herzschlags. Hatte er richtig gehört?

»Ich weiß nicht, wie er das meinte«, erzählt sie ihm nach einer kurzen Pause. »Jedenfalls gab es Streit. Mr. Tanner hatte mir dann noch einen Briefumschlag gegeben, in dem die Rechnung einer Autovermietung steckte. Das gehörte nun ganz und gar nicht in den Betrieb. Es ging um die Bezahlung von drei gemieteten Motorrädern. Ich sollte sie Hank geben. Vielleicht hatte er Angst, es ihm selbst zu überreichen. Das alles war Sache von Hank. Marc Tanner wollte mit all dem nichts zu tun haben, darum hat er den Betrieb verlassen.«

Ayatéh merkt, dass sie die Sache mit Tanner verharmlost, um ihn wahrscheinlich zu schützen. Sie will ihn da raushalten, aber sicher wird Tanner da genauso tief mit drin steckten. Der hatte den Betrieb verlassen, nachdem er von ihm mehrmals dazu aufgefordert wurde.

Außerdem hatte Tanner die Killer bezahlt, von denen er zwei schon länger kannte, wie David ihm damals erzählt hatte. Die Motorradrechnung zu bezahlen, hätte ihn nicht noch schuldiger machen können.

»Als Tanner dort einen Abgang machte, kam Hank zurück ...« Jetzt wiegt sie den Kopf und zieht eine verächtliche Miene, »von seiner sogenannten Krankheit.«

»Und dann?«

»Dann hat er den großen Boss gespielt und kam sich überaus wichtig vor. Tanner hat die ganze Arbeit erledigt und Hank war mit nichts zufrieden. Er hat sich dann wieder ständig über alles Mögliche aufgeregt, überall herumgewühlt und dämliche Kommentare abgegeben. Mit so einem Typen kann man nicht lange zusammenarbeiten.«

Irgendwie wird Ayatéh das Gefühl nicht los, dass da noch etwas ist. War dies der Grund, eine gut eingearbeitete Sekretärin zu entlassen? Nach ihren Worten hört es sich an, als ob sie gekündigt hätte. Aus welchem Grund ist sie wirklich nicht mehr dort? Weil sie zu viel wusste? Sich zu konzentrieren bereitet ihm Schwierigkeiten, weil ein anderer Gedanke alles verdrängt: *Da musste ich den Rest erledigen.* Wie war das gemeint? Und wo musste Hank extra noch mal deswegen hinfahren? Jetzt spürt Ayatéh plötzlich, dass er Angst hat, darüber nachzudenken. Doch er gibt sich seinen Empfindungen keinen Ausdruck.

Er steht auf, nickt ihr kurz zu und sagt: »Auf Wiedersehen, Miss. Ich danke Ihnen.« Seine Miene zeigt keine Reaktion auf das, was er erfahren hat.

»Vielleicht können wir uns noch einmal treffen und ich kann *Sie* interviewen«, schmunzelt sie und funkelt ihn mit ihren blauen Augen an.

Ayatéh verzieht kurz den Mundwinkel zu einem schmalen Lächeln und geht.

»Ach, bitte warten Sie noch«, ruft ihm die Frau nach. Offenbar hat sie etwas Wichtiges vergessen und Ayatéh wendet sich ihr zu.

»Bitte erzählen Sie niemandem, dass ich etwas gesagt habe, sonst spiele ich vielleicht noch mit meinem Leben - und Sie auch.«

»Das habe ich in letzter Zeit öfter getan, allmählich gewöhne ich mich daran.« Er setzt sich noch einmal schräg auf den Stuhl und lehnt sich mit einem Arm auf den Tisch. »Aber Sie können sich darauf verlassen. Ich kenne ja noch nicht einmal Ihren Namen. Ich werde mit niemandem darüber sprechen«, fügt er hinzu, als er ihr besorgtes Gesicht sieht.

Die junge Frau stützt eine Hand auf das Kinn und lächelt. »Ich frage mich, wie Sie auf mich gekommen sind. Wie haben Sie mich gefunden?« Sie trinkt den Rest ihres Kaffees aus, öffnet ihren Haarknoten und lässt die langen, blonden Haare nach hinten fallen. Dabei sieht sie ihn ununterbrochen an. »Er war Ihr Vater, stimmt´s? Ich habe davon in der Zeitung gelesen, es tut mir Leid.«

Ayatéh schweigt für einen Moment, dann nickt er. »Ja«, gibt er ihr nur kurz zur Antwort. Was weiß sie sonst noch so alles? Als Sekretärin und Geliebte müsste sie eine Menge mitbekommen haben. Ist es nicht riskant für Hank und Tanner, sie als Mitwisserin zu haben? Haben sie so viel vertrauen oder wissen sie - vor allem Hank - gar nicht, dass sie so einiges erfahren hat? Ob sie noch mit Tanner liiert ist?

»Wie sieht es mit Tanner aus?«, fragt er sie schließlich. »Er hat doch mit Hank zusammengearbeitet. In jeder Hinsicht? Wird er von ihm bedroht?«

»Glaub ich nicht, jedenfalls nicht direkt, aber bei Hank kann man nie wissen. Der ist mit allen Wassern gewaschen. Tanner steckt in gewisser Weise auch mit drin, deshalb kann er ihm nicht gefährlich werden. Außerdem ...«, sie stockt und spielt nervös an einer Haarsträhne. »Na ja, außerdem hat er Hank wissen lassen, dass er etwas gegen ihn in der Hand hat und andere Personen davon unterrichtete. Falls ihm etwas zustößt, würden sie Hank auffliegen lassen.«

»Also, habe ich es richtig verstanden? Tanner hat etwas gegen Hank in der Hand? Was ist das?«

»Weiß ich nicht.«

»Das glaube ich Ihnen nicht.« Ayatéh weiß, dass er viel von ihr erwartet, doch jetzt ist es die Chance - vielleicht die Einzige - die er hat.

»Ich habe schon viel zu viel gesagt. Aber jetzt? Nein, da nützt Ihr ganzes Geld und Ihr Charme nichts. Da rücke ich nicht mit raus, okay? Da können Sie machen, was Sie wollen«, gibt sie ihm jetzt deutlich zu verstehen, wobei sogar ihre Augen einen regelrecht bösen Blick andeuten.

Ayatéh nickt, dann grinst er etwas verlegen und steht auf. »Sie haben mir trotzdem geholfen, vielen Dank.«

»Passen Sie gut auf sich auf«, ruft sie ihm noch nach. »Nicht, dass Sie wieder im Krankenhaus landen.«

Wieder dreht er sich um. »So?«

Sie zuckt mit den Schultern und macht ein unschuldiges Gesicht. »Tanner hat mich damals darum gebeten, im Krankenhaus nachzufragen, wie es Ihnen geht. Denn mein Weg führte dort zufällig vorbei. Er ist nicht so, wie Sie denken.«

Sie war also die mysteriöse Frau gewesen, die sich damals nach seinem Befinden erkundigt hatte.

Dann steht auch sie auf und macht einige Schritte auf ihn zu, bis sie ihm dicht gegenübersteht. »Trotzdem, Ihren ganzen Namen kann ich mir nicht merken. Außer *Dolores* habe ich noch etwas Klangvolleres in Erinnerung«, haucht sie ihm zu.

Doch ihre verführerischen Reize hinterlassen bei ihm keinen Eindruck. »Verraten Sie mir Ihren?«

»Sie wollen ihn aus einem anderen Grund wissen, wie ich es von Ihnen möchte«, gibt sie ihm zu verstehen. »Bei mir steckt nur persönliches Interesse dahinter. Aber Sie können mich damit reinreißen, ausfindig machen oder so.«

»Das konnte ich auch, ohne Ihren Namen zu wissen.« Ayatéh steht ihr dicht gegenüber und erkennt jetzt deutlich, dass dieser kalte Blick verschwunden ist. Er glaubt etwas daraus zu schließen. »Hank …«, murmelt er leise. »Sie hassen ihn …« Es klingt, als ob er es eher zu sich selbst sagt. »Und Sie haben Angst vor ihm.«

Natürlich hat sie es gehört, doch sie ignoriert diese Worte. »Mach's gut.« Mit einem kurzen Augenzwinkern schreitet sie schließlich davon.

Endlich ist er ihren aufdringlichen Blicken nicht mehr ausgeliefert und froh, sich von ihr verabschiedet zu haben. Diese Frau hatte auf ihn einen sehr arroganten und eingebildeten Eindruck gemacht. Außerdem wirkten die geschminkten Augen und ihr Lippenstift sehr künstlich, das Make-up war zu dick aufgetragen. Er mochte nicht, wie sie ihn ständig anhimmelte. Aber jetzt ist sie weg und er hat eine ganze Menge erfahren. Nur das zählt.

Dann schlendert er in den Supermarkt, um sich mit Obst einzudecken. Er nimmt sich haufenweise Äpfel, Bananen, Mangos und alles, wonach er greifen kann, um mit vollgepackten Armen zur Kasse zu schreiten. In der Schlange denkt er wieder an Sheena. Sie hielt es immer sehr wichtig, viel Obst zu essen. Der Gedanke an sie tut verdammt weh. Ganz tief in ihm brennt die Sehnsucht.

Der Werbeaufruf lässt ihn zusammenzucken und beinahe hätte er vor Schreck alle Sachen fallen gelassen. Die Wirklichkeit hatte ihn eingeholt.

In der folgenden Nacht kann er nicht schlafen. Er hatte schon vor einer Stunde das Fenster weit geöffnet, jedoch ist es immer noch stickig und riecht etwas modrig in dem Motelzimmer. Das große Bett ist zwar weich, aber für jemanden wie ihn, der so etwas nicht gewohnt ist, irgendwie unangenehm.

Ayatéh versucht seine Gedanken zu ordnen, doch es scheint ihm nicht zu gelingen. Schließlich schaltet er den Fernseher ein, um sich abzulenken. Es sind nur alberne Szenen zu sehen, worüber er absolut nicht lachen kann. Dieses künstliche Gelächter aus dem Apparat geht ihm auf die Nerven, aber in den anderen Programmen sind die Sendungen auch anspruchslos.

Also versucht er jetzt gegen Mitternacht noch einmal zu schlafen. Unruhig wälzt er sich hin und her. Immer wieder lässt ihm ein bestimmter Satz keine Ruhe: *Da musste ich noch mal hinfahren und den Rest erledigen*, hatte Hank gesagt. Es kann natürlich auch etwas mit der normalen Arbeit zu tun haben - ja, warum nicht? Hatte Tanner unzuverlässig gearbeitet? *Auf dich kann man sich nicht verlassen.* Was meinte Hank damit?

Ayatéh beschäftigt sich fast die ganze Nacht mit dieser Frage. Aber vermutlich wird er zu keinem Ergebnis kommen. Da muss er jetzt anders vorgehen.

Das Ferienhaus fällt ihm ein und er fragt sich, ob es Tanner noch gehört. Dieser hatte sich aus dem Staub gemacht. Da liegt es nahe, dass er das kleine Holzhaus am See verkauft hat. Vermutlich lässt sich das ja leicht rauskriegen, es ist nicht sehr weit von hier. Ayatéh streicht sich von der Stirn aus über den Kopf. Wenn doch nur endlich diese Nacht zu Ende gehen würde. Doch irgendwann, vielleicht so gegen vier Uhr, schläft er ein. Die elektronische Uhr auf seinem Nachttisch zeigt elf, als er die Augen wieder öffnet. Für die folgende Nacht hatte er das Motel noch gemietet und er nimmt sich vor, das Ferienhaus aufzusuchen.

Als er sich nach dem Duschen anzieht, sieht er die vielen Sachen, die er gekauft hatte. Soviel Geld, wie er in den letzten drei Tagen ausgegeben hatte, stand ihm jahrelang nicht zur Verfügung. Für ihn persönlich bleiben außer dem Geld für die Reparatur nur noch eine

Dose Wasser aus dem Automaten und zwei Äpfel übrig. Das ist das Einzige, was von den 820 Dollar für ihn übrig geblieben ist. Aber darüber denkt er nicht eine Sekunde nach. Das Geld, das er auf der Ranch verdient hatte, ist nicht nur für ihn alleine da. Er ist glücklich darüber, den Kindern eine Freude zu machen. Außerdem funktionieren seine Bremsen jetzt besser und er hat wichtige Informationen bekommen.

Nachdem er die Straßenkarte studiert hat, macht er sich auf den Weg. Er fährt ein Stück den Highway 40 entlang und als Holbrook hinter ihm liegt, ist es nicht mehr weit. Von der Straße 180 biegt er schließlich nach links in einen Schotterweg ein. Er führt in den Wald. Langsam holpert das alte Auto über die Schlaglöcher. Er stellt es vorsichtshalber etwas versteckt, abseits der Straße, ab und geht den Rest zu Fuß. Ayatéh denkt daran, dass er dies inzwischen schon das dritte Mal macht.

Alles sieht ruhig und still aus. Weit und breit gibt es keine Anzeichen dafür, dass sich jemand im Haus befindet. Es sind auch nirgendwo frische Spuren zu finden. Langsam tastet sich Ayatéh näher ans Haus heran. Alles ist fest verschlossen und er überlegt, wie weit wohl die nächsten Nachbarn entfernt sind. Etwa zehn bis fünfzehn Meilen südlich liegt die kleine Stadt St. Jones, etwas nördlich, in gleicher Entfernung das winzige Zuni-Reservat. Würde es jemand hören, falls eine Alarmanlage losgeht? Er hatte davon gehört, dass reiche Leute so etwas in ihren Häusern installieren lassen. Aber wie funktioniert so etwas? Nirgendwo kann er ein Kabel oder Ähnliches, das auf eine Alarmanlage hinweist, entdecken. Oder gibt es da noch andere Möglichkeiten? Ihm bleibt nichts anderes übrig, als es auszuprobieren.

Die Sonne steht hoch über den Wolken. Vom Osten her ist der Himmel in ein dunkles Blau getaucht, der Wind trägt schon den Geruch des Wassers. Es hatte seit vielen Wochen nicht geregnet. Vielleicht braut sich da jetzt etwas zusammen.

Entschlossen schlägt er ein Fenster ein und wartet. Als nichts passiert, entfernt er vorsichtig die restlichen Glassplitter und klettert hindurch. Beim Durchspringen versucht er, sich möglichst lautlos abzufedern und schleicht langsam durchs Haus. Auf leisen Sohlen und immer noch auf der Hut, erreicht er den Anglerraum. Außer dem Bad und der kleinen Küche sind es nur zwei Zimmer, aber das eine, der Wohnbereich mit dem Schreibtisch ist fast doppelt so groß wie sein kleines Haus im

Reservat. Das andere Zimmer ist der Schlafraum. Dieser ist wesentlich kleiner, mit einem Doppelbett und einem Kleiderschrank. Mehr passt auch nicht hinein. Lange Gardinen und Vorhänge sind vor dem Fenster angebracht, ähnlich, wie es David auch hat. Im Reservat ist so etwas völlig unbekannt. Als Ayatéh sicher ist, alleine zu sein, macht er sich entschlossen daran, irgendeinen Hinweis zu finden. Es ist noch derselbe Schreibtisch, also gehört alles, was sich hier befindet, noch Tanner.

Die Zeit vergeht wie im Flug, doch er findet nichts Brauchbares. Dinge, die er absolut nicht kennt, wie Manschettenknöpfe, Heftklammerzange und alles Mögliche an Schreibkram legt er peinlich genau wieder an seinen Platz, obwohl anzunehmen ist, dass wegen des zerschlagenen Fensters der Einbruch gleich bemerkt würde.

Plötzlich ein Geräusch. Ayatéh zuckt zusammen und merkt erleichtert, dass es ein weit entferntes Donnergrollen ist. Hoffentlich kommt ein Gewitter, das auch die First Mesa erreicht, denkt er. Denn es wird Zeit, dass sich der inzwischen ausgetrocknete Polacca Wasch wieder füllt.

Ayatéh überlegt, wo er selbst etwas verstecken würde. Er sieht hinter jeden Schrank nach, unters Bett, unter der Matratze und hinter den Bildern an der Wand. Auch in dem kleinen Anbau, wo sich das Anglermaterial befindet, ist nichts Auffälliges zu entdecken. Doch er will nicht so schnell aufgeben. In einer Schublade im Schreibtisch, ganz unten, unter all den anderen Sachen, hatte er außer einer Pistole auch noch einen Kalender gesehen und war achtlos darüber hinweggegangen. Jetzt kramt er ihn wieder hervor, lässt sich auf einen Sessel fallen und sieht ihn sich genau an. Es war ein Kalender, wie man ihn an der Wand hat, mit Platz hinter jedem Tag zum Beschriften, was auch eifrig genutzt worden war. Nur kann er mit den meisten Notizen nichts anfangen. Oft sind sie sehr unleserlich oder bestehen aus Abkürzungen. Der Kalender ist noch vom letzten Jahr und Tanner muss einen Grund gehabt haben, ihn nicht wegzuwerfen. Dann findet er den 15. Mai. Die Buchstaben dahinter sehen aus wie ein *Char*. Das musste ungefähr zu der Zeit gewesen sein, als die zwei Mörder in der Wüste starben und der Dritte in seiner Wohnung ums Leben kam. Vielleicht war es sogar genau dieser Tag. Ayatéh hatte damals nicht auf ein Datum geachtet. Den Kalender will er mitnehmen, aber das reicht ihm noch nicht.

Jetzt macht er sich an die Sachen heran, die man nicht so auffällig sieht. Den Sitz auf der Couch kann man entfernen. Doch auch dort ist nichts zu finden. Während er weiter tastet, ertönt wieder ein Donnergrollen, diesmal etwas lauter und im Zimmer wird es dunkler, denn langsam lässt sich die Sonne von den Gewitterwolken verdrängen. Mit seinen Händen tastet Ayatéh alles an dieser Couch ab, bis seine Finger unter der Matratze etwas Hartes ertasten. Der Stoff scheint an der Naht einmal geöffnet und wieder sehr sorgfältig zugenäht worden zu sein. Endlich gibt es einen Hoffnungsschimmer und tatsächlich, als er die Naht mit seinem Messer noch einmal öffnet, taucht ganz hinten in dem Sitz ein kleiner zugeklebter Briefumschlag auf, mit einem X gekennzeichnet. Darin findet er einen Speicherchip. Weiter ist jedoch nichts zu entdecken.

Vorhin hatte er in einer Schublade eine Nähgarnrolle gesehen, damit könnte er den Bezug wieder nähen, damit der Verlust nicht gleich bemerkt würde. Außerdem, wenn etwas Wertvolles fehlt, zum Beispiel die kleine Stereoanlage, würde es nach einem ganz normalen Einbruch aussehen, denn schließlich ist ja die Fensterscheibe eingeschlagen. Aber das alles bringt nichts, So oder so würde Tanner zuerst nachsehen, ob sich der Speicherchip noch in dem Versteck befindet. Da ist auch das Zunähen überflüssig, denn der Besitzer würde es auf jeden Fall bemerken.

Das war's dann wohl. Ayatéh lässt alles andere auf seinen Platz. Außer dem Kalender und dem Chip, den er in die Jackentasche steckt, entwendet er nichts. Die Tür ist verriegelt. Deswegen verlässt er auf den gleichen Weg, wie er gekommen ist, das Haus, in der Hoffnung, einen guten Fang gemacht zu haben.

Dort drüben, an diesem Fichtenbaum war es, wo ihm Tanner in die rechte Schulter schoss. Bei bestimmten Bewegungen schmerzt es noch immer und manchmal hat er Schwierigkeiten, seinen rechten Arm zu heben. Ayatéh bleibt einen Moment dort stehen, denn die Erinnerung holt ihn ein. Tanner hatte tatsächlich eiskalt geschossen und hätte ihn auch tödlich treffen können. Und genau wie damals fängt es auch jetzt an zu regnen. Wieder läuft er im starken Schauer durch den Wald, um sein Auto zu erreichen. Wichtig ist jetzt, dass keine Nässe an den Datenträger kommt und auch der Kalender, den er in seiner Hand hält, sollte möglichst nicht völlig durchnässt werden. In seiner Jeansjacke eingewickelt würde es vielleicht bis zum Auto genug Schutz bieten. So rennt er durch das Unterholz. Blitze zucken, während der Regen nur so herunter prasselt. Der starke Baumbewuchs hält jedoch das Schlimmste ab und so hat er nach zehn Minuten das Auto erreicht. Die Nässe würde sämtliche Spuren verwischen, das ist gut so. Wann wird Tanner wieder auftauchen und es bemerken? Sicher kommt er nicht so oft, denn sein Wohnhaus, falls er es noch hat, liegt ganz in Blanding, vielleicht dreihundert Meilen oder noch mehr entfernt.

Die Scheibenwischer tun ihr Bestes, doch trotzdem ist die Sicht schlecht. Es blitzt und donnert, wie schon lange nicht mehr. Während Ayatéh sich darauf konzentriert, nicht vom Weg abzukommen, überlegt er, wer ihm dabei helfen kann, mit einem Computer den Inhalt auf dem Speicherchip zu begutachten. David fällt ihm ein, doch er wohnt zu weit weg. In Rapid City hatte er damals einen Dakota kennengelernt, der einen Computer besitzt. Jetzt fällt ihm seine Cousine Patricia ein, die sich vor einigen Jahren einen PC angeschafft hat. Sie wohnt in Chinle und würde ihm sicher weiterhelfen können. Er fährt noch einmal kurz zum Motel zurück und packt schnell seine Sachen zusammen, um sich anschließend auf den Weg in den Norden zu begeben. Als er hinter Holbrook auf die Straße 77 abbiegt, merkt er, dass hier nicht ein Tropfen Regen gefallen ist, wie es schon so oft war, wenn sich in diesem Gebiet der Regen zwar ankündigt, sich aber dann doch verzieht. Er muss damit rechnen, dass der Fluss neben seinem Hogen hart und trocken geblieben ist.

Sein erster Weg führt ihn nach Chinle, doch Patricia trifft er dort nicht an. In dem Kaufhaus, in dem sie arbeitet, bekommt er die Auskunft, dass sie für zwei Wochen in Urlaub sei.

Nun fährt er weiter zu Tacheenie. Ayatéh fragt ihn nach seinen Kindern und Enkeln und wer von ihnen in der Stadt lebt. Vielleicht hat jemand einen Computer und würde ihm helfen können. Zudem hätte der alte Mann die Gelegenheit, einen von ihnen zu besuchen. Sicher würde es ihn freuen und er selbst bekäme die Gelegenheit, sich die gespeicherten Daten auf dem Chip anzusehen. Er war sehr gut versteckt gewesen, also ist anzunehmen, dass sich darauf wichtige, geheime Informationen befinden, die von niemandem gesehen werden sollen.

Beide sind kurze Zeit später im *Butterfly*, damit Tacheenie dort seinen jüngsten Sohn Patrick anrufen kann, der in Ganado lebt. Das ist nicht sehr weit entfernt. Diese kleine Stadt, die kaum größer als Chinle ist, befindet sich noch im Reservat. Patrick ist gleich bereit, ihm seinen PC zur Verfügung zu stellen.

Sofort machen sie sich daran, den Speicherchip anzuwenden.

Ayatéh sieht, dass so eine Art Kalender auftaucht. Die Tabellen scheinen selbst gestaltet worden zu sein und auch die Eintragungen sind oft sehr unleserlich.

Die Notizen beziehen sich darauf, dass oft zweimal in der Woche, Dateien, Namen, Nummern oder manchmal auch andeutungsweise Adressen notiert worden sind. Oft steht neben einem bestimmten Datum eine Nummer, manchmal auch ein Name und ab und zu beides. Mal sieht es so aus, als ob es eine Telefonnummer ist und dann sind dort andere Zahlen mit beigefügten Buchstaben versehen.

Es sind die Tage und Monate rückläufig bis Ende letzten Jahres. Diese Informationen sagen Ayatéh nichts. Er sucht schließlich den 12. Januar heraus, denn es war dieser verhängnisvolle Tag, als seine Familie ermordet wurde. Doch dieses Datum war nicht vorhanden, wie viele andere auch nicht, wo keine Eintragungen nötig waren. Das nächste Datum ist der 14. Januar und weist den Namen *J. Hopkins S.F.* auf, darunter steht eine lange Nummer, mit der Ayatéh auch diesmal nichts anfangen kann. Hinter einem Schrägstrich befindet sich eine weitere Nummer. Dann gibt es noch mehr Rubriken, die man anwählen kann und auch dort stehen Namen, die oft sehr undeutlich sind, zudem Abkürzungen und Adressen. Aber diesmal ohne Datum und Kalender. Jetzt tauchen sogar die Namen von Larry Carson, Jim Anderson und Montorro Lenardo auf. Darunter unbekannte Namen, Orte, zum Teil aus Mexico, Straßennahmen und wieder Nummern.

Ayatéh druckt alles aus und macht sich sofort daran, David anzurufen. Über das normale Telefon ist er nicht zu erreichen, also versucht er es übers Handy. Aus der hinteren Hosentasche holt er ein winzig kleines Notizbuch hervor, denn diese Nummer hat er nicht im Kopf.

David ist überrascht. Nachdem sie über das Für und Wider des Einbruchs diskutiert haben, vereinbaren sie, dass Ayatéh ihm die Informationen über seine E-Mail schickt. Danach wollte David sich wieder melden.

Doch es dauert noch fast zwei Stunden, bis sein Freund sich bei Patrick meldet. »Die Nummer, die sich unter dem Datum des 14. Januar befindet, ist eine Waffenbezeichnung für eine Achtunddreißiger, eine kleine Pistole. Eine der Kugeln, die Chaka getroffen haben, stammt von so einer Waffe«, klärt David ihn auf. »Dieser Mann, der die Angaben gemacht hat - welcher steht noch in Frage - handelt mit Waffen. Das lässt sich aus den weiteren Informationen erkennen und wahrscheinlich auch mit Drogen. Einer von der üblen Sorte, die zum Kopf gehört, nehme ich an. Ich brauche noch mehr Zeit, um das Ganze besser zu analysieren.«

Patrick geht in die Küche und holt ihnen weiteres kaltes Bier aus dem Kühlschrank, während Tacheenie sich mit einem Glas Wasser begnügt.

Nachdem er das Bier auf den Tisch gestellt hat, will er wieder gehen, um diskret zu sein. Doch Ayatéh deutet ihn mit einer Handbewegung an, dass er ruhig dabei sein kann, während er telefoniert.

»Moment, das verstehe ich nicht«, wundert sich Ayatéh. »Hast du gesagt, es war *eine der Kugeln,* die ihn getroffen haben? Chaka wurde nur einmal getroffen, da bin ich mir sicher.«

David überlegt einen Moment. »Emmh ... nein, das stimmt nicht«, korrigiert er. »Man hat zweimal auf ihn geschossen.«

»Niemand hat ein zweites Mal auf ihn geschossen.« Ayatéh ist ziemlich verwirrt. »Wie kommst du darauf?«

»Du warst bewusstlos, als sie wahrscheinlich noch mal geschossen haben. Deshalb hast du es nicht mitbekommen.«

Ayatéh erklärt ihm, dass er die Wunde gesehen hat, als die Mörder wieder verschwunden waren. Es war von dieser einen Kugel, die ihn gleich traf, als die Männer hereinstürmten.

»Ja, ich war eine kurze Zeit zwischendurch ohne Bewusstsein, aber als die Mörder weg waren, wachte ich auf und konnte danach sehen, dass er nur diese *eine* Wunde hatte«, macht Ayatéh noch mal deutlich und überlegt, wie die Zusammenhänge sein könnten. »Du hattest einmal gesagt, dass es auch mit den Motorrädern geklärt ist, wie meintest du das? Was ist geklärt?«

»Na ja«, antwortet David. »Als die Männer verdächtigt wurden, besaß niemand von ihnen ein Motorrad, obwohl es vor dem Tatort deutliche Spuren davon gab. Jetzt ist die Firma bekannt, von der sie damals gemietet wurden.«

»Auf den Namen Hank?«, glaubt Ayatéh zu wissen und öffnet mit einem zischenden Geräusch die Bierdose. Während er einen kräftigen Schluck davon nimmt, wartet er auf eine Antwort. Anscheinend will David nicht mit dem Namen rausrücken und er überlegt eine Weile.

»Nein, nicht Hank. Wie kommst du auf ihn?«

»Sicher war er es. Er wird einen anderen, falschen Namen benutzt haben.«

»Woher weißt du das alles?«, fragt David neugierig.

»Du sagst mir nicht, auf welchen Namen die Motorräder gemietet wurden und ich sage dir nicht, woher ich so einiges weiß«, kommentiert Ayatéh grinsend. Er würde ihm so oder so nicht sagen, dass er sich mit der Sekretärin unterhalten hat, so wie mit ihr vereinbart. Dann fragt er: »Sind die gefahrenen Meilen notiert und untersucht worden? Wurden in dieser Mietzeit auf einem Motorrad mehr Meilen zurückgelegt, als bei den anderen? Ich meine, gibt es da Differenzen?«

»Ich werde das alles noch mal genau untersuchen, denn weil es damals nicht zu meinem Fall gehörte, bin ich dem nur flüchtig nachgegangen. Aber eines weiß ich genau, Chaka wurde von *zwei* Kugeln getroffen.«

»Dann ist es wohl doch so gewesen, schließlich war es im Hogen nicht so hell, sodass ich es wohl doch nicht richtig gesehen habe«, gibt Ayatéh zu.

»Moment mal, *im* Hogen?«, fragt David nach. »Chaka lag etwa zehn Meter draußen *vor* dem Hogen. Wenn du vor Gericht alles ausgesagt hättest, wäre man vorher stutzig geworden.«

Ja, damals vor Gericht. Ayatéh denkt wieder daran, als er den Tathergang schildern sollte. Er hatte es nur grob getan. Doch als er aufgefordert wurde, genau in die kleinsten Details zu gehen, konnte und wollte er nicht weiterreden. Er hatte gesagt, dass er sich nicht mehr genau an alles erinnern kann, es ging sehr schnell. Er hatte aber stets die Gesichter der Eindringlinge vor Augen und war sich sicher, dass es diese Männer auf der Anklagebank waren. Hätte er gleich gesagt, dass er Chaka vermutlich von nur *einer* Kugel getroffen *im* Hogen zusammenbrechen gesehen hatte, hätte man den Fall neu rekonstruieren können. Jetzt sagte ihm David, dass ihn *zwei* Kugeln getroffen hatten und er *vor* dem Hogen gefunden worden war. Man war wohl davon ausgegangen, dass Ayatéh es wusste. Also ist seine Vermutung richtig, die er auch gleich David mitteilt.

»Das bedeutet, dass Hank noch einmal zurückgefahren ist und Chaka erschossen hat. So etwas hatte er auch Tanner gegenüber angedeutet. Chaka hatte also noch gelebt. Dann ist dieser Typ gekommen und hat noch einmal geschossen. Überprüfe bitte die Motorradzählerstände, ob einer von ihnen stark abweicht.« Ayatéh ist davon überzeugt. »Aber hatte er denn soviel Zeit? Er muss den ganzen Weg gleich noch einmal zurückgefahren sein.«

»Du wolltest das Baby, Santos kleine Adoptivtochter zurückbringen, aber niemand hatte sich etwas dabei gedacht, als es später wurde. Sie glaubten eben, dass du noch eine Weile dort verbringen würdest, wie du es öfter getan hast. Erst nach Stunden machten sie sich Sorgen und schließlich ist Santo losgefahren, um nachzusehen, warum du dich so sehr verspätest. Diese Zeit reichte wohl für Hank. Wie kommst du eigentlich auf diesen Mann?«

»Egal, erzähle ich dir später mal«, lenkt Ayatéh ab.

»Ich frage mich nur ... na ja, als dieser sogenannte Hank, oder wer auch immer zum Tatort zurückkam, musste damit rechnen, dass man inzwischen alles entdeckt hatte.«

»Es war überall Buschwerk und Felsen«, überlegt Ayatéh. »Er konnte vorher beobachten, was dort los ist. Aber ein Motorrad ist laut, er hat schon etwas riskiert. Übrigens, ich habe ein weiteres Motiv, warum er Chaka umbringen wollte. Chaka wusste über Hanks kriminelle Machenschaften Bescheid und das mit dem illegalen Bau der Fabrik kam noch dazu. Aber warum wurden Killer bezahlt, wenn er es doch selbst erledigt hat?«

»Ich sehe das so«, vermutet David, »dass Tanner die Killer angeheuert hat und bezahlte - wie du damals schon sagtest. Vielleicht fühlte er sich von Hank unter Druck gesetzt. Und Hank selbst? Tja, er wollte sich darauf wohl nicht verlassen und sich selbst überzeugen, so wurde er doch noch zum Mörder. Doch dass muss erst mal bewiesen werden.«

»Also, du weißt, wer Hank ist?«, ahnt Ayatéh jetzt.

»Ich weiß nur, dass er der Nachfolger von Tanner wurde, mehr nicht. Das andere entnehme ich deinen Erzählungen.«

Tacheenie und sein Sohn verfolgen aufmerksam das Gespräch. Natürlich weiß auch Patrick, was damals passiert ist, jedoch nur oberflächlich. Tacheenie ist es eigentlich gar nicht so recht, dass Ayatéh so verbissen hinter dieser Sache her ist.

»Hast du sonst noch etwas aus dem Ferienhaus mitgenommen? Eine Waffe oder so?«, fragt ihn David, um eventuell noch mehr in der Hand zu haben.

»Eine Waffe habe ich gefunden, ja.«

»Wie gefunden? Hast du sie mitgenommen?«

»Nein.«

»Wie bitte? Du dringst in das Haus ein, um wichtige Beweise für seine Schuldhaftigkeit zu finden und lässt die vermutliche Tatwaffe - das Wichtigste überhaupt - dort liegen? Das kann doch nicht war sein!«

»Ich weiß auch nicht, warum. Ich habe einfach nicht daran gedacht.« Ayatéh merkt, dass er vielleicht einen großen, entscheidenden Fehler gemacht hat. Er ist nicht auf den Gedanken gekommen, dass dies vielleicht die Tatwaffe sein könnte.

»Wenn du sie mit einem Tuch angefasst hättest, wären auch deine Fingerabdrücke nicht drauf gekommen. Weißt du, was es für eine Waffe war?«, fragt David.

»Ich weiß nicht, ich kenne mich mit den Dingern nicht aus. Sie war klein.«

»Du gibst mir eine tolle Information. Ich verstehe nicht, wieso du die Waffe da liegen gelassen hast. Ich meine, du hast dich doch schon so oder so strafbar gemacht wegen des Einbruches. Da kommt es doch auf die Waffe auch nicht mehr drauf an.«

»Ich habe mir den Speicherchip und den Kalender geschnappt und bin schnell wieder abgehauen.« Ayatéh malt in Gedanken versunken mit einem Stift irgendwelche Kringel auf dem Blatt Papier neben sich.

»Was für einen Kalender?«

»Vom letzten Jahr, aber ich glaube, er ist nicht so wichtig. Es sind wenige brauchbare Informationen daraus ersichtlich.« Ayatéh steht auf, um sich den mitgebrachten Kalender zu holen. Daraufhin nennt er David einige Termine, die dort vermerkt sind, soweit er es bei der schlechten Schrift entziffern kann.

»Hat der Kalender auch eine Vorschau für das nächste Jahr? Also über das Jetzige? Sieh mal ganz unten oder hinter der letzten Seite nach, manchmal ist so eine gesamte Vorschau klein abgedruckt.

»Ja, da ist so etwas«, stellt Ayatéh fest.

»Ist nichts vermerkt?«

Ayatéh muss ganz genau hinsehen, ob es kleine Flecken sind, oder eine Notiz. »Ja, da wurde mit einem Bleistift am 10. April und am 5. Oktober ein kleines Kreuz gemacht. Man kann es kaum sehen.«

»Also in etwa zwei Wochen ist der 5. Oktober. Wer weiß, was es bedeutet.«

»Vielleicht nichts. Wahrscheinlich hat dann Tanners Oma Geburtstag«, schmunzelt Ayatéh.

»Noch was, du Klugscheißer, woher bist du dir sicher, dass der Kalender zu Tanner gehört. Vielleicht ist er von Hank. Oder er hing im Büro an der Wand. Kannst du irgendwie ersehen, wessen Schrift das ist? Ich meine, ist es von der gleichen Person, die auf die Tabelle gekritzelt hat, die auf dem Datenträger ist?«

»Moment.« Ayatéh legt den Hörer zur Seite und sieht sich alles genau an. Um sicher zu gehen, zeigt er es auch kurz Patrick. Gemeinsam überlegen sie, ob und welche Unterschiede es gibt.

»Ja, also«, schließt er dann an Davids Frage an. »Ich bin mir sicher, dass es von zwei verschieden Personen geschrieben wurde. Ich kenne inzwischen Tanners Handschrift und auf diesem Kalender, wo ja nun die Notizen von letztem Jahr gemacht wurden, bin ich mir sicher, dass Tanner es geschrieben hat. Sieht auch alles nach geschäftlichen Terminen aus. Das Gekritzel auf der Tabelle hier ist anders, das ist nicht von ihm.«

»Okay«, überlegt David. »Das sagt mir eigentlich im Moment nicht viel. Tanner ist ja erst dieses Jahr dort verschwunden und ab da ist Hank in den Betrieb gekommen.«

»*Wieder* in den Betrieb gekommen«, betont Ayatéh. »Denn er war vorher schon einmal dort mit Tanner als Geschäftsführer tätig. Er ist damals so um die Zeit abgehauen, nachdem die Mörder losgeschickt wurden. Er hat ja auch noch mehr zu tun, wenn er im Drogengeschäft eine große Nummer bleiben will.« Ayatéh macht eine kurze Pause. »Was kann man mit den Informationen anfangen? Ich meine, kann man gegen Hank etwas unternehmen? Er selbst hat meinem Vater später die zweite tödliche Kugel gegeben. Das ist doch jetzt sicher.«

»Wenn wir ihn haben, wissen wir es genau. Wir brauchen nur einen Speicheltest«, erklärt ihm David.

»Verstehe ich nicht.«

»Wir haben eine Analyse von Erbrochenem, das am Tatort vor dem Hogen gefunden wurde und konnten es bisher keiner Person zuordnen. Folglich muss also noch jemand dort gewesen sein.«

»Hank«, folgert Ayatéh daraus. »Ich habe nichts von dem gewusst, was du mir eben erzählt hast.«

»Warum sollten sie es dir auch erzählen? Pass auf, du unternimmst nichts mehr, okay? Ich werde mir zu Hause das Ganze genau durch den Kopf gehen lassen.«

»Wirst du auch handeln? Ich meine, einmal drüber nachdenken reicht mir nicht. Das haben andere zuvor auch schon gemacht.«

»Ich werde das FBI in Arizona, das den Fall ursprünglich bearbeitet hat, dazu bewegen, ihn wieder aufzurollen. Ich denke, dafür haben wir jetzt genug Fakten. Dann ist es sehr wahrscheinlich, dass noch einmal ein Beamter zu dir kommt, um Genaueres zu wissen. Du musst alles sagen, verstehst du? Auch - und das ist sehr wichtig - dass du glaubtest, Chaka sei nur von *einer* Kugel getroffen worden und zwar *im* Hogen und dass du ihn so vorgefunden hast, als die Täter längst verschwunden waren. Und ich werde mal sehen, wie das mit den Zählerständen ist und mit den Spuren, denn sie waren sehr deutlich, es hatte kurz danach gefroren. Außerdem werde ich mich dahinter klemmen, dass die Waffe gefunden wird. Und du machst jetzt keinen Fehler, hörst du? Du hältst dich da raus.«

Ayatéh grinst. »Mal sehen.«

»Ich werde dafür sorgen, dass so schnell wie möglich ein Beamter vorbeikommt. Gebe ihm bitte den Kalender und den Speicherchip, damit wir die Fingerabdrücke sicherstellen können und sie dann mit denen auf der Waffe vergleichen können. Und dann überlässt du uns die Sache.«

»Ja, aber erstmal musst du die Waffe haben.«

»Hör zu. Versprich mir, dass du nicht mehr ins Ferienhaus gehst, um die Waffe zu holen. Vertrau mir einfach, okay?«

»Yeah - abwarten.«

Schon am nächsten Tag überreicht Ayatéh seine wertvollen Funde einem Beamten.

Danach setzt er sich mit der ausgedruckten Kopie auf die Holztreppe vorm *Butterfly* und liest sich immer wieder die Informationen durch, die David ausgewertet hat.

J. Hopkins - dieser Name stand auf der Tabelle kurz hinter dem Tag des Überfalls, am 14. Januar also. Und darunter die Nummer einer Waffenbezeichnung und David hatte ihm gesagt, dass sein Vater eine Kugel von solch einer Waffe im Körper hatte.

Er geht ins Gebäude und sucht Charly, den er schließlich in der kleinen angrenzenden Küche findet.

»Charly, ich brauche deine Spürnase. Wie denkst du darüber?«

Nachdenklich wirft Charly einen Blick auf das Papier. »Vielleicht ist J. Hopkins der Mörder.«

»Ich könnte mir eher vorstellen, dass sie an ihn die Tatwaffe verkauft haben«, sagt Ayatéh.

»Kann auch sein.«

»Vielleicht sollte ich mich doch mehr auf diesen Hank konzentrieren.«

»Du kannst dich mal auf den Abwasch dieser Tassen konzentrieren. Das andere überlasse lieber den Leuten, die etwas davon verstehen.«

Doch Ayatéh geht zum Telefon und wählt Davids Nummer.

Sein Freund wirkt reserviert. »Versteh doch, ich darf dir keine Auskunft geben.« Kurz und knapp begründet David so seine Zurückhaltung.

»Was soll das? Ich dachte, wir arbeiten zusammen! Jetzt lässt du mich hängen. Weißt du was? … Du kannst mich mal!«

»Ist dir klar, was passieren würde, wenn rauskommt, dass du durch meine Informationen Mist gebaut hast? Ich bin meinen Job los! Ich kann mir so was nicht erlauben.«

»Aber ich will doch nur erfahren, wer dieser J. Hopkins ist. Vielleicht ist er der neue Besitzer der Tatwaffe und ahnt noch nicht mal, was damit angerichtet wurde. Aber es gibt ja auch Menschen, die interessiert es nicht.«

Als von David keine Antwort kommt, recherchiert Ayatéh weiter. »Vielleicht stehen die Buchstaben SF für San Francisco und man könnte ihn in dieser Stadt ausfindig machen.«

David gibt sich geschlagen. »Okay - Ja, dies haben wir selbst schon rausbekommen. Wir haben auch schon die Waffe von ihm sichergestellt.«

Ayatéh ist überrascht. »Gut, dann habt ihr ja die Fingerabdrücke verglichen. Ich wette um zehn Coyoten, dass die Fingerabdrücke von Hank drauf sind.«

»Wenn du die Wette verlierst … äh, wie war das mit den Coyoten?«

»Ich besorge dir zehn tote Coyoten. Hier wimmelt es nur so von diesen Tieren.«

»Was für eine Ehre, zehn tote Coyoten zu bekommen«, scherzt David.

»Also was ist? Sind die Fingerabdrücke identisch?«

»Wir müssen abwarten.«

»Abwarten, bis Hank über alle Berge ist?« Ayatéhs Ungeduld wächst. »Ich, Santo und noch ein paar andere beobachten ihn schon länger. Wir müssen sofort handeln, sonst ist er weg. Er hat etwas vor. Das liegt auf der Hand.«

»Hank ist ein Killer. Und er hat Killer, die er auf dich ansetzen kann. Die knallen dich ab, bevor du die Situation erkennst. Wenn er euch erwischt, zappelt er nicht lange«, warnt ihn David.

»Aber ihr braucht wohl erst zig Genehmigungen, bevor ihr eingreift. Bis dahin ist er von der Bildfläche verschwunden. Wahrscheinlich wurde er schon von diesem Hopkins gewarnt.«

»Er leitet eine Firma, da kann er nicht so von heute auf morgen abhauen.«

»Um seine Haut zu retten, wird er es schon so eingerichtet haben, mal eben schnell zu verschwinden.«

Völlig erledigt, aber siegreich, wischt sich Marc Tanner mit einem Handtuch den Schweiß von der Stirn. Auf dem Stuhl neben ihm steht eine Flasche mit bereits warm gewordenem Mineralwasser. Ein paar Schluck davon reichen zumindest aus, um den größten Durst zu löschen.

Sein Gegner, ein drahtiger, kräftiger Mann, kommt lächelnd auf ihn zu und reicht ihm die Hand. »Okay, jetzt haben Sie gezeigt, was in Ihnen steckt, aber das war ja nicht das letzte Tennismatch«, sagt er schmunzelnd, klopft ihm kurz auf die Schulter und geht davon. Er nimmt sich vor, bis zum nächsten Mal seine Technik erheblich zu verbessern und macht er ein paar Probeschläge in die Luft.

Fast im selben Moment, als Tanner sein Handy einschaltet, klingelt es auch schon. Wahrscheinlich hatte es derjenige vorher schon öfter versucht. Am anderen Ende meldet sich Brian Hank und möchte sich mit ihm treffen.

»Ich bin auf dem Sprung nach Phoenix, muss noch das Eine oder Andere erledigen. Ich habe William gut eingearbeitet, der kommt schon eine Zeit lang ohne mich aus. Also was ist, ich möchte mit dir reden, ist wichtig.«

Wann endlich wird er Hank nicht mehr am Hals haben? Will er jetzt wieder einen auf Kumpel machen? Doch Tanner ist auch neugierig. Er weiß, was Hank für ein Kaliber ist und will vorsichtig sein. Also lässt er sich auf ein Date für den nächsten Abend ein, bei ihm im Ferienhaus. Dieser Treffpunkt war nicht sein Vorschlag. Eigentlich ist es ihm auch nicht recht, doch er hat keine Lust, sich auf heiße Diskussionen einzulassen.

Brian Hank ist zuerst dort und weist ihn sofort auf das eingeschlagene Fenster hin. Fluchend geht Tanner dann zum Eingang und schließt die Tür auf. Alles sieht ganz normal aus und gerade das beunruhigt ihn. Sofort möchte er in dem Bezug der Couch nachsehen, ob sich dort sein Geheimnis noch befindet, doch Brian ist da, also muss er sich gezwungenermaßen in Geduld fassen, was ihm allerdings gerade in diesem Moment äußerst schwer fällt. Denn wenn sich dieser Speicherchip tatsächlich nicht mehr in dem Versteck befindet, würde es verdammt schlecht für ihn und Brian aussehen. Ein unbehagliches Gefühl steigt in ihm auf und die Angst treibt ihm den Schweiß auf die Stirn.

Hank, ein etwas kräftiger, aber immer noch schlanker Mann um die vierzig, zieht die Knie seiner Anzughose etwas hoch und nimmt genau auf dieser besagten Couch Platz.

»Wenn du hier in der Abgeschiedenheit ein Haus hast, musst du damit rechnen, dass eingebrochen wird. Aber es fällt kaum auf, ist das nicht merkwürdig?« Selbstsicher schlägt er ein Bein über das andere und verschränkt die Arme vor der Brust. Was will er damit andeuten? fragt sich Tanner, dem das Gefühl beschleicht, sich in einer ziemlich misslichen Lage zu befinden. Langsam wird ihm unbehaglich zumute und er sucht nach einem Ausweg.

»Ich sehe mal nach, ob etwas fehlt«, sagt er schließlich und geht in das andere Zimmer, das als Schlafraum benutzt wird. Hier wurde das Fenster eingeschlagen. Schnell löst er alle Kabel von der kleinen Stereoanlage, die sich auf einem Regal oberhalb seines Bettes befindet und versteckt sie im Kleiderschrank. Darüber wirft er schnell einen großen Mantel, sodass die Anlage auf den ersten Blick nicht zu sehen ist. Dann holt er einen kleinen, handgroßen Holzkasten hervor, ähnlich einer Zigarrenschachtel, den er in dem Anglerraum findet und kommt damit zurück in den Wohnbereich, um ihn geöffnet Hank zu zeigen.

Der Mann mit dem teuren Anzug legt seinen weißen Stetson ab und dunkle, leicht gewellte Haare kommen zum Vorschein, die oben jetzt etwas angedrückt sind.

»Na ja, viel war nicht drin«, legt Tanner ihm dar. »Aber immerhin befanden sich hier zweihundert Dollar, eine Uhr, etwas Schmuck - noch nicht einmal wertvoll - und im Schlafzimmer fehlt die Stereoanlage.« Das ist natürlich eine Lüge. Irgendwie will Tanner alles daransetzen, um es nach einem normalen, kleinen Raub aussehen zu lassen.

Völlig unbeirrt davon, was Tanner gerade gesagt hatte, zieht Hank wie selbstverständlich eine Zigarre aus dem Etui, das er gerade neben sich auf dem Schrank entdeckt hat und zündet sie an.

»Bei dir mieft es«, stellt er dann fest und bläst genüsslich den blauweißen Rauch aus. »Vielleicht öffnest du mal ein Fenster und dann setz dich. Ich habe keine Lust, mich mit so einem aufgeschreckten Huhn zu unterhalten.«

Mit einem Ruck stößt Tanner das Fenster auf, das sich direkt neben Hank befindet. »Was willst du von mir?«, fragt er ihn sehr direkt und setzt sich auf den etwas abseits stehenden alten, ledernen Ohrensessel.

Der Einbruch macht ihn nervös. Zudem bereitet ihm Hanks Anwesenheit ein unangenehmes Gefühl. Sein dominantes Auftreten zwingt Tanner in die Lage des Unterlegenen. Ihm ist klar, dass er keinen Höflichkeitsbesuch macht. Sein ehemaliger Partner wird ihm sicher noch einmal deutlich machen, auf welcher Seite er zu stehen hat.

»Wenn ich mich recht erinnere, hast du immer einen Drink da.«

Also steht Tanner wieder auf, schenkt ihm einen guten schottischen Whisky mit Eiswürfel ein und setzt sich wieder.

Brian Hank bewegt etwas nervös seine Zigarre mit den Zähnen hin und her, dann legt er sie in den Aschenbecher ab.

»Sagt dir der Name Joseph Hopkins etwas?«

»Nein.« Tanner schüttelt den Kopf. »Der Name ist mir kein Begriff.«

»Der Typ hat mich angerufen. Sie haben die Waffe bei ihm gefunden. Die Tatwaffe! Weißt du, was das für *mich* bedeutet?«

»Verfluchter Mist!«, stößt Tanner hervor. »Wie ist das möglich?«

»Das frage ich *dich!«* Hank greift nach seiner Zigarre, steht auf und geht einige Schritte auf ihn zu. Bedrohlich baut er sich vor ihm auf. »Verdammt noch mal«, brüllt er ihn an. »Wie blöd muss jemand sein, damit er kapiert, dass dies hier kein Spiel ist. Wenn du mich verpfiffen hast, bekomme ich es raus«, sagt Hank mit deutlich drohender Stimme und beugt sich nach vorne, um Tanner in die Augen zu sehen. »Du steckst mitten drin und das weißt du.«

Bisher hatte Hank die Karten immer allein in der Hand gehabt. Tanner hatte sich benutzen lassen, ohne recht zu wissen, worauf er sich tatsächlich einließ. Er hatte sich von einem skrupellosen Gangster in einen Mordfall verwickeln lassen, aus dem es nun für ihn offensichtlich kein Entrinnen mehr gibt. Es war gut von ihm ausgedacht, und jetzt wird alles auf ihn abgewälzt. Tanner möchte am liebsten aussteigen. Er will von der ganzen Sache nichts mehr wissen, möchte neu anfangen, sein Leben neu beginnen und in geordneten Bahnen aufbauen. Doch so einfach scheint es nicht zu sein. So schlagartig wie diese Erkenntnis trifft ihn jetzt die Angst.

Verächtlich bläst Hank ihm den Zigarrenrauch ins Gesicht. Dann packt er ihn an der Krawatte und zieht ihn hoch zu sich heran. »Ich verstehe keinen Spaß, ist das klar?«

»Warum drohst du mir? Willst du mich auch umlegen?«, fragt Tanner ängstlich.

»Wieso auch? Habe ich es denn schon mal getan?« Jetzt stellt er sich wieder aufrecht hin, streicht mit dem Daumen über seine Krawatte und schmunzelt.

»Du brauchst keine Angst zu haben, ich töte keine Menschen, nur Indianer.« Hank nimmt sich in aller Ruhe wieder seine Zigarre und inhaliert kräftig ein. »Also, was habe ich schon getan? Du weißt selbst, dass es sein musste. Nur, dass der Hurensohn von der ganzen Brut überlebt hat, hätte man vermeiden müssen. Das haben wir jetzt davon. Wer weiß, wie lange uns diese Rothaut jetzt noch zu schaffen macht.«

»Sie hatten den Auftrag, Chaka zur Strecke zu bringen, musste es denn sein, dass man seine Frau und die Kinder auch umbringt?«

»Sie waren eben zufällig dabei und Zeugen müssen beseitigt werden«, gibt Hank ihm zu verstehen. »Das ist eben ihr Pech, so ist das nun mal.« Langsam geht er auf und ab.

»Aber ein acht Monate altes Baby auch?«, fragt Tanner, der immer noch entsetzt darüber ist, dass es zu einem Massaker gekommen ist. So hatte er es nicht gewollt, aber jetzt steckt er mitten drin.

»Oh Mann, bist du zimperlich geworden. Auch Babys von denen werden mal Hurensöhne. Was macht das schon? Die vermehren sich doch sowieso wie die Karnickel.« Er macht den Zeigefinger lang und den Daumen hoch, um eine Pistole zu imitieren. »Peng!« Sein hässliches Grinsen jagt Tanner einen Schauer über den Rücken.

Anschließend nimmt Hank sein Glas, trinkt den Whisky mit einem Zug aus und setzt sich wieder. »Man sollte sie alle ausräuchern, damit sie aus diesen Höhlen gekrabbelt kommen. Jeder Indianer, der geboren wird, ist einer zu viel. Wer hat denn etwas aus diesem Land gemacht, he? Die sind doch zu dämlich, um irgendetwas auf die Beine zu stellen. Lungern herum und kosten dem Staat eine Menge Geld. Wenn wir sie damals nicht besiegt hätten, würden die doch immer noch wie die Neandertaler ums Feuer hüpfen. Die haben doch nur Stroh im Kopf. Solche Leute braucht Amerika nicht. Amerika braucht Leute, die die Wirtschaft ankurbeln, aber nicht solche besoffenen Penner. Diese Hurensöhne sind doch nicht mehr wert als ein Haufen Dreck. Du weißt es doch selber, das Einzige, wofür diese Kerle nütze sind, ist, dass sie billige Arbeitskräfte abgeben, wenn sie denn überhaupt arbeiten und nicht besoffen sind.« Hank nimmt seinen Stetson vom Tisch, legt ihn auf seine Knie und trommelt mit den Fingern darauf. Dann räuspert er sich, drückt die Zigarre aus und reibt sich mit dem Zeigefinger nachdenklich unter die Nase. Mit zusammengezogenen Brauen starrt er Tanner an, der die Hände auf seine Knie stützt und wartet, was jetzt noch kommt.

»Ich werde mich absetzen, Marc. Mir bleibt nichts anderes übrig. Die ganze Sache wird mir zu heikel und das habe ich diesem Mistkerl zu verdanken und deinen Leuten, auf die man sich nicht verlassen kann. Ich werde jetzt alles selbst in die Hand nehmen. Eigentlich wollte ich nur für ein paar Tage nach Phoenix. Aber nachdem dieser Joseph Hopkins mich angerufen hat, ist es besser, ich mache endgültig einen Abgang. Wenn ich nur wüsste, wo dieser Indianer steckt. Er ist weg und unauffindbar. Vielleicht hast du eine Ahnung?«

Tanner versucht dem fragenden Blick seines Gegenübers auszuweichen. Er zuckt mit den Schultern. »Woher soll ich denn das wissen? Als ob ich etwas mit *dem* zu tun habe.«

»Man weiß ja nie ...« Dabei lässt Hank den Blick langsam durch den Raum schweifen. Er wirft seinen Hut in die Ecke der Couch, was Tanner signalisiert, dass seinem Gast so einiges nicht passt.

Hank legt seine Arme auf die Oberschenkel und tippt seine Finger nervös aneinander. »Gut, dass dir keine wertvollen Sachen abhanden gekommen sind.«

»Ich bin nicht so leichtsinnig und bewahre hier meine Wertsachen auf.«

»Dann frage ich mich, was der Eindringling hier wohl gesucht hat.«

»Er kann ja nicht wissen, dass es hier nicht viel zu holen gibt. Vielleicht hat ihm die Stereoanlage und das bisschen Geld gereicht.«

»Na ja, ich denke, du weißt Bescheid. Du steckst voll mit drin, das ist dir ja wohl hoffentlich klar.« Jetzt erhebt sich Hank und nimmt seinen Hut.

»Wie geht es mit der Firma weiter?«, lenkt Tanner das Thema ab, zumal sie ihm nicht ganz unwichtig ist. Schließlich hatte er dort einige Zeit als Geschäftsführer verbracht, bevor er sich von Ayatéh genötigt sah, sich zurückzuziehen. So musste er Hank allein walten lassen. Er weiß, dass es Hank damals nicht passte, mehr aus dem Hintergrund hervorzutreten, zumal Tanner nicht den Grund seines Ausscheidens darstellen wollte.

»Mach dir lieber über andere Dinge Sorgen. Im Betrieb habe ich kompetente Leute, die hervorragend eingearbeitet sind. William wird mich ersetzen, er weiß gut Bescheid und ...« Jetzt grinst er Tanner an. »Er kommt auch gut mit der Sekretärin aus. Wie es in Zukunft weitergeht, werde ich ihnen überlassen. Sollen sie sich doch um die Plätze streiten. Mich ärgert nur, dass ich so Hals über Kopf verschwinden muss. Aber das ist ja nicht das erste Mal und ich sehe auch keine großen Probleme damit. Es sei denn, du machst welche. Und um diese Rothaut werden sich meine Leute kümmern, auf die kann ich mich jedenfalls verlassen.«

Hank schreitet zur Tür und dreht sich noch einmal um. Mit dem Hut zeigt er in Tanners Richtung. »Falls bei dir irgendwelche Bullen auftauchen, weißt du hoffentlich, was du sagst. Und falls dieser Indianer auftaucht, knall ihn ab.«

Tanner nickt nur, ohne etwas zu antworten. Ihm ist die ganze Unterhaltung mit seinem Partner unangenehm.

»Du weißt, ich habe meine Leute - verdammt Gute - und ich hoffe, es ist dir eine Warnung.« Mehr sagt er nicht, setzt seinen Stetson auf und geht.

Partner?, fragt sich Tanner und dabei weiß er, dass Hank für ihn eine Bedrohung darstellt. Feind wäre besser ausgedrückt. Für ihn ist dieser Mann eine Nummer zu groß.

Hank sieht auf seine Armbanduhr. Er hat noch genug Zeit, um am vereinbarten Treffpunkt zu erscheinen. Über die Sache mit Tanner macht er sich keine Sorgen. Viel mehr beunruhigt ihn die misslungene Drogenübergabe am verlassenen Sportflughafen. Und dass seine Leute diesen Lancer umlegen mussten. Er braucht zuverlässige Mittelsmänner. Wie konnte ihm Harry nur solch einen falschen Hund schicken? Dieser heutige Tag hatte ihm bisher nur Schwierigkeiten bereitet, aber in ein paar Stunden liegt alles hinter ihm. Dann braucht er sich nur noch auf diesen Indianer zu konzentrieren. Wahrscheinlich wird Dayton ihn schon aufgespürt haben. Auf Dayton kann er sich wenigstens blind verlassen.

Als Hank das Gelände des Ferienhauses verlässt, wird er wieder unauffällig von Santo verfolgt. In weitem Abstand hängt sich Ayatéh mit Anichos Auto dran. Mit seinem eigenen eher schrottreifen Wagen zu fahren, war ihm zu riskant gewesen. Die Sache durfte nicht daran scheitern, dass die Kiste auseinander fällt.

Nach einigen Meilen verlässt Santo wie vereinbart die Strecke, denn ab jetzt wollte Ayatéh die Sache alleine durchziehen.

Ayatéh ist Hank jetzt bis Superior gefolgt. Es ist schon dunkel, als Hank auf eine Tankstelle fährt. Jetzt ist es so weit. Der Augenblick, der alles entscheidet. Würde Hank ihn erkennen? Wahrscheinlich nicht. Woher denn auch.

Der Mercedes hält an einer Zapfsäule und Ayatéh lenkt sein Fahrzeug auf die gegenüberliegende Seite vor ihm zu einer anderen Säule. Dann steigt Hank aus, den Ayatéh bisher nur von weitem gesehen hat. Jetzt ist er ganz dicht bei diesem Mann, der seinen Vater getötet hat, einem brutalen, skrupellosen Mörder, denn Chaka ist damals auf alle Fälle wehrlos gewesen. Was muss dieser Mann gefühlt haben, als er einen hilflosen, verletzten Menschen den tödlichen Schuss gab?

Die Zapfsäule hat nicht die moderne Ausstattung, in der man auch eine Kreditkarte hineinstecken kann, sondern auf alle Fälle ins Kassenhaus gehen muss. Das ist gut so. Er will vor Hank dort drin sein und bereits bezahlt haben, wenn dieser den Laden betritt.

Mit zitternden Händen greift Ayatéh zum Benzinhahn und stopft ihn ebenfalls in den Tank. Er füllt ihn nur kurz auf. Dies ist bei einem Indianer nichts Auffälliges, weil sie meistens sowieso nicht viel Geld haben.

Gut, dass jetzt wenig Betrieb herrscht und mit viel Glück kommt kein anderes Fahrzeug aufs Gelände, sodass sie die einzigen Kunden bleiben. Überhaupt, ist alles, was jetzt passiert, mit viel Glück verbunden.

Im Kassenhaus sitzt eine sehr korpulente Frau, die damit beschäftigt, ein Buch zu lesen. Ein Zeichen, dass hier jetzt nicht viel los ist.

Sie legt das Buch zur Seite, Ayatéh bezahlt und fragt nach dem Toilettenschlüssel.

Dann fühlt er noch einmal nach der Waffe, die sich in der Innentasche seiner Jeansjacke befindet. Er ist nervös und kommt sich mit so einem Ding ziemlich unbehaglich vor. Was ist, wenn er sie anwenden muss? Daran möchte er jetzt nicht denken. Nachdem die Frau bei ihm abkassiert hatte, schaut er sich scheinbar belanglos in den Regalen um.

Jetzt ist es soweit. Hank betritt das Kassenhaus und schreitet an ihm vorbei, ohne ihn zu beachteten. Langsam geht Ayatéh in Richtung Tür. Dort liegen die Stadtpläne aus, die er mit scheinbarem Interesse betrachtet, um jedoch nebenbei einen unbemerkten Blick auf Hank zu werfen.

Bei Hank geht alles sehr schnell. Er bezahlt und geht zurück zum Ausgang, wieder an ihm vorbei. Ayatéh folgt ihm durch die Tür. Als sie aus der Sichtweite der Kassiererin sind, ruft Ayatéh zurück. »Hey!«

Hank dreht sich verwundert um und sofort holt Ayatéh kurz seine Waffe hervor, um sie ihm zu zeigen. Dann steckt er sie wieder in die Tasche und lässt auch seine Hand dort drin.

»Mein Finger ist am Abzug und wenn du jetzt nicht tust, was ich sage, kracht es, dann ist es mir auch egal, ob es jemand mitkriegt.«

Hank schüttelt mit dem Kopf und grinst. »Wenn du mich abknallst, hast du meine Leute am Hals. Was du machst, ist Selbstmord.«

»Jetzt gehen wir zu deinem Auto, du vor mir!« In seiner Stimme spiegelt sich seine Entschlossenheit wider und der Ton wirkt bedrohlich.

Hank bleibt nichts anderes übrig. Als sie dort angekommen sind, deutet Ayatéh ihm an, auf dem Nebensitz einzusteigen. Zögernd folgt dieser der Anweisung, denn schließlich ist eine Waffe auf ihn gerichtet und er weiß, wen er vor sich hat: Ayatéh, den er eigentlich schon längst erledigt haben wollte.

Hank wird aufgefordert, weiter zum Fahrersitz zu rücken und das Auto zu starten. Schnell setzt sich Ayatéh auf den Beifahrersitz und schließt die Tür.

»Du fährst jetzt hier vorne auf dem Gelände nur um die Ecke«, befiehlt Ayatéh und hofft, dass die Kassiererin sich wieder dem Buch zugewendet hat und von all dem nichts bemerkt. Alles basiert zurzeit auf Glück.

Der Mercedes biegt um das Gebäude und hält an der Seitenwand des Häuschens an. Dort sind auch die Toiletten und Hank wird hineingedrängt. Während Ayatéh mit der rechten Hand die Waffe auf seine Brust richtet, durchsucht er mit der linken sämtliche Taschen, findet eine kleine Pistole und nimmt sie an sich. Anschließend holt er ein Tuch hervor, um den Mann vor ihm zu knebeln. Doch es ist nicht einfach, ihn mit einer Pistole in Schach zu halten und gleichzeitig ein Tuch vor seinen Mund zu binden. Aber Hank weiß, dass der Navajo bereit ist, sofort zu schießen und wagt es nicht, sich zu wehren. Irgendwann wird sich hoffentlich noch eine Gelegenheit bieten, ihn loszuwerden.

Schließlich gelingt es Ayatéh, einen festen Knoten zu binden. Damit dieser Mann das Tuch nicht gleich wieder lösen kann, werden seine Hände gefesselt. Auch das erweist sich als schwierig, aber es funktioniert. Anschließend wird Hank noch an ein Leitungsrohr gebunden, damit er nicht gegen die Tür hämmern kann. Dann holt Ayatéh sich die Autoschlüssel aus dem Jackett des wehrlosen Mannes.

Da hockt er, elendig und hilflos. Der Navajo steckt die gefundene Waffe ein und sieht sich diesen Mann an. Abgrundtiefer Hass steigt in ihm auf. Es wäre jetzt eine Kleinigkeit, ihn zu töten. Doch er will, dass David kommt. Allein, oder mit seinen Leuten, das spielt keine Rolle. Von David weiß er, dass eine Fahndung gegen Hank läuft und sie ihm auf den Fersen sind. Also muss das FBI sich jetzt beeilen.

Von außen schließt er die Tür ab und durchsucht den Mercedes nach irgendwelchen wichtigen Hinweisen. Dabei macht er tatsächlich einen guten Fund. Hier an diesem Platz ist keine Beleuchtung und es wird nicht auffallen, wenn er weiterhin überall herumschnüffelt. Auch die Kassiererin hat keine Sicht darauf.

Ein Fahrzeug der Extraklasse für die gehobene Gesellschaft, das allerdings nicht mehr ganz makellos ist. Doch über die kleine Delle am Schloss des Kofferraumes denkt er nicht weiter nach, stattdessen überlegt er, wie er jetzt weiter vorgeht. Inzwischen steht ein altes, klappriges Wohnmobil an einer der beiden Zapfsäulen. Und Ayatéhs Chevrolet an der anderen. Äußerlich gelassen schreitet er hinüber, setzt sich hinein und holt die Straßenkarte hervor, um zu lokalisieren, wo er sich genau befindet, in welcher Umgebung er ist und was er jetzt unternimmt.

Er hat sich vorgenommen, David zu informieren. Der Münzfernsprecher ist frei und hoffnungsvoll wählt er die Nummer seines Freundes. Doch niemand nimmt den Hörer ab. Als der Anrufbeantworter anspringt, legt er auf und sucht die Handynummer heraus. Doch auch das Handy scheint abgeschaltet zu sein und er wird darauf verwiesen, auf die Mailbox zu sprechen. Da ihm nichts anderes übrig bleibt, nutzt er diese letzte Alternative. Danach wählt er noch einmal Davids Privatnummer und spricht dieselbe Nachricht auch dort aufs Band. Sie beinhaltet, wo sich Ayatéh im Moment befindet, dass er Hank in seiner Gewalt hat und sein silbergrauer Mercedes auf dem Tankstellengelände um die Ecke steht. Er will dieses Auto stehen lassen, aber mit seinem Wagen und Hank weiterfahren. Dann gibt er eine genaue Beschreibung durch, wo er mit seinem Opfer zu finden sein wird.

In dieser Abgeschiedenheit würde er auf ihn warten. Ayatéh weiß, dass er an dem zukünftigen Ort viele Stunden ausharren muss, wahrscheinlich die ganze Nacht, selbst wenn David mit dem nächsten Flugzeug anreist. Aber er möchte Hank keinem Polizisten aus diesem Ort anvertrauen. Denn bei den Weißen wird er selbst immer den Kürzeren ziehen und vermutlich werden sie den Mörder freilassen, weil der arme Mann von diesem Indianer gefesselt wurde.

Nachdem er die Toilettentür aufgeschlossen hat, reicht er den Schlüssel der Kassiererin zurück. Dies ist ein spannender Augenblick. Jetzt würde sich herausstellen, ob sie etwas bemerkt hatte. Doch desinteressiert nimmt sie ihn entgegen, ohne noch ein Wort zu sagen.

Jetzt muss Hank aus dem Toilettenraum geführt werden. Nachdem alle Fesseln gelöst sind, zwingt ihn Ayatéh hinaus, vorbei an dem Mercedes zu seinem alten Fahrzeug, dass er sich eigens für dieses Vorhaben von Santo geliehen hat.

Die Pistole ist wieder unauffällig in der Jackentasche versteckt und alles scheint reibungslos zu klappen. Nur, dass er David nicht erreichen konnte, bereitet ihm Sorgen. Auch ist ihm nicht ganz wohl dabei, den Mercedes hier stehen zu lassen. Aber es geht nicht anders.

Mit Hank am Steuer fahren sie schließlich los. Jetzt holt Ayatéh die Waffe heraus und richtet sie weiterhin gezielt auf den Fahrer.

»Du bist ein Idiot«, murmelt dieser, doch das entschlossene, ausdruckslose Gesicht seines Gegners auf dem Beifahrersitz gibt ihm ein verdammt unbehagliches Gefühl.

»Hier links abbiegen!«, befielt Ayatéh. Schließlich fahren sie auf der Straße nach Kelvin, wo sie in einer immer einsamer werdenden Gegend landen. Kelvin selbst kann man noch nicht einmal als richtige Ortschaft bezeichnen. Links und rechts stehen ein paar Farmhäuser, das ist alles. Von dort biegen sie rechts in eine unbefestigte Straße ein.

»Du willst mich hier umlegen, weil du denkst, hier hört niemand den Schuss, aber du wirst es bereuen«, versucht Hank auf ihn einzureden.

Ayatéh gibt ihm keine Antwort. Warum sollte er ihm auch sagen, dass er auf das FBI warten will. Jedenfalls hatte er es sich vorgenommen. Sollte Hank doch jetzt um sein Leben zittern. Das Wichtigste ist, dass er den Mörder in seiner Gewalt hat. Er wird ihn nicht entkommen lassen. Wie dieser Mann endet, ist ihm egal.

Schließlich haben sie eine Kreuzung erreicht. Es gibt jetzt die Möglichkeit, links oder rechts abzubiegen. Die Dunkelheit scheint sie zu verschlucken. Irgendetwas zu erkennen ist nicht möglich. Doch Ayatéh signalisiert ihm, geradeaus zu fahren.

»Da ist keine Straße!«, erklärt Hank.

»Fahr!«

Die Strecke muss jetzt streng eingehalten werden, weil er David diese Wegbeschreibung durchgegeben hatte.

Deshalb holpert der alte Chevrolet durch unwegsames Gelände weiter. Ayatéh kann im Scheinwerferlicht Buschwerk erkennen. Ab und zu fahren sie an kleinen Kakteen vorbei. Nach etwa vier Meilen soll Hank hinter einigen Büschen anhalten.

»Was willst du hier von mir, he? Ich kann dir eine Menge Geld geben, Drogen, was du willst und soviel du willst. Nie wieder wirst du solch eine Gelegenheit haben«, wagt Hank noch einen Versuch, um seinen Kopf zu retten.

Wortlos schnappt sich Ayatéh die Taschenlampe, die in der Seitentür steckt, dann steigen sie aus und gehen los.

Die Strecke ist unwegsam, der Boden voller Hindernisse. Hank, der voran geht, tappt in absoluter Dunkelheit und stolpert hin und wieder über einige Grasbüschel. Ayatéh bleibt dicht hinter seinem Feind, in der rechten Hand die Waffe, in der linken die Taschenlampe, mit der er nur vor seinen eigenen Füssen leuchtet.

Hank begreift, dass es vielleicht jetzt die letzte Chance für ihn ist, seinen Gegner zu überwältigen. Er muss ihn irgendwie ablenken. Wenn er nicht schnell genug läuft, spürt er den Pistolenlauf im Rücken. In so eine fast aussichtslose Lage hatte ihn bisher noch niemand gebracht. Aber er befand sich schon öfter in brenzligen Situationen, von denen er sich immer befreien konnte. Sicher würde es ihm auch diesmal gelingen, dann könnte er endlich diesen Indianer zur Strecke bringen. Und ihn will er auf keinen Fall am Leben lassen. Dafür würde er eigenhändig sorgen, selbst wenn er das ganze Magazin leer schießen müsste.

»Ich kann nicht so schnell, verdammt noch mal«, mault Hank, doch von seinem Gegner kommt keine Reaktion.

Von Weitem hören sie einen Coyoten heulen. Auch in der näheren Umgebung raschelt es hin und wieder. Es kommt von den Tieren, die auf der Flucht vor den Menschen sind. Ayatéh kennt diese Geräusche und kann sie deuten. Er horcht auf, als er hinter sich etwas hört, was er nicht einordnen kann. Etwas Dumpfes! Kein Tier stolpert über einen Stein oder Grasbüschel. Hank würde nicht bemerken, wenn er sich jetzt für einen Moment umsieht. Und plötzlich dieser kurze Lichtschein tief am Boden weit hinter ihm. Nur flüchtig und kaum wahrnehmbar. Sie werden also verfolgt! Wie kann das sein? Niemand weiß von seinem Vorhaben, außer David. Der kann aber unmöglich schon hier sein.

»Noch schneller, los!«, kommandiert Ayatéh und drängt diesen Mistkerl, sich zu beeilen. Jetzt stolpert Hank und fällt über einen größeren Stein, den das Licht der Taschenlampe nicht mehr erreicht. Ayatéh ist unvorsichtig und dreht sich noch einmal nach dem vermutlichen Verfolger um. Dies erweist sich als folgenschwerer Fehler. Plötzlich schnellt der am Boden liegende Mann hoch und wirft sich über ihn. Während Ayatéh zu Boden fällt, löst sich versehentlich ein Schuss, der jedoch ins Leere geht. Aber die Waffe fällt ihm aus der Hand und ebenso die Taschenlampe. Dieser Überfall kommt so überraschend, sodass er nicht rechtzeitig reagiert. Bevor er sich wehren kann, trifft ihn ein heftiger Schlag ins Gesicht. Der starke Schmerz hindert ihn daran, in der nächsten Sekunde zurückzuschlagen, was vielleicht seine einzige Chance gewesen wäre.

Hank drückt ihm sein Knie in den Magen, sodass Ayatéh vor Schmerz aufschreit. Sogleich spürt er einen starken Druck am Hals, der von zwei Händen umklammert wird. Der Mann über ihm drückt kräftig zu. Sofort bekommt Ayatéh keine Luft mehr und röchelt. Ihm wird bewusst, dass er sich jetzt nicht mehr wehren kann. Während Panik in ihm aufsteigt, schwinden seine Sinne und er merkt kaum noch, wie Hank ihn an den Haaren nach vorne zu einem Steinfindling zieht, auf den der Mann immer wieder brutal seinen Kopf schlägt. Selbst als Ayatéh sich nicht mehr bewegt, schlägt er weiter. Er will ihn töten, damit er diesen Mann endgültig los ist. Es ist ihm eine persönliche Genugtuung, einen von diesen Hurensöhnen zu erledigen. Hier, in der Abgeschiedenheit würde man die Leiche erst nach langer Zeit finden, da wäre sie kaum noch zu identifizieren.

Mit voller Wucht und brutaler Gewalt macht er weiter, bis ihn plötzlich ein dumpfer, kräftiger Schlag am Kopf trifft und er bewusstlos niedersinkt.

Entsetzt steht Santo vor Ayatéh und wendet dann seinen Blick auf Hank, um sicher zu gehen, dass er sich nicht mehr bewegt. In der rechten Hand hält Santo noch die Taschenlampe, mit der er zugeschlagen hat. Zuerst richtet er den Lichtstrahl auf den Mann, der seinen Neffen töten wollte. Als er merkt, dass er ihn hart am Kopf getroffen hat und sich die Haare blutig färben, kümmert er sich um Ayatéh, der immer noch ohne Bewusstsein ist. Aber er lebt und Santo hofft, dass es noch nicht zu spät ist.

Es dauert fast zehn Minuten, bis sein Neffe die Augen aufschlägt und weitere Minuten verstreichen, bis er begreift, wo er sich befindet und was sich abgespielt hat. Santo hilft ihm, sich aufzurichten, doch Ayatéh kann sich nicht auf den Beinen halten. Vor ihm drehen sich die Kakteen. Wie im Nebel scheint alles zu verschwinden und plötzlich ist da dieser unglaublich stechende Schmerz im Kopf. Ayatéh sinkt wieder auf den Boden. Sein Magen dreht sich um. Weil er nichts gegessen hat, kommt auch kaum etwas heraus. Danach fühlt er sich trotzdem ein bisschen besser. Er lehnt sich an einen kleinen Baumstamm und schließt die Augen. In seinem Kopf hämmert es unaufhörlich, sodass er kaum einen klaren Gedanken fassen kann. Zudem hat er Atem- und Schluckprobleme und ist deshalb nicht in der Lage, auch nur ein Wort heraus zu bringen. Er will etwas sagen. Immer noch weiß er nicht, wen er vor sich hat. Er bringt nur ein leises, unverständliches Krächzen hervor.

Irgendwann spürt Ayatéh, dass jemand in seiner Jacke wühlt und schließlich glaubt er, Santo zu erkennen. Was hat er ihm aus der Tasche geholt? Wieder versucht er zu sprechen, doch kein verständliches Wort kommt über seine Lippen. Außerdem kann er sich an das eben Geschehene nur Lückenhaft erinnern.

Jetzt sieht Ayatéh den Halbmond am Himmel. Die Luft ist klar und trocken. Von Weitem hört er einen Coyoten heulen. Ob es derselbe ist wie vorhin? Er spürt noch, wie jemand seine Hand hält, dann fallen ihm die Augen zu.

Plötzlich wird er angegriffen, jemand stürzt sich auf ihn und er muss sich mit aller Kraft wehren. Es dauert eine Zeit, bis er merkt, dass er nicht angegriffen wird, sondern im Gegenteil, jemand versucht ihn zu beruhigen. Erleichtert hört er die bekannte Stimme von Santo. »Ich bin es, Santo. Es ist nicht so schlimm, du bist bald wieder in Ordnung.«

Ayatéh hat jetzt nur noch einen Gedanken. »Hank«, stößt er hervor. Wenn er jetzt entkommen ist, war alles vergeblich. Das durfte nicht sein.

»Pass auf, ich helfe dir, jetzt aufzustehen und dann zeige ich dir was.« Santo hilft seinen Neffen, auf die Beine zu kommen. Gemeinsam gehen sie ein paar Schritte weiter. Der Schein einer Taschenlampe leuchtet in das Gesicht von Hank, der davon geblendet den Kopf zur Seite dreht. Gut, dieser Mistkerl ist jetzt gefasst und wehrlos. Santo hatte ganze Arbeit geleistet. Der Mörder steht neben einen Baum, die Arme sind über dem Kopf zusammengebunden und an einem starken Ast über ihm befestigt. Er spuckt auf den Boden und flucht. Inzwischen ist ihm klar geworden, dass er diesen Männern hilflos ausgeliefert ist.

»Gut, dass du einen Strick bei dir hattest«, sagt sein Onkel und grinst. Sie setzen sich auf den Boden und starren den Mann vor sich an.

»Geht es dir besser?« Besorgt legt Santo die Hand auf seinen Arm.

Ayatéh nickt, obwohl er noch überall Schmerzen verspürt. Am stärksten hämmert es in seinem Kopf. »Weißt du, wie spät es ist?« Das Sprechen strengt ihn immer noch an, aber zumindest bringt er jetzt etwas Verständliches hervor.

Santo drückt die Beleuchtung seiner Armbanduhr. »Kurz nach Mitternacht, es war gut, dass du ein paar Stunden geschlafen hast. Ich glaube, ich bin in allerletzter Sekunde gekommen.«

Ayatéh steht wortlos auf und geht noch etwas schwankend zu dem Baum zurück, um sich mit dem Rücken daran zu lehnen. Besorgt folgt ihm Santo.

»Wahrscheinlich hast du eine Gehirnerschütterung und wer weiß, was er dir noch alles angetan hat. Es war nicht gut, dass du dich alleine um ihn kümmern wolltest, das ist mir später klar geworden. Weißt du, mit einem Mann wie Tanner kann man vielleicht noch fertig werden, aber dieser hier ist skrupellos und berechnend.« Santo macht eine Pause und beobachtet seinen Neffen, der eigentlich zu einem Arzt müsste. Mit geschlossenen Augen sitzt er bewegungslos da. »Kannst du mich verstehen?«

»Ja, natürlich, mir geht es schon etwas besser. Woher wusstest du, wo du mich findest?«

Santo lässt sich neben ihn nieder und blinkt mit der Taschenlampe immer wieder spielerisch Hank ins Gesicht. »Ganz einfach, ich bin dir nachgefahren. Ich musste allerdings in Globe tanken und dich mit diesem Typ fahren lassen. Aber ich habe danach etwas mehr aufs Gaspedal gedrückt und in Superior an der Tankstelle den Mercedes und deinen Chevrolet gesehen. Ich wollte erst rauf fahren, um zu sehen, ob du Hilfe brauchst, habe mich aber dann doch entschlossen, vorbeizufahren, um gleich danach am Straßenrand ohne Beleuchtung abzuwarten, was passiert. Kurz danach fuhr dein Auto vorbei und bog links ab. Ich wusste nicht, wie du reagieren würdest, wenn ein Auto hinter dir fährt. Im Dunkeln hättest du nicht erkannt, dass ich es bin. Na ja, als du außer Sichtweite warst, bin ich dir gefolgt. Irgendwann sah ich rechts von mir in der Ferne Rücklichter und habe gehofft, dass du es bist. Erst als ich sie nicht mehr sehen konnte, fuhr ich langsam hinterher, bis zu einer Kreuzung. Dort wusste ich erst nicht weiter und habe mit meiner Taschenlampe nach Spuren gesucht. Gut, dass es hier vor Kurzem geregnet hat. So war der Boden noch weich und ich konnte sie leicht erkennen. Auch auf der Strecke danach konnte ich im Scheinwerferlicht sehen, wo dein Wagen lang gefahren war, bis alle Spuren und Hinweise plötzlich endeten. Na ja, als ich mich umsah, fand ich das Fahrzeug hinter den Büschen versteckt und sah das schwankende Licht deiner Taschenlampe. Dann war es leicht, dich zu finden.«

Santo macht eine Pause, um Ayatéh Gelegenheit zu geben, sich zu äußern. Doch als dieser schweigt, fährt er fort: »Ich bin froh, dass ich es getan habe, auch wenn es nicht so abgesprochen war. Mir wurde irgendwann klar, dass ich dich mit einem Mörder allein lasse. Er hätte dich fertig gemacht.«

»Ich habe mich nur deshalb umgedreht, weil ich merkwürdige Geräusche hörte, die von dir kamen. Weißt du, was es für ein Gefühl war, zu merken, verfolgt zu werden?«

»Ich kann es mir vorstellen, aber in dem Moment war mir deine Rettung wichtiger.«

Ayatéh hält noch immer die Augen geschlossen. Er spürt, wie Santo die Hand auf seine Stirn legt. »Fieber hast du wahrscheinlich nicht. Das kriegen wir wieder hin.«

Hank fängt jetzt an zu stöhnen und wieder richtet Santo das Licht der Taschenlampe auf ihn. Langsam wandert der Schein von seinem verzerrten Gesicht an seinen Körper entlang. »Sieh mal, er hat sich in die Hose gepinkelt«, grinst Santo. Doch Ayatéh zeigt keine Reaktion. Mit geschlossenen Augen versucht er, die Schmerzen zu bewältigen.

»Hast du deinen FBI-Freund irgendwie benachrichtigen können?«, will Santo wissen.

»Ich habe auf seinen Anrufbeantworter gesprochen Ich hoffe, dass er es sich inzwischen abgehört hat und sich ins nächste Flugzeug setzt.«

»Wann wäre er denn hier? Ich meine, angenommen, er fliegt morgens zum Beispiel um acht Uhr los.«

Ayatéh öffnet die Augen und hält stöhnend die Hand an seinen Kopf. Er hat wirklich verdammt großes Glück gehabt. »Ich weiß nicht, so gegen Mittag vielleicht. Bis dahin müssen wir hier ausharren. Sobald es hell wird, werde ich wie angegeben an der Kreuzung warten.«

Jetzt spürt er ein paar Regentropfen auf seiner Haut. Diese Erfrischung tut ihm gut. »Aber es kann auch sein, dass er schon längst bei seinen Kollegen hier in Arizona ist. Ich habe auch eine Nachricht auf seinem Handy hinterlassen. Er wird auf jeden Fall auftauchen.«

»Ich komme mit zu dieser Wegegabelung und fahre weiter, um noch einmal zu versuchen, deinen FBI-Mann zu erreichen. Und mal sehen, ob ich für dich Aspirin auftreiben kann.«

»Damit ist mir auch nicht geholfen. Das wird nichts nützen. Wichtiger ist, dass du etwas zu Trinken mitbringst. Ich habe zwar noch eine Flasche im Auto, aber die müssen wir uns teilen, falls du nichts mehr hast. Wir befinden uns hier ziemlich im Süden, da ist es um diese Jahreszeit immer noch sehr warm. Außerdem habe ich jetzt schon einen Wahnsinnsdurst.«

Jetzt fängt es an, stark zu regnen, sodass die Erde sofort aufweicht.

»Was meinst du, wie weit sind wir von den Autos entfernt?«, fragt Santo.

»Schätze so eine halbe Meile, mehr nicht.«

»Mir kommt es weiter vor.«

»Das täuscht, es war dunkel und holprig. Wir sind hier nicht so schnell vorangekommen. Ich glaube nicht, dass es eine Meile ist«, vermutet Ayatéh.

»Ich hoffe nur, dass wir zurückfinden«, meint Santo besorgt.

»Sicher.«

»Auch, wenn der Regen jetzt alle Spuren verwischt?« Santo ist skeptisch, aber er weiß auch, dass Ayatéh sich in solchen Dingen sehr gut auskennt.

»Auch dann«, versichert sein Neffe.

Bis zum Morgengrauen sitzen sie noch schweigend zusammen. Der Regen hat nachgelassen. Als jetzt allmählich die Sonne durchkommt, fällt kein Tropfen mehr. Santo schreitet hinüber zu dem Baum, wo immer noch Hank mit den Händen nach oben gefesselt an dem Ast steht. Inzwischen steht er nicht mehr aufrecht, sondern sein Körper hängt mehr herunter. Die Beine gehen immer wieder in die Knie. Stöhnend fleht er Santo an, ihn aus dieser inzwischen schmerzlichen Lage zu befreien. Aber der reagiert nicht auf sein Bitten, sondern überprüft den Knoten, damit er sich nicht lösen kann.

Ayatéh möchte, dass der Mann anders festgebunden wird. Sie zwingen Hank, sich vor den Baum zu setzen. Dann wird er mit dem Strick um Brust und Oberarme an den Stamm gebunden. Den Mund knebelt Santo mit einem Tuch, damit Hank nicht herumschreit, wenn er alleine ist. Man kann nicht sagen, dass er sich jetzt in einer bequemen Lage befindet, aber immerhin erträglicher als vorher.

Den Weg zu den Autos haben sie schnell gefunden, doch der Wagen von Santo ist vom starken Regen so tief in eine Mulde geraten, dass sie ihn nicht alleine freibekommen. Die Räder drehen durch und sacken immer tiefer in die aufgeweichte Erde.

»Es hat keinen Zweck, du musst den Wagen von Anicho nehmen, mit dem ich gekommen bin«, schlägt Ayatéh vor.

»Okay, ich werde sehen, dass ich in zwei Stunden wieder hier bin, dann wissen wir hoffentlich mehr«, sagt Santo.

»Du kannst schon früher hier sein Es sind nur dreißig Meilen bis Superior. Aber es ist besser, wenn *ich* fahre und mit David rede und *du* wartest hier.«

»Auf keinen Fall«, protestiert Santo, der jetzt schnell die Fahrertür aufreißt und sich ans Steuer setzt. »In deinen Zustand ist es nicht nur für dich viel zu gefährlich. Wenn dir durch deine Verletzungen ein Unfall passiert, kannst du auch andere gefährden.«

Sie steigen ein und einige Meilen weiter verlässt Ayatéh an der Kreuzung den Wagen. Schnell greift er noch nach der Wasserflasche, dann sieht er dem davonfahrenden Wagen nach. Noch immer ist seine Kleidung durchnässt. Frierend setzt er sich an einen Baum, um auszuruhen.

Viele Gedanken kreisen in Ayatéhs Kopf. Es ist nur noch eine Frage der Zeit, bis hier alles vorbei ist. Er denkt über Hank nach und zieht die kleine schwarze Mappe aus seiner hinteren Hosentasche. Es sind die Papiere, die im Mercedes lagen. Führerschein, Pass - alles ist auf dem Namen John Rowland ausgeschrieben. Aber es müssen seine Papiere sein, denn das Bild zeigt eindeutig Hanks Gesicht. Es widert ihn an, das Bild zu betrachten, deshalb wandern seine Blicke weiter über einzelne Daten dieser Person. Neugierig durchsucht er den ganzen Inhalt. Durchstöbert Notizzettel und sucht dabei nach irgendwelchen Hinweisen, um diesen Mann noch eindeutiger als Mörder zu entlarven. Doch Ayatéh kann mit den dahin gekritzelten Notizen nichts anfangen.

Die starken Kopfschmerzen werden unerträglich. Plötzlich hat er kaum noch eine Erinnerung mehr daran, was passiert ist, warum er hier sitzt und was er für Papiere in den Händen hält. Er fühlt sich sehr elend. Sämtliche Glieder schmerzen. Immer wieder krampft sich sein Magen zusammen. Mit zittrigen Händen stopft er die kleine Mappe wieder in seine Hosentasche und versucht, sich krampfhaft zu erinnern. Etwas Furchtbares muss passiert sein, aber was?

- Lass uns spielen großer Krieger -
Worauf wartest du? Deine Zeit ist ewig.
Zeit? Hah! ... Du glaubst an eine Zeit?
Es gibt keinen Freund, es gibt keinen Feind ...
so wie es keinen Anfang und kein Ende gibt ...

»Nein«, murmelt Ayatéh. »Jedes Ende ist ein neuer Anfang. Alles steht in Verbindung miteinander, so wie es ohne das Ausatmen auch kein Einatmen geben kann, ohne Tag auch keine Nacht. Das Eine löst das Andere ab, es ist getrennt und doch zusammen. Wenn du aus David einen Feind machst, werde ich einen Freund bekommen.«

Bruchstückweise kommt die Erinnerung zurück, bis er sich wieder vollständig erinnern kann.

Die Sonne blinzelt ab und zu zwischen den weit entfernt liegenden Bergen hervor. Eine rote Silhouette, die sich unregelmäßig zwischen den Wolken schiebt, kündigt den Morgen an.

Die Zeit vergeht, doch es kommt weder Santo zurück, noch David oder ein anderes Fahrzeug. Inzwischen sind viele Stunden vergangen. Ayatéhs Kleidung ist längst getrocknet. Immer wieder sieht er auf die Uhr und fragt sich, warum Santo nicht zurückkommt. Gegen 16:30 Uhr wird er zusehends nervöser, denn inzwischen müsste sogar David den Weg zu ihm gefunden haben. Er wartet noch weitere zwei Stunden, doch dann glaubt er, dass etwas schiefgelaufen ist und es keinen Zweck mehr hat, sich hier noch weiter zu zermürben. Er beschließt, das Auto von Santo aufzusuchen. Vielleicht kann er es aus dieser eingefahrenen Mulde befreien. Doch dann muss er einsehen, dass es keinen Sinn hat und die starken Kopfschmerzen veranlassen ihn dazu, dieses Vorhaben aufzugeben. Er findet noch eine halb volle Wasserflasche sowie ein langes Seil. Beides nimmt er an sich und macht sich auf den Weg zurück.

An der Kreuzung hatte er mit kleinen Steinen einen Pfeil gelegt, der in die Richtung weist, wo Hank festgehalten wird. Selbst bei Regen würde man das erkennen und müsste dann unmittelbar auf diese Spur kommen.

Er glaubt nicht mehr daran, dass es einen Zweck hat, an der Kreuzung zu warten. So macht er sich wieder auf den Weg, Hank aufzusuchen. Dieser bewegt sich unentwegt hin und her, um sich loszureißen. Seine Augen sind weit aufgerissen. Die Angst um sein Leben raubt ihm fast den Verstand.

Ayatéh legt die Papiere auf den Boden. »Auf diesen Moment habe ich gewartet«, sagt er in seiner Muttersprache. »Jetzt wirst du deine Strafe bekommen. Du wolltest mich auch töten, aber jetzt bist *du* dran und ich werde dich nicht davonkommen lassen.«

Natürlich versteht Hank die Sprache der Diné nicht, sie ist ihm unheimlich - doch instinktiv weiß er, dass er jetzt nicht mehr Täter, sondern Opfer ist.

Wie elendig er jetzt dasitzt, denkt Ayatéh und steht mit der Waffe in der Hand vor ihm. Er sieht ihn sich an, den Mörder seines Vaters und empfindet abgrundtiefen Hass gegen diesen *bilagaana.*

Als es an der Tür läutet, öffnet ein untersetzter Mann in Freizeitkleidung. Ein Polizeibeamter in Uniform steht vor ihm. Er steckt seine Daumen in den Hosentaschen und grinst.

Harry bittet ihn herein. »Hallo Jack, gibt's was Neues?«

»Ja, ich habe mir auch verdammt viel Mühe gegeben.«

Sie gehen durch das Haus auf eine Terrasse. Als sie sich an einen kleinen Tisch gesetzt haben, kommt sogleich eine junge Frau und stellt sich neben den Hausherrn. Der legt seinen Arm um ihre Taille und grinst sie an. Seine schneeweißen Zähne kommen zum Vorschein, die Kraft des Armes drückt die zierliche Frau an ihn und auch sie lächelt.

»Schätzchen, du kannst uns was zu trinken holen, aber nicht so'n Alkoholzeug, irgendwas Erfrischendes, so mit einer Zitrone drauf und Eiswürfel, du weißt schon.« Mit ihren Blicken himmelt sie Harry an. Sie löst sich aus seiner Umarmung und ohne auch nur einmal den Polizisten anzusehen, geht sie ins Haus.

»Mach gleich vier davon, die anderen kommen auch gleich«, ruft er ihr nach und wendet sich dann dem Polizisten zu. »Also, fang an.«

»Rowland nennt sich übrigens auch Hank. Man hat sein Auto gefunden«, beginnt Jack. Kaum hat er es ausgesprochen, da klingelt es wieder an der Tür. Die junge Frau lässt die zwei Männer herein und führt sie zu den anderen auf die Terrasse.

Sie rücken die umliegenden Gartenstühle heran, um sich gelassen an den Tisch zu setzen. Der eine Mann ist ziemlich groß, elegant mit einem schwarzen Anzug bekleidet. Pete, der andere, ist kleiner, dunkelhaarig mit einem Schnauzbart. Sein linker Arm besteht nur aus einer kunstvoll hergerichteten Prothese.

»Ah, Jack ist da, dann erfahren wir jetzt wohl das Neueste«, sagt Roger, der Mann im Anzug und rückt seinen Stuhl zurecht.

»Also«, beginnt Pete. »Warum ist Rowland nicht zum Treffpunkt erschienen? Für mich gibt es nur die Erklärung, dass er mit allen Sachen durchgebrannt ist.«

»Nein, das glaube ich nicht«, widerspricht Harry. »Ich kenne ihn schon länger. Rowland ist sauber, er legt immer Wert auf einen einwandfreien Deal. Der macht keine krummen Sachen. So etwas verabscheut er, das weiß ich.« Harry ist sich ganz sicher mit dem, was er sagt. Dann wendet er sich Roger zu. »Was hat er dir erzählt? Sag es noch einmal genau.«

Jetzt kommt die junge Frau mit einem Tablett und stellt allen Gästen ein erfrischendes Getränk hin.

»Okay, aber nun möchten wir nicht mehr gestört werden, Schätzchen. Wir müssen etwas Wichtiges besprechen, in Ordnung?«

»Klar Harry«, sagt sie und verlässt die Männerrunde. Harry steht auf, um vorsorglich die beiden Terrassentüren zu schließen.

»Du hast aber ein hübsches Hausmädchen, kann sie noch mehr?«, grinst Pete, der Kleinere von ihnen.

Harry sieht ihn mit einem warnenden Blick an, der ihm signalisiert, lieber den Mund zu halten. »Also Roger, du hast mit Rowland alles abgesprochen, wie war das noch mal?«, wiederholt Harry die Frage.

»Das habe ich doch alles schon gesagt«, erklärt dieser etwas genervt.

»Ich will es aber noch mal hören.«

Roger lockert seine Krawatte. »Rowland ist verdammt sauer!«

»Ich auch. Na los, warum hat die Übergabe nicht geklappt?«, will Harry wissen. »Wir haben jetzt weder unser Kokain zurück noch die Kohle dafür bekommen.«

Roger nimmt einen Schluck aus dem Glas und erzählt Harry alles noch einmal. »Lancer sollte unser Kokain an Rowland übergeben. In so'n alten Lagerschuppen an einem verlassenen Sportflughafen in Arizona. Rowland hatte auch das Geld für den Deal dabei.« Roger stockt.

»Was hat Rowland dir erzählt?« Nervös bohrt Harry weiter und auch die anderen warten gespannt auf eine Erklärung.

»Dass Lancer ihn reinlegen wollte, aber der hat Pech gehabt. Rowland geht immer auf Nummer sicher und hatte bei der Übergabe dort vorsichtshalber seine Leute versteckt. Als Lancer ihn linken wollte, um beides an sich zu reißen, hätte er wohl Rowland abgeknallt, doch Rowlands Leute waren im Hinterhalt und eben schneller.«

»Wir müssen uns zukünftig darauf konzentrieren, dass wir nicht solche Schweine wie Lancer haben. Wir brauchen absolut zuverlässige Leute«, kommentiert Pete, der sich dabei an seinem Schnauzer kratzt.

»Und weiter?«, will Harry wissen.

»Rowland wollte uns gestern dann selbst das Geld bringen. Wir haben dann 23:00 Uhr abgemacht und den Treffpunkt vereinbart. Keine Ahnung, warum er nicht gekommen ist.«

»Weil er doch nicht so sauber ist. Er ist jetzt mit Kokain und Geld abgehauen, ist doch ganz klar«, meint Pete.

»Und wenn etwas anderes schief gegangen ist?«, gibt jetzt der Polizist zu bedenken.

»Ja, genau«, lenkt Roger ein. »Lass Jack mal reden.«

»Also«, beginnt Jack. »Man hat Rowlands Wagen gefunden. Und einen Mann festgenommen. Der hatte nämlich die passenden Schlüssel dazu.«

»Interessant«, sagt Harry. »Und unser Geld?«

»Es war kein Geld da, auch das Kokain nicht, aber der Kofferraum wurde gewaltsam geöffnet.«

»Ist dieser Mann noch in Polizeigewahrsam?«, will Pete wissen.

»Nein, sie konnten ihm keine strafbare Handlung nachweisen. Dass jemand die Autoschlüssel von einem anderen Fahrzeug hat, ist nicht strafbar, solange keine Vermisstenanzeige für dieses Fahrzeug vorliegt. Und der Festgenommene hat gesagt, er hätte das Auto von einem Mann namens Hank ausgeliehen bekommen. Ich nehme an, dass es Rowland ist, denn die Bullen dort haben den Besitzer vom Mercedes ausfindig gemacht und der hieß eben John Rowland.«

»Also, dieser Mann ist wieder auf freiem Fuß und hat unser Geld«, folgert Roger daraus und auch die anderen schließen sich seiner Meinung an.

»Wie heißt der Mann?«, will Harry wissen.

Der Mann in der Uniform holt einen Zettel hervor, worauf er einige Notizen gemacht hat.

»Dolores«, liest er vor.

»Weiter, ist das alles?«, drängt Harry.

»Dolores, Santo - Navajo.« Jack stockt und schaut angestrengt auf seine schnell dahin gekritzelten Notizen.

»Weiter, weiter ... was ist? - Adresse und alles, was dazugehört. Du bekommst viel Geld dafür.«

»Ja, immer mit der Ruhe, ich habe alles«, murmelt Jack und gibt dann preis, was er in Erfahrung gebracht hat. »Und da ist noch etwas. Dieses Auto von dem Festgenommenen ist nicht seins. Es gehört auch einem Dolores, einem ... Moment ... Anicho Dolores, wohl verwandt. Und in diesem Fahrzeug fanden sie die Papiere von ...« Jack versucht weiter in seinem Gekritzel zurechtzukommen.

»Wo haben sie den Kerl festgenommen?«, wirft Harry ein.

»In Superior auf einer Tankstelle. Er kam dort aus der Telefonzelle, als die Beamten eingriffen. Die Kassiererin hatte gemeldet, dass ein silbergrauer Mercedes wohl getankt habe, aber dann die ganze Nacht da stand. Und sie habe gesehen, wie ein Indianer mit dem Mercedesfahrer im Chevrolet abgehauen sei und sich noch gewundert. Dann habe sie am nächsten Tag dieses Auto, also den Chevrolet wieder erkannt. Aber nur der Indianer sei ausgestiegen und hätte telefoniert. Das Telefonat dauerte lange genug, den Beamten Zeit zu geben, ihn noch vor Ort zu fassen.«

»Wie war das noch Jack, du wolltest eben was anderes sagen«, erinnert ihn Roger.

Jack schlürft schnell sein Glas aus und schaut wieder auf seine Notizen. »Ja, also ... Moment noch ...« Er braucht eine Zeit, um sich zurechtzufinden. »In dem Wagen des Festgenommenen fand man den Führerschein von einem ... äh, noch einem Dolores ... Gavin.

»Wie kriegst du so etwas raus?«, wundert sich Pete.

Jack fühlt sich geehrt und schmunzelt. »Wenn man freundlich und nett ist, einen Charme verbreitet, sich nicht abwimmeln lässt, gewitzt ist und lügt, dann ist es gar nicht so schwer.«

»Und das alles kannst du?« Harry pfeift anerkennend durch die Zähne. »Gut, dass wir so einen wie dich haben. Pass auf, du schlauer Fuchs, wenn wir durch deine Informationen an das Geld herankommen, bekommst du davon noch was ab.« Dann wendet er sich an Pete. »Ich frage mich, was mit dem ganzen Kokain ist. Irgendwo muss das Zeug doch jetzt auch abgeblieben sein. Wenn der Deal nicht geklappt hat, ist es wahrscheinlich, dass Rowland auch das Kokain hat.«

»Der Stoff soll uns jetzt egal sein«, antwortet Pete. »John Rowland hat ihn von uns bekommen wie vereinbart, aber jetzt müssen wir sehen, wie wir an unser Geld kommen. Jack sagte vorhin, dass der Kofferraum von dem Mercedes aufgebrochen war, also hat Rowland sicher nicht mehr das Geld. Und dieser Indianer ist mit ihm an der Tankstelle abgehauen. Ich schließe jetzt mal Folgendes daraus: Der Mann hat Rowland irgendwo umgelegt und sich das Geld geschnappt. Das Kokain wird Rowland sicher nicht dabeigehabt haben, so blöd ist er nicht.« Pete überlegt eine Weile und recherchiert weiter. »Wir müssen uns diesen ... äh ...Santo Dolores schnappen und vielleicht kommt noch der Typ in Frage, dessen Führerschein im Fahrzeug war. Die werden das Ding gemeinsam durchgezogen haben.«

Roger wendet sich jetzt wieder an Jack, der aufgestanden ist. »Pass auf, versuch alles über diesen ... wie heißt er noch? Gavin - rauszufinden. Wo er wohnt, wo er sich rumtreibt, was er macht und bevor du gehst, brauche ich die Adresse von dem Mann, den die Bullen festgenommen haben und alles, was du darüber weißt.«

Jack sieht kurz auf die Uhr. »Ich lass dir den Zettel da - falls du da durchsteigst. Ich habe wenig Zeit.« Er holt einen Kugelschreiber aus seiner Uniform und kennzeichnet die wichtigsten Stellen. Anschließend verlässt er die Runde.

Im Laufe der nächsten Stunde diskutieren die Männer noch über diesen misslungenen Deal und sprechen ab, wie sie als Nächstes vorgehen werden.

Ayatéh wird von einem Geräusch aufgeschreckt. Es ist ein Streifenhörnchen, das blitzschnell eine Kiefer hinaufläuft. Die Sonne blinzelt zwischen den Bäumen hervor und hat längst die kalte Nacht vertrieben, in der er nur gefroren hat. Erschöpft und müde läuft er nach dieser ersten Rast weiter. Ihm ist klar, dass er sich verirrt hat. Sich gestern Abend in der Dunkelheit noch einmal auf den Weg zur Straße zu machen, war ein schwerer Fehler gewesen. Obwohl er eine Taschenlampe benutzt hatte, verlor er die Orientierung. Zudem hinderten die starken Kopfschmerzen ihn daran, sich zu konzentrieren. Nun wird es so gegen Mittag sein, denn die Sonne steht hoch am Himmel. Aber er hat ja seine Armbanduhr um, was eigentlich selten vorkommt. 13:20 Uhr ist es und er fragt sich, ob man Hank inzwischen gefunden hat.

Hier im Süden von Arizona gibt es selbst im Oktober noch warme Tage und dies ist einer davon. Weiter im Norden kann es um diese

Jahreszeit schon anders aussehen. Vor allem in den Bergen ist der Wind kalt. In dieser Nacht hat Ayatéh zwar sehr gefroren, aber jetzt gibt ihm die Sonne genug Wärme. Er läuft weiter in der Hoffnung, bald irgendein besiedeltes Gebiet zu erreichen. Hier ist er in einer fremden Gegend, die er nicht kennt und weiß, dass Arizona ein Wüstenstaat mit dünner Besiedlung ist. Man kann wochenlang umherirren, ohne jemandem zu begegnen.

Gegen Abend erreicht Ayatéh einen Fluss. Ausgiebig badet er darin und sucht sich anschließend einen Platz zum Schlafen. Obwohl er auch in dieser Nacht friert, schläft er bald vor Erschöpfung ein. Immer wieder wacht er auf, von Träumen geplagt. Doch bald ist der nächste Morgen angebrochen, sodass er voller Hoffnung seinen Weg fortsetzt. Jedenfalls war er nicht im Kreis gelaufen, was die Existenz des Flusses beweist. Am besten ist es jetzt, dem Fluss zu folgen, obwohl der große Berg, der ihm schon länger von Weitem aufgefallen ist, auch eine Orientierung geben kann. Aber trotzdem, er hält es für besser, an dem Fluss entlang zu laufen. Und tatsächlich, nach einigen Stunden erreicht er eine Straße. Sollte er sich nach links oder rechts wenden? Zu dumm, dass er den Plan nicht dabei hat. Wie war es denn noch?

Dann erkennt er aus weiter Entfernung ein Schild am Straßenrand, das ihm weiterhelfen könnte. Doch der Weg dorthin erscheint ihm unendlich lang. Ayatéh ist mit seiner Kraft völlig am Ende, als er es erreicht. Die Buchstaben scheinen zu verschwimmen. Er erkennt jedoch, dass er sich kurz vor Florence befindet. Nur noch ein paar Meilen, das müsste er schaffen.

Am Straßenrand ist eine Böschung, dort setzt er sich nieder, um eine Pause zu machen. Auch auf dem Weg weiter zur Stadt muss er öfter eine Rast einlegen. Schließlich gelangt er zum eigentlichen Ortsschild. Die Stadt ist klein und scheint ein freundlicher Ort zu sein.

Abseits der Straße sind einige kleine Geschäfte, davor ein riesiger Parkplatz. Ayatéh geht darauf zu, denn dort wird sicher ein öffentliches Telefon sein. Er torkelt mehr über den Platz, als dass er läuft, denn nicht nur die Kopfschmerzen machen ihm zu schaffen, auch schmerzt ihm immer noch der Magen, wegen des harten Schlags, den Hank ihm verpasst hatte. Erschöpft holt er die Telefonkarte hervor, um mit David zu sprechen. Aber die Nummer, die er eigentlich im Kopf hatte, ist ihm völlig entfallen. Er kann sich an keine einzige Zahl mehr erinnern.

Doch Ayatéh hat sein kleines Notizbuch dabei, zieht es aus der Hosentasche und wählt die Handy-Nummer.

Es dauert nicht lange, bis David sich meldet.

»Hier ist Ayatéh«, stößt er hervor.

»Ja.«

Ist das alles, was ihm dazu einfällt? Ayatéh streicht sich mit der Hand über die Stirn, sein Kopf fällt wie automatisch gegen die Scheibe.

»Wo bist du?« Davids Stimme klingt irgendwie anders, so kurz und reserviert.

»Hast du Hank gefunden?«

»Ja.« Dann ist Stille.

Gut, die Sache mit Hank ist dann wohl erledigt. »Er heißt John Rowland, hast du gesehen?« Ayatéhs Stimme wird leiser, sein Atem geht schwer. »Ich habe die Papiere dort hin ...«

»Ich weiß wie er heißt - wo bist du?«, unterbricht ihn David.

»In Florence, kurz vor Phoenix, östlich gelegen. Hier ist ein großer Parkplatz. Neben dem Telefon ist ein Geschäft. Ich weiß nicht, was für eines. Da steht *Silver Store* drauf, mehr weiß ich nicht.« Ayatéh macht eine kurze Pause. Vielleicht hat David noch etwas zu sagen, aber es kommt nichts. »Du hast diesen Typen gefunden, aber warum bist du nicht früher gekommen?«

»Es ging nicht früher.« Die Antwort ist kurz und knapp.

»Kann ich mit dir reden?«, fragt Ayatéh.

»Bleib wo du bist. Ich bin ganz in der Nähe. In spätestens einer Stunde bin ich da.« Es klingt wie ein Befehl.

»Okay«, murmelt Ayatéh und will schon auflegen, da hört er noch etwas.

»Ayatéh?«

»Ja?«

»Wie geht es dir?«

»Nicht gut«, sagt er leise und legt auf.

Als er sich anschließend umdreht, blendet ihn die Sonne. Mit zusammengekniffenen Augen rutscht er an der Telefonhalterung herunter. Kraftlos legt er seine Arme über die angewinkelten Beine und lehnt den Kopf darauf. Er sieht den Boden unter sich, die Muster der Steine und schließlich wünscht er sich in seinem Hogen zu sein. Die letzten Tage war er sehr angespannt gewesen. Er sehnt sich danach, zur Ruhe zu kommen. Sich hinzulegen und zu schlafen, solange er möchte. Aber vielleicht kann er es bald.

Plötzlich weiß er nicht mehr, wie er hier hergekommen ist. Es dauert noch einige quälende Minuten, bis Ayatéh sich bruchstückweise wieder erinnern kann. Aber warum ist er nicht solange bei Hank geblieben, bis David kommt? Er sieht sich um und hat das Gefühl, völlig durcheinander zu sein. Erschöpft sinkt sein Kopf wieder auf die Knie.

Er weiß nicht, wie lange er dort schon sitzt, als ihn plötzlich jemand mit dem Fuß anstößt.

»Hey, was bist du denn für einer? - Latino?« Die Stimme wirkt tief und streng.

Ayatéh rührt sich nicht, denn er möchte in Ruhe gelassen werden.

Dann hört er die knirschenden Schritte, wie jemand um ihn und das Telefon herum geht. Schließlich sieht er vor sich auf dem Boden die Stiefel eines Mannes.

»Von welcher Sorte bist du?«, fragt die aufdringliche Stimme.

Ayatéh hebt langsam seinen Kopf, aber nur etwas, denn er ist noch ziemlich erschöpft und hat außerdem keine Lust, sich auf irgendwelche Diskussionen einzulassen.

»Von der Sorte Mensch«, sagt er in einem genauso strengen Ton zurück.

Plötzlich greift dieser Mann ihm am Schopf und zieht seinen Kopf nach hinten. Dann sieht er Ayatéh ins Gesicht. »Ah, wohl von der indianischen Sorte. Hör, mal …« Jetzt lässt er ihn wieder los. »Ich will hier keine Typen wie dich, die hier besoffen herumhängen. Ihr vergrault mir meine Kundschaft. Schlaf deinen Rausch woanders aus. Also, hast du gehört, verschwinde.«

Eigentlich braucht Ayatéh Hilfe, aber von dem hier kann er es sicher nicht erwarten. Er steht langsam auf und geht auf die andere Seite des Platzes. Dort ist ein weiteres Geschäft, wo er sich auf der kleinen Treppe vor dem Eingang niederlässt. Wahrscheinlich wird auch hier gleich jemand kommen, weil sie *seine Sorte* nicht gebrauchen können. Aber er muss hier in der Nähe bleiben, damit David ihn findet.

Kurze Zeit später kommt eine Frau aus dem Laden auf ihn zu. »Darf ich fragen, was Sie hier möchten?«

»Ich warte hier auf einen Freund.« Er sieht in ein ausdruckloses, älteres Gesicht.

»Wenn Sie bitte woanders warten würden.« Die Formulierung ist diesmal zwar höflicher, aber ihre Stimme klingt genauso streng.

Wieder steht er auf und trottet zur Straße. Er fragt sich, ob diese Leute auch so reagiert hätten, wenn seine Haut nicht braun wäre. Im Reservat gehen sie jedenfalls mit den Weißen nicht so um.

Ayatéh sieht auf die Uhr. Es ist noch nicht einmal eine halbe Stunde vergangen. Die Zeit scheint zu kriechen. Ungeduldig läuft er auf dem großen Parkplatz hin und her. Wenn er doch nur ein Auto dabei hätte, dann könnte er sich ungestört hineinsetzen. Aber hier stört seine Anwesenheit offensichtlich die Kundschaft.

Ayatéh beobachtet das Treiben vor den Geschäften und läuft langsam von einer Ecke des Parkplatzes in die andere. Inzwischen war schon über eine Stunde vergangen und schließlich geht er wieder in die Richtung des Telefons.

Jetzt sieht er, wie in voller Fahrt ein Polizeiwagen und dahinter ein weißes Fahrzeug in Zivil auf den Platz preschen. Aus dem weißen Auto springen David und zwei Männer heraus und fast gleichzeitig stürmen die Polizisten aus dem anderen Fahrzeug. Wollte David nicht alleine kommen?

David gibt seinen Kollegen ein Handzeichen, welches ein Stopp bedeuten soll und geht alleine auf Ayatéh zu.

Immer noch erschöpft steht er da und sieht David an, der jetzt vor ihm steht.

»Gavin Dolores?« Die harte Stimme passt nicht zu seinem unsicheren Blick, den er nicht halten kann.

Ayatéh ahnt nichts Gutes. Was soll diese Frage? Eine Antwort ist wohl überflüssig.

»Ich muss dich wegen Mordes verhaften.«

»Wie bitte?«

»Bleib ganz ruhig und komm mit, okay?« Davids Stimme klingt verdammt ernst. Fassungslos sieht er, wie David die Hand an das Pistolenhalfter legt.

»Wen soll ich umgebracht haben, Hank?«

»Als wir ankamen, war er tot.«

Ayatéh wird von David grob am Arm gefasst und aufgefordert, mit zum Fahrzeug zu gehen. Dort angekommen muss er sich mit gespreizten Beinen gegen das Auto lehnen, die Arme nach oben. David steht hinter ihm und während er ihn abtastet, um nach einer Waffe zu suchen, klärt er Ayatéh über seine Rechte auf. Mit einer schnellen Bewegung wird ihm die Pistole aus der Jacke genommen.

»Okay, wo ist die andere Waffe?«, fordert David ihn auf.

»Habe ich in den Fluss geworfen.«

»Welche? Hanks oder deine?«

»Du kannst mich mal …«, drückt Ayatéh jetzt seine Wut und Enttäuschung aus. Er hatte mit David allein reden wollen. Hätte er nicht vorher mit ihm sprechen können? Warum jetzt *das*?

»Ich war es nicht.«

»Dann kommst du jetzt mit und es klärt sich alles auf.«

Was wird jetzt auf ihn zukommen? Bei den *bilagaana* gefangen, das hatte ihm noch gefehlt. Plötzlich erkennt er die dramatische Situation und reagiert blitzschnell. Mit aller Kraft schlägt er auf David ein und rennt los.

»Halt stehen bleiben!« Die Warnungen sind nicht zu überhören, doch Ayatéh läuft so schnell er kann über den Platz. Drei Polizisten rennen mit gezogenen Waffen hinter ihm her und einer gibt einen Warnschuss ab. Die letzten beiden Männer drehen jedoch um und stürmen ins Auto. Der andere verfolgt Ayatéh weiter, ruft noch einmal, dass er stehen bleiben soll und drückt dann gezielt ab, kurz bevor Ayatéh auf ein Geschäft zuläuft.

David steht wie angewurzelt da und sieht, wie der Flüchtige weiter rennt, bis er hinter dem Geschäft *Silver Store* verschwindet. Der Polizist, der ihn verfolgt, verschwindet dann ebenfalls. Dann hört er noch einmal einen Schuss und weiß nicht, was passiert ist. Warum nur, setzt dieser Indianer immer wieder sein Leben aufs Spiel? Ist es jetzt das Ende von dem Mann, den er als Freund hatte? Sind es die letzten Minuten in seinem Leben? Die Polizisten haben eine gute Schießausbildung und treffen eigentlich immer. Fassungslos steht David da und hat Angst vor der Nachricht, dass der Täter auf der Flucht erschossen wurde.

Die Polizisten im Auto nehmen die weitere Verfolgung auf und David sieht, wie das Fahrzeug auch hinter dem Geschäft verschwindet.

Ayatéh kann schließlich in ein Waldgebiet flüchten. Sicher würde gleich eine Großfahndung laufen, mit Helikoptern und so weiter. Sie würden hier alles durchkämmen, bis sie ihn erwischen, denn in dieser

Gegend ist er fremd. Hier kennt er keine Verstecke und weiß nicht, was er jetzt tun soll.

Völlig außer Atem lehnt er sich an einen Baum. Da haben Männer, die den Staat vertreten, auf ihn geschossen, obwohl sie noch gar nicht wissen können, ob er Hank wirklich getötet hat. Nur auf eine Vermutung hin wollten sie, dass er nicht mehr lebt. Ihn hatte zwar keine Kugel getroffen, aber sie hatten sicher gezielt geschossen, um sein Leben zu beenden. Er fühlt sich von David verraten. David - sein Freund - hat sie zu ihm geführt. Er hatte ihn gelinkt.

- Lass uns spielen, großer Krieger -

Wie Hohn dringt dieser Satz plötzlich tief in sein Bewusstsein. Er weiß, was diese Eingebung bedeutet und wer sie ihm sendet.

Ayatéh läuft weiter durch das Gestrüpp, aber immer so, dass er die Straße nicht aus den Augen verliert. Schließlich riskiert er alles und stellt sich an den Straßenrand, um zu versuchen per Anhalter weiter in den Süden mitgenommen zu werden. Sicher suchen sie überall nach ihm. Er muss damit rechnen, dass als Nächstes eine Polizeistreife vorbeikommt. Er hat nur eine Chance, wenn er ziemlich schnell mitgenommen wird.

Und tatsächlich, schon bald hält ein alter Pick Up an, fast so alt wie seiner und als Ayatéh die Tür öffnet, sieht er in das Gesicht eines älteren Mannes mit einem ungepflegten Bart. Ein *bilagaana*, ein Weißer. Natürlich, er ist ja schon längst nicht mehr im Reservat. Zeitweise hat er wieder Schwierigkeiten sich zu konzentrieren. Wahrscheinlich liegt es an den ständigen Kopfschmerzen, die ihn fast in den Wahnsinn treiben.

»Na, was ist, willst du nun mit oder nicht?«, brummt der Fahrer, als er merkt, dass Ayatéh zögert.

»Die Strecke führt nach Tucson?«, fragt er den Mann.

»Ja, aber dauert noch über zwei Stunden.«

»Okay«, sagt Ayatéh und klettert auf den Beifahrersitz.

Während sie so dahin tuckern, hat er Zeit sich auszuruhen. Der Fahrer steckt sich nebenbei eine Pfeife an und öffnet das Fenster, damit der Rauch abziehen kann. Seit Tagen hat Ayatéh nichts gegessen und jetzt denkt er an ein saftiges Steak. Irgendwann musste er eingeschlafen sein. Als er die Augen öffnet, stehen sie an einer Ampel. Die Straßen sind breiter und der Verkehr hat stark zugenommen.

»Wir sind gleich da, wohin willst du?«

»Eigentlich durch die ganze Stadt, Richtung Benson. Aber wenn Sie nicht mehr so weit fahren, setzen Sie mich irgendwo ab, dann nehme ich den Bus.«

Der Fahrer hält schließlich an einem Busdepot und Ayatéh kramt nach dem Geld in der Tasche. Sechzig Dollar. Aber er hatte ja auch noch seine Kreditkarte eingesteckt. Als Erstes besorgt er sich eine Fahrkarte nach Benson.

Während der Fahrt überlegt er, wie er am besten zu dieser Ranch kommt, wo er im Frühjahr eine Zeit lang gearbeitet hatte. Er hatte sich mit allen Leuten gut verstanden und auch Freundschaften geschlossen. Im Moment sieht er keine andere Möglichkeit, als dort unterzutauchen. Damals sagte man ihm, dass er jederzeit wieder dort arbeiten könne. Also will er es versuchen. Wenn er nur ein paar Tage Ruhe hätte, dann würde er es schaffen. Wer von seinen Verfolgern weiß denn schon, dass er auf dieser Ranch sein wird?

Es ist schon dunkel, als er wieder am Straßenrand steht. Den Rest des Weges wird er wohl wieder per Anhalter fahren müssen.

Doch hier fährt nur selten ein Auto vorbei. Diese Gegend kommt ihm bekannt vor und er weiß, dass es nicht mehr weit ist. Irgendwann hat er Mühe, weiter zu laufen. Er geht die Böschung hinunter, legt sich an deren Ende hin und schläft ein.

Am Morgen blinzelt ihm die Sonne ins Gesicht, es ist hell und er glaubt seinen Augen nicht zu trauen. Eine junge Frau mit langen schwarz glänzenden Haaren sitzt neben ihm. Ihr Name fällt ihm nicht mehr ein. Er weiß aber noch genau, dass sie auf der Ranch mit der Köchin Marietta gearbeitet hatte. Damals ist ihm gar nicht aufgefallen, dass sie seine Nähe suchte und sie sich für ihn interessierte, bis ihn die Kollegen darauf hinwiesen. Aber er hatte nie Interesse daran, eine neue Beziehung anzufangen. Außerdem ist sie verheiratet, da soll man sich nicht die Finger verbrennen.

»Hallo Ayatéh«, sagt sie nur und sieht ihn besorgt an. »Ist alles in Ordnung?«

Nein, bei ihm ist nichts in Ordnung. Was soll er ihr sagen?

»Ich bin auf dem Weg zur Ranch, aber irgendwie ist die Strecke dorthin wohl zu weit.«

Dann will er aufstehen, dabei greift er mit der Hand an den schmerzenden Kopf und stöhnt auf.

»Ich habe zu Hause Aspirin; willst du mitkommen? Du kannst dich ja erstmal erholen und morgen bringe ich dich zur Ranch.«

Erholen! Das Wort klingt wie Musik, und auch die Aspirin hören sich verlockend an, obwohl er glaubt, dass sie in seinem Fall nicht wirken.

Dieses Angebot schlägt er nicht aus und lässt sich mitnehmen. Das Haus, in dem sie wohnt, liegt in Dos Cabezas, ist zwar kaum größer als seines, aber wenigstens mit Stromanschluss und sanitären Anlagen.

Völlig erschöpft sinkt er auf einen Sessel. In seinem Kopf hämmert es unaufhörlich. Er weiß, dass er einen elendigen Anblick darbietet.

Die junge Frau ist besorgt. Sie hat ein schmales Gesicht mit zarten Zügen und eine schlanke Figur. Die kräftigen vollen Haare liegen locker auf ihren Rücken. »Du brauchst Schlaf und Ruhe.«

Ayatéh grinst sie verlegen an. »Ich brauche erstmal einen Schnaps. Hast du so was da?«

Ihren Blick nach zu deuten, ist dies nicht der Fall. »Was?«, fragt sie.

»Naja, Tequila, Whisky oder so.«

»Nein, hab ich nicht. Für deinen Kopf?«

»Für meinen Kopf wäre wohl eine Dusche effektiver Für meine chaotischen Gedanken täte mir im Moment irgend so ein Fusel ganz gut.«

»Und damit werden deine Gedanken geordnet? Das ist mir ganz neu.«

Ayatéh ist am Ende und fühlt sich unfähig, ihr zu antworten. Kein vernünftiger Gedanke reiht sich mehr aneinander. Er will verstehen, was passiert ist, es irgendwie begreifen, aber dies scheint ihm unmöglich.

Er ist froh, eine Dusche benutzen zu können. Eigentlich müsste auch seine Kleidung gewaschen werden. Aber in dieser Zeit hätte er nichts zum Anziehen.

»Entschuldige, dass ich deinen Namen vergessen habe.« Ayatéh setzt sich auf die Couch und schaut sich die Frau, die ihm ein Tablett mit einem Glas Saft und Essen bringt, an. Ein bisschen sieht sie Sheena ähnlich, denkt er. Die Augen, den Mund, wie sie lächelt …

»Ich bin Sarah.« Sie stellt ihm alles auf den Tisch und wünscht ihm einen guten Appetit.

»Du kannst so lange bleiben wie du möchtest«, schlägt sie ihm vor. Doch mit einer Frau längere Zeit in ihrem Haus zu verbringen, die er kaum kennt und noch dazu verheiratet ist, das ist für ihn tabu.

»Was sagt dein Mann dazu?«, fragt er, während er hungrig die gebackenen Maisfladen hineinstopft.

»Der ist mal wieder im Knast.«

Stimmt, jetzt sind auch ihre blauen Flecken weg, die ihm damals an ihren Armen aufgefallen sind. »Schlägt er dich?«

»Er ist eigentlich in Ordnung, aber wenn er getrunken hat und es geht nicht alles nach seinen Willen, dann gibt es Streit und da ziehe ich immer den Kürzeren.«

»Das lässt du dir gefallen?« Ayatéh trinkt den Saft aus und fragt, ob er noch Wasser bekommen kann.

Als Sarah es ihm hinstellt, sagt sie: »Weißt du, ich will mich ja auch von ihm trennen, aber irgendwie ist das nicht so einfach.«

Das ist der Unterschied zwischen ihr und Sheena. Sie hätte sich so etwas nicht einmal bieten lassen. Dafür war sie zu stolz und selbstständig genug, auf eigenen Beinen zu stehen. Und genau diese Art mochte er an ihr. Sie war wie eine eigenwillige Katze.

Sarah mustert Ayatéhs Kopf von allen Seiten. Am äußeren Zustand kann sie zwar nichts feststellen, aber seine Erschöpfung ist auffällig. Als sie bemerkt, unter welchen starken Schmerzen er leidet, gibt sie ihm den Rat, einen Arzt aufzusuchen.

»Nein, das geht nicht, ich werde morgen gleich wieder verschwinden.«

»Warum? Du musst dich noch eine Zeit lang erholen, wo willst du hin?«

»Ich möchte dir keine Umstände machen.« Doch nach diesen Worten drückt sie ihn sanft auf die Rücklehne der Couch. Lächelnd reicht sie ihm eine Decke und schlägt ihm vor, sich auszuruhen. Das lässt sich Ayatéh nicht zweimal sagen und schon kurze Zeit später fällt er in einen tiefen, erholsamen Schlaf.

Doch er braucht noch einige Tage, bis er sich besser fühlt. Nur allmählich rappelt er sich auf und in dieser Zeit wird er von Sarah verwöhnt.

Dann fahren sie nach Tucson, um für ihn neue Kleidung zu besorgen, denn Sarahs Angebot, die Sachen von ihrem Mann anzuziehen lehnte er ab.

Die Dusche ist zwar nicht so komfortabel, wie er es in dem Motel hatte, aber sie tut ihr Bestes. Das Wasser kommt nur stockend und mit wenig Druck heraus, doch für ihn ist es reiner Luxus, den er genießt.

Da passiert es plötzlich, als er gerade daran denkt, am nächsten Tag anzufangen auf der Ranch zu arbeiten. Langsam wird der Vorhang zur Seite geschoben und Sarah steht vor ihm. Sie hat einen Bademantel an und mustert Ayatéh mit begehrlichen Blicken.

»Ich habe mich schon die ganze Zeit gefragt, wie du ohne Zeug aussiehst.«

»Jetzt siehst du es ja.« Ayatéh dreht die Dusche ab, weil ohne den Vorhang sehr viel Wasser daneben läuft. Er hätte stattdessen auch den Vorhang wieder zuziehen können, aber aus irgendeinem Grund tat er es nicht.

»Verdammt gut … ich wusste, dass du einen muskulösen Oberkörper hast. Und alles andere scheint auch zu stimmen.«

Als sie ihren rosa Bademantel öffnet, unter dem sich nichts weiter als ihr nackter, makelloser Körper befindet, wird Ayatéh doch etwas nervös. »Dazu gehören immer noch zwei.«

»Wieso, wir sind doch zu zweit«, flüstert Sarah und steigt zu ihm in die Dusche. Nebenbei zieht sie den Vorhang wieder zu, um mit ihm ganz alleine eingeschlossen zu sein. Sie stellt das Wasser wieder an und während es auf sie niederprasselt, umschlingen ihre Arme langsam seinen Hals. Sehnsüchtig führt sie den Mund zu seinem, um ihn zu küssen. Ayatéh kann ihrer erotischen Ausstrahlung nicht widerstehen, denn schon lange ist er ausgehungert nach Liebe und Zärtlichkeit. Er fühlt sich jetzt von ihrem Körper angezogen und erwidert ihren Kuss. Sanft streichen seine Hände dabei über ihre nassen Haare und erreichen schließlich ihre Brüste. Während das Duschwasser über ihre zarte Haut rieselt, wird er von einem starken Verlangen nach ihrem Körper durchflutet.

Anschließend verbringen sie eine Nacht voller Hingabe und Leidenschaft. Er weiß, dass er sie nicht wirklich liebt, aber ihr sympathisches Erscheinen und ihre anmutige Figur lassen ihn die moralischen Bedenken vergessen.

Am nächsten Tag beginnt er die Arbeit auf der Ranch. Die folgenden Nächte verbringt er manchmal bei Sarah, manchmal in der Unterkunft der Cowboys.

Immer öfter fragt er sich, wer Hank getötet hat. Als einzige Antwort fällt ihm ein, dass Santo doch noch zurückgekommen sein könnte und ihn umgebracht hat. Wer sonst wusste denn, wo Hank sich befindet? Das war sicher auch der Grund, warum er nicht sofort wieder kam.

Schließlich hatte Hank seinen Bruder umgebracht und auch seine Tochter verlor er durch diesen Mann. Aber er hätte es Santo nicht zugetraut, außerdem hatten sie abgemacht, dass es seine Sache ist, Santo sollte sich da raushalten. Nun weiß er auch den wahren Grund, warum sein Onkel ihm den ganzen Weg über gefolgt ist. Doch jetzt lastet die Tat auf ihm. Hatte Santo das gewollt?

Sarah bringt Ayatéh auf andere Gedanken und die Sympathie zu ihr wächst. Es sind zwar erst drei Wochen vergangen, seit sie sich begegnet sind, aber durch sie hat er neue Hoffnung bekommen und das Gefühl, dass sich nicht alles gegen ihn wendet. Sie gibt ihm Mut durchzuhalten und verwöhnt ihn sehr. Das Verhältnis zu ihr ist anders, als es bei Sheena war, irgendwie ungezwungener und leidenschaftlicher und doch ist es nicht die Liebe, wie er sie bei Sheena empfand, denn schließlich dauerte diese Beziehung etwa sechs Jahre. Die Gefühle zu ihr waren tiefer, intensiver und aufrichtiger. Sie würde immer als etwas Besonderes in seinem Herzen bleiben.

In der Beziehung zu Sarah ist es oft diese Unaufrichtigkeit, die ihn selbst innehalten lässt. Sarah hintergeht ihren Mann und er nutzt diese Situation aus. Was ist, wenn ihr Mann nach einigen Monaten zurückkommt? Sarah sagt, sie will sich von ihm trennen, aber wird sie es auch tun? Vielleicht ist es auch nur eine Beziehung auf Zeit.

Die ganze Grübelei nimmt ein Ende, als Ayatéh wie abgesprochen zu ihr kommt und sie auf frischer Tat im Bett mit Roy erwischt. Roy kennt er von der Ranch, ein Weißer, der versucht jede Frau zu umgarnen. Bei Sarah hatte er wohl leichtes Spiel. Ayatéh spürt zwar keine große Eifersucht, aber stark in seinem männlichen Stolz verletzt, geht er davon.

Zurück auf der Ranch, lässt er sich nichts anmerken, doch er ist enttäuscht und fühlt sich wieder einmal betrogen. Ausgerechnet mit einem *bilagaana* lässt sie sich ein, das würde sowieso nicht lange gut gehen. Jetzt merkt er, dass er doch Vorurteile hat, die schwer abzubauen sind. Sie sind eben anders, aber damit muss Sarah fertig werden. Was will eine Frau, die aus dem San Carlos Apache Reservat stammt, mit einem *Weißen*? Wenn er sie wenigstens mit ihren Mann erwischt hätte.

Hin und wieder begegnet er noch Sarah, denn sie ist immer noch bei der mexikanischen Köchin als Hilfe tätig. Ohne viel Kommentar erklärt er ihr den Grund seiner Trennung und bleibt sehr beharrlich, als sie ihm immer noch nachstellt.

»Hast du etwa eine spießige Romantik daraus gesehen?«, fragt sie. »Komm schon, verdirb uns den Spaß nicht. Du willst es doch auch.«

»*Ich* verderbe dir den Spaß? Lass mich einfach in Ruhe, o.k.?«Ayatéh bleibt keine Zeit für Liebeskummer. Er wird durch seine Arbeit abgelenkt und abends ist er ziemlich geschafft, sodass er meistens schnell einschläft.

Immer wieder muss er daran denken, wie lange er sich hier wohl versteckt halten kann. Natürlich weiß niemand, dass er gesucht wird, aber wie soll es weitergehen? Wie sieht es jetzt mit Santo aus? Wo ist er und wie geht es ihm? Fragen, die ihm immer mehr auf der Seele brennen. David wird Santos Fahrzeug gefunden haben, das im aufgeweichten Boden stecken geblieben war. Er wird sicher auch in Verdacht geraten. Irgendwie muss er versuchen, etwas über Santo zu erfahren. Sollte er im *Butterfly* anrufen? Nein, wenn eine Fahndung nach ihm läuft, werden sie vielleicht eine Fangleitung gelegt haben. Und Patrick, Tacheenies Sohn? Der, der ihm seinen Computer zur Verfügung gestellt hatte. Kann er ihm vertrauen? Vielleicht erfährt er etwas über Santo. Eine andere Möglichkeit fällt ihm beim besten Willen nicht ein.

Hier auf der Ranch ist es ein Wagnis zu telefonieren, denn die Gefahr, dass es jemand hört, ist zu groß. Aber er muss jetzt einfach versuchen, etwas mehr herauszubekommen. So wartet er, bis sich eine Mitfahrgelegenheit bietet, in die nächste Ortschaft zu gelangen.

Als er am Telefon steht, denkt Ayatéh einen Moment an David. Doch dann macht er sich daran, die Nummer von Patrick herauszubekommen. Er weiß den Ort, den Staat und den Nachnamen, das reicht.

Leider nimmt niemand den Hörer ab und so wartet er noch eine Zeit lang. Wenn jetzt eine Fahndung gegen ihn läuft, muss er damit rechnen, entdeckt zu werden, also ist er vorsichtig.

Doch nachdem er fünfmal versucht hat, ihn zu erreichen und inzwischen schon eineinhalb Stunden vergangen sind, meldet er sich endlich.

»Hier ist Ayatéh. Ich kann zu niemand anderem Kontakt aufnehmen, deshalb rufe ich dich an.«

»Gut, dass du dich meldest, wir machen uns schon Gedanken darüber, was mit dir passiert ist. Nicht nur die Bullen suchen fieberhaft nach dir, sondern auch noch ein paar dubiose Gestalten. Du bist im Moment sehr gefragt.«

Doch Ayatéh weicht aus. »Kennst du Santo? Weißt du etwas über ihn?« Ayatéh hofft jetzt endlich mehr zu erfahren.

»Ich besuche manchmal Tacheenie und er sagte mir, dass du einen dummen Fehler begangen hast.«

Patrick ging nicht auf die Frage ein, deshalb versucht Ayatéh es noch einmal. »Hat er dir auch etwas über Santo erzählt?«

»Nein, von Tacheenie weiß ich nur wenig, aber ich treffe mich dort manchmal mit Freunden und in dieser Gegend bist *du* das Gesprächsthema Nummer eins. Ich meine, es gehen viele Gerüchte rum und alle glauben, dass du diesen Mann umgebracht hast, auch Santo.«

»Hast du mit ihm gesprochen? Wo ist er?«, will Ayatéh wissen.

»Ich kenne ihn nicht, aber er wird sicher zu Hause sein.«

»Er wird nicht verdächtigt?«

»Nein, ich habe im *Butterfly* mitbekommen, dass er um die Tatzeit in Polizeigewahrsam war. Gestern hat er noch mit Charly über die ganze Sache gesprochen. Ihn verdächtigt niemand, nur dich.«

»Aber ich war es nicht. Und außer mir und Santo wusste doch niemand, wo dieser Hank festgehalten wurde«, sagt Ayatéh.

»Und wie haben diese Beamten den Mann gefunden?« Patrick will auf etwas Bestimmtes hinaus, aber Ayatéh kommt nicht drauf.

»Ich habe David angerufen, beziehungsweise auf den Anrufbeantworter gesprochen.«

»Und ihm gesagt, wo man Hank findet - Bingo?« Patrick stößt ihn mit der Nase drauf, aber als Ayatéh jetzt versteht, wie es gemeint ist, winkt er ab.

»Gut, David hat es auch gewusst, aber nur, damit er ihn verhaften kann.«

»Meinst du wirklich? Wenn Santo es nicht gewesen sein kann und du es auch nicht warst, na, wer wusste denn sonst noch wo er war?«

»Patrick, warum sollte David ihn töten? Das ist doch völlig absurd.« An diese Möglichkeit hatte er bisher noch nie gedacht und winkt es auch gleich ab. »Wenn du mir sagen würdest, irgendein Fremder hat beim Picknick diesen Hank gefesselt vorgefunden und ihn gekillt, kann ich das noch eher glauben, als wenn du sagst, David war es. Das ist für mich nicht vorstellbar.«

»Für mich schon.« Patrick hat seine eigene Meinung und erklärt sie Ayatéh: »Es geht das Gerücht um, dass eine Menge Geld fehlt. Irgendwelche Typen haben Santo zusammengeschlagen und wollten von ihm das Geld, das Hank angeblich bei sich hatte. Doch sie haben bei ihm nichts gefunden. Und sie wollten wissen, wo du bist.«

»Woher weißt du das?«, wundert sich Ayatéh.

»Von meiner Schwester und meinem Neffen, du kennst doch sicher Jessica und Dennis, sie wohnen ja in Rough Rock. Ständig wird von dieser ganzen Sache mit dir geredet und der Sheriff kommt auch öfter.«

»Du meinst, dass David an das Geld von Hank ran wollte? Aber er konnte doch gar nicht wissen, dass er es bei sich hatte.«

»Ayatéh, ich selbst habe damals mitbekommen, wie du mit ihm telefoniert hast. Überleg mal, du bist den Kalender mit ihm durchgegangen, den du von Tanner mitgenommen hast. Weißt du noch, da war am 5. Oktober ein Kreuz und du selbst hast geahnt, dass Hank dann vielleicht ein Ding dreht, oder eine bestimmte Übergabe stattfindet, oder er sich absetzen will. Das muss David auch klar geworden sein und am 5. Oktober hast du ihn angerufen und erzählt, wo sich das Auto befindet, nämlich an dieser gewissen Tankstelle. Dass das Geld nicht weit sein würde, lag auf der Hand.«

Ayatéh kann diese Recherchen nicht ganz nachvollziehen. Der Gedanke, dass David sich an dem Geld bereichern wollte und anschließend Hank umlegen würde, um danach die Tat auf ihn zu lenken, ist für ihn unvorstellbar.

- Lass uns spielen, großer Krieger -

»Aber bei Hank im Mercedes war kein Geld, nur etwa hundert Dollar«, versichert Ayatéh.

»Robert sagt - und das weiß er wohl von Charly und der wiederum von Santo, dass der Kofferraum aufgebrochen war, als man ihn fand.«

»Mist«, murmelt Ayatéh.

David ist also doch alleine zur Tankstelle gefahren, hat den Kofferraum aufgebrochen und ist abgehauen. Dann kam Santo und wurde festgenommen.

»Deshalb ist David nicht gekommen. Er musste erst das Geld verstecken, fuhr dann zu Hank und brachte ihn um. Er konnte leicht die ganze Tat auf mich lenken. Dann holte er Verstärkung, um mich im Großeinsatz zu verhaften. Aber ich bin ihnen entkommen.« Nach einer kurzen Pause setzt er fort: »Nur, warum hat er ihn umgebracht? Es hätte doch gereicht, wenn er das Geld an sich nimmt.«

»Wer weiß, was Hank alles beim Verhör erzählt hätte. David wollte auf Nummer sicher gehen. Und du hast mit einer verhängnisvollen Fracht gepokert. Die Typen wollen nicht nur ihr Geld zurück, sondern auch verschwundene Drogen. Sie würden nie darauf kommen, dass der FBI Agent ihr Geld hat. Ich rate dir nur eins: Wenn du auch nur den Hauch einer Chance hast, dann setz dich illegal über die Grenze nach Mexiko ab, und zwar ohne dieses Drogenzeug.«

»Patrick, ich habe weder Geld noch Drogen, noch habe ich Hank umgelegt.«

»Dann trau deinem Freund David nicht. Er macht dich fertig. Setz dich auf keinen Fall mit ihm in Verbindung und pass auf dich auf.«

Ayatéh kann es immer noch nicht glauben, oder will er es nicht wahrhaben? Völlig irritiert verabschiedet er sich von Patrick und wird wie abgesprochen, von Andy wieder mit zur Ranch genommen.

Was war denn noch am 5. Oktober? Einige Tag vorher hatten sie Hank schon abwechselnd und unauffällig verfolgt. Am 5. nahm er noch drei andere Männer mit und fuhr nach Cortes in der Nähe eines kleinen heruntergekommenen Flughafens. Dort verschwand er mit seinen Männern in einen Lagerschuppen. Jedenfalls stand der Wagen davor. Kurz darauf ist noch ein anderes Fahrzeug auf den Platz gefahren. Diese Gegend war sehr abgelegen. Ayatéh konnte sich daher nicht in der Nähe aufhalten, das wäre aufgefallen. Santo stand mit dem Auto etwas links der Straße. Er selbst hielt sich einige Yards rechts davon auf. Irgendeinen Weg musste Hank ja zurückfahren. Schließlich kam er auf der linken Seite zum Vorschein, wo Santo sich neben ein Haus gestellt hatte, um ihn dann in weitem Abstand zu verfolgen, bis sie bei Tanners Ferienhaus landeten.

Vermutlich war der große Deal dort in der Halle abgeschlossen worden und genauso, wie er selbst, musste auch David davon etwas geahnt haben. Als David beim Abhören des Anrufbeantworters erfuhr, wo sich Hanks Auto befand und dieser Mann selbst in einer Gegend festgehalten wurde, deren genaue Beschreibung er bekam, hatte er wohl geahnt, dass vielleicht auch eine Menge Geld im Kofferraum liegen würde. Und um sicher zu gehen, hatte er dann Hank abgeknallt?! Ja, damit die Sache mit dem Geld nicht rauskommt. Das würde einen Sinn ergeben.

Für Ayatéh wird diese Vorstellung auf einmal immer wahrscheinlicher. Um den Fall schnell abzuschließen, musste David den Verdacht auf ihn lenken. Außerdem war das Motiv simpel: sich für das Massaker zu rächen.

David - wie hatte er sich nur in ihm täuschen können. Wie konnte Geld einen Menschen nur so verändern? Trotz der Widrigkeiten, die David erleben musste - die Frau, die ihn betrogen und verlassen hatte, die Schulden, die ihm ihretwegen geblieben waren, der zerplatzte Traum vom Haus im Grünen - hätte Ayatéh ihm doch niemals zugetraut, dass er für Geld so etwas fertig bringen würde.

Während der Fahrt zurück zur Ranch schweigt Ayatéh und grübelt weiter über diese Sache nach. David geht ihm einfach nicht aus dem Kopf. Dass er zudem für Geld seine Freundschaft verkaufen würde und ihn darüber hinaus dem schlimmsten Verdacht aussetzen würde, den man sich nur vorstellen konnte, war unfassbar.

Der CD-Player läuft und spielt die Musik von Phil Collins. Gut, dass auch Andy ein ziemlich schweigsamer Mensch ist, der in Ruhe seine Musik hören will. Manchmal singt er leise mit.

Als David Watkins den Hörer auflegt, schlürft er seinen Kaffee, nimmt die Tasse in die Hand und stellt sich nachdenklich vors Fenster. Der Ausblick aus dem vierzehnten Stockwerk bietet ihm ein Großstadtbild, dessen Häuser eine Miniaturansicht darstellen. Die Autos scheinen wie Ameisen dahin zu wuseln.

Er hat es satt, inmitten dieser Großstadt zu leben. Irgendwo am Rande ein Haus zu besitzen, war schon immer sein Traum gewesen. Aber jetzt denkt er an das Telefonat. Das FBI in Arizona hat eine Großfahndung gegen Ayatéh rund um Tucson eingeleitet. Ein Mann, der ihn als Anhalter mitgenommen hatte, hatte sich gemeldet und angegeben, ihn an einer Busstation abgesetzt zu haben. Ayatéh wollte nach Benson. Auch in Benson wird jetzt ordentlich was los sein. Was will er dort?

David ist an diesem Morgen sehr gereizt, denn der Traum in dieser Nacht hatte ihn so sehr mitgenommen, dass er keinen weiteren Schlaf fand. Es fällt ihm sogar schwer, sich auf seinen Tagesablauf zu konzentrieren.

Plötzlich glaubt er seltsame Töne zu vernehmen, die aus diesem Raum zu kommen scheinen. Er horcht angestrengt und nimmt sie dann ganz deutlich wahr. Flötentöne, in unterschiedlichen Lautstärken! Wenn es ihm nicht zu unheimlich wäre, würde er sie sogar als schön und angenehm empfinden, sich auf einen Sessel setzen und zuhören. Aber seine Stereoanlage ist nicht eingeschaltet.

Als er zudem noch ein rhythmisches Trommeln vernimmt, steigt Angst in ihm auf. Sein Verstand sagt ihm, dass es nicht von den Nachbarn kommen kann.

Manchmal ist es ganz leise zu hören, dann wieder etwas lauter und schneller, bis die Trommeltöne einen ekstatischen Rhythmus erreichen. Sie scheinen jedoch von weit her zu kommen, sodass David von Panikattacken verschont bleibt. Angestrengt versucht er nach der Herkunft zu forschen. Als die Klänge immer mehr verstummen, um schließlich ganz aufzuhören, glaubt er an ein Fest, das irgendwo stattfindet.

Er gießt sich noch einen Kaffee ein und schreitet zur Stereoanlage, um sie in Gang zu bringen. Wieder schweifen seine Gedanken zu Ayatéh. Er lässt sich auf den schwarzen Ledersessel nieder und grübelt. Woran hatte er gerade gedacht, als er durch diese Töne unterbrochen wurde? Richtig! Ayatéh wollte weiter nach Benson. Will er von dort über die Grenze? Das wird er auf legalem Weg nicht schaffen. Wenn er sich in der Nähe von diesem Ort aufhält, ist es nur eine Frage der Zeit, bis sie ihn schnappen. David überlegt, ob Ayatéh ihm gegenüber einmal erwähnte, in Benson jemanden zu kennen, Verwandte oder Freunde zu haben. Nein, im Gegenteil, er hatte ihm einmal gesagt, dass er noch nicht weiter als bis Chinle oder Kayenta gekommen war. Und diese liegen von seinem Wohngebiet höchstens sechzig Meilen entfernt. Aber er war später auch einmal für längere Zeit verschwunden. Wo war er da? Überall im Navajo Reservat und in South Dakota. Dann bei ihm in Denver und dann? Genau ... dann wollte er auf einer Ranch arbeiten, die im äußersten Süden von Arizona liegt. Nicht weit von Tucson und ganz in der Nähe zwischen Benson und Willcox soll sie südlich gelegen irgendwo sein. Auf den Namen der Ranch kommt er nicht mehr, aber er würde sie auch so finden.

Auf der Ranch gibt es jetzt viel zu tun. Ayatéh wird durch die Arbeit dort von all seinen Problemen, die ihn belasten abgelenkt. Er kann gut mit Pferden und Tieren umgehen, arbeitet schnell und zuverlässig und bringt sich durch seine Kameradschaft und Fairness viel Respekt ein.

Er ist inzwischen seit über fünf Wochen dort, als ihm abends einer der Männer Besuch ankündigt. Gerade hatte er ein Kartenspiel mit Andy und zwei anderen begonnen.

Zögernd erhebt sich Ayatéh. Wer könnte das sein? Steht jetzt wieder eine FBI-Truppe vor ihm?

Seine Stimme zittert etwas, als er murmelt: »Wer ist denn da?« Angst macht sich breit. Sein Herz scheint ihm bis zum Hals zu schlagen. »Irgend so'n Typ«, bekommt er die belanglose Antwort. Aus seinem Wäscheschrank holt er eine Waffe, steckt sie unauffällig hinter seinen Hosengürtel und geht zögernd, mit klopfenden Herzen hinaus.

Ayatéh zuckt merklich zusammen, als er David sieht. In verwaschenen Jeans mit einem karierten Flanellhemd, das ihm über die Hose hängt, steht dieser vor ihm.

»Was willst du noch von mir? Meine Existenzberechtigung?«, fragt Ayatéh zynisch.

Der kalte Ton versetzt David einen Stich, obwohl ihm klar ist, dass er keinen netten Empfang erwarten konnte.

Für kurze Zeit sagen beide nichts, dann schweift Ayatéhs Blick umher. »Wo hast du deine Leute, damit sie mich abknallen können?«

David holt tief Luft. »Du hast es herausgefordert, es hätte auch anders ausgehen können. So, dass sie nicht hätten schießen müssen.«

»Lass uns etwas nach vorne gehen, damit uns niemand hört.« Ayatéh geht mit ihm zu einem alten Brunnen, der schon seit ewigen Zeiten nicht mehr benutzt wird. Dort lehnen sie sich an den Mauerrand. Es ist sehr dunkel. Etwas Licht scheint von der Lampe vor dem Haus herüber.

»Hab ich das eben richtig verstanden? Sie *mussten* schießen? Ich war unbewaffnet!« Ayatéh ist immer noch entsetzt darüber.

»Ich habe es nicht so gewollt.«

»Du hast vieles nicht so gewollt und es ist doch alles anders gekommen. Ich frage mich, was du dabei gefühlt hast, als du mich verhaftet hast. Ich jedenfalls habe Hass empfunden.«

»Ayatéh, was blieb mir anderes übrig? Ich habe mich selbst in diesen Einsatz bringen lassen, weil *du* es wolltest. Als klar war, dass du ihn umgebracht hast, musstest du verhaftet werden. Ich wollte nicht, dass jemand anderes es macht. Ich dachte doch vorher, wir würden Rowland, beziehungsweise Hank endlich überführen können und dann so etwas.«

»Dann *was*?« Ayatéh will jetzt endlich ein klärendes Gespräch und wissen, ob David mit dem Mord in Verbindung steht.

Dieser weiß nicht so recht, wie er reagieren soll. »Wieso hast du ihn umgebracht? Ich kann verstehen, dass du ihn gehasst hast, aber es wäre erledigt gewesen, wenn du ihn nur gefesselt hättest. Jetzt bist du auf der Flucht und bald werden sie dich finden. Sie sind dicht dran.«

»Wie ist er denn gestorben? Er hatte doch nur eine leichte Platzwunde am Kopf. Vielleicht bekam er ja einen Herzanfall oder ist verdurstet. Obwohl ich ihm die Wasserflasche überlassen habe, anstatt sie für mich selbst mitzunehmen. Er konnte den linken Unterarm fast frei bewegen und war in der Lage, die Flasche, die ich neben ihm in eine Sandmulde gestellt habe, an sich zu nehmen. Würde ich das machen, nachdem ich ihn erschieße, oder erschlage oder was weiß ich, wie ich das gemacht haben soll?! Das Wasser hätte ich nämlich dringend selbst gebraucht und dann auch mitgenommen.«

David überlegt eine Weile. »Ich bin nicht drauf gekommen, dass eine leere Plastikflasche ein Zeichen deiner Unschuld ist. Es sah so aus, als wenn du Selbstjustiz geübt hast.«

Ayatéh reicht es jetzt. Er stellt sich David gegenüber und sieht ihn ernst an. »Wenn ich dir sage, dass ich es nicht war und Santo erst recht nicht, dann frage ich mich, wer sonst noch gewusst hat, wo Hank festgehalten wurde.«

David macht ein entsetztes Gesicht. »Was willst du damit sagen? *Ich* etwa? Warum sollte ich denn das tun? Kannst du mir einen Grund nennen?«

»Ja, das Geld.«

»Woher weißt du von dem Geld?« David holt sich eine Zigarette heraus und zündet sie sich an.

Ayatéh wundert sich, dass er auf einmal raucht. Wahrscheinlich macht ihm die ganze Sache zu schaffen.

»Ich weiß es eben.«

»Ayatéh, pass auf, Hank wurde mit sechs von deinen Pfeilen getroffen. Was fällt dir dazu ein?«

David merkt, dass sein Freund sichtlich nervös wird. Es ist eine angespannte Situation, auf die er aber vorbereitet war.

Ayatéh ist entsetzt. »Meine Pfeile lagen ausnahmsweise mal nicht im Hogen. Die hatte ich im Auto gelassen.«

»In welchem? Wir haben Santos Auto in der Nähe des Tatorts gefunden.«

»Nein, ich meine in *meinem* Auto. Mit dem bin ich aber nicht gefahren, sondern hatte es bei Chakas älterem Bruder abgestellt.«

»Anicho Dolores?«

»Ja.«

David pafft an seiner Zigarette. Auf Ayatéh wirkt er wie ein Jugendlicher, der das zum ersten Mal ausprobiert. Seine sonst widerspenstigen Locken sind diesmal ziemlich kurz geschnitten, was ihn älter erscheinen lässt.

»Er hat den Wagen als gestohlen gemeldet.«

Ayatéh denkt eine Weile nach. Anscheinend hatte Hank wohl noch mehr Feinde. Vielleicht irgendwelche Drogenhändler, die er reingelegt hatte. Aber es konnte doch niemand wissen, wo sich Hank befand.

»Bitte Ayatéh, mach dich von den Gedanken frei, dass *ich* es getan habe. Mich interessiert kein Geld aus solchen illegalen Geschäften«, gibt David ihm zu verstehen. »Und ich zweifle auch daran, dass du es warst. Ehrlich gesagt, wollte ich es von Anfang an nicht glauben. Aber die Entführung und die tödlichen Pfeile sprachen gegen dich. Was sollte ich tun?«

»Rauskriegen, wer es wirklich war, David. Tu das, solange hoffe ich, dass du niemandem sagst, wo ich bin. Ich hätte eigentlich wissen müssen, dass du mich hier findest. Aber vielleicht wollte ich es auch.«

»Hättest du dich verhaften lassen und deine Unschuld beteuert, wäre das FBI der Sache nachgegangen. Stattdessen hast du es riskiert, erschossen zu werden und bist auf der Flucht. Wie soll das jetzt weitergehen? Wenn rauskommt, dass ich hier war und es nicht melde, bin ich dran. Wenn du dich stellst, werde ich alles daransetzen, deine Unschuld zu beweisen. Das schaffe ich auch.«

Ayatéh überlegt eine Weile. Er steckt seine Hände in die Hosentaschen und blickt in den Abendhimmel. »Du kennst mich, also kennst du auch meine Antwort.«

David sagt nichts dazu, wirft seine Zigarette auf den Boden und geht zu seinem Auto, das unter einer Lampe steht. Er wirft noch einen kurzen Blick auf die Ranch und steigt er ein.

Als er noch nicht gleich losfährt, kommt Ayatéh ihm nach. Das Fenster ist heruntergekurbelt und er sieht, wie David nachdenklich mit verschränkten Armen hinter dem Kopf am Steuer sitzt.

»Was ist los?«, fragt Ayatéh.

David macht einen besorgten Eindruck und sieht ihn bedrückt an. »Was los ist? Du scheinst verdammt cool zu sein. Sie werden dich bald erwischen. Die Straßen sind abgesperrt. Ab morgen früh werden Helikopter eingesetzt. Du kommst hier nicht mehr weg, Ayatéh. Irgendwie siehst du es ziemlich gelassen, aber ich nicht. Die einzige Lösung, die ich sehe, ist, dass du dich widerstandslos festnehmen lässt und ich werde, wie gesagt, alles Mögliche unternehmen, um zu beweisen, dass du es nicht gewesen bist.«

Ayatéh setzt sich jetzt neben ihn, macht den Sitz weit nach hinten und streckt die Beine aus.

»Hast du schon mal an Tanner gedacht?« Als er sieht, dass David nickt, fährt er fort: »Von ihm habe ich den Kalender, er wird vielleicht das Kreuz am 5. Oktober auch gesehen haben und wusste, dass ein Deal stattfindet. Vielleicht steckte er mit Hank unter einer Decke.«

»Ja, ich habe an ihn gedacht, aber Tanner kommt erst recht nicht in Frage, weil er zu dieser Zeit im Krankenhaus war und sich bis jetzt noch darin befindet.«

Eine Zeit lang schweigen sie, dann meint Ayatéh: »Du scheinst dir ja richtig Sorgen um mich zu machen.«

»Was soll ich tun? Sag es mir. Alles riskieren und mit dir hier durchbrennen? Verdammt, ich habe Angst, dass du erschossen wirst.«

»Vielleicht ist es für dich sogar am besten so«, murmelt Ayatéh.

»Wie bitte?«

»Ach nichts, ich habe nur ein bisschen laut gedacht.«

David hat es gehört und möchte eine Erklärung. »Nein, so kommst du mir nicht davon. Wieso sagst du so einen Blödsinn, ich will das jetzt wissen. Denkst du wieder, ich will mich damit rühmen, den Fall erledigt zu haben, egal, was mit dir passiert? Ich dachte, wir sind Freunde.«

»Das sind wir schon lange nicht mehr, oder noch nie gewesen.« Ayatéh macht ihm seine grenzenlose Enttäuschung klar. »Ich habe gesehen, wie du langsam deine Hand zum Waffenhalter geschoben hast. Niemals hätte ich das von dir gedacht. Ich habe kein Vertrauen mehr zu dir. Du hast mich reingelegt. Ich frage mich, was du genau in dem Moment empfunden hast? Genugtuung? Hättest du tatsächlich auf mich geschossen? Auf mich?«, betont Ayatéh, sieht ihn dabei fassungslos an und wartet hartnäckig auf eine Antwort.

»Nein, natürlich nicht. Es waren die anderen, die hinter dir her gelaufen sind und geschossen haben.« Dann fügt er hinzu: »Du lenkst von meiner Frage ab.«

»Welche Frage?«

»Warum es für mich besser sein soll, wenn sie dich auf der Flucht erschießen. Du triffst mich hart damit, wenn du so etwas sagst.«

»Ach, vergiss es.«

»Nein«, schreit David und schlägt mit beiden Händen auf das Lenkrad.

Doch Ayatéh schüttelt nur mit dem Kopf und will aussteigen.

Während er die Tür öffnet, bittet David ihn, noch sitzen zu bleiben.

»Ich bin nicht so, wie du denkst. Ich kann deine Enttäuschung verstehen und das, was vor ein paar Wochen im Großeinsatz passiert ist, tut mir Leid.« David weiß, dass er einen großen Fehler begangen hat. »Ich will, dass hier alles ein gutes Ende nimmt und ich habe eine Wahnsinnsangst davor, dass es nicht so kommen wird.«

Ayatéh holt tief Luft. Vielleicht werden sie sich nie wieder sehen und er sollte ihm alles erzählen. Doch wahrscheinlich würde David es nicht verstehen. »Dass mein Tod für dich gut ist, meine ich anders. Es hat nichts damit zu tun, dass ich glaube, du würdest dich damit rühmen. Das ist wirklich Unsinn. Aber ich kann es dir nicht erklären. Ich habe kein Vertrauen mehr zu dir. Ich hätte dich schon längst aufklären müssen, aber jetzt, nach all dem, ist eine Distanz zwischen uns. Ich kann es nicht.« Er ärgert sich darüber, dass er überhaupt Andeutungen gemacht hat.

David, der sich bis jetzt gelassen zurückgelehnt hatte, schließt sein Fenster, setzt sich etwas schräg auf den Fahrersitz mit dem Rücken an die Tür gelehnt, sodass er sich Ayatéh mehr zuwenden kann. »Heute Nacht hatte ich einen schlimmen Albtraum«, beginnt er schließlich. »Darin hatte ich volles Vertrauen zu dir. Ich habe dir blind vertraut und bin deshalb in den Tod gestürzt.«

Ayatéh setzt sich in die gleiche Position wie David und glaubt bei ihm eine Reaktion der Angst zu erkennen. »Das war ein Traum. Ein Traum ist keine Realität«, ist sein Kommentar dazu.

»Das sagst *du?* Ich glaube, dass unsere Träume uns manchmal verschlüsselte Warnungen geben.«

»Und dieser Traum warnt dich? Vor mir?«, sagt Ayatéh mit scheinbarer Gelassenheit. Nebenbei öffnet er das Handschuhfach und kramt darin herum.

»Ja, denn wenn ich nicht auf dich gehört hätte, wäre ich nicht in den Tod gestürzt. Ich bin schweißgebadet aufgewacht. Irgendwie war alles so deutlich. Ich kann mich genau an alle Einzelheiten erinnern. So etwas habe ich vorher noch nie erlebt.«

David beobachtet Ayatéh, der inzwischen ein zerknülltes Papier in der linken Hand hält und mit der anderen weiter in dem kleinen Fach wühlt. »Wie kann man nur so viel Müll aufheben«, murmelt er.

»Suchst du nach einer Waffe?«

»Danke, nein, brauch ich nicht, die hab ich selber«, antwortet ihm Ayatéh zynisch, wobei er ihm einen verächtlichen Blick zuwirft. Wie beiläufig schiebt er seine Jacke zur Seite, sodass jetzt eine kleine Pistole im Hosengurt sichtbar wird. Dann schaut er in das Türfach.

»Kann ich dir vielleicht helfen?«, fragt ihn David verwundert.

»Ja, ich suche deine Sahnebonbons, die du immer bei dir hast.«

»Den Letzten habe ich auf dem Weg hierher genommen und ihn noch vor Aufregung verschluckt.« Er kann sich erinnern, das Ayatéh noch nie scharf darauf war. »Ich denke, sie sind dir zu süß?«

Ayatéh grinst und macht es sich wieder auf dem Sitz bequem. »In manchen Situationen brauche ich etwas Süßes.«

»Du kannst eine süße Cola haben«, schlägt ihm David vor, holt eine Dose aus der Kühltasche des Kofferraumes und reicht sie ihm. »Hier, sie ist noch eiskalt.«

»Ja, für einen eiskalten Typen wie mich ist sie gerade richtig.«

»Was soll das?« David fühlt sich provoziert.

»Na ja, in deinem Traum habe ich dich doch in den Tod getrieben und du meinst, da ist etwas dran.«

»Du weißt genau, dass ich es anders meine. Aber nur, weil du angefangen hast, mich zu hassen, willst du mich provozieren.«

Doch Ayatéh ignoriert seine Worte. »Erzähl mir von deinem Traum«, sagt er wie beiläufig, während er mit einem zischenden Geräusch die Dose öffnet.

David sieht jetzt, wie jemand die Unterkunft verlässt und sich umschaut. Als der Mann erkennt, dass Ayatéh mit ihm im Auto sitzt, geht er wieder hinein.

»Wahre Freunde«, klärt Ayatéh ihn auf. »Die sich um mich sorgen. Sie wollen wissen, ob alles in Ordnung ist.« Der vorwurfsvolle Blick ist für David zu verständlich. Er weiß, was Ayatéh ihm damit sagen will und wird das Gefühl nicht los, dass der mit ihm spielt. Seine Gelassenheit kann in dieser Situation nur vorgetäuscht sein.

»Wovor hast du Angst, David? Dein Traum macht dich unsicher. Erzähl mir davon.«

»Ich stand auf einer winzig kleinen Insel. Es passte noch nicht einmal ein Haus darauf. Rundherum war Wasser, nicht tief, nur bis zu den Knien. Zum Festland war es nicht weit. Doch dort lauerten Tausende von Klapperschlangen, die mich nicht erreichen konnten, weil sie nicht durch das Wasser kamen. Da, wo ich mich befand, war ich sicher, doch auf dem Festland waren links und rechts riesige Mauern hochgezogen und der einzige Weg war durch diese furchtbaren Schlangen versperrt. Oben auf der linken Mauerseite standest du und hast zu mir herüber geschrien. Erst konnte ich es nicht verstehen, dann hörte ich immer deutlicher, wie du gerufen hast, dass ich rüberkommen soll. *Siehst du die Schlangen nicht? Sie werden mich töten*, habe ich zurück geschrien, doch du hast es verharmlost. *Sie werden dir nichts antun,* wolltest du mir einreden, *na komm schon, oder willst du auf der Insel verhungern?* Ich wollte nicht, hatte Angst und drehte mich um. Doch auf der anderen Inselseite war Wasser, soweit ich sehen konnte. Du hast mir immer wieder versichert, dass die Biester mich nicht beißen würden. Ich sollte dir vertrauen. Und ich habe es geglaubt, bin durch das Wasser gewatet und auf die Schlangen zu. Doch als sie ihre Mäuler aufgerissen haben und mit den Schwänzen klapperten, habe ich gezögert. *Glaub mir, sie beißen nicht, sie wollen dir nur Angst machen. Außerdem haben sie kein Gift,* hast du mir eingeredet. Ich riss also meinen ganzen Mut zusammen und ging weiter, doch schon beim ersten Schritt stürzten sie sich auf mich. Ich habe einen Biss nach dem anderen gespürt und dann sah ich mich selbst, wie ich dalag und die Schlangen zu Hunderten über mich krochen und sie hatten tödliches Gift.« Dann fügt David hinzu:

»Ich bin im Traum gestorben. Mein Gott, bin ich froh, dass es nur ein Traum war.«

Ayatéh nippt an seiner Cola und nach einem Moment des Schweigens schlägt er vor: »Vielleicht sollten wir deinen Traum Wirklichkeit werden lassen.«

»Du musst mich sehr hassen«, stellt David deprimiert fest.

»Nein, im Gegenteil.« Ayatéh sucht nach den richtigen Worten. »Ich will dir helfen.«

»Du willst *mir* helfen? Brauche ich denn Hilfe?«

»Mehr, als du dir vorstellen kannst. Ich habe für dich gebetet und die Geister des Windes zu dir geschickt, damit sie dir gute und hilfreiche Träume senden.«

»Danke«, schmunzelt David. »Nett von dir.«

Es ist still im Auto, eine gewisse Unruhe scheint sich auszubreiten und nervös streicht sich David über die Stirn.

»Du verstehst es nicht«, murmelt Ayatéh, wobei in seiner Stimme eine gewisse Enttäuschung mitklingt.

»Ja, stimmt, ich habe vergessen, dass der Wind dein Bruder ist.« David weiß, dass Ayatéh sich in einer ausweglosen Situation befindet und jetzt will er mit ihm über Wind und Geister reden. Er kann es nicht glauben.

»Verdammt«, flucht Ayatéh. »Es ist bitterer Ernst. Ich habe die Botschaft, dich zu töten. *Atse'ma'ii* fordert deinen Tod und zwar von mir. Ich weiß es schon sehr lange, aber ich habe niemals daran gedacht, es zu tun. Dafür musste Sheena sterben, danach Tubaan-de-jaa-de. Noch immer denke ich nicht daran. *Du* hast deine Hand an den Waffenhalter gelegt und ich habe nicht eine einzige Sekunde daran gedacht, dir etwas anzutun, obwohl ich auch eine Waffe bei mir hatte. David, ich weiß, dass er sich bald wieder jemanden holt. Jemanden aus meinem Freundeskreis. Und warum? Weil ich dich nicht töten will. Ich bin kein Mörder, dann wäre ich nicht besser als Hank. Ich werde es nicht machen. Weißt du, wie verzweifelt ich bin? Ich suche nach einer Lösung. Nach einer Lösung, dir zu helfen. Darum habe ich gesagt, dass es besser für *dich* ist, wenn sie mich auf der Flucht erschießen.«

Ungläubig schaut David ihm in die Augen. Der Schein der Außenlampe erhellt das Innere des Fahrzeugs und er sieht in braune, verzweifelte Augen. »Du hast da drinnen ein bisschen zu viel getrunken«, meint er dann.

»David, es ist besser, wenn wir uns nicht mehr wiedersehen.«

»Weil du mich sonst umbringst?«

»Ich bin ein überzeugter Pazifist«, grinst Ayatéh scherzhaft.

»Ein Pazifist, der eine Waffe im Gurt trägt? Außerdem hast du mich geschlagen, hier und hier … und hier«, dabei zeigt David auf alle möglichen Körperstellen.

»Gut, gut, du hast gewonnen.« Ayatéh trinkt den Rest der Cola aus und stellt die Dose auf die Ablage. Dann setzt er das Gespräch fort: »Es ist mein Problem, damit fertig zu werden. Du kannst von mir aus denken, dass ich es mir nur einrede, aber ich versichere dir, dass es nicht so ist. Der Tag wird kommen, wo sich alles entscheidet und ich möchte einfach nicht daran denken.« Dann fragt er: »Hast du schon mal irgendwelche merkwürdigen Töne wahrgenommen?«

David nickt nur, denn er ist sprachlos über das, was sein Freund ihm erzählt. Seltsam auch, dass er von diesen Tönen weiß.

»Ich auch«, sagt Ayatéh. »Aber ich lasse mich davon nicht beirren und das solltest du auch nicht.«

»Was bedeutet das? Ich dachte, da feiern irgendwelche Leute ein orientalisches Fest oder so.«

»Nein. Es ist inzwischen schon über ein Jahr vergangen, seit ich es weiß und die Zeit drängt. Ich weiß nicht, ob es irgendwann eskaliert. Aber es wird etwas geschehen. Damals habe ich die Geister *Atse'ma'íí* losgeschickt, um Vergeltung zu üben, doch jetzt fordern sie ihren Tribut. Deinen Tod, David. Ich wurde aufgefordert, dich zu töten!«

»So etwas gibt es nicht.« David sträubt sich gegen das eben Gehörte.

»Weil du dich von deinem rationalen Denken leiten lässt, deshalb ist dein Handeln dementsprechend abstrakt. Kurz gesagt, du glaubst nur was du siehst, bewegst dich auf einer Ebene, die du für überschaubar hältst und alles, was dir kurios erscheint, verdrängst du in Richtung Mülleimer.« Gelassen sieht Ayatéh aus dem Fenster und setzt fort: »*Er* spielt mit uns, David. Wenn wir das erkennen, haben wir eine Chance, uns gegen diese Manipulation zu wehren. Du und andere Freunde von mir werden unbewusst in ihrem Handeln suggestiv gelenkt. Glaube mir, was damals in den Rocky Mountains passiert ist, wurde herbeigeführt. Ich weiß es, ich spüre es, aber ich will mich nicht davon bestimmen lassen.

»Warum *ich*?«

»Ich weiß es nicht.«

»Was wird geschehen, wenn du mich gnädigerweise am Leben lässt? Übrigens hänge ich an meinem Leben und werde es verteidigen.«

Ayatéh überlegt einen Moment. »Ich hätte damals in den Bergen nur verschwinden müssen. Es wurde mir sogar leicht gemacht.«

David scheint es allmählich zu dämmern. »Willst du damit sagen, dass dein Freund Tubaan-de jaa-de noch leben würde, wenn du mich da unten hättest verrecken lassen?«

»Ja, und sie werden sich einen nach dem anderen holen, bis sie merken, dass ich es niemals tun werde. Was dann passiert, weiß ich nicht. Aber es wird etwas passieren.«

»Und was ist an meinem Albtraum nun so gut und hilfreich?«

»Man muss hinter die Dinge sehen. Er soll dir etwas verdeutlichen.«

»Dass ich dir lieber aus dem Weg gehen sollte?«

»Vielleicht, aber ich glaube, es steckt noch mehr dahinter. Du hast eine Aufgabe bekommen.«

David wird ziemlich mulmig zumute. »Im Moment besteht meine Aufgabe darin, dich zu verhaften.«

»Das wirst du nicht schaffen.«

»Deshalb bin ich gekommen.« Er verschränkt die Arme hinter dem Kopf. »Was soll ich tun, verdammt noch mal?«

»Ich erwarte, dass du den Haftbefehl zerreißt.«

»Und dann?«

»Dann fährst du zurück und bekommst raus, wer Hank umgebracht hat. Such mein Auto, fang irgendwo an, aber beeile dich.« Dann fragt ihn Ayatéh, ob inzwischen bewiesen ist, dass Hank zum Hogen zurückkam und Chaka umbrachte.

»Ja, du hattest richtig recherchiert. Auch die Analyse von dem Erbrochenem stimmte mit seiner DNA überein.«

»Er hat mich halb tot geschlagen«, sagt Ayatéh leise. »In diesem Zustand habe ich bei strömenden Regen viele Stunden auf dich gewartet. Wenn du rechtzeitig gekommen wärst, hättest du ihn lebend mitnehmen können und ich wäre jetzt nicht in dieser Situation.« Dann fügt er hinzu: »Als ich wegging, habe ich ihm das Tuch vom Mund genommen, damit er trinken, schreien, heulen und kotzen kann und was weiß ich, danach seine Papiere auf den Boden gelegt, die auf dem Namen John Rowland ausgeschrieben waren. Waren sie noch da, als du gekommen bist?«

»Nein, der Täter muss sie mitgenommen haben.«

Ayatéh wirft einen kurzen Blick auf die Digitaluhr im Auto, die ihm 21:20 Uhr anzeigt. »Was hast du jetzt vor?«

»Den Haftbefehl zerreißen«, schmunzelt David. Er sieht, dass auch Ayatéh lächelt. »An was denkst du?«

»Ich sehe noch genau vor mir, wie wir für ein paar Tage in die Rockys gefahren sind. Im Winter, da hast du einen Schneemann gebaut, fast so groß wie du selbst, und ich sollte dich fotografieren. Du standest da und hast gegrinst wie ein Honigkuchenpferd, angelehnt an dein Kunstwerk. Als ich abgedrückt habe, fiel alles zusammen.«

»Ja, das Bild habe ich noch.« Auch David muss lächeln. »Gut, dass ich den Chip der Kamera gewechselt habe, bevor sie verschwand.«

Er möchte Ayatéh Mut für die Zukunft geben. »Nächstes Jahr machen wir es wieder. Dann werde ich auch vernünftiger sein und auf dich hören.«

»Nächstes Jahr hast du eine Frau, die dir dann wichtiger ist. Oder hast du schon jetzt eine?«

»Ich habe wenig Zeit. Gut, da ist eine, die mir gefällt, aber ob daraus etwas wird, weiß ich noch nicht.«

Langsam rückt sich David zurecht, sodass er jetzt direkt vor dem Lenkrad sitzt. »Tja, was soll ich dir wünschen? Viel Glück?« »Kann ich gebrauchen.«

»Was ist, wenn diese Töne wiederkommen? Die bringen mich um den Verstand.«

»Dann krabbelst du zu dieser Frau ins Bett, ganz einfach.« Ayatéh legt kurz die Hand auf seine Schulter. »Mach's gut, David, hágoónee'.«Dann steigt er aus und geht zurück in seine Unterkunft.

Der Rancher Antonio Despados staunt nicht schlecht, als noch an diesem Abend Ayatéh vor ihm steht und ihn um ein Pferd bittet. Natürlich will Despados wissen, wozu er es braucht und wann es wieder da ist Doch das kann ihm Ayatéh nicht beantworten.

Despados ist seiner Abstammung nach halb Mexikaner, halb Apache. Schon sein Vater, der als Kind mit seinen Eltern aus Mexiko einwanderte, schaffte es, aus einer kleinen Farm eine stattliche Ranch zu machen. Ihm, Antonio, hatte er früh beigebracht, wie man sie bewirtschaftet. Nach der Erbschaft gelang es ihm mit harter Arbeit, dieses Anwesen zu vergrößern. Als Sohn einer Indianerin kennt er die Probleme dieser Menschen, denen er für einen guten Lohn Arbeit gibt.

Schon seit längerer Zeit ahnt er, dass Ayatéh ein Problem mit sich herumschleppt. Er arbeitet gut, ist kollegial und braucht Hilfe. »Sehe ich das Pferd wieder?«, lautet Despados misstrauische Frage.

»Sie werden es wiederbekommen, das verspreche ich Ihnen, nur, ich kann noch nicht sagen, wann das sein wird. Außerdem – ich habe einige Wochen hier gearbeitet, Sie können den Lohn dafür solange behalten.«

Der Boss überlegt eine Weile. »Du wirst gesucht, nicht wahr?«

Ayatéh nickt nur. Despados hat es also auch schon mitbekommen.

»Ich kenne dich noch nicht lange, aber wenn du mir versicherst, dass du unschuldig bist, glaube ich es dir.«

»Ich will nicht weg, um zu fliehen, sondern weil ich den wirklich Schuldigen finden will.«

»Du kannst gut mit Pferden umgehen. Nimm Lissy, sie mag dich besonders gern und kümmere dich gut um sie.«

Damit hatte Ayatéh nicht gerechnet. Gut, dass er diesen Versuch gewagt hat. Es ist besser, als sich einfach ein Pferd zu schnappen und zu verschwinden. Er nimmt seine dickere Jacke mit, zu essen und zu trinken, steckt einen Plan ein und macht sich mit der Taschenlampe in der Hand auf den Weg.

Schon nach kurzer Zeit fällt ihm ein, dass ein Fernglas auch nützlich sein könnte. Er macht kehrt, besorgt sich eines und reitet los.

Seine größte Sorge ist es jetzt, den richtigen Weg zu finden und am Ziel anzukommen, bevor irgendwelche Helikopter in Einsatz gebracht werden.

Nach einer Stunde trifft er auf den Freeway 10. Es fährt so gut wie kein Auto vorbei und es ist leicht, diese große Straße zu überqueren. Danach hat er nur noch endlose Prärie vor sich und für jemand, der sich hier nicht auskennt, kann dies leicht zu einer tödlichen Falle werden, besonders nachts. Und wenn er es nicht bis zum Anbruch des nächsten Morgen schafft, ist er verloren. Aber schon bald hat er den Fluss *San Pedro* gefunden und dieser wird ihn direkt zum Tatort führen. Er braucht nur am Ufer entlang zu traben.

Ayatéh muss einen Bergkamm nach dem anderen überwinden. Es ist nicht immer leicht, die Fuchsstute dazu zu bewegen, auch schwierigere Situationen zu meistern, zumal dieses Pferd das nicht gewohnt ist. Aber dennoch kommen sie gut voran. Bevor die ersten Sonnenstrahlen durchbrechen, erreicht er den Platz, wo er Hank festgebunden hatte.

Bis es hell genug ist, um Details zu erkennen, hat er noch Zeit. Er setzt sich an einem Berghang nieder, um sein Lunchpaket auszuwickeln. Das Brot schmeckt noch frisch und kräftig und sogar der Kaffee in der Thermoskanne ist noch heiß geblieben.

Was wird er hier finden? Ayatéh denkt daran, dass sein Auto als gestohlen gemeldet wurde, worin sein Köcher mit den Pfeilen lag. Hank wurde mit diesen Pfeilen getötet, also mussten doch auch Spuren von seinem Auto dort sein und - was noch viel wichtiger ist, Spuren vom Täter.

Zu diesem Ort zurückzukehren wäre zwecklos gewesen, wenn es geregnet hätte, aber in diesem Wüstengebiet regnet es selten und es hat schon einmal einen Sommer gegeben, indem der Regen ganz ausfiel. Dies bedeutet für die Menschen, die hier leben und vom Wasser abhängig sind, große Entbehrungen. Damals war er noch ein Kind gewesen und er erinnert sich, dass einige Schafe verdurstet waren.

Als es schließlich hell genug ist, macht er sich vorsichtig auf die Suche, um eventuell etwas zu entdecken, was ihn weiterbringt. Ayatéh findet überall Spuren. Die von Hank sind kaum noch zu finden, aber die von Santo, sowie seine eigenen sind deutlich zu erkennen. Aber da sind auch die Abdrücke von den Beamten, die teilweise über den Spuren der Vorgänger liegen. Ganz genau inspiziert er alles, was er sieht und versucht zu rekonstruieren, wie es sich abgespielt haben könnte.

Er geht zu dem Platz, wo die Fahrzeuge standen. Ob sein Auto dort irgendwo abgestellt wurde, kann er aber beim besten Willen nicht erkennen. In der näheren Umgebung, wo Santos Auto stecken geblieben war, ist es schwer zu bestimmen, ob die Spuren von seinem Pick Up dabei sind. An dieser Stelle sind sehr viele Autos entlanggefahren und die Abdrücke liegen alle übereinander. Doch Ayatéh will nicht aufgeben. Irgendetwas muss der Täter hinterlassen haben. Also geht er den Weg wieder zurück zu der Stelle, wo es passiert ist und sieht sich genau den Baum an, an dem der Strick festgebunden war. Der Stamm ist von der ständigen Reibung etwas abgeschabt. Unten, am Fuße des Baumes, sind ein paar kleine Dellen im Boden. Wahrscheinlich hatte Hank versucht, die Plastikflasche zu zerstören, um mit den zerbrochenen Stücken die Fesseln zu zerschneiden.

Aber eine wichtige Entdeckung ist das nicht. Vorsichtig wirft er einen Blick hinter einen kleinen Igelkaktus und rückt einen Stein zur Seite, der sich daneben befindet. Plötzlich stockt ihm der Atem. Gerade noch rechtzeitig zieht er seine Hand zurück. Ein Reflex, der ihn vielleicht davor bewahrt hatte, von einem giftigen Rindenskorpion gebissen zu werden.

Behutsam untersucht er die Grasbüschel, denn vielleicht findet er noch umgeknickte Halme. Aufmerksam begutachtet er jeden Strauch. Ein Rascheln schreckt ihn auf, dann sieht er einen Roadrunner, ein Vogel mit langem Schwanz, der blitzschnell versucht, auf seinen zwei Beinen zu entkommen.

Ayatéh denkt daran, wie leicht es für einen Raubvogel ist, mit seinen perfekten Augen jede Einzelheit zu erkennen. Jetzt kommt ihm eine grandiose Idee. Er sucht sich den größten Baum aus und klettert bis zur Krone hinauf. Gut, dass er im letzten Moment an das Fernglas gedacht hatte - würde es ihm jetzt etwas nützen?

Ayatéh sitzt sehr lange auf dem Baum, bis er glaubt etwas zu sehen, was vielleicht nicht in die Natur gehört. Es ist nur ein kleiner, dunkler Fleck, eher noch wie ein Punkt. Er klettert hinab, um es genau zu untersuchen.

Selbst auf dem Boden muss er noch lange suchen, bis er die Stelle findet, die er vom Baum aus im Visier hatte.

Doch dann steht er davor. Es liegt mitten in einem stacheligen Opuntienstrauch. Ein kleines, schwarzes Handy, leicht zu übersehen.

Etwas genervt nimmt David das Telefongespräch entgegen, denn in letzter Zeit klingelt es häufig. Doch als er Ayatéhs Stimme hört, atmet er merklich auf. Der Moment, ein ungestörtes Gespräch zu führen, ist ungünstig, da viele seiner Kollegen mit im Raum sind. Andererseits ist dies für David ein guter Vorwand, den Raum zu verlassen.

»Wo bist du jetzt?« David redet vorsichtshalber leise.

»Das möchte ich dir nicht sagen, aber ich hoffe, dass ich aus der Schusslinie deiner Kollegen bin.«

»Bist du o.k.?«, fragt ihn David.

»Ja, pass auf, ich habe ein Handy gefunden, in der Nähe des Tatorts.«

»Oh, es waren doch außer der Spurensicherung noch genug professionelle Leute vor Ort«, wundert sich David.

»Dann waren deine Leute nicht gut genug.«

»Was redest du immer nur von *meinen* Leuten? Es sind die, mit denen ich hier zusammenarbeite, sie gehen der Sache nach, wie es ihr Job ist.

Und wenn sie nicht gut genug sind, dann ist es nicht mein Bier. Normalerweise arbeite ich in Colorado, Denver, wie du weist. Dort sitzen *meine* Leute, oder wie du sie nennen willst.« Dann überlegt er, was es mit dem gefundenen Handy auf sich haben könnte. »Am besten du fasst es nicht an, bis wir wissen von wem es ist.«

»Was meinst du wohl, wie ich mit dir telefoniere, he?« Ayatéh fällt ein, was David ihm damals über die Fingerabdrücke erklärt hat, als es um die gesuchte Tatwaffe ging, die Hank benutzt hatte, um Chaka zu töten. »War wohl nicht so gut. Aber pass auf, ich gebe dir jetzt zwei Telefonnummern durch und bitte dich rauszukriegen, zu wem sie gehören.« Daraufhin diktiert er David einige Zahlen.

»Wie kommst du zu diesen Nummern?«

»Die eine ist die vom Handybesitzer und vielleicht auch des Mörders. Also, wenn du die Adresse rausbekommst, wäre es gut. Die andere ist die Nummer, die zuletzt angewählt wurde, aber als ich dort anrief, existierte der Anschluss nicht mehr. Entweder wurde eine falsche Nummer gewählt - vom letzten Benutzer versteht sich, oder die Verbindung wurde bewusst gekappt. Nur, diese Nummer ist auch im Adressbuch vermerkt, ohne Namen. Also, kannst du was damit anfangen?«

»So auf Anhieb nicht. Waren dort noch mehr Nummern und Adressen notiert?«

»Ja, noch drei weitere. Eine unter dem Namen Dayton, die anderen mit Abkürzungen. Ich werde nicht schlau daraus.« Ayatéh hat einen Hoffnungsschimmer und gibt die Telefonnummern durch, die im Adressbuch des Handys stehen. Trotzdem kriecht eine Angst in ihm hoch. Wird David ihm rechtzeitig helfen können?

»Hör zu, du darfst auf keinen Fall etwas ändern, geschweige denn, irgendwo anrufen. Das ist wichtiges Beweismaterial und du hättest es noch nicht einmal anfassen dürfen.«

»Es geht um mich und ich will alles wissen. Aber keine Sorge, ich werde nichts weiter verändern.«

»Denk daran, deine Fingerabdrücke sind drauf und du stehst unter Mordverdacht.«

»Verdacht? Für deine Cops ist es kein Verdacht. Die glauben, das ich es war und wollen mich erledigen, sonst hätten sie nicht geschossen.«

»Ja, es scheint so. Wir müssen ihnen beweisen, dass sie sich irren. Ich gehe sofort dieser Sache nach.« Ayatéh hört Hintergrundgeräusche.

Türen scheinen sich zu öffnen oder zu schließen. Verschiedene Stimmen vermischen sich und unterbrechen so das Gespräch. Dann ist David wieder am Hörer.

»Ayatéh, pass auf dich auf. Ich muss mir gerade die Pläne anhören, wie sie dich im Großeinsatz stellen wollen. Sie kreisen dich immer mehr ein. Vor einer Stunde haben sie einen Helikopter eingesetzt, also verkrümel dich irgendwo. Ich muss jetzt Schluss machen, die Kollegen warten auf mich. Außerdem sind sie nicht gut auf mich zu sprechen.«

»Wieso nicht?«, will Ayatéh wissen.

»Sie werfen mir vor, dass ich nicht den Taser benutzt habe, um dich an der Flucht zu hindern.«

»Was ist ein Taser?«

»Na, diese Elektropistole. Sie gilt als nicht tödliche Waffe und soll den Gegner nicht stärker verletzen, sondern lediglich bewegungsunfähig machen. Aber so harmlos wie sie uns immer sagen sind solche Elektroschocker nicht.«

»Und? Konntest du oder wolltest du sie nicht benutzen?«

»Du hast ja wie ein Irrer auf mich losgeschlagen.«

»Lieber wie ein Irrer losschlagen, als wie ein Irrer getasert zu werden. Stell ich mir nicht gerade angenehm vor.«

David ist unter Zeitdruck und will das Gespräch beenden. »Hör zu, wenn ich die Adresse zu diesen Nummern habe, sehen wir weiter«, sagt David mit leiser Stimme. Dann machen sie ab, dass er sich etwa nach einer Stunde wieder meldet.

Unterdessen grübelt Ayatéh darüber nach, wie er weiter vorgehen sollte. Das mit dem gefundenen Handy ist die eine Sache, mit seinem Auto eine andere. Er überlegt fieberhaft, welche Personen sein Auto kennen, beziehungsweise erfahren haben, wo es sich befand. Eigentlich kommen da nicht viele in Frage, wenn er einmal von seinen Freunden und Verwandten absieht. Aber wenn jemand scharf auf das Geld ist, warum legt er dann Hank um? Es hätte doch gereicht, sich einfach die Kohle zu schnappen. Wahrscheinlich befand es sich im Kofferraum. Obwohl er ganz beiläufig bemerkt hatte, dass das Schloss beschädigt war, hatte er es nicht geöffnet. Das war ihm zu der Zeit nicht so wichtig. Er nahm sich nur die Papiere aus dem Handschuhfach. Aber Moment mal, wenn das Schloss schon beschädigt *war*, musste jemand *zuvor* das Geld entwendet haben und zwar bevor er Hank verfolgt hatte.

Also, angenommen, der Deal hatte im Lagerschuppen des verlassenen Flugplatzes stattgefunden und das Geld wurde dort in den Kofferraum geladen. Danach verfolgten sie das Fahrzeug direkt zu Tanners Ferienhaus und schließlich endete alles auf der Tankstelle in Superior, wo das Schloss schon aufgebrochen war. Demnach war das Geld dort schon verschwunden. Es kann also nur am Ferienhaus entwendet worden sein. Tanner? Hank hatte sich dort mit ihm getroffen und ihm das Geld übergeben! So könnte es gewesen sein. Die werden gemeinsame Sache gemacht haben. Oder Tanner hat es gewaltsam entwendet, denn schließlich war das Schloss mit Gewalt aufgebrochen worden, also ohne Schlüssel. Aber, selbst wenn Tanner das Geld hat, er kann nicht Hank umgelegt haben, denn David hatte ihm gesagt, dass der zur Tatzeit im Krankenhaus war. Also, zwei verschiedene Täter? Derjenige, der das Geld hat, ist nicht der Mörder. Kann sein, kann nicht sein. Nur, wenn er im Krankenhaus war, wer hat dann Hank umgebracht? Und wenn sich Hank mit jemand anderem am Ferienhaus getroffen hat? Und zwar mit jemandem, der weiß, dass er einen alten Pick Up fährt, der Hank kennt, der wusste, dass sich Geld im Kofferraum befand und der erfahren hat, wohin Hank verschleppt wurde und zudem noch ziemlich hilflos ist. Und er selbst hatte mit den kleinen Steinen sogar noch einen Pfeil gebaut, um den Weg zu weisen. Bevor David und das FBI auftauchten, muss der Täter den Weg gefunden haben, und zwar mit *seinem* Auto. Doch das Geld musste derjenige sich schon vorher geschnappt haben, nicht an der Tankstelle. Der Täter ist gar nicht erst dort aufgetaucht. Es kann nur am Ferienhaus gewesen sein! Zu dumm, dass Santo und er dort am Straßenrand hinter Büschen gewartet haben, sodass sie den Hergang nicht verfolgen konnten.

Ayatéh grübelt fast eine Stunde, dann wählt er Davids Nummer, in der Hoffnung, bald der Sache auf den Grund zu gehen.

»Hast du etwas rausbekommen?«

»Ich darf mit dir darüber nicht sprechen.«

»Wo bist du jetzt?«, will Ayatéh wissen, denn er glaubt, dass er im Moment vielleicht nicht offen reden kann, weil er Kollegen bei sich hat.

»Im Auto.«

»Alleine?«

»Ja, Ayatéh du musst mir vertrauen, ich habe etwas erfahren und gehe der Sache nach.« David wirkt sehr reserviert.

»Ich kann es nicht glauben! *Ich* habe dir diesen Hinweis gegeben, sonst hättest du gar nichts erfahren. Ich habe ein Recht zu wissen, was es mit dem Handy auf sich hat. Wem gehörte es und wer wurde zuletzt angerufen? Ich erwarte, dass du mich aufklärst. Weißt du, ich hätte dir den Fund auch vorenthalten können und wäre selbst der Sache nachgegangen. Und genau das werde ich jetzt auch tun.« Ayatéh ist wütend und enttäuscht zugleich.

»Nein, nein, warte, leg nicht auf. Ich möchte es vor allem deswegen nicht, weil ich nicht will, dass du dich wieder in Gefahr begibst«, versucht David seinem Freund den Grund darzustellen.

»Nein, du willst es nicht, weil du zu pflichtbewusst bist und es die Vorschriften verbieten. Ich habe mich inzwischen daran gewöhnt, mich in Gefahr zu begeben.«

»Okay, versprich mir, dass du nichts unternimmst, such dir einen Platz, wo sie dich nicht erwischen und warte, was sich ergibt.«

»Gut, inzwischen habe ich mich hier schon häuslich niedergelassen. Also, wem gehört dieses Handy?«

David holt tief Luft. »Es gehörte John Rowland.«

»Also Hank! Mist«, flucht Ayatéh. »Ich habe ihn komplett durchsucht und seine Waffe an mich genommen, aber er hatte kein Handy dabei«, versichert er David.

»Hast du auch in seinen Socken nachgesehen? Bei den teuren, guten Socken, die man ziemlich weit hochziehen kann, gibt es genug Halt, um eine Zeit lang ein kleines Handy zu verstecken.«

»Nein, auf so etwas komme ich nicht. Warum sollte er das auch tun?«

David schmunzelt. »Wer beim FBI arbeitet, weiß, dass Verbrecher so rumlaufen, nur meistens finden wir dort kleine Waffen mit großer Wirkung.«

»Und weißt du etwas über die andere Nummer? Die es eigentlich nicht mehr gibt?«

Nur zögernd kommt eine Antwort. »Ja, sie war nicht falsch angewählt, sondern der Anschluss wurde vor kurzem erst abgestellt.«

Ayatéh wartet, aber es ist still. »Na los! Zu wem gehörte sie?«

David seufzt. »Lass mich einfach machen, okay? Ich kann und darf dir keine Informationen geben. Belassen wir es dabei.«

»Ich nehme an, es war Tanners Nummer«, vermutet Ayatéh. »Wann ist er denn ins Krankenhaus gekommen? Am 5. Oktober war Hank bei ihm im Ferienhaus und ich habe angenommen, dass er sich mit Tanner traf.«

»Ja, aber noch am selben Abend hatte er einen schweren Autounfall. Man stellte fest, dass er eine Menge Alkohol intus hatte.«

»Wenn ich davon ausgehe, dass es Tanners Nummer war, dann frage ich mich, wer ihn denn auf dem Handy zuletzt anrufen wollte? Hank oder sein Mörder?«

»Das frage ich mich auch. Ich bin auf dem Weg nach Holbrook zu seinem Haus. Mal sehen, was sich da ergibt.«

Ayatéh ist froh darüber, dass es eine Spur gibt. Seine Vermutung war also richtig. Jemand hatte Tanners Nummer gewählt. Er überlegt einen Moment.

»Wenn Tanner im Krankenhaus war, dann hat die Person mit diesem Handy von hier aus in Tanners Haus mit jemand anderem gesprochen. Aber mit wem? Seiner Frau?«

»Er lebt in Scheidung. Seine Frau wohnt nicht bei ihm und er hat das Haus in Blending verkauft, um dann nach Holbrook zu ziehen. Siehst du, ich habe auch schon recherchiert, denn als der Verdacht aufkam, dass du Hank auf dem Gewissen hast, suchte ich auch nach anderen Tatverdächtigen.«

Sie vereinbaren, dass David ihn auf dem Laufenden hält und Ayatéh sieht inzwischen keine andere Möglichkeit, als weiter auf seinem Platz zu verweilen.

»Na ja, bis dahin will ich noch weiter mit dem Ding hier herumfummeln. SMS-Nachrichten sind keine da, aber so ein Bild von Hank, wo er in den letzten Sekunden um sein Leben bettelt, würde ich gern sehen. Aber so makaber wird der Täter sicher nicht gewesen sein. Im besten Fall hat er ein Bild von sich selbst gemacht.«

»Soll ich etwa auf so einen Schwachsinn antworten? Wichtig ist, das *wir* dieses Handy durchchecken müssen und nicht du.«

Ayatéh grinst. »Und was soll ich etwa darauf antworten? Hol's dir doch?«

»Pass auf, wir schaffen das. Vertrau mir und warte.« Daraufhin beendet David das Gespräch.

Ayatéh untersucht noch einmal die Spuren und wird stutzig, als er einige Stiefelabdrücke findet, etwa Größe dreiundvierzig, die von einer sehr leichten Person stammen müssten. Er selbst ist zwar auch nicht besonders schwer und trotzdem sind seine Abdrücke auf jeden Fall kräftiger. Er ist eben ein Mann. Eine schlanke Frau in Männerstiefeln hätte diese Spuren entstehen lassen können. Eine Frau, die sich in Tanners Wohnung aufgehalten hat, als der Anruf von Hank kam. Da Tanner geschieden ist, würde seine Geliebte in Frage kommen. Diese Lady, die ehemalige Sekretärin, bei der er viel Geld lassen musste, um ihr einige Informationen zu entlocken. Aber woher wusste sie, dass sich Geld im Kofferraum befindet und wo hat sie es entwendet? Dazu kommt die Frage, warum sie Hank überhaupt getötet hat? Sie hat ihn verachtet, aber ist es ein Grund ihn umzulegen? Und er hat sie gefeuert, aber wie viele Leute sind in dieser Situation und bringen nicht gleich den Boss um. Natürlich ist das Geld verlockend und sie wusste, dass er ein Schuft war – Moment, hatte sie nicht gesagt, er sei ein Schwein?

Bis nach Winslow würde er sicher mit dem Pferd einen ganzen Tag unterwegs sein. Also macht sich Ayatéh sofort auf den Weg. Die Luft ist trocken und staubig, der Himmel zeigt ein kräftiges Blau, durchstreift mit hellen Wolken, die langsam gen Westen ziehen. Es scheint ein guter Tag zu werden, doch die Nächte sind schon sehr kalt und Ayatéh hofft, gegen Abend einen besseren Platz zum Schlafen ausfindig zu machen. Obwohl er eine Decke dabei hat und eine winterfeste Jacke, schlug die Kälte der letzten Nacht erbarmungslos zu.

Er stoppt, sucht sich auf seiner Karte Anhaltspunkte, damit er nicht von seiner Route abkommt, dann reitet er weiter. Die erste Orientierung bietet ihm der Rockinstraw Mountain, ein Berg, nahe am San Carlos Apache Reservat. Von dort ist es nicht mehr weit bis zum Cherry River. Bald versinkt die Sonne schon hinter den Bergen und verleiht dem Abendhimmel einen rot leuchtenden Horizont. Eine Mulde im dichten Waldgebiet würde ein gutes Versteck sein und die Kälte abhalten. Es dauert auch nicht lange, bis er einen geeigneten Platz gefunden hat, um sich für die Nacht ein Lager zu bereiten.

Als er es sich einigermaßen bequem gemacht hat, wählt er noch einmal Davids Nummer. Es ist abends und sicher wird er frei sprechen können, ohne dass andere Kollegen etwas mit anhören.

»Gibt es etwas Neues?«, ist die erste Frage, die Ayatéh auf der Seele brennt.

»Ja, besser als erwartet. Also im Haus war niemand. Tanner soll ja auch noch im Krankenhaus sein. Ich habe mich gleich auf den Anrufbeantworter gestürzt und siehe da, Hank hat Tanner um Hilfe gebeten, seine Position preisgegeben und seine schlechte Lage dargestellt.«

»Aber ich verstehe nicht«, fragt sich Ayatéh, »wie er überhaupt telefonieren konnte, er war doch gefesselt.«

»Er hatte doch den linken Unterarm frei und wenn man davon ausgeht, dass dieses Ding in einem seiner Socken steckte, konnte er es wohl irgendwie erreichen. Wahrscheinlich hatte er Tanners Nummer gespeichert, sodass er nur eine oder zwei Tasten drücken musste. Vielleicht hat er auch einen Stock zu Hilfe genommen. Was weiß ich, irgendwie hat er es geschafft.«

Ayatéh bekommt jetzt eine bessere Vorstellung davon, wie es sich alles abgespielt hatte.

»Hat er auch drauf gesprochen, wo sich sein Auto befindet und etwas von dem Geld erwähnt?«, fragt Ayatéh.

»Dann wäre er schön dumm gewesen, meinst du nicht auch?«

Ayatéh wundert sich darüber, dass diese Frau etwas davon wusste. Weil ja der Kalender aus Tanners Ferienhaus stammt, konnte sie eine Ahnung von dem Deal gehabt haben. Vielleicht sprach sogar Tanner selbst mit ihr darüber und sie wollten gemeinsam vorgehen. Nur, weil er im Krankenhaus war, hat sie die Sache eben alleine durchgezogen.

Bei dem jetzigen Gespräch mit David erwähnt Ayatéh jedoch nicht, dass Tanner eine Freundin besaß, welche wahrscheinlich den Mord beging. Er sagt weder etwas von den merkwürdigen Fußabdrücken, noch, dass der Kofferraum schon vorher aufgebrochen wurde. »David, was hast du jetzt vor? Ich meine, ich kann nicht ewig auf der Flucht sein. Wie lange muss ich hier noch durchhalten?«

»Wir kommen der Sache näher. Tanner kann es nicht gewesen sein, aber jemand, der sich irgendwann in dem Haus aufgehalten hat und den Anrufbeantworter abhörte. Vielleicht kommt derjenige wieder.«

»Ja, wohl die Nachbarin, die zum Blumengießen kommt. - Pass auf, ich möchte ganz gerne, dass du nach Winslow fährst. Frag bitte nicht warum, ich werde es dir dann schon sagen. Aber das ist mir verdammt wichtig. Ich will nämlich, dass dieser Albtraum für mich ein Ende hat und dabei kann ich mich nicht auf andere verlassen, erst recht nicht auf den Männern des FBI.«

»Das geht nicht, ich habe andere Anweisungen. In etwa einer Stunde treffe ich mich mit einem Mann vom FBI«, erklärt David. »Ich werde mit ihm unterwegs sein und er ist noch einer von der obersten Sorte.

- Lass uns spielen, großer Krieger -

»Wie wichtig ist es dir, deinen Fehler wieder gut zu machen? Ich denke, du willst mir helfen? Dann sage diesem Typ, dass du etwas anderes vorhast. Du hast dich doch zu Tanners Haus auch abgesondert, dann machst du es eben noch einmal.« Ayatéh fühlt sich erneut von David zurückgesetzt. »Sag ihm, dass du mich kennst und nicht daran glaubst, dass ich schuldig bin und deshalb möchtest du dir noch einmal den Tatort ansehen. Oder lass dir etwas anderes einfallen, aber bitte mach dich auf den Weg nach Winslow.« Wütend wirft Ayatéh einen Stein ins Gebüsch. Aber das ändert nichts an seiner Enttäuschung. David hatte ihm erst vor zwei Tagen versichert, alles Mögliche zu unternehmen, um ihm zu helfen und zu beweisen, dass er nichts mit Hanks Tod zu tun hat. Und jetzt geht er lieber seinen Pflichten nach, um die Meute erneut auf ihn zu hetzen.

»Was ist denn, wenn ich in Winslow bin?«, fragt David neugierig. Er weiß nicht so recht, was er davon halten soll, lässt sich aber doch darauf ein.

»Dann werde ich mich so gegen Abend noch einmal bei dir melden.«

»Hatten wir nicht abgemacht, dass du die Finger davon lässt? Du riskierst zu viel. Man wird dich schnappen, bevor du noch den Ort erreichst.«

Die Fluchwörter in Ayatéhs Kopf überschlagen sich, doch er schweigt lieber. »Das liegt an dir. Wenn du den Ort von deinen schießwütigen Leuten umstellen lässt, habe ich keine Chance. Mir bleibt nichts anderes übrig, als dir zu vertrauen, ob mir das gefällt oder nicht.« Warum hält David nicht bedingungslos zu ihm? Ayatéh hatte erwartet, dass er ohne Einschränkung auf seiner Seite steht, ohne erst abzuwägen, ob er sich für einen Alleingang entschließen soll oder nicht. Er braucht seine Hilfe – jetzt!

Dann erwähnt Ayatéh noch einmal, dass er sich nicht auf Davids Ermittlungen allein verlassen will. »Ich bitte dich, vergiss deine Order und kümmere dich um wichtigere Dinge.«

»Okay, du kannst mir vertrauen. Ich werde hier alles hinschmeißen, mir einen Riesenärger einhandeln und abhauen, Richtung Winslow.

Zufrieden? Ich treibe mich dort bis zum nächsten Morgen irgendwo herum, nicht länger.«

Endlich eine positive Antwort. So hat Ayatéh die Möglichkeit, seinen eigenen Vermutungen nachzugehen und ist beruhigt, David in der Nähe zu haben, der eventuell schnell eingreifen kann. Es ist fast die gleiche Situation wie vor einigen Wochen. Wieder will er eine Person überführen und auf David warten. Doch kann er ihm dieses Mal wirklich vertrauen? Ist die Kraft der Freundschaft stark genug? Welche Steine werden ihnen dieses Mal in den Weg gelegt?

Am nächsten Morgen bricht Ayatéh gleich nach Sonnenaufgang auf. Der Weg am Cherry River ist sehr gebirgig und der Fluss schlängelt sich durch Felsen und Canyons. Es ist mühsam voranzukommen, der Weg beschwerlicher, die Hänge steiler, als er erwartet hatte. Er muss Felsspalten und Sackgassen umgehen, in denen Steinblöcke ihn am Weiterkommen hindern. Er presst die Beine gegen die Flanken des Pferdes und hofft, es trotzdem noch bis zum Abend zu schaffen. Doch erst als die Dämmerung hereinbricht, liegt die Bergkette hinter ihm und er kann jetzt den großen Colcord Mountain erkennen. Er hatte sich mit der Zeit ziemlich verschätzt und will versuchen, David noch einen Tag hinzuhalten, aber er bekommt keinen Empfang mehr. Ayatéh trabt mit seinem Pferd weiter und hofft, den letzten Rest seines Weges besser bewältigen zu können.

Beim nächsten Versuch hat er mehr Glück, David zu erreichen. Er ist noch in Winslow und lässt sich nur widerwillig darauf ein, sich noch länger dort aufzuhalten.

Am späten Nachmittag des nächsten Tages steht Ayatéh vor einem kleinen See, nur wenige Meilen vor Winslow. Irgendwo muss er jetzt das Pferd lassen. Auf der Suche nach einem geeigneten Ort irrt er noch eine halbe Stunde umher, bis er schließlich eine alte, halbverfallene Hütte findet. Hier bindet er das Pferd an und begibt sich zu Fuß auf den drei Meilen entferntem Weg nach Winslow.

Jetzt ist es schon dunkel und so hofft Ayatéh, unerkannt die Wohnung dieser Frau zu finden. Er kann sich noch gut daran erinnern, als er sie vor gar nicht so langer Zeit mit dem Auto verfolgte und weiß noch genau, wo sie wohnt. Bald steht er vor der richtigen Straße. Seine Hoffnung ist, dass sie noch dort lebt und auch zu Hause ist, sonst hat er schlechte Karten und würde David einweihen müssen. Was ist, wenn sie Besuch hat? Dann bleibt noch die Möglichkeit, sie auf der Arbeit abzufangen. Dort hatte sie sicher auch gelernt, wie man Autos knackt. Sie war ja bei der Autowerkstatt an der Quelle. Außerdem hatte sie ja auch seinen Pick Up gesehen, als er neben ihrem Wagen auf dem Parkplatz des Supermarktes stand. Alles reimt sich jetzt zusammen. Ayatéh ist sich ganz sicher, dass diese Frau etwas mit der Sache zu tun hat. Wo sie wohl sein Auto gelassen hat? Vielleicht ist es aber auch schon vom FBI sichergestellt worden.

Jetzt sieht er ihren Wagen am Straßenrand stehen, etwas weiter vom Haus entfernt. Wahrscheinlich hat sie keinen besseren Platz bekommen.

Es sind zwei Klingeln dort angebracht, mit verschieden Namen. Welche soll er betätigen? Wie heißt sie? Also drückt er wahllos auf dem Schild mit dem Namen *Mc Neal.* Ob es stimmt, lässt sich ja leicht herausfinden.

»Wer ist denn da?«, ertönt eine Frauenstimme, die allem Anschein nach sogar von ihr sein kann.

»Gehört Ihnen der blaue Fort hier an der Straße? Ich bin Bob Turner und wohne hier um die Ecke, ein paar Häuser weiter. Ihr Nachbar sozusagen, Sie haben mich sicher schon gesehen.« Ayatéh hofft, dass seine Stimme ihn nicht verraten wird.

»Was wollen Sie denn?«

»Miss Mc Neal, es ist mir ganz unangenehm, aber beim Einparken habe ich versehentlich Ihr Auto beschädigt. Ich bin heute total im Stress und habe wohl Bremse mit Gas verwechselt. Vielleicht können wir das klären, meine Versicherung wird es natürlich zahlen. Bitte ...«, weiter kommt er nicht.

»Warten Sie, ich komme«, ertönt die Stimme und kurze Zeit später öffnet sich die Haustür. Ayatéh reagiert blitzschnell: Während er sie packt, hält er sogleich ihren Mund zu, damit sie nicht schreien kann.

»Die Wohnungsschlüssel«, fordert er leise und hält ihr die freie Hand entgegen.

Nervös tastet sie in ihrer Hosentasche herum und reicht ihm die Schlüssel. Nach dem Öffnen zerrt er die Frau in die Wohnung und schließt die Tür ab. Vorsichtig lockert er jetzt den Druck seiner Hand um ihren Mund und hofft, dass sie sich ruhig verhält. Mit weit aufgerissenen Augen starrt sie ihn an, geht einige Schritte zurück und drängt sich schließlich in eine Ecke. Offenbar ist sie alleine.

»Ich schreie … ich schreie«, stammelt sie ängstlich und versucht, sich weiter von ihm wegzubewegen.

»Ich will eigentlich nur mit dir reden. Aber wahrscheinlich hättest du mich nicht rein gelassen.« Als er jetzt auf sie zugeht, scheint sie in Panik zu geraten. Damit sie nicht schreit, versucht er sie zu beruhigen, doch die Frau drückt sich gegen die Wand und Ayatéh sieht in ihren Augen Angst und Verzweiflung. Es ist keine Spur mehr vorhanden von der Selbstsicherheit, die sie damals ausstrahlte.

»Bitte tun Sie mir nichts«, fleht sie ihn an und ihr zierlicher Körper zittert.

»Ich habe nicht vor, dir etwas anzutun«, gibt er ihr in einem sanften Ton zu verstehen. »Aber wir werden jetzt so einiges klären – setz dich.«

Langsam geht sie zur Couch hinüber, wendet dabei jedoch nicht ihren Blick von ihm ab.

»Wie ist dein Name?«, fragt Ayatéh, nachdem er sich ihr gegenüber setzt und dabei in einen tiefen Sessel sinkt. Ihre Wohnung ist hell, aber kitschig eingerichtet. Viel Plüsch und – nach seinem Geschmack, unnützes Zeug.

»Cindy«, bekommt er zur Antwort und allmählich scheint sie sich zu beruhigen.

»Cindy Mc Neal«, murmelt er und bringt dann deutlich den Grund seines Eindringens vor. »Auch wenn ich dir nichts antun werde, wird dir meine Gesellschaft Unannehmlichkeiten bereiten. Erstens: Ich weiß von dem Geld und zweitens weiß ich, dass du Hank auf dem Gewissen hast.«

Statt zu antworten, schüttelt sie den Kopf. Krampfhaft hält sie ihre Hände an der Lehne.

»Pass auf, ich will nicht lange drum herum reden und mich nicht länger als nötig hier aufhalten – schließlich habe ich schon genug an Lebensqualität verloren und möchte meine Zeit mit dir nicht noch weiter verschwenden. Also, wo ist das Geld?«

Ayatéh ist nicht an dem Geld interessiert, doch er will wissen, ob sie es wirklich hat, denn dann wird sie mit Sicherheit auch Hank ermordet haben. Cindy mit einer Waffe zu bedrohen, hält er für unnötig. Außerdem ist es ihm zuwider, sie gegen eine Frau zu richten.

»Ich habe nicht viel, was ich verdiene ist lächerlich wenig.«

»Du weißt, welches Geld ich meine.« Er holt das Handy hervor und erklärt: »Ich brauche nur eine Nummer zu wählen, dann hast du einige Dealer am Hals. Nämlich die Leute, die mich um ein Haar deswegen umgelegt hätten. Mein Glück war eben, dass ich weiß, wo es ist und konnte mit ihnen verhandeln. Ihnen gehört die Kohle und sie werden alles tun, um es wieder zu bekommen – alles.« Natürlich ist seine Schilderung eine glatte Lüge, denn bisher ist er nicht von Dealern bedroht worden. Er sieht so die Möglichkeit, sie zu einem Geständnis zu bewegen. »Du weißt, dass sie auch nicht vor Mord zurückschrecken, die Leute fackeln nicht lange. Erst gestern haben sie einen umgelegt.« Dann wählt er Davids Nummer und bemerkt, wie Cindy immer nervöser wird.

»Okay, es kann losgehen. Ihr könnt euch jetzt beides holen. Die Kleine und die Kohle. Ist noch alles da, also in Winslow ...«

Cindy macht aufgeregt eine Stoppbewegung mit der Hand. Nervös läuft sie wie ein Tiger hin und her. Ayatéh sagt nur noch kurz seinem Gesprächspartner, dass er sich gleich wieder meldet und legt auf. Er fragt sich, wie David das Gespräch wohl aufgenommen hat.

»Du steckst mit ihnen unter einer Decke«, bringt sie verzweifelt hervor. »Ich habe das Geld, aber hol nicht diese Leute.«

»Wenn du es mir gibst, bin ich verschwunden. Also, wo ist es? Bei Tanner? Im Ferienhaus? Vergraben? Oder auf der Bank? Auch das lässt sich rauskriegen und wir bekommen es. Rück schon raus damit.«

Jetzt steht auch er auf und macht einige Schritte auf sie zu. Er nutzt den Zustand ihrer Verzweiflung aus. »Also!«

»Ich ... ich habe es hier im Schrank«, stammelt sie und geht ins Schlafzimmer. Ayatéh muss aufpassen, dass sie keine Waffe hervorholt und drängt sie grob zurück, sodass sie abrupt auf dem Bett landet. Dann erklärt Cindy ihm, wo sie es versteckt hat und mit einem Blick auf die Frau gerichtet, kramt er tatsächlich eine prall gefüllte Reisetasche hervor.

Welche Summe diese Scheine ergeben, kann er schlecht schätzen. Illegales Drogengeld – es kann zwischen hunderttausend und dreihunderttausend Dollar sein, vielleicht sogar mehr, sicher nicht weniger.

Ayatéh setzt sich auf die Tasche und sieht die junge Frau an, die ihm gegenüber auf der Bettkante hockt. Er denkt daran, dass sie es war, die ihn einmal ununterbrochen angehimmelt hat. Jetzt weicht sie ängstlich seinen Blicken aus.

»Okay Cindy, das haben wir hinter uns und jetzt will ich wissen, warum du Hank gekillt hast.« Sein Ton ist nicht mehr drohend und gespannt wartet er auf eine Antwort.

»Hank ist tot? Ich soll ihn umgebracht haben? Wie ... wieso ich?« Cindy kneift ihre rot geschminkten Lippen zusammen, als ob diese jetzt kein Wort mehr freigeben sollen. Nervös pult sie an den Fingernägeln herum.

Ayatéh nickt. »Ja *du* und warum du es getan hast, will ich jetzt erfahren.«

»Lass uns das Geld teilen und abhauen«, weicht sie dem Thema aus.

»Warum hast du es getan?« Ayatéh bleibt beharrlich an seiner Frage hängen und sieht, wie sich ihre Augen mit Tränen füllen. Aber auf diese Tour braucht sie ihm nicht zu kommen.

»Er ist brutal und skrupellos. Er ist ein Schwein.« Jetzt sieht sie beschämt nach unten. »Er hat mich vergewaltigt. Es war schrecklich und er war widerlich. Aber das reichte ihm noch nicht. Eine Woche später hat er mich wieder aufgelauert und es noch einmal getan. Beim zweiten Mal habe ich mich nicht gewehrt, weil er mich beim ersten Mal furchtbar geschlagen hat. Ich hatte solche Angst. Du kannst dir nicht vorstellen, wie schrecklich es für mich war und ich habe ihn gehasst.«

Jetzt bekommt Ayatéh Mitleid mit ihr. »Einer Frau so etwas anzutun ist ganz furchtbar, aber jemandem einen Mord in die Schuhe zu schieben, den man selbst begangen hat, ist für den Betroffenen auch nicht besser.«

»Ich weiß«, murmelt sie, während sie noch immer beschämt den Kopf nach unten neigt. »Ich habe seitdem keine Ruhe mehr.«

Ayatéh erhebt sich, hockt sich dann zu ihr nieder, legt seine Hand an ihr Kinn und hebt sanft ihren Kopf hoch. Diesmal sieht sie ihm direkt in die Augen.

»Ich kann es nachempfinden«, sagt er leise. »Hank war ein brutaler Mörder. Ich habe seine Hände an meinem Hals gespürt, als er zudrückte. Während ich um mein Leben rang, habe ich sein widerliches Grinsen gesehen. Dann wollte er meinen Kopf einschlagen. In letzter Sekunde hat mir jemand geholfen.« Er schiebt die Tasche zu sich heran, um sich wieder darauf zu setzen. Aber er muss gut aufpassen, dass Cindy nicht auf dumme Gedanken kommt. »Weißt du, um Hank tut es mir nicht Leid, ich würde dich gehen lassen. Nur, du kannst nicht erwarten, dass ich damit einverstanden bin, mir den Mord anhängen zu lassen. Ich möchte ein normales, freies Leben führen und erwarte, dass du zu der Tat stehst. Wenn du dich stellst und erzählst, was er dir angetan hat, wird die Strafe für dich wesentlich milder ausfallen.«

Verzweifelt hält sie ihre Hände vors Gesicht und schluchzt. Ayatéh blickt sich vorsichtig um. Auf dem Bett liegt ein rotes Kissen in Herzform mit weißen Spitzen umrandet. Die Überdecke auf dem Bett ist aus gelbem Samt. Die Figur eines traurig blickenden Clowns steht auf einem Regal.

Als Cindy sich beruhigt hat, fragt er, wie sie an sein Auto rangekommen ist und wo es jetzt steht.

»Es stand hier in Winslow an einer Tankstelle. Ich habe es gleich wiedererkannt. Als der Fahrer zur Kasse ging, kam ich auf diese Idee. Die Schlüssel steckten und dann habe ich mir den Wagen geschnappt.«

Ayatéh ist mit seinen Fragen noch nicht fertig. Weil er noch viel erfahren wollte, hatte er sich vorgenommen, diese Frau erstmal alleine aufzusuchen, in der Hoffnung. sie zu einem Geständnis zu bewegen und Antworten auf seine Fragen zu bekommen.

»Wann und wo hast du das Geld entwendet? Beim Ferienhaus?«

»Ich wusste, dass Marc Tanner eine Verabredung mit Hank bevorstand, weil er nämlich unser Date dafür sausen ließ. Als ich ihn fragte, was er denn von dem Typ wolle, meinte er, Hank hätte wohl vor, sich wieder mal abzusetzen. Aber das würde er nicht machen, ohne vorher einen großen Deal abgewickelt zu haben. *Soll er doch mit der Kohle im Kofferraum abzischen*, hatte Marc gesagt. Und, obwohl es nur eine Vermutung von ihm gewesen war – denn woher sollte er es schon genau wissen, habe ich den Kofferraum aufgebrochen, als der Wagen bei ihm am Ferienhaus stand. Ich habe es diesem Schwein nicht gegönnt. Natürlich dachte ich nicht daran, ihn umzubringen. Doch als ich dann in Marcs Wohnung den Anrufbeantworter abhörte, glaubte ich, dass das jetzt für mich die Gelegenheit wäre, es ihm heimzuzahlen. Ich hatte mich schon mit meinem Auto auf den Weg gemacht, als ich dann an der Tankstelle deinen Pick Up sah.« Ihre Worte klingen nicht wie ein Geständnis, eher wie eine Beichte.

»Und dann kam dir die Idee, mein Auto zu benutzen und als du die Pfeile gesehen hast, hattest du noch mehr in der Hand, um die Tat auf mich zu lenken.« Nach einer kurzen Pause fragt er weiter: »Und dein Auto hast du dort stehen gelassen?«

»Direkt neben der Tankstelle war ein Supermarkt. Dort hatte ich es auf dem Parkplatz gestellt. Ich brauchte dann nur schnell ein paar Schritte rüberlaufen, das hat niemand gesehen. Unterwegs habe ich eine

Freundin angerufen, die einen Zweitschlüssel hat. Ihr habe ich eine Geschichte aufgetischt, damit sie meinen Wagen dort abholt.«

Ayatéh nickt nachdenklich. »Hatte Hank denn zuvor am Telefon erwähnt, dass ich ihn entführt habe?«

Nervös streicht sich Cindy eine Haarsträhne aus dem Gesicht. Ihr Schnitt ist jetzt kurz, sodass das schmale Gesicht etwas voller wirkt. »Er sagte: *Der verdammte Indianer hat mich erwischt.* Dann stellte er seine hilflose Position dar, also dass er gefesselt an einem Baum war und flehte Marc an, ihn doch zu befreien.«

Mit dieser Aussage gibt Ayatéh sich vorerst zufrieden. Er fragt sich, wie viel Geld sie wohl schon ausgegeben haben könnte. Vielleicht wartet sie auf jemanden, um sich mit ihm abzusetzen.

»Du bist mit Tanner zusammen. Was weiß er von alldem?«

»Nichts! Ich schwöre dir, er weiß nichts davon. Außerdem haben wir unsere Beziehung inzwischen beendet.«

»Ist dir eigentlich bewusst, was du getan hast? Ich meine, dieses Geld gehört Drogendealern. Aber das sind nicht solche Typen, die auf der Straße handeln, sondern welche von der obersten Reihe. Die fackeln nicht lange, um ihr Geld wiederzuerhalten. Man kommt nicht an sie heran, denn sie haben ihre Leute, die sie losschicken; sie tun es nicht selbst. Und wenn man doch einen von den Obersten erwischt, hat man ihre Anhänger am Hals. Chaka hat versucht, sie zu erpressen, sie auffliegen zu lassen. Es war dumm von ihm und du bist es auch. Weißt du nicht, was sie getan haben?« Er überlegt eine Weile, bevor er fortsetzt: »Es ist gefährlich, sich in irgendeiner Form mit ihnen anzulegen, aber das viele Geld und dein Hass haben dich leichtsinnig und blind für die Gefahr gemacht. Das wäre dir fast zum Verhängnis geworden. Du kannst noch von Glück reden, dass *ich* dich gefunden habe.«

Um Cindys Augen haben sich schwarze Ränder von zerlaufener Wimperntusche gebildet. Jetzt hat sie sich beruhigt und will nach einem Taschentuch suchen Doch Ayatéh hält sie davon ab. Er befürchtet, dass sie nach einer Waffe greifen könnte.

Ayatéh holt jetzt wieder das Handy hervor. »Schönes Ding, ich könnte mich dran gewöhnen. Du glaubst nicht, wie oft ich es schon benutzen musste. Es landete zur richtigen Zeit in meinen Händen.« Während er Davids Nummer wählt, fragt er weiter: »Warum hast du es nur weggeworfen? Es hat dich verraten.«

»Ich ... ich wusste doch nicht … ich bin kein Profi, ich war in Panik und habe gedacht, wenn sie bei ihm das Handy finden, ist es vielleicht nicht so gut. Doch statt es selbst einzustecken, habe ich es weit weggeworfen. Ich war total durcheinander.« Als sie merkt, dass Ayatéh jemanden am anderen Ende der Leitung hat, reißt sie ihre Augen weit auf. »Nein, du wolltest die Leute doch nicht holen, wenn ich dir alles sage. Bitte nicht!« Flehentlich sieht sie ihn an.

»Moment ...«, sagt er dann am Hörer und wendet sich an Cindy. »Es war die Rede davon, nicht die Dealer zu holen. Doch um mich zu entlasten, braucht das FBI dein Geständnis. Was ich dir auch raten würde. Es liegen genug Beweise vor, um dich auch so festzunehmen.« Immer noch lässt er sie nicht aus den Augen, denn es könnte ja sein, dass sie irgendwo eine Pistole versteckt hält. Vielleicht unter dem Kopfkissen.

»Hier ist eine Lady, die in der Sache Hank eine wichtige Aussage machen möchte. Es wäre gut, wenn das FBI es sich anhört.« Dann gibt er die Adresse und den Namen an und beendet das Gespräch. David hatte ihm versprochen, auf dem schnellsten Weg zu ihm zu eilen und da er sich auch – wie Ayatéh ihm aufgetragen hatte – in Winslow aufhält, handelt es sich nur um wenige Minuten.

Er kommt allein, hört sich an, was Ayatéh ihm in knappen Worten berichtet, stellt Cindy weitere wichtige Fragen und nimmt sie schließlich nach ihrem Geständnis fest.

Nachdem Ayatéh ausgiebig geduscht hat, ist er froh, endlich öffentlich in Erscheinung treten zu können. Die Anklage gegen ihn wurde auf der Stelle fallen gelassen. Noch am selben Abend sitzt er mit David in einem guten teuren Restaurant.

»Na, was hast du dir jetzt eingehandelt, Lob oder Ärger?« Etwas schadenfroh grinst Ayatéh ihn an.

»Wir sollten dich beim FBI einstellen«, schlägt David ihm scherzhaft vor. »Du hast hervorragende Arbeit geleistet und gut recherchiert.«

»Nein, zu viel Gewalt und man muss sich ständig mit diesen Verbrechern herumschlagen.«

Nach dieser Antwort kann sich auch David ein Grinsen nicht verkneifen, denn das waren einmal seine Worte gewesen.

»Wahrscheinlich habe ich jetzt einen großen Rauschgiftring entlarvt.« Dabei klopft sich Ayatéh scherzhaft und selbst lobend auf die Schulter.

»Schön wär's, die Namen auf dem Datenträger sind fast alle seriös. Die meisten haben einen geschäftlichen Ursprung.«

»Und was ist mit diesem Joseph Hopkins?«

»Der betreibt eine Erdnussfarm in Kalifornien«, gibt ihm David Auskunft.

»Ah, und du glaubst wirklich, dass er mit *Erdnüssen* handelt, ja? Ein Mann, der mit einem Drogendealer wie Hank Geschäfte macht!«, Ayatéh lässt seiner Fantasie freien Lauf. »Wer weiß, vielleicht hat er im Dschungel von Südamerika ganze Felder mit diesem blühenden Mohn für den Heroinmarkt angebaut und gibt dadurch vielen halb verhungerten Menschen Arbeit. So gesehen, ist es noch eine gute Sache.

»Meinst *du!* »Davids skeptischer Gesichtsausdruck veranlasst Ayatéh dazu, das Thema etwas zu vertiefen.

»Was würdest du denn machen«, fragt er David, »wenn du sechsfacher Familienvater in Südamerika wärst und deine Kinder nagen am Hungertuch? Schule ist sowieso nicht drin, aber ab und zu etwas zu essen würdest du dir sicher wünschen. Du würdest dich als Versager fühlen, weil du deine Familie noch nicht einmal mit dem Notwendigsten versorgen kannst. Dann kommt ein Mann und gibt dir eine Arbeit und du hast einmal im Leben die Chance, das Dasein deiner Familie etwas zu verbessern. Jetzt braucht dein zehnjähriger Sohn nicht mehr im Bergwerk schuften und deine Tochter nicht mehr auf den Strich gehen. Fragst du dann, ob deine Arbeit sozial vertretbar ist? Ist das Leben dieses Familienvaters sozial vertretbar beziehungsweise moralisch zu verantworten?«

Aber David stellt diese Ansicht in Frage. »Du meinst, nur weil du so dreist bist und hinter deinem Haus einen Kübel Cannabis angepflanzt hast, ist es eine gute Sache.«

Ayatéh grinst. »Ich habe kein Cannabis angepflanzt, du verwechselst das mit den Maiglöckchen.«

David lacht. »Ah so, natürlich! Wie gut, dass die Züchtung von Maiglöckchen nicht verboten ist.«

»Inzwischen habe ich es reingebracht. Außerdem war ich lange nicht mehr dort. Es wird jetzt wohl leider alles vertrocknet sein.«

»Warum *leider*?«

»Weil sie Lebewesen sind. Ihr *bilagaana* macht ständig Unterschiede zwischen gute und böse Lebewesen. Ihr bestimmt, welche davon existieren dürfen und welche nicht.«

»Das ist auch richtig so«, bekräftigt David. »Denn wenn wir die Kontrolle verlieren, wächst uns buchstäblich alles über den Kopf. Außerdem rechtfertigt es nicht die Legalisierung dieser Anpflanzungen, nur weil du ein Herz für Pflanzen hast.«

Ayatéh grübelt. »Nun, vielleicht sollte ich mich in Zukunft auf die Zucht von *Lophophora williamsii v. caespitosa* beschränken. Das ist auch wesentlich einfacher.«

David grinst ihn breit übers Gesicht an. »Ha«, lacht er. »Glaubst du etwa, ich lass mich von dir in die Irre führen? Natürlich weiß ich inzwischen, dass das der lateinische Name eines Peyote-Kaktus ist. Willst du, dass dein Volk benebelt herumläuft? Und ob es legal ist, ist sehr … sehr fraglich.«

»Caramba«, stößt Ayatéh hervor. »Mir sitzt ja ein FBI-Mann gegenüber. Jetzt muss ich aber aufpassen.«

David zieht seine Stirn in Falten. Die Sticheleien von Ayatéh haben ihren Grund. »Ja, einer, der einen Unschuldigen verhaften wollte.«

»Und dieser Unschuldige musste erst sein Leben aufs Spiel setzen, bevor er frei sein konnte.«

Dann erzählt ihm Ayatéh genau, wie er darauf kam, diese Frau zu verdächtigen. Dass er bei den Stiefelabdrücken stutzig geworden war und er Cindy Mc Neal erstmal alleine aufsuchen wollte, um in Ruhe mit ihr reden zu können.

»Woher wusstest du, dass Tanner eine Geliebte hat und wo sie wohnt?« will David von ihm wissen.

»Das ist Indianergeheimnis.«

»Na ja und da ich zu den Bleichgesichtern gehöre, muss ich wohl jetzt meinen Mund halten.«

»Genau so ist es.« Ayatéh grinst und genießt wieder einen kräftigen Schluck von seinem Bier. Obwohl er geduscht hat, fühlt er sich müde und ausgelaugt. Die letzten Tage waren sehr anstrengend und hatten ihm sehr zugesetzt. Er freut sich auf ein warmes Bett in seinem Motel.

»Ich habe gehört, du hast dir ein Pferd gekauft.«

Ayatéh lächelt. »Ja, ich habe viel Geld auf der Ranch verdient. Als Nächstes brauche ich ein neues Auto. Mein Vater hatte schon eine Menge dafür gespart, aber ich habe fast die Hälfte davon verbraten. Den Rest gab ich Charly, denn er wollte gerne das *Butterfly* renovieren und ihm fehlte das Geld. Er gibt mir monatlich etwas zurück, so wie er kann. Mal sehen, ob es für ein Auto reicht. Aber mein Pferd möchte ich trotzdem nicht missen.«

»Du lebst in einem Hogen? Hast du ihn tatsächlich gebaut?«, wechselt David das Thema.

»Natürlich, vielleicht besuchst du mich mal.« Ayatéh möchte seine Freundschaft behalten, auch wenn es Momente gab, wo er sich von ihm betrogen fühlte. Vielleicht war es wieder eines dieser verdammten Missverständnisse, die zwischen diesen Völkern immer wieder auftreten und die es zu bewältigen gilt.

»Gerne, aber nicht in einer kalten Jahreszeit«, schmunzelt David.

»Weißt du nicht, dass ein Hogen sich den natürlichen Bedingungen anpasst? Im Sommer kühlt er und im Winter hält er die Kälte ab.«

»Das hört sich gut an, aber der Sommer gefällt mir für diesen Besuch doch besser.« Dann wechselt er erneut das Thema. »Und falls es mit meiner neuen Flamme in Zukunft klappt, möchte ich sie heiraten, dann sollst du mein Trauzeuge werden.«

Ayatéh nickt nur und lächelt verlegen. »Wie hast du sie kennengelernt?«

»Wir sind uns oft beruflich über den Weg gelaufen. Sie ist Gerichtspsychologin. Na ja, und irgendwann hat es gefunkt.«

Eine Zeit lang schweigen sie. David brennt etwas auf der Seele und er weiß nicht so recht, wie er es sagen soll. Nervös spielt er mit seinem Glas. »Ich habe einen großen Fehler gemacht«, beginnt er mit reumütigem Tonfall.

»Ja«, antwortet Ayatéh nur.

»Sie hätten dich um ein Haar erschossen. Ich habe die Situation nicht vorausgesehen. Ich hatte Angst. Angst davor, dass sie dich erwischen. Jeden Tag habe ich mich gefragt, wie ich nur so etwas tun konnte. Ich weiß nicht, ob ich es jemals wieder gut machen kann. Wenn ich dich als Freund verloren habe, habe ich es verdient.«

Ayatéh verrät ein fast unmerkliches Lächeln an seinen Mundwinkeln. »Es ist nicht so wichtig, einen guten Freund zu *finden.* Wichtiger ist es, ein guter Freund zu *sein.«*

»Du hast recht. Das habe ich jetzt gelernt und ich bin froh, dass wir uns kennengelernt haben.«

»Das finde ich auch«, meint Ayatéh. »Wir bleiben Freunde, o.k.? Schließlich habe ich dich doch gefragt, ob du mich in meinem Hogen besuchst. Dort lasse ich nur Freunde rein.«

»Klar.« David ist sichtbar erleichtert. Er trinkt einen Schluck von seinem Bier und wechselt das Thema. »Du hast erst vor ein paar Tagen gesagt, dass es besser ist, wenn wir uns nicht mehr wiedersehen.«

»Ich war wütend auf dich, vergiss es.«

»Nein, du hast es aus einem anderen Grund gesagt.«

Ayatéh weiß, worauf sein Freund hinaus will. »Ich weiß nicht, wie die Zukunft sein wird, deshalb halte ich es gerade jetzt für besser, wenn wir in Kontakt bleiben. Ich gebe dir zwei Telefonnummern, damit du die Möglichkeit hast, mir eine Nachricht zu hinterlassen. Eine vom *Butterfly* und die andere von einer Tankstelle.«

»Hast du Angst?«

Als Ayatéh stumm nickt, schaudert es David. Er möchte lieber an etwas anderes denken, aber es gelingt ihm nicht. »Weißt du, zu Anfang fand ich deine – na ja, ich sage mal mystische Welt faszinierend, aber inzwischen denke ich, wenn es irgendwo eine Existenz gibt, die für mich eine Bedrohung darstellt, dann will ich wissen, was es bedeutet und wie ich dagegen vorgehen kann.« David denkt dabei an Skinwalker.

Ayatéh weiß, dass vieles, was in Zukunft passieren wird, von David abhängt. Er spürt jeden Tag deutlich diese zerrende Spannung in ihm. Instinktiv weiß er, dass er nichts mehr verdrängen kann. Ihm muss etwas einfallen, um diesen Bann zu brechen. »David, er schafft es nicht, seine Macht über mich zu erheben, deshalb will er uns trennen. Ihm passt unsere Freundschaft nicht. Er setzt alles daran, sie zu zerstören, dann hat er ein leichteres Spiel. Wir müssen zusammenhalten und dürfen uns nicht mehr täuschen lassen.«

»Eine Frage – wie weit geht die Gefahrenzone bei mir? Ich meine – muss ich nur dich fürchten oder werden mir auch Wesen aus der Unterwelt nach meinem Leben trachten?«

»Ich kann dir genau sagen, dass dir keine Gefahr droht. Ich werde mich der Forderung nicht beugen. Über mich kann er keine Macht bekommen, sonst wärst du schon längst tot. Sie können dir nur Angst machen.«

David zeigt ein Stirnrunzeln, was deutlich macht, dass es in ihm arbeitet. »Warum *du* nicht? Weil du ein Schamane bist und Zugang zu ihrer Welt hast?«

»Es ist schwer in Worte zu fassen, aber so in etwa hast du recht.« Ayatéh ist erschöpft und fühlt sich nicht in der Lage, David die anderen

Ebenen, die nur durch ein erweitertes Bewusstsein zu erreichen sind, näher zu erklären.

»Wenn ich dir jetzt sage, dass ich Angst habe, kannst du mir versichern, dass es unbegründet ist?«, fragt David, der inzwischen begriffen hat, dass es mehr gibt, als er sehen und hören kann.

»Auch wenn es für dich ziemlich unrealistisch klingt, aber ich weiß, dass ich meinen Bruder, den Wind, auf meiner Seite habe. Seine Geister spüre ich oft am Polaca Wash. Ich verstehe all die Zeichen und weiß, dass ich ihnen vertrauen kann. Ich bete zu Talking God und Mother God und ich weiß jetzt, worin mein Fehler liegt. Als Nick mich damals angerufen hatte, kam ich drauf. Er hat mir den Kopf gewaschen. Obwohl er es anders meinte, hat er Recht. Mein Problem liegt darin, dieses unsichtbare Band, das zwischen uns ist, jetzt nicht mehr zu verdrängen. Ich werde um Hilfe bitten und ich hoffe, dass ich sie bekomme. Aber um dir zu antworten, muss ich sagen, dass deine Angst wirklich unbegründet ist. Sie wollen deinen Tod nur durch *mich.* Es geht mir darum, dass nicht noch mehr Menschen, die zu meinem Freundeskreis gehören, durch diese manipulierende Macht ums Leben kommen.«

»Damals hätte ich gesagt, du spinnst, aber inzwischen glaube ich dir«, antwortet ihm David.

»Wir müssen eine Lösung finden. Diese Aufgabe stelle ich mir und ich zerbreche fast daran, weil ich dazu nicht in der Lage bin.«

Ein Schweigen entsteht und jeder hängt seinen Gedanken nach.

Dann sagt Ayatéh: »Außer mit Tacheenie kann ich nur mit wenigen Freunden ausführlich darüber reden. Aber vielleicht sollten wir trotzdem das Thema wechseln.«

David trinkt sein Bier aus. Es ist alles so kurios. »Ja, okay«, sagt er dann. »Aber ich möchte dir noch eine Frage stellen, die mich schon sehr lange beschäftigt. Ich habe bisher nur noch nicht gewagt, sie dir zu stellen.« Er fühlt sich plötzlich in Ayatéhs Gegenwart klein und unbedeutend. Zudem bekommt er den Eindruck, dass er jemandem gegenüber sitzt, der erhaben ist über irdische und überirdische Dinge. Obwohl Ayatéh zugibt, hilflos und verzweifelt zu sein, macht er den Eindruck, über allem zu stehen. David zögert mit seiner Frage.

Ayatéh reagiert nicht, sagt nichts, sieht ihn nur an. »Na ja«, beginnt David. »Ich habe mich schon oft gefragt, ob du wirklich Menschen heilen kannst … du weißt was ich meine … als Medizinmann, Schamane oder so …?«

Ayatéh glaubt, dafür nicht den richtigen Gesprächspartner zu haben. Was er ihm kurz antworten müsste, passt nicht in Davids abstrakte Welt. Außerdem geht es keinem Außenstehenden etwas an. Trotzdem will er ihm antworten. »Weißt du«, murmelt er, »man muss es so betrachten, als ob ich nur das Werkzeug bin, durch das es geschieht. Und weil es so ist, bin ich es nicht mehr würdig. Denn es ist etwas Heiliges. So heilig wie die runde Trommel, die das Werkzeug dafür ist, den Herzschlag der Erde wiederzugeben. Deshalb darf man nicht über sie hinweg greifen. Ich habe ein Tabu gebrochen, nämlich das heilige Erbe zu behüten, es weiter zu tragen und mit der geistigen Welt im Einklang zu bringen.«

»Warum hast du es getan?«

»Ich war blind vor Hass. Ich wollte nur Vergeltung. Ich habe meinen Verstand ausgeschaltet. Nachdem sie vor Gericht freigesprochen worden sind und ich ihre dämlich grinsenden Gesichter sah, wollte ich, dass sie sterben.«

Gedankenverloren dreht und wendet David sein Glas hin und her. »Vielleicht sollten wir doch lieber das Thema wechseln. »Was hast du jetzt vor?«

»In welcher Hinsicht?«

»Ich meine, du gehst gleich in dein Motel und dann? Was hast du morgen vor?«

»Ich muss morgen sehr früh aufstehen, denn an einer alten Hütte habe ich heute Nachmittag ein Pferd angebunden. Das bringe ich zurück zur Ranch.«

»Ich besorge dir ein Mietauto mit Pferdeanhänger, das bin ich dir schuldig«, schlägt David bereitwillig vor, obwohl er weiß, dass es teuer wird.

»Ich werde mir einen dicken Schlafsack holen und den Weg zurück noch einmal reiten, aber dieses Mal genieße ich es.«

»Und wohin gehst du, wenn du das Pferd abgegeben hast? Gibst du dann deinen Aufenthaltsort preis?« schmunzelt David.

»Nach Hause.«

Und sein Zuhause ist dort, wo sein Hogen steht, wo der Adler seine Kreise zieht und der Wind sein Lied singt. Dort an der Flussniederung des Polacca Wash, bei den Beifußsträuchern und Baumwollbäumen.

Dort will er leben und sich eine Schaferde zulegen, wie es einst sein Vater machte.

Schemenhaft sind die Umrisse der Gegenstände im Hogen zu erkennen. Die Morgendämmerung ist angebrochen und das erste Licht durchflutet den Raum.

Ayatéh hatte eine sehr unruhige Nacht und ist noch etwas benommen von seinem Traum: Wieder erschien ihm ein Adler. Langsam flog er seine Kreise und kam schließlich auf ihn zu. Je näher er kam, desto größer wirkte er.

Sein Schrei hallte als Echo in den Bergen wider. Genau vor Ayatéh ließ er sich nieder, mit einem Körper, der dreimal so groß war, wie der eines Menschen. Ayatéh hatte große Furcht, denn er wusste, was der riesige Vogel von ihm wollte. Der Adler forderte ihn auf, sich auf ihn zu setzen, damit er ihn fortführen kann aus dieser Welt – aus der Welt der Lebenden.

Und sie flogen davon, immer höher und schneller bis sie die Berge hinter sich gelassen hatten und sich einer Stadt näherten. Sie war groß. Unter sich sah er viele Hochhäuser. Auf einem von ihnen stand eine dunkle Gestalt. Sie war nicht deutlich zu erkennen, vielleicht ein Mann. Jetzt hob diese Person die Arme zu ihm und dem Vogel empor und rief ihm zu, dass er herunter kommen solle. Dann nahm Ayatéh seinen Mut zusammen und ließ sich von dem Vogel fallen. Doch während er fiel, wachte er auf. Noch völlig verwirrt, denkt er über diesen Traum nach. Der Adler ist ein Bote zwischen den Welten. Er hatte ihn geholt, um ihn fort zu führen.

Während er versucht, sich an Einzelheiten zu erinnern, nimmt er von draußen das Rauschen des Windes wahr. Heute ist irgendetwas anders. Das Gefühl, dass dieser Tag kein gewöhnlicher sein wird, lässt ihn nicht los.

Ayatéh richtet sich auf, geht hinaus und begrüßt den Tag wie immer mit dem Gesang der Morgenröte. Er verstreut Blütenstaub auf die heilige rote Erde, dankt dem Schöpfer und bittet darum, diesen neuen Tag zu segnen.

Der Wind lässt den Sand empor wirbeln und umschließt ihn, ohne das er etwas bemerkt. Vertieft in seinem Gebet empfindet er eine fremde, aber angenehme Wärme.

Während er singt und die Wärme in ihm emporsteigt, verspürt er plötzlich die Nähe des *nilch' i*[*], des heiligen Windes. Seine Geister sind da, die ihm ihr Wissen um eine Gefahr vermitteln. Obwohl er diese Gefahr wahrnimmt, ist das Gefühl der Angst in weiter Ferne.

Ayatéh öffnet die Augen, sieht, wie die Pinienbäume sich beugen und der Wind den Sand kreisförmig empor wirbelt. Es sieht aus wie viele winzig kleine Wirbelstürme, die sich auflösen und sich wieder neu bilden.

Er weiß, was dies bedeutet, erkennt auch hier die Gefahr, die ihm jetzt vermittelt wird und versteht, dass dies ein Zeichen der Warnung ist.

Vielleicht hat die Bedeutung seines Traumes etwas damit zu tun. Auf jeden Fall droht Gefahr, doch woher? Hier kann es nicht sein, denn die Geister des Windes würden ihn beschützen.

Ayatéh begreift, dass er mehrere Botschaften erhalten hat. Der Traum signalisiert ihm, dass *er* in Gefahr ist. Er weiß auch, dass die Geister des Windes ihn auf etwas anderes hinweisen. Er hatte eine kurze Vision bekommen, die ihm deutlich machte, dass der Tod eines ihm nahe liegenden Menschen bevorsteht.

Wie hatte er sich seinen Tagesablauf heute vorgestellt? Er will nach Rough Rock, um Nick zu besuchen. Aber auch seinen anderen Freunden möchte er einen Besuch abstatten.

Ayatéh holt sich aus einem alten, verbeulten Blecheimer frisches Wasser vom Fluss, gießt es in einen Tonkrug und hängt ihn im Hogen über der Feuerstelle auf. Der Krug ist bemalt. Sorgsam achtet er darauf, dass er ihn nicht versehentlich beschädigt, denn er stammt von Pablo, der ihn vor drei Jahren in der Schule hergestellt hat.

---

[*] *nilch'i* = Dem Wind wohnen heilige Kräfte inne. Wind durchdringt die gesamte Natur. Der heilige Wind schenkt Leben, Gedanke und Rede, außerdem die Fähigkeit zur Bewegung und dient als Kommunikationsmittel zwischen allen Wesen des Kosmos. Damit wird er zu einem zentralen Begriff der Philosophie und Weltsicht der Diné.

Dann geht er zu seinem Pferd, das noch in der primitiven Unterkunft steht.

Der Winter lässt sich dieses Jahr Zeit und die Zeichen stehen dafür, dass er mild wird. Ayatéh hat schon viel Holz gesammelt und es trocken gelagert. Hoffentlich wird er dann noch Glück bei der Jagd haben. Er hat sich gut vorbereitet, viele Pfeile geschnitzt und einen neuen Bogen angefertigt. Getrocknetes Fleisch ist auch reichlich da, es muss nur sicher vor wilden Tieren gelagert werden.

Nachdem er sich mit dem aufgewärmten Wasser gewaschen hat, streift er sich frische Kleidung über, schwingt sich aufs Pferd und macht sich auf den Weg.

Die feucht-kalte Luft lässt seinen Atem wie Nebel erscheinen. Der Morgentau blinkt zauberhaft zwischen den aufkommenden Sonnenstrahlen, die allerdings noch kaum Wärme abgeben.

Marc Tanner streicht sich nervös über die Stirn. Diese stickige Luft hier im Besucherraum des Gefängnisses ist erdrückend. Eigentlich hatte er keine Zeit, hierher nach Phoenix zu kommen, doch Cindy Mc Neal drängte ihn an diesem Morgen so sehr, dass er sich entschied, diesen langen Weg zu machen.

»Ich habe nicht viel Zeit, was ist so wichtig?« Tanner will gleich zur Sache kommen und übergeht ganz einfach die Begrüßung, denn bei Cindy wäre es nur eine Höflichkeitsfloskel gewesen, auf die er keinen besonderen Wert mehr legt.

Cindy, die einen sehr mitgenommenen Eindruck macht, sieht sich vorsichtig um. Wenn sie leise sprechen, wird es die Aufseherin nicht hören. Wie eine Statue steht die füllige Frau in ihrer viel zu engen Uniform etwas abseits der Tür und scheint jede Bewegung von ihr zu registrieren.

»Nett dich wieder zu sehen«, murmelt sie tonlos.

Tanner hat jegliches Interesse an ihr verloren. Schon Wochen, bevor er erfahren hatte, was sie mit ihrer Geldgier anrichtete, hatte er sich von ihr getrennt. Er hätte ihr so vieles bieten können, aber sie zog es vor, den Hals nicht voll zu kriegen.

»Ich glaube, ich habe einen Riesenfehler begangen.«

»Gut, dass du es so schnell einsiehst.«

»Ich meine etwas anderes. Gestern Vormittag war hier ein Mann. Ich habe ihn noch nie gesehen – keine Ahnung, wer er ist oder wie er heißt. Er hat mir später gesagt, dass er ein Freund von dir ist. Und als ich ihm sagte, dass ich deine Freunde kenne und er nicht dazu gehört, hat er ziemlich widerlich gegrinst.«

»Wie sah er aus?«

Noch während Cindy ihm eine genaue Beschreibung gibt, ahnt Tanner, um wen es sich handeln könnte.

»Was wollte er?«

»Er hat erst ziemlich dumm daher geschwafelt, bis ich endlich dahinter kam, dass er mich aushorchen wollte.« Nervös zupft sie an den Ärmeln ihrer Bluse. »Er wollte von mir hören, wieso Ayatéh Dolores wusste, dass ich das Geld hatte.« Sie zögert.

»Und dann?«

»Na ja«, erzählt Cindy weiter. »Er war ziemlich dreist und unverschämt – nicht gerade sympathisch, deshalb habe ich gesagt, er solle verschwinden. Er muss einer von diesen Dreckskerlen sein, die zu Hank gehörten und eigentlich an meiner Stelle hier sitzen sollten.« Sie macht eine kurze Pause, beißt sich verlegen auf die Unterlippe und setzt fort: »Ich bin ziemlich frustriert, weißt du. Und als er mir dann noch deutlich machte, dass ich wegen Ayatéh Dolores hier sitze und dass der mir alles vermasselt hat, da ...« Sie zögert.

Jetzt fängt sie noch einmal anders an: »Er fragte mich, was Dolores noch alles so weiß und … und dann habe ich ihm gesagt: *Genug, um auch dich hinter Gitter zu bringen.*

Tanner lässt ein Fluchen hören, dann wirft er einen Blick zur Aufseherin, die noch immer wie angewurzelt einige Schritte hinter Cindy steht. »Er ist ein Killer«, sagt er leise. »Und er hat das Kokain. Als er erfahren hat, dass Hank tot ist, hat er sich das Zeug gleich geschnappt. Eine ganze Menge – und er wird alles daransetzen, jeden auszuschalten, der es ihm streitig machen könnte, oder ihn entlarvt. Wenn Ayatéh Dolores tatsächlich davon weiß, könnte er ihn auffliegen lassen. Dieser Mann geht kein Risiko ein und er killt, ohne mit der Wimper zu zucken.«

Tanner steht auf. »Gut, dass du mich informiert hast.«

Ayatéh freut sich darauf, nach langer Zeit seine Freunde wieder zu sehen. Schon von Weitem kann er Nick erkennen, der vor dem Haus Feuerholz hackt.

»Komm rein und trink mit uns einen heißen Kaffee«, schlägt er vor, lässt die Arbeit liegen und steigt mit seinem Freund die alten Holzstufen zum Hauseingang empor. Nicks Frau kommt ihnen freudig entgegen und begrüßt Ayatéh. Dann macht sie sich daran, das Frühstück vorzubereiten.

»Gut, dass du da bist«, sagt Nick und zieht sich einen Stuhl heran, um Ayatéh gegenüber zu sitzen. »Sanchez Moreno war vor vier Tagen hier. Du sollst dich bei ihm melden.«

»Der Sheriff? Was will er?«, überlegt Ayatéh und genießt einen kräftigen Schluck schwarzen Kaffee.

»Es geht wohl um dein Auto. Du kannst es abholen, sollst dich aber noch bei ihm blicken lassen. Vielleicht nur quittieren, dass du es mitnimmst, nehme ich an.«

»Ah ja.« Ayatéh nickt und denkt daran, dass es auch endlich mal Zeit wird, etwas von seinem Auto zu erfahren. »Wo war es denn?«

»Ich weiß nicht, das wird Moreno dir sicher sagen.« Nick steht auf, hängt seinen Hut an den Haken und hilft seiner Frau Mary, den Tisch zu decken. »Wie geht es dir? Kommst du zurecht?«, will er dann wissen, während er sich sein Brot schmiert.

»Ja, es ist alles in Ordnung«, erklärt Ayatéh seinem Freund und nimmt sich trotzdem vor, auf der Hut zu sein, denn die deutliche Warnung am frühen Morgen am Polacca Wash nimmt er sehr ernst.

»Übrigens, Laura hat schon öfter nach dir gefragt«, erzählt Mary und lächelt ihm zu. »Sie hat in der Schule etwas Schönes gebastelt, was sie dir schenken möchte.«

Mary bindet ihre Haare nach hinten zu einem Zopf, sodass jetzt die Ohrringe aus Türkissteinen zu sehen sind. Sie ist eine der Frauen, die solche Schmuckstücke anfertigen, die von Charly gekauft werden. Mit diesen wertvollen Arbeiten beliefert er so andere Geschäfte. Früher hatte Chaka dies übernommen, doch jetzt versucht er sich alleine um das Geschäft zu kümmern.

»Ach ja«, fällt Nick jetzt ein, »Charly war hier und hat auch nach dir gefragt. Am besten, du fährst mal bei ihm vorbei, nachdem du dein Auto abgeholt hast.«

»Okay«, antwortet Ayatéh nur und lässt sich sein Frühstück schmecken.

Danach hilft er Nick beim Holzhacken und stapelt alles an einen trockenen Platz. Während der Arbeit hält plötzlich ein Auto am Straßenrand und als Ayatéh erkennt, dass es Dusty ist, schlendert er auf ihn zu.

»Hallo, wann kommt Laura aus der Schule?«

Dusty drückt seine Zigarette im Aschenbecher aus. »Sie ist heute länger dort. Die machen da so ein Projekt. Aber morgen Mittag ist sie zu Hause. Komm doch vorbei, sie wird sich freuen. Aber was ich dir sagen will: Tacheenie hat nach dir gefragt. Er möchte mit dir reden. Es scheint wichtig zu sein.«

»Okay, werde ich machen. Grüß Abby von mir.«

Dusty nickt und schmunzelt.

»Was ist?« Neugierig sieht Ayatéh ihn an.

»Sie ist schwanger«, erklärt Dusty.

»Gut, ihr habt ja auch lange genug gewartet. Ich freue mich für euch.« Lächelnd verabschiedet er sich von seinem Freund und geht wieder zurück, um Nick weiter bei der Arbeit zu helfen.

Danach macht er sich auf den Weg, Santo zu besuchen, in der Hoffnung, dass er den Bruder seines Vaters zu Hause antreffen wird.

Wie üblich ist dies nicht der Fall und so lässt Ayatéh sich auf der Holzstufe vor dem Haus nieder, um auf ihn zu warten.

Nach ungefähr einer halben Stunde fährt das Auto in den Schotterweg ein. »Ayatéh, gut, dass du da bist. Ben sucht nach dir. Am besten du gehst gleich mal zu ihm.«

Ayatéh reibt mit der Hand nachdenklich an der Stirn. Was ist das heute nur für ein Tag, denkt er, denn auf einmal will jeder etwas von ihm. Er war doch nur sechs Tage weg. »Weißt du, worum es geht?«

Santo nickt und führt ihn ins Haus. Es ist kalt und ungemütlich. Als Kathrin noch da war, standen manchmal Blumen auf dem Tisch und es war aufgeräumt. An der Wand hängt ein Bild von ihr und dem Baby.

»Du kennst doch sicher den Bruder von Ben«, beginnt Santo, hebt seine Kleidung vom Stuhl auf, wirft sie zum Bett hinüber und setzt sich.

»Jeffrey. Ja, was ist mit ihm?« Ayatéh blickt ihn besorgt an, denn er ahnt nichts Gutes.

»Er ist gestern gestorben. Drogen – er hat sich eine Überdosis gespritzt. Ben möchte, dass du die Beerdigungszeremonie leitest.«

»War er nicht bei Tacheenie?« Ayatéh wirkt unsicher und etwas nervös.

»Er möchte, dass *du* es machst. Er hat Respekt vor dir und achtet dich. Du wirst es hoffentlich nicht ausschlagen.«

Ayatéh sieht bedrückt nach unten. »Nein«, antwortet er leise.

»Warum auch.« Santo sieht ihn ernst an.

»Ja, warum auch.«

Ayatéh lässt sich auf den Holzfußboden nieder, auf dem ein alter, fleckiger Läufer liegt und lehnt sich mit dem Rücken gegen die Wand.

»Ich weiß, wie du darüber denkst«, beginnt Santo. »Aber das muss auch einmal ein Ende haben. Es ist lange vorbei. Du glaubst, du bist dessen nicht würdig. Vielleicht sprichst du noch einmal mit Tacheenie darüber.« Dann sucht er in sämtlichen Schubladen nach einer Packung Zigaretten, findet schließlich auch welche und zündet sich eine an. Bedrückt sieht er, wie Ayatéh den Kopf nach hinten an die Wand lehnt und die Augen schließt. Eine ganze Zeit lang schweigen sie.

»Vielleicht solltest du Ben gleich aufsuchen«, schlägt Santo vor.

»Sein Bruder war erst siebzehn Jahre«, murmelt Ayatéh. »Verdammt, warum ist es soweit gekommen?« Die Warnung der Geister kommt ihm in den Sinn, doch Jeffrey ist gestern gestorben, er kann damit nicht gemeint sein. Wer wird noch sterben? Was soll er nur tun?

Santo steht auf. »Komm, ich fahre dich hin.«

»Nein, du kannst mich erst mal nach Chinle fahren, damit ich mein Auto abholen kann und dann werde ich nach und nach alle anderen abklappern, die etwas von mir wollen. Bei Ben fange ich an.«

Der alte rostige Pick Up tuckert langsam zum *Butterfly*. Er ist von der Polizei gründlich inspiziert worden, nachdem sie ihn im Gebüsch nahe Winslow gefunden haben. Alles wirkt jetzt irgendwie fremd, so, als ob er das Fahrzeug einer anderen Person fahren würde. Während die Landschaft an ihm vorbeirauscht, denkt er noch einmal an das Gespräch mit Ben. Gerade eben hatte er sich verabschiedet und ihm eine feste Zusage für die Zeremonie gegeben. Ayatéh hatte Jeffrey gemocht. Aber er war zu sensibel für diese Welt gewesen.

Im *Butterfly* kommt ihm gleich Charly entgegen und schlägt ihm freundschaftlich auf die Schulter. »Gut, dass du noch rechtzeitig kommst, ich brauche deine Hilfe.«

»Das habe ich mir gedacht«, schmunzelt Ayatéh und schlendert zum Kaffeeautomaten, füllt sich einen Becher voll ein und setzt sich an einen der kleinen Tische, die an einer Fensterreihe stehen.

»Bevor ich es vergesse«, beginnt Charly und nimmt ihm gegenüber Platz. Sein Kopf ist groß und bullig, sein Gesicht lässt durchaus auch weiche Züge erkennen. »Hier war ein Typ, der hat nach dir gefragt.«

»Was für ein Typ?«

»Ich weiß nicht. Groß, schlank und irgendwie ein arrogantes Auftreten. Aber ich habe ihm nichts von dir gesagt.«

»Das ist gut so.«

»Ein Weißer.«

Ayatéh nickt, steht auf und schlendert im Laden umher. Aufmerksam sieht er sich alle Dinge genau an, von denen so einiges als Gebrauchtware nicht mehr so ganz in Ordnung ist.

»Und einen Anruf habe ich für dich bekommen«, ruft ihm Charly zu. »Da will jemand etwas von dir!«

»Ich hätte nicht gedacht, dass ich so wichtig bin«, sagt Ayatéh, aber jedoch so leise, das Charly es nicht hören kann.

»Ein David Watkins. Ich soll dir ausrichten, du möchtest ihn zurückrufen. Er sagt, du hast seine Nummer.«

»Ja«, ruft Ayatéh jetzt zurück, während er ein kleines gebrauchtes Kinderbuch aufschlägt und sich etwas melancholisch die Bilder ansieht. - Es sollte eben nicht sein. Dann klappt er es langsam zu und setzt sich wieder an den Tisch.

»Ich wollte dich fragen, ob du mich morgen Nachmittag vertreten kannst.« Fast klingt es wie eine Aufforderung und wahrscheinlich erwartet er von Ayatéh eine Zusage.

»Was ist mit Andrew?«, fragend sieht er Charly an.

»Er hat geheiratet und ist zu den Eltern seiner Frau gezogen. Jetzt ist der Weg für ihn zu weit, also hat er hier aufgehört.«

»Natürlich helfe ich dir, aber trotzdem brauchst du in Zukunft noch jemand, der Andrews Stelle übernimmt.«

»Seit Anfang dieser Woche ist Jenny hier. Aber sie hat noch keine Kassenabrechnung gemacht und ... na ja, ich muss zugeben, ich wäre froh, wenn du mir auch bei dem Papierkram helfen könntest, denn damit bin ich im Rückstand. Ich war hier drei Wochen alleine und es ist viel liegen geblieben.«

»Okay«, gibt er ihm zur Antwort, schlendert zur alten Kasse und fummelt daran herum. »Du solltest dir eine Computerkasse besorgen. Damit kannst du fast alles erledigen, auch die Bestellungen. Du wirst gleich merken, dass sich diese Investition lohnt.«

»Ach, hiermit sind wir doch alle immer gut klargekommen. Immerhin rechnet das Ding für uns das Rückgeld aus. Außerdem ist so was Modernes nichts für mich«, winkt Charly ab.

»Es ist wirklich eine Arbeitserleichterung, glaub mir. Vielleicht kann ich dir dabei helfen. Du kannst doch nicht immer auf dem alten Stand stehen bleiben.« Ayatéh schmunzelt.

Auch Charly lächelt diesmal, was bei ihm sehr selten vorkommt. »Weißt du, was mir an dir gefällt?«

»Dass ich nicht Nein sage, obwohl mir der Papierkram nicht passt«, vermutet Ayatéh.

»Nein!«, Charly zieht vorsichtig den Mundwinkel nach oben, was ein Lächeln andeuten soll. Etwas verlegen streicht er mit der Hand über seine kurzen, gepflegten Haare. »Es sind deine Augen. Sie haben wieder dieses Funkeln, diesen Glanz. Lange habe ich es bei dir nicht mehr gesehen. Ich freue mich, dass es dir gut geht.« Nach einem Moment des Nachdenkens fügt er hinzu: »Überlege es dir noch einmal. Wir könnten uns zusammentun, wie ich es mit Chaka gemacht habe. Du wirst sehen, es wird klappen.«

»Du weißt genau, dass dies hier nichts für mich ist.«

Natürlich weiß Charly das auch, aber er wollte es noch einmal auf einen Versuch ankommen lassen. Oft ist er geschäftlich unterwegs und hätte gerne eine zuverlässige Kraft, die alles im Griff hat, während er abwesend ist.

Während der weiteren Unterhaltung werden sie öfter unterbrochen, denn hin und wieder kommt jemand herein, um etwas zu kaufen, zu bestellen, zu verkaufen oder nur, um ein paar Worte mit ihnen zu wechseln. Doch Ayatéh hat heute nicht viel Zeit.

»Ich will noch einmal bei Tacheenie vorbeifahren, aber morgen Mittag bin ich hier«, verabschiedet er sich und geht hinaus.

Charly folgt ihm zum Auto. Als Ayatéh schon eingestiegen ist, lehnt er sich noch einmal an die offene Fahrertür. »Könntest du Jenny morgen Abend nach Hause fahren? Sonst holt sie ihr Vater ab, aber sein

Auto fährt nicht. Diesmal ist es eine schlimme Sache. Sie haben den Motor ausgebaut. Kann teuer werden.«

»Okay«, Ayatéh nickt und startet sein Fahrzeug. Schon rückt die Abenddämmerung näher und dieser Tag geht vorbei, ohne das etwas Außergewöhnliches passiert ist. Doch dieses unbehagliche Gefühl hat er immer noch. Während er noch darüber nachdenkt, fährt er los und holpert vorwärts, als ob der Wagen in tiefe Gruben versinkt. Was ist jetzt los?

Ayatéh stoppt, steigt aus und ahnt den Grund des Hindernisses. Tatsächlich, ein Reifen ist völlig platt. Fluchend tritt er mit dem Fuß dagegen, denn er hat es eilig.

»Wenn du einen Ersatzreifen hast, haben wir das schnell erledigt«, bietet ihm Charly seine Hilfe an, doch Ayatéh schüttelt mit dem Kopf.

»Habe ich nicht, aber vielleicht hast du einen, den wir erstmal daransetzen können, damit ich weiterkomme. Sonst bringe ich es auch fertig, in diesem Zustand zu fahren. Bei dem Auto ist es mir egal.«

»Das traue ich dir sogar zu.«

»Probleme?« Hinter ihnen steht Tom Murray, der aus der Stadt kommt und auf dem Weg nach Hause bei Charly vorbeischauen will.

Als sie die Situation besprechen, bietet Tom an, Ayatéh mitzunehmen und verspricht, ihn am nächsten Tag wieder hier abzusetzen. Zudem kann er einen Reifen besorgen.

Der Vorschlag ist gut. So spart er Zeit und kann sich morgen in aller Ruhe an die Arbeit machen, das Rad zu wechseln.

Unterwegs fällt Ayatéh ein kleines Bild auf, das am Armaturenbrett haftet. Es ist eine Aufnahme von Sheena, die Tochter, die Tom verloren hat und die Frau, die einmal *seine* werden sollte. Vergessen kann er nicht, die Erinnerung ist immer präsent, doch tatsächlich heilt die Zeit Wunden. Ayatéh hat begriffen, dass es noch mehr Menschen in seinem Leben gibt, die seine Freunde sind und die auf ihn zählen. Ben zum Beispiel, dem sehr viel daran liegt, die Zeremonie für seinen jüngeren Bruder auszurichten und Santo, der ihm immer hilfreich zur Seite stand, obwohl er selbst von dem Unglück betroffen war. Er verlor seinen Bruder und seine Tochter. Dann musste er mit dem Selbstmord seiner Frau Kathrin zurechtkommen. Aber Santo ließ sich seinen Schmerz nie anmerken. Immer stand er Ayatéh zur Seite, versuchte ihm Halt zu geben und machte ihm Mut für eine neue Zukunft. Er denkt an Nick und Dusty und die kleine Laura, für die er wie ein älterer Bruder ist.

Vielleicht würde sie jetzt einen richtigen kleinen Bruder bekommen. Dann fällt ihm David ein, ein *bilagaana,* mit dem er Freundschaft geschlossen hatte. Wie kann ihm so etwas passieren? Sicher, er möchte ein gutes Zusammenleben mit den Weißen, man sollte sich gegenseitig mehr Respekt und Achtung zuteil kommen lassen, damit man miteinander besser zurechtkommt. Aber dass er einem *bilagaana* gegenüber das Gefühl einer Freundschaft empfinden kann, wundert ihn sehr. David möchte ihn sogar als Trauzeuge seiner Hochzeit, falls es denn soweit kommt. David ist ein offener Mensch, der seine Gefühle zeigt. Wenn er gut drauf ist, merkt man es ihm an und auch, wenn er wütend ist, ist er sichtlich wütend. Er bespricht Probleme mit ihm und teilt seine Sorgen mit. Ayatéh selbst hält sich ihm gegenüber in solchen Sachen zurück, denn immer sieht er den *bilagaana* in ihm, dem er sich nicht offenbaren kann. Er weiß, dass er mit Vorurteilen belastet ist. Es fällt ihm auch nicht leicht, sie abzubauen. David ist anders. Er sieht die Menschen so wie sie sind. Wenn er jemand nicht mag, dann nicht wegen seiner Herkunft, sondern weil dieser ein mieser Typ ist. Er verteidigt zudem energisch die Diskriminierung der Frauen und setzte sich dafür ein, dass bei ihm im Bezirk eine Frau eingestellt wurde, die sein Chef nur aus Gründen des Geschlechtes ablehnen wollte. Eigentlich ist David ein fröhlicher Mensch, der viel und gerne lacht, obwohl sein Beruf bei der Bundespolizei oft eine ernste und gefährliche Sache ist. Abgesehen von kleinen Reibereien hatten sie viel Spaß zusammen und bei ihm kam Ayatéh auf andere Gedanken. Zudem war die große Stadt Denver für ihn aufregend und neu gewesen und langsam bekam er seinen Lebensmut zurück.

David hatte sich also bei Charly gemeldet. Was er wohl wollte? Ayatéh ärgert sich, dass er nicht gleich zurückgerufen hat, aber das könnte er ja morgen noch nachholen.

Dann denkt er an Tacheenie, dem er am meisten Respekt zukommen lässt. In seinem Alter hatte er viel aus eigenen Erfahrungen gelernt. Er ist ein Mensch, der erst alles auf sich zukommen lässt und dann überlegt, was zu tun ist. Auch Tacheenie will etwas von ihm.

Ayatéh denkt jetzt daran, dass er einmal mit ihm ein Problem hatte, es aber nicht sagte. Damals hatte der alte Mann ihn gegen seinen Willen ins Leben zurückgeholt. Ayatéh kämpfte dagegen an, doch Tacheenie ignorierte es und setzte seine Zeremonie fort. Nachdem er ihn auf das Sandbild gelegt hatte und es später anschließend wieder zerstörte, wusste Ayatéh, dass der *hataalii* alles daran setzt, ihn am Leben zu erhalten. Er hatte es ihm übel genommen und fragte sich oft, warum er das getan hatte. War es ihm so wichtig, ihn als Nachfolger zu bekommen?

»Kommst du noch mit zu uns? Du warst lange nicht mehr da«, reißt ihn Tom aus seinen Gedanken, denn inzwischen stehen sie schon an dem kleinen Wohnhaus neben der Tankstelle.

»Nein, ich möchte noch zu Tacheenie, aber da kann ich zu Fuß hingehen.«

»Wie lange willst du denn laufen? Außerdem wird es dunkel.« Damit setzt er den Weg fort, um Ayatéh zu ihm zu bringen.

Wie vertraut kommen ihm diese Stufen zur kleinen Veranda vor, die er damals fast jeden Tag bestieg. Sie müssen mal ausgebessert werden. Vielleicht sollte er sich demnächst an die Arbeit machen, bevor der alte Mann damit einbricht.

»Ich freue mich, dass mein alter Schüler den Weg zu mir noch einmal gefunden hat«, beginnt Tacheenie und ist sichtlich erfreut über sein Kommen. »Hast du Nuvakwewtaqa dabei?«

»Nein, ich habe sie zu den anderen Pferden auf die Koppel gebracht. Sie hat sich mit Boomer angefreundet und fühlt sich dort wohl. Tom hat mich hergebracht, der Pick Up steht noch beim *Butterfly*.«

»Springt er wieder mal nicht an?«

»Doch schon, das Problem habe ich gelöst. Ab und zu lockert sich ein Kabel. Man kann es leicht wieder befestigen. Das habe ich getan und jetzt funktioniert es gut. Aber mein Reifen ist platt. Warum räumt Charly nicht mal die verdammten Schottersteine weg und macht einen Parkplatz wie es sich gehört?«

»Schlag es ihm vor.«

»Dann benötigt er wieder meine Hilfe. Ich weiß nicht, ob ich dazu Lust habe. Eigentlich müsste er selbst auf die Idee kommen.« Ayatéh setzt sich auf einen Stuhl, stellt aber fest, dass die Lehne sehr wackelt und wagt es nicht, sich anzulehnen.

»Der Winter ist mild«, bemerkt Tacheenie und sieht ihn mit einem ernsten Blick an.

»Ja, aber trotzdem ist es hier nicht so angenehm wie im Süden. Ich habe gehört, dass es in Tucson jetzt fast 20°C sein soll. Aber in den Bergen ist es sicher wesentlich kälter.«

»Wenn im Frühjahr die nächsten Heilpflanzen kommen, um den Menschen ihre Gabe zu überbringen, wird sie niemand mehr sammeln, denn ich werde nicht mehr da sein.«

Ayatéh weiß, was dies bedeutet und als er nickt, fährt der alte Mann fort: »Ich habe nach dir gefragt, damit wir die Zeit, die uns noch verbleibt, nutzen können. Wenn du in meine Fußstapfen trittst, brauche ich mir um mein Volk keine Sorgen zu machen.«

Ayatéh ist irritiert und bekümmert wirft er ihm einen Blick zu. Der braune Hund Lucky hatte sich zu seinen Füssen gelegt und freut sich, dass er jetzt endlich gestreichelt wird und Beachtung findet. Dass die Zeit irgendwann kommen würde, wusste er zwar, hatte es aber immer verdrängt. Damals war er stolz darauf gewesen, ein Schüler von Tacheenie zu sein. Jetzt sollte er bald selbst ein *hataalii* werden. Dazu fühlt er sich nicht bereit und sein Gegenüber scheint dies zu bemerken.

»Du bist vom rechten Pfad abgekommen und dafür bestraft worden. Sie haben deiner Seele keine Ruhe gelassen. Das war das Opfer an sie. Aber du hast es hinter dir. Alle hier möchten dich gerne als *hataalii* begrüßen.«

»Sie lassen mich noch nicht in Ruhe. Die Geister des Windes haben es mir gesagt und mich gewarnt.«

Tacheenie macht ein besorgtes Gesicht. Trotz seines Alters und der schweren Krankheit, die Spuren des Leidens in seinem Gesicht hinterlassen haben, macht er einen kräftigen Eindruck. Er ist ein Mann, der die Dinge so akzeptiert wie sie sind. »Ich weiß, doch wenn du wachsam bist, wirst du jeder Gefahr trotzen. Du musst dich ihnen stellen und stark sein. Den Mut hast du, aber das ist nicht alles. Du musst dich ihnen entgegenstellen und ständig auf der Hut sein. *Atse'maii* treibt seine Spielchen mit dir, die nicht gerade harmlos sind. Doch das kann er nicht, wenn du stark bist. – Achte auf Menschen, die dir fremd sind.«

Ayatéh nickt und Tacheenie setzt fort: »Gegen einen *hataalii* vorzugehen wird er nicht wagen. Er ist ein elendiger, feiger Coyote, der seinen Spaß haben will. Du darfst ihm gar nicht erst den Nährboden dafür geben.«

Ayatéh steht auf. »Ich habe mich schon entschieden, denn ich werde die Zeremonie für Jeffrey übernehmen.«

»Das ist eine große Ehre für dich und zeigt, dass sie Vertrauen in dich setzen. Du kannst stolz darauf sein.« Tacheenie ist sichtlich erfreut darüber.

An der Tür wendet sich sein Schüler noch einmal um. »In drei Tagen habe ich Zeit. Dann werde ich zu dir kommen, damit wir weitermachen können.«

Mit einem unguten Gefühl verlässt Ayatéh das Haus und macht sich in der Dunkelheit auf den Weg. Vielleicht läuft er nicht einmal eine halbe Stunde, doch trotzdem beeilt er sich, um schnell nach Hause zu kommen.

Schon oft hat er abends Coyote heulen gehört, aber dieses Mal ist ihm unbehaglich dabei und mit schnellen Schritten läuft er vorwärts, bis ihm plötzlich ein Coyote gegenübersteht. Solch ein Tier kommt gewöhnlich niemals dicht an einen Menschen heran und mit einer plötzlich aufgeschreckten Handbewegung springt Ayatéh einen großen Satz nach vorn auf das Tier zu. Dieses läuft schließlich mit eingezogenem Schwanz davon.

Coyoten haben bei den Diné keinen guten Ruf. Als Kind hatte Ayatéh einmal solch ein Tier gezähmt und sich mit ihm angefreundet. Sie haben sogar zusammen gespielt und er hatte absolut nichts gegen Coyoten.

Doch jetzt ist es ihm unheimlich zumute. Als er endlich die Tür hinter sich geschlossen hat, atmet er auf. Um sich abzulenken, sucht er sich eine Aufgabe. Da liegen noch Kleidungsstücke, die gewaschen werden müssen und sogleich macht er sich an die Arbeit.

Er weiß, dass Tacheenie unheilbar krank ist und glaubt, dass er es noch nicht einmal seiner Tochter Jessica erzählt hat, die ihn sicher gerne zu sich nehmen würde. Aber sie kommt oft und ist bemüht, ihm zu helfen, wo es nur geht.

Am nächsten Tag, um die Mittagszeit, besucht er Laura. Sie zeigt ihm all die Sachen, die sie in der Schule gebastelt und gemalt hat, schenkt ihm ein T-Shirt mit ihren eigenen bunten Handabdrücken und erzählt ihm ununterbrochen ihre Erlebnisse.

Doch als Ayatéh aufbrechen will, um im *Butterfly* zu arbeiten, zieht auch sie wie selbstverständlich ihre Jacke und Schuhe an.

»Wo willst du denn hin?«

»Ich darf mitkommen. Ich habe schon gefragt. Das ist in Ordnung«, sagt sie und nimmt lächelnd seine Hand.

»Laura, heute ist es nicht gut, weil ich viel Arbeit habe. Es tut mir Leid, aber ich kann mich nicht um dich kümmern. Vielleicht ein anderes Mal.«

Etwas traurig schaut sie ihn an. »Vielleicht morgen?«

»Morgen ist Charly wieder da.« Ayatéh bückt sich, um den Reisverschluss ihrer Jacke zu öffnen, doch sie dreht sich abrupt um.

»Ich weiß, dass du jetzt sauer bist, aber es geht wirklich nicht.«

»Ich werde dich nicht stören. Du wirst sehen, wie leise und ruhig ich bin«, bettelt Laura, doch Ayatéh lässt sich nicht erweichen. Er ist heute nicht so gut drauf und froh, wenn er diesen Tag hinter sich hat.

Bei Tom bekommt er ein gutes Mittagessen und dann bringt der ihn wie versprochen zum *Butterfly,* hilft ihm beim Reifenwechsel und verabschiedet sich schließlich.

Als Ayatéh die Stufen emporsteigt, kommt ihm Melissa entgegen. Sie war eine gute Freundin von Sheena. »Hast du das Schild da oben gesehen? Das fällt bald jemandem auf den Kopf«, stellt sie fest und zeigt nach oben. Tatsächlich, das große Schild mit der Aufschrift *Trading Post* hängt nur noch an einer Befestigung und baumelt runter.

Dann betritt er den Raum, schreitet mit einer kurzen Begrüßung an Jenny vorbei und sucht im Nebenzimmer nach Werkzeug. Als er schließlich noch eine Leiter aufgetrieben hat, will er sich auch sogleich an die Arbeit machen. Ohne sie weiter zu beachten, schleppt er sich mit dem Hammer, Nägel und Leiter an ihr vorbei.

»Hast du was vor?«, fragt sie ihn verwundert. Jenny kennt er von einer traditionellen Feier seines Clans, obwohl sie nicht seinem Clan angehört.

»Wenn sich nicht bald jemand für die Instandsetzung hier verantwortlich fühlt, wird die Bude bald auseinanderfallen. Wenn keiner etwas macht, geht es nicht von alleine.«

Na ja, mal sehen, wie der Tag mit ihm heute wird, denkt Jenny und macht sich daran, einige Sachen zu sortieren, um nicht untätig herumzustehen, wenn er wieder hereinkommt.

Es dauert auch nicht lange, bis Ayatéh wieder erscheint. Er bleibt allerdings im Nebenraum und flucht vor sich hin.

»Wie sieht der Kühlschrank denn aus? Wird hier denn nie sauber gemacht?«, hört Jenny ihn rufen.

Das kann ja heiter werden. Heute Morgen hatte sie sich noch auf ihn gefreut. Viele ihrer Freundinnen sind schon lange hinter ihm her, doch mit *ihr* hatte er sich auf dieser Feier unterhalten. Ayatéh - der als Eigenbrötler gilt, hatte sich ausgerechnet zu ihr gesetzt. Sie war so aufgeregt gewesen, dass sie kaum ein Wort herausbrachte. Und jetzt? Jetzt läuft er an ihr vorbei und beachtet sie kaum. Stattdessen meckert er nur herum und schrubbt auch noch den Kühlschrank. Hoffentlich geht es nicht so weiter. Ist er heute nur schlecht gelaunt, oder immer so? Der nette Typ hat sich in einen ziemlichen Griesgram verwandelt. Da kann man mal sehen, wie man sich täuschen kann. Heute ist Mittwoch und erst ihr dritter Arbeitstag. Wie kann er erwarten, dass sie hier auf Anhieb den Laden schmeißt.

Jenny sucht sich jetzt lieber ein Wischtuch und fängt an zu putzen. Seit Ayatéh hier ist, hat sowieso niemand mehr den Laden betreten. Im Gegensatz zu heute Morgen. Wahrscheinlich sehen sie sein Auto und fahren gleich weiter.

Als Ayatéh kommt, ist sie dabei die Tische abzuwischen, obwohl sie sauber sind. Sie sieht, wie er sich einen Kaffee aus der Maschine eingießt und sich an einen der Tische setzt. Er wirkt auf sie sehr anziehend, doch sie will sich von seinem Äußeren nicht täuschen lassen.

Fast jeder kennt ihn hier und auch Charly scheint viel von ihm zu halten.

Die Ärmel seines Leinenhemdes, das locker über seine weiße Jeanshose hängt, sind bis zum Ellenbogen hochgekrempelt. Mit der rechten Hand streicht er seine schulterlangen Haare zurück. Irgendwie scheint es wohl heute nicht sein Tag zu sein. Einen Kaffee kann er jetzt gut gebrauchen, doch schon nach dem ersten Schluck steht er auf und sieht sich die Maschine und den Inhalt an.

Auf den fragenden Blick seiner Kollegin gibt er sogleich eine Antwort: »Wann hast du den Kaffee gekocht? Gestern oder vorgestern?«

Ziemlich sauer verschränkt Jenny die Arme vor der Brust. »Heute Mittag«, kommt ihre schnippische Antwort.

Ayatéh kippt den Kaffee in die Spüle und sieht auf die Uhr. »Das war vor mindestens zwei Stunden. Dann ist er nicht mehr frisch und du kannst ihn niemandem mehr anbieten.«

»Charly sagt, wir sollen nicht so viel Kaffee wegkippen, das kostet Geld und ist Verschwendung«, rechtfertigt sich Jenny. Was spielt er sich eigentlich so auf? Er kommt doch nur mal selten zum Aushelfen und spuckt hier solche Töne!

»Wenn der Kaffee nicht schmeckt, trinkt ihn keiner und das ist auch Verschwendung!« Basta! Das saß und Jenny macht sich sofort daran, einen frischen Kaffee zu kochen. Dabei beobachtet sie, wie er bei den

Süßigkeiten nach dem Haltbarkeitsdatum schaut. Auch das noch! Wahrscheinlich wird sie sich gleich wieder so einiges anhören müssen. Doch er wirft dann einfach wortlos drei Schokoriegel in den Mülleimer, trägt den finanziellen Verlust von 2 Dollar und 85 Cents in eine dafür vorgesehene Liste ein und sucht sich zwei schwarze Mappen mit Unterlagen heraus, um damit anschließend wieder im Hinterzimmer zu verschwinden.

Für eine Weile hat Jenny Ruhe und atmet auf. Ständig sieht sie auf die Uhr, in der Hoffnung, dass dieser Nachmittag bald zu Ende geht.

Ein Mann betritt das Geschäft, ein Weißer. Er bleibt auch, denn sicher kennt er Ayatéh noch nicht und sein Auto draußen schreckt ihn wohl auch nicht ab. Noch nicht, denkt Jenny.

Er wirkt etwas unsicher und Jenny hilft ihm bei der Selbstbedienung des Kaffeeautomaten. Jetzt ist sie froh, einen netten Mann neben sich zu haben, der sich freundlich bedankt, als er den frisch gebrühten Kaffee bekommt.

Jenny nimmt sich schließlich eine Zeitschrift und blättert darin herum. Es dauert nicht lange, bis Ayatéh erscheint und entsetzt neben ihr stehen bleibt. Wie angewurzelt steht er da! Schnell klappt sie die Zeitschrift zu und bekommt schon ein schlechtes Gewissen, bis sie bemerkt, dass er diesen fremden Mann anstarrt.

Dann geht er zu ihm an den Tisch und schnappt sich seine Tasse. »Für Sie gibt es hier keinen Kaffee. Verschwinden Sie!« Der Ton lässt einem das Blut in den Adern gefrieren. Ungläubig, mit weit aufgerissenen Augen und offenem Mund sieht Jenny, wie Ayatéh an ihr vorbeigeht und den Kaffee von diesem Herrn wegkippt.

»Dem brauchst du keinen frischen Kaffee geben«, ist sein Kommentar.

»Ach so, der kann wohl den Kaffee vom letzten Jahrhundert trinken.«

»Der ist auch zu schade für ihn. Der kriegt hier gar keinen Kaffee. Nicht vom letzten Jahrhundert und nicht von Übermorgen.«

Jenny ist fassungslos. Wie wird es nur mit ihm weitergehen. Er ist ja nicht auszuhalten.

Dann wendet er sich an diesen Mann mit dem langen Mantel. »Verschwinden Sie. Sie haben sich verlaufen. Los! Hauen Sie schon ab.«

Ob Charly wohl weiß, wen er hier zur Aushilfe geholt hat? »Wer ist er denn?«, fragt sie ihn leise und unauffällig.

»Der da?«, ruft Ayatéh laut und deutlich. »Der ist einer von den Verrückten, die noch frei herumlaufen.«

Und du läufst auch noch frei herum, hätte sie am liebsten gesagt, doch sie hält lieber den Mund.

»Ich habe den Kaffee bezahlt«, gibt dieser Mann zu verstehen und bleibt sitzen.

Ayatéh öffnet die Kasse, greift hastig in das Fach der kleinen Centstücke, geht zum Gast und wirft ihm das Geld auf den Tisch. »Machst du das immer so?«, rutscht es plötzlich Jenny heraus. Ungläubig starrt sie Ayatéh an, dessen Verhalten ihr äußerst merkwürdig erscheint.

Der Mann steht auf, nimmt sich nur ein viertel Dollar und geht zur Tür hinaus. Er scheint noch nicht einmal verärgert zu sein, oder zeigt es nicht.

»Gut gemacht«, sagt sie. »Seit *du* hier bist, haben wir noch nichts eingenommen, denn du sorgst schon dafür, dass nichts in der Kasse bleibt.«

Doch ohne eine Antwort zu bekommen sieht sie, wie Ayatéh auch hinausgeht. Erst schmeißt er den Kunden hinaus und jetzt läuft er ihm hinterher, um ihn wohl wieder rein zu locken, denkt Jenny und muss sich erst einmal setzen. Wie wird dieser Tag noch enden?

Kurz vor dem Auto dreht der Mann sich noch einmal um und will wieder den Laden betreten, doch dann sieht er den Navajo im Türrahmen stehen.

»Tanner!«, ruft Ayatéh ihm zu.

Dieser lehnt sich mit dem Rücken gegen sein Auto und wartet darauf, was jetzt kommt.

»Waren Sie gestern schon einmal hier?« Ayatéh geht langsam die Stufen hinunter, denn jetzt wird ihm klar, dass es kein Zufall ist, diesem Mann hier zu begegnen.

»Nein!« Die Antwort ist kurz und knapp.

Für einen kurzen Moment schweigen sie, dann wendet sich Tanner seinem Gegenüber zu. »Groß? Schlank, schwarze Haare, streng nach hinten gekämmt?«

»Kann sein«, antwortet Ayatéh, denn er war nicht dabei. Charly hatte ihm nur erzählt, dass gestern ein *bilagaana* nach ihm gefragt hatte. Wenn Tanner es nicht war, wer war es dann?

»Ich riskiere meinen Kopf dafür, Sie zu warnen, hören Sie mich wenigstens an«, sagt Tanner.

»Sie haben mich jetzt gewarnt, also können Sie ja wieder fahren.« Seine Handbewegung signalisiert deutlich, dass er verschwinden soll. Dass er diesem Mann noch einmal begegnen würde, hätte er nicht gedacht.

»Da ist ein Mann, Brad Dayton«, beginnt Tanner. »Hank hat ihn auf Sie angesetzt. Er gehört zu seinen Leuten und bekam den Auftrag, Sie umzulegen.«

»Na und? Was gibt es jetzt für einen Sinn? Hank ist tot. Sein Auftrag hat sich erledigt. Es nützt niemandem mehr. Was soll das? Das verstehe ich nicht. Es gibt keinen Grund dafür.« Als Ayatéh die Treppe hinab gestiegen ist, setzt er sich auf die unterste Stufe.

»Für Dayton gibt es einen anderen Grund«, klärt Tanner ihn auf.

»Es gibt keinen Grund, einen Menschen zu töten. Keinen! Auch wenn *Sie* darüber anders denken.«

»Mein Gott, ich denke nicht so. Wann verstehen Sie das endlich. Ich bin nicht ihr Gegner. Ich will Ihnen helfen.«

Doch Ayatéh wird aus der ganzen Sache nicht schlau. »Wenn Sie das alles so genau wissen, dann müssen Sie damit drin stecken.« Dann steht er auf, dreht sich um und sieht, dass Jenny in der Tür erscheint. »So und jetzt verschwinden Sie, sonst bekomme ich noch schlechte Laune und Sie wissen ja, wie ich dann werde.«

Jenny sieht dem Geschehen erstaunt zu. Kann es denn noch schlimmer werden, denkt sie und weiß nicht, wie es jemand mit einem Menschen aushält, der noch schlechter drauf ist, als Ayatéh jetzt.

»Passen Sie gut auf sich auf!«, ruft Tanner ihm noch zu, bevor er sich ins Auto setzt und davonfährt.

Anschließend wendet sich Ayatéh wieder den Papieren zu. Doch er kann sich nicht konzentrieren, seine Gedanken wandern ständig hin und her. Er denkt an seinen Traum mit dem Adler, der ihn aus dieser Welt führen will. Doch was hatte die unbekannte Person damit zu tun? Sie stand auf einem der Hochhäuser und rief ihm etwas zu. Diese Gestalt winkte und schrie und schließlich ließ sich Ayatéh fallen. Wie wäre der Traum weitergegangen, wenn er nicht schweißgebadet aufgewacht wäre? Wer ist diese Person, die ihn retten will? Plötzlich fällt ihm ein, dass David sich ja telefonisch bei Charly gemeldet hatte. Sicher wartet er schon auf einen Rückruf. Was er wohl wollte? Ob es wichtig ist?

Dann taucht wieder der Name Dayton auf, den Tanner erwähnte. Der Name kommt ihm bekannt vor. Wo hatte er ihn schon einmal gehört?

Lange Zeit kommt er aus dem Grübeln nicht heraus, bis ihm einfällt, dass der Name im Adressbuch des Handys notiert war, das er gefunden hatte. Es gehörte Hank und er hatte die Telefonnummer darunter geschrieben. Dieses Handy wurde natürlich längst sichergestellt, aber er hatte sich die Nummer notiert. Vielleicht hat David schon etwas über ihn herausbekommen.

Ayatéh steht auf und wählt seine Nummer. Doch als sich der Anrufbeantworter meldet, legt er auf.

Jetzt betritt eine Frau den Raum und wendet sich gleich an Ayatéh. Jenny beobachtet, wie ihr Kollege sogleich auf sie zugeht und ein Gespräch anfängt, wonach die Frau das Geschäft wieder verlässt. Zu gerne hätte Jenny gewusst, worum es ging und warum sie sofort wieder verschwand.

Wenige Minuten später kommt Laura herein und läuft auf Ayatéh zu. Mit einem braunen Teddy im Arm schaut sie ihn erwartungsvoll an. »Was machst du denn hier?«, fragt er genervt.

Die übliche Rausschmeißreaktion, denkt Jenny.

»Daddy hat gesagt, ich darf ein bisschen hier bleiben. Ich habe meine Inliner mitgebracht und ein Memoryspiel.«

»Wo ist dein Daddy jetzt? Noch draußen?«, will Ayatéh wissen und geht mit Laura an der Hand zur Tür.

»Nein«, sagt das Mädchen leise und hält sich zögernd hinter ihm. »Er ist schon wieder weggefahren.«

»So Laura«, jetzt packt er das Kind energisch unter den Armen, trägt sie nach hinten und setzt sie auf einen Stuhl. Jenny ahnt nichts Gutes.

»Wenn ich dir heute Mittag gesagt habe, dass es nicht geht, müssen du und dein Daddy es akzeptieren, ist das klar?« Sein Ton ist streng. »So und jetzt will ich von dir wissen, wieso du trotzdem hier bist. Und fang nicht mit Daddy an, an ihm liegt es nicht, das weiß ich.« Ayatéh hat sich vor ihr nieder gehockt und wartet jetzt auf eine Antwort.

Verlegen neigt sie den Kopf nach unten. »Weil ich ...«, murmelt sie. »Weil ich Daddy gesagt habe, dass du nichts dagegen hast, wenn ich für zwei Stunden komme.«

»Aber das ist eine Lüge. Das habe ich nicht gesagt«, braust Ayatéh auf und sieht Laura an, die versucht ihre Tränen zurückzuhalten.

»Aber ich wollte doch nur zu dir. Ich bin doch ganz lieb und störe dich auch nicht. Ich kann doch draußen mit den Inlinern fahren, die du mir einmal mitgebracht hast«, stammelt das Mädchen und wagt vorsichtig einen kurzen Blick zu ihm empor.

Ayatéh atmet einmal tief durch und schüttelt den Kopf. Dann steht er auf. »Passen sie dir noch?«

Laura nickt und sucht nach seiner Hand. »Bitte sei mir nicht böse.«

»Dann geh raus und fahr, aber komme nicht ständig rein, um mich zu stören.«

Zögernd nimmt sie schließlich die Inliner an sich und geht langsam hinaus.

»Sogar kleine Kinder schmeißt du raus«, kommentiert Jenny voller Mitleid, läuft Laura hinterher und versucht sie zu trösten.

»Du versteht es nicht. Es war nicht so abgemacht«, will Ayatéh sich rechtfertigen, als die junge Kollegin zurückkommt.

»Na und, warum kann sie denn nicht hier spielen?«

»Weil ich es nicht will!« Ayatéh geht es eigentlich um etwas ganz anderes. Normalerweise hat er nichts dagegen, wenn Laura hier spielt, aber heute ist ihm gar nichts recht. Er kann es nicht richtig erklären, nicht in Worte fassen und versucht es auch gar nicht erst. Vielleicht ist es nur aus der Laune heraus oder das ungute Gefühl, das er seit gestern nicht mehr loswird.

Als ein Jugendlicher von etwa sechzehn Jahren kommt und mit Jenny spricht, stellt er sich dazu und hört sich an, was der zu sagen hat. Er bietet eine gebrauchte Spiegelreflexkamera an und will sie Jenny geben. Doch Ayatéh weist ihn ab. »Geh woanders hin, wir brauchen dein Zeug nicht.« Der Junge steckt sie sogleich wieder in die Tasche.

»Warum …?«, wundert sich Jenny, denn solch eine Kamera würde doch gutes Geld einbringen.

»Weil er dir keine Quittung vorweisen kann.« Dann wendet er sich an den Jungen. »Oder?«

Wortlos will der hinausgehen. »Deine geklauten Sachen kannst du woanders verscherbeln«, ruft Ayatéh ihm noch nach, bevor der durch die Tür verschwindet.

Wieder macht er sich an den Papieren zu schaffen und diesmal versucht er sich krampfhaft zu konzentrieren.

»Woher hast du das gewusst?«

Ayatéh lehnt sich zurück und faltet die Hände hinter dem Kopf zusammen. »Ich habe es ihm angesehen.«

»Na ja, hoffentlich war es wirklich so.«

Ohne eine Antwort abzugeben, widmet er sich wieder seiner Arbeit und kramt einen kleinen Taschenrechner aus der Schublade hervor. Etwa noch eine Stunde, dann kann er endlich diese Tür von außen abschließen. Er holt sich ein Glas Mineralwasser und macht sich erneut an die Arbeit. Doch nach einer halben Stunde wird er unruhig, verlässt durch den Hinterausgang das Haus, zieht seine Jacke über und sucht Laura.

Mitten auf der Straße fährt sie mit den Inlinern herum.

»Komm sofort von der Straße weg.«

»Aber hier fährt doch kaum ein Auto lang. Nur jede halbe Stunde«, ruft sie ihm zu.

»Das ist mir egal. Außerdem weißt du doch gar nicht, was eine halbe Stunde ist.«

»Weiß ich doch«, protestiert sie und stapft unbeholfen auf den Schottersteinen herum, um Ayatéh zu erreichen. »Sieh mal, hier geht es doch gar nicht. Und auf der Straße passe ich doch gut auf.«

»Hast du Lust auf ein Memory Spiel?«, schlägt er ihr jetzt vor, um sie diesmal ohne Streit von der Straße weg zu bringen.

»Klar!« Freudig strahlt sie ihn an und Ayatéh hilft ihr dabei, die Inliner auszuziehen.

Drinnen angekommen, traut er seinen Augen nicht. Schnell stellt er sich hinter einen jungen Navajo, packt ihn grob am Arm und holt aus seiner Tasche eine Damenarmbanduhr heraus. Dann befördert er ihn wortlos nach draußen und bleibt dort für eine Zeit verschwunden.

»Was hast du mit ihm gemacht?«, fragt Jenny, die den Diebstahl nicht bemerkt hatte.

»Ich habe mit ihm geredet. Ich weiß, wofür er das Zeug klaut und habe versucht, eine Lösung zu finden.«

Ayatéh scheint ja doch menschliche Züge mit einer sozialen Einstellung zu haben. Doch diese Erkenntnis ändert sich schnell, als ein neuer Kunde hereinkommt. Er wird skeptisch von Ayatéh gemustert, denn er ist heute schon der zweite *bilagaana*, der den Weg hierher gefunden hat. Groß und schlank ist er, aber er hat keine streng zurückgekämmten, schwarzen Haare. Trotzdem ist Vorsicht geboten. Der Kunde nickt kurz zu einem Gruß und sieht sich im Laden um. Dann schlendert er zur Kasse.

»Gehört Ihnen die alte Rostlaube da draußen?«, fragt er Ayatéh.

»Warum wollen Sie das wissen?«

»Ich kann Ihnen ein gutes Angebot machen. Nur 3500 Dollar und im einwandfreien Zustand. Hab ich heute erst rein bekommen.«

»Kein Interesse.«

»Na gut.« Der Fremde kramt in seiner Jackentasche und zieht eine Visitenkarte hervor. »Ich bin Mr. Mc Hugh und Autohändler. Vielleicht ändern Sie in ein paar Tagen ihre Meinung. Wer weiß, wie lange die Blechkiste noch fährt. Mein Geschäft ist in Page, vielleicht überlegen Sie es sich noch einmal anders und sehen sich mein reichhaltiges Angebot an.«

»Das glaube ich nicht.«

Der Mann setzt sich seinen Stetson auf und mit einem Blick auf die Ware meint er dann: »Ich komme hier zufällig vorbei und denke, vielleicht finde ich ein originelles Geschenk für meine Frau.«

»Wir haben nichts Originelles. Nur wichtige Gebrauchsgüter«, antwortet ihm Ayatéh, ohne eine Regung zu zeigen, diesen Kunden zum Kaufen zu animieren.

Der Mann scheint allmählich das Gefühl zu bekommen, von Ayatéh abgewimmelt zu werden. »Ja, ich weiß, Sie meinen sicher Verbrauchsgüter«, verbessert der Mann, wobei er das *»Ver«* deutlich betont.

»Auch das. Da müssen Sie schon woanders hingehen.«

Ohne noch etwas zu sagen, verlässt der Fremde das Geschäft.

»Das hast du gut gemacht«, sagt Jenny sarkastisch. »Weißt du, dass du heute jeden vergrault hast, der den Versuch wagte, hier Geld zu lassen? Ich kann es einfach nicht glauben. Wir haben auch anspruchsvolle Sachen. Zum Beispiel die Damenarmbanduhr, die der Typ vorhin stehlen wollte, als du ihn geschnappt hast. Seit du hier bist, haben wir nicht einen Cent eingenommen.«

»Ich weiß Jenny, es war heute nicht sehr angenehm. Aber das lag an den Leuten.«

»So!« Jenny verschränkt die Arme vor der Brust und kann sich ein Schmunzeln nicht verkneifen. »An den Leuten, ja?«

»Ja, so ist es!«

»Es kann nicht auch zufällig so sein, dass du schlecht gelaunt bist?«

»Vielleicht«, murmelt er, sieht sie kurz an und wendet sich dann Laura zu, die schon lange mit den Memorykarten bereit ist und ungeduldig wartet. Eigentlich müsste er schon mit der Kassenabrechnung anfangen, doch jetzt will er das Kind nicht enttäuschen und wenigstens ein Spiel mit ihr machen.

Danach geht alles sehr schnell. Ohne Jenny auch nur etwas zu zeigen oder zu erklären, erledigt er zügig die Abrechnung. Dabei fällt ihm deutlich auf, dass tatsächlich an diesem Tag nicht viel eingenommen wurde.

»Da brauchst du dich nicht zu wundern«, klärt ihn Jenny auf. »Hast du nicht gemerkt, dass eben ein Typ reinschaute und als er dich gesehen hat, gleich wieder verschwand? Das war eindeutig. Wahrscheinlich gehst du immer so vor und man kennt dich hier nur allzu gut.«

»Natürlich …!« Ayatéh nickt. Dann läuft er zur Tür und verschwindet aus Jennys Blickfeld.

»Wahrscheinlich wartet er draußen auf eine nette Geste von dir«, ruft sie ihm nach, geht in das Nebenzimmer und fordert Laura auf, ihre Sachen einzupacken und sich anzuziehen.

Als Ayatéh zurückkommt, holt auch er seine Jacke. »Hast du mit ihm gesprochen?«

»Nein, er ist ja gleich wieder verschwunden.«

»Und du kennst ihn nicht?«

»Nein, das ist doch nun auch egal. Jetzt brauchst du den Kunden nicht mehr hinterher zu laufen. Ich will nach Hause. Dieser Tag heute hat mich geschafft.«

Ayatéh hatte nichts vom Erscheinen des Fremden bemerkt. Zu sehr war er in der Arbeit der Abrechnung vertieft gewesen.

»Okay, gehen wir. Komm Laura!« Dabei nimmt er ihre Hand und fröhlich hüpft sie an seiner Seite zum Ausgang.

Jenny schließt die Tür ab, denn sie muss morgen früh wieder als Erste hier erscheinen. »Kommst du morgen auch?«, ist ihre bange Frage.

Jetzt zeigt Ayatéh ein Schmunzeln in seinem Gesicht. »Du kannst aufatmen. Ich habe morgen keine Zeit und in den nächsten zwei Tagen auch nicht. Charly kommt so gegen Mittag. Wahrscheinlich kannst du dann auch früh nach Hause.«

»Schön«, sagt sie nur und lächelt.

»Jenny, es tut mir Leid für den heutigen Tag, aber ich bin nicht immer so. Es geht mir nur alles auf die Nerven, das hat nichts mit dir zu tun«, entschuldigt er sich bei ihr.

»Ich weiß, du bist ja mit den Kunden auch so umgegangen. Teilweise wesentlich schlimmer.« Aber er hat sich entschuldigt und es scheint so, dass er vielleicht doch ab und zu ein paar nette Züge hat, glaubt Jenny. So ganz überzeugt ist sie jedoch nicht.

»Es lag aber auch an den Leuten, denn die waren wirklich unmöglich.« Dabei sieht er in ihr leicht geschminktes Gesicht. Wieso kann er es so deutlich erkennen? Eigentlich ist es doch dunkel. »Das Licht da oben hast du nicht ausgeschaltet.«

»Charly hat gesagt, das kann an bleiben.«

Als Ayatéh etwas erwidern will, hebt sie warnend den Zeigefinger. »Und es bleibt an.«

Laura zerrt ungeduldig an seiner Hand. »Jetzt komm endlich.«

Während sie die Stufen hinuntergehen, steckt Jenny noch die Schlüssel ein.

»Und morgen musst du den Fußboden wischen, das hast du heute auch nicht gemacht«, ruft er ihr nach.

»Und jetzt musst du mich nach Hause fahren. Alles andere interessiert mich nicht.«

Als sie den Pick Up erreichen, fragt Laura ihn, ob sie auf die Ladefläche klettern darf.

»Nur, wenn du während der Fahrt nicht herumzappelst.«

Als sie im Wagen sitzen, schlägt Ayatéh seine Tür zu. Das Scheppern lässt ihn zusammenzucken. Was hat er nur plötzlich gegen sein Auto? Seit er es gestern vom Sheriff abgeholt hat, beherrscht ihm das Gefühl, als sei alles fremd. Er meint sogar, dass das Auto einen seltsamen Geruch hat. Es schaudert ihn und plötzlich bekommt er feuchte Hände.

»Was ist? Fahr los«, fordert ihn Jenny auf, die neben ihm sitzt und sich wundert, warum er solange überlegt. »Ich möchte auch irgendwann nach Hause, mir reicht es für heute.«

Zögernd greift Ayatéh in seine rechte Jackentasche, um die Autoschlüssel herauszuholen. Wovor hat er Angst? In diesem Auto spürt er es ganz deutlich. Doch was soll's, heute ist nicht sein Tag. Er lässt sich verrückt machen von den ganzen Warnungen, die ihm ständig entgegengebracht werden.

Während er den Schlüssel ins Zündschloss steckt, läuft ihm ein eiskalter Schauer über den Rücken, sodass er zögert.

»Wenn du nicht mehr weißt, wie man Auto fährt, kann *ich* auch fahren.« Doch Jennys Anmerkung berührt ihn nicht.

Wortlos steckt er den Schlüssel hinein und dreht ihn langsam herum. Die Zündung ist eingeschaltet und jetzt wischt er alle Bedenken beiseite und will den Motor starten. Doch plötzlich fällt ihm im fahlen Schein der Armaturenbeleuchtung eine kleine Delle am Zündschloss ins Auge.

Außerdem bemerkt er einen Kratzer, der sich daneben befindet. Beides ist winzig und unauffällig – aber das ganze Auto ist alt und voller Dellen – warum fallen ihm gerade diese beiden Mängel jetzt ins Auge? Zufall? Und es stand die ganze letzte Nacht hier unauffällig auf dem Grundstück.

Ayatéh dreht den Schlüssel wieder zurück, die Zündung ist aus.

Verständnislos sieht ihn Jenny an. »Ist dir plötzlich eingefallen, dass ich die Fenster noch putzen muss?«

»Wir steigen aus«, entscheidet er und steckt die Schlüssel wieder in seine Tasche.

»Wie?« Jenny glaubt nicht richtig gehört zu haben.

»Wir fahren nicht.« Ayatéh öffnet die Tür und steigt aus, doch Jenny bleibt wie angewurzelt sitzen und starrt ihm ungläubig hinterher.

»Na, was ist, steig aus«, fordert er sie auf.

»Meinst du, du bist noch ganz normal?«, entfährt es ihr und doch kommt sie seiner Aufforderung nach.

Ohne darauf einzugehen wendet er sich jetzt an Laura. »Komm runter von der Ladefläche, wir warten noch.«

»Auf unser Taxi?«, meldet sich Jenny schnippisch.

»Warum? Springt dein Auto nicht an?«, will Laura wissen und macht sich daran, runter zu steigen. Ayatéh streckt ihr seine Arme entgegen und hebt sie mit einem Schwung herunter.

»Das hat er ja noch nicht mal ausprobiert«, antwortet Jenny anstelle von Ayatéh. »Er weiß nicht, ob es anspringt. Wahrscheinlich ist er heute Morgen von einem Coyoten gebissen worden.«

»Halt endlich den Mund!«, brüllt Ayatéh sie an und bemerkt, wie Laura zusammenzuckt.

Mit den Händen vorm Gesicht geht Jenny zurück zur Treppe. »Ich kann nicht mehr«, stammelt sie. »Das ist alles zu viel für mich. So einer wie du ist mir noch nicht begegnet.« Sie lässt sich kraftlos auf die unterste Stufe fallen. Laura setzt sich daneben und wartet gespannt, wie es weitergeht.

»Es wird sicher bald ein Auto vorbeikommen, das uns mitnehmen kann. Außerdem wird sich Lauras Vater Sorgen machen und herkommen. Sicher brauchen wir nicht lange warten.« Er steht den beiden etwas hilflos gegenüber, denn er weiß selbst nicht, wie es weitergehen soll.

»Und in der Zwischenzeit sehen wir uns den Mond an.« Immer noch mürrisch fragt sich Jenny was das Ganze soll. »Ich habe gesehen, wie ihr heute Mittag den Reifen gewechselt habt. Das ist doch jetzt sicher in Ordnung.«

Ayatéh glaubt, dass sie damit andeuten will, ihr eine Erklärung abzugeben. Er setzt sich neben sie und überlegt, wie er ihr etwas erklären kann, was er selbst nicht richtig weiß und versteht.

Doch Jenny erwartet keine Antwort. Indem sie aufsteht, signalisiert sie ihm deutlich, dass sie mit ihm fertig ist. Energisch geht sie zur Tür und schließt sie wieder auf. »Du kannst mir ja Bescheid sagen, wenn sich einer erbarmt und uns mitnehmen will. Falls tatsächlich *zufällig* jemand vorbeikommt – ich warte drinnen, da ist es etwas angenehmer.« Dann wendet sie sich an das Kind. »Komm mit, Laura. Wir spielen solange Memory.«

Laura sieht Ayatéh fragend an, doch als er nickt, geht auch sie die Stufen empor und folgt Jenny.

Sicher ist seine Vorsicht übertrieben, doch wie soll er es jemandem erklären? Was soll er Dusty sagen?

Er sitzt noch eine Weile auf der neu angefertigten Holztreppe. Das Geld dafür hatte er Charly geborgt. Auch die Eingangstür ist wieder in bestem Zustand. Jetzt hat er selbst kaum noch Geld übrig und denkt daran, bald wieder auf der Ranch zu arbeiten. Dort hatte es ihm immer gut gefallen, obwohl die Arbeit hart war.

Dann erscheint Jenny wieder. Diesmal setzt sie sich neben ihn. »Du musst einen Grund dafür haben.«

»Hab ich auch.«

Eigentlich möchte er sich bei ihr für alles entschuldigen, doch stattdessen fragt er: »Wo ist Laura?«

»Sie ist auf Toilette. Sie kommt gleich nach.«

»Wie kannst du sie nur alleine lassen?«, kommt der Vorwurf, doch Jenny will sich von ihm nicht mehr einschüchtern lassen.

»Sie wird ja wohl den Weg alleine finden. Mit sieben Jahren kannst du ihr zumuten, einige Schritte alleine zu laufen.« Dann holt sie sich ein Kaugummi heraus. »Meinst du nicht, dass du etwas übertreibst?«

Ayatéh legt seine Arme auf die Oberschenkel, sieht nach unten und nickt. »Ja, es tut mir Leid. Ich weiß auch nicht, was heute los ist.«

»Dann lass uns fahren, wenn Laura wieder hier ist.«

Jetzt wischt er alle Bedenken zur Seite. Es liegt einfach daran, dass er einen schlechten Tag hat. »Okay, aber ich sehe trotzdem erst mal nach ihr. Sie wird sicher überall das Licht anlassen.«

Er geht hinein und Jenny hört kurz danach, wie er nach Laura ruft. Dann folgt sie ihm in den Laden. An der Tür zum Nebenraum steht Ayatéh und sie geht auf ihn zu. »Ist sie nicht da?«

»Nein.« Ayatéh sieht sich um. »Hauptsache, sie macht hier kein Versteckspiel mit uns. Dazu habe ich jetzt keine Lust.«

»Laura!« Jenny ruft ihren Namen laut und deutlich.

»Hier!«, ruft eine männliche Stimme, die vom Eingang her kommt.

Mit Entsetzen sehen Ayatéh und Jenny, dass Laura von einem Mann festgehalten wird. Ihre Augen sind mit einem Tuch verbunden und sie zerrt und zappelt an seiner Seite.

»Ayatéh hilf mir!«, ruft sie verängstigt, doch Ayatéh ist machtlos, denn Laura wird von dem Mann mit einer Pistole bedroht. Ein Mann mit dunklen, streng nach hinten gekämmten Haaren, groß und schlank.

Ayatéhs erster Gedanke ist der an eine Waffe, die Charly hier vielleicht irgendwo versteckt haben könnte.

Ein grausiges Gefühl überkommt ihn. Er ahnt, dass der weitere Verlauf dieser Begegnung von ihm abhängt. Hauptsache Laura und Jenny kommen mit heiler Haut davon.

»Los ins Auto!«, kommt der Befehl von dem Fremden, der allem Anschein nach dieser Dayton sein müsste, vor dem ihn Tanner gewarnt hatte.

Hier wimmelt es ja nur so von Irren, denkt Jenny. Dann bemerkt sie, wie ihre Knie anfangen zu zittern. Erst jetzt begreift sie die Situation. Sprachlos vor Angst sieht sie Ayatéh an, der immer noch neben ihr steht.

»Das Auto ist defekt. Es springt nicht an«, wagt Ayatéh einen Versuch. Das defekte Kabel hatte er jedoch erst gestern wieder erneuert. Der Pick Up würde also anspringen.

»Für deine Fahrt reicht es noch.«

Laura zappelt und schreit an der Hand des Mannes und zerrt immer wieder daran, in der Hoffnung, sich losreißen zu können. Doch dann reicht es ihm und er schlägt ihr mehrmals ins Gesicht. »Halt still!«, schreit er und drückt den Lauf der kleinen Pistole an ihre Brust. »Spürst du das? Das ist eine Waffe und wenn du nicht ruhig neben mir stehst, werde ich schießen.«

»Ayatéh, der Mann soll mir nichts tun«, wimmert sie.

»Wo fahren wir denn hin?« Jenny hat sich inzwischen von dem ersten Schock erholt, doch die Angst schnürt ihr trotzdem noch die Kehle zu.

Ayatéh geht es nicht anders. Er empfindet ohnmächtige Wut darüber, dass dieser Kerl Laura als Druckmittel benutzt.

»Wo ihr hinfahrt?«, wiederholt der Mann, wobei ein leichtes Grinsen nicht zu übersehen ist. »In die ewigen Jagdgründe.«

»Du hast es doch nur auf mich abgesehen«, sagt Ayatéh. »Was willst du also dann von den anderen. Lass sie gehen.«

»Was meinst du, warum ich der Kleinen hier ein Tuch vorgebunden habe? Damit sie mich nicht sieht. Ich werde sie verschonen und laufen lassen, wenn du tust, was ich dir sage. Und jetzt komm endlich.«

Langsam geht Ayatéh auf ihn zu.

»Nimm deine Squaw mit«, ertönt die drohende Stimme des Mannes, der immer noch mit der Pistole herumfuchtelt.

Zögernd geht er auf Jenny zu und legt seine Hand an ihren Arm. Wortlos und verzweifelt sieht er sie an. Sie sollen also die Opfer dieses Mannes werden. Weiß Jenny um die wirkliche Gefahr? Hat sie noch Hoffnung? Ayatéh weiß, dass es kein Entkommen mehr gibt.

»Ich will dich nie mehr wieder sehen«, stammelt sie. Ihre Lippen zittern dabei und mit Tränen in den Augen sieht sie Ayatéh an.

»Das wirst du auch nicht, weil wir gleich in die Luft fliegen.« Ayatéh sagt es, damit sie um die wirkliche Gefahr weiß und vielleicht alles Mögliche unternimmt, um doch noch zu entkommen.

»Ich ... ich komme nicht. Ich will nicht sterben. Ich bleibe einfach hier stehen«, murmelt sie leise. »Gib ihm doch endlich die Tageseinnahmen.«

Doch Ayatéh weiß, dass es nicht um das Geld geht. »Warum bringst du uns nicht hier um? Warum müssen wir ins Auto steigen?«, ruft er.

»Weil ich diese kleine Bombe nicht umsonst installiert habe. Ich gehe nach meinem Plan vor und davon weiche ich nicht ab.«

»Hank ist tot. Was willst du denn noch von mir?«, wagt Ayatéh einen neuen Versuch.

»Welcher Hank?«, fragt der Fremde scheinheilig und fordert die beiden jetzt energisch auf mitzukommen.

»Ayatéh, ich will nicht sterben. Ich bleibe hier.«

»Wir versuchen, Zeit zu gewinnen, bis Dusty kommt«, flüstert er ihr zu.

Als keiner von ihnen Anstalten macht, das Gebäude zu verlassen, kommt der Mann auf sie zu, Laura hinter sich herziehend. Er richtet den Lauf seiner Pistole an Jennys Kopf. Als es ein klickendes Geräusch gibt, weiß sie, dass die Waffe entsichert ist. Entsetzt begreift sie, dass es jetzt keine andere Wahl mehr gibt, als seiner Aufforderung zu folgen. Ayatéh hofft auf einen Moment, eingreifen zu können. Doch solange jemand direkt bedroht wird, bietet sich keine Gelegenheit, den Eindringling zu überwältigen. Die Gefahr, dass dabei jemand tödlich getroffen werden könnte, ist zu groß. Zögernd, mit dem Pistolenlauf an der Stirn, folgt Jenny der Aufforderung.

Zusammen gehen sie jetzt alle hinaus. Ayatéhs Blick wandert zur Straße. Er gibt die Hoffnung nicht auf, weiß aber nicht, was er tun soll, ohne jemanden in Gefahr zu bringen. Er sucht die Straße nach Scheinwerfern ankommender Autos ab.

»Verschone wenigstens die Frau«, wagt Ayatéh noch einmal einen Versuch, als sie jetzt hinter seinem Auto stehen.

»Du hast die Ehre, mit ihr in die ewigen Jagdgründe zu reisen. Zusammen mit deiner Squaw, ist das nicht toll. Du bist ein Held.«

»Nein«, stammelt sie hilflos. »Bitte tun Sie uns nichts. Wir haben Ihnen nichts getan, bitte.«

Ayatéh muss hilflos mit ansehen, wie der Mann Jenny dazu zwingt, die Beifahrertür zu öffnen und sich ins Auto zu setzen. In der anderen Hand hält er Laura, die jetzt nicht mehr wagt, sich los zu reißen.

Widerstrebend steigt Jenny ein. »Bitte, bitte nicht ...«, fleht sie. Ayatéh bleibt fast der Atem stehen, als er sieht, wie sie um ihr Leben bettelt.

Der Mann schlägt die Tür zu und hat zu Ayatéhs Verwunderung plötzlich einen Schlüssel in der Hand, womit er sogleich die Tür abschließt. Warum? Jenny kann sie doch jederzeit wieder von innen öffnen. Hoffentlich wird sie es auch bei nächster Gelegenheit tun.

Als der Unbekannte merkt, dass Ayatéh immer wieder einen Blick zur Straße wirft, sagt er: »Wenn du irgendjemandem einen Hinweis gibst - auch nur andeutungsweise - dann ist die Kleine hier tot. Das Gleiche gilt, wenn du nicht sofort tust, was ich dir sage. Erst wenn ich ein Feuerwerk gesehen habe, lass ich deine Tochter frei. Ihr werde ich dann kein Haar krümmen.«

Ayatéh sieht von Weitem die Lichter eines Autos. Könnte das Dusty sein, der nachsehen will, wo seine Tochter bleibt? Doch so früh wird er nicht kommen. Es kann noch eine halbe Stunde dauern.

Mit langsamen Schritten geht er um den Pick Up zur Fahrertür. Während er noch zögert, sie zu öffnen, schreitet der Fremde mit Laura an der Hand zurück.

Nachdem er einen für ihn sicheren Abstand erreicht hat, ruft er ihm zu: »Du öffnest jetzt die Tür und drehst das Fenster ganz runter. Dann steigst du ein.«

Ayatéh hört, wie Laura vor Angst wimmert. Noch einmal sieht er zur Straße. In diesem Moment fährt das Auto, das er vorhin gesehen hatte, am *Butterfly* vorbei. Es war also nicht Dusty und in der Dunkelheit würde der Fahrer sicher von der bestehenden Gefahr nichts bemerkt haben.

Ayatéh öffnet die Tür, kurbelt das Fenster herunter und steigt ein. Jenny sitzt versteinert neben ihm und auch sie starrt auf die Straße.

»Jenny«, flüstert er verzweifelt. »Jenny, ich bin kein Held. Wir werden hier nicht mehr herauskommen.«

»Du kannst den Motor nicht starten, Ayatéh! Du wirst es nicht tun. Sag, dass du es nicht tust.«

»Ich habe keine andere Wahl. Er wird uns so oder so töten. Nur Laura nicht. Wenn ich jetzt den Schlüssel umdrehe, wird Laura überleben. Werde ich es nicht machen, stirbt auch sie mit uns.«

Jenny hält ihre zitternden Hände vors Gesicht. »Nein ... nein, nein«, stammelt sie.

Ayatéh bemerkt ihren schweren Atem. Die Todesangst schnürt ihr die Kehle zu. Ihm geht es nicht anders. Gleich wird alles vorbei sein.

»Na, was ist? Habt ihr etwa Angst?«, hören sie den Mann höhnisch rufen. »Ein echter Indianer kennt doch keine Angst und keinen Schmerz. Also, sei ein Held und opfere dich für die Kleine hier.«

Jenny sieht sich blitzschnell nach allen Seiten um. Dabei tastet sie nervös zum Türgriff, rüttelt panisch daran herum, kreischt und schreit um Hilfe.

»Pass auf Jenny!« Ayatéh merkt, dass er kaum einen Ton herausbekommt. Sein Herz rast so schnell, dass er glaubt, es zerspringt. »An deiner Tür ziehst du den kleinen, schwarzen Stift hoch, der rechts unter dem Fenster ist. Danach kannst du die Tür öffnen. Dann rennst du los, so schnell du kannst. Egal, was passiert, du rennst weiter, hörst du?!

Das ist deine einzige Chance. Er steht auf meiner Seite und kann nicht so schnell hinterherschießen. Im Dunkeln trifft er sowieso nicht. Außerdem ist er hauptsächlich an mir interessiert. Also lauf!«,

»Und du?«, murmelt sie.

»Du musst jetzt nur an dich denken. Wir müssen hier nicht alle draufgehen. Ich werde es tun, damit er Laura am Leben lässt.«

Noch einen Moment zögert Jenny.

»Ich starte jetzt den Motor. Lauf endlich los!«, schreit er sie an.

Entschlossen folgt sie seiner Aufforderung und springt aus dem Pick Up. Während Ayatéh sieht, wie sie davonrennt, hört er einen Schuss. Reflexartig dreht er sich um. Obwohl es schon ziemlich dunkel ist, sieht er, wie Laura am Boden liegt. Der Prophezeiung nach sollte in seinem Freundeskreis jemand sterben. Ist es jetzt soweit? Ist Laura das dritte Opfer? Der Mann, den er in seiner dunklen Kleidung nur schemenhaft erkennt, zieht das Kind hoch. Ayatéh hört sie schreien und begreift, dass dieser verdammte Typ ihr etwas angetan hat - die Folge von Jennys Verschwinden.

Er ist vor diesem Mann gewarnt worden. Verdammt - warum hat er Tanners Warnung nicht ernst genommen?

»Das kommt dabei raus, wenn es nicht so funktioniert, wie ich es will. Es ist nur ihr Arm, aber ich hoffe, ich muss nicht noch mal abdrücken. Dann ist es ihr Kopf.«

In Ayatéhs Jackentasche sind die Schlüssel, die er jetzt in die Hand nimmt. Mit zitternden Fingern steckt er sie ins Schloss.

»Wie geht denn noch das Spiel? Ah ja, ich zähle bis drei und wenn das Auto dann noch da steht, werde ich die Kleine hier sofort auf der Stelle umlegen. Funktioniert alles nach meinen Plan, lasse ich sie nach dem Feuerwerk frei. Also, ich fange schon mal mit *Eins* an.«

Der Schlüssel steckt, Ayatéhs Finger umschließen ihn. Ich werde es ganz schnell machen, denkt er, weiß aber nicht, wie er es fertig bringen soll.

»Zwei«, schreit der Mann, der noch immer seine Waffe auf das Kind richtet.

»Jetzt«, kommt es aus Ayatéh heraus, so laut, dass er sich vor seiner eigenen Stimme erschreckt. Er schließt die Augen und will es machen, ganz schnell, er muss es tun, jetzt ... ganz schnell. Die Todesangst ist in ihm, aber er wird es tun.

Dann wieder ein Schuss. Laura ist tot, ist sein nächster Gedanke. Jetzt folgt noch einer und augenblicklich sieht Ayatéh aus dem Seitenfenster. Schemenhaft erkennt er, dass dieser fremde Mann, der es sogar darauf angelegt hat, ein Kind zu töten, zusammenbricht. Etwas weiter dahinter befindet sich noch eine dunkle Gestalt, die auf dem Boden sinkt.

Laura reißt sich schreiend das Tuch herunter, das ihre Augen bedeckte und rennt davon. Sofort stürzt sich Ayatéh hinterher.

Ohne auf die Männer zu achten, die vor ihm niedergeschossen wurden, folgt er in der Dunkelheit dem Kind. Obwohl er ständig ihren Namen ruft, bleibt sie verschwunden. Durch die offene Hintertür rennt er ins Geschäft, sucht in allen Ecken und Winkeln, unter Tischen, in Schränken und allen möglichen Verstecken. Dann eilt er in das kleine Lagerhaus. Aber auch dort kann er sie nicht finden. Ist sie in ihrer Panik statt ins Haus einfach in die Dunkelheit gelaufen? Wie soll er sie dann aufspüren?

Das Schicksal hat ihm einen grausamen Tod erspart, aber er spürt keine wirkliche Erleichterung. Angespannt setzt er verzweifelt die Suche nach dem Kind fort. Sie ist verletzt und braucht dringend Hilfe. Er muss sie finden. Deshalb ruft er immer wieder ihren Namen. Dann ertönt ein leises Wimmern, das aus der alten, verrosteten Regentonne kommt, die umgekippt vor dem Lagerhaus steht.

Ayatéh redet ruhig und besonnen auf das völlig verängstigte Kind ein, bis sie schließlich herausgekrochen kommt. Dann reißt er ein Stück Stoff von seinem Hemd und bindet notdürftig ihren blutenden Arm ab. »Keine Angst, ich bin bei dir und bleibe da«, versucht er sie zu beruhigen.

Mit Laura auf dem Arm meldet er sich im Büro des Sheriffs: »Hier an der Trading Post im *Butterfly* sind zwei Männer niedergeschossen worden und ein Kind braucht sofort ärztliche Hilfe. Ich weiß nicht, ob von den anderen noch jemand lebt.«

»Wir machen uns sofort auf den Weg und ich werde versuchen, einen Rettungshubschrauber zu schicken«, erklärt ihm eine Frau am anderen Ende der Leitung.

»Sie werden es nicht nur versuchen, Sie *werden* einen schicken - auf der Stelle«, befiehlt Ayatéh. »Und es ist eine Bombe in meinem Auto, ein alter dunkelroter Pick Up, der auf dem Gelände steht. Es muss jemand kommen, der sie entschärfen kann und der Wagen muss abgesichert werden, unbedingt.«

»Wenn es stimmt, brauchen wir Spezialleute, die kann ich jetzt auf der Stelle nicht besorgen.«

»Wann?«, fragt Ayatéh und diesmal klingt seine Stimme nicht mehr aggressiv.

»Spätestens morgen Mittag. Aber meine Kollegen machen sich sofort auf den Weg«, erklärt die Frau. »Es kommt Hilfe. Ein Helikopter ist gleich unterwegs. Bleiben Sie auf jeden Fall, wo Sie sind.«

»Das werde ich auf jeden Fall nicht tun. Ich komme mit ins Krankenhaus. Wenn jemand etwas will, muss er sich schon dorthin begeben.« Dann gibt er kurz seinen Namen und den Standort an, legt den Hörer auf und presst das kleine weinende Kind an seine Brust. Der blutende Arm hängt schlaff herunter. Er drückt Lauras Kopf fest an sich, dabei streicht er ihr langsam übers Haar.

Der Schock sitzt noch tief und auch er merkt, dass er zittert. Was hier gerade geschah, ist schwer zu begreifen.

»Es wird gleich Hilfe kommen, Laura. Und dein Daddy ist sicher auch bald da. Er wird dich vermissen, weil wir noch nicht gekommen sind. Du wirst sehen, es dauert nicht mehr lange.« Plötzlich hat Ayatéh so etwas wie ein Déjà-vu. Es ist die gleiche Situation wie damals, als er seine Schwester Mandy im Arm hielt und auch ihr versicherte, dass bald Hilfe kommen würde. Doch sie konnte nicht durchhalten und auch er hatte vergeblich auf Santo gewartet. Als er kam, war es zu spät und alles vorbei. Doch diesmal soll es nicht so sein. Vielleicht steht hier ein anderes Fahrzeug, mit dem er das Kind ins Krankenhaus bringen kann. Doch dann denkt er daran, dass ein Helikopter schneller ist. Vielleicht ist es besser, darauf zu warten.

Wer ist der andere Mann, der plötzlich aufgetaucht ist? Ayatéh will nach ihm sehen, da klingelt das Telefon.

»Ayatéh - bist du es? Gut, dass du jetzt noch da bist, hier ist David. Na, wie sieht es aus bei dir? Sicher kommst du vor Langeweile um.«

Irgendwie bringt Ayatéh keinen Ton heraus. David? David passt jetzt überhaupt nicht in die momentane Situation.

»Pass auf, ich möchte dir ein tolles Angebot machen«, schlägt sein Freund am anderen Ende vor, doch Ayatéh wiegelt nur kurz ab, denn jetzt ist nicht der Moment, um mit David zu plaudern.

»Mich interessiert kein Angebot«, sagt er teilnahmslos, legt den Hörer auf und eilt mit Laura auf dem Arm wieder hinaus, um zu sehen, was draußen passiert ist. Während er sie trägt, redet er beruhigend auf sie ein. Was ist, wenn die andere Person Dusty ist? Es kann nur Dusty sein, glaubt er. Dann darf Laura ihren Vater nicht sehen. Vielleicht ist er schwer verletzt oder sogar tot.

Er zieht seine dicke warme Jacke aus und wickelt das Kind darin ein. »Gleich darfst du mit einem Hubschrauber fliegen.«

»Ich will, dass Daddy mitkommt«, sagt sie weinend und schmiegt sich dicht an ihn. Ayatéh hält die Jacke über ihren Kopf und läuft zu den Männern, die auf dem Boden liegen. Sofort erkennt er Tanner, der immer noch blutet. Dann ist er noch am Leben, doch wird er durchhalten, bis der Helikopter landet?

Mit Laura auf dem Arm, die immer noch ihren Kopf unter seine Jacke hält, kniet er sich zu dem anderen Mann nieder. *Dem* Mann, der skrupellos morden wollte. Er fühlt keinen Puls, die Kugel traf ihn in die Brust. Er wird kurz darauf gestorben sein.

Tanner hatte ihn in allerletzter Sekunde erschossen. Kurz bevor Ayatéh das Fahrzeug gestartet hätte. Er musste von all dem gewusst haben und hatte seines und Lauras Leben gerettet. Ausgerechnet Tanner! Ihm hätte er es am wenigsten zugetraut.

Langsam legt er Laura in der eingewickelten Jacke auf den Boden. Behutsam streicht er ihr über die Wange. »Ich hab dich lieb«, flüstert er ihr zu. »Warte hier, ich muss mich um den Mann kümmern, der uns geholfen hat.«

Während Ayatéh die ersten Rettungsmaßnahmen vornimmt, erlangt Tanner das Bewusstsein wieder.

»Es ist Hilfe unterwegs. Keine Angst, Sie werden es schon schaffen«, beruhigt er den Mann, den er lange als verhassten Gegner angesehen hatte.

Mit Laura auf dem Arm lässt Ayatéh sich neben Tanner auf den Boden nieder.

Er kann jetzt nicht mehr viel tun und hoffnungsvoll schaut er in den dunklen Himmel, aber es ist zu früh, um einen Rettungshubschrauber zu erwarten. Um die Zeit herumzubringen, erzählt er dem Kind zwei Geschichten, die von Mut und Freundschaft handeln. Allmählich lässt ihr Wimmern nach.Kurze Zeit später hört er das Geräusch der Propeller. Es ging ja doch überraschend schnell. Ayatéh ist erleichtert.

»Keine Angst, ich bleibe bei dir. Ich fliege mit und dein Daddy kommt nach. Das verspreche ich dir. Du wirst sehen, es wird alles gut und morgen werden wir beide wieder lachen.« Dann legt er sie behutsam auf eine Trage und hält ihre Hand, während sie von den Sanitätern in den Helikopter getragen wird. Gleich darauf wird Tanner hineingebracht und sofort werden Rettungsmaßnahmen bei ihm eingeleitet. Auch um die immer noch verstörte Laura kümmert sich eine junge Ärztin. Dann hebt der Helikopter ab.

Kaum im Krankenhaus angekommen, wird er schon am Telefon verlangt. Ein Beamter möchte von ihm Auskunft darüber, was sich abgespielt hatte. Doch Ayatéh ist überaus misstrauisch geworden. Schließlich könnte ja jeder anrufen und sich als Polizist ausgeben. Möglich wäre sogar, dass er ein Komplize von diesem Verbrecher wäre und ihn aushorchen will.

»Am Telefon möchte ich nur mit dem Sheriff Sanchez Moreno sprechen«, sagt Ayatéh, denn ihn erkennt er an seiner Stimme.

Es dauert auch nicht lange, bis Moreno sich meldet. »Das war schon in Ordnung, mit dem Anruf vorhin, aber ich kann Ihr Misstrauen verstehen. Also, was genau ist passiert?«

»Kann sein, dass der Mann, der uns bedroht hat, Dayton heißt, den Vornamen weiß ich nicht mehr. Aber ich habe seine Telefonnummer.« Dann schildert Ayatéh ihm den Verlauf des dramatischen Abends und verspricht am nächsten Morgen, das Protokoll mit dem Sheriff schriftlich zu verfassen. Kurz darauf kommen Dusty und seine Frau Abby. Aufgeregt hetzen sie auf dem Korridor entlang, bis sie Ayatéh am Ende des Ganges sehen.

»Sie wird noch untersucht, aber ein Arzt meinte vorhin, dass es nicht so schlimm ist, wie es aussieht.«

Während sie noch auf einen Arzt warten, erzählt Ayatéh seinen Freunden, was geschehen ist. »Sie wird einen Schock haben und Schmerzen natürlich. Ich hoffe, dass wir gleich mehr wissen.«

Den ganzen Abend verbringen sie noch im Krankenhaus. Schließlich dürfen sie zu ihr, doch inzwischen ist Laura schon eingeschlafen.

Danach sprechen sie mit dem Arzt, der ihnen versichert, dass der Arm wieder völlig in Ordnung kommt und sie wahrscheinlich in zwei Tagen nach Hause kann. Weil sie in einen Schockzustand ist, muss sie allerdings weiter beobachtet werden.

»Abby und ich möchten solange hier bleiben«, flüstert Dusty an ihrem Krankenbett. »Ich weiß nicht, wie es mit dir aussieht.«

»Nein, tut mir Leid. Ich muss mich darum kümmern, wie ich wieder nach Hause komme.«

»Es ist weit und um diese Zeit fahren nur wenig Autos, die dich mitnehmen können. Wenn du mir versprichst, uns in zwei Tagen wieder abzuholen, kannst du meinen Wagen bekommen. Mein Schwager wohnt hier in der Nähe. Dort können wir sicher übernachten.«

Der Vorschlag klingt gut, doch bevor Ayatéh losfährt, wartet er noch ab, bis Dusty sich telefonisch bei seinem Schwager gemeldet hat, um zu wissen, ob alles in Ordnung ist.

Auf der langen Rückfahrt hört er die ganze Zeit Rockmusik, um sich abzulenken, damit das Chaos in seinem Kopf nicht noch größer wird.

In Chilchinbito angekommen, fällt er erschöpft auf sein Bett, ist aber noch so aufgewühlt, dass er lange nicht einschlafen kann. Doch irgendwann siegt die Erschöpfung und er schläft gut und fest.

Als er erwacht, zeigt ihm die Leuchtziffer der Armbanduhr kurz nach vier Uhr morgens an. Erst jetzt bemerkt er, dass er vollständig angezogen auf dem Bett liegt. Es ist kalt, Ayatéh zieht sich aus und deckt sich gut zu, denn wenigstens noch ein paar Stunden möchte er versuchen,um zu schlafen. Draußen hört er den Regen peitschen. Das Prasseln auf dem Dach des kleinen Hauses lässt ihn wieder in den Schlaf gleiten.

Gegen acht Uhr steht er auf und bereitet sich auf den heutigen Tag vor. Er will zum Sheriff und auf dem Weg noch einmal beim *Butterfly* stoppen. Dusty hatte ihm erzählt, dass ein riesiges Aufgebot an Beamten anwesend war, als er gestern Abend nach dem Rechten sehen wollte. Alles war hell erleuchtet gewesen. Wie ist es jetzt dort? War sein Auto schon untersucht worden? Wahrscheinlich nicht. Hoffentlich hatten sie es gut abgesichert. Außerdem wird Charly bald da sein.

Vorher möchte er noch einmal kurz bei Jenny vorbeifahren und den Nachmittag hatte er für Ben und seine Familie freigehalten.

Auch Jennys Vater war später, als seine Tochter völlig verstört auftauchte, mit einem geliehenen Fahrzeug zur Handelsstation gekommen, da sein Auto noch immer einen defekten Motor hatte. Beamte begleiteten ihn anschließend zurück, um Jenny Fragen zu stellen.

Jetzt ist sie erleichtert, dass Ayatéh und Laura mit dem Leben davon gekommen sind. Nach einem ausführlichen Gespräch ist sie bereit, noch einmal mit ihm in ein Auto zu steigen. Sie fahren in Dustys Wagen nach Chinle und geben dort im Police Office ein detailliertes Protokoll ab. Zwischendurch versucht Ayatéh immer wieder im *Butterfly* Charly zu erreichen, um mit ihm zu reden, doch es meldet sich niemand. Sicher ist er im Glauben, dass Jenny jetzt dort arbeitet und lässt sich viel Zeit.

Anschließend sitzen sie in einem Fast Food Imbiss und bestellen sich eine Kleinigkeit zu essen und zu trinken.

»Schön, dass du noch etwas mit mir zu tun haben willst. Ich dachte schon, nach diesem Tag hast du eine Allergie auf mich bekommen.« Ayatéh lächelt ihr zu, wobei ihm jetzt ihre großen, braunen Augen auffallen. Die Haare sind mit einer Spange zu einer einfachen Frisur gesteckt, das Gesicht leicht geschminkt. Trotzdem ist deutlich eine alte Narbe über ihrem rechten Auge zu erkennen. Sie ist keine Schönheit, etwas pummelig und nicht so schlank wie Sheena, hat aber ein interessantes Aussehen. Verdammt, warum vergleicht er immer noch jede Frau mit Sheena? Weil er sie so liebte, wie sie war! Keine andere Frau wird ihr in seinen Augen je das Wasser reichen können. Er hat sie geliebt, weil er alles an ihr mochte.

Auf einmal hat Ayatéh das Bedürfnis, mit Jenny zu reden. Über irgendetwas, egal was. Doch stattdessen versucht er noch einmal, Charly zu erreichen. Auch dieses Mal hat er keinen Erfolg.

Jetzt, wo sie ihm gegenübersitzt, wirkt sie etwas schüchtern. Vielleicht steckt ihr der Schock noch in den Knochen. Jenny gehört nicht zu seinem Clan, ist also nicht im Entferntesten mit ihm verwandt, aber er hat sie schon ein paar Mal gesehen. Dann hatte Charly sie eingestellt. Vielleicht sollte er in nächster Zeit wieder bei ihm aushelfen, damit er Jenny zeigen kann, dass er auch eine bessere Seite hat.

»*Ha-a-de-e' na-nie-na*? Woher kommst du? Zu welchem Clan gehörst du?«, fragt er, um ein wenig Vertrautheit in die Situation zu bringen, zudem verspürt er immer noch den Drang zu reden. Vielleicht, um seine innere Unruhe etwas unter Kontrolle zu bringen.

»Von der Seite meines Vaters dem Bitter Water Clan und Folded Arms People. Meine Mutter ist halb weiß, halb Navajo, vom Mud Clan.«

Ayatéh nickt nur. Sein Blick trifft ihre leicht geschminkten Augen. Nachdem Jenny ein zartes Lächeln wahrgenommen hat, fragt sie: »Woher kommst du?«

»*Ta'chii'ni bashishchiin maii deeshgiizhinii nishlii hona'gha'ahnii bushishchiin kaa'dine nishli.*«

Jenny ist es etwas peinlich, diese Sprache nicht zu verstehen, deshalb antwortet sie mit einem verlegenen Nicken. Um sie nicht all zu sehr in

Verlegenheit zu bringen, will Ayatéh es übersetzen. »Nun, Red water running into the water, Coyote Pass People-Jemiz Clan, One walk around, Arrow People Clan.«

»Meine Eltern haben sich getrennt. In den letzten Jahren lebte ich bei meiner Mutter außerhalb des Reservats. Wir haben nie Diné gesprochen«, sagt Jenny, als ob sie sich entschuldigen müsste.

»Warum auch, unsere Sprache und Kultur nützt niemanden von uns etwas. Ich kenne jemanden, der sich dafür schämt.«

»Wofür?«

»Ein Navajo zu sein«, erklärt Ayatéh.

»Kann ich nicht verstehen.«

»Ich schon. Wenn man wie ein Haufen Dreck behandelt wird und die eigenen Eltern nicht hinter der Kultur stehen, nicht zu ihm halten, dann fühlt man sich wertlos.«

»Anders herum, wird sogar schon angeboten, einen DNA-Test zu machen, woraus ersichtlich ist, wie viel Prozent indianisches Blut in einem steckt. Die Leute sind dann ganz glücklich, wenn sie einen Urgroßvater hatten, der indianischer Abstammung war«, weiß Jenny zu berichten.

»Tatsächlich? Dann kommt ein Weißer daher, der ein achtel Anteil hat, schüttelt mir die Hand und sagt: Hallo Bruder, da bin ich wieder. Ich zeig dir jetzt mal, wo's lang geht. Mein Urgroßvater war Geronimo.« Ayatéh schüttelt mit dem Kopf und trinkt einen kräftigen Schluck Cola. »Was haben sie für Vorstellungen? Als ein Native American geboren zu werden, heißt stark zu sein. Stark sein, um in dieser Armut zu leben, und stark sein, in der Stadt unter Weißen den Diskriminierungen zu trotzen. Deshalb verleugnen einige sogar ihre Herkunft und behaupten, Mexikaner zu sein, denn diese Menschen werden hier eher akzeptiert, weil sie sich dieser Gesellschaft integrieren wollen. Weißt du, wie viele Navajo sich umbringen, weil sie nicht stark genug sind? Und dann wird das Reservat jeden Sommer von Touristen überschwemmt«, erzählt er weiter, »die enttäuscht sind, wenn wir nicht nach ihren Klischeevorstellungen leben. Da gibt es Navajo, die für Geld ihre Spiritualität verkaufen. Sie lassen diese Touristen an den heiligen Zeremonien teilhaben, um ihren Kindern auch mal etwas anderes auf den Tisch zu bringen als nur Bohnen. Und dann kommen sie daher, bestimmen über unsere Köpfe hinweg und berichten über unserer Volk, als ob es gar nicht mehr existieren würde. Soviel Respektlosigkeit kann ich nicht tolerieren. Leider lassen sich immer wieder Native für diese Zwecke benutzen.«

»Trotzdem bin ich stolz darauf, zu dreiviertel Navajo zu sein«, sagt sie lächelnd.

»Das solltest du auch.«

Ein Schweigen entsteht. Ayatéh ist besorgt darüber, dass er Charly bisher noch nicht erreichen konnte.

Jenny geht jetzt das furchtbare Erlebnis, das sie mit Ayatéh erlebt hat, durch den Kopf. »Ich habe nicht mehr damit gerechnet, dass ich diesen Tag noch erleben werde«, sagt sie tonlos. »Und jetzt sitzen wir hier.« Gedankenverloren rührt sie in ihren Kaffee. »Ich möchte in meinem Leben nie wieder so etwas aushalten müssen.«

»Ich auch nicht. Aber jetzt ist es vorbei und wir alle leben noch. Laura geht es auch besser. Als Nächstes muss ich versuchen, Charly zu erreichen. Am besten, ich fahre da gleich mal hin.«

Jenny nickt nur und ihre Hand zittert etwas, als sie versucht, aufkommende Tränen wegzuwischen. Der Schrecken sitzt noch tief.

»Bevor ich ins *Butterfly* fahre, bringe ich dich nach Hause, okay?«

Wieder nickt Jenny, doch diesmal mit einem kleinen Lächeln im Gesicht.

Ayatéh ist froh darüber. Irgendwie fühlt er sich ihr gegenüber schuldig. Er hat das Bedürfnis, ihr alles zu erklären. Aber wie? Er weiß, was sie jetzt durchmacht. Er weiß es zu gut aus eigener Erfahrung.

»Es tut mir alles sehr Leid«, murmelt er verlegen.

»Du kannst nichts dafür«, antwortet sie leise und er bemerkt ihre Verlegenheit.

»Vielleicht doch, denn ich habe geahnt, dass etwas passiert und es ignoriert. Ich weiß nicht warum, aber ich kann irgendwie kein normales Leben führen. Irgendjemand hat es immer auf mich abgesehen. Ich will, dass es aufhört, verstehst du? Ich wünsche mir ein normales Leben mit einer Familie und Kindern.«

»Dazu gehört aber auch eine Frau, die du liebst und mit der du dein Leben teilen willst«, macht ihm Jenny klar. Sie fragt sich, warum sie so etwas sagt. Es kam einfach so aus ihr heraus. Vielleicht, weil sie wissen möchte, ob er die *Richtige* schon gefunden hat.

Ayatéh lehnt sich zurück. »Ja, natürlich. Ich weiß nicht, ob du Sheena kanntest, aber das alles ist vorbei. Ich will einen Weg finden, von vorne anzufangen. Aber es ist nicht einfach. Heutzutage ist kaum noch eine junge Frau bereit, in einem Hogen zu leben und Schafe zu hüten. Mal sehen, wie mein Leben weiter verläuft. Hauptsache, es tauchen nicht mehr solche Killer auf, die mir und anderen das Leben schwer machen.«

»Ich weiß immer noch nicht, warum der Typ dich umbringen wollte.« Fragend sieht Jenny ihn an.

Während sie auf eine Antwort wartet, überlegt Ayatéh, ob und vor allem *wie* er ihr etwas davon erzählen soll. Schließlich tut er es mit einem einfachen Satz ab. »Ich weiß es selbst nicht genau. Aber ich werde es sicher bald rausbekommen. Ich kenne jemanden, der mehr darüber weiß und den werde ich ausquetschen.«

»Was ist hier denn los? Diese Dinger sind gefährlich. Damit könnt ihr euch verletzen«, sagt Charly, als er aus seinem gerade geparktem Auto steigt.

Die Kinder haben sich in einem rotweißen Band eingewickelt und mit dünnen Eisenstangen in der Hand fuchteln sie spielerisch herum. »Wir müssen erst unseren Kampf beenden«, ruft ihm ein achtjähriger Junge zu und lachend spielen sie weiter.

Doch Charly nimmt ihnen die Stangen aus den Händen und wirft sie auf den Boden. »Das ist kein Spielzeug, geht nach Hause. Ihr werdet sicher schon erwartet.«

Die vier Jungen rennen mit den Bändern, die sie sich teilweise umgewickelt haben, davon. Lachend laufen sie in Schlangenlinien, um Sand aufzuwirbeln, damit die hinterher schleifenden Bänder Spuren hinterlassen.

Charly sieht ihnen nach und schüttelt den Kopf. Wo sie wohl diese Sachen her haben? Hoffentlich ist sein Lagerraum nicht in einem chaotischen Zustand. Bevor er nachsieht, wundert er sich ein wenig über die vielen Spuren, die zum Teil vom nächtlichen Regen ziemlich verschlammt sind. Reifenspuren, Fußspuren überall. Na ja, Ayatéhs Pick Up steht ja auch noch da. Sie werden alles Mögliche versucht haben, ihn weg zu bekommen. Gestern der Reifen und jetzt springt er wohl wieder nicht an. Die Sache mit dem Kabel, das sich ab und zu löst, hatte *er* Ayatéh gezeigt. Sollte das wieder mal vorkommen, könnte er es doch selbst in Ordnung bringen. Aber in Sachen Auto hatte Ayatéh absolut keine Ahnung und kein Interesse. Charly beschleicht die Ahnung, dass er sich doch wohl selber wieder um den Fall kümmern muss. Aber bevor er sich daran macht, die Ursache des Fehlers am Auto zu suchen, sieht er sich im Lagerhaus um. Dort ist alles in Ordnung. Dann steigt der füllige Mann schwerfällig die Holztreppen zum Eingang hinauf und hört schon von Weitem das Telefon klingeln. Aber seltsamerweise ist die Tür abgeschlossen. Bis er sie geöffnet hat, ist das Klingeln verstummt.

Charly ist verärgert. Wie kann man nur so verschlafen? Oder ist Jenny krank? Und auch auf Ayatéh kann er sich wohl nicht mehr verlassen.

Mit einem Blick auf die gestrige Kassenabrechnung beruhigt er sich etwas. Wenigstens wurde diese Sache korrekt erledigt.

Na gut, dann wird es ja Zeit, dass er kommt. Es ist schon nach ein Uhr Mittag, wer weiß, wie viele Leute inzwischen schon hier waren. Also macht er sich daran, Kaffee zu kochen und hält hier und da einen Schwatz mit den Kunden, die nach und nach hereinkommen.

Nach etwa einer Stunde erscheint dieser FBI-Beamte, den er noch von damals in Erinnerung hat. Charly weiß, dass Ayatéh gut mit ihm ausgekommen ist und deshalb begegnet er ihm weniger misstrauisch als vorher.

»Hallo, Mr. Watkins. Was verschlägt Sie denn wieder in diese Gegend?«

»Ich habe Ayatéhs Pick Up gesehen und denke, er ist wohl hier«, erklärt David dem fülligen Ladenbesitzer. »Rein privat.«

»Leider nicht, der Wagen springt wohl wieder mal nicht an. Der steht hier schon seit zwei Tagen rum. Ich nehme an, dass Ayatéh bald vorbeikommt. Nehmen Sie Platz, suchen Sie sich einen Kuchen aus und ich bringe Ihnen einen frischen Kaffee«, schlägt Charly vor.

»Ja, gern«, antwortet David und nimmt an einem der Tische Platz. Hinter ihm sitzt ein älterer Mann und liest Zeitung, ansonsten ist hier nicht viel los. Als Charly ihm einen Kaffeebecher hinstellt, sagt er: »Ich habe gestern Abend noch kurz mit ihm telefoniert, er war ziemlich schlecht drauf.«

»Ja, das kann sein. Manchmal ist er nicht zu genießen, dann lässt er es jeden spüren. Im Moment hat er ziemliche Probleme mit seinem

Auto. Gestern eine Reifenpanne und jetzt springt er wohl wieder nicht an. Tja, ist schon alt. Er stammt von Chaka, deshalb hängt hier noch der Ersatzschlüssel. Mal sehen, ich verstehe so einiges davon, vielleicht kriege ich ihn wieder in Gang. Aber irgendwann kommt die Zeit, wo gar nichts mehr geht.«

»Dann komme ich ja gerade richtig«, bemerkt David und trinkt seinen heißen Kaffee. »Ich möchte Ayatéh ein super Angebot machen. Solch eine Gelegenheit bekommt er nie wieder. Ich habe günstig einen Vorführwagen erstanden. Zum Spottpreis und so gut wie neu! Deshalb kann ich Ayatéh genauso günstig meinen Wagen anbieten. Zweieinhalb Jahre alt und gut in Schuss. Er hat schon immer von meinem Auto geschwärmt. Er braucht auch nicht alles auf einmal bezahlen.« Mit einem leichten Grinsen ergänzt David: »Ich denke, das wird seine schlechte Stimmung besänftigen.«

»Kann sein, aber bei ihm weiß man nie«, kommentiert Charly. »Aber trotzdem werde ich gleich mal nachsehen, was mit dieser alten Kiste los ist. Dann schlurft er in den kleinen Nebenraum, danach schließt er die Kasse ab und begibt sich zum Ausgang. Doch da kommt ihm der Mann nachgelaufen, der zuvor an dem Tisch saß und die Zeitung las und es ergibt sich, dass sie an der Eingangstür stehen bleiben und sich unterhalten. David lässt den halben Kaffee stehen, denn er findet, dass er etwas dünn und fade schmeckt. Er steht auf und gesellt sich zu den beiden Männern.

»Ich kann aber auch nachsehen, ob ich an dem Wagen etwas entdecken kann«, schlägt David vor.

Charly reicht ihm die Schlüssel. »Okay, versuchen Sie mal, ob er startet, ich komme gleich.«

David geht gut gelaunt zum alten Pick Up, öffnet die Tür und setzt sich hinein. Etwa zwölf Schritte davon entfernt steht sein Auto. Mit einem flüchtigen Blick darauf vergleicht er den Unterschied. Ayatéh wird sicher begeistert sein. Dann steckt er den Schlüssel ins Zündschloss und dreht ihn ganz herum. Es klickt einmal kurz und nichts geschieht. Er versucht es noch einmal, wieder mit dem gleichen Ergebnis. Ratlos will er schon ins Geschäft zurückgehen, aber da kommt ihm Charly entgegen. Der Kunde, mit dem er sich noch vor kurzem unterhalten hat, fährt davon.

»Sie haben recht, er springt nicht an«, erklärt ihm David und reicht ihm die Schlüssel zurück.

»Na, dann will ich mal nachsehen. Bis jetzt habe ich es immer wieder geschafft.« Sogleich öffnet Charly die Motorhaube und scheint fast hinein zu krabbeln. Doch schon nach wenigen Minuten wirft er mit einem Schwung die Haube wieder zu. Dann beugt er sich über den Fahrerplatz, schraubt das Zündschloss auf und fummelt eine Zeit lang dort herum. »Alles klar«, sagt er. »Es war wieder mal dieses verdammte Kabel. Es löst sich immer wieder, besonders, wenn Ayatéh es provisorisch befestigt. Aber jetzt sitzt es bombenfest.« Daraufhin will er es ausprobieren, sieht aber das Auto von David dort stehen. »Dieses schmucke Ding da möchten Sie Ayatéh verkaufen? Nicht schlecht. Aber wie kommen Sie zurück?«

»Wenn er mich zu einem Flughafen fährt, werde ich fliegen - ist mir bei dieser weiten Strecke sowieso lieber.« Eigentlich möchte David weiterreden, doch da wird er durch lautes Autohupen aufgeschreckt. Charly und David sehen sich um und entdecken, wie ein Auto angerast kommt, eine Staubwolke hinter sich herziehend. Immer wieder ertönt die laute Hupe, doch Charly schüttelt nur mit dem Kopf. »Hier gibt es noch ein paar Verrückte, die auf sich aufmerksam machen müssen.« Doch jetzt erkennt er das Fahrzeug wieder und ist der Meinung, dass es sich um Dusty handelt. Als er sieht, wie der Fahrer aus der offenen Dachluke mit dem Arm wedelt, hebt auch Charly seinen Arm zu einem Gruß und winkt zurück, dann steigt er gemächlich ein und steckt den Schlüssel ins Schloss. »So, jetzt wird es sicher klappen«, ruft er David zu.

- *Lass uns spielen, großer Krieger* –

Inzwischen rast hinter ihm das hupende Fahrzeug heran. David entfernt sich von dem Pick Up und geht dem ankommenden Wagen entgegen. Dieser stoppt neben ihm und Ayatéh stürzt hinaus. Ohne David zu beachten, rennt er an ihm vorbei auf seinem Pick Up zu. »Nein«, schreit er. Doch Charly startet das Auto und Ayatéh befindet sich nur wenige Schritte davor, als es mit einem lauten Knall explodiert.

In seiner ganzen Beamtenlaufbahn hat David so etwas vor seinen eigenen Augen noch nie gesehen. Sofort schießen hohe Flammen empor und er weiß, dass Charly nicht mehr lebend heraus kommt. Was ist mit Ayatéh? Er rennt zu seinem am Boden liegenden Freund und zieht ihn aus der Gefahrenzone. Dann stürzt er die Treppen hinauf und sucht verzweifelt einen Feuerlöscher, kann aber nirgends einen entdecken. Schließlich greift er zum Telefon. Aufgeregt wählt er den Notruf und gibt die Position des Standortes an. Als er auflegt, sieht er, wie Ayatéh in der offenen Tür steht und sich an den Rahmen lehnt.

Die beiden Männer sehen sich an. Entsetzen spiegelt sich in ihren Gesichtern. »Mein Gott«, murmelt David. »Wie ist so etwas nur möglich?«

Doch Ayatéh gibt ihm keine Antwort.

»Bringt es jetzt noch was, nach einem Feuerlöscher zu suchen, oder Wasser zu holen?«

Ayatéh schüttelt mit dem Kopf und kommt langsam auf ihn zu. Er sagt nichts, lehnt sich an die Wand und lässt sich daran hinunterrutschen.

»Bist du in Ordnung?«, fragt David.

Ayatéh nickt nur. Er scheint aber doch einige Verletzungen davongetragen zu haben. Oberhalb der Stirn rinnt etwas Blut herunter und auch das linke Bein ist von der Explosion getroffen worden. »Sie hätten das Auto absichern sollen. Warum haben sie das nicht getan?«, murmelt er und lässt den Kopf auf seine angewinkelten Beine sinken.

»Was?« David versteht nicht ganz wie er es meint.

»Hast du gesehen, ob um das Fahrzeug eine Sperre war?«

Als David den Kopf schüttelt, steht Ayatéh auf, humpelt zum Telefon, sucht nach dem Zettel mit den wichtigen Telefonnummern und hat plötzlich die Visitenkarte vom gestrigen Kunden in der Hand. *Brauchen Sie ein neues Auto? - Frank Mc Hugh - Ihre erste Adresse* - liest er auf der Karte, knüllt sie dann zusammen und lässt es locker aus seiner Faust auf den Boden fallen.

In der Schublade unter der Kasse findet er die gesuchte Nummer und wählt sie an.

Jetzt kommen zwei junge Männer hereingestürmt, weil sie von der Straße aus das brennende Auto gesehen haben, aber Ayatéh beachtet sie nicht. Als sich eine Stimme am Telefon meldet, schreit er hinein: »Ihr verdammten Idioten. Hirnlose, dämliche Idioten seid ihr, ihr elendigen Scheiß ...« Weiter kommt er nicht, denn David nimmt ihn den Hörer aus der Hand. Was bringt es noch, jemanden dafür verantwortlich zu machen.

»Hier ist Watkins, mit wem spreche ich?« David versucht so sachlich wie möglich zu bleiben und erklärt noch einmal die Situation: »Hier ist ein Fahrzeug explodiert, ein Mann saß drin, Mr. ... äh ...« Fragend sieht er Ayatéh an, doch von ihm bekommt er keine Antwort. »Der Inhaber vom *Butterfly*«, erklärt er. Nach weiteren kurzen Informationen legt David schließlich auf.

Die jungen Männer, die vorhin hereingekommen sind, sehen Ayatéh fragend an. Sie wollen wissen, was passiert ist. Doch er reagiert nicht darauf und deshalb spricht David mit ihnen. Anschließend hinterlassen sie ihm ihre Adresse, um eventuell als Zeugen bereitzustehen.

David geht mit ihnen hinaus und muss hilflos mit ansehen, wie das Fahrzeug brennt und sich dicke Rauchschwaden erheben. Ab und zu kommen noch kleinere Explosionen, aber helfen kann jetzt niemand mehr.

Es dauert lange, bis Rettungseinheiten kommen. Bei ihrem Eintreffen ist der Pick Up nur noch ein verkohltes Metallgerippe.

David und Ayatéh hatten die ganze Zeit nicht miteinander gesprochen. Während David auf der Treppe saß und mit allen ankommenden Leuten sprach, blieb Ayatéh im Laden.

Ein Polizeiaufgebot folgt, das jede Menge Fragen stellt, doch David möchte sich um seinen Freund kümmern und geht zu ihm.

»Bist du verletzt? Vielleicht ist es besser, du fährst mit und lässt dich untersuchen«, schlägt ihm David vor.

Doch statt einer Antwort, fragt Ayatéh: »Warum bist du eigentlich hier?«

»Ich erzähle es dir lieber ein anderes Mal.« Ihm jetzt sein Auto anzubieten, findet David momentan ziemlich unangebracht. Wahrscheinlich hatte sein Wagen von der Explosion kaum etwas abbekommen, denn es stand noch ein ganzes Stück weiter entfernt, als Ayatéh sich dem Wagen genähert hatte, als es passierte. Ihm wird plötzlich bewusst, wie viel Glück Ayatéh gehabt hatte, um mit dem Leben davon zu kommen. Er geht noch einmal zu ihm. Immer noch resigniert sitzt Ayatéh auf dem Boden, mit dem Rücken an die Wand gelehnt. David packt ihn an den Schultern. »Bist du wirklich nicht ernsthaft verletzt? Du hast verdammt viel Glück gehabt. Aber trotzdem möchte ich, dass du mitfährst und dich untersuchen lässt, sonst fahre ich dich.«

»Ich möchte nach Hause«, flüstert Ayatéh. Dann sieht er David verzweifelt an. »Ich habe gesagt, sie sollen Leute holen, die das Auto untersuchen und sie sollten es gut absichern. Verdammt, warum haben sie es nicht getan?«

»Woher wusstest du davon?«, wundert sich David.

»Ich möchte jetzt nicht darüber sprechen, okay? Bitte bring mich hier weg.« Ayatéh steht auf.

»Willst du es *ihm* denn nicht erklären?«, fordert David seinen Freund auf, mit einem Blick auf einem Officer gerichtet.

»Sie wissen es, was soll ich noch sagen? Sie wussten davon und haben nichts getan. Ich könnte ihm den Hals umdrehen.« Während Ayatéh an dem Officer vorbeigeht, sieht er ihm voller Verachtung in die Augen. »Aber es musste wohl erst jemand draufgehen, bevor sich etwas tut. Jetzt braucht ihr nichts mehr absichern und eure Spezialkräfte können weiter schlafen, sie brauchen keine Bombe mehr entschärfen.«

David greift ihn am Arm und zieht ihn vorwärts zu seinem Auto.

»Steig ein und warte hier, ich komme gleich.« Er geht noch einmal zurück, spricht mit den Beamten und fährt Ayatéh schließlich zu seinem Haus.

»Ich habe in Kayenta ein Zimmer in einem Motel, aber wenn du möchtest, bleibe ich hier.« David versucht trotz des Geschehens die Fassung zu bewahren.

»*Ádóó shanántíní* - lass mich allein«, flüstert Ayatéh nur.

»Vielleicht kann ich etwas für dich tun.«

»Ja, es wäre gut, wenn du dafür sorgen kannst, dass mich in den nächsten zwei Tagen niemand von den Polizisten aufsucht. Sie wissen Bescheid, denn erst heute Morgen war ich mit Jenny, die im *Butterfly* arbeitet, in Chinle und habe alles zu Protokoll gegeben. Sie wussten übrigens auch, dass sich in meinem Auto eine Bombe befindet.«

David setzt sich an den Tisch und auch Ayatéh lässt sich auf einen Stuhl sinken.

»Willst du mir erzählen, was passiert ist?«

Als Ayatéh ihm den Ablauf des gestrigen Abends schildert, ist er entsetzt. »Das arme Kind. Wie geht es ihr jetzt?«

»Soweit gut, sie kommt schon in zwei Tagen wieder.«

»Und Tanner, wie geht es ihm?«

Ja, Tanner. Den hatte er völlig vergessen, obwohl er ihm sein Leben zu verdanken hat. Er wäre beinahe selbst draufgegangen.

»Vielleicht hast du ihn immer schlechter gesehen, als er ist.«

Ayatéh zuckt nur mit den Schultern. »Vielleicht, aber dadurch macht er seine Schuld nicht ungeschehen.«

David lehnt sich zurück. Irgendwie fühlt er sich müde und erschöpft. Kein Wunder nach der stundenlangen Fahrt.

»Warum hast du mir gestern Abend am Telefon nichts davon erzählt?«

»Dazu war ich nicht in der Lage«, ist Ayatéhs Kommentar, dabei streicht er sich mit der Hand übers Gesicht. Wann endlich, wird dieser Spuk für ihn ein Ende haben?

»Ich werd mal mit Tanner reden«, schlägt David vor.

»Nein, das mache *ich!* Es geht nur mich etwas an!« Mit einem reservierten Blick auf seinen Freund gerichtet, sagt er dann: »Ich möchte, dass mich in den nächsten zwei Tagen niemand aufsucht.«

»Okay.« David steht auf. »Ich rede mit ihnen. Was heute war, kann *ich* berichten.« Anschließend untersucht er noch einmal genau Ayatéhs Schnitt- und Brandwunden, stellt dann aber fest, dass es nur leichte Verletzungen sind. Danach holt er seinen Verbandkasten aus dem Auto, um ihn zu verarzten.

»Hätte ich das Auto nur selbst gut abgesichert. Ein großer Zettel an der Windschutzscheibe wäre ausreichend gewesen. Warum habe ich es nicht getan?« Doch Ayatéh weiß, dass Charly ein weiteres Opfer von *Atse'ma'íí* wurde und wahrscheinlich wäre es so oder so passiert. Und er weiß auch, dass alles ein Ende haben würde, wenn er ihm David ausliefert.

»Du brauchst dir nichts vorzuwerfen. Der Zettel wäre bei dem Regenguss in der letzten Nacht nicht mehr vorhanden gewesen. Außerdem hast du es sofort der Polizei gemeldet. Sie sind dafür verantwortlich. Es wurde mir gesagt, dass sie um das Auto Eisenstäbe gesteckt haben, an denen Absperrband befestigt war. Nur, davon habe ich nichts gesehen. Nichts deutete auf eine Gefahr hin.«

Aus der Jackentasche fummelt David schließlich eine Visitenkarte heraus, die er auf den Tisch legt. »Ich habe sechs Tage Urlaub. In dieser Zeit bin ich noch in diesem Motel. Das Handy lasse ich dir auch hier, ich hoffe, du meldest dich.«

Ayatéh nickt nur kurz. An der Tür dreht sich David noch einmal um. »Weißt du, dass *ich* zuvor schon dein Auto starten wollte? Es sprang nicht an. Ein komisches Gefühl, jetzt daran zu denken.«

»Was meinst du wohl, was ich für ein Gefühl hatte? Ich wusste davon und war im Begriff zu starten.«

»Ja, es ist unfassbar.«

Als Ayatéh allein ist, denkt er über diesen schrecklichen Moment nach. Es ist schon paradox, denn das Letzte, was er von Charly sah, war sein Gruß. Er hatte die Warnung nicht erkannt, stattdessen winkte er ihm zu - wie zum Abschied. Er selbst war mit dem Leben davongekommen, aber Charly hatte es getroffen. Der Mann, der etwa sechs Jahre mit seinem Vater eng zusammengearbeitet hatte. Er wusste nicht, was ihm bevorstand und es ging sehr schnell. Wahrscheinlich wird er nicht viel gespürt haben.

Ayatéh brüht sich einen Kaffee auf und denkt fieberhaft darüber nach, was er tun soll. Es kann so nicht weitergehen und die Aufforderung, David zu töten, kann er nicht mehr ignorieren. Vielleicht gibt es eine alternative Lösung, um diesen Bann zu brechen. *Du musst dich ihnen stellen*, hatte Tacheenie ihm gesagt und noch am selben Abend sucht er ihn auf, um sich von ihm einen Rat zu holen.

Anschließend begibt er sich mit einem guten Gefühl auf den Heimweg. Ayatéh ist froh darüber, ihn davon überzeugt zu haben, wegen der Krankheit zu seiner Tochter zu ziehen.

Der chemische Geruch in den Krankenhäusern ist irgendwie bedrückend. Lange Korridore, alles steril. Irgendwie bekam Ayatéh schon ein mulmiges Gefühl, als er durch den Eingang ging. Zimmer 23, hier ist er richtig, hier liegt also sein Retter und der Mörder seiner Familie. Für Ayatéh ist es kein Unterschied, ob es jemand selbst macht oder in Auftrag gibt. Aber wahrscheinlich ist er nur ein Mitläufer gewesen. Einer der bereut?

Etwas zögernd klopft Ayatéh an die Tür, dann geht er entschlossen hinein und auf das Bett von Marc Tanner zu. Dieser sieht ihn verdutzt an. Mit diesem Besuch hatte er wohl nicht gerechnet.

»Sie haben Glück gehabt«, sagt Ayatéh leise und zieht sich einen Stuhl heran.

»Sie auch.«

»Ich weiß, ich habe Ihnen mein Leben zu verdanken. Aber von mir aus können Sie es so oft machen, wie Sie wollen, das ändert nichts daran, dass Sie ein mieses Schwein sind. Sie bleiben ein Dreckskerl.«

»Hank hat mich damals ziemlich bearbeitet. Er hat mich unter Druck gesetzt und mir immer wieder klar gemacht, dass wir uns von Dolores nicht klein machen lassen dürfen. Hank hat mir zwar nie erzählt, dass Ihr Vater von seinen Drogengeschäften wusste und ihn damit erpresste, doch irgendwie bin ich später dahinter gekommen. *Er macht uns kaputt*, hat Hank gesagt. *Wir können hier alles wieder abbrechen, wenn Dolores mit seinen Forderungen durchkommt.* Und er wäre auch damit durchgekommen. Er war im Recht, das lag auf der Hand. Aber für Hank war das nur ein Vorwand. Er hatte Angst, dass seine Drogengeschäfte auffliegen.«

»Welche Forderungen hat mein Vater gestellt?« Eigentlich kann Ayatéh es sich vorstellen, doch er will es noch einmal von Tanner hören. Er soll selbst sagen, welchen illegalen Mist er gemacht hat. Er soll sich bekennen und endlich alles ausspucken.

»Dolores hat nicht von Filteranlagen gesprochen. Er wollte dafür sorgen, dass die Fabrik verschwindet. Die Produktion sollte abgestellt werden. Er sagte, dass sie unrechtmäßig auf Reservatsgebiet steht und er wollte dafür sorgen, dass sie stillgelegt wird. Hank wollte ihn loswerden, weil Dolores von seinen Drogengeschäften wusste, woher weiß ich nicht. Ja, ich habe diese Kerle angeheuert, weil mir meine Karriere wichtiger war. Ich habe ihnen aber keinen Mordauftrag gegeben, sondern gesagt, sie sollen dafür sorgen, dass er uns nicht mehr belästigt und sie sollten aufpassen, dass es keine Zeugen gibt. Damit meinte ich, dass sie ihn aufspüren, wenn er alleine ist und ihn zusammenschlagen. Später habe ich von Miss Mc Neal, die damals meine Sekretärin war, erfahren, dass Hank die drei Männer noch einmal aufgesucht hat.« Tanner macht eine kurze Pause. Es geht ihm zwar inzwischen besser, aber das Sprechen strengt ihn doch etwas an. »Als ich erfahren habe, was passiert ist, war ich entsetzt. Hank hat mir sogar noch vorgeworfen, dass Dolores noch am Leben war und er selbst ihn umbringen musste.«

Tanner sieht Ayatéh mit müden Augen an. »Ich weiß, Sie hassen mich, aber ich habe inzwischen ein Geständnis abgelegt. Ich habe mich der Polizei gestellt und berichtet, wie es war und wie ich es eben erzählt habe. Ich werde dafür bestraft und ich bereue alles. Ich fühle mich verantwortlich für das, was Ihrer Familie passiert ist, aber ich kann es nicht mehr ungeschehen machen. Als ich erfahren habe, dass dieser Dayton hinter Ihnen her ist, wollte ich Sie vor ihm warnen. Aber Sie wollten mich nicht anhören. Ich habe es nicht so gewollt.«

Doch seine Beteuerungen finden bei Ayatéh kein Gehör. »Ich bin nicht gekommen, um mir von Ihnen dieses jämmerliche Unschuldsgeschwafel anzuhören. Das musste ich mir schon mal reinziehen, ich kann's nicht mehr hören. Ich bin gekommen, weil ich von Ihnen wissen will, ob mich in nächster Zeit noch etwas erwartet. Was wissen Sie noch so alles? Wenn Sie schon Ihre Schuld bekennen, dann können Sie auch ganz auspacken. Wer ist dieser Dayton, von dem Sie hier reden? Warum wollte er mich umlegen?«

Der Kopfteil des Bettes steht senkrecht, sodass Tanner sitzen kann. Sein spärlicher Haarwuchs ist inzwischen zu einem Kranz reduziert und es zeigen sich graue Ansätze. Er trinkt ein Schluck Wasser vom Nachttisch neben seinem Bett. Er bittet Ayatéh, ein Fenster zu öffnen, denn die Wärme in diesem Zimmer macht ihm zu schaffen. Entschlossen erzählt er ihm, was er vor kurzer Zeit in Erfahrung gebracht hatte.

»Dayton war ein guter Kumpel von Hank. Vom gleichen Kaliber, sozusagen. Er wurde von Hank angeheuert, Sie umzulegen, weil Sie für ihn zu einer Bedrohung geworden sind. Hank hatte Angst überführt zu werden, was ja dann auch tatsächlich zutraf, bevor Dayton sein Vorhaben erledigen konnte.« Tanner trinkt das Glas aus und Ayatéh gießt es für ihn noch einmal voll. Dann setzt er fort: »Dayton wusste, dass Hank irgendwo einen Koffer mit Drogen hatte. Als er erfuhr, dass sein Auftraggeber tot ist, schnappte er sich das Zeug selbst. Und er war überzeugt davon, dass Sie davon wussten.«

»Ich habe es nicht gewusst. Woher denn auch? Wie ist er darauf gekommen?«

»Das weiß ich nicht.« Doch Tanners Antwort klingt nicht gerade sehr glaubhaft. Bevor Ayatéh weiterbohrt, setzt er fort: »Da sind noch die Dealer, mit denen Hank zuletzt verhandelt hat. Da ist wohl eine Menge schief gelaufen. Einer von denen wollte das Geld *und* die Drogen an sich reißen, ist dann aber von Hanks Leuten erschossen worden. Also ist Hank mit dem Stoff und dem Geld abgehauen. Dann wollten die Leute, die dem Typen die Kohle gegeben haben, das Geld zurück, aber inzwischen ist es von der Polizei sichergestellt. Cindy Mc Neal hatte es bekanntlich. Nun wollen sie nicht leer ausgehen und dafür das Rauschgift haben.«

»Und warum erzählen Sie mir das alles?«

»Diese Typen haben sich mit Dayton in Verbindung gesetzt. Der hat ihnen glaubhaft gemacht, dass Sie die Drogen haben«, erklärt Tanner.

»Also *ich*«, folgert Ayatéh daraus.

»Ja, die wussten, dass Sie Hank entführt haben und das Geld im Kofferraum war verschwunden. Die waren der Meinung, dass Sie es an sich genommen haben. Weil jetzt auch das Rauschgift fehlt, glauben die Typen, dass Sie es auch haben. Jedenfalls hat Dayton es ihnen so plausibel gemacht. Verstehen Sie?«

»Nein, vielleicht bin ich etwas begriffsstutzig. Ich kann mich ehrlich nicht in die Welt der Mordenden und Stehlenden hineinversetzen.«

Ayatéh atmet einmal tief durch. So langsam dämmert es ihm, aber er will es von diesem Tanner hören.

»Einer von ihnen heißt Harry. Er und seine Leute glauben also jetzt, dass Sie den Koffer mit den Drogen haben und wollen alles daransetzen, um ihn wiederzubekommen.« Tanners Blick ist warnend auf seinem Gegenüber gerichtet.

»Also«, folgert Ayatéh daraus, »wenn ich es richtig verstehe, werde ich in nächster Zeit noch Besuch bekommen.«

»Wahrscheinlich ja. Ich habe sogar schon damit gerechnet, dass sie bereits da waren. Gehen Sie davon aus, dass sie Ihnen heute oder morgen auflauern. Bereiten Sie sich gut vor, ich kenne sie nicht und weiß nicht, wozu sie fähig sind.«

Woher weiß Tanner das alles? Er muss damit drinstecken, anders ist es kaum denkbar. Nur, wenn das so ist, warum wird er zum Verräter? Hat er ihm gegenüber ein schlechtes Gewissen?

Ayatéh merkt, dass seinem Gegenüber das viele Sprechen Mühe macht. Sie schweigen für eine Weile. Jeder hängt seinen Gedanken nach. Der Albtraum ist also noch nicht zu Ende. Was wird noch alles auf ihn zukommen?

»Und wenn wir ihnen geben, was sie haben wollen? Wenn Sie soviel wissen, wissen Sie doch auch, wo sich die Drogen befinden.«

»Ich weiß natürlich nicht, wo Dayton das Kokain versteckt hat. Vielleicht hat er das Zeug ja auch schon verscherbelt.«

»Was also soll ich jetzt tun?«, fragt Ayatéh schließlich. Doch dann öffnet sich die Tür und eine Krankenschwester kommt herein, um das Mittagessen zu servieren. Tanner hat ein privates Einzelzimmer. Auf einer kleinen Kommode steht ein Fernseher. An den Wänden hängen große Bilder mit schönen Naturaufnahmen. Die Vorhänge sind gut und teuer ausgewählt. Auf einem Tisch steht eine Vase mit frischen Blumen. Ayatéh fällt ein Bild in einem einfachen Rahmen auf, das auf dem kleinen Beistelltisch neben dem Bett steht. Er nimmt es in die Hand und sieht sich die Aufnahme an. Eine junge, hübsche Frau ist darauf abgebildet. Vielleicht um die zwanzig Jahre alt. »Ihre Tochter?«

»Ja, sie studiert in Dallas.«

Ayatéh stellt es wieder ab und erhebt sich. »Passen Sie gut auf sie auf. Es gibt viele Verbrecher, die frei herumlaufen.« Dann geht er zur Tür. Doch er wird von Tanner zurückgerufen.

Als er dicht neben seinem Bett steht, sagt dieser: »Ich weiß, ich kann nicht erwarten, dass Sie mir verzeihen, aber ich möchte Sie trotzdem um etwas bitten.«

Ayatéh nickt stumm und Tanner trägt sein Anliegen vor: »Was da vor zwei Tagen vor dem Geschäft passiert ist - es war Notwehr.«

Doch sein Besucher schüttelt den Kopf. »Einen Menschen von hinten zu erschießen, ist keine Notwehr. Das ist feiger Mord, denn der Gegner hat keine Chance. Aber das haben Sie ja schon mal getan.« Ayatéh denkt daran, dass Tanner ihn damals am Ferienhaus von hinten niederschoss. Aber er weiß auch, dass er selbst ihn dazu getrieben hatte. Er hatte Tanner, der sowieso schon mit den Nerven am Ende war, herausgefordert. Und jetzt? Jetzt rettete er ihm auf diese Art das Leben, womit er sogar seines aufs Spiel setzte. Trotzdem wird er von Ayatéh angeklagt.

»Ich weiß, Sie können nicht vergessen und niemals verzeihen. Was bringen noch die Worte: Es tut mir Leid? Sagen Sie der Polizei, wie es war und ich werde es hinnehmen.« Tanners Stimme klingt resigniert. Plötzlich reicht ihm Ayatéh wider erwarten die Hand. Ja, Tanner glaubt sogar ein kleines Lächeln wahrzunehmen.

»Ich habe der Polizei schon gesagt, dass es Notwehr war«, erklärt ihm Ayatéh.

»Danke«, sagt Tanner erleichtert und ist froh, ihm endlich die Hand zu schütteln.

Trotzdem glaubt Ayatéh, dass es nicht ganz stimmt, wie Tanner es dargestellt hat. Wenn sein Vater noch die Möglichkeit gehabt hätte, gegen die Inbetriebnahme der Fabrik vorzugehen, wäre er nicht auf die absurde Idee gekommen, Hank zu drohen oder zu erpressen.

»Mr. Dolores?«

»Ja?«

»Was heißt *béésh bee ak'e'elchíhí t'áá bí nitsékeesígíí*?«

»Das heißt Computer. Wie kommen Sie darauf?«
»Na ja, das haben Sie mir einmal beigebracht. Damals im Fluss.«
Schmunzelnd verlässt Ayatéh das Zimmer.

Während dieser Geschehnisse hatte Ayatéh sich die Zeit genommen, um für seinen Freund Jeffrey die Zeremonie der Beisetzung durchzuführen.

Als er dann einen Tag nach Tanners Besuch die kleine Laura, Abby und Dusty abholt, ist er mit seinen Kräften am Ende. Er hat sich trotz der Verletzungen viel zugemutet.

Wieder zu Hause fällt er erschöpft ins Bett, denkt noch einmal über die Probleme nach, die demnächst auf ihn zukommen werden und schläft schließlich ein.

Am nächsten Morgen überkommen ihn Visionen, die ihm immer wieder blitzartig durch den Kopf gehen. Er sieht für einen kurzen Moment Jenny auf dem riesigen Vogel sitzen. Es ist der Adler, der sie aus dem Reich der Lebenden trägt. Diese Erscheinungen erlebte er auch schon vor während und nach der Zeremonie für Jeffrey. Doch er wollte sich nicht verwirren lassen. Aber jetzt tauchen sie immer wieder deutlich vor seinen inneren Augen auf.

Wird Jenny als Nächste sterben? Ist diese Vision überhaupt von Bedeutung?

Die Sonnenstrahlen kommen jetzt nur noch spärlich durch die Wolken und geben nicht mehr viel Wärme ab. Ayatéh zieht sich die warme Jacke über, klappt den Kragen hoch und macht sich auf den Weg zum alten Duck.

Duck wohnt in einem alten, heruntergekommenen Trailer. Dahinter stehen ein paar schrottreife Autos, teilweise auseinandergebaut. Drei seiner Enkelkinder toben darauf herum. Lachend rutschen sie von der Autohaube und hüpfen auf dem Dach.

»*Ya'ah teeh*«, begrüßt ihn Ayatéh. Duck ist eines der wenigen Clanmitglieder, mit denen er sich auf Diné unterhalten kann. »Würdest du mir für ein paar Tage deinen Hund mitgeben?«

Duck kann es nicht so recht verstehen. »Ja, aber warum? Er ist ein Jammerlappen, du weißt es. Und alles andere als ein Wachhund. Wenn hier ein Fremder kommt, läuft er ihm freudig entgegen.«

»Ich weiß.« Ayatéh lächelt und streicht dem Hund übers Fell.

»Er kennt dich nicht so gut. Wenn du ihn mitnimmst, wird er dir auf die Nerven gehen, weil er nach Hause will. Er bleibt nicht bei dir, wo willst du ihn denn lassen?«

»Ich nehme ihn mit ins Haus.«

Der verwunderte Ausdruck auf Ducks Gesicht scheint einige Falten mehr aufzuweisen. Ayatéh hat sich verändert. Der Umgang mit seinem weißen Freund hat scheinbar keinen guten Einfluss auf ihn. »Einen Hund im Haus?« Ungläubig schüttelt er den Kopf. »Du hast zu viel Zeit mit diesem *bilagaana* verbracht. Halte dich lieber von ihm fern. Er hat andere Ansichten, die nicht gut für dich sind. Halte dich zurück. Du musst aufpassen, was du zu ihm sagst, und behalte deine Gedanken und Gefühle für dich, sonst bist du verwundbar. Außerdem darfst du ihn nicht in unsere Traditionen einweihen. Sie haben alle keinen Respekt und finden es nur amüsant.«

Duck ist vom selben Clan wie er, deshalb will er ihm nicht widersprechen. »Ich werde mich nicht von einem *bilagaana* beeinflussen lassen.«

»Gut, aber warum willst du diesen Hund? Er kann nicht im Haus leben und wird zurück wollen.«

»Genau deshalb möchte ich ihn mitnehmen. Pass auf, ich erkläre dir den Grund.«

Ayatéh verbringt die folgenden Tage mit dem Hund.

Es ist nicht gerade angenehm mit ihm, denn oft liegt er vor der Tür und winselt. Wenn er mit dem Hund das Haus verlässt, legt er ihm ein provisorisches Halsband um, an dem er eine Leine befestigen kann.

Bewusst kümmert er sich nicht viel um ihn. Außer Futter und Wasser lässt er ihm weiter keine Beachtung zu kommen. Der Hund soll sich nicht an ihn gewöhnen, damit die Sehnsucht nach seinem Herrn bestehen bleibt.

Schon am nächsten Tag hört Ayatéh ein Klopfen an der Tür. Der besondere Ton signalisiert ihm, dass sich eine Person davor befindet, die sein Haus wohl noch nie betreten hat. Es ist eher zaghaft, wie es damals bei David war. Sicher wird er es sein. Dann erinnert er sich an Tanners Warnung; ihm würde unangenehmer Besuch bevorstehen. Vorsichtig lugt er aus dem Fenster, jedoch kann er weit und breit kein Auto entdecken. Wieder ein Klopfen, doch diesmal kräftiger und zweimal hintereinander. Tanner hatte ihm klar gemacht, dass ihm unangenehmer Besuch bevorsteht. Und Ayatéh hatte sich darauf vorbereitet.

»Wer ist da?«, fragt er vorsichtig.

»Ich bin es, Jenny. Hast du einen Moment Zeit?«

Ayatéh hält mit einem Arm kräftig den Hund umklammert, mit der anderen öffnet er die Tür, die ausnahmsweise verschlossen ist.

Zögernd betritt sie den Raum und krault sogleich den braunen Hund Lax. »Ich wusste gar nicht, dass der Hund zu dir gehört.«

»Es ist nicht meiner«, entgegnet Ayatéh kurz und knapp. »Woher kennst du ihn?«

»Er lungert manchmal vor dem *Butterfly* herum und wartet darauf, dass etwas Essbares für ihn abfällt.«

»Ja, er gräbt es oft ein, vielleicht meint er, dass mal schlechte Zeiten kommen.«

Jenny setzt sich auf einen leicht gepolsterten Holzstuhl, schlägt die Beine übereinander und lächelt. »Habe ich dich gestört?«

»Ja, aber das ist schon in Ordnung«, schmunzelt er verlegen.

»Ich fühle mich geehrt.« In seiner Nähe schlägt ihr Herz doppelt so schnell. Sie ist aufgeregt und fühlt sich zu ihm hingezogen, doch der Gedanke daran, keine Erwiderung zu bekommen, hält sie davon ab, ihre Zuneigung zu zeigen. Dann schweift ihr Blick durch den Raum. Es liegt nichts herum, womit er gerade beschäftigt gewesen sein könnte. »Darf ich dich fragen, wobei ich dich gestört habe?«

Ayatéh holt tief Luft. »Mir geht es nicht gut, ich habe versucht, ein paar Stunden zu schlafen.«

»Es tut mit Leid. Ich kann in letzter Zeit auch nicht richtig schlafen. Gerade habe ich gehört, was mit Charly passiert ist«, sagt Jenny mit ernster Miene. »Es ist schrecklich. Wie konnte das nur passieren?«

»Angeblich haben Kinder mit den Bändern gespielt, mit denen das Auto abgesichert war. Ob es stimmt, weiß ich nicht. Die Stangen dazu lagen dort noch auf den Boden. Ich hätte einen Brief im *Butterfly* hinterlassen sollen.«

Jenny merkt, dass Ayatéh sich große Vorwürfe macht. »Als wir in Chinle waren, hast du unterwegs oft versucht, ihn telefonisch zu erreichen.«

»Eben nicht oft genug, oder es nicht lange genug klingeln lassen.«

Vorsichtig wagt sie einen verstohlenen Blick zu ihm hinüber. »Ich kannte ihn zwar noch nicht so lange, aber trotzdem hat mich dieser Spruch beeindruckt, den jemand an die Eingangstür vom *Butterfly* geklebt hat. Ich nehme an, das warst du?«

Langsam streicht sich Ayatéh mit beiden Händen von der Stirn ausgehend über den Kopf, setzt sich ihr gegenüber und nickt. »Ja, ich wollte nicht nur speziell Charly damit ansprechen, sondern all diejenigen, die sich dort öfter getroffen haben, wenn auch zufällig.«

»Du denkst viel nach«, stellt Jenny fest.

»Mag sein, vor allem in letzter Zeit. Ich mache mir über alles Mögliche Gedanken, wahrscheinlich viel zu viel. Ständig frage ich mich nach einem *Warum*, suche nach Antworten, die mir niemand geben kann und denke manchmal, dass jede Begegnung, die unsere Seele berührt, eine Spur hinterlässt, die nie ganz verweht. Und diesen Satz habe ich dann niedergeschrieben, um alle anderen zu bewegen, sich Gedanken zu machen. Weißt du Jenny, das *Butterfly* war für viele von uns ein Treffpunkt, um sich auszutauschen. Dort wurde diskutiert, Pläne wurden geschmiedet und fast immer nahm jeder etwas für sich mit. Und meistens war Charly dabei - mitten drin - manchmal diskret zurückhaltend und manchmal schlug er mit der Faust auf den Tisch, um wütend über irgendetwas seine Meinung zu sagen.«

»Ja, der Text regt zum Nachdenken an.« Dabei wünscht sie sich, den Spruch auch auf sich beziehen zu können. Hat sie bei Ayatéh auch eine Spur in seiner Seele hinterlassen, die nie ganz vergeht?

»Ist wohl besser, als nur >Geschlossen< zu schreiben«, reißt Ayatéh sie aus den Gedanken. Er macht einen erschöpften Eindruck. Jenny hält es für besser zu gehen. »Als ich gehört habe, was passiert ist, wollte ich nur kurz bei dir vorbeischauen. Jemand sagte mir, dass du verletzt bist.«

»Es ist nicht so schlimm. Ich brauche nur etwas Ruhe.«

Noch während sie sich erhebt, stürzt der Hund zur Tür. Er schien jede Bewegung genau beobachtet zu haben.

»Nicht die Tür öffnen«, ruft Ayatéh, drängt das Tier zurück und geht mit Jenny hinaus.

»Hast du schon mal überlegt, was jetzt aus dem *Butterfly* wird? Ich meine, wie es weitergeht? Deinem Vater gehörte doch ein Teil davon. Du hast sicher auch einen Anspruch darauf.« Jenny geht langsam die Stufen hinunter, doch Ayatéh bleibt oben an der Tür stehen.

»Ich habe darüber noch nicht nachgedacht. Im Moment liegen meine Sorgen woanders.«

»Vielleicht können wir beide es ja weiterführen«; schlägt sie vor und schaut hoffnungsvoll zu ihm auf.

»Wir? - zusammen?«, fragt er überrascht. »Nein, dazu gehört Verantwortung und eine gehörige Portion Pflichtbewusstsein. Das sind Tugenden, die ich nicht genügend besitze. Für mich ist das gleichbedeutend mit Freiheitsberaubung. So etwas ist nichts für mich. Ich werde mich nicht abhängig machen und auf meine Freiheit verzichten. Zum Aushelfen für ein paar Tage oder Wochen ist es o.k., aber nicht als Inhaber oder so etwas.« Jetzt geht auch er langsam die drei Stufen hinunter, denn das Gejaule des Hundes geht ihm auf die Nerven. »Er ist furchtbar«, ist sein Kommentar dazu.

»Warum lässt du ihn denn nicht raus? Du machst oft Sachen, die ich nicht verstehe.«

Ayatéh wendet sich ihr zu und sieht sie nachdenklich an. »Ach Jenny, das hat schon seinen Grund.«

»Ja«, antwortet sie. »Wie vor vier Tagen, als wir Feierabend machten und du mich nach Hause fahren wolltest. Du hast das Auto nicht gestartet und als Kommentar den gleichen Satz auf Lager gehabt. *Es hat schon seinen Grund*. Und dann kam die Antwort, die ich nie vergessen werde! Wer weiß, was es diesmal für einen Grund gibt, aber das Tier tut mir trotzdem Leid.«

»Frag lieber nicht danach.« Etwas unbeholfen steckt Ayatéh jetzt seine Hände in die Hosentaschen.

»Ich glaube, ich gehe lieber, bevor ich ins nächste Fettnäpfchen trete.«

»Ist vielleicht besser.«

»Kann ich noch etwas für dich tun?« Jenny spürt, das Ayatéh sich mit einem Problem herumschlägt und will ihm ihre Hilfe anbieten.

»Ja, wenn du möchtest, kannst du ein paar Meilen mit meinem Pferd reiten. Es braucht dringend Auslauf und Bewegung«, schlägt er ihr vor. Doch Jenny muss ihm anschließend gestehen, dass sie noch nie auf einem Pferd saß. »Aber vielleicht kannst du es mir einmal zeigen.«

»Ja«, murmelt er, »ein anderes Mal.« Als er die Stufen hinaufgeht, hält er sich am Geländer fest. Er ist müde und erschöpft.

Jenny geht mit einem unguten Gefühl davon. Noch den ganzen Abend drehen sich ihre Gedanken um Ayatéh. In einer anderen

Situation und unter anderen Umständen wären sie sich wahrscheinlich viel näher gekommen. Aber Ayatéh wirkt wie ein Mann mit einem gebrochenen Herzen. Sie erinnert sich, dass er damals auf dem Fest Diné mit ihr gesprochen hatte. Es war ihr etwas peinlich gewesen, ihn nicht verstanden zu haben.

Morgen wird ihr Vater für ein paar Tage zu seinem Bruder fahren. Sie mag nicht gerne alleine sein und braucht deshalb Gesellschaft.

Seit der Scheidung ihrer Eltern lebte sie mit ihrer Mutter in Gallup. Doch die hatte immer wenig Zeit und zu guter Letzt kam sie mit einem ziemlich zwielichtigen Freund an. Die Sehnsucht nach ihrem Vater wuchs und vor etwa einem Jahr entschied sie sich, zu ihm zu ziehen.

Jede Stunde, die verstreicht, lässt Ayatéh nervöser werden.

Es dauert auch nicht mehr lange, bis dieser erwartete, unangenehme Besuch auftaucht. Es sind zwei Männer, die schon am nächsten Tag vor seiner Tür stehen. Als diese sich öffnet, rennt der Hund hinaus, froh, endlich nach Hause laufen zu können.

Als Ayatéh beteuert, den Koffer mit dem Rauschgift nicht zu besitzen, geben diese Männer sich damit erwartungsgemäß nicht zufrieden.

Pete Browner und Harry stehen ihm gegenüber. Roger wartet im Auto mit Edward Mitchel, einem neuen Mittelsmann in ihrer Gruppe.

»Hör zu«, erklärt Harry. »Wir wollen nichts von dir, sondern nur den Stoff. Danach sind wir weg. Wir wissen, dass du ihn hast, das Leugnen nützt nichts. Das Zeug gehört uns und es ist besser, wenn du dich nicht mit uns anlegst. Also, sag uns nicht noch einmal, du hast es nicht! Ich habe draußen im Auto Verstärkung. Wir müssen hoffentlich nicht handgreiflich werden.«

Ayatéh hat verstanden. »Okay.« Er nickt. »Aber es ist nicht hier, ich habe es etwa zwanzig Meilen von hier in den Bergen.«

»Gut, wir sind mit einem Geländewagen hier, also los«, befiehlt Pete und drängt Ayatéh zur Tür.

»Wir brauchen eine Schaufel und die letzten drei Meilen müssen wir trotzdem zu Fuß gehen.«

»Wir haben ja alle zwei Beine.« Pete bedeutet ihm, einzusteigen, dann erklärt Ayatéh ihnen den Weg. Bewusst wählt er einen Umweg, um Zeit zu gewinnen. Um an den Platz zu gelangen, der nur etwa zwei Meilen von seinem Wohnhaus entfernt ist, fahren sie quer durch ein Gebiet, das diesen Männern völlig unbekannt ist. Als sie schließlich das Fahrzeug stoppen, führt Ayatéh sie in ein Tal, rundum von hohen Felsen umgeben. Dort hinter der Yucca-Pflanze weist er auf eine bestimmte Stelle.

»In der Erde!? Dann grab mal schön«, ordnet Harry an und reicht ihm die mitgebrachte Schaufel. Nach kurzer Zeit stößt Ayatéh auf etwas Hartes und bringt einen schwarzen Koffer hervor.

Pete schnappt ihn sich als Erster und kann ihn auch sogleich öffnen, weil er nicht abgeschlossen ist. Enttäuscht wirft er die inliegenden Broschüren hoch, die von einer Drogenberatungsstelle herausgegeben wurden, um Süchtigen zu helfen.

»Was soll das?«, schreit Pete, springt auf und zieht eine Waffe. »Möchtest du umgelegt werden?«

»Ich habe es wirklich nicht. Dieser Dayton hat es, soviel ich weiß. Ich bin daran nicht interessiert«, beteuert Ayatéh, der jetzt die Schaufel auf den Boden wirft.

»Das werden wir ja sehen«, sagt Pete und deutet mit einem Kopfnicken an seine Komplizen gerichtet, sich jetzt Ayatéh vorzuknöpfen. Und gleich darauf wird dieser auch schon von dem muskulösen Edward Mitchel an den Armen gegriffen.

»Ich hoffe, du weißt, was dich jetzt erwartet. Wir lassen uns nicht an der Nase herumführen. Diese Gegend ist sehr, sehr einsam«, droht ihn Pete, der sich dicht vor ihm aufbaut.

»Ich hoffe, du weißt auch, was dich erwartet. So einsam ist diese Gegend wohl doch nicht«, klärt Ayatéh ihn jetzt auf und wirft einen vielsagenden Blick nach oben auf die Felsen.

Nun sehen die Männer es auch. Rund um dieses Tal stehen überall bewaffnete Indianer, die jetzt ihre Gewehre laden. Dieses klickende Geräusch hallt rund von den Felsen wider und lässt die Männer erschauern. Sie begreifen, dass sie von etwa 100 Navajo umzingelt sind, die bereit sind zu schießen, wenn sie nicht sofort Ayatéh in Ruhe lassen.

Ohne eine Aufforderung lässt Mitchel von ihm ab. Sie werfen sofort bereitwillig ihre Waffen auf den Boden. Dann heben sie die Hände als Zeichen ihrer Aufgabe.

»Dayton wollte mich umbringen«, will Ayatéh sie aufklären. »Aber sein Vorhaben ist misslungen. Jetzt ist er selbst tot. Aber sich mit einem Navajo anzulegen, ist ein gewagtes Spiel, findet ihr nicht auch?«

»Wollt ihr uns jetzt auch umlegen?« Rogers Stimme klingt ängstlich. Auch die anderen scheinen sich in ihrer Haut nicht ganz wohl zu fühlen.

»Wenn ihr jetzt verschwindet, hat niemand etwas gesehen. Und überlegt mal, ob ihr euch in Zukunft lieber eine andere Freizeitbeschäftigung suchen wollt.«

Harry flucht vor sich hin und auch Pete lässt sich seine Enttäuschung anmerken. »Es ist unser Stoff, wir haben sehr viel dafür bezahlt.«

»Da hättet ihr bei Dayton anfangen müssen.«

»Von wem weißt du das alles?«, will Roger wissen, denn er ist sicher, dass Ayatéh von einem Verräter gewarnt wurde.

»Hörst du den Wind nicht? Er ist überall und seine Geister sind wachsam. Der Wind kennt die Antwort, Amigo. Du musst ihm nur zuhören.«

»Ich höre lieber zu, was das Geld mir flüstert«, antwortet Roger grimmig. Dann machen die Männer kehrt, um schnell das Weite zu suchen.

Ayatéh atmet erleichtert auf. Alles ist wie geplant gelaufen. Der Hund war, wie erhofft, schnell zum alten Duck gelaufen, der blitzschnell eine Kettenreaktion in Gang setzte, indem er einige Männer seines Stammes informiert hatte. Diese wiederum benachrichtigten die anderen. Binnen kurzer Zeit hatten sie alle den nur zwei Meilen entfernten Canyon erreicht und die Angelegenheit zu einem guten Ende gebracht.

Aber da ist noch etwas, was Ayatéh schwer belastet. Er muss unbedingt David erreichen, am besten noch heute Abend, denn morgen wird sein Freund abreisen, dann ist es zu spät.

Für ihn steht fest, dass Jenny das nächste Opfer sein wird. Er kennt die Zeichen der Warnung, die ihm gegeben wurden und kann sie deuten. Aber dazu will er es nicht kommen lassen.

Er muss sich beeilen. Sein Vorhaben, die einzige Lösung um den Bann zu brechen, darf nicht daran scheitern, David zu verpassen. *Er* ist der Schlüssel und Ayatéh hat Wichtiges mit ihm vor. Es wird nicht einfach sein, ein gefährlicher Weg, aber die einzige Möglichkeit. Er muss diesen Schritt machen. Etwas anderes bleibt ihm nicht übrig.

Also leiht er sich noch einmal einen Wagen und macht sich auf den Weg. Dort angekommen, unterhalten sie sich zunächst über Tanner. Dann erzählt ihm Ayatéh von den Drogendealern, die ihn aufgesucht haben. Wie vermutet, drängt David ihn, eine Aussage bei der Polizei zu machen. Ayatéh ist damit jedoch nicht einverstanden. Er will nicht das Objekt einer Rache werden, deshalb kommt eine Meldung nicht in Frage. Außerdem ist kein Verbrechen begangen worden. Niemand hat geschossen und niemand ist mit Drogen abgehauen.

»Du hast schon eine besondere Art, mit all dem Pack aufzuräumen«, bemerkt David.

»Nein, ich habe nicht aufgeräumt, ich bin nur über den Dreck gestolpert.«

Doch Ayatéh macht etwas anderes schwer zu schaffen. Mit einem Blick auf die halb eingepackte Reisetasche bekommt er ein flaues Gefühl im Magen.

David merkt seinem Freund eine gewisse Nervosität an. Zudem wirkt er abwesend und unkonzentriert. Er ahnt, dass Ayatéh eine große Last mit sich herumschleppt. Er möchte ihm helfen, aber wie?

»Was ist mit dir los?«

Ayatéh setzt sich auf das Bett. »Warum musste es Charly treffen? Ich muss oft daran denken.«

»Ja, es ist schrecklich, aber ändern kann niemand mehr etwas und Vorwürfe nützen auch nichts mehr.«

»Als Nächstes wird Jenny dran sein«, stellt ihm Ayatéh die Situation dar. »Wir müssen es tun.«

»Was müssen wir tun?« David ahnt nichts Gutes.

»Ich bin aus einem bestimmten Grund hier. Wir müssen diesen Bann brechen. Beziehungsweise - *du.* Ich weiß, dass Jenny in Gefahr ist. Du bist der einzige, der sie retten kann.«

»Wie? Soll ich mich umbringen?« Davids Gesichtsausdruck gleicht einem Fragezeichen.

»Ich habe dir vor einigen Wochen gesagt, welche Möglichkeit wir haben. Wir müssen deinen Traum folgen und durch die Schlangen gehen.«

»Also doch umbringen«, schließt David aus diesen unglaublichen Worten.

»Die Schlangen stehen zwischen Gut und Böse. Du musst dich ihnen entgegenstellen.«

»Ich brauche dir ja wohl nicht sagen, dass sie ein tödliches Gift enthalten.« David wird allmählich nervös.

»Ich weiß, wo sich eine Menge Diamantklapperschlangen aufhalten. Sie sind zwar am größten und enthalten das stärkste Gift, aber sie sind nicht so angriffslustig wie die anderen.«

»Wie beruhigend, aber du kommst zu spät, ich wollte gerade abreisen.« David stürzt sich in den Duschraum, reißt sich sein Zahnputzzeug von der Konsole und stopft es in die schon halb volle Tasche. Dann dreht er sich in alle möglichen Richtungen, wobei er gleichzeitig sämtliche Kleidungsstücke, die er findet, ebenfalls in die Tasche wirft. Hektisch zerrt er am Reißverschluss herum, gibt es schließlich auf, sie zu schließen und fängt an, seine Autoschlüssel zu suchen.

Gelassen sieht Ayatéh sich das Treiben an. Dann steht er auf und hält ihm die Autoschlüssel hin. »Nimm sie und verschwinde. Hau ab, los, ich will dich nicht mehr sehen. Ich habe mich in dir getäuscht.«

David setzt sich auf das provisorisch gemachte Bett. »Du glaubst doch nicht im Ernst daran, dass ich durch giftige Schlangen laufe, ich bin doch nicht irre.« Er gibt ein kurzes künstliches Lachen von sich. »Man hat mich vor dir gewarnt. Ich hätte drauf hören sollen, verdammt - weißt du eigentlich, was du von mir verlangst?«

»Ja, aber es ist nicht so dramatisch wie du glaubst. Ich werde dabei sein, sie besänftigen und mit dir gehen. Und glaube mir, sie werden dir nichts tun.«

»Das Gleiche hast du in meinem Albtraum auch gesagt und dann sind sie über mich hergefallen. Ich sehe das eher so, dass es eine Warnung ist, nicht auf dich zu hören.«

Ayatéh setzt sich neben ihn. »Du weißt, warum Charly sterben musste«, sagt er dann leise.

Eine Zeit lang sitzen sie nebeneinander und schweigen. Dann ergreift David das Wort. »Warum bist du dir so sicher, dass es tatsächlich so ist? Du glaubst, dass Sheena und Tubaan-de-jaa-de deshalb gestorben sind, aber das passiert eben. Und dieser Dayton hat Charly auf dem Gewissen und niemand anders. Was habe *ich* damit zu tun? Woher weißt du, dass Jenny als Nächste dran ist?«

»Ich war mir zuerst auch nicht sicher, aber ich habe lange mit Tacheenie darüber gesprochen. Er hat mich in meinem Vorhaben bestärkt. Seitdem bin ich überzeugt, dass die einzige Möglichkeit darin besteht, sich ihnen entgegenzustellen. Wir werden stark sein.«

»Wir werden tot sein«, verbessert David trocken.

»Nein, werden wir nicht. Ich bin dein Freund und werde dich nicht ins Unglück stürzen. Außerdem werde ich mit dir gehen.«

Nervös steckt sich David eine Zigarette an, legt die Arme auf seine Beine und grübelt.

»Seit wann rauchst du?«, fragt ihn Ayatéh.

»Seit ich dich kenne - hilft ein bisschen.«

Ayatéh legt die Hand auf seine Schulter. »Ich weiß, was ich dir zumute. Aber es kann so nicht weitergehen und glaube mir, es wird nichts passieren.«

»Wann sollen wir es machen?«

»Jetzt gleich.«

David nimmt von seinen Worten keine Notiz. »Dein Bein blutet«, stellt er dann fest.

»Ja, ich bin ein paar Meilen zu Fuß gelaufen. Es war sehr anstrengend. Hatte noch ein paar Dealer am Hals.«

David wirft einen Blick auf das linke Bein seines Freundes. Durch die eingerissene Jeanshose sickert etwas Blut. »Das ist von der Explosion. Wahrscheinlich stecken noch Splitter drin. Du musst zu einem Arzt. Am besten ins Krankenhaus. Ich fahre dich sofort hin.«

»Wie viel Ausreden willst du dir noch einfallen lassen? Ich denke, wir machen uns gleich auf den Weg.«

»Du hast vergessen, mich zu fragen!«

»Ich frage nicht, ich erwarte es einfach von dir«, betont Ayatéh, steht auf und sieht ihn fordernd an.

David streicht sich über die Stirn. »Ich muss verrückt sein«, stammelt er. »Und du weißt, wo sie sind?«

»Ja, in einer Höhle. Dort ist es feucht, das mögen sie.«

»Ah ja? Ich mag es aber nicht feucht.«

Ayatéh grinst. »Na komm schon, ich habe vier große Petroleumlampen im Wagen und eine große Leuchte.«

»Damit sie uns besser sehen?«

»Nein, sie nehmen uns durch die Körperwärme wahr«, klärt Ayatéh seinen Freund auf.

»Auch das noch«, murmelt David, während er sich zögernd erhebt. »Ich habe noch nicht mein Testament gemacht.«

»Du kannst mir dein Auto hinterlassen, ich brauche nämlich ein neues.«

»Ah so, wie soll ich das verstehen? Du kommst da lebend raus, aber ich nicht?«

»Okay, lass uns einen Pakt schließen: dein Auto gegen dein Leben. Vorausgesetzt, du leerst diesen Müllcontainer darin vorher noch aus.«

»Ich will mein Leben *und* mein Auto behalten, inklusive Müll«, betont David.

»Tut mir Leid, das sollte wirklich nur ein Scherz sein. Wir werden dort beide wieder lebend rauskommen!«

»Mir ist nicht wirklich nach Scherzen zumute«, sagt David bitter, kramt seine Jacke aus der Reisetasche hervor und zieht sie an.

Auf Ayatéhs Gesicht zeigt sich Erleichterung. »Heißt das, du kommst mit?«

»Was bleibt mir denn schon anderes übrig? Ich fühle mich von dir genötigt, mitzukommen.«

»Ich habe es bei Tacheenie gelernt. Wir müssen das Gleichgewicht wieder herstellen. Ich beherrsche einen Gesang, der die Schlangen in eine Art Trancezustand versetzt und ich vertraue darauf, dass er seit alters her wirkt. *Atse'ma' ii* und seine Geister werden keine Macht mehr über uns haben. Wir werden den Bann brechen.«

Entschlossen geht David an ihm vorbei. »Worauf wartest du noch? Wir müssen uns beeilen.«

Ayatéh folgt ihm, doch so oft David an dem Türgriff dreht, sie lässt sich nicht öffnen.

»Merkwürdig, ich habe sie nicht abgeschlossen, wie kann das sein?«

»Die Türen klemmen oft, dieses billige Holz zieht sich zusammen, sobald sich das Wetter ändert. Du musst kräftig genug ziehen.«

Doch als auch Ayatéh daran erfolglos rüttelt, kramt David den Schlüssel aus der Hosentasche hervor. Bisher hat er nur nachts eine Moteltür von innen fest verriegelt.Obwohl er sich ganz sicher ist, dass er es dieses Mal nicht machte, steckt er den passenden Schlüssel hinein, dreht ihn um, wendet den Türknopf und zieht - vergeblich!

- Lass uns spielen, großer Krieger –

Ratlos blickt er Ayatéh an. Der zuckt nur mit den Schultern und begibt sich zum Fenster. Typisch wie es in so einem Zimmer ist, lässt sich nur oben längs eine Klappe zum Lüften öffnen, der Rest der Scheibe ist fest mit dem Rahmen an der Wand verbunden. Dies ist eine Vorsichtsmaßnahme, um es Dieben beim Einbrechen zu erschweren. Doch jetzt hindert es sie daran, hinauszuklettern.

»Wir müssen warten, bis jemand vorbeikommt und dann gegen die Scheibe klopfen«, schlägt Ayatéh vor.

»Meinst du, um diese Zeit kommt noch jemand vorbei? Es ist spät.«

Ayatéh dreht sich um, hält seine Hand an David Arm und flüstert: »*Yoo'i*, es ist schon jemand da …«

Der Coyote hat ein hellbraunes Fell, seidig und glatt. Mit stechenden Augen scheint er die Männer zu beobachten. Er sitzt in der hinteren Ecke neben dem kleinen Nachtischschrank, ruhig und unbeweglich wie eine Statue.

David streicht sich mit den Händen über seine Augen, kneift sie zu und wirft anschließend einen zweiten Blick in die Richtung des Tieres. Es ist noch immer da. »Sag mir, dass dieses Viech da ausgestopft ist«, stammelt er mit fassungsloser Stimme.

»Wenn er vorher nicht da war, ist er nicht ausgestopft.« Auch Ayatéh bekommt ein flaues Gefühl im Magen. Langsam legt er den Vorhang am Fenster zur Seite, wirft einen Blick hinaus und stößt David an. »Sieh mal.«

Sein Freund kann nichts Besonderes feststellen. Keine Person, die sich zeigt, kein aktives Leben. Vor den Türen der anderen Räume ist jeweils eine kleine Lampe angebracht. Sie geben genug Licht ab, um die Umgebung im Dunkeln zu erkennen. Über dem Eingang des Empfangshäuschens blinkt das rote Licht einer Neonlampe, daneben wackelt ein Schild im Wind, mit der Aufschrift *Sunshine Motel*. Alles scheint normal zu sein.

»Was ist?«, will David wissen.

»Siehst du es nicht? Das Schild da vorne, es schaukelt im Wind. Und sieh dir mal den Betonboden an, da fegt ein feiner Sand darüber.«

»Es ist windig«, stellt David fest. Die Tatsache beunruhigt ihn weniger, als dieser Coyote hinter seinem Bett.

»Sag mir mal, wie das Tier hier rein gekommen ist«, flüstert David. Langsam schleicht er zur Tür, um erneut zu versuchen, sie zu öffnen. Doch es ist zwecklos und resigniert gibt er auf.

»Ist das Tier gefährlich? - So groß ist es nicht … zusammen können wir ihn überwältigen.«

Ayatéhs Schweigen macht ihn zunehmend nervöser. Wie angewurzelt stehen sie da und starren auf das Tier.

Der Coyote leckt sich die Pfoten, wobei er einen friedlichen Eindruck macht. Doch allein die Tatsache seiner Existenz in diesem Raum, was nicht zu erklären ist, wirkt auf die beiden Männer beunruhigend.

»Er sieht doch ganz harmlos aus«, meint David, der immer noch den Türknopf umklammert.

»Täusch dich nicht, er fühlt sich sicher«, gibt ihm Ayatéh zur Antwort. »Er will uns an unserem Vorhaben hindern.«

»Keine so schlechte Idee, da stimme ich sogar mit ihm überein. Vielleicht sollte ich mich lieber mit ihm arrangieren, statt mit dir!« Mit einem künstlich wirkenden Grinsen fügt er hinzu: »Wie verhandelt man mit so einem da?«

»Er wird dir die Kehle durchbeißen«, ist Ayatéhs überzeugter Kommentar dazu. Wieder blickt er aus dem Fenster. Der Wind hat sich inzwischen zu einem Sturm entwickelt, die Bäume biegen sich und das Emblem über dem Eingang pendelt quietschend hin und her. Auch David bemerkt jetzt, dass hier etwas Außergewöhnliches vor sich geht. Vor diesem Zimmer wütet der Sturm besonders stark. Er hört, wie Holz splittert und die Tür in den Angeln wackelt.

Unwillkürlich zuckt David zusammen. Als er ein leises Jaulen vernimmt, stockt ihm der Atem. Der Coyote steht auf und tappt langsam an der hinteren Wand entlang, dreht um und läuft wie verstört von einer Wand zur anderen. Das helle Licht im Zimmer lässt deutlich erkennen, wie das Tier immer nervöser zu werden scheint.

Der Wind heult, Ayatéh spürt, wie von außen ein starker Druck auf der Fensterscheibe lastet.

»Einschlagen und raus«, brüllt David seine letzte Hoffnung hinaus.

Doch kaum hat er es ausgesprochen, zerbirst das Glas mit einem lauten Knall. Die Splitter fliegen im Zimmer umher, die Vorhänge wirbeln wild durcheinander.

Fast gleichzeitig hockt sich David auf den Boden, die Arme schützend vor seinem Gesicht.

Auch Ayatéh beugt sich instinktiv nach unten. Gleichzeitig vernimmt er das beruhigende Gefühl des *nilch'i,* des heiligen Windes. Er spürt es am ganzen Körper, ein Gefühl des Friedens und der Erleichterung.

Der Coyote reckt den Kopf und heult. Doch das Rauschen des Windes lässt das Heulen nach und nach verstummen.

»Steh auf, David, und sieh dir das an.« Ayatéhs erleichterte Stimme gibt ihm den Mut zurück, die Augen zu öffnen.

Das Tier ist verschwunden, die Papiere auf seinem Tisch wirbeln hoch, die künstlichen Blumen neben dem Fernseher schwanken.

Von Sturm kann jetzt keine Rede sein. Ein kühler, frischer Wind durchstreift mäßig und sanft den Raum. Nicht gleichmäßig, sondern von einer Ecke in die andere.

»Keine Angst David, es sind die Geister des Windes. Sie wollen uns helfen. Öffne die Tür.« Ayatéh gibt ihm lächelnd ein Zeichen mit der Hand.

Ungläubig, noch immer mit einem starren, ausdruckslosen Gesicht, dreht David am Türknopf. Zu seinem Erstaunen lässt sich die Tür sogleich öffnen.

Mit einer Empfindung zwischen Lachen und Weinen stürzt er hinaus zu seinem Auto.

Ayatéh schließt seelenruhig die Tür von außen ab, obwohl das Fenster zerschlagen ist und jeder Eindringling sofort herein steigen könnte.

»Komm raus! Ich bin mit Santos Auto gekommen. Wir fahren damit«, ruft er David zu, während er in das andere Fahrzeug daneben einsteigt.

Das Straßenschild der kleinen Ortschaft Jeddito befindet sich in einem schlechten Zustand. Es steht schief im Boden und ist völlig verdreckt. Zudem sind die Buchstaben teilweise zerstört. Doch als Jenny es trotz des schäbigen Zustandes erkennt, begreift sie, dass sie sich komplett verfahren hat! Irgendwann vorher muss sie die richtige Abbiegung verpasst haben. Kein Wunder, denn diese Strecke fährt sie zum ersten Mal und die Dunkelheit erschwert die Orientierung. Vielleicht hätte sie doch lieber auf ihren Vater hören sollen, der ihr vorgeschlagen hatte, erst am nächsten Morgen den Rückweg anzutreten. In einer Woche will sie ihren Vater wieder von Ganado abholen. Solange hat sie sein Auto zur Verfügung, das endlich mit einem neuen Motor ausgerüstet ist.

Jenny stoppt kurzerhand am Straßenrand und schaltet die kleine Innenbeleuchtung an, um anschließend auf dem Plan nach einer Abkürzung zu suchen. Den ganzen Weg zurückzufahren ist ihr zu mühselig, doch zu ihrer Freude hat sie bald eine Lösung gefunden. Nur wenige Meilen weiter kann sie bei Keams Canyon rechts auf einen schmalen Seitenweg abzubiegen, um kurz darauf schon am Ziel zu sein. Eigentlich ist es ganz einfach und es dauert sicher auch nicht lange, bis sie sich auf dem ungeteerten Fahrweg befindet. Die Schlaglöcher veranlassen sie dazu, langsam zu fahren. Doch plötzlich erkennt sie keine Straße mehr vor sich. Wie kann das sein? Wie konnte sie nur von der Straße abkommen?

Es ist stockfinster, nur die Scheinwerfer zeigen Lichtpunkte, die Jenny erkennen lassen, dass sich hier nur Grasbüschel im trockenen, gehärteten Sandboden befinden.

Zu ihrem Pech hat sie keine Lampe bei sich. Als sie etwa zwanzig Schritte zurückgeht, glaubt sie, an der gleichmäßigen Beschaffenheit des Bodens den richtigen Fahrweg entdeckt zu haben.

Aber fast im selben Moment hört sie seltsame Flötentöne. Sie sind sehr melodisch und doch irgendwie unheimlich. Sie kann diese Klänge nicht orten. Nirgendwo ist eine Menschenseele und es ist ihr ein Rätsel, wie jemand in dieser dunklen Einsamkeit auf die Idee kommt, musikalisch tätig zu werden.

Ein ängstliches Gefühl breitet sich in ihr aus. Jenny denkt daran, so schnell wie möglich zum Auto zurück zu gehen. Doch je mehr Schritte sie zurücklegt, umso lauter werden diese Töne. Gleichzeitig wird sie von einer unglaublichen Schwäche heimgesucht. Ihre Knie zittern, die Beine sind schwer wie Blei. Mit größter Anstrengung müht sie sich voranzukommen, schafft aber nur kleine Schritte. Kurz darauf muss sie aufgeben und bricht verzweifelt zusammen - nur sechs Schritte vor ihrem Auto entfernt, umgeben von dröhnenden Trommelschlägen.

Panisch versucht sie sich hoch zu quälen, doch sie wird von grausamen Lähmungen daran gehindert; unfähig sich zu rühren.

Jetzt glaubt sie merkwürdige Schatten wahrzunehmen, die sich in die Länge ziehen und wieder schrumpfen. Ja, es wirkt so, als ob sie tanzen. Tanzende Schatten, die um sie kreisen, im Takt der Trommelschläge. Mal sind sie ineinander, dann scheinen sie sich wieder zu trennen.Ihr Körper wird von Panik erfasst. Immer wieder versucht sie sich zu bewegen, doch es gelingt ihr nicht.

Mit den Tönen scheint etwas Unbekanntes Macht über sie zu besitzen. Ihr verzweifelter Schrei verhallt ungehört in der Dunkelheit.

Im fahlen Licht der Lampen bietet sich David ein grauenhafter Anblick. Mit weit aufgerissenen Augen starrt er auf die sich windenden Klapperschlangen. Das Rasseln ihrer Klappern, zur Warnung an jeden, der sich ihnen nähert, jagt ihm einen Schauder über den Rücken.

Sein Frösteln kommt nicht von der Kälte der feuchten Höhle, die mit ihrer niedrigen Decke kaum höher ist als er selbst. Nein, es sind diese Furcht einflößenden Reptilien, die nur gierig darauf zu warten scheinen, ihm das Leben auszuhauchen.

Er hat sich darauf eingelassen, jetzt gibt es kein Zurück mehr. Doch seine angespannten Muskeln sind zum Weglaufen bereit. Hautnah hat er es jetzt vor Augen, die Lampen sind hell genug, um das Grauen zu erfassen. Niemals wird er es tun. Niemals!

Verängstigt schweift Davids Blick umher. Eine dunkle, kalte Höhle, worin der Tod lauert. Ein feuchter, muffiger Geruch dringt in seine Nase. Doch für seinen Freund scheint es das Normalste der Welt zu sein. Wie lange sitzt Ayatéh schon vor ihnen und singt das Lied der Schlangen? Vielleicht eine halbe Stunde oder mehr. David hat jegliches Zeitgefühl verloren.

Doch dann verstummt der Gesang und er sieht, wie sein Freund sich mit nackten Füssen vor die Mitgeschöpfe Gottes stellt, wie Ayatéh sie nennt - doch für David sind diese Schlangen der Ausbund der Hölle.

Obwohl er seinem Freund vor Betreten der kleinen Höhle versichert hat, ihm ohne ein Wort zu folgen, lehnt sich jetzt etwas in ihm dagegen auf.

Während David durch einen Wink aufgefordert wird, sich jetzt hinter Ayatéh zu stellen, recken sich etwa hundert dieser Tiere, die sich in ihrer Ruhe gestört fühlen, empor. Doch er weigert sich. Während der Navajo den Gesang fortsetzt, bildet sich zu Davids Erstaunen zwischen den angriffslustigen Klapperschlangen eine Gasse. Mitten in diesem sich schlängelnden Haufen wagt Ayatéh den ersten Schritt.

Im selben Moment erlebt David einen Augenblick der höchsten Anspannung. Seine Nerven sind zum Zerreißen gespannt. Die Angst schnürt ihm die Kehle zu.

Es ist unglaublich! Diese Tiere weichen zurück und scheinen sich zu beruhigen.

Wenn es bei Ayatéh funktioniert, heißt es noch lange nicht, dass es bei ihm auch so sein wird. Doch jetzt fasst er den Mut, es vorsichtig auszuprobieren.

Seiner Schuhe und Socken hatte er sich schon vor der Höhle entledigt. Behutsam tastet er sich jetzt Schritt für Schritt hinter dem Freund weiter. Sein Mut wird belohnt. Mit einer unglaublichen Erleichterung wagt David einen Schritt nach dem anderen zwischen den Schlangen, die ihnen freizügig eine Gasse freimachen. Der anhaltende Gesang scheint auch David fast in Trance zu versetzen, denn jetzt beschleicht ihm ein wohltuendes Gefühl der Erlösung. Es ist ein aufregendes, nie gekanntes Gefühl, das seinen Körper immer intensiver erfüllt. Dieses unglaubliche Erlebnis, dem Tod ins Auge zu sehen, ihm zu trotzen und sich ihm gleichzeitig hinzugeben, scheint ihm jetzt Freude zu bereiten. In diesem Moment schwindet jegliche Angst. Es ist das Gefühl, über den Dingen zu stehen, stark zu sein und sich furchtlos alles Böse, das ihn zerstören will, entgegen zu stellen. In diesem Moment, der einen Zustand zwischen Irdischen und Göttlichen einnimmt, gibt es nur das *Jetzt.*

David wünscht sich, dass dieses ihn erfüllende Gefühl des Einssein mit der Schöpfung nie aufhört. Sie schreiten langsam durch die Gasse der Schlangen. Selbst als diese hinter ihnen liegen, geht Ayatéh weiter. Gefolgt von David entfernt er sich von den Reptilien. Der Gesang verstummt und gemeinsam drehen sie sich um. Ein respektvoller Blick zurück offenbart ihnen, dass sie dieses Ritual mit würdevoller Hingabe überstanden haben. Demütig schauen die Männer zu ihnen zurück.

»Vielleicht möchtest du für uns ein Gebet sprechen«, flüstert Ayatéh. Obwohl David bisher kein besonders frommer Kirchgänger war, fallen ihm jetzt die richtigen Worte für ein Dankgebet ein.

Anschließend begeben sie sich zum Ausgang. Noch während sie die Schuhe anziehen, hat Ayatéh den Wunsch nach Jenny zu sehen. Sie müssen mit ihren Lampen noch etwa eine halbe Stunde über felsige Hindernisse klettern, bis sie das Auto erreichen.

Erleichtert lässt sich David auf den Beifahrersitz neben seinen Freund fallen.

»Du bist o.k.«, stellt Ayatéh fest, während er ihm zulächelt.

»Das war einer deiner ersten Sätze, die du damals zu mir gesagt hast.«

»Ich weiß und ich habe mich nicht getäuscht.«

David denkt an dieses wunderbare Gefühl, das er auf dem Weg durch die Schlangen empfunden hatte. »Es war überwältigend.«

Ayatéh stimmt ihm zu. »Ja und ich habe endlich das Gefühl, frei und erlöst zu sein.« Dann fügt er erleichtert hinzu: »David, es ist endlich vorbei. Wir haben es geschafft. Und weißt du warum? Die Freundschaft und das Vertrauen darauf, sich auf den anderen verlassen zu können, hat diesen Bann gebrochen. Es ist wirklich fantastisch.«

Durch das Fenster sieht Ayatéh deutlich das Licht im Zimmer. Auf sein Klopfen scheint niemand zu reagieren.

»Jenny? Ich bin es, Ayatéh«, gibt er sich zu erkennen und einen kurzen Augenblick später taucht am Fenster das Gesicht der jungen Frau auf.

»Was willst du?«, ruft sie durch die Tür.

»Entschuldige bitte, dass ich so spät in der Nacht hier auftauche, ich komme morgen wieder.«

»Wenn du mich mitten in der Nacht störst, muss es sehr wichtig sein«, sagt Jenny durch das Holz.

»Ich möchte dir nur eine gute Nacht wünschen.«

Stille. Ayatéh sieht David fragend an, atmet einmal tief durch und entschuldigt sich noch einmal.

»Wer dich kennt, braucht starke Nerven«, ruft sie zurück.

David schmunzelt. »Da muss ich ihr Recht geben.«

Vorsichtig wird eine quietschende Tür geöffnet und Jenny schaut heraus.

»Du musst die Scharniere ölen«, stellt Ayatéh fest.

»Deswegen bist du gekommen? Seit ich dich kenne, ist bei mir Alarmstufe rot.«

»Du kannst jetzt auf grün umschalten«, erklärt Ayatéh. Dann wendet er sich zum Gehen. »Ich komme ein anderes Mal wieder.«

»Nein, bitte geh nicht!« Der ängstliche Unterton in ihrer Stimme verrät eine gewisse Furcht. Verzweifelt schaut sie Ayatéh an, wobei sich ungewollt ihre Augen mit Tränen füllen.

»Ist wirklich alles in Ordnung?«

Etwas verlegen schaut sie zu Boden und schüttelt den Kopf, während ihre Hand durch die zerzausten Haare streicht.

Ratlos schweift Ayatéhs Blick zu David hinüber. So, als erwarte er von ihm einen Tipp, wie er sich jetzt verhalten soll. Einerseits ist das Bedürfnis da, ihr beizustehen, egal, was passiert ist, und andererseits glaubt er, noch nie so schüchtern gewesen zu sein.

»Halt mich fest«, schluchzt sie leise.

Langsam drückt er die Tür weiter auf, nimmt sie zaghaft in die Arme und schmiegt sie an sich. »Hab keine Angst«, flüstert er ihr zu. »Ich bleibe bei dir.«

Einige endlos scheinende Sekunden verstreichen, in denen er sanft über ihren Kopf streicht.

»Ist dein Vater nicht da?«, will Ayatéh schließlich wissen.

»Nein, ausgerechnet jetzt bin ich für einige Tage allein. Aber ich kann das nicht alleine durchstehen.«

Ayatéh begreift, dass etwas Schreckliches vorgefallen ist, wobei er wahrscheinlich das Schlimmste abwenden konnte.»Willst du uns erzählen, was passiert ist?«

Zögernd wirft sie einen Blick auf David.

»Er ist ein guter Freund von mir«, stellt Ayatéh ihn vor. »Du kannst ihm vertrauen.«

Sie nickt, dann gehen sie ins Haus und während Jenny stockend ihr furchtbares Erlebnis erzählt, erkennt David, dass er das einzig Richtige getan hatte.

»Ich glaubte, vorbeihuschende Schatten zu erkennen und die Trommeln wurden immer lauter - es war so schrecklich. Das Schlimmste war, dass ich mich nicht bewegen konnte.« Nervös knetet sie ihre Hände. »Ich weiß, es klingt ziemlich unglaubwürdig und du denkst sicher, dass ich es geträumt habe. Aber es war wirklich so und ich habe geglaubt, dass ich da draußen sterben werde.« Jetzt hält sie ihre zitternden Hände vors Gesicht und kann die Tränen nicht mehr zurückhalten. »Plötzlich war alles vorbei.« Mit den Handrücken wischt sie ihre Augen trocken. »Ich konnte mich wieder bewegen und aufstehen. Diese Töne waren auch verschwunden. Dann bin ich so schnell ich konnte nach Hause gefahren.«

»Wenn du möchtest, bleiben wir für den Rest der Nacht hier. Morgen fahre ich David nach Kayenta zurück. Jetzt bringt es nichts mehr, wir haben nämlich auch eine anstrengende Nacht hinter uns.« Zudem haben die Schmerzen an seinem linken Bein durch die starke Belastung zugenommen, sodass er keinen Schritt mehr laufen möchte.

Erleichtert nickt Jenny und sucht einige Wolldecken zusammen.

»Eine von meinen hundert Fragen möchte ich dir noch stellen«, sagt David, der sich mit einer unglaublichen Erleichterung auf die Couch niederlässt. »Was hatte es zu bedeuten, dass die Schlangen mich im Traum angegriffen haben?«

»Es waren deine inneren Ängste, die sich widergespiegelt haben und die du überwinden musstest.«

In der Nacht bleibt David noch lange wach. Er ist in den Süden gekommen, um Ayatéh sein Auto zu verkaufen. Nicht mehr und nicht weniger hat er hier gewollt. Doch was ereignete sich stattdessen? Vor ihm flog ein Auto in die Luft. Dann ging er mit Ayatéh durch den Weg der Schlangen. Jetzt weiß er, welchen Pfad Ayatéh folgte. Er war auf der Fährte des Coyoten. Und immer noch gibt es Fragen über Fragen, die ihm wohl immer bleiben würden. Hatte er wirklich Skinwalker gesehen? Oh, wenn das Mrs. Dale wüsste.

Es ist schon Mittag, als Ayatéh sich von David in dessen Motel von ihm verabschiedet. Er hat ihn noch bis ins Zimmer begleitet, während Jenny draußen im Auto ihres Vaters wartet, mit dem sie gemeinsam gekommen sind.

»Der Abschied kommt etwas früh«, stellt David fest.

»Ich denke, du musst jetzt schnell zurück nach Denver.«

»Ja schon«, sagt David. Dann reicht er seinem Freund die Autoschlüssel. »Es sind deine! Vielleicht fährst du mich noch zum Flughafen.«

Ayatéh sieht ihn verwundert an. »Es war Spaß, was ich dir über deine Hinterlassenschaft gesagt habe, das solltest du wissen. Außerdem reichen meine restlichen 350 Dollar nicht aus, falls du ihn unbedingt loswerden willst.«

»Ich habe einen günstigen Vorführwagen erstanden und inzwischen ist mein Konto auch wieder aufgefüllt. Nimm ihn, du bist der Einzige, dem ich ihn gerne geben möchte. Ich suche dir noch schnell die Papiere raus.«

Immer noch hat Ayatéh Schwierigkeiten es zu glauben. Vorsichtig späht er ins Fahrzeuginnere. Dann reicht ihm David die Unterlagen. »Ich weiß, es liegt noch Bonbonpapier herum.«

»Weißt du, es stört mich gar nicht mehr. Sie sind bunt und haben das gewisse *Etwas*. Irgendwie gehören sie dazu, findest du nicht auch?«

Grinsend öffnet David die Beifahrertür und beobachtet, wie Ayatéh jubelnd in die Höhe springt. Mit den Schlüsseln in der Hand reckt er die Arme hoch.

»Jenny«, ruft er ihr zu. »Pack deine Sachen, wir machen einen Trip durch Californien.« Dann geht er zu ihrem Fahrzeug, stellt sich an das offene Fenster und flüstert: »Oder wohin du willst.«

»Nach Californien«, haucht sie ihm zu. Ohne noch lange zu zögern, beugt er sich zu ihr, um sie zu küssen.

»Vergiss nicht, mich unterwegs am Flughafen abzusetzen«, schreckt ihn Davids Stimme auf, der plötzlich schmunzelnd neben ihm steht.

»Es wird mir ein Vergnügen sein.«

»Das klingt ja sehr zweideutig.«

Ayatéh verzichtet auf eine Antwort und wendet sich Jenny zu. »Dieser Mann hier ist einmalig.«

David grinst. »Du hast mich dazu gebracht, absonderliche Dinge zu tun und wider jeglicher Vernunft zu handeln.«

»Diese hervorragenden Eigenschaften habe ich von meinem Bruder gelernt.«

»Dem Wind«, weiß David jetzt.

»Ja«, lächelt Ayatéh und klopft ihm behutsam auf die Schulter. »David, du bist ein Held.«

»Ich weiß, denn Helden sterben nicht.«

Ende

Als ich diesen smarten Typen das erste Mal traf, wusste ich sofort, dass er auf der Suche nach dem besonderen Kick ist. Also sollte er ihn bekommen.
Als Erstes sagte er mir, dass er ein FBI Agent sei und ich bereitete mich schon darauf vor, die ganze Leier noch einmal herunter zu labern.
Doch anstatt zu fragen, wo ich mich am ... blah ... blah herumgetrieben habe, fragte er mich, was eine Kachina ist. So eine Frage kommt gewöhnlich nur von einem Touristen und von da an wollte ich ihn auch als solchen betrachten, das gefiel mir in meiner derzeitigen Situation einfach besser.
Aber David war nicht nur der Mann, der einen Auftrag auszuführen hatte, sondern er stand auf der Todesliste. Denn auch *ich* hatte mir einen Auftrag aufgehalst und der hatte es in sich.
Doch weil ich selten das mache, was man von mir erwartet, interessierte es mich nicht - zunächst nicht!
Jedenfalls war er von der ganzen Sache, die er mit mir durchzustehen hatte, so angetan, dass er kurz nach seinem »Abenteuer« eine Rafting-Tour gebucht hat. (Er glaubt, dass in ihm nie erahnte Kräfte freigesetzt wurden und er ab jetzt alle Hindernisse überwinden kann) Also hat er in einem Schlauchboot Stromschnellen bewältigt und das im Colorado-River durch den Grand Canyon.
Na ja, ich brauche diesen besonderen Kick nicht, denn wir sind haarscharf am Tod vorbeigeschlittert und ich will garantiert nicht »mehr davon«.

In David habe ich einen guten Freund gefunden, auf den ich zählen kann. Ab und zu kommt er mich besuchen und beim letzten Mal habe ich eine Einladung zu seiner Hochzeit bekommen. Dann werde ich mich mal in Schale werfen. Ich freue mich sehr für ihn und hoffe, dass er sein Glück gefunden hat.

Ach ja, was Tanner anbelangt, er hat einen Knastbruder, dessen Eltern eine Lachsfarm in Kanada und Wyoming besitzen. Die letztere wollen sie in einigen Jahren verkaufen, weil es ihnen zu viel wird und sie ihren Wohnsitz in Kanada haben. Tanner will es ihnen abkaufen, denn anscheinend hat er (immer noch) genug Kohle. Er will ein neues Leben beginnen - na ja, wenn er seine Strafe abgesessen hat ... ich denke, diesmal lasse ich ihn walten. Sei´s ihm gegönnt.

Was mich anbelangt - ich komme schon zurecht, solange ich einen Bogen um aufkommende Hindernisse mache. Doch manchmal gehe ich die Abkürzung, weil mir der Bürokratenweg zu lang ist. Dann reiße ich gleich das Schild mit der Aufschrift »No Indians« ab und gerate in den nächsten Schlamassel. Das ist auch der Grund, warum Jenny es mit mir nicht allzu lange aushielt.

Was treibe ich sonst so? Ab und zu helfe ich Nicks Frau Mary, ihre handgefertigten Schmuckstücke an den Mann zu bringen. Ich versuche, Abnehmer zu finden; zwei haben wir schon unter Vertrag.

In Tacheenies Fußstapfen bin ich nicht getreten, auch wenn es sich einige erhofft hatten.
Ich verdiene etwas Geld, indem ich in einer Abendschule Unterricht in Diné gebe - für Erwachsene.
Aber ich denke auch daran, für mich selbst noch irgendeine Ausbildung zu machen. Mal sehen, was sich ergibt.

Gelegentlich treffe ich mich mit Freunden, um Musik zu machen. Ich spiele auf der traditionellen Flöte, denn diese Töne haben mich schon immer fasziniert. Die anderen begleiten mich mit Trommel und Gitarre. Wir sind ein gutes Team und zusammen haben wir schon so einiges zustande gebracht. Es ist eine Mischung aus Navajo- und moderner Musik mit tiefgründigem Rhythmus und Songs.

Nebenbei habe ich nach und nach das *Butterfly* in ein schmuckes Wohnhaus umgebaut, worin ich ab und zu Urlaub mache. Denn mein eigentlicher Wohnsitz ist ja bekannterweise der Hogen am Polaca Wash.

Ayatéh

Hörst du den Wind?
er singt ein Lied
aus längst vergangener Zeit
steh auf –
und recke dich ihm entgegen
dann wird er dich begleiten.
wie ein Schiff auf den Wellen
wird er dich führen
in eine längst vergangene Zeit
öffne deine Augen –
dann wirst du sehen
all das, was dir sonst verwehrt ist
lass dich treiben
auf seinen Wogen –
durch eine längst vergangene Zeit